Amantes para sempre

Jodi Ellen Malpas

Tradução
Vicki Araújo

Copyright © Jodi Ellen Malpas, 2018
Copyright © Editora Planeta do Brasil, 2019
Todos os direitos reservados.
Título original: *With This Man*

Este livro é uma obra de ficção. Nomes, personagens, locais e incidentes são fruto da imaginação da autora e/ou são usados de maneira fictícia. Qualquer semelhança de eventos, locais ou pessoas reais, vivas ou não, é coincidência.

Preparação: Roberta Pantoja
Revisão: Tamara Sender e Laura Folgueira
Diagramação: Departamento de criação da Editora Planeta do Brasil
Capa: adaptada do projeto gráfico original
Imagem de capa: Svetlana Lukienko/Shutterstock e Vincent Llora/Shutterstock

DADOS INTERNACIONAIS DE CATALOGAÇÃO NA PUBLICAÇÃO (CIP)
ANGÉLICA ILACQUA CRB-8/7057

Malpas, Jodi Ellen
Amantes para sempre / Jodi Ellen Malpas; tradução de Viviane Pires de Araujo. -- São Paulo: Planeta do Brasil, 2019.
384 p.
ISBN: 978-85-422-1528-1
Título original: With this man
1. Ficção inglesa 2. Literatura erótica I. Título. II. Araujo, Viviane Pires de
18-2163   CDD: 823

2019
Todos os direitos desta edição reservados à
Editora Planeta do Brasil Ltda.
Rua Bela Cintra 986, 4º andar – Consolação
São Paulo – SP – 01415-002
www.planetadelivros.com.br
atendimento@editoraplaneta.com.br

Para Jesse. Obrigada por pisotear minha mente com sua loucura perfeita.

E para Sara Burch, você estará para sempre em nosso coração. Este livro é para você.

Capítulo 1

Meus pés martelam a esteira de maneira ritmada e confortável. O som de "Believer", do Imagine Dragons, no meu iPhone é abafado pelo sangue latejando nos meus ouvidos. O pulsar do meu coração me lembra de que estou vivo. Não que eu precise correr até não sentir mais minhas pernas para me dar conta disso.

Meu ritmo aumenta, a respiração começa a falhar e minha marcha ganha velocidade. O suor escorre pelo meu peito nu enquanto olho para o relógio do outro lado da academia e vejo o ponteiro maior se mover lentamente no mostrador. *Mais dois minutos. Mantenha o ritmo por mais dois minutos.*

Quando, no entanto, o meu treino termina e a velocidade da máquina começa a diminuir, minhas pernas não acompanham. Aperto o botão para aumentar o ritmo outra vez, meu ego relutante em me deixar parar agora. Mais um quilômetro. Aumento o volume e corro mais um pouco, inspirando compassadamente pelo nariz e enxugando o suor que desce pela minha testa. Olho para a tela da esteira e vejo a distância percorrida: vinte e quatro quilômetros. Pronto.

Soco o botão com o punho cerrado e deixo a máquina me conduzir de volta a uma marcha lenta, enquanto arranco os fones dos ouvidos e seco o rosto úmido com a camiseta.

— Você foi mais rápido ontem, teimoso filho da puta.

Meus pés caminham até a esteira parar e eu me seguro nas barras laterais, deixando a cabeça pender enquanto recupero a respiração.

— Vá se foder — praguejo, bufando e virando o rosto para encarar um de meus amigos mais antigos. O sorriso triunfante de John, aquele que mostra bem seu dente de ouro, me dá vontade de arrancá-lo a tapa.

Ele solta uma gargalhada baixinha e joga uma toalha no meu peito.

— Ainda não fez as pazes com a ideia, não é?

Saio da esteira e enxugo meu rosto encharcado antes de atirar a toalha de volta para ele.

— Não faço ideia do que está falando.

Estou mentindo. Sei exatamente sobre o que o idiota está falando e já estou cansado de sofrer por isso. Não sei como aconteceu – onde é que o tempo foi parar. Porque, Deus me ajude, vou completar cinquenta anos neste fim de semana. Malditos cinquenta anos de idade. Meu ego fica mais ferido a cada vez que penso nisso.

Vou ao bebedouro, com John logo atrás de mim.

— Ter cinquenta anos combina com você.

Reviro os olhos enquanto pego um copo e enfio debaixo da água.

— Você quer alguma coisa?

Bebo a água ao som de outra risadinha atrás de mim, o que me faz virar o rosto para aquele idiota presunçoso. Não sei qual é a graça. John está beirando os sessenta, embora não aparente. Está em plena forma, mas eu jamais diria isso a ele.

— Os novos aparelhos chegarão mais tarde.

— Pode cuidar disso? — pergunto, enchendo meu copo novamente.

— Sem problemas.

— Obrigado.

Olho ao redor, observando a sala de musculação da academia da qual sou dono, um lugar cheio de energia, com música, suor e corações batendo. "Daylight", dos Disciples, bombando, adrenalina fluindo, gritos de incentivo ecoando. Acabou que, no final das contas, senti saudade de ter um negócio. Não do sexo e dos prazeres do Solar, mas do senso de comunidade, do aspecto social, do cotidiano de gerenciar uma empresa. Então abri um novo negócio, não tão secreto, mas ainda bastante exclusivo. O JW's Fitness & Spa só vem ganhando força desde que abriu as portas, há seis anos.

— Onde está Ava?

John pega o copo vazio da minha mão e joga na lixeira, antes de se afastar.

— No escritório.

No escritório? Um sorriso brota no meu rosto, enquanto cruzo a academia correndo, minha pulsação subindo outra vez, exceto que, desta vez, dentro do meu calção.

Apresso o passo e entro voando no escritório, com um plano traçado... e paro bruscamente quando não encontro Ava. Encaro o espaço vazio e tiro o telefone do bolso, ligando para ela enquanto me dirijo à sua mesa.

— Oi — atende ela, um pouco exasperada.

Eu não a questiono. Neste momento, não estou interessado.

— Onde você está?

Desabo na cadeira diante da mesa.

— No Spa.

— Você tem três segundos para estar no seu escritório — digo, com um sorrisinho nos lábios ao ouvir a reação de surpresa dela.

— Estou do outro lado do prédio.

— Três — sussurro, colocando os pés sobre a mesa e relaxando.

— Jesse, estou tentando resolver um desentendimento entre funcionários.

— Não me importa. Dois.

— Puta merda...

Aperto a mandíbula, irritado.

— Você vai pagar por essa. Um.

Posso ouvir o som de seus passos apressados ao fundo e sorrio, vitorioso.

— Tic-tac — digo casualmente, acomodando minha ereção no calção.

— Estamos trabalhando.

— Em qualquer lugar, a qualquer hora — afirmo com ironia. Ela sabe disso.

— Você é muito exigente, Jesse Ward.

Sua voz rouca me força a respirar profunda e controladamente. Sim, às vezes ela ainda foge de mim, mas outras vezes corre para mim. Como agora, quando sabe que estou excitado e esperando no escritório.

Meus olhos pousam na porta, a energia pulsando dentro de mim. *Vamos, querida.* Ouço-a vir depressa pelo corredor na direção do escritório e então a porta se abre.

E ali está ela. Minha linda esposa. Não mudou nada desde o dia em que a conheci. Sexy. Bela. A mistura perfeita de elegância e ousadia.

— Zero, *baby* — murmuro, desligando e jogando o telefone sobre a mesa.

Um tremor familiar sobe pela minha coluna e dou um sorriso, absorvendo cada centímetro perfeito dela. Ela apoia a mão no batente da porta e morde o lábio, os olhos cheios de prazer. Prazer em me ver. Seu marido. O homem que ela ama.

— Está tendo um bom-dia? — pergunta ela.

— Melhor agora — admito. — Vai torná-lo ainda melhor?

Seu olhar ávido me devora. Eu amo isso. Amo como ela não consegue controlar a necessidade de me comer com os olhos também. E daí que eu vou fazer cinquenta anos no fim de semana? Grande coisa. Ainda estou com tudo. Subitamente, me sinto o deus que ela acha que sou. O deus que eu *sei* que sou.

— E então? — provoco. Ela sabe que há apenas uma resposta certa para essa pergunta.

Ela dá de ombros, fazendo-se de difícil. Perda de tempo. Dela e meu.

— Não faça joguinhos comigo, mocinha.

— Você adora nossos joguinhos.

— Não tanto quanto adoro estar enterrado até o fundo em você. — Tiro os pés da mesa e me levanto. — Está perdendo um tempo valioso. Venha cá.

— Venha me pegar.

Ava fecha a porta e passa o trinco quando avanço para cima dela, seus olhos mais brilhantes a cada passo meu. Seu corpo se retesa, preparando-se para o meu ataque. Cada terminação nervosa em meu corpo toma vida e grita por ela. Em um movimento rápido, eu a jogo sobre um dos meus ombros e volto para a mesa.

Ela ri e suas mãos penetram meu calção e apalpam meus glúteos. Ela os aperta, cravando as unhas na minha pele.

— Você está todo suado.

Eu a deito sobre a mesa e a cubro com meu corpo, mantendo-a no lugar com uma das mãos, enquanto a outra ergue seu vestido. Ela tenta se desvencilhar, desafiadora. Isso não vai levar a lugar nenhum.

— Pare de lutar comigo, *baby* — advirto, tirando seu vestido e atirando-o para o lado, antes de partir para a calcinha. Um sorriso surge em meus lábios ao ver a renda que oculta sua pele. Baixo a cabeça e afasto a calcinha para o lado com os dentes.

— Jesse! — grita ela, jogando a cabeça para os lados, o corpo se contorcendo.

Seguro o riso. Jamais me canso desse joguinho de poder.

— Quem tem o poder aqui? — pergunto, rasgando a calcinha com os dentes.

— Você, seu controlador do caralho!

— Olha a boca!

Tiro o seu sutiã e depois o meu calção, libertando meu membro rijo.

Ela ergue os olhos, ajeita-se sobre a mesa, toma meu pau em sua mão e o bombeia deliciosamente. Meu corpo se dobra à frente, a sensação de sua pele quente em torno dele é irresistível.

— Porra, Ava — gemo, apoiando as mãos em seus ombros, com o queixo tocando o peito. — Acho que eu conseguiria chegar à lua quando você me toca. — Tenho certeza de que poderia fazer *qualquer coisa*. Sou invencível, indestrutível. E ao mesmo tempo sou completamente vulnerável.

Ela volta a se deitar sobre a mesa e arqueia o corpo, com a respiração entrecortada, o rosto corado e úmido. É uma visão de outro mundo, mágica.

— Me fode — ordena ela, impaciente e ávida. — Por favor, me fode.

— Olha essa boca, Ava — advirto outra vez, puxando-a para mim pela parte de trás dos joelhos. — Eu tenho toda a intenção de te foder, esposa. Forte. Rápido.

O calor de sua boceta me atrai como um ímã. Minha ânsia por ela se intensifica.

— Meu Deus, *baby*!

Beijo cada um de seus mamilos, antes de mergulhar para dentro dela sem perdão, arfando como um filho da puta e arrancando um grito dela. É sempre tão bom quanto da primeira vez.

As mãos dela buscam apoio e o encontram nas bordas da mesa.

— Meu Deus!

Eu ranjo os dentes, saindo de dentro dela, apenas para voltar com mais força.

— Jesse!

— Gosta disso, *baby*?

— Mais forte! — exige ela, com olhos selvagens. — Me faça lembrar.

— De quê?

— De qualquer coisa. — Ela remexe os quadris, excitando-me. — Mostre quem tem o poder.

Dou um sorriso largo e satisfeito ao ver que ela está esperando que eu faça o que pediu, mas eu não vou. Não até que ela diga as três palavras mágicas. Eu paro abruptamente e fico imóvel, envolto em seu calor. Aguardando.

— Diga — ordeno, baixando o tórax e beijando o canto de sua boca. — Me dê o que quero e te darei o que você quer.

Ele vira o rosto, capturando meus lábios em um beijo doce.

— Eu te amo — murmura ela em meio à dança de nossas línguas. — Muito.

Abro um sorriso com os lábios ainda colados aos dela e a penetro lentamente outra vez.

— Segure-se, *baby*.

Seu corpo todo fica rígido, preparando-se para o ataque. Eu não me seguro. Jamais o farei. Então a penetro com força brutal repetidas vezes, provocando gritos constantes de êxtase, que são como música para os meus ouvidos. Quero saber, no entanto, o quanto ela realmente me quer e para isso me afasto e pouso as mãos em seus joelhos, abrindo suas pernas e expondo completamente seu sexo molhado, pulsante.

— Linda — sussurro, encantado. Penetro-a devagar e deixo a cabeça pender para trás, estabelecendo um ritmo sempre crescente, com força, até o fundo. — Vamos, *baby* — digo, começando a suar. — Busque.

Mais gritos. Mais respiração ofegante. Meus sentidos estão um caos. Meu sangue todo se aloja no pênis e quase me derruba de joelhos, fazendo-me agarrar as pernas de Ava e invadi-la com mais potência. Os sinais de seu orgasmo iminente estão claros: olhos brilhantes, pupilas dilatadas, dedos cravados na madeira. Ela está quase lá e basta olhar para seus seios incríveis para alcançarmos o clímax juntos. Meu peito se retesa e convulsiona, como uma onda de choque que corre pelo meu corpo. É uma sensação poderosa. Extremamente poderosa. Eu gozo forte, tremendo como uma folha, enquanto Ava geme de prazer, com meus dedos cravados em seus joelhos. Pelo. Amor. De. Deus.

— Porra... — suspira ela, relaxando de uma vez, deixando a cabeça cair para um lado, fechando os olhos. — Puta que pariu, Jesse.

Solto suas pernas e caio sobre Ava, permanecendo dentro dela, curtindo a contração de suas paredes internas em torno do meu membro latejante.

— Olha — sussurro. — A. — Beijo seu rosto suado. — Boca. — Deixo meu peso todo recair sobre ela.

— Você é bom.

— Eu sei.

— Você é um cabeça-dura.

— Eu sei.

— Eu te amo.

Eu aninho o rosto no pescoço dela e suspiro.

— Eu sei.

Seus braços me envolvem em um abraço apertado. Estou em casa. Tenho uma sensação de contentamento.

— Preciso pegar as crianças na escola.

— Hummm... — Sou incapaz de gerar forças para falar, que dirá para me mexer. Então ouve-se uma batida na porta. Eu resmungo, levantando-me preguiçosamente da mesa. — Amanhã à mesma hora?

Ela sorri, desce da mesa e começa a se arrumar. Meu rosto se fecha mais a cada parte do corpo que ela cobre.

— Um minutinho! — grita ela, passando o vestido pela cabeça.

Eu visto o calção e vou me sentar no sofá do outro lado da sala.

— É todo o tempo de que precisamos.

Ela revira os olhos ao ver meu sorrisinho safado e vai para a porta, tentando ajeitar os cabelos antes de chegar à maçaneta. Perda de tempo. Seu rosto está brilhando, todo o corpo denuncia que acabou de fazer sexo. Ela abre a porta e eu sei imediatamente quem está ali, pela forma como os ombros de minha esposa se enrijecem de tensão.

— Cherry — diz Ava, seca, dando meia-volta em direção à sua mesa. No caminho, dirige a mim um olhar que confirma o que eu já sei: ela não gosta de Cherry.

De acordo com a minha esposa, a mulher tem uma atração por mim. Não sei por que isso é novidade para Ava. Todas as mulheres se sentem atraídas por mim.

— Vou buscar os gêmeos. — Ava pega sua bolsa e joga por cima do ombro. — Precisa de alguma coisa?

Cherry entra no escritório e coloca uma pasta sobre a mesa. Seus cabelos loiros estão presos em um coque apertado bem no alto da cabeça, e sua camisa branca tem botões demais abertos, na minha opinião. Não estou olhando de propósito, apenas é impossível não notar.

— Os relatórios de matrículas que você havia me pedido.

— Perfeito. Darei uma olhada neles amanhã. — Ava faz menção de sair, mas olha para mim, largado no sofá. — Me leve até a porta. — Não é uma sugestão.

Mais um sorriso meu. Ava está se sentindo possessiva. Levantando-me do sofá, alcanço minha camiseta na mesa e a visto, marchando para a porta. O olhar de admiração de Cherry para o meu tórax sendo coberto não passa despercebido por mim. Nem por minha esposa.

— Vamos.

Abraço Ava e saio com ela antes que mostre suas garras.

— Ela gosta de você — esbraveja, enlaçando-me pela cintura. — Se não fosse tão boa profissional e eu não precisasse tanto dela, ela estaria longe faz tempo.

Eu gargalho.

— Ela não fez nada de errado.

— Fez, sim. Ela olha pra você.

Eu a puxo para mais perto de mim.

— Você não pode mandar alguém embora só porque olha pra mim.

— O que você faria se um funcionário olhasse daquele jeito pra mim?

Um calor instantâneo percorre minhas veias, mas não é de prazer. Resmungo automaticamente e ela ri, desvencilhando-se de mim quando chegamos ao pé da escada, na área da recepção.

— Eu nem sei, meu amor. — Puxo-a de volta para mim e a abraço com ânsia. — Não diga coisas que me deixam furioso. — Grudo meus lábios nos dela e a devoro por um atordoante momento. — Vejo você em casa. — Mordo seu lábio inferior e me afasto, sorrindo ao ver seu óbvio espanto. Ela esqueceu para onde estava indo. — Vá buscar as crianças — eu a lembro.

Ela se esforça para voltar ao normal, enquanto olha ao redor. Ninguém estava prestando atenção. Todos sabem como nós dois somos. Isto não é apenas o nosso normal, mas o normal de toda a equipe. É como deve ser, se quiserem manter seu emprego.

Lá se vai minha esposa. E eu começo a contar os minutos até que possa ir para casa ver meus bebês.

Capítulo 2

Um sentimento de paz toma conta de mim quando paro a minha Ducati na entrada de nosso pequeno solar. O carro de Ava está na garagem, com o porta-malas aberto. Estaciono ao lado de seu Mini Cooper, tiro o capacete e passo os olhos por seu carrinho imundo. A pintura preta está empoeirada, opaca e velha.

— Não se vê poeira em carro branco — resmungo para mim mesmo. — E cabem mais sacolas de compras em um Range Rover.

Eu a forcei a ficar com um carro maior e mais parrudo durante um tempo, mas ela finalmente me convenceu e teve de volta seu fiel Mini.

Ava aparece na porta da frente e paralisa quando me vê ao lado da moto. Colo meu olhar nos seus olhos cor de chocolate e repouso o traseiro no assento, com o capacete no colo e as pernas cruzadas na altura dos tornozelos. Poderia eu pedir uma recepção mais calorosa que essa? Tenho todo o tempo do mundo para admirá-la. Ela ainda parece ter acabado de fazer sexo.

— Minha senhora — digo com a voz automaticamente rouca.

— Meu senhor. — Ela puxa os cabelos para trás dos ombros.

Eu me pego ajeitando meu membro ereto por cima da braguilha da calça de couro. Seu sorriso cúmplice me diz que ela sabe muito bem a reação que causou e considero por um momento como deve ser para Ava saber que, mesmo doze anos depois de nos conhecermos, ela ainda causa tamanho efeito em mim. Eu nunca vou me cansar dela.

Ela desfila pelos degraus, encarando-me até chegar ao carro. Então se abaixa, acentuando a curva de seus quadris, e puxa de dentro do porta-malas uma sacola de compras.

— Largue a sacola — digo a ela.

— Pare de ser tão mandão. — Ela finge suspirar e gira sobre os calcanhares, rebolando degraus acima, com a sacola na mão. — Tenho que alimentar seus filhos.

— E eu tenho necessidades, mocinha. — Ergo a voz, colocando o capacete no assento da motocicleta e indo em sua direção. — Ava!

Ouço sua risada enquanto ela desaparece porta adentro. Quando chego à cozinha, encontro-a parada, de pé, com a sacola aos seus pés. Paro quando a vejo dobrar-se à frente de maneira sedutora, enquanto pega algo. Ela levanta as sobrancelhas e me mostra dois potes de manteiga de amendoim.

— Talvez eu deixe você lamber isso no meu corpo.

— Talvez deixe? — pergunto, rindo com o recato dela. — Ava, você está casada comigo há mais de uma década. Ainda não aprendeu?

— Eu tenho o poder — sussurra ela, colocando os potes sobre o balcão da cozinha e fazendo beicinho com os lábios carnudos.

Chego ao ponto de me inclinar um pouco à frente para impedir que meu pau estoure minha calça.

— Ava, a não ser que agora seja um bom momento pra te foder loucamente nessa bancada, não me excite. — Meu Deus, como eu tenho tido que me controlar com ela desde que os gêmeos nasceram. Minha força de vontade está acabando. Talvez seja a idade. Balanço a cabeça para afastar esse pensamento antes que acabe com meu humor.

— Você precisa conversar com Maddie — diz Ava, do nada.

— Não vou mais falar sobre isso, Ava. Fim de papo. — Bufo. Não. De jeito nenhum. Sei exatamente sobre o que a minha filha de onze anos quer conversar.

— Você precisa aprender a lidar com ela antes que ela se divorcie de nós.

— Eu sei como lidar com ela. — Eu tusso, indignado.

— Trancá-la no quarto não é lidar com ela.

— Não exagere.

Franzo o cenho e Ava ri, condescendente. É melhor ela parar agora mesmo ou vai ganhar uma transa de castigo.

— Você a ameaçou não faz dois dias.

Não acredito que terei que me explicar pela centésima vez.

— Ava, ela estava vestindo um short que serviria em uma Barbie. E ela acha mesmo que pode ir a uma festa da escola com ele? — Gargalho só de pensar. — De jeito nenhum. Não enquanto eu estiver vivo.

— O short não era assim tão curto. — Ela revira os olhos.

— Ela tem onze anos!

— Ela já é uma mocinha.

— Ela já está enchendo o saco, isso sim.

— Você está passando dos limites, Jesse.

Passando dos limites? Eu não acho.

— Ava, eu fui buscá-la na escola na semana passada e, no caminho do portão até o meu carro, um pervertidozinho estava praticamente babando por ela. — Sinto o sangue ferver nas minhas veias, só de pensar no incidente. Se um guarda de trânsito não tivesse me obrigado a sair da área proibida, eu teria descido do carro e corrido para cima dele mais rápido que o Papa-Léguas.

— Um pervertidozinho? — ironiza ela.

— Sim. Ele tem sorte de eu não arrancar os olhos dele pra não olhar mais daquele jeito pra a minha filha.

— E quantos anos tinha esse tal pervertidozinho?

— Não sei — desconverso, sabendo exatamente aonde ela quer chegar.

— Eu sei. — Ela ri novamente, metade divertida e metade exasperada. — Ele tem onze anos, assim como Maddie. O nome dele é Kyle e ele está na turma dela. Ele está apaixonadinho, só isso.

— É um pervertido. — Bufo outra vez, indo na direção da geladeira. Afirmo com ar definitivo, desafiando-a a prosseguir com a discussão, enquanto procuro a manteiga de amendoim na prateleira. Conheço minha esposa abusada. E ela ousa continuar.

— Jacob tem uma paixonite por uma menina — diz Ava, de forma natural. Eu me afasto da geladeira e a vejo pegar os potes de manteiga de amendoim e colocá-los no armário. Meu garoto está apaixonado? A única paixão que sei que ele tem é pelo futebol. Ele é louco pelo esporte. — Isso torna o *seu* filho um pervertido também?

— Por que está fazendo isso? — Os meus lábios se contorcem enquanto caminho de volta para a geladeira, à procura de algo que mate minha ansiedade.

— Porque nossos filhos estão crescendo e você precisa permitir que isso aconteça. Maddie vai à festa da escola e você não vai ficar com ela. Não é legal levar o papai a tiracolo.

— De jeito nenhum ela vai sem mim — vocifero, batendo a porta da geladeira. — Onde está a porra da minha manteiga de amendoim? — Eu me viro e dou de cara com minha esposa, que me oferece um pote novinho, com as sobrancelhas erguidas e olhar cúmplice.

Arranco o pote das mãos dela sem ao menos agradecer e retiro a tampa com violência. Meu dedo mergulha fundo, varre a borda toda e depois o coloco na boca. Durante todo o movimento, eu fuzilo minha esposa com o olhar e ela balança a cabeça, vencida. Ela que balance a cabeça o quanto quiser. Minha filha não vai à tal festa da escola sem mim e, definitivamente, não vai vestindo aquele short jeans.

— E onde está Maddie? — pergunto, sem perder a oportunidade de apreciar a visão de seu traseiro. Que traseiro... Eu quero mordê-lo.

— Ela está esperando o papaizinho dela chegar em casa para bajulá-lo.

— Como assim me bajular?

— Papai! — O gritinho de felicidade de Maddie se faz ouvir antes que ela chegue à cozinha – gritinho cheio de falsidade –, interrompendo a minha pergunta. Ah, não. Ela me chamou de "papai", não de "pai". Já sei que em segundos estarei diante do olhar de cachorrinho pidão.

Faço o melhor que consigo pensar: coloco a pasta de amendoim sobre a mesa e fujo da cozinha sem contato visual algum ou estarei perdido. Fodido.

— Preciso trocar de roupa — grito, passando pela porta, e noto que ela vem atrás de mim.

— Papai, espere!

— Tenho muita coisa pra fazer — grito por sobre os ombros, enquanto subo a escada correndo e entrevejo seus longos cabelos castanhos balançando enquanto ela me persegue. — Converse com a sua mãe.

— Ela disse que preciso falar com você!

— Merda! — Sinto algo prender meu tornozelo ao atingir o último degrau, perco o equilíbrio e desabo no carpete.

— Papai, olha a boca!

— Maddie, pelo amor de Deus!

— Então pare de fugir de mim e encare as suas responsabilidades.

— Como é que é? — Rolo no chão e me sento, dando de cara com minha filha deitada nos degraus mais altos da escada, com a mão ainda segurando meu tornozelo, a cabeça inclinada para trás o máximo possível para conseguir olhar para mim. Ela já está batendo os cílios, essa atrevidinha.

— Minhas responsabilidades?

— Sim. — Ela solta o meu pé, levanta-se e eu quase não percebo que ela está vestindo jeans e um suéter. Calça e mangas compridas, o que deveria me deixar plenamente satisfeito, mas não. Essa é minha filha, um verdadeiro furacão, e ela é muito espertinha quando quer. O que é o tempo todo. Como agora, quando eu sei que ela só está coberta da cabeça aos pés porque, nas palavras da mãe, está querendo me bajular. Não vai funcionar.

— Pai... — Maddie suspira, balançando a cabeça para mim.

— Ah, então agora é só "pai", não é?

Ela aperta a mandíbula e me olha de um jeito que só pode competir com a própria mãe: como se pudesse decepar meu pau com um olhar.

— Não é justo! Todos os meus amigos vão e os pais deles estão tranquilos com isso. Por que tem que ser você quem vai estragar tudo?

— Porque eu te amo — murmuro, ficando de pé. — Porque eu sei que existem garotos idiotas por aí que vão querer te beijar. — O que estou dizendo? O fato de que provavelmente ela mesma arrancaria as bolas de qualquer beijoqueiro em potencial – talvez melhor do que eu o faria – não vem ao caso. Meu trabalho é protegê-la.

— E me perseguir — devolve ela, fazendo-me recuar.

— O que quer dizer com isso? — Não gosto de sua expressão vitoriosa, aquela que sugere que ela tem uma carta na manga contra mim. Estreito os olhos, esperando o baque.

— Como você perseguiu a mamãe.

— Eu não persegui a sua mãe. Eu só fui atrás do que eu queria.

— Ela disse que é a mesma coisa, especialmente quando a perseguição chega ao "nível Jesse Ward de perseguição".

— É... não... ela... — Eu bufo e me viro, marchando para a suíte master. Não vou discutir com uma menina de onze anos. — Sua mãe adorava quando eu a perseguia — digo, sem me virar para ela.

— Você disse que só foi atrás do que queria.

— É a mesma coisa! — Bato a porta do closet e tiro a camiseta. — Essa menina ainda vai me matar — murmuro, atirando a roupa no cesto de roupa suja.

Maddie entra sem bater, fazendo-me paralisar com as mãos na braguilha da calça de couro.

— Eu vou para a festa sem você e vou vestir o que eu quiser.

— Você não vai. — Por pouco não consigo controlar os palavrões. — Fim de papo.

— Você é tão mau! — berra ela, com as bochechas vermelhas de raiva.

— Eu sei! — Enfio as mãos por dentro da calça, pronto para tirá-la. — Pode sumir daqui? Eu vou tirar a roupa.

Seu rostinho lindo se contorce em total e completo nojo.

— Eca!

Ela sai batendo a porta e me deixa olhando para o meu tórax. "Eca?" Que atrevida! Eu posso estar à beira dos cinquenta, mas ainda estou muito bem. Pergunte à minha esposa. E a todas as outras mulheres no planeta. "Eca?"

Tiro as calças, deito-me no chão e faço cinquenta flexões, resmungando e xingando o tempo todo. Eu devia ter ficado na academia.

Depois de vestir um calção limpo, viro-me para voltar ao andar de baixo, quando noto uma pilha de roupas limpas em cima da cama. Faço então o que qualquer marido decente faria: pego-as e volto para o closet, na intenção de guardá-las. As meias e cuecas vão para as gavetas designadas a elas, e o que sobra na minha mão são calcinhas de Ava. Um sorriso safado surge no meu rosto ao ver tanta renda. É impossível deter a mim mesmo e não trazê-las ao nariz para inalar o perfume de roupa limpa misturado ao cheiro de Ava. Solto um gemido e fecho os olhos, planejando um momento íntimo para esta noite. Prevejo uma transa de bom senso em um futuro próximo. Farei minha esposa ver o quanto seria imprudente de nossa parte deixar Maddie ir à festa da escola desacompanhada.

— Pai?

Dou meia-volta e encontro Jacob parado à porta. Há uma expressão alarmada em seu lindo rosto.

— Ah, oi. — Afasto rapidamente as calcinhas do nariz e dou um sorriso constrangido.

— Está cheirando as calcinhas da mamãe?

Eu rio como um bobo, sentindo o calor subir à face. Meus filhos acabam com meu ego.

— Estou só verificando se foram lavadas — digo, dando as costas para ele e abrindo a gaveta de lingerie de Ava.

— Às vezes você tão é esquisito... — Jacob suspira atrás de mim e eu me retraio. Essa retração se transforma em uma careta quando noto algo em um canto da gaveta de Ava. O problema não é o objeto em si, mas o fato de que ele está do lado oposto de onde estava hoje de manhã. Eu solto um rosnado para o vibrador cravejado de diamantes – ou Arma de Destruição em Massa, como minha esposa gosta de chamá-lo – e fecho lentamente a gaveta. Ela não está errada. É uma arma de destruição, sem dúvida. Ela destrói meu ego. Estaria Ava se divertindo sem mim? Gozando com uma maldita máquina?

Esquecendo minha mágoa, por ora ao menos, volto a dar atenção ao meu garoto.

— O que há, amigão? — pergunto, indo até ele e abraçando-o pelos ombros.

— Um dos meus amigos da escola, o Sonny, me convidou pra ir a Old Trafford com a família dele pra ver o jogo do United. Eles vão jogar contra o Arsenal. Posso ir?

Disfarço um sorriso, olhando para Jacob, que me olha de volta, cheio de esperança e um pouco de preocupação. Eu sei o que ele está pensando. Ele está pensando que futebol é uma coisa *nossa* e que eu posso não gostar de vê-lo curtindo o esporte com outras pessoas. Sou eu quem o leva para os treinos, assisto a todos os seus jogos, levo-o ao estádio uma vez por mês para ver uma partida, só ele e eu. Coisa de homem, onde não haja mulheres para nos enlouquecer.

— Claro que pode.

— Obrigado, pai.

Eu me abaixo para enfiar o rosto em seus cabelos louro-acinzentados. Meu menino. Meu belo e calmo menino.

— Ei! — exclamo, libertando-o do meu abraço quando algo me vem à mente. — Sua mãe disse que você está apaixonado. — Ergo as sobrancelhas, inquiridor.

— Eu não estou apaixonado e, se estivesse, não contaria à mamãe. — Jacob revira os olhos e vai em direção ao seu banheiro.

— Levando na boa, certo? — Esse é o meu garoto.

— O quê? Como você fez com a mamãe? — Ele se vira e nota meu rosto fechado. Balança a cabeça outra vez. — Vou polir meus troféus. — E entra em seu quarto, abandonando-me no topo da escada.

Corro até o closet, pego o vibrador e saio. Checo o quarto de Maddie e confirmo que ela está chateada na cama e assim permanecerá por pelo menos uma hora. Confirmo também que Jacob já alinhou seus troféus de futebol e deve levar umas duas horas para polir todos eles.

Desço apressado, empunhando o vibrador de Ava como uma espada à minha frente.

— Quantas vezes teremos que conversar sobre isso? — pergunto, entrando na cozinha. — Todo o seu prazer tem que partir de mim.

Eu congelo e dou um grito quando percebo que minha esposa não está sozinha. Merda.

— Elizabeth! — berro, com a mão imóvel para cima.

— Ai... meu... Deus! — exclama ela, lançando um olhar indagador para Ava. A expressão de minha esposa é de horror.

O vibrador brilha para mim e eu me apresso em escondê-lo nas costas.

— É sempre bom te ver, mamãe.

Elizabeth suspira e vira-se para beijar o rosto da filha.

— Eu vou telefonar antes de vir da próxima vez, querida.

— Boa ideia — murmura Ava, transtornada, com uma expressão que diz que eu vou pagar por isso. Meu sorriso idiota só aumenta.

— Eu vou embora. Seu pai precisa que eu o busque no campo de golfe.

Aceno para minha sogra com a mão vazia e ela se aproxima de mim, balançando a cabeça em desaprovação.

— Não vai ficar? — pergunto por mera educação. Depois de todos esses anos, nós ainda temos uma relação de amor e ódio.

— Não finja que quer que eu fique.

O vibrador parece pulsar, lembrando-me de que tenho assuntos inacabados para esclarecer com minha esposa, mas ele é logo arrancado da minha mão.

— O que é isso? — pergunta Maddie, segurando o imenso vibrador. Os músculos do meu corpo todo falham e ouço Ava e sua mãe soltarem gritinhos de surpresa. Minha paralisia permite que minha filha investigue seu achado, acionando os botões do aparelho. O vibrador toma vida na mão dela. Maddie grita e o solta no chão, onde ele passa a dançar aos nossos pés.

— O que é isso? — grita ela.

— É uma arma de destruição em massa! — disparo, sem pensar, chutando o objeto para longe.

— O que é uma arma de destruição em massa?

— Uma bomba! — Jogo Maddie sobre meu ombro e saio da cozinha em disparada.

— Rápido, papai! Antes que exploda!

Puta merda, por que essas coisas acontecem comigo? Eu voo escada acima e irrompo no quarto de Maddie, derrubando-a na cama como faço sempre e vendo-a dar suas risadinhas de menina, afastando os cabelos do rosto. Olhos grandes, redondos e maravilhosamente escuros me encontram e sua risada se torna histérica, fazendo-a rolar na cama e apertar a barriga.

Desabo na cama ao lado dela e a puxo para o peito.

— Venha cá, pequena. — Suspiro, aproveitando a rara oportunidade de ficar abraçadinho com a minha filha. Ela se acomoda e aceita o meu carinho por um mísero momento, ainda rindo aqui e ali. Assim que retoma o fôlego, ela se desvencilha do meu abraço e se senta, cruzando as pernas e me olhando por um tempo, pensativa.

— Papai, por favor, me deixe ir à festa. — Ela une as mãos postas diante do rosto, como que implorando, os lábios num beicinho. Estou condenado. Mesmo. — Eu te deixo aprovar minha roupa.

Ergo uma sobrancelha, um pouco surpreso com a disposição dela em negociar. Apoio os cotovelos na cama e pondero sua sugestão por um segundo. Ela está sendo razoável. Eu deveria fazer o mesmo, não importa o quanto isso seja doloroso. Suspiro e reviro os olhos. Esse rostinho sempre acaba com a minha determinação.

— Vou te levar e te buscar. No máximo às dez da noite.

Ela dá um gritinho de felicidade e se joga em cima de mim, derrubando-me na cama outra vez.

— Obrigada, papai!

— Pode parar com essa história de "papai" agora — digo, roubando mais um abraço. — E você precisa atender seu telefone quando eu te ligar ou irei até a escola descobrir seu paradeiro.

— Não pode só mandar uma mensagem de texto?

— Não.

— Está bem — concorda ela, compreendendo que atingiu o seu limite.

— E lembre-se: — prossigo, entusiasmado em reforçar as regras — é ilegal beijar meninos até completar vinte e um anos.

Ela ri.

— Não é ilegal beijar meninos, pai.

— É, sim.

— Pela lei de verdade ou a do meu pai?

— Ambas.

— Você é impossível.

— Maddie, você quer ou não ir à festa?

Sua mandíbula se retesa e ela respira fundo.

— É ilegal beijar meninos até completar vinte e um anos — diz ela, seca, e eu inclino a cabeça, aguardando o resto. — Pela lei de verdade — acrescenta.

— Boa menina. — Beijo sua testa e saio do quarto, seguindo o meu caminho, satisfeito pelo trabalho bem-feito. Vê? Eu posso ser racional. Não sei por que todos reclamam da minha inflexibilidade. Sou flexível todos os dias da minha vida.

Jacob surge de seu quarto, com uma raquete de tênis na mão.

— Onde está Maddie? — pergunta ele.

Ela aparece com sua própria raquete, agora vestindo um short ridiculamente curto e uma miniblusa. Eles descem a escada correndo.

— Nós vamos para a quadra!

— Encontro vocês lá daqui a pouco! — grito. — Assim que me entender com a sua mãe — digo para mim mesmo enquanto desço a escada, torcendo para Elizabeth ter ido embora para que eu possa descobrir o que está acontecendo com aquele maldito vibrador.

Dou de cara com minha bela esposa na metade da escada. A Arma de Destruição em Massa está em sua mão e ela tem uma carranca de reprovação no rosto. Ela quer uma batalha de carrancas? Eu vou vencer todas elas.

Parando abruptamente, fecho a cara e rosno baixinho, aceitando o duelo de olhares, mas é muito difícil me concentrar diante de sua beleza tão natural. Tão... minha.

Tenho uma conversa mental com meu pau, dizendo para ele se comportar até que eu tenha desabafado. Falho miseravelmente e meu calção começa a formar uma tenda. A situação não escapa aos olhos de Ava e seu olhar vai direto para o meu púbis, a sobrancelha se erguendo, enquanto um tesão que conheço muito bem surge em seus olhos. Nada disso vai acontecer. Não por ora, pelo menos.

— Explique-se — ordeno, apontando um dedo acusador para a coisa na mão dela.

Ela faz um beicinho, olhando para o objeto antes de voltar os olhos brilhantes para os meus, sem perder a oportunidade de escrutinar o meu peito nu. Meu pau dá sinais de interesse mais uma vez dentro do calção. A sombra de um sorriso curva seus lábios e seus olhos faíscam, travessos.

Ela passa casualmente por mim e meu corpo se vira para ela devagar, seguindo-a. Ela para diante da porta do nosso quarto.

— Jesse? — diz ela, baixinho, com aquela voz rouca que me enlouquece.

— Sim? — respondo, esticando a palavra, com cautela.

Ava manda um beijo para o ar.

— Vá se foder. — Ela entra correndo no quarto e bate a porta.

Que merda é essa?

— Ava! — grito, caminhando a passos pesados até lá. — Nada de palavrões, porra! — Seguro a maçaneta e empurro a porta com todo o meu peso, fazendo-a tremer. Posso ouvi-la rindo do outro lado. Ah, ela quer brincar, é isso? Solto a porta e me afasto. Eu provavelmente poderia fazer um buraco nela apenas com o meu olhar. Respiro fundo e dou a ela o que ela está pedindo.

— Três... — digo, como quem não quer nada.

— Eu não vou te deixar entrar.

— Dois.

— Vá embora, Jesse.

Meu corpo se eriça e soco a porta, arrancando mais risadas provocantes do lado de dentro. Ah, ela vai ter o que merece. Com força.

— Um!

— Vai se ferrar, Ward!

Estufo o peito e me afasto outra vez, preparando meu ataque.

— Zero, *baby*! — grito, projetando o ombro e investindo contra a porta, que se abre facilmente, como eu sabia que aconteceria. Ava havia se afastado, certa do que eu faria em seguida. Agarro-a pelo punho antes que ela pense em fugir.

— Te peguei! — Eu a giro e jogo-a sobre meu ombro, levando-a para a cama. Aterrissamos entrelaçados, e poucos segundos depois ela está nua, minha pele na pele dela, meu pau dançando. Encontro meu espaço entre suas coxas e seguro seu rosto, acariciando o nariz dela com o meu. — Tenho duas palavras para você.

— Quais são?

— "Transa" e "punição". — Afundo o rosto em seu pescoço e o mordo, lambendo sua pele em seguida. — Está pronta, querida? — Fecho os olhos em êxtase, esperando um suspiro dela e um movimento provocante de seus quadris.

— Eu quero fazer uma cirurgia plástica nos seios.

Meus olhos se abrem de repente e eu desperto do meu estado de felicidade em um milésimo de segundo. Preciso ver seu rosto para saber se ela está me testando ou não. Enquanto encaro chocado a beleza de minha esposa, rapidamente concluo que ela não está me testando. Ela morde o lábio inferior, apreensiva, e eu tenho certeza de que está prendendo a respiração. Meu pau definha e desaparece.

— O que você está dizendo, Ava?

— Eu quero fazer uma plástica nos seios — repete ela, em voz baixa.

— Esqueça.

— Jesse...

— De jeito nenhum. — Eu me ajoelho e olho automaticamente para os seios dela. Os seios que amo. Os seios que me proporcionam horas de prazer. Seios macios. Seios naturais. *Meus* seios. Dou um gemido por dentro só de imaginar alguém enfiando um bisturi neles. — Nem que a vaca tussa. Pode tirar essa ideia da sua cabeça.

Ela segue meus olhos até suas mamas e as segura. Pela primeira vez na vida, observar Ava tocando a si mesma não mexe com a minha libido. Que diabos ela está pensando?

— Eles precisam de uma injeção de vida — devaneia ela, com o queixo colado no peito, examinando cada um. — Estão migrando para o sul.

— A única coisa que migrou para o sul foi o meu pau. — Um banho frio não teria sido tão eficaz. — Como eu disse, não enquanto eu estiver vivo. Nem mesmo depois que eu morrer. Encontrarei uma forma de voltar à vida só pra te castigar. Esqueça, Ava. Eles são meus e eu gosto deles como são.

— Você não está sendo razoável — murmura, enquanto eu me dirijo ao chuveiro, rindo. — E os seios na verdade são *meus*, não seus.

Essa afirmação me faz voltar à porta do quarto. Ela me encara, desafiadora. Sabe que não vai vencer essa batalha, mas vai tentar, além de saber que vai me enfurecer no processo.

— Quanto tempo faz que eu te conheci? — pergunto.

— Doze anos — solta ela, prática, obviamente contendo um revirar de olhos.

— Então sabe que as discussões sobre propriedade estão fora de questão. Nós esclarecemos esse detalhe nas primeiras semanas.

— Ao menos foi o que você disse. — Suas narinas se alargam. — E treze pode ser seu ano de azar, Ward.

Eu recuo, surpreso.

— Que merda isso quer dizer?

— Quer dizer — dispara ela, sentando-se na cama e cruzando os braços — que o ano treze pode ser o ano em que eu vou te deixar.

Eu quase pulo, num sobressalto, horrorizado, apesar de observar que seus dedos vão direto para os cachos dos seus cabelos. Ela está mentindo. Não importa, ela ainda teve coragem de dizer aquilo.

— Retire o que disse, agora mesmo.

— Não.

— Ava...

— Vá à merda.

— Olha a boca! — Parto para cima dela, ultrajado, pronto para colocá-la em seu lugar. Ela tenta escapar, mas poderia ter um quilômetro de vantagem e eu a alcançaria. Sempre. Ela engatinha pela cama, ciente de que foi longe demais, e grita quando agarro seu tornozelo e a puxo de volta para mim.

— Aonde acha que vai? — pergunto, deitando-a e sentando-me sobre seu ventre, seus braços presos sobre a cabeça com apenas uma de minhas mãos.

— Saia de cima de mim!

Faço a única coisa que me resta. Olho para o ponto sensível que ela tem nos quadris, com um sorriso maligno.

Ela congela.

— Não, Jesse.

Eu a ignoro e entro com tudo, fazendo cócegas em seu ponto mais fraco, apertando, beliscando e tornando a experiência o mais insuportável possível.

— Meu Deus! — Ela busca o ar e se contorce embaixo de mim, gritando. — Não! Eu vou... xixi... — Ela ri incontrolavelmente e berra, envergonhada. — Eu vou fazer xixi aqui!

— Retire o que disse agora — advirto, sem parar. Um xixizinho entre marido e mulher não é nada absurdo.

— Eu retiro!

— Vai me deixar, esposa? — pergunto, redobrando as cócegas.

— Nunca! — Ela está sem ar e arqueia o corpo violentamente.

— Fico feliz que isso esteja claro. — Liberto-a e ela pula da cama, com a mão entre as pernas. — Fique à vontade, mocinha.

Ela voa para o banheiro.

— Maldito!

Ava bate a porta e eu rio sozinho, seguindo-a, porém mais devagar que ela. Entro e a pego sentada no vaso. Ela me olha feio. Eu dou um sorriso.

Entrando no chuveiro, começo a cantar uma música de Justin Timberlake enquanto coloco sabonete líquido na esponja.

— Como foi seu dia, *baby*? — indago.

— Tudo bem. — Ela pega a escova de dentes, põe um pouco de creme dental e começa a escovação. — No á-ado em codo undo arrí aa o eu urra-o e aie-áio.

Olho incrédulo para ela através do vidro.

— Pode falar tudo isso aí de novo?

— No sábado, vem todo mundo aqui para o seu churrasco de aniversário — diz ela, após cuspir a espuma.

— Eu não vou fazer churrasco de aniversário — digo, definitivo, voltando a me esfregar. — Já discutimos isso.

— Mas...

— Nada de "mas", Ava. Não vou comemorar meus... — Paro no meio da frase, dando-me conta de que estava prestes a quebrar minha própria regra: não mencionar o malfadado número.

— Comemorar o fato de que está fazendo cinquenta anos? — Ela faz um gesto de cabeça para mim, com a escova voltando à boca.

Eu me encolho e massageio os cabelos com o xampu.

— Não estou fazendo cinquenta anos — resmungo, ouvindo-a suspirar. Para ela é fácil, ainda está na flor da idade aos trinta e oito. Trinta e oito! É mais ou menos a idade que eu tinha quando conheci Ava. Como os anos passaram depressa. Se os próximos doze anos voarem com a mesma rapidez, logo eu estarei aposentado. Meu estômago embrulha de pavor.

— Você ainda é o meu deus — declara Ava, doce, atraindo a minha atenção de volta para ela, que está do outro lado do box, observando-me.

— Eu sei.

— E ainda é o homem mais lindo que já vi na vida.

— Eu sei. — Dou de ombros.

— E você ainda trepa como um deus que tomou esteroides. — Ela beija o vidro.

—Sim, eu sei. — Encontro os lábios dela do outro lado.

— Então qual é o problema, deus maravilhoso?

— Nada — suspiro. Estou sendo idiota, mas cinquenta soa tão mais velho que quarenta e nove. Desligo o chuveiro e ela se afasta para que eu saia do box, oferecendo-me uma toalha. Eu me enxugo e vou para o espelho, onde me olho de cima a baixo. Sólido. Está tudo sólido. Tão duro hoje quanto era doze anos atrás. E meu rosto. Áspero pela barba de quatro dias, além da pele viçosa. Para ser bem honesto, eu não pareço muito diferente. Sei disso. É mais um estado psicológico. Cinquenta malditos anos.

Um par de braços me enlaça pela cintura, seus seios nus se comprimem às minhas costas num abraço.

— Você é lindo e todo meu — diz ela, fazendo-me sorrir.

— Essa fala é minha.

Ela me solta, fica ao meu lado e olha para mim.

— Não fique complexado. Isso não combina com você.

Balanço a cabeça, concordando, com raiva de mim. O que está acontecendo? Eu estou bem, minha esposa é maravilhosa e meus filhos são as mais belas criaturas que já vi. Sou o homem mais sortudo do mundo. Preciso tomar jeito. Vou ao armário acima da pia e pego meu desodorante. A cartela de pílulas de Ava chama a minha atenção.

— Tomou sua pílula hoje? — pergunto.

— Esqueci. Pode me alcançá-las?

— Sério, Ava? — Pego a cartela e ponho em sua mão. — Você não pode esquecer coisas assim. — Estremeço só de pensar.

Ela ignora meu evidente pavor e põe um comprimido na boca, que engole com um pouco de água.

— Então... Sobre a festa na escola...

— Eu já a deixei ir — digo após arrumar meus cabelos e voltar ao quarto. — Mas vou levá-la e buscá-la. E espero que ela atenda quando eu ligar, ou vou invadir aquele lugar. — Visto uma cueca boxer e estalo o elástico na cintura. — Então pode parar de encher o saco.

— Eu não encho o saco — diz ela, indignada.

— Não muito.

— Quer um tapa, senhor Ward?

— Quer uma transa de bom senso, sra. Ward? — Inclino a cabeça, na expectativa, e observo o tesão retornar à sua expressão. Apenas aquele olhar já é suficiente para acordar meu membro adormecido. Nossa, eu preciso dela de novo.

— Pai! — A voz de Jacob invade o quarto e meu pau se encolhe outra vez. Ava murcha, visivelmente decepcionada por ver que mais uma transa perigosa está fora de cogitação, porque o motivo do perigo acabou de aparecer. — Pai, você não vem jogar?

— A caminho, amigão — digo em voz alta, enfiando o calção.

— Empata-foda — resmunga Ava, oferecendo-me a bochecha quando me aproximo.

Eu a beijo ainda sorrindo e ela aperta o rosto contra os meus lábios.

— Transa sonolenta ao anoitecer na piscina?

Seus olhos se iluminam como diamantes.

— Combinado.

Pego meus tênis e vou para a porta.

— E da próxima vez que usar aquele vibrador sem mim, vai ficar sem sexo por uma semana inteira.

— O quê? — Seu choque é óbvio.

— Você me ouviu.

— Você também não conseguiria viver uma semana sem sexo, Ward. Estaria punindo mais a si mesmo do que a mim.

Desço dois degraus por vez, sorrindo. Ela tem razão.

— Então será uma semana de transas de desculpas. — Tê-la com a boca em torno do meu pau duas vezes por dia, todos os dias, não é algo que eu possa esnobar.

— Por mim, tudo bem.

Começo a rir e corro para a quadra.

Capítulo 3

— Parabéns pra você! Nesta data querida! Muitas felicidades, muitos anos de vida!

A presença de minha família e amigos cantando é o bastante para que eu queira sair correndo em busca da chave para a eterna juventude. Eu mal consigo ver meu bolo de aniversário com tantas velas acesas. Cinquenta. Como foi que isso aconteceu? Cinquenta! Talvez eu devesse tirar isso da cabeça – Deus, como eu gostaria de esquecer –, mas minha querida esposa não permite e, não bastasse o incêndio florestal assando meu bolo, há balões e faixas por todos os lados da casa e do jardim, para o caso de passar despercebido o fato de que sou um velho.

— Alguém aí tem um extintor de incêndio? — pergunto, inspirando profundamente para reunir a maior quantidade possível de ar nos pulmões. Vou precisar.

— Ah, não! — Ouço Maddie lamentar. — Ele vai destruir o bolo!

Reviro os olhos e sopro as velas enquanto todos riem às minhas custas. Sam me dá um tapinha nas costas e sorri.

— Não diga nada — advirto meu amigo, antes que ele me venha com alguma piadinha sarcástica. — Você também não é nenhum moleque.

Ele ri e balança a cabeça. Eu gostaria de ser tão complacente quanto ele a respeito da própria idade.

— Estou alguns anos atrás de você, meu chapa. Não me coloque no mesmo tacho velho.

— Vá se foder.

— Jesse Ward! — grita a mãe de Ava, tampando os ouvidos de Maddie com as mãos e fazendo um sinal para que o marido, Joseph, faça o mesmo com os de Jacob. Meu sogro nem se abala e, em vez disso, despenteia os cabelos do meu filho com um sorriso cheio de orgulho. Maddie se desvencilha da avó e começa a retirar as velas do bolo, contando cada uma delas, só para esfregar sal nas minhas feridas. Ela conta até a décima terceira, até Kate, gravidíssima, interrompê-la.

A melhor amiga de Ava sorri para a minha filha, que olha para ela, inquiridora.

— Não vamos deixar seu pai ainda mais chateado — diz ela baixinho, mas não o bastante para que eu não ouça. Kate olha para mim e o sorriso que eu tinha nos lábios ao olhar seu ventre enorme morre quando noto que ela está tirando sarro com a minha cara.

— Esta é a pior festa de todos os tempos — bufo. Vou até a cozinha, onde espero encontrar uma cerveja, considerando os benefícios de beber até cair. Imediatamente repreendo a mim mesmo por tais pensamentos. Jamais. Abro a geladeira e me livro depressa da tampa da garrafa.

— Eu poderia perguntar se quer algo mais forte, mas sei que não vai topar — diz Sam, que chega à cozinha no momento em que fecho a porta da geladeira.

— Não me tente. — Bebo mais um gole enquanto Drew se junta a nós. Seu terno é tão impecável que ele parece não ter se sentado, agachado ou mesmo se movido desde que o vestiu. — Está um pouco bem vestido demais para um churrasco, não acha? — pergunto.

— Tenho um compromisso especial depois de me divertir às suas custas.

Drew vai à geladeira e também pega uma cerveja, ignorando meu olhar de surpresa. Viro-me para Sam e descubro que sua expressão é a mesma que a minha.

Compromisso especial?

— O que pode ser mais especial que estar com seu amigo no aniversário dele de cinquenta anos? — Levo a garrafa à boca, observando Drew abrir a dele.

— Vou pedir Raya em casamento — sussurra ele.

A surpresa me faz cuspir cerveja por toda a cozinha, inclusive em Drew. Eu tusso, engasgo e fungo, enquanto Sam gargalha e Drew olha para mim como quem quer arrancar minha cabeça. Sem dúvida ele quer. Arruinei seu terno. Ele bate com a garrafa na mesa, com as narinas dilatadas, embora seu rosto permaneça impassível. Casado? Drew? Não há dúvida de que ele encontrou sua alma gêmea na bela Raya; ele nunca esteve tão feliz e sossegado, mas... casamento? Jamais imaginei que ele iria se aventurar por esse caminho.

— Jesse! — vocifera Drew, passando a mão com força no paletó. — Que merda! Olha só!

— Desculpe. — Pego uma toalha e jogo para ele.

— O que está acontecendo? — Kate entra na cozinha com pratos vazios, seguida por Ava.

— Drew vai pedir Raya em casamento — Sam e eu dizemos em uníssono, fazendo as garotas pararem no lugar com a mão na boca, antes de parabenizarem Drew.

— Podem falar mais baixo? Assim ela vai ouvi-los! — murmura ele, atirando a toalha com força em mim e tentando afastar as meninas. Ela atinge meu rosto antes que eu possa pegá-la.

— Ouvir o quê? — pergunta Raya, aparecendo na cozinha com um prato em uma das mãos e uma taça de vinho na outra.

— Nada! — Todos nós fazemos coro, sorrindo.

— Vamos embora. — Drew revira os olhos e pega a namorada.

— Vamos? — Raya coloca o prato na mesa, parecendo um pouco atônita ao ver Drew tirar o copo de sua mão e caminhar em direção à porta. — E a Georgia?

Drew olha para mim e dá um sorrisinho safado.

— O tio Jesse disse que ela poderia ficar.

— Eu disse?

— Dissemos, sim — intervém Ava. — Divirtam-se! — diz ela, indo para o lado de Kate. — Acha que ele ainda tem aquele piercing no pênis? — sussurra ela no ouvido da amiga.

Que porra é essa? Eu olho incrédulo para a minha esposa, que se cala imediatamente, retesando-se, com os lábios apertados. Aguardo sua reação, mas ela dá de ombros e olha para os lados, culpada.

— Foi só uma coisa que eu ouvi. — Ela morde o lábio e olha para Kate, que ri, segurando a barriga.

— Parem. Assim eu vou fazer xixi nas calças.

Eu encaro Ava.

— Como você sabe que Drew tem um piercing no pênis?

— Eu já disse, foi só uma coisa que eu ouvi. — Ela dá de ombros novamente, despretensiosa.

— Eu só me pergunto quem teria contado — divaga Sam, lançando um olhar acusatório para Kate, indo até ela e tentando aproximar seus rostos, embora a barriga não permita. — Explique-se.

— Fiquei surpresa na época, só isso. Precisava dividir isso com alguém.

Sam a beija com força no rosto e mais uma vez no alto da barriga.

— Tampe os ouvidos, meu amorzinho — diz ele, baixinho, antes de encarar Kate novamente. Ela está sorrindo, ele não. — Bom saber que tudo o que se lembra daquela noite é do pau do meu amigo.

Eu começo a rir de novo, sentando-me em um dos bancos para curtir o show. No final das contas, até que a festa não está sendo tão ruim. Cruzo os braços e tiro os olhos da expressão incrédula de Sam para observar o olhar desdenhoso de Kate.

— É, Kate — provoco quando John surge à porta.

— As crianças convenceram os avós a jogar Twister. Eu deixaria uma ambulância de sobreaviso, se fosse vocês.

—Venha! — Ava me puxa do banco e nos leva para fora da cozinha. — Temos que resgatar nossos pais, antes que se machuquem.

— Mas eu quero ficar assistindo — reclamo, olhando para trás a tempo de ver Sam agarrar Kate e trazê-la para seus braços. Ela dá um gritinho que é definitivamente mais de prazer do que de medo.

— Ah, que merda. — Ela ri. — Acabei de me mijar.

— Pensando bem... — Deixo que Ava me carregue para o jardim, onde encontro nossos pais contorcidos em posições inimagináveis. Estou rindo outra vez, mais forte ainda quando eles todos caem de uma vez, criando uma pilha de avós gemendo sobre o gramado.

— Estou velho demais para isso. — Meu pai se levanta com o corpo todo estalando, antes de ajudar minha mãe a fazer o mesmo.

Bato palmas, marchando até eles e apontando para o tabuleiro.

— Com licença, meus caros. — Estalo os dedos e dou um sorrisinho para os gêmeos. — O campeão está aqui para defender seu título.

— Lá vamos nós. — Jacob suspira, chutando sua bola para longe.

— Cansei desse jogo — declara Maddie.

— É meu aniversário. — Eu me agacho e ajeito as pontas do tapete, alisando o plástico e tirando os sapatos. — Vocês têm que fazer o que eu mando — digo, erguendo a gola da camisa polo Ralph Lauren que estou vestindo. — Quer jogar, sra. Ward?

— Quer perder, sr. Ward?

— Eu sempre venço, *baby*. Você já deveria saber.

Ava prende os cabelos em um rabo de cavalo e faz um beicinho.

— As coisas podem mudar a partir de agora.

Uma gargalhada irrompe do fundo de mim, apoiada por risos de nossos convidados. Bom saber que eles acham a afirmação dela tão hilária quanto eu.

— Eu sou o azul — anuncio enquanto todos se afastam, dando-nos espaço. — Ava é o vermelho, Jacob é o verde e Maddie, o amarelo. Quem vai primeiro?

— O mais novo joga primeiro — brada Jacob. — Que sou eu.

— Só por dois minutos! — lembra Maddie.

Levanto a mão, interrompendo o que pode se transformar em uma discussão.

— Dois minutos ou dois anos, Jacob ainda é o mais novo.

— Jacob vai primeiro. — Ava se aproxima e seus olhos se estreitam, desafiadores. — Depois joga Maddie, eu venho em terceiro e você, meu caro marido cinquentão, fica por último.

— Não pense que pode me distrair com insultos — aviso, fazendo um gesto para que Jacob comece logo.

Eu me concentro no jogo e, mais importante, em como vencê-lo. John, Sam e Kate unem-se à plateia com a filha de Drew, Georgia, e todos nós jogamos uma vez. Tudo bem até então, todos estáveis, todos confiantes.

Dez minutos depois, eu, minha esposa e nossos filhos estamos em um emaranhado de braços e pernas, e nossa plateia está rindo.

— Papai, sua perna enorme está no meio do caminho — reclama Maddie.

— Ótimo! — respondo, rindo, sem perder a concentração.

— Assim, Maddie. — Sam se acocora ao lado da menina, mostrando a ela como chegar à roleta.

— Nada de ajudar! — grito, virando o rosto e ficando com a boca cheia de cabelos de Ava. Meus olhos encontram os dela e eu esqueço completamente o motivo de minha queixa. Também perco a concentração, com seus seios ao alcance da minha língua.

— Nem pense nisso, Ward — adverte ela.

— Em qualquer lugar, a qualquer hora, querida.

— Não durante um jogo de Twister com seus filhos, na cara dos nossos pais.

Meus braços tremem de leve com o esforço de me manter de pé. Também não ajuda o fato de que Jacob e Maddie estão com o peso todo apoiado em mim aqui ou ali e que Ava está praticamente pendurada no meu tórax.

Eles estão fazendo isso de propósito, para me derrubar, mas eu não vou me render. De jeito nenhum. Fecho os olhos e me concentro, ouvindo palmas e palavras de incentivo de todos, o que significa que Maddie já fez seu movimento e que ainda está no jogo.

— Sua vez, mamãe — falam os gêmeos, juntos.

— Se eu conseguir alcançar a roleta. — Ava pressiona o corpo com mais força contra o meu.

Foco, foco, foco. Algo macio e gostoso encosta na minha boca. Algo que reconheço. Abro os olhos e dou de cara com seios. Não resisto e dou uma mordida.

— Ai! Jesse! — Ela cai por cima de mim, trazendo consigo as crianças. — Seu ladrão!

Eu começo a rir, rolando no chão e prendendo Ava embaixo de mim.

Ela tenta se libertar, num esforço patético de me bater. As crianças fingem nojo, nossos pais fazem cara feia, e Kate e Sam riem com Georgia e John, mas é a mulher presa sob mim que tem toda a minha atenção.

— Você perdeu — sussurro, dando um beijinho em seu nariz.

O sorriso dela se abre instantaneamente e meu coração se enche de alegria.

— Não, eu venci. — Ela me agarra pelos cabelos e me puxa de encontro aos lábios dela, enquanto rolo nossos corpos para fora do tapete.

— Essa noite teremos transa sonolenta — digo.

— Ai, meu Deus! — Maddie protesta. — Papai! Mamãe! Por favor!

Nós dois rimos com os lábios colados, mas sem interromper o beijo. Nem agora, nem nunca.

Capítulo 4

É tarde. As crianças estão na cama, os convidados já foram embora e posso ouvir Ava mexendo na cozinha. Vou até lá, parando à porta para admirá-la por um momento. Ela está programando a cafeteira para ligar pela manhã, algo que faz na maioria das noites, assim como deixar sobre a mesa o cereal matinal favorito das crianças. Eu espero até que ela termine as tarefas e comece a passar hidratante nas mãos para me aproximar por trás dela. Faço tudo em silêncio, mas ela não precisa me ouvir para saber que estou perto. Ela apruma a coluna e suas mãos param no meio do movimento.

Pressiono meu peito contra as suas costas e levo a boca ao seu ouvido.

— Para o quarto, já — ordeno em voz baixa, porém firme.

Ela se vira devagar e roça o corpo no meu, a fricção fazendo a minha temperatura subir além do teto. Pego-a no colo e a aninho em meus braços, tomando sua boca na minha enquanto a levo para o nosso quarto. Ela geme na minha boca e eu faço o mesmo na dela. É o paraíso.

Nossos lábios não se separam por todo o caminho até o quarto, e é um sacrifício abandonar o beijo quando chegamos à cama. Eu a deito e tiro a camisa, atirando-a para o lado. Ava mordisca o lábio inferior, com olhos famintos.

— Gosta do que vê? — pergunto, confiante na resposta. Pode me chamar de egocêntrico. Não estou nem aí. Baixo a calça e a cueca, aguardando uma resposta. Ela está nas nuvens. — Ei! — Eu a belisco, trazendo-a de volta para a realidade. — Então?

Ela franze as sobrancelhas ligeiramente.

— O que foi que você disse?

Sorrio. A pergunta dela é uma resposta boa o bastante para mim.

— Gosto do seu vestido. — Estico o braço e toco o tecido de seda preto, abrindo ainda mais o sorriso quando ela suspira. — Mas é um pouco limitante.

— Tire-o — diz ela, impaciente. Sua fome por mim apenas intensifica minha fome por ela, mas eu ainda me divirto com seu desespero.

— O que você tem que dizer?

Vejo que ela quer brigar, mas minha esposa aprendeu cedo que me dar o que eu quero faz com que ela tenha o que quer mais rápido.

— Por favor. — É mais que um pedido. É algo que me excita mais que qualquer outra coisa. O vestido desaparece em segundos e a calcinha ainda mais rápido. Apoio-me no colchão e rastejo sobre o corpo dela, lambendo a parte interna da coxa, rosnando baixinho quando passo por sua vagina úmida, doce e macia. Ela dá um gemido que parece não cessar, arqueando a coluna e projetando os seios. Circulo seu mamilo esquerdo com uma lambida firme e lenta. Que gosto bom ela tem.

Ela suspira e suas mãos vão parar na minha cabeça, perdendo-se nos meus cabelos.

— Você fode como um deus, Ward.

Eu mordo seu mamilo como forma de advertência, mas deixo o palavrão passar desta vez, alisando seu ventre a caminho de seu âmago, onde mergulho meus dedos.

— Você está mais do que pronta — digo quando ela grita. Retiro meus dedos e me acomodo em cima dela, apontando meu membro duro como pedra para dentro dela. — Forte ou suave, *baby*?

— Suave. — A palavra sai em um suspiro, ofegante e feliz, suas palmas nos meus quadris, puxando-me para baixo.

Eu a penetro lentamente, lutando para manter a respiração compassada mesmo com todo o prazer que me invade.

— Assim? — pergunto, chegando à base.

— Exatamente assim.

Sentir suas paredes internas faz eu me apoiar nos antebraços.

— Nós somos tão bons juntos, Ava.

— Eu sei — concorda ela, cravando as unhas nas minhas nádegas.

Seu olhar encontra o meu e é ali que ele vai permanecer até que eu a leve ao orgasmo e ela seja forçada a fechar os olhos. É uma das minhas visões favoritas. Paixão e urgência estampadas no seu rosto, a respiração ofegante aquecendo minha pele. É debilitante.

Esta mulher me tornou cativo por todos os dias de nossa vida juntos. Não somente quando a tenho em meus braços ou quando estou mergulhado dentro dela, mas em tudo o que ela faz. Sempre que ela olha para mim, fala comigo ou me toca. Sou o homem mais sortudo do planeta e agradeço ao destino todo minuto, todos os dias. Eu a amo com uma ferocidade que cresce a cada segundo.

— Eu também te amo — sussurra ela, lendo meus pensamentos. — E também sou muito sortuda. — Suas mãos deixam meu traseiro e tocam o meu rosto, as coxas me abraçam pela cintura. Ela segura meu rosto com firmeza e eu mantenho o ritmo lento e cuidadoso dos quadris, penetrando-a gentilmente. — Você é a minha vida, Jesse Ward. Você mantém meu coração batendo.

Dou um sorriso tímido, mostrando que compreendo e mantendo meus olhos nos dela enquanto tomo sua boca na minha. O beijo reflete a delicadeza do nosso amor, até eu parar de me mover e nossas bocas apenas se tocarem.

— E o meu coração baterá sempre apenas por você — sussurro também, à beira de uma explosão de prazer. — Quase lá?

— Quase lá. — Sua face adquire um brilho que me confirma seu estado e eu passo a estocá-la ligeiramente mais forte, levando-nos ao orgasmo juntos.

Meu corpo absorve seus tremores, que vão direto para o meu coração, enchendo-o de sentimentos tão fortes que eu mais uma vez me pego tentando contemplar a realidade de nossa bela existência. Acho que nunca conseguirei.

Estamos arfando um no rosto do outro, milhões de palavras silenciosas indo e vindo entre nós. Não precisamos dizê-las. Ambos sabemos. Tiro sua mão esquerda do meu rosto e beijo sua aliança de casamento, antes de entrelaçar nossos dedos, apertando-os e descansando o rosto em seu pescoço úmido.

— Foi bom pra você? — pergunto.

— Mais ou menos... — Ela suspira e eu sorrio, ainda aninhado, beijando-a sem pressa, aqui e ali. — Vamos pra banheira?

Fico imóvel por um momento, pensando. Banheira?

— Dá para ouvir as engrenagens funcionando aí dentro. — Ela ri. Ava está certa. Ir para a banheira significa *conversa de banheira*. Sobre o que ela quer conversar?

Afasto meu rosto do pescoço dela e ergo uma sobrancelha.

— Há algo que queira me dizer? — Minha esposa sabe que meu ponto mais fraco é quando ela está nua, molhada e em cima de mim.

— Não, só pensei que seria gostoso tomarmos um banho juntos.

Ava e eu deslizando nus um sobre o outro? Eu me retiro de dentro dela, meu pau ainda pulsando com as sensações proporcionadas pelo nosso orgasmo.

— Espuma?

— Muita.

— Tudo o que a minha dama quiser. — Pulo da cama e vou para o banheiro, onde abro as torneiras e derramo uma quantidade generosa do gel de espuma, antes de agitar um pouco a água com as mãos. Leva uma vida inteira para encher metade da banheira e, quando estou satisfeito com a profundidade, eu pulo para dentro e atiro espuma para cima. — Estou pronto! — chamo.

Em poucos segundos, ouço Ava rir.

— Onde você está?

Movo as mãos para retirar um pouco das bolhas do meu rosto e dou um sorriso quando a vejo parada na porta.

— Seu deus está esperando. — Estendo a mão e ela vem até mim, ainda rindo, soprando mais espuma do meu nariz, enquanto se senta à minha frente. Dou um suspiro contente quando ela se acomoda entre as minhas pernas, e meus braços e pernas a enlaçam, meus olhos se fecham, em paz. A sensação das mãos dela acariciando os pelos das minhas pernas é hipnótica. Êxtase total.

Ficamos em silêncio por um tempo, um silêncio glorioso e pacífico. Até que Ava o quebra.

— Jesse?
— Hmmm...
— Sobre os meus seios...

Abro os olhos imediatamente. Eu sabia. Quer um banho de banheira, não é? Bufo.

— Você quer dizer os seios perfeitos que seu marido ama exatamente como são? Esses seios? — Não consigo vê-la, mas sei que ela acaba de dar uma revirada de olhos digna de prêmio.

— Sim, esses seios.
— Esqueça. — Ela se move dentro do meu abraço. Então eu a abraço mais forte.
— Deixe-me olhar para você.
— Não.
— Jesse. — A água começa a espirrar em torno de nós e eu sou forçado a soltá-la ante o risco de inundar o banheiro.
— Pelo amor de Deus! — Suspiro enquanto ela se vira e coloca as duas mãos em meu peitoral, pressionando o corpo contra o meu. A ponta do nariz dela toca a ponta do meu. Não vou discutir isso de novo. De jeito nenhum. Esses seios são perfeitos. E, mais que isso, eles são meus. Balanço a cabeça, determinado a permanecer irredutível, não importa o quanto ela implore ou o que ela me prometa. — Não — repito, firme. — Nem por um milhão de potes de pasta de amendoim e *dois* milhões de transas de desculpas. Não.
— Mas eu detesto meus seios — choraminga ela, fazendo um biquinho que projeta seu lábio inferior para a frente. Eu me estico e cravo meus dentes nele. — Ai!
— A resposta será sempre não.

Ela se liberta da mordida, sibilando de dor. Pode me chamar de irracional, mas não deve estar doendo tanto quanto ela faz parecer.

— Apenas me ouça.

Sou forçado a tirar as mãos do traseiro dela para tapar os ouvidos.

— Definitivamente não.
— Jesse...

Fecho os olhos.

— Não estou ouvindo. — Sinto-a afastar-se de mim, obviamente aceitando que não chegará a lugar algum. Que bom. Espero que ela esteja pensando sobre o quanto não está sendo razoável. Uma plástica nos seios? Bufo outra vez, às cegas. Ela teria mais chances de se divorciar de mim.

Quando não escuto som algum por vários minutos, assumo que ela desistiu e o território está livre. Abro um dos olhos devagar para ver se estou sozinho. Não estou. Fecho os olhos outra vez, mas algo na mão dela chama a minha atenção. A mangueira da duchinha do chuveiro? Ela a puxou de dentro do box e está apontando-a para mim. Eu fecho a cara, notando de repente que a água escoou totalmente. Não! Levanto-me depressa, escorregando nos resquícios de espuma que cobrem o esmalte da banheira.

— Ava! — Sou atingido pelo jato, como lascas torturantes de gelo. — Porra! — Perco o equilíbrio e tombo. — Ava! Pelo amor de Deus!

— Diga que vai me ouvir — exige ela, movendo-se até onde o comprimento da mangueira permite, o que é bem perto.

Meu corpo todo está em choque, deixando-me à mercê de minha esposa maligna.

— Tre-ês... — Bato os dentes, perguntando-me o que farei quando chegar ao zero. Não sei, mas será ruim. Muito ruim. — D-o-ois... — Começo a tremer como um tonto, incapaz de escapar. Meu Deus, estou com todos os sintomas de hipotermia. — Ava!

— Vai me ouvir?

Nem sequer consigo chegar ao zero. Estou morrendo de frio.

— Está bem! Pelo amor de qualquer porra, está bem! — O jato para no mesmo instante, eu saio da banheira cambaleando e caio de costas no chão, tremendo. — Me passe uma toalha, sua bruxa. — O tecido macio cobre meu rosto e eu me apresso a me enxugar. — Por que fez isso? — disparo, indignado. — Se minhas pernas não estivessem congeladas, você estaria recebendo a maior das maiores transas de castigo nesse momento.

— Vou aguardar ansiosa — responde ela, recolocando a ducha no lugar. Então ela vem até mim até ficar com um pé de cada lado do meu tronco. Senta-se e planta o traseiro sobre o meu estômago, com as mãos nos meus peitorais, passando a se esfregar na minha pele arrepiada. — Deixe-me aquecê-lo.

— Quanta gentileza. — Preciso de um forno, uns dez minutinhos a cento e oitenta graus. Estou gelado até os ossos.

— Na consulta, o cirurgião disse que um pouquinho...

Eu engasgo.

— Você já conversou com um cirurgião? — Por favor, Deus, diga que não era um homem.

— Você disse que iria me escutar.

— E odeio o que estou ouvindo, Ava. — Eu a empurro de cima de mim e me levanto, batendo os pés ao sair. — Não consigo sequer olhar pra você. — Vou para o closet, onde arranco uma camiseta limpa do cabide. Nem sei por que, afinal, sempre durmo nu, mas preciso de algo para ocupar as mãos ou vou apertar seu lindo pescoço. — Se foi um cara, não me diga. — Tenho vontade de vomitar.

— Está bem.

Eu me viro para ela, ultrajado.

— Então *foi* para um cara que você mostrou os *meus* seios?

Ela encolhe os ombros.

— Você disse que não era pra te contar.

— Mas foi o que você acabou de fazer! Que merda é essa, Ava? — Começo a vestir a camiseta, mas tenho que brigar com as mangas, ficando emaranhado. — Caralho!

— É só uma plástica nos seios.

Desisto de tentar me vestir, ficando com os braços tortos e presos ao lado do meu pescoço. Ava está tentando não rir.

— Pegue uma faca e me mate, porque vai doer menos do que o que está me sugerindo. — Percebo minha estupidez no momento em que as palavras saem da minha boca. O meio sorriso de Ava desaparece e ela se encolhe, os olhos marejados voltando-se para o meu tórax, onde duas cicatrizes profundas enfeiam minha pele. Praguejo mentalmente mil vezes, enquanto liberto meus braços e visto a camiseta, escondendo minhas cicatrizes dos olhos tristes de minha esposa. — Desculpe — falo baixinho, me sentindo péssimo. Nossa história é épica, mas eu preferiria que não tivesse essa parte em particular.

— Eu jamais te machucaria — diz ela, em um fio de voz, virando-se e afastando-se de mim.

Dou um murro em minha própria testa.

— *Baby*, espere. — Vou atrás dela, puxo-a pelo punho e a faço virar-se para mim. Ela não oferece resistência. Na verdade, faz o exato oposto. Ela se atira no meu colo e assume a posição costumeira de filhote de chimpanzé, afundando o rosto no meu pescoço. Não há como eu me sentir pior. — Desculpe. — Eu me agarro a ela e sinto a umidade de suas lágrimas em mim.

— Sei que já faz muito tempo, mas só de lembrar como fiquei apavorada quando achei que tinha te perdido, parece que sinto tudo de novo. E entro em pânico. Porque eu já era apaixonada por você na época. Já precisava de você. Doze anos depois, esses sentimentos se multiplicaram por um milhão, e a ideia de te perder acaba comigo, Jesse. — Ava soluça e sua respiração é trêmula.

Fecho os olhos e a abraço um pouquinho mais forte.

— Ninguém vai me levar embora — prometo com cada fibra do meu ser.

— Você fala como se fosse indestrutível.

— E sou. Se eu tiver você e as crianças, nada pode me atingir, Ava. — Forço-a a me soltar e estudo seu rosto, enxugando as lágrimas. Não conversamos sobre os acontecimentos daquele dia. Lauren ainda está trancafiada em uma cela em algum lugar sob vigilância permanente, e há uma medida judicial de restrição caso essa condição se altere, o que, já fui informado, não vai acontecer. Tentativa de assassinato premeditado, muito bem planejado e quase cirurgicamente executado. Ninguém vai vê-la por um bom tempo. — Não chore, *baby*. Sinto dizer que você não vai se livrar de mim.

Ela puxa meus cabelos e faz um ruído que mistura um rosnado e uma risada.

— Isso não tem graça.

— Cale a boca e me beije, mulher.

Ela me devora como um leão e empurra para longe cada segundo de nosso passado terrível, deixando espaço apenas para as boas lembranças. As lembranças incríveis. Lembranças que construímos todos os dias de nossa bela existência juntos. Somente nós e nossos bebês.

Capítulo 5

Na semana seguinte, enquanto dirijo na Park Lane, a caminho da academia, com a capota do meu DB9 Volante baixada, o vento passando por mim, telefono para Drew. Só para passar o tempo.

— Boa tarde! — cumprimento, todo feliz, assim que ele atende.

— Sim. O que quer?

— Isso não é jeito de cumprimentar um amigo. — Sorrio ao passar por um sinal amarelo e mudar de faixa, ignorando a buzina de um babaca em um Bentley.

— O que você quer? — repete ele, parecendo entediado pela conversa que nem chegou a decolar. Estou prestes a remediar isso.

— Eu só queria saber como está se sentindo agora que vai se amarrar pelo resto da vida.

— Eu já sabia que seria para o resto da vida antes de pôr uma aliança no dedo dela.

Dou um sorriso, todo sentimental por meu amigo. Nós já tínhamos perdido a esperança de que o safadão fosse tomar jeito, quando Raya entrou na vida dele.

— Parabéns, meu chapa. Estou feliz por você. Quando é o grande dia?

— Em poucos meses. A data exata ainda aguarda confirmação.

— Porra, você não está mesmo brincando, não é?

— Você está mesmo dizendo isso? — Ele ri, verdadeiramente divertido. — Você levou Ava ao altar poucas semanas depois de tê-la conhecido.

Estou sorrindo ao estacionar na minha vaga do lado de fora da academia e pegar minha mochila no porta-malas.

— Comigo é tudo ou nada. Cheguei na academia. Falo com você mais tarde. — Desligo e entro correndo, procurando por John. — Oi, Gaby — cumprimento uma das recepcionistas. — Viu o Grandão?

Uma unha rosa-cítrico, longa como uma garra, aponta escada acima, para a área dos aparelhos.

— Está testando as novas máquinas.

Subo dois degraus por vez, chegando à área ampla dedicada aos aparelhos de ginástica. Está tudo calmo agora, depois que as mães já saíram para buscar os filhos na escola. Mais uma hora e estará lotada outra vez, quando todos tiverem saído do trabalho. Vejo John do outro lado da sala e levanto a mão quando ele faz sinal para mim, enquanto adiciona pesos às extremidades de uma barra. Espero ainda levantar pesos quando chegar à idade dele. Ele arruma tempo todos os dias – mesmo nos ajudando a administrar a academia – para manter o corpo malhado. Ele faz um meneio de cabeça, avisando que me encontrará no escritório, então é para lá que eu vou.

Entro e encontro Cherry sentada à mesa de Ava. Ela ergue a cabeça.

— Jesse. — Ela se levanta, ajeitando a saia. — Ava me pediu para verificar algumas faturas, antes de sair para pegar Maddie e Jacob, mas se você precisar de algo...

— Estou bem. — Jogo a mochila no sofá.

— Chá? Café? Água? — Ela dá a volta na mesa, com um sorriso brilhante. — Qualquer coisa?

Tropeço no caminho até o arquivo, olhando para trás com uma expressão curiosa. Ela está sugerindo algo?

— Estou bem — repito, detectando um brilho diferente nos olhos azuis dela.

— Bem, se pensar em algo... — Seus dentes se afundam no lábio inferior.

Ela está dando em cima de mim? Essa mulher deve ter uns vinte anos a menos que eu e, embora seja um pensamento doloroso, não posso negar que uma partícula do meu ego gosta disso. Sim. Ainda faço sucesso, mas essa mulher precisa saber que só me importa o sucesso que faço com a minha esposa.

— Cherry. — Caminho até ela, vendo que seu lábio escapa da mordidela lentamente, sua postura mais confiante. Preciso cortar o mal pela raiz antes que ela encare a ira de Ava. Estremeço, mas sorrio por dentro também. Não sou o único possessivo nessa relação. — Talvez devamos...

Sou interrompido pela entrada brusca de John, falando ao telefone.

— A peça está faltando e eu a quero aqui pela manhã. — Ele desliga e olha de mim para Cherry. — Está tudo bem?

— Sim. Cherry estava saindo.

Ela nos deixa rapidamente, fechando a porta atrás de si.

— O que foi isso? — John se senta do lado oposto da mesa de Ava, enquanto eu desabo na cadeira dela.

— Acho que Cherry está apaixonadinha.

Ouço a risada grave de John.

— Deus a ajude se Ava descobrir. Vou falar com ela.

— Por favor, faça isso. — Ligo o monitor de Ava e digito a senha dela, sorrindo.

MEUSENHOR3210

— Tem algo para me contar? — pergunto, checando os e-mails dela. John não responde, então eu olho para ele, que está com a expressão séria. Não gosto dessa expressão. É seu rosto ultrassério. — O que houve? — pergunto, desconfiado.

— Sarah está de volta. — É isso. É só o que ele diz, acomodando-se na cadeira. Já eu estou tentando processar as palavras que acabam de sair da boca dele.

Estou imóvel. E subitamente febril, embora não saiba dizer se é de medo ou de raiva. Caralho. A merda vai voar no ventilador quando Ava descobrir. Não vemos Sarah há anos e não tenho o menor desejo de vê-la agora. As lembranças estão descarregando em minha mente, muitas e muito depressa. Não posso passar por isso de novo. Tio Carmichael, Rosie, Rebecca, o acidente de carro. Não há um dia em que eu não pense neles todos, mas Sarah... Eu *jamais* penso nela ou no que ela tentou fazer a mim e a Ava. E não vou começar agora. Minha vida é perfeita demais.

— Por quê? — É tudo o que consigo dizer.

John encolhe os ombros imensos.

— As coisas não deram certo pra ela nos Estados Unidos.

Não deram certo? Não confio em Sarah. Eu lhe dei dinheiro. Dei minhas bênçãos, mas a única coisa que eu não podia dar a ela era meu amor. Passo a mão pelos cabelos, me sentindo exausto.

— Diga a ela pra ficar longe de mim e de minha família.

— Já fiz isso, mas é a Sarah, Jesse. Não posso ficar de olho nela a cada segundo do dia.

— Onde ela está? — Fecho a cara.

John não mente e tira os óculos escuros para que eu veja o quanto ele fala a sério.

— Hospedada na minha casa.

Eu lhe dirijo um olhar incrédulo, mas sua expressão austera não muda, seu rosto inescrutável.

— Por que diabos você faria isso?

— Ela está falida, Jesse. E arruinada. O que queria que eu fizesse? Fechasse a porta na cara dela?

— Sim. — Eu me levanto, deixando a raiva tomar conta de mim. — Que inferno, John! Esqueceu o que ela fez a mim e a Ava?

Ele se levanta no mesmo instante e vem para cima de mim.

— Cale a sua boca, seu filho da puta imbecil. — Ele soca a mesa. — Você e Ava são exatamente o motivo pra ela estar na minha casa. — Franzo o cenho e ele prossegue. — Eu disse a ela que pode ficar por algumas semanas, até conseguir se reerguer, mas *apenas* se ficar longe de vocês.

Eu me encolho um pouco. Não é um feito que muitos consigam realizar. Somente duas pessoas conseguem, na verdade. Minha esposa e esse cara diante de mim. O homem que tem estado ao meu lado pelos últimos trinta anos. O melhor amigo do meu tio e agora o meu melhor amigo.

Sinto uma pontada de culpa – não por Sarah, mas por meu amigo mais antigo. Ele não pediu por isso. Durante todas as décadas em que tem feito parte de minha vida, sua lealdade nunca diminuiu. Ele sempre foi uma rocha, cuidando de mim. Sinceramente, não sei onde eu estaria sem ele. E olha ele aí, zelando por mim outra vez.

— John...

— Cale a boca. — Ele coloca os óculos novamente. — Eu vou cuidar disso. Só não queria esconder de você.

— Obrigado, Grandão.

— Não precisa agradecer. — Ele deixa o escritório e eu tento respirar fundo para me acalmar. Não posso deixar Ava alheia a tudo isso. Pego meu telefone para ligar para ela, mas uma chamada entra antes que eu disque. Fico preocupado ao ver o número da escola das crianças e atendo imediatamente.

— Alô?

— Sr. Ward, aqui é a sra. Chilton, professora de Maddie e Jacob.

Meu coração dispara automaticamente, o que sempre acontece quando recebo uma ligação inesperada da escola. Eu sempre penso o pior – um dos dois se machucou ou não está passando bem.

— Está tudo bem com as crianças?

— Sim, sim, elas estão bem.

Meus pulmões se esvaziam em sinal de alívio, a cabeça pendendo para trás, repousando no encosto da cadeira.

— Então por que o telefonema?

— Estou certa de que não há por que se preocupar — diz ela, obviamente me deixando mais preocupado. Todo tipo de coisa passa pela minha cabeça, começando pelo pervertidozinho que tem uma paixonite pela minha filha.

— Eu decido isso — respondo, seco.

— Sabe, a sua esposa não veio buscar as crianças na escola. Estamos tentando ligar para o celular da sra. Ward, mas a chamada vai direto para a caixa postal. Nós deixamos um recado.

— Ela nunca se atrasa pra pegar as crianças. — Olho para o relógio e vejo que são quinze para as quatro. Faz pelo menos meia hora que as aulas terminaram.

— Eu sei, sr. Ward. Como eu disse, certamente ela está presa no trânsito e o telefone dela ficou sem bateria.

— Estou indo. — Desligo e saio correndo do escritório, quase derrubando Cherry, que me olha assustada, no caminho. — A que horas Ava saiu? — pergunto com urgência ao passar por ela.

— Às duas e meia, como sempre.

Eu luto para não deixar meu coração sair pela boca, ligando para Ava imediatamente, ao mesmo tempo que saio correndo da academia. Sento-me no carro e, como eu temia, a ligação cai direto na caixa postal.

— Merda! — Dou a partida e deixo o estacionamento, ganhando a rua principal. Certo ou errado, avanço um sinal vermelho. É uma viagem de meia hora até a escola, vinte minutos se eu ultrapassar o limite de velocidade.

Tento o telefone de Ava outra vez, mas cai na caixa postal de novo e minha preocupação aumenta a cada minuto sem conseguir falar com ela.

— Onde você está, minha linda? — Ouço a voz dela na minha mente me chamando de neurótico. Talvez eu seja mesmo, mas nada vai acalmar meu pânico até que eu veja com meus próprios olhos que ela está bem.

Pego a estrada que leva à escola, onde posso acelerar, já que o trânsito está mais livre. Tento usar o aplicativo que rastreia todos os nossos carros, mas a porcaria não carrega.

— Porra! — Ligo para Ava mais uma vez, exigindo mentalmente que ela atenda. — Vamos, vamos!

— Alô?

Alívio. Alívio para caralho. Só que o alívio por obter uma resposta morre no segundo em que meu cérebro registra que quem quer que tenha atendido não é Ava.

— Quem está falando?

— Quem está falando?

— Eu sou o marido da mulher cujo telefone você atendeu — afirmo, seco, completamente sem paciência.

— Desculpe. O identificador diz "meu Senhor".

— Apelido — resmungo, concluindo aos poucos que a tola da minha esposa perdeu o celular e essa senhora o encontrou.

— Sr. Ward, é isso? A sua esposa é Ava Ward?

— Como sabe o nome da minha esposa? — Ela está com o celular dela, não a biografia.

— A carteira de motorista.

Tudo fica claro.

— Ela perdeu a bolsa. — Dou um suspiro e mais alívio toma conta de mim, mas mesmo assim meu pé não deixa de pisar fundo no acelerador.

— Temo que não, senhor. Eu sou a oficial Barnes. — Ela faz uma pausa de alguns longos segundos, dando-me um momento para processar a informação. — Sr. Ward. — A voz se torna perceptivelmente mais doce. O medo me invade. Meu coração bate mais depressa. — Estou na estrada, diante de um acidente de trânsito, e acredito que sua esposa esteja entre os feridos.

Minha língua incha dentro da boca.

— O quê?

— Senhor... — Suas palavras se fundem e se transformam em nada quando olho para a estrada à minha frente. Um acidente. Feridos. Minha esposa. Imagino luzes piscando, brilhantes e medonhas, fazendo-me balançar a cabeça e fechar os olhos para que sumam. Elas não se vão, no entanto, e eu levo um tempo para descobrir o porquê. Elas não estão na minha mente. Estão bem próximas.

Tudo é um borrão. Ruídos, movimentos, meu coração.

Ouço as sirenes.

Ouço o ruído dos pneus do meu carro parando.

Ouço a porta batendo atrás de mim, depois de eu praticamente me ejetar do assento.

Ouço meus pés correndo pelo asfalto, na direção da carnificina à frente, vendo o Mini Cooper de Ava destroçado apontando para o sentido oposto da via.

— Meu Deus!

Todas as janelas estilhaçadas, os dois pneus dianteiros faltando, arrancados do corpo do carro. Marcas de freada ziguezagueando pelo asfalto, antes de pararem abruptamente.

O mundo começa a girar e minha respiração fraqueja. Uma multidão bloqueia minha passagem e eu luto para passar, empurrando as pessoas para os lados, tentando chegar ao centro daquela loucura.

— Por favor, não... — suplico, cambaleando sem pensar na horda de espectadores. — Por favor, Deus, não.

Um soluço débil irrompe do meu corpo quando vejo a maca, e minhas pernas falham, deixando-me de joelhos.

— Não!

Alças prendem o corpo dela, uma máscara de oxigênio cobre seu rosto. Há sangue por toda parte. Ela parece aniquilada, tão frágil e ferida.

Meu coração se despedaça no peito.

— Meu Deus, não... — Quanto mais perto chego, mais ferimentos noto.

— Senhor, saia de perto! — grita um paramédico, levando a maca de Ava para uma ambulância.

— Eu sou o marido dela — digo a ele, passando os olhos por Ava, tentando compreender a quantidade de sangue que a encharca. A cabeça é o pior, seus cabelos longos ensopados de vermelho. — Ela vai ficar bem? — É tudo o que consigo perguntar, por puro instinto, porque não sei se alguém sairia bem após perder tanto sangue. E quando não obtenho resposta de nenhum dos paramédicos que correm para realizar seu trabalho, fica claro que eles concordam comigo. Um nó na minha garganta aumenta à medida que corro ao lado da maca, lágrimas turvando a minha visão. O belo rosto dela está pálido por baixo do sangue que cobre praticamente cada centímetro da pele dela. — Aguente firme, *baby* — ordeno, com carinho. — Não ouse me deixar.

— Sr. Ward?

Olho para além da maca e vejo uma policial segurando a bolsa de Ava.

— Oficial Barnes. Acabamos de falar ao telefone.

Confirmo com a cabeça, olhando novamente para a ambulância, onde Ava está sendo ligada a vários tipos de máquinas.

— Ela não apareceu pra pegar as crianças na escola — sussurro, desesperado.

— Sr. Ward, venha comigo. Vamos seguir a ambulância.

— Não, eu vou com Ava. — Balanço a cabeça, enxugando as lágrimas rudemente.

— Sr. Ward. — A policial Barnes dá um passo à frente, seu rosto cheio de uma compaixão insuportável. Não vale de nada, porque Ava vai ficar bem. Inferno, ela vai ficar bem! Desvio os olhos da oficial e vejo mãos urgentes trabalhando em seu corpo sem vida. — Sua esposa está em estado crítico, sr. Ward. O senhor precisa dar espaço aos paramédicos para que façam seu trabalho. Eu posso levá-lo ao hospital no mesmo tempo.

Fecho os olhos, rezando por um mínimo de estabilidade em meu mundo despedaçado. Não é hora de fazer escândalo, embora eu esteja desesperado para sair quebrando tudo até que alguém me diga que ela vai ficar bem. Ela *tem* que ficar bem. Eu não existo sem ela. Só de pensar nisso, um vazio parece se abrir no meu peito, e sou forçado a apoiar as mãos nos joelhos para tentar seguir respirando mesmo com as pontadas de dor que me atacam.

— Sr. Ward?

Engulo em seco e olho para o chão, com o estômago revirado. Tenho vontade de vomitar. *Estou bem.* Respiro, tentando me concentrar em fazer o ar chegar até os pulmões. Em meu atual estado, no entanto, não sou capaz de me concentrar em nada que não sejam minhas preces.

— Por aqui. — A oficial Barnes pousa a mão no meu braço, tirando-me gentilmente do meu torpor, mas é o ruído das portas da ambulância se fechando que me acorda para o rebuliço em torno de mim. Caminho a passos determinados para o carro da polícia, virando-me para ver o emaranhado de metal retorcido que é o Mini de Ava. — Vou pedir a um colega que leve seu carro até o hospital. Está com a chave?

Bato nos bolsos sem pensar, procurando por ela.

— Ficaram dentro do carro — murmuro.

— E o senhor mencionou seus filhos, sr. Ward. Quer que eu peça que alguém vá buscá-los? — Ela abre a porta do passageiro para mim e eu desabo no banco.

— Os gêmeos — digo, olhando à frente. — Eu disse que estava a caminho. Eles devem estar se perguntando onde estou. — Caço meu celular nos bolsos. — A amiga de Ava. Vou telefonar pra amiga de Ava.

Ligo para Kate num rompante, mas quando ela atende, estou completamente despreparado sobre o que dizer e minha garganta trava, deixando Kate repetindo meu nome sem parar. O que eu digo? Por onde começo?

— Jesse, você está aí? — pergunta ela, agora bastante preocupada. — Alô? Jesse?

A oficial Barnes entra no carro e olha para mim, vendo-me estático, com o telefone pendurado na mão.

Eu tusso, limpo a garganta, mas não importa o quanto eu tente falar, nada sai. Não consigo falar. As palavras não vêm. Não consigo contar a Kate que sua amiga está à beira da morte. O sangue. Tanto sangue.

— É Ava... — As palavras fogem, meus olhos marejam novamente. — Eu...

A policial toma o celular e liga o tom empático e profissional, explicando calmamente a Kate, sem muitos detalhes, que Ava esteve envolvida em um acidente de carro e que alguém precisa pegar as crianças na escola. Ouço o sobressalto de Kate. Ouço-a concordar sem pestanejar e sem insistir em detalhes a respeito da condição de Ava. Ela sabe.

— Peça pra ela ligar para os pais de Ava — resmungo. — E diga pra ela falar para os gêmeos que a mamãe está bem. — Olho para a ambulância quando as sirenes são acionadas e invadem meus ouvidos. — Ela vai ficar bem.

Após atender meu pedido, a oficial Barnes desliga e dá partida no carro para seguir a ambulância. É a viagem mais longa da minha vida.

Capítulo 6

D*elicada.*

A palavra gira em minha mente enquanto caminho sem parar pelo corredor, desesperado para estar com Ava. Se John não estivesse lá para me segurar, eu teria invadido a sala de cirurgia para ameaçar os médicos de morte se não a salvarem. Os pais dela se mantêm em silêncio, estão em choque, sentados nas cadeiras de plástico do corredor, Joseph confortando a esposa cada vez que as lágrimas descem pelo rosto dela. A cada segundo que passa sem notícias, aumenta a dor no meu coração. Uma dor muito profunda.

Paro de andar e encosto na parede, observando a luz tubular do local. Ela está lá há horas. Quanto tempo ainda vai levar? O que estarão fazendo que leva tanto tempo?

Uma mão toca meu ombro e Joseph me oferece um sorriso forçado.

— Kate mandou uma mensagem de texto. Os gêmeos estão bem. Ela e Sam foram vagos com eles até que saibamos o que está acontecendo. Kate disse que vai passar a noite com eles e levá-los à escola pela manhã. Acho que o melhor é tentar manter tudo o mais normal possível por ora.

Concordo com um sinal de cabeça, a culpa tomando conta de mim. Meus pensamentos estão tão voltados para Ava, que eu mal pensei nas crianças. No que devem estar pensando. Como devem estar se sentindo.

— Obrigado, Joseph.

— Vai ligar pra eles?

Ligar para eles? Falar com eles? Não confio que conseguirei manter a voz firme e, mesmo que conseguisse, o que eu diria?

— Vou mandar uma mensagem.

Ele anui, compreensivo.

— Elizabeth e eu vamos tomar um ar e beber alguma coisa. Quer água?

— Estou bem.

— Tragam água pra ele — intervém John e eu não discordo. Não tenho forças.

Assim que os pais de Ava saem, meu amigo me leva até uma cadeira e me força a sentar. Caio fazendo barulho e me sinto imediatamente agitado outra vez. Preciso que alguém venha e me diga o que está acontecendo.

— Ela vai ficar bem. — A voz sempre forte de John é agora suave e reconfortante, mas eu não tiro dela conforto algum. Ele não viu o sangue, o rosto pálido dela, a ruína que era o carro.

Apoio os cotovelos nos joelhos e enterro o rosto nas mãos.

— Ela tem que ficar bem, John, porque se eu não tiver Ava, estarei morto também.

— Pare com isso, filho da puta imbecil. — Ele me sacode pelos ombros. — Você precisa ser forte. Pelas crianças e por Ava. Está me ouvindo? — A voz dele ganha volume e volta ao som do trovão habitual.

Eu sei. É patético. Mas antes que eu possa responder, as portas do centro cirúrgico se abrem e eu me levanto da cadeira em um segundo.

— Doutor. — Meu coração bate mais depressa e meu estômago está em frangalhos.

— Sr. Ward, eu sou o dr. Peters. — Ele tem a expressão solene. — Por favor, sente-se. — Ele aponta para a cadeira de onde acabei de sair.

— Não. — Eu me recuso terminantemente. — Não preciso me sentar. — Prendo a respiração, pedindo a Deus que não *precise* mesmo me sentar. Que o que ele tem a me dizer não destrua o meu mundo, deixando-me destruído também.

O médico cede e John se levanta, parando ao meu lado. Ele está se preparando. Está se preparando para me segurar caso eu entre em colapso, destruído.

— Sr. Ward, Ava levou uma pancada forte na cabeça, o que causou um grave edema no cérebro.

Meus olhos estão fixos no movimento dos lábios do médico, e eu processo suas palavras lenta e claramente, cada uma um golpe na carne.

— Um corte profundo na perna rompeu uma artéria importante, também. Entre isso e o ferimento na cabeça, ela perdeu quase oitenta por cento do volume de sangue, por isso vamos trabalhar duro para repô-lo em uma série de transfusões durante as próximas vinte e quatro horas. Neste momento, ela se encontra estável, mas em estado crítico. Vamos submetê-la a mais uma tomografia computadorizada pela manhã pra saber se houve melhora, mas a extensão dos danos só poderá ser determinada... — Ele fica em silêncio e pigarreia. — quando ela acordar — conclui ele, sem convicção, e eu sei que ele guardou para si o "se". "Se" ela acordar. Meu mundo de sombras acaba de se tornar mais sombrio, meu coração apertado em agonia. — Os demais ferimentos são superficiais. Algumas lacerações aqui e ali, e os raios X confirmaram que não há ossos quebrados. Parece que a cabeça sofreu o pior golpe.

Minha mente se esforça para absorver o fluxo de informações.

— Danos — sussurro. — O senhor disse "danos". Quer dizer danos cerebrais?

— Não posso descartar essa possibilidade, sr. Ward. Ava está sendo transferida para a UTI.

Assim que ele termina a frase, as portas se abrem e dois homens saem pelo corredor empurrando uma cama de hospital imensa, acompanhados de uma enfermeira.

Um soluço seco me força a cobrir a boca.

— Puta que pariu! — John inspira, chocado, seu braço enlaçando meu ombro, para me manter de pé. — Ela vai ficar bem — diz ele, mas desta vez sei que ele não acredita mesmo nisso. Como poderia? Mal posso vê-la sob os tubos, fios e aparelhos, mas o que consigo ver faz meu coração quase parar: minha menina bonita está cinzenta, obviamente devido à perda de sangue. Minha esposa forte e determinada está fraca. Tão pequena e frágil. Ela parece tão arrasada quanto eu me sinto. Estou prestes a viver o pior desafio da minha vida.

E me sinto à beira da maior perda que já tive que encarar.

Capítulo 7

Uma pancada forte na cabeça.

Edema cerebral.

Em coma.

Dano cerebral.

Transfusões de sangue.

Crítico.

Cada palavra é uma facada no peito. Eu mal me movi da cadeira. O sono vem e vai, e minha mão não solta a dela desde que me foi permitido entrar no quarto de Ava. Parece um aquário, duas das paredes são feitas de vidro, permitindo a todos na UTI ter visão total de minha esposa. Embora a sua pele tenha recobrado um pouco da cor após as infindáveis transfusões, ela ainda não despertou. Há fios para todos os lados e aparelhos em torno dela. Mal há espaço para mim ao lado da cama. A tomografia computadorizada da noite de ontem não revelou progresso algum, assim como a tomografia da manhã. O inchaço não diminuiu e, embora eu me mantenha esperançoso, sei que é improvável que o exame desta manhã mostre algum sinal de melhora.

Já faz dois dias. Preciso ver meus bebês. Preciso dizer a eles que a mamãe vai ficar bem, que ela vai acordar logo e que vamos todos juntos para casa. Mesmo que eu não tenha certeza de se isso é verdade. A dor nos olhos me força a fechá-los antes que mais lágrimas escapem. Eu os impedi de virem aqui, rezando para que os médicos me dessem boas notícias e eu não tivesse que mentir para os meus filhos. Mas as notícias que esperei não vieram e eu não posso mais mantê-los longe.

É hora de encarar a minha responsabilidade e dar a eles o que precisam. Eu. O pai deles.

Estou arrasado por não poder lhes dar a mãe também.

Quando meu celular vibra com uma mensagem de Elizabeth, eu me forço a soltar a mão de Ava e deixar a cadeira. Meus músculos gritam em protesto e meus ossos estalam. Após beijar a testa de Ava, sigo pelo corredor até a lanchonete onde marquei de encontrar os pais dela com as crianças. Ouço os gêmeos antes de vê-los, duas vozes chamando meu nome. Paro antes de chegar a eles, vendo o rosto deles pela primeira vez depois de tanto tempo. É preciso muita força para não cair de joelhos. Estou despedaçado, mas não posso deixar que eles vejam.

Maddie e Jacob vêm ao meu encontro e me abraçam forte, ambos com o rosto enterrado no meu peito. A sensação de tê-los comigo me dá um pouco de conforto, mas ao mesmo tempo meu medo triplica, porque agora eles estão aqui. Agora terei que ser homem o bastante para confortar meus bebês quando der a notícia que vai estilhaçar o mundo deles.

— Onde está a mamãe? — pergunta Jacob, ainda grudado em mim. — A vovó disse que ela está doente. Doente demais pra nos ver.

Fecho os olhos e os puxo ainda mais para perto de mim.

— Ela vai ficar bem. — Esmiúço as palavras, não só pelos gêmeos, mas por mim também. — Confiem no papai. Ela vai ficar bem.

— Eu quero ver a mamãe. — Maddie se solta de mim, o rosto inchado de tanto chorar. — Por favor, papai.

De repente, isso não soa como uma boa ideia. Ava não parece ela mesma. Não parece a mãe deles. Eu me agacho diante da minha garotinha, pegando a mão dela.

— Queridinha, eu acho que ela não... Ela... — Pigarreio, recompondo-me para que as palavras saiam firmes e estáveis. — A mamãe não está no seu normal. Ela perdeu muito sangue, está muito pálida. Muito fraca.

O queixo de Maddie treme e eu olho para Elizabeth, sacudindo a cabeça. Não posso permitir que eles a vejam nesse estado. Olhe só o que causou em mim. Eu mal tenho forças para me manter de pé.

— Você não pode nos impedir! — grita Jacob, afastando-se. — Ela é nossa mãe.

Meu corpo exausto falha e, antes que eu possa detê-lo, Jacob sai correndo pelo corredor, com Maddie logo atrás. Eu me levanto com esforço e observo meu menino aguardar que a irmã o alcance, oferecer-lhe a mão e levá-la adiante. O fato de não saberem qual é o quarto de Ava não os perturba. Assim como o pai, eles são determinados. Também têm um sexto sentido em relação a Ava. Eles vão descobrir rapidamente onde ela está.

Eu os sigo, virando um corredor e os encontrando encostados no vidro, olhando para dentro do quarto de Ava, de mãos dadas. Estudo-os em silêncio, cada uma das faces uma imagem de puro choque. Então Maddie cai no choro e Jacob se vira para ela, abraçando-a. A visão poderia me derrubar de joelhos, e mais uma vez eu tenho que encontrar forças em algum lugar para me manter de pé. É nesse momento que me dou conta de que meus bebês não são mais bebês. Meu filho de onze anos está controlando as próprias emoções para poder dar conforto à irmã. Meus olhos marejam e eu rapidamente os esfrego para clarear a visão.

Elizabeth se aproxima e me olha com os lábios apertados. Balanço a cabeça de leve, mostrando a ela o desespero que luto para esconder de meus filhos, antes de ir me juntar a eles. Meus braços cobrem seus ombros e eu os abraço forte, absorvendo os soluços de Maddie. Beijo o topo da cabeça dos dois, um após o outro, várias vezes.

— Ela vai ficar bem. — Seguro o "eu prometo" ao final e me mata ter que aceitar que não consigo dizer isso porque jamais quero quebrar uma promessa que faço aos meus filhos. — Vocês estão ouvindo o papai? Ela vai ficar bem. — Palavras estúpidas, porém incontroláveis. Funcionam como uma promessa para os meus filhos. Porque o papai disse e pronto.

— Sr. Ward?

Olho por sobre a cabeça dos gêmeos.

— Dr. Peters? — Com meus filhos ainda aninhados a mim, faço um gesto de cabeça, perguntando em silêncio se é necessário conversarmos a sós.

— São boas notícias, sr. Ward.

Boas notícias? Olho pelo vidro para o corpo de Ava, aparentemente sem vida na cama. Ela não parece ter mudado coisa alguma desde que saiu da cirurgia. Inerte. Sem progresso. Boas notícias?

— A tomografia que fizemos esta manhã mostrou que o edema diminuiu consideravelmente nas últimas doze horas.

Eu me volto para ele e as crianças se desvencilham do meu abraço. Ele fala que as notícias são boas, então por que ainda está tão sério?

— E? — questiono.

— Estamos nos primeiros dias e a extensão dos danos não será clara até que ela acorde, mas é um passo na direção certa.

Sei que deveria me sentir aliviado, mas a palavra *dano* é uma constante em minha mente, como se eles estivessem me preparando para algo.

— Obrigado, doutor. — Encerro a conversa ali, reprimindo perguntas que quero fazer. Não na frente das crianças. Dirijo meu olhar a Elizabeth, que vem na nossa direção antes mesmo que eu peça.

— Eu os levarei pra dentro — diz ela, guiando as crianças para a entrada do quarto de Ava.

— Eles deviam falar com ela — sugere o médico. — Em voz baixa, mas fariam bem em conversar com ela.

Elizabeth leva os gêmeos para o quarto, deixando-me na companhia do médico.

— Dano — digo, voltando minha atenção a ele. — Diga-me honestamente, qual é a probabilidade?

— É impossível dizer até que ela acorde. Enquanto estiver em coma, seu cérebro está descansando, dando a ela a melhor chance de se recuperar.

Não quero perguntar e não vou. Ela *vai* acordar. É claro que ela vai acordar.

— Então o que estão fazendo nesse meio-tempo? — indago, incapaz de disfarçar a rudeza da voz. É apenas um monte de "se" e "mas". É tudo o que recebo.

Em meio à minha névoa de fúria crescente, noto que o médico parece um tanto desconfiado de repente, afastando-se, e me dou conta de que estou encarando-o com a mandíbula travada, o corpo projetado à frente.

— Sr. Ward, nós estamos fazendo todo o possível.

— E se isso não for o bastante? — Assim que solto as palavras, ouço um grito estridente da mãe de Ava e invado o quarto como um touro, com o médico logo atrás de mim. Não sei se fico exultante ou aterrorizado com o que encontro. Ava se contorce na cama, soluçando e aflita.

— Mamãe! — grita Maddie, sendo puxada para fora da cama por um Jacob alarmado. — Papai, o que há de errado com ela?

Eu não havia notado o médico passando por mim aos pés da cama, mas ele está agora ao lado dela apertando botões, movendo aparelhos, suas mãos trabalhando freneticamente na minha garota.

— Ava — chama ele, com urgência. — Ava, pode me ouvir? — Ele lança um olhar incisivo para mim e então move a cabeça na direção das crianças.

Compreendo sua ordem silenciosa, mas quem disse que consigo me mexer para obedecê-la? Meu coração enlouquece no peito, minhas pernas como chumbo. Ela parece estar no meio do pior tipo de pesadelo. Ou uma convulsão. Isso é uma convulsão?

— Sr. Ward!

Sou trazido de volta à vida com o choque de ouvir meu nome sendo chamado de maneira cortante e eu apenas agarro as mãos das crianças, tirando-as do quarto comigo. Não suporto ver Ava assim, sabendo que não posso fazer porra nenhuma. Sinto-me mais desamparado agora do que quando ela estava inconsciente.

Olho novamente através do vidro em total estado de choque.

— Vamos tomar um café — sugere Elizabeth, na tentativa de me manter ocupado enquanto os médicos tratam de Ava.

Olho para cada um dos meus filhos, Maddie primeiro, com o rosto vermelho e manchado de lágrimas, e depois Jacob. Ele está olhando para mim, apertando a minha mão enorme com a mão pequenina dele. Eles me colocam na rota, trazendo-me de volta para onde devo estar. Assumo novamente a posição ereta e engulo meu choque.

— Sim, vamos comprar algo pra beber enquanto os médicos fazem o que têm que fazer.

— O que eles estão fazendo? — Maddie olha para dentro do quarto de Ava e eu a viro de volta na mesma hora, advertindo-a com os olhos.

— Ajudando a mamãe. — É necessária toda a força do mundo para eu não me virar para olhar também. O que eu já vi vai me assombrar para sempre.

***

Depois de eu ter de forçar as crianças a beber água e comer um sanduíche, voltamos à ala em silêncio, minha mente dividida entre o medo e a esperança. Não tenho ideia para o que devo me preparar, o que esperar. E isso me amedronta demais. O desconhecido. A falta de controle.

Chegamos ao quarto de Ava e o médico está do lado de fora, fazendo anotações. Ele nos olha, sorri discretamente, e o meu medo é vencido pela esperança.

— Ela se acalmou — diz ele. — Está de olhos abertos, perfeitamente ciente do ambiente à sua volta, e me disse o próprio nome e data de nascimento.

— Graças a Deus! — Elizabeth aperta meu braço, enquanto eu tenho que fechar meus olhos para refrear as lágrimas de alívios que tentam escapar.

Assim que me certifico de que o choro está sob controle, olho para meus filhos, que sorriem.

— O que foi que eu lhes disse? — pergunto, sério. — Ouçam sempre o papai, entenderam? — Ambos concordam, abraçando-me, enquanto grito comigo mesmo mentalmente por sequer ter duvidado. Eu sabia que ela não me deixaria. Eu sabia que ela lutaria por mim e pelas crianças.

— Estamos apenas dando-lhe água e removendo alguns tubos — diz o médico. — Podemos voltar pra dentro assim que a enfermeira tiver tomado seus sinais vitais. Preciso apenas fazer alguns testes, mas vocês estão convidados a se juntar a mim no quarto dela.

— Obrigado — digo no fim do fôlego, apertando os gêmeos contra mim. — Muito obrigado.

— Não há de quê, sr. Ward. — Ele olha para a porta enquanto uma enfermeira se retira. — Podemos ir?

Respiro fundo, agora ligeiramente apreensivo. Não olho nos olhos da minha esposa há quase dois dias, e só pensar que farei isso agora me deixa parecendo um tolo, patético e nervoso. O que há de errado comigo?

A enfermeira passa por nós olhando para Elizabeth e sorri.

— Ela está chamando pela mãe dela.

A minha sogra põe a mão sobre o peito e geme baixinho, tomando a frente, correndo para o quarto da filha. Uma pequena parte de mim está feliz por ela, mas todo o resto está magoado por ela não ter chamado por *mim*, seu marido, mas desprezo o pensamento bobo e sigo Elizabeth, levando meus filhos. Encontro minha sogra curvada sobre Ava, tentando abraçá-la da melhor maneira possível, apesar dos fios e tubos. Posso ouvir soluços discretos e sorrio quando ouço a voz de Ava, não só porque é a voz de minha esposa, embora um pouco rouca, mas porque parece totalmente coerente.

— Minha cabeça dói — reclama ela.

— Ah, querida. É claro que dói. — A risadinha de Elizabeth é cheia de alegria. — Veja quem está aqui. — Ela se afasta de Ava, abrindo espaço para que ela tenha uma boa visão de mim e dos gêmeos.

Eu caminho à frente, desesperado para olhar naqueles olhos, tocá-la e senti-la reagir, mesmo que seja apertar de leve a minha mão. Senti tanta saudade dela. Mas quando nossos olhares se conectam, Ava franze a testa, passando os olhos para as crianças e depois de volta para mim. Eu paro no lugar, observando atentamente enquanto ela parece nos avaliar. Onde está o brilho nos olhos, que eu amo tanto? Onde está o amor? Meu coração murcha até ser um baque débil no meu peito, a alegria definhando da mesma forma. Algo não está certo.

— Ava, sabe quem é ele? — pergunta o médico, desconfiado.

Viro a cabeça de súbito para ele, horrorizado.

— É claro que sabe — disparo. O que ele está sugerindo?

O médico me ignora e se aproxima de Ava, cujos olhos ainda se alternam entre mim e as crianças. Ainda sem brilho algum. Ainda sem amor.

— Ava, diga seu nome completo.

Ela não hesita.

— Ava O'Shea.

Eu recuo, sem saber o que pensar.

O doutor lança um olhar significativo na minha direção. Não sei o que pensar desse olhar também.

— Ava, sabe quem é esse homem?

— O quê? — digo, em horror crescente.

Horror esse que atinge picos indizíveis quando minha esposa sacode a cabeça.

— Não.

Entro em pânico, subitamente lutando para conseguir respirar. Não?

— Ai, meu Deus! — sussurra Elizabeth, vindo até mim com determinação e tomando as crianças para si. — Venham, queridos. Vamos tentar encontrar o vovô. — Ela os conduz para fora do quarto, ambos voltando os olhos para mim, o rosto confuso.

E eu fico ali, de pé, inútil, com os olhos fixos na mulher que governa o meu coração, tentando compreender o que se passa.

— Ava... — Mal consigo proferir seu nome, minha mente buscando palavras freneticamente.

— Pode me dizer como bateu o carro? — pergunta o médico.

Ela sacode a cabeça de novo, com o rosto fechado, erguendo a mão para tocar a própria testa. Seus olhos nunca deixam os meus. Eles me mantêm congelado no lugar, assimilando a minha presença.

— E esse homem não lhe é familiar? — continua o dr. Peters, fazendo anotações enquanto conversa.

Prendo a respiração, implorando que ela conserte essa situação, rezando para não tê-la ouvido corretamente, para que ela esteja apenas confusa. É claro que ela se lembra de mim. Sou o marido dela. Sou o homem que entregaria a vida por ela. Ela precisa se lembrar de mim!

Ela me estuda por um momento, olhando-me de cima a baixo, como que tentando me situar. Meu coração se parte.

— Eu não o reconheço. — Ela baixa os olhos para o lençol e as lágrimas inevitáveis começam a alfinetar meus olhos atordoados.

— Você tem filhos, Ava?

— Não. — Ela quase ri, olhando de relance para mim outra vez.

Meu mundo se desfaz em milhões de pedaços e eu cambaleio até a cadeira mais próxima, sentando-me antes que caia. O olhar dela me segue por todo o trajeto.

— Você não se lembra de mim? — As palavras saem em um fio de voz.

— Eu deveria? — pergunta ela, o riso morrendo e a real preocupação ficando clara em seu tom.

Sua resposta me destrói. Revira meu estômago e arranca meu coração partido do peito. Quero gritar com ela, dizer-lhe que *sim*, sim, ela deveria se lembrar de mim. De tudo por que nós já passamos. Tudo que já fizemos juntos. Do quanto nos amamos.

— Ava, esse é o seu marido. — O médico aponta para mim, largado na cadeira. — Jesse.

— Mas eu não sou casada — argumenta ela, parecendo frustrada. Frustrada? Ela está frustrada? Eu me odeio com força neste momento por concluir que ela não faz a menor ideia. Eu me *odeio*, sem dúvida alguma. Ela não se lembra de mim? Seu marido. Seu Senhor.

Não suporto isso. Estou passando mal. Saio correndo do quarto, voando pelo corredor, empurrando a porta do banheiro masculino e me jogando para dentro de um dos cubículos. Não como há dias, mas isso não parece ser problema para o meu estômago. Eu vomito e tusso sobre o vaso.

Ela me esqueceu. Esqueceu nossos filhos. Que loucura é essa?

Meu corpo começa a doer com as arcadas de vômito e, quando finalmente aceito que não há mais o que expelir, levanto-me com esforço e vou à pia para lavar o rosto. Olho para mim mesmo no espelho. Nem eu me reconheço neste momento. Estou pálido, os olhos injetados, e pareço exausto. *Estou* exausto. Já estava quando Ava acordou, e o pouquinho de vida que recuperei quando ela abriu os olhos foi cruelmente arrancado de mim.

O que é que vou fazer? Como consertar isso? A única coisa neste mundo que mantém meu coração batendo não sabe quem eu sou.

Uma batida à porta faz com que eu desvie o olhar de meu reflexo medonho.

— Sr. Ward? — A voz do médico perdeu toda a esperança que havia adquirido quando Ava despertou do coma. Ela agora voltou a ser compadecida. — Sr. Ward, está aí? — A porta se abre e o dr. Peters aparece, os lábios se apertam ao ver que tento me manter de pé ao lado da pia.

— Ela não se lembra de mim, seu próprio marido, e nem mesmo dos nossos bebês? — Engulo o nó na garganta que estrangula cada palavra minha, perguntando-me por que a frase saiu como uma pergunta. Não é que eu não a tenha ouvido bem. Não é que eu não tenha visto o vazio em seus olhos quando ela viu a mim e às crianças.

O médico entra no banheiro, fechando a porta lenta e silenciosamente atrás de si. Pigarreando e enfiando as mãos nos bolsos, ele encontra o meu olhar no espelho. Não posso me virar para fitá-lo. Minhas mãos atracadas na borda da pia são a única coisa que me segura.

— Sr. Ward, parece que sua esposa sofre de síndrome amnésica.

— O quê? — vocifero.

— Perda de memória.

— Ah, jura, espertão? — murmuro. Ele vai mesmo dizer o óbvio?

Ignorando minha rudeza, ele prossegue.

— Após uma conversa rápida com Ava, parece haver uma divisão clara em sua memória.

— O que quer dizer com isso? — pergunto, com a testa franzida.

— Quero dizer, pelo que estabeleci até agora, que há um ponto de corte óbvio na memória dela. — Ele aponta o lado da própria cabeça. — A parte de seu cérebro que armazena certas lembranças sofreu um trauma. Nossa habilidade de acessar lembranças é um processo muito complexo, mesmo sem a desvantagem adicional de um trauma cerebral.

Fecho os olhos, tentando assimilar toda a informação.

— O que está dizendo, doutor?

— Estou dizendo que sua esposa perdeu os últimos dezesseis anos da vida dela.

— O quê? — Viro-me para encará-lo. — Esse é o meu tempo com ela. Tudo o que me representa, todo o nosso tempo juntos. Está me dizendo que ela não vai se lembrar de coisa alguma? Nada?

— Em sua maioria, os pacientes que sofrem de amnésia como resultado de um trauma se recuperam totalmente. Quanto tempo a recuperação irá levar depende de muitos fatores: a gravidade do ferimento, o estado mental do paciente, suas memórias de longo e curto prazo.

— A maioria dos pacientes? — questiono, concentrando-me nessa parte e apenas nela.

— Ava é uma mulher jovem e saudável, sr. Ward. Tudo conta a seu favor.

— E se ela não se recuperar completamente?

— As lembranças continuarão perdidas — diz ele, sem rodeios, fazendo-me estremecer.

A vida das crianças até hoje. Eu. Ela perderá tudo isso?

— E quanto a medicação?

— Não há presença de enfermidade física ou mental, sr. Ward. Ela não precisa de medicação. Ela precisa da família para ajudá-la a recuperar as lembranças perdidas. Para dar-lhe apoio. Há muitas opções de terapia a serem consideradas, como terapia cognitivo-comportamental, EMDR, psicologia energética, *neurofeedback* e talvez até hipnose.

Esse monte de palavras jogadas não significa nada para mim. Estou perdido nessa loucura.

— Ela nem sabe quem eu sou — digo. — O que devo fazer? Levá-la pra casa e torcer que ela se lembre de mim, de uma hora pra outra?

— É só o que pode fazer, sr. Ward. Isso e apoiá-la em qualquer das sessões de terapia que decidirmos tentar para ajudá-la. — Ele segura na maçaneta, com um sorriso tímido. — Ava sabe que esqueceu coisas. Isso será tanto frustrante quanto perturbador, especialmente em se tratando dos filhos. Ela poderá ter problemas com memória de curto prazo, também, e a vida diária vai pesar nisso. O senhor terá que ser forte, sr. Ward. Precisará ajudá-la a tentar se lembrar.

— Acho que uma transa de lembrete não vai bastar neste momento — resmungo.

— Perdão? — O médico me olha como se eu estivesse ficando louco. Talvez ele esteja certo.

Balanço a cabeça para tentar compreender o que ele disse. Ajudá-la. Ajudá-la a encontrar as lembranças sem fim que compartilhamos. Fico de pé bem ereto e ajeito os ombros, em um ato físico de determinação que estou tentando reforçar com a mesma determinação em nível mental. Eu vou conseguir. Eu *tenho* que conseguir. Não há meio de eu permitir que a nossa história desapareça como se nunca tivesse acontecido. De jeito nenhum. Farei qualquer coisa.

— Farei o que for necessário. — Confirmo com a cabeça para o meu reflexo no espelho e vou em direção à porta, passando pelo médico em silêncio, agora tomado pela determinação mental que não tinha um minuto antes. Só há uma forma de abordar o assunto. Com gentileza. Com paciência. Com sensibilidade. Docemente, muito docemente. Esvazio os pulmões, rindo de mim mesmo. Meu bom Deus, essa vai ser uma batalha como nenhuma outra.

Capítulo 8

Quando me aproximo do quarto, Ava está recostada na cama, os dedos brincando com o fino lençol branco. O ferimento na cabeça ganhou um novo curativo, a bandagem branquíssima em contraste com seus cabelos escuros. Seu rosto é pura concentração, os olhos se estreitando de vez em quando. Ela está tentando se lembrar, e parte meu coração ver isso. Também renova meu propósito. Eu morrerei antes de deixar que as lembranças dela transformem-se em poeira.

Bato de leve na porta entreaberta, o que faz Ava levantar a cabeça de súbito. O rosto dela se crispa de dor e ela leva a mão à nuca e a massageia. Atravesso o quarto como uma bala, deixando de lado toda a suavidade.

— Porra, Ava! Tenha cuidado! — Paro abruptamente a poucos metros da cama quando ela se encolhe, olhando para mim em choque, com os olhos arregalados.

Merda. Foi demais? Meu instinto diz para eu fazer a massagem no pescoço dela, dar-lhe uma bronca por não se cuidar e aumentar a dose da bronca quando o inevitável mau humor dela bater.

Em vez disso – o que me mata – eu me afasto, dando-lhe espaço.

— Você precisa ter cuidado — digo, o constrangimento invadindo o pequeno quarto. E eu ainda nem me apresentei.

Apresentar-me? Preciso fazer isso? Olho para os meus pés, intrigado, perguntando a mim mesmo que diabos vou dizer.

Oi, prazer em conhecê-la. Eu sou seu marido. Você me chama de Senhor. Eu sou uma encheção de saco na sua vida, louco, irracional, desafiador. Sou possessivo, passo por cima de tudo – palavras suas, não minhas –, mas por um milagre, você me ama mesmo assim. Nós fazemos sexo. Muito sexo. E você satisfaz a minha necessidade de te ver usando lingerie de renda todo dia. Ah, por acaso eu mencionei que um dia fui proprietário de um clube de sexo? O Solar. Ali funciona hoje um pomposo clube de golfe. Nós nos apaixonamos rapidamente. Bem, eu me apaixonei. Você se fez de difícil. Então eu te persegui até que você cedesse, porque eu sabia que havia algo bom ali. Nós apenas... Nós fazíamos tanto sentido juntos, mas aí o meu passado louco começou a atrapalhar e eu pensei que seria uma boa ideia esconder tudo aquilo de você. Ah, estou esquecendo um ponto importante. Eu sou um alcoólatra em recuperação. Antes de te conhecer, eu bebia e saía transando com um monte de mulheres. Essa era a minha vida. Nós dois tivemos alguns momentos bem ruins, mas os bons superaram em muito tudo o que houve de mau e você ficou ao meu lado sempre. Eu não te mereço, mas você ficou comigo a despeito de todos os meus pecados e, acima de tudo, você me deu meus bebês. Dois bebês perfeitos. Já mencionei que fui casado antes de você? Não? Bem, eu fui. Também tive uma menininha, mas a perdi...

Tusso para me livrar da aflição que me sufoca, a gravidade da situação me atingindo como um tapa na cara. Sempre admirei a habilidade de Ava me amar tão loucamente. *Por favor, Deus, por favor.* Imploro para que ela reencontre essa habilidade.

— Então, pelo que dizem, você é meu marido — diz ela, baixinho, um toque de humor descabido permeando a frase.

Ergo os olhos para ela, perguntando a mim mesmo se parece divertido a ela o fato de ter um marido. Então vejo seu rosto fechado e percebo que coisa boa, não é. Ela está olhando para mim com... ah, merda. Seria decepção? Talvez ela não esteja chocada por estar casada, mas por estar casada comigo.

— Você parece... surpresa. — Dirijo-me a uma cadeira e sento-me com calma, observando Ava girar a aliança de casamento no dedo.

Ela encolhe os ombros.

— Acho que você é um pouco mais velho do que eu imaginei. — O rosto franzido mais uma vez. — Bem, eu nunca imaginei que me casaria.

Ai! Eu me mexo na cadeira, magoado, embora mostrar isso a ela seja egoísta, dado o estado de minha esposa.

— A idade está na alma — murmuro, de maneira patética.

— Quantos anos eu tenho?

— Trinta e oito.
— Verdade? — Ela se retrai, atônita. — Então quantos anos você tem?
Aperto os lábios, despreparado para revelar esse pequeno detalhe. É uma porra de um déjà vu.
— Vinte e um. — Quero parecer *cool*, tentando não olhar feio para ela quando suas sobrancelhas saltam de perplexidade.
E ela tosse. Ela tem a coragem de tossir. Minha cara feia se liberta e eu ranjo os dentes, mas não posso chamar sua atenção por isso.
— Vinte e um?
Confirmo com a cabeça, admitindo que sou mesmo um trouxa.
— Eu posso ter perdido a memória, mas não perdi a visão.
Nossa, ela é mesmo uma pessoa cheia de elogios.
— É uma brincadeirinha que nós costumávamos fazer.
— Um jogo em que você mentia a sua idade?
Dou uma risadinha discreta.
— Isso mesmo. — Deixo de mencionar a razão por trás dessa tática na época, porque estou adotando a mesma tática agora. Não quero desmotivá-la e pode ser um pensamento péssimo nas atuais circunstâncias.
Estou casado com essa mulher há doze anos e estou preocupado com a possibilidade de ela me rejeitar. Que maldito pesadelo é esse em que eu estou? Se bem que, Deus sabe, serão necessárias mais perguntas para que ela descubra a minha idade desta vez, e eu definitivamente não vou contar como ela conseguiu extrair essa informação de mim tantos anos atrás. Estremeço só de relembrar aquelas horas infernais algemado à cama.
Suspiro e me movo à frente na cadeira, passando as mãos pelos cabelos.
— Você se lembra de alguma coisa? — pergunto, com os olhos suplicantes. — Nem um detalhezinho, Ava?
Seu rosto se enche de tristeza, mas não sei dizer se é por mim ou por ela. Ela balança a cabeça negativamente, olhando mais uma vez para a aliança.
— Sinto-me tão deslocada. — Sua voz falha e uma lágrima cai em seu braço.
Basta. Não faz o meu tipo ficar aqui sentado. Eu me levanto e vou até ela, sentando-me na beira da cama e tomando as mãos dela nas minhas, evitando aninhá-la nos meus braços. É ridículo pensar que não quero forçar a barra. Com a minha própria esposa.
— Você não está deslocada — digo com carinho, mais lágrimas caindo. — Ava, olhe para mim. — Meu pedido sai mais bruto do que eu gostaria, dada a nossa situação.

Não que isso importe. Ela levanta a cabeça e nosso olhar se conecta imediatamente, seus olhos castanhos penetrando nos meus, enquanto eu aperto as suas mãos. Seus lábios se abrem um pouco e algo surge em seus olhos – algo familiar. Desejo. É tênue, mas está ali, uma pequena reação e eu me agarro a isso com todas as minhas forças.

— Está sentindo isso? — sussurro, brincando com a aliança dela. Sua anuência breve me faz engolir meu alívio antes que me sufoque. — É apenas o começo, Ava. Apenas a centelha que incendeia o nosso mundo. — Acaricio gentilmente seu rosto, saboreando o fato de que ela se inclina em direção à minha mão. — Ele tem sido preenchido por mim pelos últimos doze anos, mocinha. Eu não vou te deixar esquecer a nossa história. Vou te fazer lembrar. É o objetivo da minha missão. Farei *qualquer* coisa.

Ela soluça, concordando, e tudo me diz que ela está aceitando tão facilmente porque há algo dentro dela dizendo que pode confiar em mim. O lugar dela é ao meu lado.

— Esse perfume — diz ela, do nada, puxando-me para si. Eu me entrego sem dificuldade, um pouco surpreso quando ela enterra o rosto no meu pescoço, independentemente do quanto seja incrível tê-la tão perto. Ela inspira fundo e eu lhe dou o melhor abraço possível, sem perder a oportunidade que ela está me dando. — É o meu cheiro favorito.

Dou um sorriso e fecho os olhos.

— Eu sei.

Capítulo 9

AVA

Eu não o reconheço. Não visualmente, pelo menos, mas meu corpo parece saber exatamente quem ele é. É como se eu o conhecesse, mas não conseguisse dizer de onde. Ele é bonito, bonito demais. Posso ver isso mesmo com a palidez de sua pele e o cansaço em seus olhos. Seu perfume, um misto de água fresca e menta refrescante, é o meu favorito, embora eu ache que jamais o tenha sentido antes. Seu rosto, talhado pelo estresse, é severo, porém suave. Seus olhos verdes estão tristes, mas esperançosos.

Ele me olha como se eu fosse a sua salvadora. Sinto-me perdida. Desnorteada. Tenho ouvido o que as pessoas estão me dizendo – o médico, minha mãe – e é impossível compreender o que estão tentando explicar. Eu sou casada. Tenho gêmeos de onze anos. Não tenho vinte e poucos, mas sim trinta e tantos. É uma loucura e, se não fosse por minha mãe, a mulher em quem mais confio no mundo, ratificando as palavras do médico, eu não acreditaria. Não aceitaria que estivessem preenchendo as lacunas com fábulas selvagens sobre o meu amor por esse homem e a nossa vida juntos.

Nós nos casamos poucos meses após nos conhecermos. Eu estava grávida em poucas semanas. Não sou assim. Nunca fui precipitada ou descuidada quanto a decisões definitivas. Sempre fui independente e ambiciosa. A mulher que estão dizendo que sou não se parece comigo.

Mesmo assim, esse homem que quase não sai do meu lado desperta algo dentro de mim. Meu coração bate mais forte quando ele está aqui e meu cérebro parece querer pegar no tranco, tentando recolocar no lugar lembranças que perdi. Seriam lembranças com ele? Eu sou mãe. Sou esposa. E não tenho a menor ideia de como exercer qualquer uma dessas funções.

Tenho que ir para casa com um homem que não conheço. Tenho que cuidar de duas crianças que não conheço. Ainda assim, tudo dentro de mim diz que eu devo fazê-lo. O homem, meu marido, irradia conforto. Quando ele me abraçou e me deixou chorar em seu peito, subitamente não me senti mais perdida. Eu estava a salvo, mas não sei se essa sensação foi impulsionada pela minha necessidade de ser abraçada e de ouvir que vai ficar tudo bem ou se foi porque foi *ele* quem me fez me sentir assim. Só por ser ele.

Meu marido.

Capítulo 10

— Essa é a ideia mais estúpida que você já teve, Jesse, e olha que você já teve algumas muito ruins nessa vida. — Elizabeth bate com a xícara de café vazia na mesa, enfurecida pela minha sugestão.

Eu não reajo porque estou entorpecido, mas minha *ideia estúpida* é a melhor chance de ver Ava melhorar.

Ela despertou há três dias. Três dias de lágrimas, frustração e desesperança. Para nós dois.

Eu já estive naquele quarto estudando-a, observando sua mente girar, vendo-a estreitar os olhos e ofegar enquanto luta para recuperar suas lembranças perdidas. Ela tem se tratado com um terapeuta que quer dar continuidade às sessões depois que ela deixar o hospital. Ava não pareceu muito convencida quando agendou uma nova consulta. Eu não a culpo. Foi uma hora de estresse para nós dois, cada pergunta feita pelo terapeuta resultando em lágrimas para Ava e agonia para mim.

Ela não consegue se lembrar de nada sobre nós.

O médico diz que ela está pronta para ir para casa, mas ela está indo para casa com um homem que ela basicamente conhece há três dias e dois filhos que são estranhos para ela. A dor que esse pensamento causa em meu peito é excruciante, mas é assim que as coisas são. Estou sendo cem por cento honesto comigo mesmo *e* com Elizabeth.

Ava não nos conhece. Essa é a minha realidade nua e crua.

— Eu não quero que meus filhos se sintam como eu me sinto, Elizabeth. Eu não quero que vejam a mãe olhando pra eles como dois estranhos, porque é muito sofrimento.

— Mas o médico disse que ela precisa estar ao lado da família pra ajudá-la a se lembrar.

Bato o punho na mesa, dominado pela frustração. Sinto apenas um pouco de culpa quando a mãe de Ava pula na cadeira.

— Ela acha que tem vinte e dois anos, pelo amor de Deus! Na cabeça dela, ela ainda é solteira, em início de carreira. Tudo depois disso desapareceu e eu vou mover montanhas para assegurar que ela encontre a mim e aos gêmeos em meio ao caos que é a cabeça dela.

Respiro fundo e me deixo afundar na cadeira, permitindo que o silêncio se instale entre nós. Ver minha sogra sem palavras é uma novidade para mim.

— Estou pedindo que leve as crianças de férias. Mantenha a mente delas ocupada. Deixe que sejam crianças. Eu te prometo, Elizabeth, eu *juro*, eu sei que se conseguir reacender lembranças de mim e de Ava, como nos conhecemos, como nos apaixonamos, o resto virá à tona naturalmente. Você precisa confiar em mim. Eu já falei com a escola. Eles foram compreensivos e solidários, dadas as circunstâncias.

— Quanto tempo quer?

Dou de ombros.

— Uma semana, talvez duas. Não sei. — Talvez todo o tempo do mundo não seja o bastante. Talvez as lembranças tenham se perdido para sempre. Eu estremeço por dentro. Não. Tenho que ser otimista. E não há maneira alguma de eu sobreviver muito tempo sem meus filhos por perto. — Vamos nos falar todos os dias. Por favor, Elizabeth. Eu preciso desse tempo.

Os lábios de minha sogra tornam-se uma linha fina. Percebo que ela tem dificuldade em deixar que outra pessoa tome conta da filha dela, sempre teve, mas ela precisa me dar carta branca desta vez.

— E o que planeja dizer às crianças, já que elas acham que vão pra casa com a mãe hoje à noite?

Ela não vai me fazer duvidar de mim mesmo. Eu sei o que é melhor para a minha família.

— Vou conversar com eles. Eles vão entender.

— Você espera que eles entendam, Jesse. O mundo deles também virou de cabeça pra baixo. Eles precisam do pai, assim como precisam da mãe.

Passo a mão na barba já crescida demais sobre a minha mandíbula, tão incrivelmente exausto. Será que a vida já não me desafiou o bastante?

— E eu vou trazer *nós dois* de volta — prometo. Porque, neste momento, nem Ava nem eu somos nós mesmos.

Colocando a bolsa no colo, Elizabeth me estuda do outro lado da mesa, provavelmente se perguntando de onde estou tirando forças, já que certamente pareço tão mal quanto me sinto.

— Você está acabado.

Seu insulto é uma forma de dizer que concorda sem ter que literalmente proferir as palavras, típico de uma sogra.

— É, bem, os últimos dias têm sido difíceis. — Suspiro, correndo os olhos pelo café, quando avisto os cabelos ruivos de Kate. Ela nos procura por alguns segundos antes de me ver. Então me oferece aquele sorriso compadecido que têm me dado toda vez que a vejo desde que Ava foi internada.

— Oi — diz ela ao se aproximar de nossa mesa. — Alguma novidade?

— Qual? Tipo se a minha esposa já sabe quem eu sou? — indago, levantando-me da cadeira. Nenhuma das duas responde minha pergunta sarcástica, ambas permanecendo em silêncio e incomodadas. — Vou buscar as crianças. Conversar com elas.

— Onde elas estão? — pergunta Elizabeth.

— Com os meus pais. — Dou um beijo em Elizabeth, apertando de leve o braço dela em sinal de agradecimento. E sei que ela aprecia minha gratidão quando aperta o meu em retribuição. — Eu ligo pra você.

— Está bem. — Ela me solta e parte em direção ao quarto de Ava.

— Vou dar a ela um tempo com Ava antes de ir pra lá. — Kate me dá o braço. — Vamos, eu te acompanho até o seu carro.

Deixo que a barriga de Kate indique o caminho para o estacionamento, tentando não pensar no que vem pela frente. É perda de tempo. Nada pode me preparar.

— Jesse, é preciso que você saiba que o acidente foi notícia ontem no jornal local. Eles mencionaram Ava, você, até mesmo a academia. E a perda de memória dela. — Kate dá de ombros quando olho curioso para ela. — Estão convocando testemunhas.

Eu suspiro.

— A polícia já me disse que ela estava sem o cinto de segurança. — Ainda estou furioso com isso, mas impossibilitado de extravasar. — Aparentemente, ela estava procurando o telefone na bolsa. — Engulo em seco, segurando a raiva. — Ela tem *bluetooth*. Não entendo por que ela precisaria do telefone.

— Uma mensagem de texto. Um e-mail.

Aceno com a cabeça, embora não haja desculpa que torne o descuido dela aceitável.

— Elizabeth e Joseph vão levar as crianças pra praia por uns dias — digo, sentindo seu olhar de surpresa em mim. — Tudo isso é muito pra Ava, Kate — começo a explicar, esperando que ela entenda meus motivos.

— Posso ver como ela está oprimida. Eu, os filhos, dezesseis anos de lembranças perdidas de sua vida. Você é uma das únicas pessoas em torno dela agora que ela efetivamente conhece.

— Então o que você vai fazer? — Kate nos faz parar e vira-se para mim. A imensa palavra hospital logo atrás dela, na lateral do edifício colossal, está brilhando, mesmo ainda sendo dia. Um marco importante. Não aguento mais olhar para ele. Irracional, quero arrancá-lo de lá e pôr fogo nele.

— Ela pode nunca mais recuperar a memória, Kate. — Encolho os ombros e me preparo para o que vou dizer depois, assombrado. — Eu sou um estranho para ela. Um homem qualquer. Então tenho que ir ao começo de tudo e tentar fazer com que ela se apaixone por mim outra vez.

Kate toca meu braço.

— Você já fez isso antes. Pode fazer de novo.

Dou uma risadinha, vendo além da melhor amiga de Ava.

— Agradeço todos os dias a sorte de tê-la encontrado, Kate. Que, apesar de todos os meus defeitos, ela me amou. — Dou um sorriso tenso, que traduz a tristeza que sinto. — É um milagre insano ela ter me aceitado, pra começo de conversa. Sinto que ela foi minha chance em um milhão. E se a minha chance acabou? E se eu não conseguir fazê-la enxergar? — Ergo a mão e aperto o punho cerrado contra o peito, tentando domar a dor crescente. — Seria o meu fim.

— Onde está o Jesse Ward que eu conheço e amo? — pergunta Kate, séria, dando-me um soquinho no braço.

— Ama? — pergunto, levantando uma sobrancelha de leve.

— Sim, amo — confirma ela, enfática, repetindo o soquinho, desta vez não tão fraco. — A derrota não lhe cai bem, Jesse. Ava não se casou com um homem que desiste facilmente. Na verdade, eu acho que você vai descobrir que ela se casou com você exatamente porque você *não* desistiu. Um homem que não está nem aí para o que as pessoas pensam. Um homem que passa por cima de tudo à sua frente pra conseguir o que quer. Você a quer de volta?

Eu olho perplexo para ela.

— O quê?

— Sua esposa. Você a quer de volta?

— Que pergunta idiota — murmuro. — E pegue leve nos socos, está bem?

Ela ignora minha bronca e aponta um dedo no meu rosto, forçando-me a dar um passo atrás ou o teria enfiado em meu olho. Kate é uma dessas pessoas que é impossível não respeitar, mesmo que nem sempre se concorde com ela. E agora estando grávida, é mais sábio não discutir com ela.

— Então faça o que sabe fazer de melhor e lute por ela. — Ajeitando a bolsa no ombro, ela se esforça para disfarçar o lábio trêmulo. — Minha melhor amiga não se casou com um covarde de merda.

Arregalo os olhos e então dou uma risada. Chame-me do que quiser, mas *jamais* me chame de covarde de merda.

— Olha essa boca, porra — esbravejo em voz alta, mas timidamente, atraindo a atenção de várias pessoas à nossa volta, não que isso me incomode muito.

Kate me deixa e vai embora a passos rápidos. Ou o quanto uma mulher em fim de gravidez é capaz de ser rápida.

— Guarde isso pra sua mulher — grita ela por sobre o ombro.

— Eu não sou um covarde de merda! — disparo no ouvido de um senhor estúpido o bastante para se aproximar de mim. Ele quase pula de susto e sai de perto depressa. Não há espaço para culpa. Era ele ou Kate, e Sam me esfolaria vivo se eu a assustasse.

Corro para o carro, abro a porta com força e me jogo no assento, olhando pelo espelho retrovisor. Jesus, meu Deus, olhe o estado em que estou. Não estou exatamente aumentando as chances de minha esposa se apaixonar por mim, com essa cara. Preciso dar um jeito em mim. Com urgência. Preciso fazer isso antes de ir buscar as crianças. Elas têm que me ver o mais normal possível, para que, quando eu lhes explicar o que está acontecendo, elas saibam que estou cem por cento comprometido e preciso que elas estejam também.

Capítulo 11

Quando estaciono diante da casa dos meus pais, uma casinha de campo situada em um subúrbio idílico nos arredores da cidade, as crianças aparecem à porta antes mesmo de eu desligar o motor. O sorriso que surge no meu rosto não é nada forçado. Eles são o meu porto seguro, a única paz em meu mundo pedregoso. Ao mesmo tempo que me manter sereno na presença deles só aumenta a minha exaustão, eu me alimento do amor deles e de sua necessidade de estar perto de mim.

Saio do carro, tiro os óculos e me preparo para o ataque dos dois. Eles me alcançam ao mesmo tempo, cada um encontrando seu próprio espaço no meu abraço.

— Podemos ir agora? — pergunta Maddie, levantando a cabeça para olhar para mim.

É a pergunta para a qual eu vinha me preparando e ainda assim as palavras que ensaiei a manhã toda desapareceram.

— Vamos pra dentro — digo, conduzindo-os para a porta da frente. — Preciso conversar com vocês.

— O que é? — Jacob se liberta do abraço imediatamente. — É a mamãe? Ela está bem?

— Ela está ótima — asseguro, pousando a mão em seus cabelos loiro-acinzentados e trazendo-o de volta para mim. — Andei pensando e quero dividir meus pensamentos com vocês.

— Sobre o quê? — indaga Maddie.

— Você vai nos impedir de ir ao hospital outra vez? — O tom de Jacob é defensivo. — Vai, não é, pai? Por quê? A mamãe não quer ver a gente?

Meu coração sangra e aperto meu filho com mais força.

— Ela está desesperada pra ver vocês. — Enfeito um pouco a verdade, apenas em consideração aos meus filhos. Peguei Ava algumas vezes ao longo da semana com a mão no ventre e sei que, sempre que tomou um banho, deve ter observado as pequenas estrias na barriga, tentando assimilar a ideia de que é mãe de gêmeos de onze anos.

Quando perguntei se ela gostaria de ver os filhos, pude sentir a batalha mental que se passava dentro dela e as lágrimas vieram logo em seguida. Ouvir minha esposa dizer que não queria decepcioná-los partiu meu coração. E quando ela implorou que eu a ajudasse a se lembrar deles, entrando em um estado tal em que chorava e gritava, decidi o que precisava ser feito. Preciso contar a ela a nossa história desde o início, da única forma que conheço. Com ações. A grande pergunta é por onde começar.

Olho para a casa e vejo meus pais no alpendre, olhando para nós, os rostos tristes. Sei que minha mãe não suporta me ver assim. Tento disfarçar o meu desespero, mas não há o que um filho consiga esconder da mãe, tenha ele dez anos ou cinquenta.

Dou um sorriso amarelo para o meu pai quando ele ergue a mão, em um gesto de "pode deixar comigo"; então, em vez de levar as crianças para a porta, eu as levo para o jardim e as coloco sentadas em um banco com vista para a horta.

— Ela está fazendo de tudo pra ficar bem por causa de vocês — digo. — E eu preciso ajudá-la a fazer isso.

— Você quer dizer lembrar de nós — corrige Maddie, segurando a minha mão como se fosse cair em um buraco se me soltasse. Ela me salva de cair no buraco, também.

Confirmo com a cabeça, incapaz de mentir. Fico agachado diante deles, apertando as duas mãos.

— Sabem, há uma parte pequena do cérebro da mamãe que não está funcionando muito bem no momento.

— Por causa da pancada na cabeça? — pergunta Jacob.

— Sim, por causa dela. É como se a chave estivesse emperrada, mantendo as lembranças trancadas lá dentro. Eu preciso desemperrar a chave.

O lábio inferior de Maddie começa a tremer e seus olhos se enchem de lágrimas de tristeza.

— Como ela pôde nos esquecer, papai?

Se em algum momento da minha vida eu já quis trocar meu coração por um pouco de esperança, esse momento é agora. Neste exato momento, vendo meus filhos tão despedaçados.

— Ela não se esqueceu de vocês — digo, firme, as mãos resolutas nas deles. — Ela só não sabe onde estão as memórias. Eu vou ajudá-la a encontrar todas elas, prometo. Digam que acreditam em mim. Digam que confiam no papai.

Os dois concordam em silêncio e eu os puxo de volta para o meu peito, aninhando-os com uma força inédita. Eu sou forte. Preciso que eles sintam a minha força.

— A vovó e o vovô vão levar vocês pra praia por uma ou duas semanas enquanto eu ajudo a mamãe, está bem? Vocês vão amar Newquay. Vocês precisam se divertir. Levem o vovô para surfar e ajudem a vovó a pegar minhocas.

— O vovô não sabe surfar. — Jacob ri em meio às lágrimas, o som arrebatando-me como o melhor dos remédios. — E a vovó tem medo de minhocas.

Eu aperto a bochecha dele.

— Então esconda uma na bolsa dela.

— Ela vai saber que foi você quem mandou a gente fazer isso. — Maddie revira os olhos vermelhos, antes de enxugá-los com as mãos. — Ela vai te xingar de novo.

— Se depender da sua avó, eu já vou para o inferno. — Afasto os cabelos de Maddie do rosto dela e despenteio os de Jacob. — Cuidem deles pra mamãe, está bem?

Jacob se levanta e pega a mão da irmã, um sinal da solidariedade e da determinação dos dois. Meus bebês.

— E você vai cuidar da mamãe? Ajudá-la? — questiona ele.

— Prometo.

— Como vamos saber se ela vai se lembrar de nós algum dia? — Maddie, meu curto-circuito, minha madamezinha espirituosa e desafiadora não está tão certa quanto o irmão. Vê-la sendo confortada pela mão que Jacob oferece me despedaça ao mesmo tempo que me emociona.

— O papai está dizendo que vai. — Eu tusso para evitar que o nó na garganta me sufoque. — E o que o pai de vocês diz é lei.

— Nós sabemos — dizem eles em uníssono, olhando um para o outro e sorrindo, como que silenciosamente concordando que confiam em mim.

O que é bom, já que eles devem mesmo confiar em mim.

E eu *não vou* decepcioná-los.

Capítulo 12

Chego ao hospital e encontro o médico de Ava conversando com a enfermeira-chefe. Ela balança a cabeça, ele balança também, ela fala, ele fala, ela franze o rosto, ele franze em resposta.

— Está tudo bem? — pergunto ao me aproximar.

— Nós íamos mesmo ligar para o senhor.

Fico instantaneamente preocupado.

— Por quê? — Olho para o quarto de Ava e a vejo sentada à beira da cama, vestida e esperando, os dedos rodando a aliança.

— Sua esposa está um tanto agitada. — Ele sorri ternamente. — Eu disse a ela que o procuraria.

— Desculpe, as crianças estão indo viajar com os avós — digo, observando Ava buscar algo com o olhar até que me vê. Dou um sorriso leve e recebo o mesmo em troca. Isso é muito estranho, e a esquisitice parece não diminuir um milímetro. — Precisei garantir que teriam tudo de que precisavam. — Volto a atenção ao médico.

— As crianças vão viajar? — pergunta ele, fazendo soar como se eu os estivesse *mandando* para longe. Isso faz meu sangue subir e eu luto para me segurar. Não preciso de ninguém questionando a minha decisão como pai e como marido.

— Eles precisam de uma pausa dessa loucura toda — explico, diplomático e calmo, embora seja necessário extremo esforço. — E se eu vou ajudar Ava a se lembrar de nós, preciso voltar ao início da nossa história.

— Sua história?

Dou uma risadinha.

— Sim, a nossa história. Digamos que daria um excelente romance. — Passo a mão pelos cabelos. — Não somos um casal comum, doutor. — Eu suspiro, pensando na melhor forma de me expressar para que ele tenha uma ínfima chance de entender. Ele teria que nos conhecer para entender. Teria que ter visto as coisas pelas quais passamos. — Quando conheci minha esposa, foi como se uma bomba atômica explodisse no meu peito. — Evito mencionar que senti como se uma bomba atômica tivesse explodido dentro da minha calça também. É muito impróprio. — É como se uma parte da minha alma tivesse se fundido a uma parte da alma dela e não houvesse nada que eu pudesse fazer pra evitar. Foi a sensação mais incrível. — Olho para dentro do quarto e vejo que Ava ainda me encara. — Inesquecível — sussurro, vendo que seus olhos agora fitam meus lábios. — O que torna tudo mais difícil de aceitar; como ela pode ter esquecido? Nós. A intensidade do nosso relacionamento e tudo pelo que passamos juntos? — Tiro os olhos da mulher que tem a minha vida nas mãos e volto a minha atenção ao médico. — Estou morrendo de medo de que essas lembranças tenham se perdido pra sempre.

Ele dá um sorriso compreensivo, mas não compreende. Ninguém jamais poderia.

— Vocês podem construir novas lembranças.

Eu balanço a cabeça negativamente.

— Nada pode substituí-las.

Desta vez ele apenas assente, sem me contrariar.

— Aqui estão os detalhes da consulta de Ava. — Ele me entrega um envelope. — Nós retiramos o curativo da cabeça dela agora de manhã. Está cicatrizando bem, mas mantenha-o limpo. O mesmo vale para a perna. O senhor tem meu número, sr. Ward. Se algo o preocupar, basta telefonar.

Pego o envelope e passo por ele, a caminho do quarto de Ava. Meu corpo está pesado. Sinto como se estivesse andando contra uma rajada de vento, lufadas que não apenas seguram meu corpo, mas apertam minha garganta, dificultando a respiração.

Assim que entro, fico parado como uma estátua por alguns segundos, sem saber o que pode acontecer daqui para a frente.

— A mala — digo, apressando-me para pegar suas coisas. — Você está bem pra andar? — Em qualquer outro dia, eu a pegaria nos braços sem dizer nada, gostasse ela ou não. Para ser franco, essa história de pedir permissão é muito alheia a mim. E eu estou detestando.

Ela se levanta da cama com cuidado e meus instintos assumem o controle. Eu largo a mala imediatamente, desesperado para diminuir o esforço de Ava e ajudá-la a ficar de pé.

Ela se agarra a mim com ambas as mãos, uma em cada um dos meus braços enquanto fica ereta. Não sei se é porque ela precisa ou se é porque quer.

— Obrigada.

— Nunca me agradeça por cuidar de você, Ava. — Não é minha intenção soar ofendido, mas é inevitável. — Você é a minha esposa. Eu existo para isso.

Ela ergue o olhar para mim, sua testa mostra certa reação e eu me pego prendendo a respiração, esperando que ela me diga que se lembrou de alguma coisa – que se lembra de mim dizendo isso antes, porque eu tenho absoluta certeza de que já disse. Ou qualquer lampejo, não importa quão pequeno ou insignificante, mas quando ela balança a cabeça, percebo que nada lhe veio à mente.

Dou um suspiro profundo e começamos a caminhar de maneira lenta, porém resoluta, eu verificando constantemente se ela apresenta qualquer sinal de dor ou de que a breve viagem seja mais do que ela possa suportar. Ela se concentra em seguir em frente, totalmente focada na simples tarefa de pôr um pé diante do outro. Dói muito vê-la lutar assim. Eu não consigo. Viro-me à porta da sala das enfermeiras.

— Não tem a porra de uma cadeira de rodas neste lugar?

A enfermeira corre os olhos pelo local, claramente em pânico. Eu não me abalo o bastante para me sentir mal por ela.

— Estão todas ocupadas no momento, senhor, mas se não se incomodar de esperar, posso tentar encontrar uma.

— Não se incomode, eu vou carregá-la. — Virando-me de volta para Ava, dou de cara com dois olhos arregalados. — Vou te pegar no colo — informo, por mera cortesia, tomando-a em meus braços. Ela não protesta, o que é muito bom, porque eu não quero mais vê-la mancando.

Ela observa meu rosto atentamente enquanto seguimos pelo corredor, provavelmente avaliando a tensão na minha mandíbula. Tento relaxar, acalmar meus músculos extenuados. Sinto que poderia explodir de estresse. De esperança. De desespero.

Mais à frente, uma porta dupla se abre e por ela passa um enfermeiro com uma maca. Em cima dela há um corpo com o rosto coberto por um lençol branco. Quando me dou conta, meus pés pararam de andar e meus olhos veem Ava ali. Naquela maca. Morta.

Meu sangue congela.

— Jesse?

Tenho um sobressalto e baixo os olhos para minha esposa, que me olha com preocupação. Afasto rapidamente meus pensamentos mórbidos do que poderia ter sido. Ela ainda está aqui. Comigo. Ela pode não estar em seu estado normal, mas ainda está aqui. Eu a seguro com mais força. Não consigo evitar.

— Venha. Vamos pra casa.

— Casa. — Ela suspira tirando os olhos de mim. — Onde é isso mesmo?

— Onde quer que eu esteja — digo, deixando voltar à tona a minha sinceridade habitual quando o assunto é minha esposa. Estaria ela sorrindo? — Está bem? — pergunto, não querendo presumir que ela me ache engraçado ou que talvez esteja reconhecendo parte do que somos *nós*, mas qual seria o motivo do sorriso, então?

— Você parece ser do tipo mandão.

Dou uma gargalhada, o arroubo de alegria completamente irrefreável.

— Você não tem a menor ideia, mocinha. A menor ideia.

— Eu não gosto que me digam o que fazer, só pra você saber.

— Ah, eu sei. — Rio de novo, sentindo suavizar um pouquinho do peso que recai sobre os meus ombros. Bem pouquinho, mas... ainda assim. Olho para ela e capricho no sorriso, aquele que tenho reservado apenas para ela, aquele que ela ainda não viu desde que voltou a si. Consigo o efeito desejado e seu corpo relaxa em meus braços. É mais um ligeiro sinal. — E só pra você saber, isso logo vai mudar.

— Duvido. — Ela bufa, zombando de mim. É um som muito doce, mesmo sendo forçado.

Meu sorriso se amplia, porque essa é uma atitude típica da minha esposa. Desafiadora. Difícil.

Minha.

A esperança floresce dentro de mim.

Capítulo 13

Ela estica o pescoço quando nos aproximamos da entrada de nossa casa, os olhos assimilando a extensão do terreno de nosso pequeno solar.

— Eu moro aqui? — pergunta ela, visivelmente impressionada.

— *Nós* moramos aqui — corrijo, parando o carro. Há quase onze anos.

Pulo do carro e dou a volta, deixando Ava ainda no banco do passageiro, absorvendo a paisagem que a cerca. Abro a porta, mas como ela não demonstra intenção alguma de descer do meu Aston, eu me enfio ali dentro para soltar o cinto de segurança dela. Meu rosto roça seus lábios inocentemente e ela congela, respirando fundo. Eu congelo também, com o rosto a milímetros do dela. De minha visão periférica, posso ver que seus lábios estão apertados e os olhos, arregalados.

Será que eu a assustei? O coração dela está batendo mais forte por eu estar tão perto? Algo me diz que são as duas coisas. Meus olhos miram os lábios dela e meu instinto demanda que eu simplesmente a beije. Beijá-la. Consumi-la. Talvez isso desencadeie o que quer que precise ser desencadeado.

Ela vira o rosto para o outro lado, no entanto, e a esperança que nascia dentro de mim morre um pouquinho. Eu pigarreio e me afasto, abrindo espaço para que ela saia do carro, o que ela faz em silêncio e devagar, ignorando a mão que eu lhe ofereço.

Ela caminha a passos lentos e hesitantes até a porta – lentos por causa da perna machucada e hesitantes porque, infelizmente, ela está nervosa. De vez em quando ela olha para mim por sobre o ombro. Eu não digo nada, apenas a sigo, sentindo-me a cada minuto mais desesperançado. Abro a porta e me afasto. Ela para pouco além da soleira, olhando em volta do hall de entrada. E espero que ela encontre a coragem de que necessita para entrar. Os sapatos das crianças estão espalhados num canto, aquele trecho do piso de mármore embaçado com a sujeira da lama que trouxeram do jardim. É um sinal pequeno e bobo da nossa vida em família, mas que detém toda a atenção de Ava. Seu lar. A mão dela vai ao próprio peito e eu quase posso ver o pulsar logo abaixo.

— Leve o tempo que precisar — murmuro, de modo gentil. Ela me olha e dá um sorriso mínimo, antes de voltar a estudar o ambiente à sua frente. Ela dá mais um passo para dentro, na direção da coleção de fotografias que cobre a parede acima da mesinha.

Meu coração dispara quando ela se aproxima das imagens. Sua mão toca uma delas, em que estamos nós dois no dia do nosso casamento, e ela morde de leve o lábio inferior. Logo depois ela passa um tempo olhando para uma em que estou ajoelhado e beijo seu ventre de grávida, ela mesma com a mão na barriga. Ela me olha e volta a sorrir, o que eu retribuo, muito nervoso também. E então ela encontra uma de minhas fotos preferidas, da época em que os gêmeos estavam aprendendo a andar, Jacob sentado nos meus ombros e Maddie nos dela. Estamos no terraço do Paraíso. O mar azul atrás de nós parece tão vivo quantos os olhos de todos nós. O sol tão brilhante quanto o meu sorriso. Alguma dessas imagens teria reavivado lembranças? Qualquer uma?

Fecho a porta sem fazer ruído e me aproximo de Ava, olhando também para as fotografias. Retratos nossos. De nossa pequena família. Felicidade e amor se espalham por essa parede. Para todos os lugares que olho, encontro coisas que poderiam acender algo e anseio muito que isso aconteça. E também há o Mural de Ava na sala da família, que foi todo transferido da minha cobertura no Lusso e incrementado ao longo dos anos. Centenas de imagens de nós quatro. Talvez isso ajude também. Porque estar no hospital não ajudou em nada, naquele ambiente frio, clínico e pouco familiar.

Ela retesa os ombros quando me aproximo e volta os olhos muito tristes para mim. Não se lembra de nada.

— Eu gostaria de saber se isso é algum tipo de pesadelo. — Ava se vira para as fotos. — Ou se alguém fez uma piada cruel comigo. Eu acordei e me disseram que sou casada e tenho filhos e até agora eu não acredito. — Ela aponta para a foto do nosso casamento, com o queixo tremendo. — Esta sou eu. — A voz falha e ela olha para mim com lágrimas nos olhos. — Com você.

Eu confirmo, tentando controlar minhas próprias emoções. Meu Deus, são poucas as coisas que me abalam, mas ver minha esposa tão perturbada é garantia de acabar comigo. Ela volta aos retratos, enxugando as lágrimas.

— E ali estou eu também. — Ela aponta para uma foto dos gêmeos abraçados a ela na cama elástica que temos no jardim. — Com... — Ava soluça, ainda chorando. — Meus filhos. — Seus ombros balançam e ela desmonta completamente, cobrindo o rosto com as mãos.

Solto a mala e vou confortá-la, lutando contra as minhas próprias lágrimas.

— Venha cá. — Eu a aninho nos meus braços, voltando os olhos para o teto, desesperado. O que diabos vou fazer? Seu corpo pequeno se debate contra o meu enquanto ela chora, seu luto exposto e sua realidade desmoronando. — Vai ficar tudo bem — eu juro, baixando a cabeça e afundando meu nariz em seus cabelos escuros. — Nós vamos ficar bem, eu prometo.

— Por que eu não consigo me lembrar de você? Por que não consigo me lembrar dos meus filhos? — Ava me bate violentamente, com os punhos cerrados. — Por que não me lembro? — grita ela, sacudindo a casa com o volume. — Eu preciso me lembrar! Por favor, ajude-me a lembrar! — Ela cai no chão de joelhos, soluçando como nunca a vi fazer antes. Essa visão me atormentará pelo resto dos meus dias. Está me matando.

Passo a mão com força pelo rosto e me forço a me recompor. Ela precisa que eu esteja inteiro. Forte. Seu marido. Eu a tomo nos braços e a levanto do chão, conseguindo o meu conforto da mesma forma quando ela me abraça e se agarra a mim como se sua vida dependesse disso. Por puro instinto.

Eu a levo para a cozinha e sento em uma cadeira, mantendo-a no meu abraço enquanto ela desabafa. O que mais posso fazer? Apenas estar aqui. Abraçá-la quando ela precisar de um abraço. Dizer a ela que tudo ficará bem. Deixo meu rosto próximo ao dela, sussurrando baixinho até que ela se acalme. Pode demorar um minuto. Pode demorar uma hora. O tempo não significa coisa alguma neste momento.

— Desculpe — diz ela, soluçando, enquanto tenta limpar uma mancha úmida na minha camiseta.

— Não seja boba. — Enxugo seus olhos com as mãos e ela não me impede, estudando meu rosto enquanto saboreio o momento terno. Sou muito grato por ela me permitir confortá-la desse modo. Será que ela tem noção disso?

— Onde estão as crianças? — pergunta ela, olhando para a porta, talvez tentando ouvir sons infantis.

— Pedi aos seus pais pra levá-los até a praia, só pra você se acomodar e se acostumar com as coisas.

— Mas eles vão pensar que eu não gosto deles. — Vejo pânico em seu rosto, o que estranhamente me tranquiliza, saber que ela se preocupa com o que eles devem estar sentindo. Ela pode não se lembrar dos filhos, mas ainda tem instinto materno.

— Eles estão bem, Ava, eu prometo. Eu disse a eles que preciso de tempo pra ajudá-la a se lembrar de algumas coisas.

Seus olhos baixam para o meu peito e pairam na minha camisa Ralph Lauren. Ela está pensando.

— Eu certamente gosto deles — diz ela, com o rosto triste. — Sei que gosto. — Olhando para mim, ela fecha as mãos no algodão da camisa. — Sei que eles são meus.

Concordo com a cabeça e respiro profundamente, com o olhar grudado no dela.

— Eu sei que sabe.

Ela retribui o meu movimento, concordando comigo, agradecida por minha fé nela, e sorri ao mesmo tempo que suprime um bocejo. Ela está exausta. Precisa descansar.

— Você deveria ir dormir.

Ela se olha e passa a mão pelos cabelos, presos em um rabo de cavalo.

— Eu adoraria tomar um banho.

Um banho. Perdi a conta de quantas vezes tomamos banho juntos. Momentos em que eu estava distraído me ensaboando e sentia uma corrente de ar frio, um sinal de que minha esposa vinha se juntar a mim embaixo da ducha. Essa não será uma das vezes e dói demais me dar conta disso.

— Claro. — Eu me levanto e a ponho de pé no chão, afastando-me, mostrando minha intenção de deixar que ela vá em frente.

Um ar de tristeza discreto faz sua testa se enrugar.

— Onde fica o banheiro?

Fecho os olhos brevemente, levando ar aos meus pulmões agonizantes. É claro. Ela precisa de um *tour* pela própria casa.

— Vou te mostrar. — Resistindo à tentação de pegá-la pela mão, subo a escada com os pés pesados e o coração mais pesado ainda enquanto Ava me segue, olhando tudo em volta.

Entro na nossa suíte, tentando não parecer muito nervoso ao mostrar para a minha esposa onde dormimos.

— O closet é ali. — Aponto o outro lado do quarto, a porta dupla. — E o banheiro é ali.

Ela corre os olhos maliciosos pelo meu corpo quando passa por mim, dando passos hesitantes na direção do closet. Na incerteza se devo ou não, eu a sigo, parando à porta enquanto ela se situa no local.

— Você guarda sua lingerie e seus pijamas naquela cômoda — digo.

Ela abre a primeira gaveta e observa o conteúdo. Depois passa para a próxima e tira dela uma de minhas camisolas favoritas, tocando-a por um instante, antes de fuçar no resto da gaveta.

— Tem bastante renda — observa baixinho, fazendo-me sorrir. — Onde estão meus pijamas de algodão? Os confortáveis?

— Você gosta de renda.

— Obviamente. — As suas sobrancelhas se erguem.

— Eu também gosto. — Dou de ombros quando ela me lança um olhar interessado. — Um pouquinho.

— Você compra toda a minha lingerie, não é?

— É o que eu mais gosto de comprar — admito, sem pudores.

Ela balança a cabeça, hesitante, nosso contato visual incessante, mas o desejo que sempre acho tão difícil controlar quando estamos sozinhos, especialmente quando o assunto envolve renda, hoje não está tão presente. Nem para mim, nem para ela. Isso é brutal, mas sei que sexo não vai consertar as coisas.

— Então acho que devo vestir uma dessas? — pergunta ela, finalmente.

Eu odeio como a frase é dita em forma de pergunta. E odeio mais ainda por ter que dar uma resposta que não gostaria de dar.

— Vista o que te deixar confortável. — Faço menção de sair. — Vou te deixar a sós pra tomar banho. Eu tenho camisetas na gaveta, se você preferir.

Desço para o primeiro andar, fazendo o possível para não me sentir derrotado por uma coisa tão trivial. Renda. É trivial, mas significa muito para nós dois.

Pego uma cerveja na geladeira, vou à sala de jogos e desabo pesadamente em um dos sofás de couro. Tiro o celular do bolso e abro um aplicativo de música, na tentativa de calar o som insuportável dos meus pensamentos. "Crazy", do Gnarls Barkley, começa a tocar e eu nem me incomodo de mudar. É perfeita para o momento.

Meus olhos vão ao bar que fica no canto, onde estão armazenadas todas as bebidas alcoólicas que o ser humano já conheceu. Não para o meu prazer – eu não toco nas coisas mais pesadas há tempos –, estão ali mais para nossos convidados quando os recebemos. Mas aquela vodca...

O que eu não faria agora para escapar desse pesadelo. Beber até perder os sentidos e com um pouco de sorte acordar com a minha vida de volta, do jeito que deveria ser.

Afasto os olhos de lá, apoio a cabeça no sofá e meus pensamentos continuam me perturbando com o passar da música. Deixo a dor penetrar mais fundo, porque ela está lá em cima tomando banho sozinha. E eu estou aqui me sentindo inútil.

Termino a garrafa de cerveja, mas resisto em pegar outra e decido ir para o escritório. Sento-me à mesa, ligo o computador, busco entre meus arquivos até encontrar o que procuro. As fotografias. Milhares de registros desde o comecinho até mais recentemente, na minha festa de cinquenta anos. Momentos capturados no tempo, rostos sorrindo e, às vezes, até mesmo enfurecidos. Infindáveis lembranças felizes, cada foto carregada de amor. Vou clicando e minha dor aumenta a cada imagem. Como ela pode não se lembrar de nada disso? Como ela pode não se lembrar de mim? Solto o mouse e esfrego o rosto com as mãos, sentindo-me esgotado, física e emocionalmente. Também preciso de um banho.

Deixo a pasta de arquivos aberta, pronta para ser vista por Ava quando se sentir preparada, e me arrasto para o andar de cima. Não ouço um pio vindo do nosso quarto e, quando entro, vejo Ava encolhida na cama. Não consigo evitar a mágoa. Ela sempre afirmou que era impossível dormir se não fosse no meu peito. Então me bate uma pequena esperança, porque ela está vestindo uma camisola de renda em vez da camiseta que lhe ofereci. Ignoro o fato de que ela sempre dormia nua. Um passo de cada vez.

Após me esgueirar até o banheiro, tomo um banho rápido e solitário, aparo a barba, deixando o estilo cerrado que ela tanto ama. Passo alguns segundos observando o homem à minha frente. Estou um desastre. Sinto-me fraco, abatido e triste. Já estive no inferno antes e sinto que estou em queda livre de volta para lá neste momento. Por quê? Por que isso está acontecendo? O que foi que eu fiz?

Apoio as mãos na beirada da pia e respiro profundamente, tentando não deixar a raiva que brota ali entrar em erupção. Não gosto quando as coisas saem do meu controle e neste exato momento meu mundo está virando um hospício. Não há nada que eu possa fazer a respeito, a não ser ter esperança. Meus ombros se retesam com o esforço de tentar conter a fúria. Eu rosno, com os dentes cerrados, desesperado para bater em alguma coisa.

Olho para a frente e volto a me encarar. E antes que me dê conta do que está acontecendo, o espelho está estilhaçado e minha mão sangrando. Tudo bem. Agora meu reflexo está exatamente como me sinto.

Quebrado.

Capítulo 14

Não aguento o silêncio que se instalou aqui. Não ouço as crianças pondo a casa abaixo, não ouço a máquina de café funcionando, não ouço Ava gritando com os gêmeos na hora de se arrumarem para a escola. O silêncio é sepulcral.

Encaro a cafeteira por alguns segundos, sentindo a raiva ferver. É só uma cafeteira, mas é a cafeteira que já está funcionando quando desço para a cozinha todas as manhãs, porque minha esposa a programou para isso. É um hábito dela. É o que ela faz e hoje ela não fez. Porque ela não sabe que faz.

Abro o armário com força e procuro o café. Nem sei como essa merda funciona. Finalmente o encontro, adiciono o pó no local apropriado e fuço na droga da máquina, xingando o tempo todo. Não sei se fiz tudo certo, mas ela está ligada e eu aqui torcendo, quase usando o poder da mente para fazê-la começar a funcionar logo, nem que seja para acabar com o silêncio terrível que paira na cozinha.

Pego uma xícara, ponho leite nela e fico tamborilando os dedos na mesa impacientemente enquanto espero, fazendo cara feia para a minha mão inchada. Meus olhos parecem ter areia e arranham toda vez que pisco, a falta de sono dando os seus sinais. Acho que consegui dormir por uma hora na última noite. Uma hora jogado em uma poltrona ao lado da nossa cama, o resto da noite olhando Ava dormir, desesperado para me deitar abraçado a ela da minha maneira possessiva. Mas não ouso.

Enquanto coloco café na xícara, ouço o telefone tocar do outro lado da cozinha. Vou buscá-lo e atendo sem sequer olhar para o identificador na tela.

— Bom dia, Elizabeth.

— Como estão as coisas? Ela está se acostumando bem? — A voz dela parece tão desesperada quanto eu me sinto.

Não. E as *coisas* estão péssimas.

— Tudo seguindo como o esperado — digo. — Como estão os gêmeos?

— Joseph os levou ao campo de golfe. Temos várias atividades programadas: surfe, apanhar caranguejos, pescar...

Dou um sorriso e bebo um gole de minha dose de cafeína.

— Obrigado, Elizabeth. Agradeço muito o que estão fazendo. — Acho que nunca fui tão sincero ao falar com a minha sogra.

— Ah, Jesse... — Sua voz estremece e falha ante a pressão de ter que se manter forte e, pela primeira vez na minha existência, eu gostaria que ela estivesse aqui para que eu pudesse abraçá-la.

— Ouça — digo, com toda a seriedade possível. — Você me conhece há doze anos, Elizabeth. Por isso, deveria saber que eu não vou deixar esses anos todos desaparecerem como se nunca tivessem existido.

Ela tosse e ri baixinho, chorando.

— Eu sei que somos dois tolos com as nossas briguinhas, mas você sabe que eu te adoro, Jesse Ward.

Eu me sinto reconfortado, grato e, sim, eu sei disso bem lá no fundo. Mas para não correr o risco de cair no choro, sou forçado a trazer a máscara arrogante de volta à superfície. Não posso chorar no ombro da mãe de Ava. Ela conta comigo. Não posso chorar com *ninguém*.

— Que pena. Meu coração pertence a outra mulher.

— Pare com isso. — Ela ri e é ótimo ouvir isso. — Você ainda é uma ameaça.

— E você ainda é um pé no saco, *mãe*. Cuide dos meus bebês.

— Está bem. — Ela não discute, nem sequer questiona minha ordem.

— Dê notícias.

— Todos os dias — garanto, desligando em seguida. Deixo o celular na mesa e meus ombros desabam. A energia usada para ser forte está me drenando. Como posso continuar com isso? Suspirando, vou à geladeira, abro a porta e pego o pote de pasta de amendoim. Fico onde estou, comendo com os dedos, algo familiar e reconfortante nesse mundo estranho.

Alguns minutos depois, noto que comi metade do pote.

— Bom dia. — Sua voz doce e insegura me acerta como um taco de críquete na cabeça e eu me viro com o dedo enfiado na boca para vê-la à porta da cozinha, as mãos unidas e nervosas sobre o estômago. A camisola de renda está coberta por um robe de cetim creme, os cabelos escuros soltos sobre ele. Ela é uma visão. E eu não posso tocá-la.

Chupo o dedo até limpá-lo e engulo rapidamente antes de fechar o pote. Ela olha para as minhas mãos e faz uma careta.

— Manteiga de amendoim? — questiona ela. É humor o que estou ouvindo em seu tom? Seria agora um bom momento para lhe dizer que um de seus passatempos favoritos é espalhar a pasta nos seios e deixar que eu me farte das minhas duas coisas favoritas ao mesmo tempo?

— É um vício. — Devolvo o pote à geladeira e sirvo a ela um copo de suco de laranja, com movimentos nervosos e trêmulos. — Dormiu bem? — Jamais, nesses doze anos de casamento, eu tive que fazer essa pergunta. Porque sempre estive ali, ao lado dela, ciente de quando ela dorme em paz ou quando se revira porque algo a preocupa.

— Na verdade, não. — Ela vem até mim e toma o copo da minha mão com um sorriso discreto, antes de se sentar em um dos bancos da bancada da cozinha. — Parecia que estava faltando algo. — Ela desvia o olhar, como se tivesse vergonha de admitir. — Eu concluí que provavelmente era você.

O quê? Lá vem a esperança florescer dentro de mim mais uma vez e eu não sei se é bem-vinda ou não. Sem esperança não há decepção. Mas não posso evitar. Sento-me no banco ao lado do dela.

— Ava, acho que você precisa saber que...

— Uma vez que eu possuir você, você vai ser minha.

Quase caio da cadeira. Dane-se a decepção. Nada poderia aplacar a alegria que corre em minhas veias neste momento.

— Você se lembra?

Com os lábios na borda do copo, ela fecha o rosto de leve.

— Não sei de onde isso veio.

— De dentro de você, Ava. — Tiro o copo dela, coloco sobre a ilha e tomo suas mãos nas minhas. — Bem de lá de dentro.

Ela me olha com lágrimas nos olhos outra vez. Malditas lágrimas.

— Isso tudo é tão frustrante! — Ela aperta a minha mão, ansiosa para que eu entenda. Ela precisa acreditar em mim. Eu entendo. Entendo *perfeitamente*.

— Acabei de ficar parada em pé por quinze minutos no meio dos quartos de duas crianças, comandando meu cérebro a lembrar-se delas. Cheirei os lençóis e revirei as gavetas. Nada. — Uma lágrima solitária rola por sua face e eu a enxugo com meu polegar. Isso não ajuda. Eu a trago para o meu colo e a envolvo com o meu corpo. Ela não oferece a menor resistência. — Só quero bater com a cabeça na parede até tudo voltar.

— Você não vai fazer nada disso, mocinha. — Inspiro o perfume do cabelo dela, grato por ela me deixar confortá-la mais uma vez. Se isso é o que ela quer ou apenas de que precisa, não é algo que eu queira desperdiçar tempo pensando. Porque *eu* preciso.

Ela solta um suspiro e desce do meu colo, forçando-me a prender a respiração e dizer ao meu pau que se acalme quando ela roça o corpo em mim inocentemente. Não vai acontecer nada e eu nunca, jamais, pensei que diria isso a respeito dela na minha vida.

— O que fez com a sua mão? — indaga ela, acariciando levemente os ferimentos nos nós dos meus dedos.

Afasto a mão do toque dela e agito-a, um modo silencioso de dizer a ela para esquecer o assunto. Posso ver, pela cautela em seus olhos, que ela sabe muito bem o que aconteceu com a minha mão. Ela deve ter visto o espelho. Ou talvez tenha ouvido o barulho dele quebrando ontem à noite.

Ela não insiste.

— O que vamos fazer hoje? — pergunta ela.

Sim. De volta aos assuntos importantes.

Eu me levanto e lhe ofereço minha mão, grato porque ela a aceita.

— Encontrei todas as fotografias no computador. Pensei que você poderia passar a manhã dando uma olhada nelas.

— A manhã toda?

Ava me deixa conduzi-la ao escritório e ajudá-la a sentar-se à escrivaninha.

— Temos muitas fotografias. — Ligo o monitor e somos imediatamente recebidos por uma imagem de nós quatro. Foi feita no Paraíso. Os gêmeos estavam aprendendo a andar. Eu tinha quarenta e dois anos, e Ava era a perfeição em pessoa aos trinta. Maddie está no colo dela e Jacob no meu. Estamos chutando água na direção uns dos outros à beira do mar, todos rindo. É um momento lindo capturado no tempo, natural e real.

Fico ali observando-a tocar a tela suavemente, seu dedo passando pelos quatro rostos.

— Somos uma família bonita — comenta ela consigo mesma. — Ele se parece com você e ela se parece comigo.

Não digo nada, apenas beijo o topo da cabeça dela e a deixo vendo as várias passagens da nossa felicidade. Não vou conseguir vê-la fazer isso sem desmoronar.

* * *

Agonia. Permaneço em pura agonia durante as cinco horas em que ela fica no escritório vendo fotografias. Fico me perguntando constantemente se algo aguçou a sua memória. E logo a ouço chorando e descubro que não.

Olho para o teto e em seguida fecho os olhos bem apertados, sentindo a angústia se instalar profundamente nas minhas entranhas. Então me recomponho e vou ao encontro de seu choro na sala de estar. Vejo-a de joelhos em frente ao meu Mural de Ava. Ela segura a cabeça nas mãos, os punhos apertando suas têmporas como se ela quisesse libertar as lembranças. Merda, ela vai reabrir a cicatriz.

— Ava, querida. — Atravesso a sala correndo e a recolho do chão, com o coração apertado. Cada polegada da parede está coberta de fotos e frase escritas por mim, por Ava e agora até pelos gêmeos também. Já houve dias em que eu vim a essa sala, sentei-me no sofá e fiquei olhando para o mural o dia todo, admirando sua magnificência. Nada me faz sorrir mais do que encontrar uma nova foto e ler a legenda que Ava ou um dos gêmeos escreveu. É uma imensa homenagem à minha família, uma das coisas mais preciosas da minha vida. E agora é uma das razões do tormento da minha esposa.

Meus olhos recaem sobre a fotografia mais recente, a que Jacob e Maddie penduraram quase duas semanas atrás. Sou eu, com uma expressão azeda, enquanto Ava me beija na bochecha. A legenda, com a caligrafia de Maddie, descreve:

É aniversário do papai. E ele está muito irritado com isso!

Engulo em seco e trago Ava para o meu peito. Vou com ela para o sofá, onde a acomodo sem resistência no meu colo. Verifico o corte na cabeça dela, certificando-me de que ela não abriu a ferida, enquanto ela se encolhe e soluça nos meus braços. Eu não abro a boca, e apenas a acolho por pelo menos uma hora, tempo em que ela chora muito, xinga em voz alta, grita e berra, além de soluçar mais um tanto. Meus olhos ardem com as lágrimas silenciosas que eu permito rolar no momento em que ela está com o rosto enterrado no meu peito, os dedos agarrados à minha camiseta para se prender a mim, como se tivesse medo de que eu a abandonasse no escuro. Jamais. Estamos nessa juntos. Até o fim. Não consigo ver uma luz no fim desse tortuoso túnel, mas rezo para que esteja ali, em algum lugar.

Seus soluços por fim diminuem, mas eu não a forço a deixar seu esconderijo, esperando pacientemente que ela encare de frente o estranho que a abraça.

— Zero, *baby* — murmura Ava. Eu fico tenso. — Por que essas palavras aparecem o tempo todo na minha mente?

Eu a afasto um pouco de mim e encontro seus olhos, que estão vermelhos e inchados.

— É um de nossos joguinhos — explico. Ela franze o rosto, encorajando-me a prosseguir. — Eu começo no três e quando chego ao zero...

— O que acontece?

Encolho os ombros e sigo em frente.

— Às vezes eu te faço cócegas, às vezes eu te beijo até você ver estrelas e às vezes eu te levo pra cama. — É a forma mais delicada que encontro para explicar a contagem regressiva. — Ava, querida, isso é só uma parte do nosso encanto.

Ela dá um sorriso muito discreto. Mas, ainda assim, é um sorriso.

— Ava, querida... — sussurra ela, acomodando-se em mim novamente, voltando o rosto para o lado, para que cole a face no meu peito e possa olhar para o mural, agora do outro lado da sala. — Sempre que você diz, parece perfeitamente certo. Sempre que você me abraça, parece perfeitamente certo. Sempre que olho pra você, sei que você é meu. Quando olho para as crianças, eu não as reconheço, mas algo me diz pra protegê-las. Tudo parece incrivelmente certo.

— Porque é o certo — respondo, aliviado por ouvir isso. É um lampejo da luz que estou procurando em toda esta escuridão. — Tudo a nosso respeito é certo.

— Então por que eu não me lembro? — Sua voz falha outra vez e eu tento pressupor o tamanho de sua tristeza. Tento imaginar como deve ser se sentir tão deslocada. Não sei se é justo comparar a luta dela com a minha. — Você também deve estar muito frustrado — diz ela, soluçando. — Quanto tempo vai demorar até você desistir de mim?

Desistir? Meu Deus, ela realmente não me conhece mais. Está difícil ignorar a dor no coração, mas ouvi-la duvidar da minha determinação é a gota d'água.

— Você vai se lembrar — prometo. — Você e eu somos de uma força espantosa, Ava. Nada nos derrotou no passado e nada vai nos derrubar agora.

Trago a aliança de casamento dela aos meus lábios e a beijo com doçura, o que a faz olhar para mim com uma ânsia nos olhos. É uma ânsia diferente. Não uma necessidade sexual, mas uma necessidade de mim. Apenas de mim. Para ajudá-la, dar-lhe apoio, amá-la. Fazê-la lembrar.

— Eu te disse uma vez que queria cuidar de você eternamente. — Meus olhos nunca deixam os dela. — É a pura verdade, *baby*. A eternidade ainda não acabou. Nunca acabará, não pra nós. Eu te amo. Você é a melhor parte de mim, Ava. A maior parte. Isso não pode ser esquecido.

Ela pisca algumas vezes, talvez um pouco surpresa. Isso magoa, também, porque em qualquer outro momento que eu disse o quanto a amava, ela sorriu e me beijou.

— Nós devemos mesmo nos amar demais.

— É êxtase puro, *baby*. — Começo falando baixinho. — Satisfação total. — Meus lábios alcançam sua bochecha úmida e eu lhe dou um beijinho rápido. — Um amor absoluto, completo, de fazer a Terra tremer...

— E o Universo vibrar. — Ava sussurra as palavras de maneira quase imperceptível, mas eu as ouço como se saíssem de um amplificador ultrapotente, direto para os meus ouvidos.

— Sim — confirmo, calmo por fora, mas sendo constantemente massacrado por dentro pelo fato de que ela está dizendo coisas sem saber por que as diz. — Eu não vou a lugar algum nem você, está me ouvindo?

Ela meneia a cabeça positivamente em meio a mais lágrimas e se aconchega ainda mais em mim, exceto que desta vez seu rosto se afunda no meu pescoço e ela aspira o meu perfume, com os lábios pousados na minha pele e as mãos deslizando para debaixo da minha camiseta.

— Você sempre cheira tão bem. Vai me dizer quantos anos tem, agora?
— Vinte e dois.
Ela ri, o que me faz sorrir.
— Consigo ver que você me faz feliz.
— Que bom. — Eu relaxo no sofá e nós passamos alguns doces momentos dessa loucura toda apenas ali, abraçados, as mãos dela acariciando meu peito, tocando-me onde conseguem alcançar. Como se estivesse novamente se familiarizando comigo.

Capítulo 15

Estamos entocados na casa vazia e silenciosa há dois dias, saímos apenas uma vez, quando eu a levei à terapia. Deixamos a sessão sem lampejos de memória, e a desesperança parece ter se multiplicado por um milhão. Tenho me forçado a deitar na cama de hóspedes todas as noites e odeio ter que deixá-la em nossa suíte. Ela sempre me vê sair e eu sempre me pergunto se ela realmente quer que eu parta, mas eu não posso pedir a ela, de jeito nenhum.

Noto o tempo todo vislumbres de expressões familiares nos olhos de Ava, um olhar satisfeito, ou o que ela costumava me dirigir todos os dias. É o olhar que me diz que ela me quer. A atração que minha esposa nunca foi capaz de esconder. Mas que agora ela guarda para si. Ela está tentando lutar contra isso, como fez tantos anos atrás, quando entrou no meu escritório.

Só que desta vez eu não posso aplacar sua resistência como um touro. Não posso simplesmente reivindicar o que quero. Tenho que esperar que me seja oferecido, e isso está me matando pouco a pouco, dia após dia.

Venho observando Ava, imaginando o que estará acontecendo em sua mente. E ela já me pegou fazendo isso várias vezes, deixando escapar um sorrisinho em todas elas. Ava está se acostumando comigo. Ponderando.

É hora de dormir outra vez e o temor volta a me invadir quando a levo para o quarto, a cama ainda desarrumada da manhã de hoje. Eu normalmente a despiria e a abraçaria, antes de me encaixar atrás dela. Mas o medo de aterrorizá-la e ser rejeitado me detém de novo. Eu não sei se aguentaria, embora sair e deixá-la sozinha me mate também. As palavras de Kate me vêm à mente. *Onde está o Jesse Ward que eu conheço e amo?*

Pensando bem...

— Braços pra cima — ordeno, segurando a barra da camiseta de Ava.

Ela me olha, um pouco surpresa. Há uma incerteza em seus olhos e ela se retrai quando meus dedos roçam seu abdômen. Eu, por minha vez, me encolho também, mas minha reação não tem nada a ver com a forma como ela me incendeia toda vez que a toco e tudo a ver com a desconfiança dela.

Solto a camiseta dela e dou um passo atrás, cedendo-lhe espaço, tentando controlar a agonia no meu peito antes que eu caia de joelhos e comece a implorar.

— Tudo bem. Vou te dar privacidade.

Dou-lhe as costas antes que ela veja meus olhos úmidos e saio de perto da responsável por me trazer de volta à vida. E a única que pode acabar com ela.

Fecho a porta atrás de mim e saio apressado, certo de que se parar e tentar me recompor, eu vou ou socar a parede ou me deitar no chão e chorar até morrer. Enxugo os olhos enquanto desço a escada para ficar o mais longe possível, para que quando eu urre de frustração, ela não me escute.

Acelero o passo nos últimos degraus e entro desajeitado na sala de jogos, fechando a porta e deslizando com as costas na madeira até o chão, movendo o corpo com o esforço que tenho que fazer para respirar. *Bang.* Bato a cabeça contra a porta e aperto os olhos, tremendo com a fúria que sou incapaz de controlar.

Por quê? Por que isso está acontecendo? Eu a forcei cedo demais. O grito que eu vinha reprimindo desde que saí do nosso quarto se forma na boca do meu estômago, explode de dentro de mim e eu me viro para esmurrar a porta. Nada acontece com ela, mas os cortes nos meus dedos se abrem novamente. Não dói, no entanto. A única dor que sinto é no meu coração dilacerado.

— Porra!

Fico onde estou, com a testa colada à porta e os punhos cerrados, pelo tempo necessário para me acalmar. Pode levar dois minutos, pode levar uma hora. Não sei. Sinto como se estivesse perdendo um tempo precioso como a areia em uma ampulheta. Irrefreável.

É o som do telefone que me faz finalmente desencostar da porta. Entorpecido, vou até a mesa e o atendo. É Kate.

— Oi.

Jogo-me no sofá e examino meu punho ensanguentado.

— Tudo bem?

— Minha esposa não sabe quem eu sou, Kate. Então não, não está tudo bem. Ela não repreende a minha grosseria.

— Sem progresso, então?

Dou um suspiro longo e exausto.

— Às vezes tenho motivos pra ter esperança. Coisinhas que fazem meu coração pular. E então essas coisinhas desaparecem, minha esperança morre e eu volto à estaca zero.

— Sei que não é o seu forte, mas você precisa ser paciente, Jesse. É como o médico disse, há uma engrenagem na cabeça dela que está emperrada.

— E então gira em falso e para outra vez. É frustrante pra caralho.

— Você está frustrado? — Ela ri. — Imagine como Ava deve estar se sentindo, Jesse. Ela acordou com um marido e dois filhos, além de dezesseis anos de vida perdidos.

A culpa se apodera de mim e me aleija.

— Eu sei. — Esfrego a testa, como se pudesse varrer dali o estresse. — Posso ver tudo ali dentro, Kate. Está tudo lá ainda, só preciso que ela se lembre. — E se Ava nunca mais sentir a conexão e a emoção que sentiu quando nos conhecemos? Não importa o quanto eu tente descrevê-las para ela, não serão tão intensas e paralisantes quanto foram naquela época. Como sempre são. Não nos unirão da mesma forma e agora mais do que nunca preciso dessa conexão.

— Ela vai se lembrar. Não desista.

— Nunca — eu juro, a voz rouca com o desespero que bloqueia a minha garganta. Desespero esse que não sei se estou conseguindo disfarçar muito bem.

— Que tal um jantar uma noite dessas? Todos nós. Drew e Raya estão dentro.

— Sim... — concordo, sem muita convicção. Não estou tão entusiasmado em sentar em torno de uma mesa com amigos, para que eles possam ver que sou um estranho para a minha esposa. — Só me diga quando.

— Pode deixar. Aguente firme, Jesse. Não me admira que ela não te reconheça. Eu mal estou te reconhecendo! — Kate desliga e deixa as palavras pairando no ar.

— Meu Deus... — digo, em meio a um suspiro, largando o celular no sofá, a mente em conflito. Repasso todos os vislumbres de esperança que Ava me dá, palavras que vêm do nada, mas que são postas rapidamente de lado com uma carranca ou um olhar confuso em seu rosto. A felicidade crescente, seguida de perto pela mágoa inexorável.

Meus olhos encontram novamente o gabinete de bebidas do outro lado da sala, a garrafa com líquido transparente me seduz, atraindo-me com a promessa de uma trégua. *Aguente firme*, digo para mim mesmo, forçando meu corpo pesado a levantar do sofá. Tranco a casa e vou para o andar de cima, os olhos pregados à porta do nosso quarto, enquanto me dirijo ao quarto de hóspedes. Mais uma noite sem ela deitada no meu peito. Mais uma noite com saudade do seu calor.

Mais uma noite sem a maior parte de mim ao meu lado.

Capítulo 16

AVA

Nos últimos dias, tudo o que tenho feito é pensar. Pensar e ir à terapia e pensar mais um pouco. Estou cansada de pensar. Estou cansada das dores de cabeça por pensar demais. Minha lembrança mais recente é que eu estava namorando um cara chamado Matt. Lembro-me até mesmo de conversas a respeito de morarmos juntos. Então o que aconteceu? E quanto à carreira que eu lutava tanto para construir? Trabalho para o meu marido. Moro com o meu marido. É óbvio que sou mantida ao alcance dos olhos. Isso é normal? Isso é saudável?

Dou um suspiro longo e me viro na cama, dando de cara com o relógio na mesinha de cabeceira. São oito horas. Ouço ruídos vindos da cozinha. Ontem à noite ele tentou me despir. Não consegui evitar minha reação quando ele tocou minha pele nua, não só porque fiquei surpresa. Minha carne pareceu entrar em ebulição e, apesar de parecer algo que eu jamais havia sentido antes, de alguma forma sei que já senti. Naquele instante, fiquei alarmada. Assustada. Eu mal o conheço, mas meu corpo o conhece muito bem e tem me dito isso todos os dias. Há uma conexão. Algo profundo e quase debilitante. É devastador.

Fecho os olhos e tento compreender todos os sinais de que o amo. Não apenas as provas tangíveis – as fotografias, as crianças, o que as pessoas têm me dito –, como também as provas invisíveis, como meu coração batendo mais forte quando o vejo. Como minha pele que incendeia quando ele me toca. Como uma urgência estranha de estar perto dele. Algo ocorre sempre que estamos próximos, como quando ele me enlaça com aqueles braços enormes. O abraço dele é gostoso. Ele sabe como me confortar. Ele sabe me dar espaço quando preciso.

Mudo a direção dos meus pensamentos e volto um pouco atrás. Não acho que ele seja lá muito bom em me dar espaço e não sei se quero que seja, na verdade. Posso ver o esforço que é para ele sempre que tem que deixar o quarto. E posso sentir a mesma tensão dentro de mim. Algo está fora do normal. *Ele* não parece normal, e ter chegado a essa conclusão é algo curioso para mim, já que não o *conheço*.

Vou com cuidado para a beira da cama e estremeço ao levantar, sentindo a tensão no músculo sob o corte na minha perna. Visto um robe creme e vou para a porta. Quero saber coisas e estou pronta para perguntar. Então é bom que ele esteja pronto para conversar.

Capítulo 17

Estou preparando café novamente, fazendo todo o barulho possível para preencher o silêncio, quando Ava aparece na cozinha. Fico surpreso com a determinação estampada em seu rosto. Ela para e seus olhos brilham ante a visão do meu peito nu. Seu olhar vai baixando e o brilho desvanece quando ela aponta para o meu abdômen. Ou para as duas cicatrizes que o desfiguram.

— O que aconteceu?

Eu olho para baixo. Não sei por quê.

— Nada. — Balanço a cabeça e volto minha atenção a Ava, ainda despreparado para falar sobre isso. Além disso, sei que ela não chegou aqui toda resoluta para falar das minhas cicatrizes. É a primeira vez que ela as vê desde o acidente. — Tudo bem?

Depois de balançar a cabeça também, ela se recompõe, ficando ereta e confiante.

— Conte-me como nos conhecemos. Quero que me conte tudo.

Eu me sento cautelosamente no banco, dividido entre a alegria por ela ter perguntado e o medo da pressão de ter que responder. Foi tudo tão intenso, um redemoinho imenso de emoções e sentimentos, que pensar em contar a nossa história de repente parece assustador.

— Não sei por onde começar, Ava — admito, quando ela se junta a mim, sentando em outro banco. — Me aflige a ideia de não fazer jus à nossa história.

Ela inspira, pensativa, os olhos analisando o meu rosto.

— Então mostre pra mim.

Dou uma risada nervosa.

— Acho que você não está preparada pra isso. — Não quero fazê-la surtar em meio a esse turbilhão que ela está vivendo. Agora não é como quando nos conhecemos. Não posso passar por cima dela como um rolo compressor, como fiz naquela época. Ela está vivendo um momento delicado. Frágil. Sinto como se todo o nosso futuro dependesse de como vou abordar o assunto.

— Preparada pra quê?

Fecho os olhos e engulo em seco.

— Para o meu jeito.

— Seu jeito?

— Sim, meu jeito. — Abro os olhos e encontro os dela. A maneira como ela me olha apenas serve para amplificar minha preocupação.

Ela não sabe como interpretar isso. Ou a mim.

— É assim que você chama — explico. — O "meu jeito" — prossigo quando ela curva a cabeça, inquisitiva. — Eu sou irracional. — Dou de ombros. — Aparentemente. — Respiro fundo, o que me ajuda a continuar. — Um controlador. — Volto a encolher os ombros. — Aparentemente. — Já está difícil e eu mal arranhei a superfície. — Eu sou possessivo e quero tudo do meu jeito e... — Aperto os lábios quando ela arregala um pouco os olhos. — Aparentemente — digo baixinho.

— Você disse "aparentemente" vezes demais.

— Aparentemente — murmuro e desvio o olhar do dela, relutante em expressar tudo o que ela precisa saber. — Que merda! — Arfo, frustrado.

— Você fala muito palavrão, também.

Meus olhos voltam para ela em um segundo e encontram um olhar desaprovador. Eu poderia rir, mas decido tossir.

— Mas você não, que fique registrado. Quase nunca, na verdade. — Eu me recuso a sentir culpa por mentir tão descaradamente. Isso pode significar o fim de sua boca suja.

— Eu não falo palavrões?

— Jamais. — Balanço a cabeça.

Ela fica imersa em pensamentos por um momento e então inspira uma quantidade tamanha de ar que me preocupo com o que vai dizer em seguida, já que precisa de tanta preparação.

— Estou pronta — declara ela.

— Pronta pra quê? — Estou perdido.

— Pra você me mostrar. — Ela morde o lábio, sem tirar os olhos de mim, enquanto eu tento compreender o que é que ela está me pedindo para fazer.

— Eu não tenho tanta certeza, Ava.

— Eu tenho. — Ela se aproxima mais de mim e pousa a mão no meu peito, forçando-me a respirar fundo por causa do contato. — Tenho um vazio sem tamanho na cabeça. É onde você e as crianças deveriam estar, e está me matando não vê-los ali dentro. — Ela me empurra de leve, trazendo o rosto para perto do meu. — Você está aqui, na minha vida, mas não aqui dentro. — Ela bate com o dedo na própria têmpora e, mesmo suave, o toque traz uma careta de dor ao seu rosto. O movimento lembra a nós dois de que ela precisa ir com calma. Seus ferimentos visíveis ainda não estão totalmente curados também. — E eu sei que você tem que estar aqui. Ver aquelas fotografias só tornou esse instinto ainda mais forte. — Sua voz treme outra vez e eu afasto a mão dela da cabeça, segurando-a com força na minha. — Preciso que você faça o que for necessário.

Sua determinação, ainda que expressa com a voz derrotada, me transtorna. Então eu me lembro de quem está diante de mim. Posso ser um estranho para ela, mas ela ainda é minha esposa. A mulher mais forte que já conheci. Eu não estaria na vida dela se não fosse assim, nem ela na minha. Ela já me atacou antes, tomou para si tudo o que eu tinha para dar.

— Tudo o que for necessário? — rebato, só para ouvi-la repetir a frase. Só para eu saber que estamos falando a mesma língua.

— O que for necessário — confirma ela, com as palavras e com a cabeça. Ela está me dando permissão. Dizendo que está tudo bem se eu for... eu mesmo?

— Sem pressão, então? — Dou uma de engraçadinho, pensando por onde começar. A resposta me vem imediatamente. — Vá tomar um banho. Vamos dar um passeio.

* * *

Ao olhar para o imponente edifício, concluo que isso é tão estranho para mim quanto deve ser para Ava. O Solar ainda é O Solar, exceto que hoje é O Solar Golf Resort e Spa. O terreno está tão impecável quanto na época em que o vendi, e o prédio igualmente impressionante.

— Nós nos conhecemos jogando golfe? — pergunta Ava, com humor na voz. — Que romântico.

— Não houve muito romantismo no nosso primeiro encontro, *baby* — digo, conduzindo-a aos degraus que levam às portas abertas, tomando o devido cuidado com a sua perna. Ela ainda manca discretamente.

— Não houve? — Ela parece decepcionada, com a cabeça pendendo para trás para assimilar a vista da estrutura extraordinária. — Sabe, essa poderia ser a oportunidade perfeita para você mudar isso.

Eu paro no lugar, olhando para ela, perplexo. Ela permanece em silêncio enquanto busco uma resposta. Nada me ocorre, então faço menção de entrarmos, com a mente a mil por hora. Não por sua insinuação de que eu deva ser romântico, mas porque está me mostrando um lado sugestivo, o que adoro. Não devo, no entanto, considerar essa dica sutil como um sinal verde para jogá-la na cama. Ainda não, pelo menos.

— Por aqui. — Levo-a até o bar, levanto-a no colo e a coloco sentada em um dos bancos altos, tentando ignorar o fato de que apesar de a fachada do Solar permanecer igual, seu interior mudou dramaticamente. Está uma bosta. Olho em volta, dividido entre o ressentimento e a reminiscência. A disposição dos ambientes é no geral parecida, mas a decoração é bem diferente.

— Por que a cara feia? — pergunta Ava. Esse lugar não vai ajudá-la em nada a se lembrar. Como poderia, se eu mesmo mal o reconheço?

— Aqui não é mais como eu me lembrava — digo, apontando para o barman, que veste um terno verde que combina com a decoração e parece um pinguim. — Mario era muito melhor.

— Quem é Mario?

— Meu barman.

— Você tinha um barman?

— Ah, sim. — Olho para ela, com sorriso apreensivo. — Eu já fui dono deste lugar.

— Você tinha um resort de golfe? — Boquiaberta, ela olha para o ambiente novamente. — A casa, seu Aston, este lugar. Nós somos ricos?

— Estamos em uma situação confortável — digo, indiferente, esperando que esse seja o fim do assunto, pelo menos por ora. A complexidade do que envolve O Solar e como veio parar em minhas mãos não é um dos tópicos prioritários na lista do que eu tenho para contar a ela. A parte que *nos* concerne é que é importante.

Peço duas águas e pergunto ao barman se posso falar com o gerente.

— Por que o vendeu?

— Não era um resort de golfe quando era meu — respondo, ciente de que abri as comportas para uma inquisição. Pego o copo e passo para ela, aguardando o inevitável.

— Então o que era? — Ela bebe um golinho, olhando para mim e esperando uma resposta.

Tento enrolar, evitando o olhar dela, como se Ava pudesse encontrar a resposta em meus olhos.

— Veja, uma bela pintura de Saint Andrews. — Aponto com o copo para a parede oposta ao bar, onde eu costumava expor arte de mais bom gosto.

Ela dá uma olhada rápida por cima dos ombros, claramente desinteressada.

— O que era este lugar quando pertencia a você? — repete Ava, olhando-me com expectativa.

A pergunta simples me faz descobrir o quanto há para ela relembrar. Inferno, isso tudo fica mais assustador a cada minuto.

Meu traseiro cai de forma abrupta no banco ao lado de Ava e eu dou um suspiro longo e derrotado.

— Um clube de sexo — respondo em voz baixa, não que haja alguém em volta para nos ouvir.

— O quê? — Ela tosse, pousando o copo d'água no bar.

— Era um clube de sexo exclusivo para os ricos e bonitos. — Apoio o cotovelo no bar e descanso a cabeça em minha mão.

A boca linda de Ava está aberta mais uma vez. E eu estou rindo por dentro. Ela ainda não ouviu nada e, pela primeira vez, me pergunto se há certas coisas que eu deveria omitir para sempre. Coisas que quase nos destruíram. Coisas que eu teria adorado apagar da memória dela mesmo antes do acidente. Isso não seria justo, no entanto. A nossa história é a nossa história, afinal, e eu tenho que ter fé no fato de que, se ela as superou antes, então pode superá-las novamente.

— Espere. — Ava se encolhe no assento. — Você disse que nós nos conhecemos aqui — diz ela, erguendo a mão e girando o dedo para apontar para o recinto, caindo em si. O medo de seus pensamentos é adorável. — Diga que eu não...

— Você não — asseguro-lhe, com um sorrisinho.

— Graças a Deus! — Ela solta a respiração, levando a mão ao peito. — Descobrir que sou casada e com filhos já é difícil o bastante pra assimilar sem o adicional de que eu era uma vadia safada.

Dou risada diante de seu alívio evidente.

— Ah, mas você é safada, mocinha. De um jeito todo seu.

— O que quer dizer com isso? — Ava enrubesce. Eu não via uma expressão de constrangimento no rosto de minha esposa há anos. Ainda fica uma gracinha com ela.

Eu me delicio com a visão, inclinando-me à frente para me aproximar dela.

— Você é uma sedutora que gosta de provocar, *baby*. Uma selvagem quando quer.

— Uma selvagem?

— Daquelas que mordem e arranham. — Seu choque crescente ganha como resposta mais um sorrisinho meu. — Daquelas que gritam, *muito* alto. Somos perfeitos juntos.

O rubor em sua face se intensifica e ela desvia os olhos dos meus.

— Oh...

Eu rio do seu puritanismo.

— Uau, essa é uma visão estranha.

— O quê?

— Minha esposa sendo tímida e reservada.

— Bem, não é todo dia que você descobre que seu marido era dono de um clube de sexo.

— Não é todo dia que sua esposa esquece quem você é — devolvo, sem mágoa ou crueldade por trás das palavras. É apenas um fato. — Ambos estamos fora da nossa zona de conforto, Ava.

Ela me fita em silenciosa contemplação.

— Por que eu tenho a sensação de que estou a ponto de experimentar algo incrível?

Mais um sorriso e eu pego a mão dela, ajudando-a a descer do banco.

— Porque está. Porque a nossa história é verdadeiramente incrível. Venha.

Encontro o gerente e converso alguns minutos com ele, enquanto Ava aguarda no hall de entrada, olhando para o andar de cima. Só vê-la ali, observando o ambiente, parecendo tão deslocada, traz muitas lembranças. Uma doçura reminiscente, ainda que ligeiramente dolorosa. Uma bela visão, mas os sentimentos são feios. Não tenho a excitação que me consumia e o temor dentro de mim, como tinha naquele tempo. Agora tenho a ansiedade.

Vou até Ava, também olhando para o andar de cima. As portas mais próximas à escada estão todas fechadas – portas de quartos de hotel, em vez de portas que levavam a horas de prazer.

— Por aqui — sussurro no ouvido dela, causando-lhe um sobressalto. Dou-lhe a mão e abro um sorriso quando ela a aceita, iniciando juntos um passeio pelo que foi O Solar. Quando chegamos ao salão de festas, que hoje é um grandioso restaurante em um terraço com vista para o campo de golfe, eu olho para trás tentando não ter muitas esperanças de que qualquer uma dessas informações seja familiar para ela. É querer demais, já que está muito diferente do que eu me lembro. — Nosso café da manhã de casamento foi nesse salão — digo sobre meu ombro, conduzindo-a em meio às mesas espalhadas.

— Por favor, diga-me que vendeu esse lugar antes de nos casarmos.

— Não posso. — Volto a atenção à minha frente, sorrindo quando ela suspira. Sorriso esse que se amplia quando avisto um vaso de flores com toques de todas as cores imagináveis. Vou com ela até a mesa onde ele está e busco entre o buquê o que procuro. Há apenas um, mas não importa, já que é só isso de que preciso. Puxo o copo-de-leite e me viro para oferecê-lo a Ava.

Ela o pega com insegurança, olhando para mim e para a flor.

— É linda.

Mais um sorriso meu e uma menção para que sigamos em frente.

— Elegância subestimada — digo sobre o ombro, adorando o sorriso amplo que ela me dá. — É a sua flor favorita.

— Desde quando?

— Desde o dia em que me conheceu — respondo quando nos aproximamos da porta do meu antigo escritório, pensando que fui, sim, bastante romântico afinal de contas. Olho para a sólida porta de madeira e minha mente é bombardeada por milhares de lembranças; a primeira vez que Ava O'Shea entrou por ela é a mais pungente e importante. Lembro como se fosse ontem. Eu estava de ressaca. Ranzinza. Desejando não ter que aturar uma reunião banal com uma decoradora. Então, John a trouxe e toda a dor de cabeça e irritabilidade foram esquecidas. Paixão instantânea, desejo e ânsia tomaram seu lugar. — Espere aqui — peço, soltando a mão dela e abrindo a porta, entrando em um vértice de memórias.

Ela estica o pescoço para dentro, tentando ver o interior do escritório.

— Esperar?

— Quero que aguarde um minuto e depois bata na porta.

— Por quê? — Ela ri baixinho.

— Porque foi assim que nos conhecemos. — Fecho a porta e me viro, olhando em volta. — Sério? — digo para o nada. — Que merda fizeram com o meu escritório? — Corro para o outro lado e arrasto a mesa para onde deveria estar. Não tenho tempo para reorganizar o espaço inteiro e reconstituir o que era anos atrás, então isto vai ter que funcionar. Ouço uma batida e sento-me na cadeira, enrolando rapidamente as mangas da camisa e despenteando um pouco os cabelos. — Entre — digo, pegando uma caneta e rabiscando algo em um bloquinho. O som da porta se abrindo preenche o local e eu ergo os olhos e a vejo pondo a cabeça para dentro.

— Não sei por que estou aqui — diz ela, encolhendo os ombros, fazendo-me murchar na cadeira desconfortável do escritório.

— Só entre. — Faço um gesto impaciente, chamando-a para dentro.

Ela fecha a porta e anda pela sala, olhando tudo, um tanto aturdida.

— Bonito.

— Era melhor quando era meu escritório — declaro, seguindo seu exemplo e prestando atenção à minha volta. Bufo contrariado e volto a olhar para a minha esposa. Ela é a única coisa que parece certa ali, mesmo que esteja me encarando de maneira inexpressiva, seu rosto como que perguntando "e agora?". Seus cabelos escuros, presos em um coque no alto da cabeça, não estão tão sedosos e seus olhos não estão tão brilhantes, mas ela ainda me deixa sem fôlego.

Eu me levanto e contorno a mesa, passando os dedos pela madeira. Então me sento à beirada, cruzando as pernas nos tornozelos e os braços sobre o peito. Os olhos dela pousam no meu tórax e eu dou um sorriso vitorioso.

— O que você vê? — indago, incentivando-a a subir os olhos para o meu rosto.

— O que quer dizer?

— Aqui. — Aponto para mim mesmo, com as sobrancelhas erguidas, curioso. — O que vê?

— Vejo você.

— Entre no jogo, Ava — incentivo. Minha voz é grave e rouca, o que a faz mexer os pés e transferir o peso do corpo entre eles. Assim, sim. Ela está inquieta. Isso é bom. Vamos começar o show.

Ela inspira longa e profundamente. Está encontrando a coragem de dizer o que quer e eu a incito silenciosamente.

— Vejo cabelos loiro-acinzentados — começa ela, limpando a garganta para continuar, como se o ato bobo pudesse livrar sua voz do desejo crescente. — Olhos verdes.

— E?

— E um corpo lindo de morrer. — Ava dá um sorriso tímido e ergue um dos ombros, ficando corada outra vez. — O que me faz imaginar que você dá duro para mantê-lo, considerando sua idade.

Minhas sobrancelhas querem ir parar no alto da testa de tanta surpresa.

— Eu não malho tanto assim — esclareço, imaginando que agora seria um momento perfeito para começar uma contagem regressiva e mandá-la retirar o que disse. Mas não agora. — E você não sabe quantos anos eu tenho — argumento.

— Quantos anos você tem?

— Vinte e três.

Ela ri, olhando para o lado. Não consegue manter o contato visual e eu sei que é porque ela o considera intenso demais. Isso é ótimo.

— Você me acha bonito — afirmo categoricamente, porque sei que é fato. Ela pode ter perdido a memória, mas não o bom gosto para homens. Eu sou o gosto dela. Eu. Só eu.

— Devastadoramente — confessa ela, sem hesitação ou vergonha, encontrando a força de que precisa para me encarar.

— Então começamos bem. — Dou um meio sorriso e ela também, ainda se mexendo no lugar.

— Você também é um metido.

— Você ama que eu seja metido. — Evito dizer-lhe que ela ama meu pau também. É muito cedo para isso. Será? Então seus olhos vão para a minha braguilha, como se ela estivesse lendo a minha mente, e meu pau pula dentro da calça. Tento racionalizar com ele, urgente. É definitivamente cedo demais para isso. Acho que a mente dela não conseguiria lidar bem com isso, muito menos seu corpo convalescente.

Dou passos curtos na direção dela, e sua respiração fica mais difícil, até que ela desiste de uma vez e prende a respiração. Estou diante dela e inclino o rosto para lhe beijar o rosto suavemente.

— É um prazer — sussurro, sorrindo quando ela estremece dos pés à cabeça, antes de sair do transe em que se encontra e dar um passo atrás. — Você teve exatamente a mesma reação da primeira vez que nos conhecemos.

Ela dá uma risada descrente e desvia o olhar, envergonhada pela reação que teve.

— Você... é... sim... — Ela sacode o corpo e faz uma careta de dor, colocando a mão em um lado da cabeça. — Você certamente tem presença — completa ela, com o rosto distorcido pelo desconforto.

Minha culpa é instantânea.

— É muita coisa, muito cedo. — Eu a pego no colo e ela não oferece resistência, apreciando minha oferta de apoio.

— Eu tenho pernas, sabia? — diz ela, acomodando a cabeça no meu ombro.

— Sim, sim, você fala isso todos os dias. — Com um movimento ágil, porém cuidadoso, ajeito seu corpo até que ela enlace as pernas em torno da minha cintura. — Assim está melhor. — Estamos com os rostos próximos de novo, seus olhos incertos nos meus. — Você chama isso de abraço de filhote de chimpanzé.

Ela dá um sorriso terno, estudando meu rosto, como se não se cansasse dele.

— Eu presumo que você não me tirou do chão *literalmente* na primeira vez que nos vimos, então o que aconteceu depois de me deixar excitada?

— Você fugiu.

— Fugi?

— Sim. Você se jogou escada abaixo pra escapar de mim. Bem, depois que eu te mostrei a nova ala e disse que gostei do seu vestido.

— Nova ala? Não entendi.

— Eu te contratei pra decorar os quartos que eu havia acabado de construir aqui.

Seus olhos se inundam de um sentimento de realização, assim como de certa felicidade. Algo acaba de clicar ali dentro.

— Então era por isso que eu estava em um pomposo clube de sexo!

Confirmo e levo Ava até o sofá de couro preto, sentando-me com ela no colo.

— Qual a sua lembrança mais recente? A coisa mais recente de que se lembra, Ava? — Coloco suas mãos em meu peito, observando-a imergir em seus pensamentos, a testa franzindo em concentração. Espero pacientemente ela encontrar o que procura, estimulando-a sem palavras.

— Eu trabalhava em uma empresa chamada Rococo Union. — Seus lábios se contorcem e ela olha para mim. — Também namorava um homem, mas não era você.

Sinto como se uma faca fosse cravada em meu coração e, embora tente não demonstrar, sei que minhas marinas estão perigosamente dilatadas.

— É isso? Não há mais nada? — Tento não parecer esperançoso demais. É difícil, já que é tudo o que mais espero. Apenas algo com que eu possa trabalhar. — Qualquer coisa?

Sua expressão neutra e o fato de que ela está enrolando para me responder dizem-me que não.

— Sinto muito. — Ela desvia os olhos, com certeza para evitar a decepção em meu rosto.

Seu desânimo me mata. Puxo-a para mim e enlaço seus ombros.

— Está tudo bem.

— Leve-me para casa. — Ela se aninha em meu corpo e sinto suas lágrimas umedecendo minha camisa. — Por favor.

Fico de pé em um movimento rápido, carregando-a para fora, tentando não sucumbir à derrota. Ainda estamos nos primeiros dias e ela ouviu apenas uma mínima parcela de nossa história. E mesmo assim, já está cansada dela. Mas eu não vou desistir. Não está no meu DNA, especialmente quando se trata desta mulher.

Capítulo 18

Entramos em casa e atiro as chaves do carro na mesa próxima à entrada. Ava está muito quieta desde que deixamos O Solar, séria e pensativa. Eu sei que ela está tentando aceitar o fato de que seu marido um dia foi proprietário de um clube exclusivo de sexo. Sinto como se meu passado – os segredos, as duras verdades, tudo – estivesse vindo de encontro a mim e me sufocando outra vez, exceto que agora de forma totalmente diferente. Jamais me senti tão desamparado.

— Conte-me sobre o nosso primeiro encontro — pede ela, sentando-se à bancada da cozinha enquanto eu pego água para nós na geladeira.

Nosso primeiro encontro? Meu Deus, eu sei que ela está imaginando algo romântico como as mulheres sempre fazem. Flores, sentimentos e sorrisos. Houve tudo isso, só que não da forma como ela provavelmente está esperando.

— Foi um tanto... singular. — Pego água na geladeira, arriscando uma olhadela por sobre o ombro.

— Singular?

— Nada é muito convencional no nosso relacionamento. Nunca foi. — Mordisco o lábio inferior, perguntando-me por onde começar. — É melhor irmos pra sala, é mais confortável. — Entrego-lhe a água e pego-a nos braços sem pensar, levando-a para o sofá de veludo, próximo à lareira.

Ela não diz uma palavra, mas quase posso ver seus pensamentos revirando lá dentro. Ficar o tempo todo tentando adivinhar o que se passa na cabeça dela está aos poucos me levando à loucura. Não posso continuar assim.

— O que está pensando? — questiono, deitando-a no sofá e juntando-me a ela.

Ela ajeita os pés com dificuldade, o que me faz ir logo ajudá-la com a perna machucada.

— Estou pensando que esta sala é a minha cara — observa ela, admirando a grandeza da sala de estar.

Eu sei bem que não é nisso que ela está pensando, mas deixo passar, também assimilando a decoração em dourado e carmim. É meu ambiente favorito na casa, por essa exata razão. É a cara dela mesmo.

— Você nunca estava cem por cento feliz com ela. — Não sei por quê. Para mim, é perfeita. Mas Ava sempre dizia que faltava algo, mas que ela não conseguia descobrir o quê.

— As cortinas precisam de algo no xale — diz ela, do nada.

Eu viro o rosto para ela e a pego olhando para as cortinas.

— Como o quê?

— Alguma decoração no plissado. Um cristal aqui ou ali, talvez. — Ela balança a cabeça e volta a atenção para mim. — Está sorrindo por quê?

— Nada. — Coloco os pés sobre a mesinha de centro e relaxo como posso, sem ela nos meus braços. Só quero puxá-la para perto. Essa coisa de ser todo gentil é estranha. Dói pra caralho.

— Então, nosso primeiro encontro? — pergunta Ava, tirando-me de minha agonia. Deixo minha cabeça pender para o lado a fim de olhá-la.

— Depende do que você chama de primeiro encontro.

— Meu Deus! Eu fui muito fácil?

Eu gargalho. Fácil? Quem me dera.

— Bem longe disso, o que me deixou louco.

— Mas eu saí com você?

— Nós já tínhamos feito sexo algumas boas vezes quando eu efetivamente te chamei pra jantar.

— Eu *fui* fácil. — Ela retorce o rosto, um tanto decepcionada consigo mesma. Não deveria. Na verdade, fui eu quem ficou decepcionado por ela ter demorado tanto para ceder à atração que estava nos deixando insanos. — Isso não deveria me surpreender, já que sei que em pouco tempo eu estava grávida. — Ela balança a cabeça em desalento e eu mantenho a minha boca bem fechada. — Parte de mim esperava que você dissesse que nos conhecemos, faíscam voaram, você me convidou pra sair, namoramos por um tempo, um dia fomos parar na cama e fizemos amor romanticamente e, então, quando chegou a hora certa, você me pediu em casamento. E nós vivemos felizes para sempre.

É como eu pensei. Tudo leve e doce na mente dela. Contos de fadas idílicos. Puta merda, ela está tão longe da realidade que é como se estivesse em outro planeta.

— Não foi bem assim.

— Então como foi? — Ela está faminta por informações, ávida por saber. Eu é que não estou ávido por contar.

— Bem, quando você se recusou a aceitar meus... — Faço uma pausa, pensando em qual seria a melhor colocação. — Avanços. — Essa foi bem diplomática. — Eu tive que ser criativo.

— Eu recusei? — Os olhos de Ava viajam pelo meu corpo reclinado no sofá, obviamente imaginando por que me dispensaria. Isso planta uma nova semente de esperança que rezo para não morrer antes de ter a chance de crescer e se tornar algo lindo.

— Sim. E é uma pergunta que me fiz várias vezes também. — Rio quando ela consegue, por fim, tirar os olhos do meu tórax. — Você é teimosa. Sempre foi e sempre será.

Ela emite um ruído de desdém, mas não discute, apenas insiste em matar sua sede por informação.

— Criativo como?

Abro a boca para dizer exatamente como, mas penso melhor. Isso vai precisar de uma abordagem cautelosa.

— Você se recusou a voltar ao Solar pra terminar seu trabalho na decoração e eu sabia que era porque você estava evitando a mim e aos sentimentos que tinha. Foi extremamente frustrante. — Faço uma cara feia para ela, e ela me retribui com um meio sorriso. — Então eu prometi ficar fora do seu caminho se você voltasse e terminasse o serviço. — Posso vê-la tentando relembrar. — Mas não fiquei.

— Fora do meu caminho?

Eu confirmo.

— Ficar longe de você provou ser uma tarefa difícil.

— Você devia estar mesmo apaixonadinho.

— Apaixonadinho? — Dou risada. — Obcecado é mais apropriado. Você me arrebatou com sua beleza, sua voz, a paixão que tem pelo seu trabalho. Pela primeira vez em anos, eu me senti vivo.

— Anos?

Eu sabia que teríamos que falar sobre isso, mas... Meu Deus, não é algo em que eu goste de pensar.

— Eu era meio que... — Não termino a frase, tentando decidir por algo que soe menos sórdido. — Um playboy.

— Isso não é surpresa alguma, já que você era dono de um clube de sexo. — Ela está aceitando bem. É um contraste absurdo com a reação que ela teve à época. Quem dera ela tivesse demonstrado essa compreensão naquele tempo, quando descobriu o salão comunal. Estremeço ao recordar a tragédia que se seguiu. — Então, você costumava transar com todas?

— Mais ou menos isso.

— Mas parou quando me conheceu?

— Parei — respondo, detestando a mim mesmo por maquiar a verdade. Verdadeiramente me detestando. Tenho sido seletivo com o que conto a ela e, lá no fundo, sei que não é justo.

— Por que será que eu não acredito em você? — Ela inclina a cabeça, analisando meu rosto preocupado. — Está mentindo pra mim, não está?

Fecho os olhos e meu corpo é tomado pela tensão, pelo medo que tento engolir em seco. Não consigo sequer apreciar o fato de que ela me lê como a um livro, como se me conhecesse por dentro e por fora.

— Houve um incidente.

— Você me traiu? — Ela se levanta prontamente, olhando-me com o rosto sério, aliado ao desconforto que o movimento rápido desencadeou. Lá vem o rolo compressor ao estilo de Ava.

— Não exatamente. — Eu a pego pelos braços para encorajá-la a sentar-se e não a solto mesmo quando ela quer lutar para libertar-se de mim. — Nós não estávamos propriamente... — Merda, como posso dizer? — Nós não éramos exclusivos.

— Mas estávamos saindo?

— Creio que sim. Se é assim que quer chamar.

— Bem, eu não sei, Jesse. — Ava está a cada minuto mais irada e eu não tenho ideia de como lidar com isso. Normalmente eu gritaria com ela no mesmo volume. Iríamos descer o verbo e depois fazer as pazes na cama. — Porque eu não consigo me lembrar de porra nenhuma, não é? — diz ela, furiosa.

— Olha essa maldita boca!

Ela se encolhe, a repugnância estampada em seu rosto.

— Como é?

— Eu não gosto quando você fala palavrões.

— E eu não gosto de descobrir que meu marido me traiu.

Puta que pariu! Eu a solto e escondo o rosto entre as mãos, buscando um pouco de calma. Jamais sonhei que teríamos que passar por tudo isso de novo.

— Ava, eu fiquei fora de mim por causa do que sentia por você. Não era saudável, sentimentos tão *intensos*, tão depressa. Então, fugi de você. Bebi muito e transei com duas mulheres. E nem sequer gozei, porque tudo o que eu via era você. Passei dois dias trancado no meu escritório tentando descobrir o que fazer. Porque você não sabia do Solar. Você não conhecia a minha história. Você não sabia de coisa alguma, e eu não fazia a menor ideia de como te contar. — Falar sobre isso está me destruindo. — Então, canalizei toda a minha energia em fazer você se apaixonar por mim, na esperança de que você aceitasse tudo quando eu criasse coragem pra me abrir. E você aceitou, Ava. — Tomo a mão dela na minha, ignorando sua expressão assustada e seguindo bravamente. — Você me aceitou porque estava tão apaixonada por mim quanto eu por você. Você também não conseguia ficar sem mim. Você me deixou assumir o comando e me seguiu espontaneamente. Você me deixou te cobrir de atenção e carinho, porque sabia que era disso que eu precisava. Você aprendeu a lidar comigo e você é a única pessoa no mundo que consegue. — Minha voz falha. — E agora sinto que você está escapando de mim e não tenho a menor noção de como consertar tudo isso.

Ela ainda está em silêncio, mais assustada a cada palavra. O silêncio é insuportável. Excruciante.

— Por favor, diga alguma coisa — imploro, tanto com os olhos quanto com as palavras. — Eu me puni. Você me puniu. Não posso passar por tudo isso outra vez.

— Você puniu a si mesmo? Como?

Eu começo a me mexer no sofá, soltando-a e passando a mão pelos cabelos. Minhas ações falam por si, mesmo que minha boca se recuse a fazê-lo.

— Jesse, como? — insiste ela, com certa gravidade na ordem.

Será que Ava percebe que está lendo minha linguagem corporal? Para uma mulher que não se lembra de mim, ela está mostrando todos os sinais instintivos de me *conhecer* perfeitamente. Eu gostaria de poder apreciar isso, mas não posso. Estou ainda mais aterrorizado pela possibilidade de arruinar as minhas chances antes mesmo de ter realmente tentado.

— Eu pedi que me chicoteassem. — Fecho os olhos enquanto falo, indisposto a ver o horror inevitável em seu rosto. — Era isso ou beber até perder os sentidos.

— O quê? — Ela está atônita. — Chicoteado? Por quem?

Eu não hesito. Vamos acabar logo com esse show de horrores.

— Sarah.

— Quem diabos é Sarah?

— Uma velha amiga. — Abro os olhos e vejo Ava se levantar do sofá. Ela está colérica. O que é bom, de certa forma, porque mostra que ela se importa. — Você não gosta muito dela.

— Isso não me surpreende! — Ela gira no eixo e caminha para as portas francesas que levam ao jardim e se detém ali, olhando para o nosso terreno, com os braços cruzados. O céu está nublado. Enfadonho. Cinza. Triste.

Bem próprio.

— Por que você fez isso? — pergunta ela.

— Eu já te disse. Pra me punir.

Ela permanece de costas para mim, mas vejo seus ombros se retesarem. Uma inspiração de choque? Uma inspiração para buscar forças?

— E essa Sarah? Sua *amiga*. Ela ainda está na sua vida?

Sou catapultado para a semana passada, para o momento em que John me contou que ela havia voltado para Londres. Para o momento em que eu ia ligar para Ava contando, mas recebi a ligação da escola. O momento em que meu mundo se partiu em pedaços.

— Não — juro, porque não está mesmo. — Ela foi embora. Mudou-se para os Estados Unidos quando se deu conta de que havia uma única mulher na minha vida. Você.

— Fez bem.

Sua frieza me machuca, mas eu aceito que é só o que posso esperar.

— Sarah foi namorada do meu tio — explico. — Os dois tiveram uma menina.

Ava vira-se de frente para mim, toda a amargura perdendo terreno para a perplexidade.

— Mas ela era apaixonada por você?

Eu confirmo.

— O tio Carmichael era o proprietário do Solar antes de mim. Eu trabalhei para ele na adolescência. Foi ele quem me apresentou a esse estilo de vida.

— Que horror, Jesse! Seus pais sabem disso?

— Claro. Por isso ficamos sem nos falar por anos. Só nos reconciliamos quando você entrou na minha vida. — Aponto o lugar vazio ao meu lado no sofá. — Ava, sente-se comigo, por favor. — Não sei se é por instinto ou senso de dever, mas ela me obedece, acomodando-se com cuidado. — Vou te contar a versão reduzida porque, francamente, isso tudo está muito lá atrás no passado e há muita coisa que quero te contar e dividir com você, coisas que são muito mais relevantes para a nossa vida hoje. Coisas que nos fizeram felizes. Coisas que construíram o que temos. Coisas que nos ajudaram a atravessar as partes ruins e nos trouxeram para o que somos hoje.

— Mas tudo isso é parte da nossa história, o bom e o ruim.

Não há como discutir isso.

— Mas é doloroso, Ava.

Ela pega a minha mão. É uma demonstração natural de conforto e sou grato por seu gesto.

— Conte-me.

Esfrego meus olhos cansados com a mão livre e aperto a mão dela com a outra.

— Eu tinha um irmão gêmeo. — Ela sorri de leve, aproximando-se de mim e mudando a posição de sua mão para que nossos dedos se entrelacem. — Ele era o bom menino. Aquele que tinha futuro. Eu era... bem, eu era uma encheção de saco para os meus pais, como posso ver hoje. Eu o levei para o mau caminho e... — Merda, sinto um aperto no coração, o ar sendo arrancado dos meus pulmões. — Saímos uma noite. Bebemos. Foi ideia minha. Eu o encorajei. Jacob foi para o meio da rua.

Ela cobre a boca com a mão, dando-se conta da informação.

— Jacob — murmura ela.

Eu apenas movo a cabeça para confirmar que o nome do nosso filho é o do meu irmão.

— Meus pais me culparam pela morte de Jake. Eu fiquei arrasado. Senti-me tão culpado. — Algo me diz que por ora devo guardar o assunto da minha ex-esposa e da minha filhinha morta. Já estou bombardeando Ava com tanta informação. Então, certo ou errado, pulo essa parte e vou direto para o começo da minha vida no Solar. Ou para o fim da minha vida antes de Ava chegar com tudo nela. — Eu saí dos trilhos. Fui morar no Solar. O tio Carmichael faleceu, eu herdei o local e o resto é história.

Ela respira fundo, até encher as bochechas de ar, balançando a cabeça lentamente, incrédula.

— Eu nem sei o que fazer com tanta informação.

— Não faça nada. Não diga nada — peço a ela, puxando-a para mim. — Quando eu te conheci, você me tirou do buraco negro em que eu estava preso havia tanto tempo. Você me deu uma nova vida e um novo propósito. Eu me senti bem pela primeira vez em anos e não estava disposto a deixar que você me privasse desses sentimentos.

— Então você teve que ser *criativo*? — Ela ergue a sobrancelha quase imperceptivelmente.

— Sim. Eu juro que nunca antes tive que fazer tanto esforço pra transar.

Um som de surpresa, seguido de um tapinha no braço, arranca uma risada de mim e, como resultado, Ava revira os olhos, incapaz de segurar o sorriso. Eu a trago para o meu colo e ela não reclama.

— Foi bom? — pergunta ela. — Quando você finalmente me levou pra cama? — Ela aperta os lábios firmemente, como se estivesse na expectativa. Ela já pensou nisso antes. Já olhou para mim e considerou como seria fazer sexo comigo.

— Você quer dizer quando eu te coloquei contra a parede.

— Oi?

Assim é melhor. Agora chegamos à parte importante. Os sentimentos, a conexão, o sexo transcendental.

— No Lusso.

Ela contorce o rosto todo.

— O que é Lusso?

— Um condomínio em St. Katharine Docks. Você era a designer. Eu comprei a cobertura. Foi como descobri o seu nome e por que quis te contratar para O Solar. Gostei do que fez ali. Trecos italianos pra todo lado.

— Ah, então você me levou para o seu apartamento, afinal.

— Não exatamente. Eu te peguei no banheiro, na noite de lançamento.

— Eu transei com você no banheiro de um apartamento em exposição? Meu Deus! — A testa dela cai no meu peito e ela rola a cabeça para um lado e para o outro, desesperada. — Não parece algo que eu faria. Eu não faço esse tipo de coisa.

Dou um sorriso e a abraço com força, curtindo o momento de tanta proximidade. Ela não era mesmo daquele jeito. Eu sei. Foi uma das coisas que me fizeram amá-la. O problema é que ela ainda é uma jovem inexperiente na própria mente.

— Foi incrível. O desejo fazendo seu corpo vibrar, assim como o meu. Nós éramos inevitáveis, *baby*. Uma centelha a ponto de explodir. E acredite, nós explodimos.

Engulo a saliva, com o rosto nos cabelos dela, meu corpo despertando para a vida apenas por falar sobre aquele momento em nossa história. O momento em que ela cedeu. O momento em que a explosão aconteceu.

Como resultado dos meus pensamentos, meu membro começa a endurecer e não há como Ava não notar, já que está sentada nele. É melhor ela não se mexer. Não posso prometer conseguir me segurar...

Ela se move e eu suprimo um gemido, sem muito sucesso. Estou como aço dentro da calça. Minhas veias queimam. Meu coração dá pulos. Não é uma situação confortável quando uma transa ao estilo Jesse está fora de questão. Ela me olha com os lábios apertados e vejo o desejo latente dentro dos olhos dela. Então, baixa o olhar para a minha boca. Nunca estive tão faminto por ela. Nunca fiquei tão desesperado para possuí-la. Nunca me senti tão paralisado pelo desejo. Ava tem os olhos fixos na minha boca, o corpo imóvel no meu colo, sua mente claramente galopando. Ela quer me beijar. Quer sentir meu sabor.

— Está pronta pra parar de lutar agora? — pergunto, sendo lançado de volta ao Lusso, quando finalmente consegui o que tanto queria.

— Preciso ter você por inteiro. Diga que posso ter você por inteiro. — Ava parece imediatamente confusa com as próprias palavras, mas eu estou exultante, porque mesmo que ela não saiba de onde essas palavras vêm, elas estão vindo e são a única esperança com a qual posso contar neste momento.

— Você pode ter — digo baixinho, embora ela já tenha cada fibra de mim.

Ava se aproxima devagar, até seus lábios tocarem gentilmente os meus. É um momento lindo. Um, ao lado de vários outros, de que vou me lembrar com carinho enquanto eu viver. Não assumo o controle, decidindo que devo deixá-la seguir seu ritmo, e estou mais do que feliz com ele. É lento. Suave. Gentil e apaixonado e tudo o que deveria ser. É tudo o que eu sinto.

O sofá se molda às minhas costas, a cabeça apoiada no encosto, e Ava se molda à minha frente, minha boca e minha língua relaxadas para seguir facilmente os movimentos dela. Minhas mãos permanecem firmes nos seus quadris, o bastante para que ela saiba que estou aqui e que quero desesperadamente estar aqui. Eu não sentia seu sabor há mais de uma semana. É o maior tempo que já fiquei sem beijá-la, senti-la, e talvez por isso meus sentidos estejam ampliados. Sua boca tem um gosto mais potente, minha pele está mais sensível ao seu toque. É perfeito, tão perfeito que eu jamais quero que acabe.

— Você está bem? — pergunto com os lábios colados aos dela, quando ela pausa por um momento, antes de retornar à exploração da minha boca, as mãos segurando meu rosto, como se temesse que eu me mexa e quebre o fluxo.

— Você beija tão bem — murmura ela, esfregando o corpo no meu, o que não ajuda em nada a situação dentro da minha calça. Beijar, ótimo, tudo bem, mas eu não sei se ela já está pronta para ir além. — Sinto como se já tivéssemos nos beijado um milhão de vezes e tornamos nosso beijo uma arte.

— Nós já fizemos isso um milhão de vezes — digo, logo amaldiçoando a mim mesmo quando ela se afasta.

— Claro. — Sua face está corada e eu não sei dizer se é por constrangimento ou desejo. — Desculpe, eu me empolguei.

A força necessária para não berrar de tanta frustração quase me mata.

— Não peça desculpas. — A ordem vem da forma mais suave de que sou capaz, segurando o queixo dela para virar seu rosto para mim. — Obrigado.

— Pelo quê?

— Pelo beijo delicioso.

Ela sorri, quase tímida.

— Obrigada também. — O rubor dela ao mesmo tempo parte meu coração, porque significa a perda da nossa história, mas é profundamente gratificante, porque significa que posso fazê-la corar outra vez. Ela estava tão acostumada comigo depois de tantos anos que nada que eu dissesse ou fizesse tinha mais esse poder.

— Quero sair com você amanhã — declaro. — Acha que consegue?

— Pra onde vai me levar?

Pego uma mecha dos cabelos dela e a ajeito para trás de seus ombros.

— Uma viagem pela estrada da memória.

Ela não diz nada, apenas sorri enquanto eu me levanto do sofá, com ela ainda colada em mim. Coloco-a com cuidado de pé, faço-a virar-se e dou um empurrãozinho para que ela ande.

— Vá se arrumar para o jantar.

— Está mandão novamente — comenta ela.

— Como eu disse, acostume-se. — Eu a deixo no pé da escada e a vejo subir devagar, voltando-se vez ou outra para olhar para mim por sobre o ombro. Inclino a cabeça e ergo as sobrancelhas quando ela tenta esconder um sorriso cúmplice. — O que foi? — digo em voz alta.

Ela encolhe os ombros de maneira quase imperceptível, mas não diz nada. Não precisa. Ela sentiu algo poderoso agora há pouco. Algo em nosso beijo que reforça o quanto é certo que o lugar dela é aqui comigo. Ela se perdeu naquele momento e sua mente ficou em branco pelas razões certas.

Capítulo 19

Na manhã seguinte, estou com tudo pronto. Já liguei para o dr. Peters para ter certeza de que não estou forçando a barra, e ele me assegurou que meu plano de revisitar parte de nosso passado é uma boa ideia. Disse apenas que eu devo pegar leve com ela, o que é algo bem estúpido. Ainda conversamos brevemente sobre todas as pequenas pistas de lembranças, todas as palavras, e ele pareceu animado com a notícia. No geral, estou me sentindo muito bem.

Sei para onde vamos, o que estamos fazendo, e estou ansioso por isso. Aquele beijo ontem à noite. Foi apenas um beijo, mas moveu a terra. Senti como se ela estivesse me transmitindo esperança. Tornou o ato de dormir sozinho um pouco mais suportável.

— O que está olhando? — pergunto quando Ava me encara no hall de entrada, seus olhos indo de cima a baixo.

— Você não parece o tipo que usa calça de couro. — Ela franze o rosto de tanto pensar. — Mas também não parece o tipo que é dono de um clube de sexo. — Levando os olhos aos meus, ela dá de ombros. — Acho que as duas coisas andam juntas.

Uma gargalhada alta e espontânea irrompe de dentro de mim.

— Não é assim que você pensa normalmente — asseguro, ainda rindo quando mostro a ela outra calça igual. — Essa aqui é sua.

— Meu Deus! Agora você vai me mostrar um chicote.

Estremeço, deixando o braço cair para o lado.

— Não tem chicote nenhum.

— Merda! — Ela fecha a boca, subitamente envergonhada. — Imagino que chicote seja uma palavra proibida entre nós.

— Não é a parte mais excitante da nossa história. — Dou a calça a ela, que a pega com cautela, não porque ainda não saiba o que vamos fazer ou por que tem que vesti-la, mas porque sua mente está confusa sobre aquele momento horrendo.

— Você me disse que eu te puni também — interpela, olhando para a calça. — Você puniu a si mesmo sendo chicoteado. Então como foi que eu te puni?

Eu me encolho, o som das tiras de couro golpeando as costas dela ecoando no meu crânio é a tortura perfeita. Embora a razão por trás do ato com o tempo tenha feito sentido para mim, não tornou o evento mais fácil de aceitar. A raiva quer ebulir dentro de mim, tentando subir à superfície. Eu olho para ela, numa advertência silenciosa, e pego meus óculos e minhas chaves.

— Prefiro não revisitar um dos mais tenebrosos momentos da minha vida. — Minha resposta parece apenas ter atiçado a sua curiosidade e, no puro estilo Ava, ela insiste.

— Algo me diz que eu não terminei com você por alguns dias. Nem te dei um gelo. Como foi que eu te puni, então?

— Não é importante. — Caminho até a porta, louco para encerrar a conversa. Sou um tolo. Fugir de perguntas e distrair Ava no início da relação foi o que me colocou em uma enrascada em primeiro lugar. Eu não aprendi nada?

— Sua linguagem corporal discorda — dispara ela, fazendo-me parar no lugar. — Diga-me.

Dizer a ela. Ela vai acreditar? Eu não acreditei na época, mesmo tendo visto aquele pesadelo acontecer diante dos meus olhos. Aquele maldito espancando-a, seu corpo pendurado, inerte. Engulo em seco e volto o olhar para ela, encarando ao mesmo tempo a minha responsabilidade.

— Você não estava me castigando por eu transar com outra pessoa.

Ela reage à lembrança e, embora vê-la assim me magoe, algo doentio dentro de mim aprecia a ação, porque é mais um sinal de que ela se importa. Pensar em mim com outra mulher a machuca. Mesmo agora, quando ela não me conhece.

— Então, pelo que eu te castiguei?

Por eu ter expiado a minha culpa ferindo a mim mesmo. Por me machucar.

Mais uma reação. É um gesto mínimo em contraste com a cena tétrica que presenciei naquele dia horrível no Solar, mas ainda me faz arrepiar. Ela retesa a mandíbula, seus olhos ferozes. É um olhar familiar, mas nada bem-vindo no momento.

— Diga-me.

Meu olhar a atinge com a mesma força e eu despejo:

— Você também pediu pra ser açoitada. — Ela fica boquiaberta. — Você deixou que um verme te algemasse quase nua e pediu que ele te açoitasse. Está feliz agora?

— Pareço feliz? — dispara ela, jogando a calça no chão. — Por que diabos eu faria isso?

— Porque... — respondo, incapaz de me controlar, a raiva dormente por tantos anos dentro de mim galopando para a superfície de forma irrefreável. Aproximo meu rosto ameaçador do dela. Ela não dá sequer um passo atrás, mas se apruma em reação. Minha sedutorazinha me desafia. Meu anjo. Minha Ava. Aqui está ela. — Porque você queria que eu entendesse o quanto você me amava. Porque queria que eu sentisse o que você sentiu quando me viu ser chicoteado. — Minhas narinas dilatam e ela me encara, os narizes quase se tocando, meu corpo inclinado ligeiramente para garantir essa proximidade. — E funcionou maravilhosamente.

Sua mandíbula retesada pulsa. Ela está fora de si. Se a fúria é porque ela sabe que no fundo seria capaz disso ou se é porque não se lembra, não é uma questão que me incomoda neste momento. Porque, por baixo da raiva, eu vejo uma necessidade familiar e potente. Vejo aquela mistura de ira e desejo. A vontade de me esfolar vivo e de arrancar minhas roupas.

Quando estamos zangados um com o outro, o sexo é ainda mais apaixonado, louco e prazeroso. Está tudo aqui, diante de mim, mas eu não posso ser quem dá o primeiro passo. Não posso forçá-la. Pela primeira vez em nosso relacionamento, eu dependo dela para me dar o que quero e, mais importante, o que preciso mais que qualquer coisa neste mundo. Nossa conexão. Nossa química.

— Me beije — ordeno. — Agora.

— Vá se foder.

— Não fale palavrão, caralho! — esbravejo, um sorriso safado escondido por trás do rosto fechado.

Ela não consegue esconder o dela.

— Vai se ferrar.

— Três... — digo lentamente.

— Zero, *baby*. — Ela se atira nos meus braços, colando os lábios nos meus, os braços quase me estrangulando enquanto ela escala o meu corpo. Eu me desequilibro para trás e o caos se estabelece na minha calça de couro – calor, sangue e carne sólida efervescendo ali embaixo. Ela é implacável para reivindicar a minha boca. Sua língua contra a minha, puxando meus cabelos ao som de roucos e profundos gemidos de prazer.

Minhas costas batem contra a porta, fazendo-a balançar em meus braços, o que não a distrai de sua missão. Não há nada que eu possa fazer senão acompanhar o ritmo dela, implorando silenciosamente que ela comece a nos livrar de nossas roupas, para que eu possa me perder dentro dela. Encontrar a paz de que preciso. Deliciar-me na união dos nossos corpos.

A língua quente e úmida dela circula pela minha boca, as nossas cabeças se inclinando em alternância constante, assumindo novos ângulos, afastando-se apenas para unirem-se logo depois. É uma loucura. Desordenadamente. Absolutamente incrível.

Então, com a mesma velocidade que começou, ela para. Como se tivesse sido atingida por uma descarga de mil volts de eletricidade, ela se retrai, forçando-me a libertá-la antes que caia dos meus braços.

— Meu Deus... — balbucia, recompondo-se, as mãos ajeitando a roupa, os olhos me evitando. Esse beijo me tirou o fôlego. Estou arfando como se estivesse exausto. — Não sei o que me deu.

— Bem, eu sei quem não vai *dar*... — resmungo para mim mesmo, tentando apagar a imagem mental. Nós dois. Eu em cima dela, ajoelhado sobre ela, seus braços acima da cabeça, enquanto ela me vê gozar nela. Meu sêmen cobrindo seu rosto lindo e a língua dela lambendo tudo. *Porra!* Faço o possível para me acalmar, tentando arrumar espaço dentro da calça para acomodar minha ereção. Não há como. Não nessa maldita calça de couro.

— Algo se apossou de mim. — Ava me olha. E eu sei que ela entendeu. Mesmo que não me conheça de fato, ela entendeu tudo. A atração ridiculamente forte foi a pedra fundamental da nossa perfeição absoluta. E, graças a Deus, isso ela não parece ter esquecido.

— Sim, eu me apossei de você — afirmo, desencostando da porta. Ava ergue um olhar surpreso para mim. — Está mais calma, mocinha? — Seguro a mão dela, pesco a calça no chão e a levo para a garagem.

Apertando o botão no controle remoto, aguardo até que a porta se abra.

— Puta que pariu, Jesse! — Ela larga a minha mão e entra na garagem, apontando para os carros e motocicletas. — Tudo isso é seu?

Dirijo-me à estante e apanho nossos capacetes em uma das prateleiras.

— Tudo isso é nosso.

— Devem valer centenas de milhares de libras!

— E é por isso que a garagem tem alarme e os carros todos têm rastreador.

— Rastreador? — Ela inclina a cabeça, dividida entre o interesse e a preocupação. — Você rastreava o meu carro?

— Claro — respondo, sem rodeios. — Um aplicativo no meu telefone me dizia onde você estava o tempo todo. — Rio quando ela bufa, contrariada. — Não se preocupe. Você também tinha o aplicativo.

— Tinha?

— Sim. Você se preocupa tanto comigo quanto eu com você. — Estendo o capacete a ela.

— Pra que isso?

— Nós vamos nadar — ironizo, seco, apontando para a mão dela. — E esse é o seu maiô.

Ava olha para a calça de couro que está segurando e cai em si. Ela respira fundo e segue na direção de uma de minhas supermotos, definitivamente excitada ante a perspectiva.

— Eu vou nessa coisa?

Estou rindo de novo.

— Não foi bem isso que você disse da primeira vez que montou nela.

— Montei, é? — Ela levanta uma sobrancelha, interessada, o que me arranca mais uma risada. Lá vem o tom sugestivo novamente.

Eu me aproximo dela devagar, um pouco ameaçador, até o meu rosto ficar bem perto do dela.

— Você adora andar de motocicleta, mas gosta muito mais de montar em mim.

Ela fica corada mais uma vez. É uma visão tão prazerosa que me leva de volta aos nossos primeiros dias, quando ela ainda tentava esconder o quanto estava apaixonada por mim. Ela tenta disfarçar a excitação.

— Eu duvidaria se não soubesse que é verdade.

— Ah, é? — Interessante. — E como você sabe? — Ela imediatamente começa a se mexer no lugar. Dou um sorriso e encaro os seus seios. Mamilos duros como pedra. E aposto que sua calcinha não está tão seca. Esses elementos me enlouquecem. — Vista a calça.

Ela sorri, dá um passo para trás e faz o que lhe peço, o que também é muito satisfatório. Todos esses instintos naturais nela. É a esperança.

— Eu saio com elas sozinha? — pergunta Ava.

— Nunca. Somente comigo.

— Por quê? — Ela está genuinamente interessada.

— Motos são máquinas perigosas.

— Assim como carros — rebate ela, abotoando a calça. Eu congelo e olho para ela. Não consigo evitar pensar que, se eu tivesse insistido para que ela usasse o Range Rover, nós não estaríamos vivendo este pesadelo. A julgar pelo estado em que ficou o Mini, surpreendo-me que ela esteja viva. Minhas veias gelam só de pensar. — Você está bem?

— Sim. — Eu me concentro para afastar pensamentos tão doentios. Eu a tenho. Ela está aqui.

Uma vez que estamos cobertos de couro, eu pouso o capacete com cuidado sobre a cabeça dela, sorrindo enquanto ajusto a fivela.

— Estou tendo um déjà vu — comenta ela, com as bochechas apertadas. — Isso deve ser uma coisa boa, certo?

— Tenha certeza de que sim — concordo, movimentando o capacete dela para me certificar de que está seguro. — Você está muito gostosa.

— Eu sei. — Ela agita a cabeça de um lado para o outro. — E é bom ver que você está usando roupa de couro também. — Ela fica paralisada, assim como eu, um encarando o outro. — Por que foi que eu disse isso? — Ela parece confusa de repente, o que mata a minha esperança um pouquinho, mas só um pouquinho, porque o médico disse que está contente. Todas essas coisinhas aqui e ali. Deve haver um momento crucial em que tudo voltará. Algo que abrirá as comportas.

Eu me apresso em tentar explicar.

— Quando nos conhecemos, eu nunca usava roupa de proteção. — Os olhos dela param sobre o meu abdômen. Sei no que ela está pensando. Ela está pensando nas cicatrizes. Está pensando que foram resultado de um acidente e eu não a corrijo. — Você não ficava nada feliz com isso — concluo, indicando com o braço estendido que ela suba na motocicleta.

Ela vai na direção do veículo sem pensar ou discutir.

— Não me surpreende. Você não é...

— Indestrutível. Eu sei.

Ela para por um minuto, olhando lentamente por sobre o ombro e para o meu abdômen mais uma vez.

— Isso é tão estranho.

Eu rio, sarcástico.

— Só um pouquinho. — Vou até ela, monto na moto e me acomodo no assento. — Ponha seu pé no... — Minha voz some quando sinto seu peito apertado contra as minhas costas e seus braços em torno do meu tronco. — Está bem, então.

— Sinto que deveria estar com medo, mas não estou — declara ela, chegando mais perto. — Pra onde vamos?

Com as mãos dela entrelaçadas sobre o meu estômago, a cabeça pousada nas minhas costas e o corpo pressionado contra o meu, tenho um pouquinho de paz. Ainda que ela não saiba, Ava confia em mim. Visto o capacete e dou a partida em minha Ducati 1299 Superleggera, acelerando algumas vezes. O ronco é amplificado na garagem fechada e Ava me aperta com mais força. Se eu não tivesse falado com o médico, isso não estaria acontecendo. Mas ela está confortável. Muito. Além disso, eu não deixaria que nada acontecesse com minha esposa.

Conduzo a moto para fora da garagem, rodando até a rua principal. Ignoro o pedido dela para acelerar. Esta viagem será lenta e cuidadosa. Não é algo que me seja exatamente familiar, mas posso me acostumar logo. Porque eu preciso.

Capítulo 20

Com Ava tão agarrada ao meu corpo, posso ter demorado mais que o necessário para chegar ao nosso destino. Não vou me desculpar por isso. Sorte dela eu permitir que ela desça da moto agora. Ela desmonta da garupa de maneira elegante ainda que cuidadosa, como se já tivesse feito isso milhares de vezes antes, o que é verdade. Então, solta a fivela do capacete e o retira, agitando a cabeça devagar para soltar os cabelos escuros e ondulados.

Pelo amor de tudo o que há de mais sagrado. Meu pau dá o bote, como um animal depravado tentando escapar da jaula. Não é uma comparação ruim. Já faz tempo desde a última vez que fiz sexo. Minhas bolas estão a ponto de explodir e aquele momento em que ela pulou em mim na porta de casa não ajudou a melhorar a minha situação.

Em seguida, ela abre o zíper da jaqueta, revelando a camiseta básica branca, com um decote discreto. Nada exagerado. Apenas um vislumbre dos seios que eu tanto amo. Eu não deveria estar olhando. Isso só está me torturando.

— Ei! — Meu visor sobe, cortesia de Ava, e ela me olha fingindo estar brava. — Está olhando para os meus seios?

— O que isso tem a ver com você? — respondo sem pestanejar, fazendo-a dividir-se entre rir e fechar o rosto. — Eles são meus. — Eu bufo e desmonto da moto. — Há muitas coisas que eu preciso te lembrar e essa é uma das mais importantes. — Aponto para o peito dela e depois deixo o dedo pairar por todo o seu corpo. — Tudo isso é meu.

Ela dá um tapinha na minha mão.

— Você é um babaca teimoso.

— Sei, sei... — Dou um suspiro exausto. — É tudo meu, mesmo assim.

Ela faz bico e bufa e me olha feio. O porquê eu não sei, talvez só para demonstrar sua exasperação. Seria revigorante se, nesse momento, não fosse enfadonho. Ainda assim, essas brincadeirinhas que vêm surgindo são estranhamente deliciosas.

— O que estamos fazendo aqui, afinal? — Ela olha para as planícies gramadas do Hyde Park.

— Vamos fazer uma caminhada. Ou bater perna, como você gosta de dizer.

— Só é bom bater perna no shopping, não em parques.

— Você não gosta de ver lojas comigo — digo a ela.

— Por quê?

— Porque eu ponho defeito em todos os vestidos de que você gosta — respondo com calma, pegando o capacete da mão dela e colocando ao lado do meu, no assento da moto. — Então, eu faço compras pra você.

— Você compra as minhas roupas? — O horror cobre a sua bela face. — Controla o que eu visto?

— Basicamente sim e agora não é hora de mudar isso. — Ofereço-lhe a mão e ela a aceita na hora. — Nós somos felizes do jeito que somos.

— Você quer dizer que *você* é feliz.

— Confie em mim, Ava. Você é absurdamente feliz. — Sigo meu caminho, não muito rápido, para que ela possa me acompanhar. — Diga se precisar parar para descansar.

— Preciso descansar.

Entro na frente dela e me abaixo, agarrando a parte de trás de suas coxas e erguendo-a nas minhas costas. Ela dá um gritinho, mas deixa que eu faça o que quero.

— Melhor assim?

— Você vai me carregar pelo parque todo?

— Sim — afirmo, decidido, aumentando a velocidade dos passos agora que não preciso me preocupar em cansá-la.

Não ouço protesto, mas uma pergunta vem:

— Quantos anos você tem? — Ela me abraça pelo pescoço e apoia o queixo no meu ombro.

— Vinte e quatro.

— Diga logo.

— Não.

— Por quê?

— Porque eu quero que você descubra por si mesma.

— E como é que vou fazer isso?

Olho para ela com o rabo dos olhos, erguendo o canto da boca.

— Tenho certeza de que vai pensar em alguma coisa. — Posso ver sua mente trabalhando. Ela está fazendo um *brainstorm*. Ótimo. Jamais na vida eu pensei que ficaria aguardando em silêncio Ava me algemar à cama novamente e deixar-me à sua mercê. Agora, no entanto, eu faria qualquer coisa. Não ficaria irado nem perderia a cabeça. Eu sorriria e suportaria a tortura.

— Está confortável aí em cima? — indago, de olho no rosto dela apoiado no meu ombro enquanto caminho.

Ela me dá uma olhadela, confirma com a cabeça e beija minha bochecha com suavidade.

— Muito. — Fecho os olhos e saboreio aquele momento de afeto, sem saber de onde veio, mas nada disposto a questioná-lo. Ela logo assume sua posição original, com o queixo no meu ombro. — Eu poderia facilmente me acostumar com isso.

— Você já está bem acostumada, *baby*. — Inspiro e expiro profundamente. —Bem acostumada. — Sigo pelo caminho, com uma sensação boa e na verdade bastante animado com o resto do nosso dia. Foi uma demonstração simples de carinho e quero mais chances assim.

Quando chegamos ao ponto exato em que planejei ir, eu a deixo descer com cuidado e aponto para a grama.

— Deite-se.

— Por quê? — Ela ri, entre a desconfiança e o humor.

— Porque eu mandei.

— E eu sempre faço o que você manda, não é?

— Quem me dera — murmuro, deitando-me sobre a grama. Abro os braços e pernas, imitando o estado de Ava após a primeira vez que a levei para correr e ela se jogou no chão, exausta. — Parece familiar?

— Deveria?

— Talvez eu devesse te levar para uma corrida de dezesseis quilômetros. — Faço um bico, decepcionado.

— Está falando sério? Eu morreria — rebate ela, olhando-me de cima.

— Você quase morreu na primeira vez, mas logo se acostumou. Agora você é como o Forrest Gump.

Ela baixa os olhos e repara na boa forma em que seu corpo se encontra.

— Correr certamente não faz nada pelos meus seios.

Eu me apoio nos cotovelos em um segundo.

— Ah, não, mocinha. — Dou risada, embora mais com medo do que com humor. — Nem pense nisso. — Balanço a cabeça com fúria, desafiando-a a me contrariar.

— Eles não são como eu me lembro — divaga ela, queixo no peito, observando-os. De todas as coisas de que ela não se lembra, vai se preocupar logo com os seios?

— Seus seios são perfeitos.

— O que te deixou tão bravinho?

— Você — devolvo prontamente, puxando a mão dela para que se deite na grama. Em uma manobra rápida e hábil, eu a coloco embaixo de mim em dois tempos. Presa. Ofegando. Devo ter no rosto um sorriso épico, enquanto ajeito meu corpo entre as pernas dela e pego seus punhos, prendendo-os sobre a sua cabeça. — Você fica linda debaixo de mim.

— Você fica lindo *em cima* de mim. — Ela também está sorrindo e, se eu já não estivesse no chão, o impacto de suas demonstrações de afeto voluntárias me derrubaria. Algo mudou entre nós. Desde o beijo ontem à noite, sinto que estamos progredindo, mesmo que não haja nenhum avanço monumental na memória dela. Ela está receptiva. Vejo que está curiosa sobre muitos assuntos, não apenas os últimos dezesseis anos, mas sobre mim. Este homem. Este homem que é seu marido. Este homem que ama com uma força que chega a ser debilitante para nós dois.

Ela sorri e estuda meu rosto, lendo meus pensamentos.

— Foi essa a sua cantada quando nos conhecemos?

A pergunta me causa um acesso de riso, meus músculos tendo que entrar em ação para me manter no lugar e não amassá-la sob o meu peso.

— Não exatamente.

— Qual foi, então? — A curiosidade real e quase excitada nos olhos dela é outro soco no meu estômago. Ela acha que foi romântica. Doce e leve. Que vai fazê-la suspirar e ver estrelas. Eu a fiz ver estrelas, sim. Lembro bem. O choque. A indignação. Mas foi mais o olhar dela que me disse que ela estava mesmo pensando se iria gritar muito alto quando eu a comesse.

Eu pigarreio.

— Não sei se você está pronta pra essa parte.

— Depois de tudo o que você já despejou? — Ela bufa e eu rosno. — Dá um tempo.

— Vou te dar outra coisa — digo, esfregando meus quadris nos dela sem pensar duas vezes.

— Estamos no parque — sussurra ela, cheia de desejo, nem um pouco preocupada com o fato de estarmos realmente no parque. Ela está dizendo o que acha que deveria dizer.

— Onde eu quiser, quando eu quiser, *baby*. Você sabe disso. — Eu não espero que ela me beije. Posso ver que ela quer um beijo e o momento é perfeito demais para desperdiçar. Então, aproximo os lábios dos dela e a instigo a abrir a boca, sorvendo os sons graves e deliciados que ela faz.

— Estou aprendendo rápido. — Seus lábios correm sobre os meus no mesmo ritmo cadenciado e eu sorrio. É perfeito.

— Você gosta do Jesse gentil?

— Eu amo o Jesse gentil — ela fala durante o beijo, permitindo-se curtir a minha boca. — Agora me diga.

— Dizer o quê? — Minha mente dá um branco e eu dou um grunhido, chateado, quando ela se afasta.

— A cantada que você usou quando nos conhecemos. — Ela demonstra irritação.

— Perguntei se você iria gritar muito alto quando eu te comesse.

Ela começa a rir tanto que seu corpo todo treme e, ainda que um pouco surpreso, estou encantado. Vê-la tão alegre é irresistivelmente recompensador.

— E então? Eu gritei muito alto? — pergunta ela, rindo entre as palavras.

— Você quase explodiu o teto do Lusso.

Ela gargalha de novo, rindo como uma louca, lacrimejando, com o corpo descontrolado. Eu poderia ficar aqui o dia todo, admirando-a. Ouvindo-a.

— Fico feliz que ache engraçado, mocinha. — Aguardo, contente, enquanto ela encontra forças para se acalmar. Eu realmente a peguei de jeito.

Recompondo-se, ela dá um longo suspiro, mexendo as mãos para que eu as solte. Assim que o faço, ela me abraça.

— Eu só... — Ela respira fundo. — Sei lá. Tudo o que você vem me contando, como você é, como eu sou, como nós somos, é tudo tão louco. Só que meu coração me diz que é real. É normal. Nada parece errado, de maneira alguma, só incrivelmente certo. Mesmo as loucuras.

Dou-lhe um sorriso doce e afasto uma mecha de cabelo do rosto dela.

— Isso é o nosso normal, *baby*. Eu sempre te disse isso.

— Nosso normal é perfeito pra caralho.

— Olha a boca.

— Está bem. — Ela ri e me beija outra vez, faminta pela minha boca desde que a provou ontem à noite. Ela não se farta de mim e não sou eu quem vai reclamar. Deixo que ela faça comigo o que quiser, pelo tempo e no ritmo que quiser. — Nós provavelmente estamos atraindo uma plateia. — Ela está sem fôlego. Que bom. Deixe-me tirar mais um pouco do fôlego dela.

— Eles que se fodam. — Assumo o comando e cada som de prazer que ela emite me afaga e me aquece. Eu não me oporia em ficar aqui o dia todo, mas tenho que reconhecer que ela precisa comer. — Você deve estar com fome. — Eu me afasto e acaricio sua face, sorrindo ante a visão de seus lábios inchados e rosados.

— Um pouco — admite ela, soltando a respiração. — Tenho mais sede.

— Eu conheço o lugar perfeito. — Apoio os punhos no chão ao lado da sua cabeça e me levanto, ajudando-a a fazer o mesmo em seguida. Aponto para um café do outro lado da rua e seguro a mão dela. — Acha que consegue andar até ali?

— Não. — Ela me olha, com um sorrisinho sem vergonha nos lábios. — Acho que você vai ter que me carregar.

Eu me viro para ela subir nas minhas costas, sem dizer uma palavra. Estamos a talvez uns trinta passos do café, uma caminhada mínima, mesmo para Ava, mas se ela quer que a carregue, não serei eu a recusar. Ela está jogando comigo e eu estou amando.

Com o rosto dela bem próximo do meu, atravesso a rua e a deixo de pé do lado de fora.

— Minha senhora. — Sigo, abrindo a porta e fazendo uma mesura com o braço para que ela entre. Eu estou sorrindo. Ela está sorrindo. Essa tarde está sendo um festival de sorrisos.

— Por que não foi romântico assim quando me conheceu? — questiona ela, passando pela porta. — Sabe, em vez de me fazer perguntas impróprias.

Levanto uma sobrancelha e a sigo.

— Como eu poderia te cortejar e ser romântico se você nem mesmo aceitava jantar comigo? Eu estava desesperado. Além disso, depois ganhei o seu coração. Quem se importa como eu fiz?

Ela ri, batendo no meu ombro quando eu lhe dou um empurrãozinho com o meu. Eu não saio do lugar, mas Ava se desequilibra um pouco, forçando-me a segurá-la antes que caia.

— Ava! — repreendo. —Pelo amor de Deus, tenha cuidado!

Ela se assusta, piscando várias vezes, surpresa, enquanto a seguro pelos braços.

— Não precisa fazer uma cena. — Ela olha em volta e eu também, vendo que atraímos alguns olhares. Eu não poderia me importar menos.

— Apenas tenha cuidado — murmuro, tomando a sua mão e enfiando a outra no bolso para pegar minha carteira.

Fico paralisado e puxo Ava, que para também. Meus dedos congelam no bolso em torno da carteira de couro e encaro o que chamou minha atenção de repente.

Os olhos de Sarah, cobertos de espanto, assim como os meus, se alternam de mim para Ava. Ela sempre foi fã de botox e preenchimentos e parece que esse caso de amor só aumentou nos últimos anos. Ela definitivamente não está envelhecendo com elegância. Sua pele está muito esticada e seus lábios, inchados em proporções ridículas. Ela tem um copo de café na mão e estava se virando para deixar a loja.

— Jesse? — A mão de Ava pousa suave no meu braço e eu tiro os olhos de Sarah para fitar a minha esposa. — Você está bem?

Eu tusso, com a cabeça um caos.

— O que quer beber? — pergunto, enlaçando-a pelos ombros e seguindo em frente, contornando Sarah, rezando para que Ava não note a sua presença. Sarah nos acompanha com o olhar, o corpo girando para nos seguir, mantendo-se de frente para nós. Sinto meus lábios formarem uma linha fina, de advertência, ameaçando-a em silêncio, para que saia quieta e sem chamar atenção. Seus olhos são inquiridores, mesmo que o rosto esteja inescrutável como o de um jogador de pôquer.

Chegamos ao caixa e Ava vira-se para o lado oposto ao meu, dando de cara com Sarah.

— Quero um chocolate quente, por favor. Só preciso de um guardanapo. — Ava sai andando e esbarra em Sarah no caminho. Minha esposa não tem a menor reação ao passar pela mulher que quase nos separou. Ou uma das mulheres. Assisto apavorado ao olhar de Sarah seguindo Ava até a pilha mais próxima de guardanapos. Ela parece confusa. John não teria contado a ela sobre o acidente de Ava? E quando Ava volta, limpando o nariz, seus olhos recaem em cheio sobre Sarah. Ela franze a testa, olhando para Sarah. — Aquela mulher está me encarando — diz Ava quando para ao meu lado. — Eu a conheço?

— Não — respondo imediatamente, na hora em que Sarah se aproxima. Se um olhar matasse, ela estaria caindo no chão sem vida neste momento. Sei que minha expressão deve estar enviando todo tipo de ameaça, mas nada funciona.

— Jesse. Ava. — Sarah passa os olhos por nós dois e a atmosfera fica mais pesada no mesmo instante. — Que bom ver vocês.

Ava olha para mim, interrogativa. Eu balanço a cabeça, voltando-me para o caixa e trazendo minha mulher comigo. Faço o pedido ao funcionário, começando a tremer com o esforço de me impedir de partir para cima de Sarah. Qual é o jogo dela? Meu Deus, se Ava estivesse em seu estado normal, Sarah já estaria suja de café da cabeça aos pés.

— Quem é ela? — pergunta Ava.

— Não importa — replico, jogando uma nota de dez no balcão e pegando nossas bebidas.

— Então por que está tão nervoso?

— Não estou. — Coloco o chocolate quente em uma de suas mãos e seguro a outra, puxando-a. Mas ela resiste, tentando se desvencilhar de mim. Droga!

— Jesse, solte-me!

Eu acato, mas apenas porque não quero machucá-la. Acontece que o movimento de soltar-se de mim a faz cambalear para trás novamente e, no processo de salvá-la de cair, eu jogo nossos copos longe.

— Ava, caramba, tome cuidado! — Chuto os copos para o lado e agradeço a tudo o que há de mais sagrado por ela estar usando calça de couro, o que protege sua pele do líquido quente.

— Quem é ela? — questiona Ava, resoluta, os olhos passando de mim para Sarah, ignorando completamente a bagunça aos seus pés. — Eu não tenho uma sensação boa em relação a ela. Diga-me!

Mandíbula tensa, eu a mando para o inferno mil vezes mentalmente.

— Vamos embora — digo entre dentes, agarrando a porta. — Agora, Ava, antes que eu perca a paciência.

Ela bufa e vira para Sarah.

— Quem é você?

Sarah me olha, absolutamente perplexa, mais uma vez ignorando meu olhar ameaçador.

— Meu nome é Sarah.

A linguagem corporal de Ava muda em um milésimo de segundo. Agora ela está tão colérica quanto eu.

— Sarah? — Seus olhos encontram os meus. — Sua *amiga* Sarah? A namorada do seu tio, que é apaixonada por você? — Se eu não estivesse tão enrascado agora, apreciaria o fato de que minha esposa não está nada feliz com esse encontro. Ela está possessa. — A mulher que te chicoteou?

Sarah, cautelosa, dá alguns passos atrás, obviamente confusa pelo que se sucede.

— Vá embora, Sarah. Agora — advirto, antes que a coisa fique feia, porque só Deus sabe do que minha esposa é capaz. Sua coragem só aumentou com a idade. Teria que ser assim, nem que fosse só para lidar comigo.

Com os ombros caídos, derrotada, Sarah por fim vira as costas e sai do café, enquanto eu me preparo para receber a ira de Ava.

— Você disse que ela não fazia mais parte da nossa vida. Que não estava mais nem no país.

— Ela não estava.

— Quer me dizer que eu enlouqueci quando perdi a memória? Que eu estou imaginando isso? — Ela bate a mão na porta, que se fechava devagar após a saída de Sarah.

— Ela voltou na semana passada — confesso. — Não tive chance de te contar.

Ava ri, cheia de sarcasmo.

— E não importaria se tivesse contado, não é? Porque eu não me lembraria de porra nenhuma agora, certo?

— Olha essa maldita boca, Ava. — Meu Deus, está ficando a cada hora mais suja.

Um funcionário do café surge com um balde e um esfregão, olhando ansioso para nós. Eu me afasto da poça de café e tento trazer Ava comigo.

— Tire as mãos de mim — esbraveja ela, desvencilhando-se de mim e mancando para fora. Dou um suspiro resignado e a sigo. Agora seria um bom momento para uma transa de lembrete. Só para colocá-la em seu devido lugar.

Mantenho uma distância segura dela, não muito longe para o caso de ela tropeçar ou cair de novo, enquanto a sigo pelo parque, até onde deixei minha moto. Posso ver que a cada passo ela está mais lenta e sua dificuldade em caminhar fica mais óbvia. Entretanto, a minha sedutorazinha teimosa não vai pedir ajuda. Que pena. Ela vai me pagar. Eu começo a andar mais rápido e a ultrapasso, inclinando-me em um convite, em vez de pegá-la e ajeitá-la até ficar como eu quero, o que seria o meu normal. Ela sobe de cavalinho nas minhas costas, sem hesitar.

— Só estou aceitando porque a minha perna dói demais — resmunga ela. — Ainda não estou falando com você.

— Está bem. — Reviro os olhos.

— Por que não me contou, porra? — grita ela no meu ouvido, fazendo-me encolher e fechar os olhos. — Já é ruim o bastante não me lembrar de nada e agora ainda terei que me preocupar com o fato de alguém tentar roubar o meu marido?

— Ninguém vai roubar o seu marido — digo. Mulher idiota. — Sarah não significa nada pra mim. Jamais significou.

— Você claramente significa algo pra ela. O que ela quer? Por que está aqui?

— Ava... — Suspiro, farto dessa conversa. Mesmo assim, preciso compreender que ela esteja se sentindo vulnerável. É minha função tranquilizá-la. — Acalme-se.

Ela me ignora, prosseguindo.

— Há mais alguma bruxa do mal pronta para tentar enfiar as garras em você?

— Ava, pode parar? — Não estou rosnando, mas estou bem perto disso. *Fique calmo, Jesse. Fique calmo.*

— Não. Como vou saber contra quem terei que lutar, se não me lembro de nenhuma delas? Você precisa me dizer.

De todas as coisas que quero lembrá-la, esta não é uma delas. Além disso, levaria muito tempo. Não tenho energia para isso.

— Já disse pra parar.

— E eu disse que não. O que eu v...

Paro, ponho-a no chão e fico frente a frente com ela, segurando seu rosto entre as mãos. Capturo seu choque em minha boca quando a beijo com força, calando-a. Estou distraindo-a. Recorrendo a táticas desesperadas. É algo pelo que eu não vou pedir desculpas. Inclusive porque parece que ela gosta de me beijar. Graças a Deus. Pego-a no colo e sigo andando, sem deixar seus lábios. Até chegar à minha moto.

— Está uma tarde linda. Não deixe que nada a estrague. — Temos coisas muito mais importantes para pensar que Sarah ou qualquer outra ex. — Por favor.

Seu rosto se contorce, sua energia obviamente exaurida pelo esforço de se estressar, e sua testa pousa no meu peito. Cubro a parte de trás da cabeça dela com a minha mão e acaricio seus cabelos, evitando o lado em que está o corte.

— Estou cansada — geme ela.

E eu me sinto culpado. Eu a forcei demais. Pego seu capacete e coloco nela com cuidado, perguntando-me se seria muito irracional da minha parte exigir que ela e as crianças usem capacete para sair de carro no futuro. Depois do acidente, nada que eu mandar que façam em nome da segurança deveria ser considerado irracional e é melhor que ela aceite isso.

— Vamos. Você precisa comer.

Baixo o visor do capacete dela e deixo um beijo ali, antes de ajudá-la a subir na motocicleta.

Capítulo 21

Eu a levo a um bistrô próximo à academia. Ela é obcecada pelos ovos Benedict de lá há anos. Então é o que peço para ela. Mas ela mal tocou na comida.

— Coma — ordeno.

— Não estou mesmo com fome. — Ela larga o garfo e empurra o prato cheio para longe, antes de relaxar na cadeira.

Meus lábios se contorcem em desagrado. Vou forçá-la a comer, se for preciso. Não me importa onde estejamos.

— Aqui. — Pego o garfo, sirvo-o com uma porção dos ovos e o seguro do outro lado da mesa. — Coma.

Rosto emburrado, mandíbula tensa, ela se afasta mais um pouco.

— Não estou com fome.

— E eu não estou com humor pra sua rebeldia. — Curvo a cabeça, advertindo-a. — Coma.

— Não.

— Que merda, Ava, você precisa manter a sua energia. — Arrasto ruidosamente a cadeira para o lado dela, ainda sentado, pronto para abrir sua boca à força e enfiar a comida.

— Por quê? Pra lidar com a sua irracionalidade?

Eu riria, se não estivesse absolutamente furioso.

— Não me faça pedir de novo. — Sinto meu corpo começar a tremer no lugar. O dia começou tão bem e agora ela vai estragar tudo se recusando a comer. Por que ela não pode simplesmente se comportar?

— O que vai fazer? Começar uma contagem regressiva? — Ela pisca algumas vezes e fecha o rosto.

— Sim, pode ser — confirmo e ela bufa, indignada. Eu olho para baixo, tentando acalmar a irritação latente. Meu Deus, estou ficando velho demais para essa merda toda. Ela está me desafiando sem motivo, só para provar seu ponto de vista.

— Ava... — Olho para ela, pronto para despejar nela cada detalhe de como será o seu castigo quando ela estiver melhor, mas meu plano morre na garganta quando vejo algo do outro lado da rua. Estico o pescoço para tentar ver melhor. John está sentado em um café próximo. Deve estar fazendo um intervalo na academia.

Jogo algumas notas de vinte sobre a mesa e tiro uma Ava atônita da cadeira.

— Dessa vez você se livrou. Não vai acontecer de novo. — Vou com ela até a minha moto. — Espere por mim aqui.

— Por quê? Aonde você vai?

— Há alguém com quem tenho que ter uma conversinha. Fique aqui. — Entrego o capacete a ela e saio depressa. — Ei, John! — chamo.

Ele fica subitamente tenso. Então olha por sobre o ombro e eu vejo a preocupação em seu rosto.

— Está tudo bem? — pergunto quando o alcanço, dando a volta na mesa até ficar de frente para ele.

— Sim. O que está fazendo aqui? — John está incomodado na cadeira, nervoso. Algo está errado.

— Eu trouxe Ava pra almoçar no bistrô.

— E onde ela está?

Eu me sento e apoio os cotovelos na mesa.

— Esperando por mim. Acabei de ver Sarah.

Ele retira os óculos escuros, revelando olhos perigosos.

— Diga-me que ela não foi te procurar. — Sua calma se foi e agora a raiva é visível, seus olhos faiscando. O que me faz sorrir internamente, pois sua lealdade e preocupação jamais fraquejam.

— Nós a esbarramos em um café.

— Nós?

— Sim, Ava e eu. É claro que minha esposa não a reconheceu até Sarah se apresentar. — Minha boca se contorce, assim como a de John. — Você não contou a ela sobre o acidente de Ava?

— Não cabe a mim contar isso a ela. Você conhece bem aquela mulher. Se lhe der a mão...

Dou uma risada discreta. Às vezes não é necessário nem lhe dar a mão. Eu não dei *nada* a ela, e ela levou os dois braços. O corpo todo, na verdade.

— Bem, ela sabe que algo está fora do normal, então espere ser questionado. John atira os óculos sobre a mesa, entediado.

— E o que você quer que eu diga a ela?

— Pra ficar longe — rebato. — Não me importa o que mais você diga, só deixe esta parte bem clara.

John assente e então olha para algo atrás de mim, fazendo um sinal para que eu olhe também. Ava se aproxima, mancando mais forte. Sou tomado pela culpa.

— É melhor você ir — diz John.

— Se alguém nos ouvisse, poderia pensar que você está querendo se livrar de mim. — Eu me levanto e viro de frente para Ava assim que ela chega. — Desculpe, *baby*. Eu já estava indo.

— Como está, garota? — pergunta John.

Ela não responde, apenas se aproxima mais de mim e me olha, em busca de... Não sei o quê. Só então é que me ocorre. Claro.

— Esse é John — digo, apontando para meu amigo imenso, sentado em uma minúscula cadeira de metal. — É meu amigo mais antigo. Trabalha na academia.

— Prazer — cumprimenta ela, a palavra impregnada de um embaraço que não passa despercebido a John, e eu a sinto encolher-se ao meu lado. Olho para baixo e analiso seu rosto. Ela parece um tanto absorta. E cansada. Muito cansada.

— Preciso levar Ava pra casa. — Passo um braço pelos ombros dela e começo a caminhar. — Está tudo bem na academia?

— Tudo certo. — Ele recoloca os óculos escuros e eu me dou conta de que não perguntei o que ele faz sentado na calçada de um café, sozinho. E sem nada para beber?

Estou prestes a perguntar quando uma mulher sai do café com uma bandeja, indo na direção do meu amigo. John fica de pé e puxa uma cadeira de frente para ele.

— Obrigada. — A mulher cora, dando-lhe um sorriso brilhante, enquanto se senta. — Eles não tinham bolo de limão, então eu trouxe *scones*.

— Os cabelos dela são de um rosa vivo e estão presos displicentemente no alto da cabeça, ela usa uma saia longa e esvoaçante e um cardigá de tricô grande demais. Deve ter seus sessenta e poucos anos, rosto expressivo e amigável. E eu agora presto atenção ao café também. É aconchegante, com mesinhas antigas em pátina, cadeiras industriais. E um vasinho de lata bem no centro da mesa, cheio de urze. Que romântico.

— Obrigado. — John sorri também, um sorriso amplo que deixa à mostra seu dente de ouro. O que é isso? Está mesmo acontecendo o que eu acho que está? Tento assimilar a cena: ele... e uma mulher. Eu nunca, jamais, vi o grandão com uma mulher. Na vida.

Sinto o moleque dentro de mim querendo vir à superfície, louco de vontade de tirar sarro dele. Ele provavelmente vai me responder com um direto no queixo, mas...

— Jesse? — Ava puxa meu braço. — O que houve?

— Nada — digo, levando-a de volta à mesa. — Mas eu com certeza serei lançado e colocado em órbita por um soco do John. — Meu sorriso é tão grande que dói.

— Por quê?

— Porque ele está com uma mulher.

— Aquela não é a esposa dele?

— Ah, não. — Gargalho. — Ele nunca foi casado. Nunca teve uma mulher, na verdade. Ei, grandão — digo todo engraçadinho, quando no aproximamos da mesa novamente.

Ele grunhe, tirando os óculos outra vez, lançando-me um olhar que me mostra claramente seu humor: espinhoso.

— Não vai nos apresentar para a sua amiga? — Estampo meu sorriso mais amigável, um pouco exagerado, para a acompanhante do meu amigo. — Eu sou Jesse. — Estendo a mão e ela se levanta e a aperta.

— Ouvi falar muito sobre você. — Ela me cumprimenta com entusiasmo, pondo a mão esquerda sobre as nossas mãos dadas. — Eu sou Elsie.

— Prazer, Elsie. Qualquer amigo do John é meu amigo também. Essa é minha esposa, Ava. — Soltando a mão de Elsie, trago Ava para mais perto e ela sorri, tímida.

— Prazer.

O olhar compadecido de Elsie me mostra que ela sabe da situação de Ava.

— O prazer é meu, Ava.

— Então, como vocês dois se conheceram? — pergunto, vendo um lampejo do dente de ouro de John quando ele faz uma careta, rosnando. Nunca vi o grandão tão hostil. E tão nervoso. É uma novidade.

— Ah. — Elsie ri e se senta, esticando o braço para acariciar a mão de John. O grandão está se encolhendo na cadeira e isso só aguça a minha curiosidade. — Eu jurei que nunca entraria nesses sites de encontros, mas fico contente por uma amiga ter me convencido, ou não teria conhecido o John.

Engulo a saliva, quase engolindo a língua junto.

— Um site de encontros? — disparo. John se recusa a olhar para mim. — Você nunca me disse.

Lentamente, seus olhos pousam em mim, com intenções malignas. Ele não precisa dizer uma palavra. Terei que averiguar isso assim que Elsie estiver fora do caminho. Posso ver um milhão de ameaças em seus olhos estreitos, todas apontadas para mim.

Ava deve ter sentido a sua animosidade, porque começa a puxar minha mão.

— Vamos deixá-los a sós.

— Obrigado, garota. — A voz de John retumba, com os olhos ainda em mim. Os dele são um perigo. Os meus dançam.

— Vamos tomar um café com eles. — Puxo uma cadeira para Ava, divertindo-me demais observando o impenetrável Grandão se retorcer. — Você não se incomoda, não é, Elsie?

— É claro que não! — Ela retira da mesa a bolsa de patchwork. — É tão bom conhecer amigos do John.

Pela forma como John olha para mim, posso ver que ele está planejando a minha morte, que será lenta e dolorosa, o que não me faz desistir de maneira alguma.

Encorajo Ava a se sentar, mas ela resiste, um pouco relutante. Talvez Elsie também tenha percebido, pois toma a mão de Ava e diz:

— Eu estava dizendo para o John — começa ela, sorrindo para mim do outro lado da mesa — que tenho um centro de bem-estar. Meditação, ioga, essas coisas. Poderia te ajudar, Ava. A relaxar a mente e encontrar um pouco de paz interior nesse momento difícil. — Seu rosto simpático se torna mais suave ao falar com a minha esposa. — Espero que não se incomode que eu diga isso.

Penso comigo mesmo que Elsie tem um tipo meio zen – toda mente, corpo e alma. Mas o único relaxamento de que minha esposa precisa deve me envolver.

— Isso é...

— Acha mesmo? — interrompe Ava. — Porque a terapia não está ajudando em nada.

— Ah, sim! — Elsie parece empolgada com a possibilidade de ajudar Ava. — A meditação pode ser a maneira perfeita para desenrolar todos os pensamentos e deixar as lembranças fluírem novamente. Você deveria tentar.

Ava olha para mim, esperançosa, talvez tão empolgada quanto Elsie ante a perspectiva. Nós temos professores de ioga na academia. Se ela quer mesmo tentar, vou inscrevê-la em uma das aulas. Sem problemas.

— Vamos pesquisar — asseguro, voltando minha atenção a John, disposto a incomodá-lo um pouco mais. — Então, um site de encontros, hein?

Lentamente, muito lentamente, ele recoloca os óculos e cobre seu olhar de *vá se foder*.

— Você não tem nada pra fazer?

— Não. — Levanto a mão e aceno para a garçonete, olhando para Elsie. — Em que site você o encontrou, Elsie? Namore um Idiota Ranzinza? Adote um Cachorro Velho? — Dou risada quando Ava me bate no braço e Elsie ri também.

— Foi no Amor ao Crepúsculo, na verdade. — Ela pega a mão dele e aperta com carinho. — Eu sabia, no momento em que vi sua foto de perfil, que havia suavidade por trás daquela barreira de aço. E eu estava certa.

— Ooooooh... — Ponho a mão sobre o coração e olho para John com expressão apaixonada. — Que fofo. — Ele vai me bater logo.

— É melhor irmos embora — diz Ava, séria, sentindo as vibrações mortais que emanam do corpanzil negro de John. Ela me olha mais feio que ele. — Estou cansada, Jesse.

É o que basta para eu ser arrancado de meu humor provocador. No que estou pensando? Ela está exausta. Merda.

— Vamos deixá-los a sós — digo, olhando para Ava.

— Adeus — resmunga John.

— Foi um prazer te conhecer, Elsie. — Ava força um sorriso em meio à exaustão. — E agradeço a sua oferta. Vou pensar no assunto.

— Claro. John pode te dar meu telefone, se você decidir que quer experimentar.

Enquanto caminhamos, Ava me olha e eu já sei o que vem por aí.

— Eu acho que gostaria de tentar fazer ioga.

— Conversaremos sobre isso quando você não estiver tão cansada.

Ignoro seu desejo por ora. Já discutimos muito hoje.

Capítulo 22

Quando chegamos em casa, Ava não sobe para tirar uma soneca. Em vez disso, vai direto para a cozinha e começa a abrir portas e gavetas. Fico parado na porta observando a cena, sem ter muita certeza de se devo ou não dizer alguma coisa. Sei exatamente o que ela está fazendo. Desde que vimos Sarah, ela está visivelmente mais estressada, entre a preocupação e a raiva, e eu posso ver sua mente funcionando.

— Como eu poderia reconhecer uma mulher que tentou roubar o meu marido se nem sequer sei onde guardamos as canecas? — Uma porta bate e ela para, embora seu corpo esteja em seu próprio ritmo, estimulado pela fúria.

— As canecas ficam no armário da esquerda, na prateleira de cima — digo, em voz baixa. — Os pratos ficam no armário da direita, na primeira prateleira. As facas e os garfos ficam na gaveta embaixo do *cooktop*, e os cereais matinais ficam na despensa. Pela manhã, depois de fazermos amor, você desce e liga a cafeteira. Então toma um banho e se arruma enquanto o café fica pronto. Você põe a máquina de lavar roupas pra funcionar por volta das oito e faz o almoço das crianças. Passa hidratante nas mãos toda vez que as molha e sempre liga a máquina de lavar louças antes de sair pra levar as crianças para a escola e ir para o trabalho. Após o jantar, você deixa a arrumação para mim. É o meu trabalho. Encher a máquina de lavar louças, enquanto você ajuda as crianças com a lição de casa. E, quando terminamos, sentamos todos juntinhos na sala e assistimos a um pouco de TV, antes de você programar a cafeteira e deixar em cima da mesa os cereais favoritos dos bebês, pra quando eles se levantarem. E então eu te levo pra cama e faço amor com você. — Paro por um instante, com uma dificuldade imensa de dizer coisas tão simples sem deixar que minha voz falhe. — Você adormece sobre o meu peito. Sei quando algo te preocupa, porque você não relaxa. Na maior parte das vezes, você dorme a noite inteira sem sair dessa posição. E, quando acorda, rola para o lado e deixa que eu te abrace por trás, esperando que você arrebite o bumbum para mim. Fico aguardando você me dizer que está pronta pra ser acordada com sexo sonolento. E então começamos tudo de novo. — Engulo em seco e cerro os dentes, sentindo a tristeza voltar, multiplicada por dez. Todas as coisas simples. Todas elas se foram.

Ava se vira lentamente e eu posso ver o rio de lágrimas que escorre por seu rosto lindo e perturbado.

— Eu quero fazer tudo. Todas essas coisas. Eu quero fazer todas essas coisas. Eu quero minha vida de volta. Com você. Com as crianças — diz, angustiada.

Ava se apoia no balcão da cozinha para se manter de pé e eu a abraço antes de sequer pensar, deixando que ela derrame seu desespero na minha camiseta. Minhas próprias lágrimas caem nos seus cabelos, a realidade pesada demais para nós dois. Só o que posso fazer é abraçá-la. Confortá-la. Amá-la. E tudo o que ela pode fazer é depender de mim para... tudo.

— Pode fazer algo por mim? — sussurra.

— Qualquer coisa. — Pergunta idiota.

— Pode me mostrar nosso álbum de casamento outra vez? Pode me dizer quem são todas as pessoas?

Eu adio a resposta, mas só porque não sei se consigo suportar vê-la tão arrasada por mais tempo. Vê-la tão sem esperança e triste me esmaga a alma.

— Claro — digo, sabendo que não posso negar isso a ela. — Quer fazer isso agora?

Ela se agarra ao tecido da minha camiseta, respirando fundo e olhando nos meus olhos. Seus lindos olhos castanhos estão marejados e eu levanto a mão para enxugá-los.

— Por favor.

— Venha. — Eu a tiro do chão e gentilmente coloco as pernas dela em torno da minha cintura. — Confortável?

Ela me responde enterrando o rosto na curva do meu pescoço e me abraçando apertado.

Quando chegamos ao escritório, coloco-a sentada no sofá e dou uma almofada para ela, ajudando-a a ficar confortável. Seu sorrisinho de gratidão deveria me alegrar, mas não. Ele me magoa, porque ela jamais deveria ter que me agradecer por ser seu marido.

Pego meu notebook e me sento ao lado dela, movendo meu dedo pelo *mouse pad*. A tela se acende e clico na pasta de arquivos em que estão nossas fotos da cerimônia de casamento. Um sorriso enorme imediatamente se abre no meu rosto.

— Veja como você está linda. — Eram tantos metros de renda que eu não sabia se a adorava como a uma deusa ou se arrancava tudo com os dentes. — Faz ideia de como foi difícil pra mim manter o controle naquele dia?

— Bem, não, já que não consigo me lembrar de nad... espere, são algemas em nossos punhos? — Chegando à frente, ela se aproxima da tela. — São, sim. São malditas algemas!

Dou um sorriso safado.

— Sua mãe não ficou nada feliz.

Ava bufa, obviamente imaginando a reação de Elizabeth.

— Eu não acredito que você me algemou no dia do nosso casamento.

— Acredite. — Aponto para a tela. — Há provas irrefutáveis bem aqui.

Ela fica calada por um momento, observando algo enquanto relaxa ao meu lado, sua mão pousando no meu bíceps.

— Só me diga uma coisa.

— O quê?

— Você é mais velho que a minha mãe? — Ela me olha, séria.

Porra, ela está brincando comigo? Se eu não tivesse um computador no colo e ela aninhada ao meu lado, eu me atiraria no chão e pagaria cinquenta flexões. Mais velho que a mãe dela?

— Pareço mais velho que a sua mãe? — Que atrevimento. Sinto um suor de irritação brotando. Quantos anos ela acha que eu tenho?

— Bem, minha mãe tem quarenta e poucos. Imagino que você esteja por ali.

Levo alguns segundos para processar as palavras e então me dou conta...

— Ava, sua mãe tem sessenta anos. — O alívio me deixa meio tonto. Na cabeça dela, seus pais têm a idade de sua última lembrança, que é de quanto ela tinha vinte e poucos anos. — Você não está mais na casa dos vinte, querida.

— Ah, é... — sussurra, olhando para o próprio ventre, lembrando-se das estrias que lhe dizem que ela é mãe e depois para os seios com os quais definitivamente não está satisfeita.

— Veja. — Eu a cutuco com o cotovelo antes que ela caia em depressão, apontando para a tela. — Você sabe quem é essa aqui.

— Kate. Ela está péssima.

Ava tem razão. Ela está com cara de poucos amigos. Logo depois avisto Sam e Dan ao fundo. E então me lembro.

— Ela e Sam não estavam se falando — explico.

— Sam? — Ela estranha, mas em seguida levanta a mão para frear a minha explicação. — O namorado de Kate! — Ela está quase frenética. — Kate me falou sobre ele no hospital. Não acredito que ela está grávida!

— É isso mesmo. — Sorrio diante dos seus olhos triunfantes e sigo apresentando todos os convidados do nosso casamento. É muita coisa para absorver, mas ela está indo muito bem.

— E essa é Georgia — continuo, depois que o álbum de casamento terminou.

— A filha de Raya e Drew?

— Drew é o pai dela, sim. Ele pediu Raya em casamento há pouco tempo, mas o nome da mãe de Georgia é Coral. — Faço uma pausa, talvez pensando que o nome possa fazer surgir algo. Nada. Seu rosto continua neutro. — Ela tramou para engravidar de Drew porque estava apaixonada por mim e queria convencer a todos de que o bebê era meu. — Conto tudo de forma resumida e dou um sorriso amarelo quando Ava me lança um olhar descrente.

— O quê? — questiona ela, incrédula.

— Nós tivemos muitos momentos interessantes, você e eu.

Ela está em silêncio, apenas me encarando com olhos arregalados.

— Como diabos o nosso relacionamento sobreviveu a tudo isso?

Isso me deixa tenso na hora e minha cara deve estar lhe confirmando.

— Porque fomos feitos um para o outro, é por isso. Porque eu te amava e você me amava. Passamos por muita coisa, e muito mais, então eu acho que podemos passar por essa.

— Você era um galinha.

— *Era*. Esse status mudou desde que pus os olhos em você.

Ela funga, voltando casualmente os olhos para a tela.

— Exceto a vez que você me traiu.

Pelo amor de tudo o que é mais sagrado, alguém me ajude! Respiro fundo, segurando uma fileira inteira de palavrões, além da tentação de presentear Ava com uma transa. Não sei qual delas seria mais apropriada ao sarcasmo. A transa de castigo, talvez? Ou a transa de bom senso? Estou ponderando com energia demais para um homem na minha situação, punindo somente a mim mesmo como resultado. Preciso voltar ao que é importante.

— Deixe-me contar sobre a vez que fiz você de bomba de chocolate. — Eu me acomodo, revivendo aquela noite maravilhosa. — Eu te besuntei toda com chocolate e creme e lambi tudo, até não querer mais. Você tirou a roupa pra mim. Foi sexy demais e ao mesmo tempo hilário ver você tentando ficar por cima.

Ela me fita com um sorriso doce e uma ponta de tristeza no fundo do olhar. Ela quer muito se lembrar e eu posso ver, com perfeita clareza, que não conseguir está a matando tanto quanto está matando a mim.

— Você ainda não ouviu nem metade, Ava — digo. — As coisas que fizemos, os momentos que passamos. Tantas lembranças incríveis.

— Eu sei. — Sua mão alcança meu rosto, alisando minha barba cerrada. — E, mesmo que não consiga lembrar agora, eu amo ouvir você contar a nossa história. — Ava abre um sorriso. — A maior parte dela, pelo menos.

Fecho os olhos e me aconchego no toque dela, beijando a palma de sua mão. Não quero me precipitar, mas sinto que ela está se apaixonando por mim de novo. Na maior parte do tempo, estarmos juntos é fácil e natural. Mesmo as briguinhas bobas fazem parte de *nós*. Suas reações aos meus atos, de todas as formas, são perfeitamente Ava e perfeitamente nós. Eu me pergunto se ficaria satisfeito se apenas recuperasse o amor dela. Seria o bastante, mesmo sem as lembranças? Claro, eu faria ser o bastante. Parte de nossa conexão, no entanto, vem de tudo o que compartilhamos desde que nos conhecemos. As coisas que nos tornaram mais fortes. Mas não se trata apenas das coisas que nos uniram e que nos tornaram mais fortes. Não é só montar o quebra-cabeça para ela e para mim. Há uma coisa de que ela *precisa* se lembrar. Ou duas coisas. Maddie e Jacob. Eu não posso deixar essas lembranças se apagarem, não importa quantas mais nós iremos criar. Ela tem que recobrar todos os anos deles. Ela precisa.

Meu telefone toca e Ava o pega. Jacob está me ligando pelo FaceTime e, enquanto Ava fica olhando o rosto lindo do filho na tela, eu não tenho a menor ideia do que fazer. Não quero chatear meu garoto e não quero chateá-la. Tenho falado com meus filhos duas vezes por dia, mas apenas quando Ava está tomando banho.

— Como é possível eu ver o rosto dele? — pergunta ela e eu paro, confuso por um instante.

Então lembro que minha menina não perdeu apenas dezesseis anos de lembranças. Ela perdeu dezesseis anos de avanços na tecnologia.

— É o FaceTime. Como uma chamada por vídeo.

— Ah... — Ava morde o lábio inferior. — É melhor você atender — diz ela, devolvendo-me o telefone, que ainda toca. — Eu quero vê-los.

Estou atordoado. Feliz, mas desconfiado.

— Tem certeza?

— Sim. — Ela empurra o celular para mim. — Atenda.

— Eu não quero deixá-los deprimidos, Ava — digo, odiando a mim mesmo por isso. Se eu protejo meus filhos, magoo Ava. Não há como vencer essa.

O celular para de tocar, e olhos tristes miram meu corpo inútil.

— Por favor. — Ela está implorando e é como enfiar uma faca no meu coração. — Eu preciso vê-los. Falar com eles. — Ava balança a cabeça. Sei que há algo de que ela sente muito mais falta do que apenas suas lembranças e eu. Ela já passou horas incontáveis nos quartos deles, deitada nas camas, ansiando que isso faça surgir qualquer coisa. Talvez eu tenha errado em mandá-los para longe. — É uma dor aqui. — Ela pousa a mão sobre o coração, e sua aliança de casamento brilha. — O dia hoje foi maravilhoso e terminaria de maneira perfeita se eu pudesse vê-los.

Minha garganta fecha com culpa, tristeza e tantas outras emoções que não consigo engolir de uma vez só. Como posso negar? Pego o celular da mão dela e ligo para Jacob, disfarçando qualquer sinal de apreensão. Eu me ajeito no sofá e encorajo Ava a se aproximar enquanto o telefone toca e a ligação se completa. E então ali está ele. Meu menino. De cabelos molhados e usando roupa de borracha.

— E aí, amigão!

O rosto dele é um misto de excitação e incerteza.

— Mamãe?

— Oi! — cantarola Ava, genuinamente feliz. Ela nota o desconforto do filho e seu instinto diz a ela para acalmá-lo. Meu coração afunda no peito.

Ouvem-se ruídos ao fundo, uma porta, creio eu, e de repente Jacob é atacado pela irmã.

— A mamãe está aí? — pergunta Maddie, um tanto agitada, surgindo na tela ao lado de Jacob. — Mamãe! — Ela não mostra desconforto algum, apenas puro entusiasmo.

Ava se aproxima do aparelho e toca a tela com a ponta do dedo.

— Como vocês estão? Muita diversão com a vovó e o vovô?

— Estávamos surfando — conta Maddie, animada. — Bem, Jacob e eu estávamos. O vovô fez *boogie board*. — Ava ri e, meu Deus, eu vou chorar. — Mamãe, sua memória voltou? — Maddie, já cansada de falar sobre surfe, faz a pergunta que eu sabia que ela faria, enquanto Jacob apenas pensaria em fazer.

Ava sorri.

— Fizemos progressos. — Ela olha para mim. — Não foi mesmo, papai? — Seu olhar sugere que eu me recomponha. Enxugo os olhos com as mãos e pigarreio.

— Grandes progressos — confirmo.

— O que vocês estão fazendo? — pergunta Jacob.

— Seu pai me levou para um passeio de moto hoje — Ava começa. — Caminhamos pelo parque, paramos em um café e comemos meu prato preferido no almoço. — Ela sorri e eu resisto à vontade de lembrar-lhe de que ela na verdade não comeu seu prato favorito. — E agora estamos vendo fotografias do nosso casamento.

— E você se lembra desse dia? — Os olhos escuros de Maddie, a própria imagem dos da mãe, brilham com uma esperança que eu não gostaria de ver esmagada.

— De algumas coisas, sim. — Assumo a dianteira, abraçando Ava e puxando-a para mais perto. — A mamãe sabe de algumas coisas e não lembra como sabe.

— Como o quê? — Jacob pergunta.

— Eu sabia como montar na garupa da moto do papai, mas não me lembro de já ter andado de moto alguma vez na vida. Legal, não é? — Ava bate palmas, animada. Vejo apenas sinceridade nela. Nada menos que o desejo de ter certeza de que seus filhos estão felizes e tranquilos, não importa como. O jeito dela com eles, mesmo que ela não saiba, é o normal dela. Ela ali, dentro dela, não se perdeu. — Depois ele me levou para um passeio romântico no parque, pra onde fomos em um dos nossos primeiros encontros.

Ambos se olham e reviram os olhos, colocando o dedo na boca, fazendo mímica de que vão vomitar. Ava e eu rimos.

— Do que mais se lembra? — pressiona Jacob, deixando para trás o assunto meloso.

— Eu me lembrei de coisas que seu pai me disse no passado, mas chega disso. Como estão as coisas aí? — Ava se acomoda no sofá, conversando com as crianças por uns bons dez minutos. E eu fico onde estou, contente por apenas observá-la. Eu poderia sair da sala e ela nem notaria. Pela primeira vez na vida, não me magoa o fato de que ela não sentiria a minha falta.

Quando ela termina, sopra um beijo para cada um deles, com a promessa de ligar amanhã, e suspira assim que desliga o telefone, olhando para o aparelho com um sorriso nos lábios. Leva alguns minutos para sair do transe e procurar por mim.

— Eu não queria mesmo me despedir deles — provoco.

Ela ri e põe a cabeça no meu peito.

— Desculpe.

— Nunca peça desculpas por amar mais nossos filhos do que a mim. — Eu me dou conta do meu erro assim que as palavras saem da minha boca grande. Me amar. Ela me ama? Ela pode me amar? Ela *um dia vai me amar*?

— Eu amo vocês do mesmo jeito — argumenta ela, baixinho, fazendo-me olhar para o topo da cabeça dela. Há uma incerteza inconfundível em seu tom.

— Eu não espero que você desperte de um coma sem a menor lembrança de quem eu sou e me ame instantaneamente, Ava. — Nunca doeu tanto dizer algo.

Deitando-se de costas lentamente, com a cabeça no meu colo, ela me olha.

— Eu amo nossos filhos — diz ela, com a mão no peito. — Posso sentir bem aqui.

Ponho a minha mão sobre a dela e aperto, tentando não permitir a mim mesmo ficar decepcionado. O instinto materno é maior que qualquer outra coisa na existência. Pode até me magoar, mas também é uma injeção de força. Se os próximos dias forem como hoje, tirando Sarah, ela estará apaixonada por mim logo, logo.

Assim espero.

Rezo para isso.

Não há dúvida de que existe desejo ali. Conforta-me o fato de que foi assim que tudo começou. O tesão. O desejo. A necessidade de nos tocarmos. Eu vejo isso nela agora – o esforço para manter o controle, a vontade avassaladora de me possuir. Tenho que deixá-la estabelecer um ritmo próprio, ritmo esse que acelerou de maneira bastante satisfatória hoje. Sei que ela está se segurando, e tenho a impressão de que é porque está com medo. Ela teme pelo que sente por mim, mesmo sem me conhecer direito. O mesmo medo que ela teve tantos anos atrás.

Ava tenta disfarçar um bocejo e falha terrivelmente.

— Hora de ir pra cama. — Eu me levanto e a ajudo a fazer o mesmo. — Você deve estar exausta.

Ela permite que eu a conduza pelos ombros até o andar de cima. Dou-lhe um sorriso, mas sou tomado por um pouco de culpa. Ela está se esforçando demais e é por minha causa.

O constrangimento usual cresce à medida que chegamos perto do nosso quarto. Hoje demos um passo enorme à frente. Seria pedir muito...?

— Boa noite. — Ava se vira de frente para a porta e gira a maçaneta, mordendo o lábio e dando um passo atrás.

Eu morro. Mais de uma vez, eu morro por dentro.

— Boa noite. — Viro-me depressa e vou em direção ao quarto de hóspedes, antes que ela veja a desolação no meu rosto. Obviamente é pedir muito.

Fecho a porta atrás de mim, tiro a roupa e deito-me na cama pouco familiar. É fria e solitária.

Eu me remexo por horas, sem o menor sinal de sono, como de costume. Estou prestes a desistir e ir para o sofá quando ouço ruídos do lado de fora da porta. Preocupado, faço menção de me levantar e ir verificar se há algo errado com Ava, mas o som da maçaneta girando me paralisa. Um pouco de luz entra pela fresta mínima, e surge a silhueta de alguém que eu reconheceria em qualquer lugar. Eu me deito de costas lentamente. É ridículo perceber que meu coração começa a bater mais rápido. É mais ridículo ainda eu não ousar me mexer. É ridículo demais o fato de que estou nervoso.

Ela caminha a passos leves e puxa as cobertas com cuidado, antes de se deitar ao meu lado. Eu pareço uma estátua e deixo que ela levante o meu braço para poder se deitar perto de mim. Ela se acomoda, com a mão e a face no meu peito. É um dos momentos mais bonitos da minha vida. Tão simples. Tão significativo. Ela não consegue dormir sem mim. Não me importa que haja uma barreira de renda entre nós. Eu não ligo que ela tecnicamente esteja na posição errada. E então ela suspira e se move outra vez, subindo um pouco mais no meu peito, ficando com o corpo grudado ao meu e o rosto no meu pescoço. Eu sorrio, inspiro o perfume dela com delicadeza, abraçando-a e trazendo-a para mais perto de mim.

Em poucos minutos, ouço sua respiração mudar e não demora muito para meus olhos ficarem pesados. O fato de que não é a nossa cama não faz diferença. Eu poderia estar deitado em uma cama de pregos e estaria contente. Porque ela está aqui. Com o homem dela.

Capítulo 23

Meu cérebro sonolento me diz para não me mover, embora eu não saiba dizer por quê. Sei que estou abraçado a Ava, moldado às costas dela e segurando firme. Estou ciente de que é a minha melhor noite de sono em mais de uma semana. Também estou ciente de que algo cresce entre meu corpo e o traseiro dela. É por *isso* que eu não devo me mexer. Ava não percebe, no entanto. Ela começa a se espreguiçar e a gemer. *Ai, merda.* Meus músculos travam, o corpo congela e prendo a respiração enquanto ela esfrega o traseiro em mim, gerando caos no meu pau e na minha cabeça. Meu Deus, que tipo de tortura é essa?

Então ela para, com a minha ereção entre as coxas, e eu cerro os dentes na tentativa de acalmar os efeitos de tamanha sensibilidade.

— Oh... — Ela respira e se agita um pouco, como se eu já não estivesse com problemas demais.

— Não se mexa, Ava — advirto. Estou tão duro que poderia quebrar.

— Por favor.

— Lamento.

— É bom mesmo. — Preciso sair dessa cama antes que o radar no meu pau vença a batalha e encontre o seu alvo. Parte de mim quer que isso aconteça. Na verdade, a maior parte de mim quer que isso aconteça. Eu poderia fodê-la até que a memória voltasse. Eu me dou uma bofetada mental por pensar dessa maneira irracional. Mas, pensando bem, minha falta de racionalidade é uma das coisas que Ava ama em mim... certo? *Meu Deus, Jesse, tome jeito.*

O silêncio pesa e ela espera pacientemente enquanto eu me concentro em acalmar meu membro rebelde. Cinco minutos depois, ainda pareço uma barra de ferro.

— Não tem jeito — admito, por fim. Meu pau tem e sempre terá vontade própria quando o assunto é minha esposa. — Ele não vai descer. — Eu relaxo e aperto Ava contra mim, torcendo que confinar o dito cujo ajude.

— Está tudo bem — diz Ava, o que me surpreende.

Está? O quê? Meu pau duro ou meu pau ali onde está? *Porra*, um movimento mínimo para a esquerda e eu a penetraria. Isso estaria bem também? *Merda, mude de assunto rápido.*

— Você não estava conseguindo dormir?

— Não. Algo não estava... — Ela esmorece, aquietando-se. — Certo.

— Isso aqui. Você não tinha isso aqui. — Eu a abraço mais forte e ela confirma, suspirando e acomodando-se outra vez.

— É tão gostoso.

— Estaria ainda mais se você estivesse nua — digo sem pensar e começo a me perguntar o quanto eu adoraria bater em mim mesmo nesse momento.

— Mesmo? — Ela soa realmente surpresa com a frase e eu faço uma careta. — Porque eu dei uma boa olhada no meu corpo no espelho ontem à noite e, francamente, não está nada bonito.

Minha ereção míngua em um segundo e eu encaro a nuca de Ava, incrédulo.

— Estrias. — Ela segue resmungando. — Seios caídos... E o que aconteceu com a minha cintura?

Ela está jogando algum joguinho cruel comigo?

— Retire já o que disse — rosno contra os cabelos dela. Não vou admitir que ela fale tanta besteira. — Vire-se. — Manobro-a até que fique de frente para mim, um tanto alarmada. — Vamos deixar uma coisa clara, mocinha. — Aponto um dedo acusador de cima a baixo pelo corpo dela. — Tudo isso aí é meu e eu amo. Seus seios são perfeitos. — Eu me permito uma passada de olhos pelo volume sob a camisola de renda, com água na boca. — Sua cintura é perfeita e as estrias de que você está falando me fazem sorrir todo dia. São uma parte de você, parte de nós dois. Eu as amo, quase tanto quanto amo seus seios. E eu amo muito seus seios. Amo muito *mesmo*. E, para que fique registrado, você também ama.

— Amo?

— Sim, ama. — Acompanho a afirmação com um movimento de cabeça. Sou um imoral. Não me importo. — Você ama seus seios porque eu os amo. Estamos entendidos?

— Acho que sim. — Os olhos de Ava estão arregalados, atônitos, embora eu esteja sentindo que há uma satisfação em algum lugar ali dentro dela.

Ela olha para o meu abdômen e morde o lábio.

— O que aconteceu? — pergunta ela, passando os dedos pele minha pele, traçando com eles ambas as cicatrizes. Fecho os olhos e sigo meu instinto, confirmando o que ela acha que já sabe.

— Sofri um acidente de moto alguns anos atrás. — Eu me odeio por não contar toda a verdade a ela, embora eu seja rápido em garantir para mim mesmo que é o melhor para ela. Aquela merda toda poderia arrasá-la agora. Tiro a mão dela do meu abdômen e levo seus dedos aos meus lábios, beijando-os com carinho. Não perdi a habilidade de distrair minha esposa. Seus olhos brilham e ela pisca várias vezes. — Vire-se — peço com delicadeza.

Ela obedece sem hesitação, ficando de costas para mim enquanto eu ligo o Sonos, acionando o comando para escolher músicas aleatoriamente. Ela se molda ao meu corpo e meu membro acorda, apenas com isso. O silêncio se instala. E eu fico pensando nas centelhas que vi em seus olhos antes de ela se virar de costas para mim. E como um presságio ou algo assim, uma música que tem estado conosco nos bons e maus momentos sai das caixas de som. "Angel", do Massive Attack. Meu corpo retesa no mesmo instante, intrigado se a música irá sacudir algo nela.

— Jesse — diz ela, com um fio de voz. Respondo com um *hum?*, prendendo a respiração, ansioso. Mas ela não diz nada. Em vez disso, ela se vira novamente e me olha bem dentro dos olhos. E eu a vejo. Minha esposa. A fome por mim que nunca conseguiu controlar. A urgência em me atacar e me possuir. O desejo potente visível com o qual deparo todos os dias, do momento em que ela acorda ao momento em que adormece nos meus braços. Tudo isso está olhando para mim agora e, pela primeira vez em toda a nossa história juntos, estou relutante em dar a ela o que ela claramente quer. O que eu *preciso*.

— O quê? — sussurro, afastando uma mecha de cabelo de seu rosto, ao som da música que cresce e toma conta de tudo.

Sem mais uma palavra, ela me deita de costas e senta-se em mim. Eu me forço a manter o máximo de controle quando o traseiro dela entra em contato com a minha pele. Ela alcança a barra da camisola de renda e começa a se despir.

— Ava, o que está fazendo? — pergunto, por mais que queira desesperadamente que ela faça isso. Seus seios estão à mostra, pesados e inchados, e eu engulo em seco outra vez.

— Não sei. — Ela joga a camisola longe e baixa o tronco sobre o meu, pondo as mãos no meu rosto. — Mas tudo está me dizendo para fazer.

— Tem certeza? — Essas palavras nunca saíram da minha boca antes. Nunca. E meu pau está latejando em protesto contra a minha relutância.

A resposta dela é um beijo. Um beijo doce no canto da minha boca. É leve e casto, mas o mais irresistível que se possa imaginar. Minhas mãos correm pelas costas dela, acariciando a pele macia, e meus olhos se fecham em êxtase. *Deixe-a. Deixe que ela tome as rédeas e decrete o nosso retorno.*

Relaxando no colchão, abro a boca quando ela faz com a língua o contorno dos meus lábios, suave e determinada. Meu Deus, isso é o paraíso. Ter que me segurar está me matando. Deixar que ela controle o ritmo é uma batalha como nenhuma outra. Ela ergue os quadris e meu pau a acompanha, roçando de leve o calor entre as suas pernas. Eu pulo. Ela pula. Dou um gemido alto entre os beijos e ela o sorve, suspirando. Sua boca seduz a minha sem pressa, enquanto ela se encaixa a meros centímetros do meu membro úmido e ardente. E como se ela tivesse sido feita para mim, o que de fato foi, o encaixe é perfeito e ela desliza pela minha ereção com facilidade.

— Ah, meu Deus! — Ava ofega e eu sorrio contra os lábios dela, em êxtase completo.

A música, nossa música, continua a tocar, determinando o ritmo.

— Não, *baby*. Sou eu.

Ela estremece e vai para longe de mim, fazendo-me chiar com a retirada repentina e inesperada.

— Porra! — Eu me cubro com a mão, cerrando os dentes, e a encontro sentada na beira da cama, com os olhos fixos na parede. O que houve? Não estava bom? — Ava, o que aconteceu, *baby*?

Chego até ela e a abraço, notando instantaneamente que ela treme.

— Ava, fale comigo, por favor.

Ela balança a cabeça, olhando para cima com olhos perturbados.

— Eu tive um *flashback*.

Tento não recuar. Isso é bom?

— De quê?

— Não sei. — Ela olha para o carpete, com os dedos inquietos no colo. — Aconteceu tão rápido. Ah, meu Deus, por favor desligue essa música. — Ava passa os olhos pelo quarto, procurando o aparelho de som. — Eu não suporto. — Suas mãos cobrem as orelhas e meu coração se parte.

Encontro meu telefone em um segundo e desligo o som.

— Barcos a remo — murmura ela, com a testa pesada. — Essa música. Suas palavras. Eu vi barcos a remo.

— Barcos a remo?

— Sim. — Ava se levanta e começa a caminhar sem rumo pelo quarto, nua, ainda que preocupada demais para perceber ou talvez porque não dê a menor importância. — Por que eu estaria vendo barcos a remo?

De repente algo me vem à mente, a peça se encaixa. Vou até ela e tomo a sua mão, levando-a ao nosso quarto.

— É por isso. — Abro a gaveta da mesinha de cabeceira e tiro algo dali, que entrego para ela. Ava olha para o livro. — Giuseppe Cavalli — digo a ela. — Você colocou algumas peças dele na parede da suíte máster da minha cobertura do Lusso. — Sento-me ao lado dela e abro o livro na página onde está a fotografia, ávido para que ela a veja, cheio de esperança de que instigue mais que um *flashback*. — Aqui está. — Aponto para a imagem. — A original está pendurada na nossa sala de jantar. Ele era um mestre da luz. Você me contou tudo sobre ele quando fez uma visita guiada comigo pelo meu novo apartamento. Foi a primeira vez que nós... bem, que nós fizemos amor.

— Fizemos?

— Sim. — Meu rosto se entristece. Eu já não havia dito isso a ela? — No banheiro, na noite de lançamento do Lusso. Eu comprei esse livro pra você. — Viro o livro para mostrar onde ainda está a dedicatória. — Com isto.

Ava pega o pedaço de papel e lê em voz alta:

— "Você é como um livro que eu não consigo largar. Preciso saber mais."

— Você se lembra, *baby*? — pergunto, observando-a admirar as palavras, esperando e rezando para que ela encontre algo que seja como o *flashback*.

Ela fecha os olhos e os aperta, como se buscasse desesperadamente qualquer recordação. E eu sei que sim, mas quando ela parece murchar e uma lágrima escorre e cai no papel na mão dela, vejo que não conseguiu.

— Foi tão vívida. — Ela olha para mim. — Tão real. Eu senti alguém ali comigo, olhando para os barcos. Era você. Eu não podia te ver, mas *senti* você. Como venho sentindo desde que acordei depois do acidente. Eu te sinto o tempo todo, mesmo quando não estamos nos tocando. Mesmo quando você não está por perto.

Dou um sorriso triste e puxo-a para o meu colo.

— Tempo, *baby*. Dê tempo ao tempo. — Enquanto a tranquilizo, faço um esforço desmedido para tranquilizar a mim mesmo. O *flashback* deve ter sido poderoso para lançá-la para longe de mim daquela maneira. Nada consegue distraí-la de mim, sobretudo quando estou dentro dela. Encarar que há uma força mais poderosa do que eu na vida da minha esposa é a coisa mais difícil com a qual já tive que rivalizar. Porque, dentre tudo que pode fazê-la melhorar, eu sei que sou a chance mais forte que ela tem.

Capítulo 24

— *Três. — Eu persigo a minha presa, cada vez mais próximo, vendo-a se afastar de mim com um sorriso provocante no rosto. — Dois — rosno, ganhando velocidade, rindo por dentro quando ela dá um gritinho, vira-se e sai correndo escada acima. — Um — grito, subindo três degraus por vez e irrompendo para dentro do nosso quarto. Ela está de pé do outro lado, uma lata de chantili em uma das mãos e um pote de calda de chocolate na outra. E gloriosamente nua, exceto pelo sorriso sedutor que tem nos lábios.*

— Faça o seu pior, sr. Ward.

— Zero, baby.

Acordo sobressaltado, olhando em volta freneticamente.

— Jesse?

Ava entra em meu campo de visão, aos pés da cama, vestida com um roupão.

— Devo ter cochilado outra vez. — Esfrego o rosto com as mãos, pensando em como posso estar tão cansado após uma noite de sono tão boa.

— Acabei de falar com Kate. Ela quer que nos encontremos com eles pra jantar amanhã.

Não consigo pensar em nada pior do que estar com outras pessoas e tentar sorrir. Só quero me esconder no nosso solarzinho até que tudo volte ao normal. Estou a ponto de sugerir que façamos exatamente isso, mas Ava fala antes:

— Estou ansiosa para vê-la.

É claro que está. A melhor amiga de Ava é uma das únicas pessoas que ela reconhece. E isso me machuca mais que uma água-viva colossal.

— Maravilha. — Sorrio com falso entusiasmo.

— Vou tomar um banho. — Ela vai para o banheiro, mas antes aponta para o meu celular na cama. — As crianças ligaram enquanto você dormia.

— Você atendeu? — O pensamento de que ela possa ter ficado olhando sem saber o que fazer para o telefone que tocava, com o rosto das crianças na tela, é insuportável.

— É claro que atendi. — Ela parece quase ofendida. — Eles foram pescar hoje. Meu pai pegou um dourado de quase cinco quilos. Jacob mandou fotos.

Pego o telefone, louco para ver o rosto deles. E começo a gargalhar quando Jacob aparece na tela, um peixe enorme na mão e um sorriso maior ainda no rosto. E ao lado está Maddie, de olhos arregalados, olhando para o peixe como se fosse um tubarão branco.

— Olhe só pra eles. — Meu coração se enche de alegria e eu olho para Ava, que tem um sorriso tão brilhante quanto o meu.

— Jacob está a sua cara nessa foto. — O comentário de Ava me leva a olhar para o meu garoto novamente. Ela tem razão. Ele se parece mesmo comigo, mais que o normal. — Lindo — completa ela.

Volto os olhos para ela, que encolhe os ombros, um pouco tímida.

— E Maddie se parece muito com você. Linda.

Ava entorta os lábios. Ela que tente contrariar isso.

— Dá até um pouco de medo, não acha?

— O quê? O quanto eles são parecidos conosco?

— Sim. — Ela se aproxima e olha para o celular também.

— Medo, não — pondero, olhando para ela com um sorriso amplo. — Eles são crianças de muita sorte.

Ela ri, uma gargalhada daquelas de se curvar e segurar a barriga. É uma visão para guardar na memória, o que me faz sorrir de orelha a orelha.

— Você é tão bobo.

— É o que dizem. Agora vá já para o banho. Quero te levar a um lugar especial depois da terapia.

— Eu estava pensando em ligar para a Elsie e falar sobre a oferta dela, na verdade. Ioga pode ser exatamente o que eu preciso. Essa terapia toda está sendo inútil. Eu detesto aquilo. Só me faz sentir péssima e sem esperança.

Entendo o argumento dela. Detesto vê-la tão abatida cada vez que ela deixa uma sessão, mas...

— Nós temos aulas de ioga na academia — digo. — Se quiser fazer, eu posso te inscrever em uma delas. — Assim ela ainda estará por perto.

— Ioga em uma sala com outras trinta pessoas? — Ela torce o nariz para mim. — Não é exatamente o relaxamento que eu tinha em mente. As aulas de Elsie parecem muito mais terapêuticas. Individuais. O que você acha?

— Eu acho que ioga é ioga.

Ela revira os olhos e vai para o banheiro.

— Mas Elsie tem aquele lance espiritual.

Faço uma careta ao me levantar e a sigo.

— Você não vai virar uma dessas hippies, vai? — Sorrio quando ela me olha com incredulidade. — Apesar de que, se você quiser parar de usar sutiã durante o dia, eu aceito. — Eu a tiro da frente do espelho, faço-a girar e sua reação de desejo por trás da surpresa é música para os meus ouvidos.

— Estou falando sério. — Ela tenta se desvencilhar de mim e minha disposição diminui um pouquinho.

— Eu também. — Puxo-a de volta. — Se você quer fazer ioga, temos uma academia muito boa pra você se inscrever. Faz mais sentido você ficar na academia. — Faz todo o sentido do mundo.

— Assim você pode ficar de olho em mim.

— Exatamente.

Ela estreita os olhos, enfurecida.

— Suponho que eu tinha uma vida além de você antes do acidente — diz ela, fazendo um biquinho. — Ou me mantinha pregada a você o tempo todo?

— Quem me dera.

— Eu vou fazer ioga no centro de bem-estar de Elsie e você não vai me impedir.

Ela quer apostar? O que há de errado com a nossa academia, se ela quer praticar ioga? E se as lembranças dela voltarem todas de uma vez quando eu não estiver com ela? Só Deus sabe, se ela de repente se lembrar de tudo, a situação pode desencadear um ataque de pânico. Estou prestes a reiterar minha recusa a permitir que ela vá, mas me seguro, lembrando que minha vida está no fiel da balança. Não posso fazê-la recuperar a memória se ela não estiver falando comigo e é o que vai acontecer se eu me opuser a isso. Seja suave. Tenha paciência.

— Está bem — disparo de supetão. — Mas eu vou te levar e te buscar.

— Eu gostaria de ir dirigindo eu mesma.

Eu gargalho, alto e forte. Agora ela está me testando.

— Não me provoque, Ava. Eu concordei com a ioga. É o máximo que você vai conseguir. — Entro na frente dela e belisco sua coxa. — Ponto-final.

— Eu vou dirigindo. — Ela esfrega os quadris nos meus. — Ponto-final.

Capítulo 25

AVA

Estou dividida entre a necessidade de mantê-lo próximo e a necessidade de me libertar desesperadamente. De encontrar um pouco de independência antes de depender tanto dele.

Ioga é o lugar perfeito para começar, apenas duas horas longe dele. O mundo imenso e selvagem é aterrorizante, mas não vai ficar mais fácil até eu dar o primeiro passo. Então eu vou e não me importa o quanto ele vai ficar emburrado. E eu vou dirigindo.

Elsie adorou ter notícias minhas e me ofereceu um horário com ela hoje à tarde. Estou muito ansiosa e, ao descer a escada, sinto-me feliz e positiva, mas vejo Jesse andando para lá e para cá no hall de entrada. Não vou deixar seu claro descontentamento me desencorajar.

— As chaves? — peço, colocando a bolsa no ombro.

Ele me bombardeia com uma carranca tão feroz quanto a sua postura. Ficar irritado é com ele mesmo, isso eu já descobri. Mas seu mau humor natural quando as coisas não saem como ele quer é estranhamente cativante. Familiar. Ele resmunga, olhando-me de cima a baixo, entregando-me as chaves e uma coisa fofinha dourada e cor-de-rosa.

Olho para ela com perplexidade. Não é muito maior que um cartão de crédito.

— O que é isso?

— Seu celular.

— Ah. — Eu sorrio e o coloco dentro da bolsa. Tiro de lá um elástico de cabelo, fazendo um rabo de cavalo bem preso.

— Não estou feliz com isso.

— Não diga.

A cara feia aumenta e meu sorriso cresce.

— Não abuse da sorte.

— Não abuse da sua. — Rio, passando por ele e indo em direção à porta. Meu ombro roça no braço dele e, antes que eu saiba o que está acontecendo, estou prensada contra a parede por aquele corpo rijo. Nossa, esse homem é rápido.

Aproximando o rosto do meu, os olhos verdes quase apagados, ele rosna, grave e baixo. O coração dele bate forte no peito, os batimentos reverberando em mim. Ele está preocupado. Seria por ficar longe de mim? Pode ser doentio e irracional, mas para mim é reconfortante de um modo insólito. Cada movimento que ele faz, tudo o que ele diz, todas as expressões faciais e reações dele me tocam profundamente, e algo dentro de mim diz que está tudo bem. É tudo para o bem. O instinto me diz como reagir. Meu coração me diz como amá-lo. Minha mente me diz como lidar com ele.

Estou aos poucos juntando todas as peças, entendendo o meu marido. Jesse é a maior parte de quem eu sou.

— Vou dirigir com cuidado. — Meu impulso de tranquilizá-lo é natural. Eu me pergunto de onde vem, já que ele está sendo totalmente insensato. — Estarei de volta em, no máximo, duas horas. Volto antes que você perceba, prometo.

— E se não voltar? — Ele está sério, sua mente girando com medo e os piores cenários possíveis. — Sabe quanto tempo levou pra eu finalmente soltar as rédeas que mantenho em você? Anos, Ava. Anos em que meu medo duelou com a minha razão.

— Você tem um lado racional? — pergunto, tentando deixar a conversa mais leve. Isso é ridículo. Eu vou para uma aula de ioga por duas horas no máximo.

Seus olhos verdes se estreitam até se tornarem duas fendas ameaçadoras.

— Sarcasmo não lhe cai bem, mocinha. — Jesse não está impressionado e, como o desgraçado esperto que eu sei que é, ele roça aqueles quadris deliciosos nos meus, usando seu poder sobre mim como uma arma. — Precisamos fazer as pazes.

— Nós brigamos? — Dou risada, tentando me libertar, embora eu saiba que não vou a lugar algum até que ele permita.

— Sim, brigamos. — Seus olhos agora estão brilhando, hipnotizantes, e ele cola a boca na minha bochecha e a morde de leve. Ele ronrona e eu dou um gemido, evitando por pouco bater a cabeça na parede atrás de mim. O que ele faz comigo, a maneira como ele me faz sentir, deixa-me atordoada sempre. — Fique comigo.

Meus olhos se fecham, a sensação daquela boca maravilhosa acariciando o meu rosto sem pressa minando as minhas forças. Ele alcança a minha boca e me lambe livremente, pressionando-me mais ainda contra a parede. Ah, meu Deus, ele é um deus. Minha temperatura está subindo, meu sangue correndo depressa nas veias, minha mente intoxicada. Então eu o sinto sorrir durante o nosso beijo. Não preciso vê-lo para saber que é um sorriso pleno de satisfação.

— Não. — Encontro força de vontade e saio do estado de êxtase, empurrando-o, ignorando o grunhido animalesco. Estou aprendendo o jogo dele. Ajeito a bolsa no ombro outra vez e normalizo a minha respiração. Meu Deus, cada célula em mim o deseja e quer deixar que ele me consuma por completo, que faça amor comigo. Mas estou muito apreensiva com isso. Meus olhos baixam para olhar seu sexo. Eu o senti. Brevemente, mas senti. É colossal, mas a sensação foi tão absurdamente incrível, apenas aquela ligeira estocada. Coloco meus pensamentos no lugar, antes que eu o ataque. Será que ele gostaria disso? — Eu vou pra ioga.

— Então eu vou ter que te castigar depois, mocinha.

— Ótimo. — Vou para a porta e balanço a cabeça, ainda que sorrindo. Porque eu acho que posso estar me apaixonando por esse doido.

Enquanto desço os degraus para ir até a BMW, eu me recomponho, reprimo meu desejo e me concentro na tarde que terei adiante. Abrindo a porta do carro, olho de volta na direção de casa e vejo Jesse parado, com o ombro apoiado no batente, os braços cruzados na altura do peito largo. Ele está sorrindo. O louco de pedra.

Eu me viro para entrar no carro e mal consigo evitar cair no assento. Ou melhor, no colo do amigo de Jesse. Não que haja muito espaço fora o homem enorme que toma todo o banco do motorista.

— O quê? — pergunto, ajeitando-me e agarrando a parte de cima da porta.

Ele levanta os óculos escuros e sorri para mim, fazendo o dente de ouro reluzir.

— Boa tarde, garota — cumprimenta ele, apontando para o outro lado do carro. — É como nos velhos tempos, hein?

Cerro os dentes com tanta força que penso que poderia quebrá-los. Lanço um olhar para a porta e encontro Jesse com um sorriso satisfeito, na mesma posição. Inacreditável!

— É você quem vai ser castigado! — grito, batendo os pés até o lado do passageiro. Não tenho tempo para discutir ou vou me atrasar para a primeira aula e não há como tirar aquela montanha humana do banco do motorista.

— Não vejo a hora, querida! — responde ele, continuando com uma risadinha irritante, recebendo de mim um olhar fulminante que rivaliza com qualquer um dos que ele costuma lançar.

Fecho a porta com força e encaro John.

— Eu não acredito que ele mandou você me levar até lá.

John ri, seus dedos grandes como linguiças agarrados ao volante.

— Garota, eu te levava pra todos os lugares quando vocês começaram a sair.

— Não me surpreende — digo, olhando para o perfil dele, pensativa. — Estou tendo um déjà vu — divago, falando em voz baixa, e ele sorri. Tem um sorriso adorável, caloroso e tranquilizador.

— Isso não me surpreende, garota. — A mão esquerda dele deixa o volante e vem até mim, com a palma voltada para cima. Coloco a minha mãozinha naquela raquete e ela a segura, de forma firme, porém gentil. — Sentindo-se sobrecarregada?

— Por tantas coisas!

— Mas mais por ele, não é?

— Ele é um homem intenso.

— Como eu já te disse um milhão de vezes antes, garota, é só com você. — Pondo a minha mão no colo dele, ele torna a segurar a direção. — Você e aquelas crianças são a vida dele, mas disso você já sabe. Não há homem nesse mundo como Jesse Ward. — Ele ri baixinho e eu sorrio, sentindo um carinho que emana daquele grandão e que me parece certo.

— Você vai me dizer para pegar leve com ele, não vai?

— Aquele filho da puta é frágil sob toda aquela bravata e aqueles músculos.

— Ele passou por muita coisa. O irmão, o tio...

John concorda com um grunhido, voltando a atenção totalmente para a rua.

— Ansiosa para a sua primeira sessão com a Elsie?

Sou eu ou ele acabou de mudar de assunto? Fecho o rosto.

— Estou, sim. Você se lembra de uma mulher chamada Sarah? — Aperto os lábios, esperando uma reação dele.

— Claro.

— Sabia que ela está de volta?

Ele vira o rosto e me encara.

— Sabia. — Ele não deixa transparecer nada, então insisto mais um pouco.

— Tenho algo com que me preocupar?

— Garota, não há mulher, viva ou morta, que possa virar a cabeça do seu marido.

— Mas ele vira a delas — argumento, sabendo no fundo que não é com o meu marido que devo me preocupar, mas talvez com o desespero de uma mulher. Jesse é deslumbrante. Alto, confiante, forte e um monte de outras coisas.

— Ele não enxerga nenhuma delas. — O olhar dele é quase irritado, como se achasse maçante eu deixar algo aparentemente tão trivial me incomodar. — Só existe você aos olhos daquele cara, garota. Nunca se esqueça disso.

Dou um suspiro e admiro pela janela o nosso caminho pelas ruas de Londres. E censuro a mim mesma porque, por mais que as minhas memórias estejam um pouco perdidas, meu instinto não está. Para Jesse Ward, eu sou sua vida.

* * *

John me deixa na porta com instruções para ligar para ele quando estiver pronta, e a primeira coisa que noto quando entro no estúdio de Elsie é o som de música de fundo, que identifico de imediato como sons de baleias. O local é aconchegante, com painéis de madeira escura, pequenos pontos de luz espalhados por entre dezenas de plantas que vão do chão ao teto. Alguns tapetes de *tie-dye* estão pendurados nas paredes, e um fio de água corre de uma pequena fonte de canto, fazendo brilhar rochas cinzentas.

— Ava. — A voz de Elsie combina perfeitamente com a cena, calma e serena. É pacífica, tranquila, e eu me sinto à vontade. — Que prazer em te ver. — Beijando-me nas duas bochechas, ela me dá o braço e me conduz a duas portas de bambu, abrindo-as. — É aqui que vamos praticar. — Ela parece flutuar pela sala, seu manto branco arrastando pelo chão. Pega uma esteira de um gancho na parede e a estende para mim. — Deixe-me pegar a sua bolsa e poderemos começar.

— Obrigada. — Entrego-lhe a bolsa e me ajoelho. — Eu não sabia o que vestir. — Ajeito minha legging.

— Essa roupa está ótima. Desde que você esteja confortável.

Elsie tira o manto, revelando uma silhueta firme e curvilínea, vestida de collant preto. Estou maravilhada; a mulher deve ter seus sessenta e poucos anos e está em excelente forma. Sentando-se e cruzando as pernas com facilidade, ela faz menção para que eu a imite, o que faço, um tanto ansiosa.

— Inspire pelo nariz devagar e expire pela boca. Dentro e fora. Limpe a sua mente e deixe que eu a leve em uma jornada por outro mundo.

Eu luto para limpar a mente, o que é mais complicado do que provavelmente deveria ser, mas ela anda muito cheia há dias, fazendo o máximo para encontrar minhas lembranças, tentando supor o que certas coisas significam. Aperto os olhos e ouço a voz de Elsie, baixa e calma, guiando-me através do processo de alcançar o vazio completo da mente.

Paz.

A paz toma conta de mim como um cobertor quentinho e eu entro em um transe, concentrando-me nas instruções de Elsie, que me levam a fazer posturas simples, que aparentemente livram o corpo do estresse. E funciona.

Sigo seus comandos, aceitando a ajuda dela quando tenho dificuldade para acertar algumas coisas. Minha perna dói em certas posturas. Não muito, mas o bastante para eu ter que pedir para parar.

Uma hora depois, estou deitada de costas, com as pernas contra a parede e a mente limpa.

— Você se saiu muito bem, Ava — diz Elsie, ajudando-me a baixar as pernas. — Vou te aguardar na recepção. Leve o tempo que precisar.

Eu me levanto lentamente e me espreguiço. Sinto como se tivesse dormido uma semana, corpo e mente revitalizados e descansados. Isso foi sensacional. Dou um sorriso. Apesar de não ter encontrado lembrança alguma, uma sensação de esperança e contentamento surge dentro de mim, enquanto pego a minha bolsa e saio do estúdio, pronta para agradecer a Elsie do fundo do coração por ter sugerido isto.

Encontro-a sentada em uma poltrona macia de veludo, aplicando creme nas mãos.

— Elsie, não tenho palavras para agradecer — digo, muito satisfeita. — Eu já me sinto uma nova mulher.

Ela me dá um sorrisinho atrevido, enquanto fica de pé e se aproxima, tomando as minhas mãos. Sua pele é macia e o perfume de jasmim imediatamente invade minhas narinas, parecendo trazer mais paz a mim. De fato, essa mulher, esse lugar, é como um remédio incrível.

— Bem que eu disse a John que isso lhe faria bem. Ele já me contou tudo sobre aquele seu homem. — Elsie inclina a cabeça, cúmplice, e eu dou risada. — Apaixonado, mas um pouco dominador, não é?

— Um pouco — admito, não querendo julgá-lo. Eu sei que ele está passando por um mau momento também. — Ele tem boas intenções.

— É claro que sim. Ele te ama com um fogo na alma. Agora, eu vou voltar a vê-la?

— Sim, meu Deus, sim. Quanto lhe devo por hoje?

A mão dela me impede de abrir a bolsa.

— Eu não cobro de amigos — explica ela, olhando além de mim para alguém que abre a porta atrás de nós. — Posso ajudá-la?

Eu me viro e vejo uma mulher entrando com cautela. Ela fecha a porta atrás de si, ajeitando a bolsa no ombro.

— Fui informada de que você faz sessões de ioga aqui.

— Sim, querida. — Elsie praticamente desliza até ela, seu sorriso quase se desculpando. — Sinto ter que dizer que atendo apenas um aluno por sessão e minha agenda já está lotada.

— Ah, entendi. — A mulher também parece triste agora, e eu me vejo dando um passo à frente.

— Eu não me incomodo de compartilhar o meu horário, Elsie — digo, sorrindo para a estranha quando seus olhos brilham, cheios de esperança. Afinal, eu não estou pagando. Sinto-me mal por tomar uma hora inteira do tempo de Elsie, já que ela se recusa a aceitar meu dinheiro.

— Tem certeza, Ava? — Elsie segura a minha mão e aperta.

Eu olho para a outra mulher e sorrio.

— Estou certa de que ela não vai fazer muito barulho.

Elsie ri, assim como a mulher.

— Desculpe. Meu nome é Zara. — Ela me estende a mão. — Você não precisava fazer isso.

— Está tudo bem — esclareço. Para ser franca, ela também parece precisar da serenidade do lugar. Seu rosto é um pouco triste. — Eu sou Ava.

— Prazer, Ava.

— Vou deixá-las sair sem mim. — Elsie segue na direção do estúdio. — Preciso me preparar para a próxima sessão. Vejo vocês na sexta, então?

— Até lá, Elsie — digo em voz alta, voltando-me para Zara em seguida.

— Não tenho como lhe agradecer — festeja ela. — Eu me mudei pra cá recentemente, após um rompimento horroroso, e estou tentando me manter ocupada no meu tempo livre. Faria bem relaxar. Fins de relacionamento são estressantes.

— Você não precisa me agradecer. Hoje foi a minha primeira sessão com a Elsie. Ela é simplesmente maravilhosa. Você vai amá-la.

— Mal posso esperar. Acho que te vejo na sexta, então.

— Quer ir tomar um café? — A pergunta vem do nada, surpreendendo até a mim, mas o rosto dela é tão simpático e amigável, e pela primeira vez eu não me pego buscando freneticamente nos meus arquivos mentais a coisa certa a dizer.

— Eu adoraria. Tem certeza? Não quero te prender.

Dou uma risada.

— Acredite, você não está me impedindo de fazer coisa alguma. — Dou o braço a ela e saímos para a rua, a caminho do café, um pouco acima. — Sinto muito pelo seu rompimento.

— Não sinta. Estou melhor sem ele. — Zara sorri, mas uma tristeza perpétua permanece em seus olhos azuis. É um sentimento que ela está lutando para esconder do mundo e eu me identifico com isso. Estou arrasada por não conseguir encontrar o que procuro com desespero, e é difícil impedir que minha desolação apareça, para não despedaçar Jesse também.

— Foi uma relação violenta. — Ela dá de ombros, como se não fosse nada.

— Meu Deus, sinto muito.

— O que não mata, fortalece. É o que dizem, certo?

— Certo — concordo sinceramente. Não estou morta, mas com certeza não me sinto mais forte neste momento. Pode me chamar de egoísta, mas ouvir o problema de outra pessoa me faz sentir melhor a respeito do meu.

A conversa flui naturalmente. É agradável, é normal. Zara não me olha com pena, não me faz perguntas difíceis, esperando ver nos meus olhos alguma prova de que eu me lembrei de algo, como todas as outras pessoas ao meu redor fazem. Ela está apenas conversando comigo, como qualquer mulher faria.

— Com licença — peço, pegando o telefone na bolsa assim que entramos no café. — Preciso fazer uma ligação. — Meus dedos ficam parados sobre a tela e eu olhando para ela, sem muita certeza de como usar essa coisa.

Atendi o celular de Jesse, mas só porque a coisa me disse para deslizar. Então eu faço o mesmo. E ele está me pedindo um código. — Deixa pra lá. — Vou esperar que John ligue para mim. — Essa é por minha conta — digo, tirando o casaco. — O que vai querer?

— Um café com leite está ótimo, obrigada. — Zara vai se sentar enquanto eu peço nossas bebidas, com o cartão de crédito na mão e olhando para o nome escrito na frente. Sra. A. Ward. O funcionário me pergunta como vou pagar. Qual é a senha?

— É só assinar — explica ele e eu faço uma expressão interrogativa, mas vejo a mulher ao meu lado assinando a via do cartão. Então eu a imito, erguendo a sobrancelha. Sorrio, satisfeita, e pego nossos cafés, voltando para a mesa.

Por mais louco que pareça, estou me sentindo um pouco rebelde, saindo da minha rotina normal.

— Onde você morava antes de vir para cá? — pergunto.

— Newcastle. — Ela balança a cabeça e ri. — Não acredito como tudo aqui é tão caro!

Eu me pego rindo também, porque fico o tempo todo abismada com a inflação nesses meus dezesseis anos perdidos.

— É, os preços nesta área não são brincadeira. — Faço as xícaras tilintarem uma na outra. — Há quanto tempo está aqui?

— Há poucos meses. Ainda estou arrumando tudo, mas sinto saudade do meu cachorro.

— Oh, não, o que aconteceu?

— Imóveis alugados não aceitam animais, então perdi o meu na separação.

— Que chato! Você está trabalhando?

— Estou. Comecei há um mês, mas está indo muito bem e o potencial para ser promovida é exatamente o que eu quero.

— O que você faz? — Eu me acomodo na cadeira, envolvida com a conversa, apesar de ser simples e normal e até enfadonha para alguns. Mas é diferente.

— Eu me especializei em decoração de propriedades comerciais. Parece um tédio, eu sei, mas sou apaixonada pelo que faço e é isso que importa, certo?

— Eu era decoradora. — A frase sai sem a menor comoção a respeito de mim mesma. Eu *era*. E agora? Agora eu não sei o que faço.

— Era mesmo? — Seus olhos se iluminam e ela vem para a ponta da cadeira. — Particular? — indaga ela, e eu confirmo, mandando à merda o nó que se forma na minha garganta. — E parou?

Encolho os ombros, tentando passar uma impressão de indiferença.

— Meu marido tem uma academia. Depois que tive filhos e fiquei um tempo parada, fazia mais sentido trabalhar lá. — Pelo menos eu acho que é isso.

Enquanto relaxa outra vez na cadeira, Zara bebe um gole de café, pensativa.

— Bem, se você decidir mergulhar nesse mundo outra vez, sei que minha empresa está *sempre* procurando designers talentosos em todos os setores.

O que é isso que sinto aqui dentro? Ânimo?

— É mesmo?

— Claro! — O sorriso dela combina com o meu. — Posso colocar você em contato com o meu gerente, se quiser.

— Eu adoraria. Deixe-me dar meu telefone. — A excitação dobra quando Zara pega o telefone dela e se apronta para digitar os números quando eu os disser, olhando para mim com expectativa. — É... — Eu murcho, revirando cada canto da minha mente para lembrar meu próprio número.

— Eu sempre esqueço o meu, também. — Ela ri. Depois toca em algo na tela do celular dela e vira-o para mim. Vejo o nome dela e o número. — Ligue para mim e nós poderemos salvá-los.

Olho para o meu aparelho. Está pedindo um código outra vez.

— Seu aniversário? — sugere Zara e eu olho para ela, que sorri de leve.

Não tenho ideia. Serei assim tão previsível? Minha data de nascimento não é o que me vem à mente, no entanto. Então digito os números que me vêm: 3210. A tela se ilumina, uma dezena de ícones surge diante de mim.

— Aqui está. — Entrego o celular para ela. — É mais fácil você salvar o seu número do que ditar pra mim.

Sem titubear, Zara rapidamente digita o próprio número no meu aparelho e liga para si mesma, deixando o telefone tocar uma vez, antes de desligar e salvar o meu número.

— Perfeito — digo quando ela me devolve o aparelho, que eu guardo na bolsa. Ela sorri. É um sorriso bem amigável. Simpático e acolhedor, e me faz sentir muito à vontade.

Conversamos sobre quase tudo ao longo da hora seguinte, exceto sobre o meu acidente recente. Ela não precisa saber disso e é um alívio tirar esse assunto da mente por um instante. Apenas conversar. Conhecer alguém. Não alguém que eu *já deveria* conhecer. Estou tão interessada no papo, que perdi completamente a noção do tempo.

— Meu Deus! O tempo voou. — Zara ri, levantando-se da cadeira. — Eu deveria estar no cabeleireiro há quinze minutos pra dar um jeito nessa juba.

O cabelo dela é muito bonito, longo, com ondas escuras e brilhantes, que tornam seus olhos azuis mais impressionantes.

— Você não trabalha às segundas?

— Eu geralmente trabalho de casa alguns dias por semana, então tenho um pouco de liberdade para escapar e ir à ioga e ao salão de beleza. — Ela dá uma piscadela e eu rio. — Vejo você na sexta?

— Claro. — Caminhamos até a porta juntas e, assim que chego à rua, vejo o Aston de Jesse alguns metros à frente, por entre as árvores que se enfileiram na calçada. Ah, não. John deve ter ligado para ele. Pego meu telefone e torço o nariz. Chamadas perdidas, mensagens de texto e de voz inundam a tela bloqueada. Eu me encolho. — Meu marido está esperando por mim.

— Onde? — Zara olha para onde aponto, tendo que se inclinar para conseguir avistar o carro de Jesse. — Aquele bonitão andando de um lado para o outro? — Ela me lança um olhar brincalhão. — Sortuda você, hein?

— Comporte-se. — Nós duas rimos e nos despedimos com um beijo na bochecha. — Divirta-se no cabeleireiro — digo quando ela sai correndo.

Fico parada sorrindo, pensando que gosto de Zara. O sorriso dura pouco, já que, quando me viro, dou de cara com Jesse vindo correndo pela rua na minha direção, com uma expressão que só posso descrever como assassina.

Qual é o problema dele?

— Onde diabos você se meteu? — grita ele, tremendo de raiva. — Eu estava enlouquecendo, mocinha! — Jesse pega a minha mão com força e eu olho para trás para ver se Zara ainda está por perto, porque sei o que pensaria se visse esse showzinho.

O que é que ele está fazendo?

— Tire suas mãos de mim! — vocifero, empurrando-o. — Eu só fui tomar um café, porra!

O rosto dele é puro choque. E não é porque eu fui tomar um café.

— Olha a boca!

— Vá se foder, seu ignorante! — Passo por ele, tentando bater os pés até o carro, mas minha perna dói demais agora. Para que isso? Essa reação ridiculamente desmedida, só porque fui tomar café? Esse homem tem um parafuso solto.

— Pelo amor de Deus, Ava! — Ele vem depressa atrás de mim, aguçado pela fúria. Eu não me importo. Ele não pode me impedir de sair para tomar um café, o que me faz lembrar...

— Eu vou voltar a trabalhar. — Devo estar louca. Por que o provoco desse jeito? Por que cutucar a onça?

Ele para diante de mim na hora em que desço da calçada, cada centímetro do corpo dele treme. Ajeito os ombros e levanto o queixo, demonstrando toda a minha determinação.

— Só por cima do meu cadáver — sussurra ele, com o rosto colado ao meu. Eu não recuo. Nunca. — Você não está pronta pra voltar ao trabalho.

— Não. Eu não estou pronta para voltar ao *seu* trabalho. Porque não tenho a menor noção do que estou fazendo! Assim que possível, vou me candidatar a um trabalho em que eu saiba o que estou fazendo. — É nessa hora, logo após a minha enxurrada de gritos, que me dou conta de que não cutuquei uma onça, provavelmente esfaqueei uma fera.

O peito dele infla aos poucos, o rosto fica a cada segundo mais vermelho. Eu dou um passo atrás, sabiamente, pronta para ver a besta explodir. Mas o que virá primeiro? Porque há duas questões aqui: o palavrão e o fato de que estou ameaçando procurar outro emprego. Ele não vai permitir que eu trabalhe, exceto com ele? Que estupidez!

— Cuidado com essa maldita boca! — estoura ele, silenciando praticamente a rua toda com o volume. Talvez Londres inteira. — E o dia em que você conseguir outro emprego será o dia em que me colocará sete palmos abaixo da terra.

— Não me tente! — Tomo certa distância para passar por ele, ciente de que vem logo atrás. Desse jeito, quem logo vai estar a sete palmos serei eu. Por estresse.

Abro a porta e me jogo com força no assento, crispada de dor. Estou dolorida. Inteira. Viro o rosto na direção oposta quando ele aterrissa no banco do motorista, usando ainda mais força nos gestos que eu.

— Eu tive um milhão de infartos nessa última hora!

— E uma convulsão e um derrame, a julgar pela sua cara. Eu fui tomar um café, pelo amor de Deus. Não tenho permissão pra isso?

— Com quem? — Jesse acelera o Aston e o carro parece tão nervoso quanto ele. — Porque eu liguei pra Kate à sua procura e você não estava com ela.

— Tenho outros amigos, sabia?

— Como quem? — Ele dirige ensandecido, fazendo-me colar no assento. Nossa, ele está mesmo furioso. Que bom. Eu também estou. Quem ele pensa que é?

— Uma amiga da ioga — respondo, arrogante, sem a menor intenção de me aprofundar. Pode me chamar de patética, mas eu gosto da ideia de guar dar alguém só para mim. — Você está dirigindo como um imbecil. — Aperto o banco quando ele passa por um sinal amarelo, cortando alguém quando muda de faixa. Buzinam para nós e Jesse sai mostrando o dedo não uma, mas duas vezes, gritando uma porção de impropérios pela janela. Meu Deus, o homem é um lunático.

— Depois do meu acidente — observo, alarmada com a imprudência dele —, fico surpresa com a sua falta de cuidado. — Os freios fazem um ruído agudo no asfalto e estamos subitamente nos arrastando como lesmas.

— Agora você está só sendo idiota. — Lanço-lhe um olhar acusador, mas noto logo que ele não está sendo idiota de maneira alguma. Ele está sério, com a testa franzida, pensativo. E eu sei que esses pensamentos são sobre o dia em que ele encontrou meu carro destroçado, antes de encontrar meu corpo destroçado. Posso ver os *flashbacks* passando diante de seus olhos embaçados, a raiva neles transformando-se em dor. E essa dor vai direto para o meu coração e faz com que eu me sinta a pior pessoa do mundo.

Merda. Fecho os olhos por um momento e suspiro, pegando a mão dele, que aperta tanto o volante que as articulações estão pálidas. Ele permite que eu desprenda os dedos dele e traga sua mão para o meu colo, onde a cubro com a outra mão, segurando-a com força.

— Desculpe — suplico, um milhão de fios de arrependimento entremeados em uma palavra. Aí está o instinto de novo. Aquele instinto que deseja desesperadamente amenizar a dor dele. Torná-lo mais calmo. Dar a ele o que precisa.

Ele para o carro no acostamento e recolhe a mão, passando a esfregar o rosto lenta e rudemente. O rastro de uma lágrima risca seu rosto áspero pela barba cerrada. Meu Deus. O que foi que eu fiz? Ele parece à beira de um colapso. Desafivelo o meu cinto de segurança e passo por cima do console central, indo para o colo dele, tirando as mãos dele do rosto. Olhos verdes transbordando de medo me encaram.

— Você precisa relaxar, Jesse.

— Vou relaxar se você parar de tentar me matar — diz ele, sério, mas a quebra em sua voz é clara. Seu maior medo está tomando conta dele. E eu constato que não deveria brincar com isso.

— Fique quieto e me beije — ordeno, assumindo o comando, fazendo o que estou aprendendo rápido que ele precisa que eu faça. Não preciso pedir duas vezes. Sou tomada por um beijo repleto de gratidão, em que ele suspira um agradecimento na minha boca e relaxa embaixo de mim. Seu coração se acalma também, os batimentos diminuindo para um ritmo compassado no peito dele, que reverbera no meu.

— E que fique claro — murmura ele e eu reviro os olhos, mesmo fechados, já certa do que virá a seguir. — Você não vai arrumar outro emprego. — Eu não discuto. Não agora, embora eu planeje convencê-lo aos poucos, com cuidado, ao longo das próximas semanas. Até eu sei que ainda não estou pronta para voltar ao trabalho. Ele deixa a cabeça pender para trás e relaxar no encosto do banco, com a expressão séria. — Por que não me telefonou? Mandou uma mensagem? Qualquer coisa.

Olho para o lado, constrangida.

— Não sei usar aquele telefone estúpido. — Sinto um nó crescendo na minha garganta. É tudo tão idiota.

Minha mandíbula está tensa e meu rosto, encostado no dele. Sua expressão é de pura agonia.

— Desculpe por ser irracional.

Eu me sinto melhor de imediato.

— Então vai me deixar trabalhar em outro lugar?

— Não — diz ele simplesmente, sem rodeios. — Isso jamais vai acontecer. — A confiança na voz dele quase me faz acreditar que ele tem razão. Veremos. As coisas são como são e ele é o que é. Neurótico.

E eu sou o que sou.

Uma mulher que está se apaixonando por ele.

Capítulo 26

Depois do meu ataque do coração de ontem, mantive Ava em casa hoje e dei-lhe um curso completo sobre como usar o celular. Só permiti que saísse para ir à terapia e mesmo assim eu a levei, esperei e a trouxe de volta. E ela não protestou. Pelo amor de Deus, nunca senti tanto pânico na vida. Durante o tempo todo em que ela ficou desaparecida, tentei racionalizar. Tentei me manter calmo. Não funcionou. Eu estava aterrorizado e, quando a encontrei, o terror se transformou em fúria. Não consegui me segurar. Mas o que ela tinha na cabeça, desaparecendo daquele jeito? Demorou vinte e quatro horas para baixar meus batimentos cardíacos a um nível seguro.

Agora, estou esperando por ela no hall de entrada, para irmos encontrar nossos amigos para jantar. Fico andando de um lado para outro, sem parar. Onde diabos está ela? Olho para o meu Rolex e suspiro. Normalmente, eu estaria lá, ajudando-a do meu jeitinho, mas nada mais na nossa vida parece normal.

Vou até o espelho, confiro o meu terno cinza Wentworth, ajeitando o paletó e centralizando a gravata azul.

— Perfeito, Jesse — digo para mim mesmo, penteando os cabelos com as mãos, que param na metade do trabalho. Meu terno pode estar legal, meu corpo, em forma, mas dá para ver que estou cansado. Exausto, na verdade. Meu Deus, envelheci dez anos em duas semanas. Dou um gemido e pisco meus olhos verdes, tocando a barba por fazer, porém bem aparada. O estresse está impregnado na minha pele, embaçando meus olhos. Aparento a minha idade e isso é uma merda quando você tem cinquenta anos. Tiro o celular do bolso e telefono para a minha mãe.

Ela atende rápido.

— Jesse? Está tudo bem?

— Sim, mãe. Estamos chegando lá. — A última coisa que quero fazer é dar a ela mais motivos de preocupações do que ela já tem, e que são muitos. — Preciso lhe fazer uma pergunta.

— O quê?

— Diga a verdade.

— Claro.

— Quantos anos eu aparento ter?

Ela faz uma pausa curta e então começa a rir.

— Meu querido, você não parece ter um dia mais que quarenta.

Olho para o meu reflexo no espelho e bufo.

— Você só está dizendo isso pra me fazer sentir melhor.

— Você está cansado, filho.

— Pra caralho.

— Jesse Ward, olhe o linguajar.

— Desculpe — murmuro e continuo arrumando os cabelos. — Como vai o papai?

— Preocupado. — Ela não faz rodeios. Não precisa. Todos nós estamos *preocupados*. — Como está Ava? Algum progresso?

— Um pouco — admito, desejando poder dizer a ela que o progresso foi colossal. — O médico está satisfeito com os sinais que vimos até agora.

— Isso é bom. Você deve estar feliz.

Faço um ruído que denota algum desânimo, dizendo a mim mesmo que estou esperando muito em pouco tempo.

— Tenho que ir, mãe. Vou levar Ava pra jantar fora.

— Ah, que adorável! — Ela parece tão animada. — Aposto que está ansioso para isso.

Não muito.

— Estou, sim. É como se estivéssemos namorando de novo.

— Então, faça questão de ser galante.

— Está me dando conselhos sobre relacionamento? — pergunto, erguendo uma sobrancelha sarcástica. Conheço a minha esposa há mais de doze anos. Não preciso de dicas para cortejá-la.

— Bem, todos nós ouvimos falar sobre a sua persistência no início do namoro.

— Eu já te disse, a Ava exagera. Eu te ligo amanhã. — Desligo o telefone, pronto para gritar escada acima o quanto estou impaciente, mas ele toca outra vez. Atendo sem olhar. — Alô?

— Jesse? — A voz de Sarah penetra no meu ouvido e queima meu cérebro.

— Como conseguiu meu número? — Fico instantaneamente irritado. Subindo pelas paredes de raiva. Ela não sabe o que é melhor para ela? Ouço a porta do quarto fechando. — Não me ligue novamente, Sarah.

— Mas eu preciso...

Desligo na cara dela, esforçando-me para acalmar meu ânimo antes que Ava questione o meu estado de fúria contida. *Relaxe. Fique calmo.* Então, vejo a minha esposa.

— Que porra é essa, Ava? — A frase escapa da minha boca, mas, meu Deus do céu, que merda é essa que ela está vestindo? Fico boquiaberto, observando o vestido vermelho curtíssimo, cada centímetro dele. Não preciso de muito tempo.

— O que foi? — Ela alisa a frente do vestido com as mãos. Fico aguardando algum sinal de espanto quando ela olha para a peça, que se agarra ao seu corpo delicado, pensando que talvez não tenha se dado conta do tamanho do vestido, por não ter se visto no espelho de corpo inteiro que fica no nosso closet. Mas o susto não vem. Apenas uma expressão interrogativa, que me vê tremer no lugar.

O que foi? *O que foi?* Vamos começar pelo comprimento daquela coisa.

— Onde encontrou isso? — pergunto.

— Estava no fundo do meu armário.

Eu bufo. No fundo do armário dela, escondido de mim. Quando foi que ela o comprou? Quando estava planejando usá-lo? Merda, será que ela já o vestiu?

— Você não vai vestida assim.

Ela inclina a cabeça, fazendo seus cabelos longos roçarem um de seus seios semiexpostos.

— Sim, eu vou.

— Só por cima do meu cadáver em decomposição, Ava. Você e eu temos um trato — digo a ela, marchando em sua direção, decidido a levá-la de volta para o quarto, envergonhada.

Os olhos dela me seguem até eu estar diante de seu rosto confuso.

— Que trato?

— Você veste o que eu escolho. — Pego-a pelos ombros para fazê-la dar meia-volta, mas ela se desvencilha, zombando de mim.

Ela está no pé da escada antes que eu perceba que ela não está mais ao meu lado, deixando-me ali, incrédulo.

— Estou mudando o trato — diz ela, ajeitando um dos brincos.

Como é? Eu voo escada abaixo atrás dela.

— Você não pode mudar o trato.

— Acabei de mudar. — Ava desaparece na direção da cozinha enquanto eu termino de descer os degraus a cento e sessenta quilômetros por hora, derrapando na curva para chegar até ela.

Encontro-a pegando a bolsa na bancada da cozinha. Seu rosto está implorando para que eu a desafie. Ah, mas eu vou mesmo desafiá-la. Ela não me conhece? Sinto espasmos cerebrais só de pensar e afasto o pensamento antes de me debruçar demais no fato de que ela não está raciocinando direito. Bem, isso logo vai mudar.

— O vestido sai.

Ela ergue o tecido ainda um pouco mais sobre as coxas e eu me crispo diante da insolência dela. E atrevimento. E coragem.

— O vestido fica. — Ela se olha mais uma vez. — Ele se ajusta nos lugares certos.

Ela não precisa de um vestido que se ajuste. O que ela precisa é de pelo menos uns centímetros a mais de tecido. Normalmente, ela sabe que eu não me responsabilizo pelos meus atos se algum babaca fizer algum comentário impróprio ou rude, e as chances de algo assim acontecer se ela estiver usando um vestido como este se multiplicam por um milhão.

— O que você vai fazer? — Mais uma provocação e tenho que refrear uma gargalhada.

— Você não deveria estar me fazendo essa pergunta. Sou bem capaz de fazer o já que fiz. — Vou até a gaveta e procuro algo. Misericórdia, esse vestido mal cobre o traseiro dela.

— A tesoura fica na outra gaveta — diz ela, prática, quase casual.

— O quê? — Quase decepo meus dedos ao fechar a gaveta com força, virando-me para encará-la. Como ela sabia que eu estava procurando a tesoura?

Com a expressão neutra, ela ergue o braço e aponta.

— Naquela gaveta.

Não estou mais tremendo de raiva, mas de excitação. Eu me forço a agir com algo próximo à indiferença. É muito difícil. Isso é descomunal. Movo-me lentamente até a gaveta e a toco, jamais tirando meus olhos dos dela.

— Esta aqui?

Ela confirma com a cabeça e eu abro a gaveta, procurando a tesoura às cegas. Tirando-a de lá, fecho a gaveta. Ela então franze a testa.

— Por que está procurando a tesoura, afinal?

Eu me recuso a deixar que sua confusão repentina me derrube. O que acaba de acontecer foi mais um raio de esperança. Brandindo-a no ar, aponto para o vestido vermelho e faço movimentos como se o estivesse cortando.

— Vai tirar o vestido ou terei que cortá-lo? — Inclino a cabeça, um tanto sério, mas muito mais brincalhão. Verdade seja dita, eu a deixaria usar o vestido agora. Meu humor melhorou bastante.

As peças do quebra-cabeça se encaixam na mente dela e seu queixo cai.

— Meu Deus, você cortou o meu vestido? — Suas mãos pressionam as têmporas, como se ela quisesse espremer as lembranças para a frente da memória. — Que espécie de babaca é você?

— O que você ama — declaro, caminhando à frente, tesourando o ar, um sorriso ardiloso nos lábios. — Tire o vestido.

— Vá se foder, Jesse. — Ava está absolutamente ultrajada. É uma delícia. — Jesus, eu deixei mesmo você fazer isso?

— Sim. Você estava distraída demais pela minha beleza estonteante para notar o que eu estava fazendo até ser tarde demais.

Ela ri.

— Eu jamais conheci um homem egocêntrico assim.

— Já conheceu, sim. — Aproximo-me mais um pouco, pronta para atacar quando ela escapa. — E você se casou com ele.

— Eu devia estar louca.

Eu não me sinto ofendido, não permito que a afirmação me perturbe, já que não há a menor convicção no que ela diz. Apenas desejo.

— Completamente louca — sussurro, aumentando o sorriso quando ela começa a andar para trás, tentando manter a distância entre nós.

— Completamente louca — murmura ela, com os olhos turvados pelo tesão. — Você é o louco aqui. — Suas costas encontram o balcão e ela não tem mais para onde fugir. Eu a alcanço e pressiono meu corpo contra o dela, baixando a boca até a sua orelha.

—Tire-o.

— Não. — Ela está me provocando só pela brincadeira, está jogando o meu jogo. Ela sabe que, de um jeito ou de outro, o vestido vai sair.

— Você está merecendo uma transa de castigo.

Surpresa, ela ergue o olhar para o meu, minha promessa arrancando-a do transe. Na mesma hora tenho vontade de me espancar. Passei do ponto? Ava ri em algum lugar entre a perplexidade e a diversão.

— Que diabo é uma transa de castigo?

Sinto o calor nas minhas bochechas, que não passa despercebido por Ava, cujos olhos saem do meu rosto para os meus olhos. Há tantas coisas alucinantes para ela compreender. Chegou a hora de lhe contar sobre as transas. Enquanto os estilos de transa a que submeto minha esposa eram perfeitamente estabelecidos entre nós, nunca imaginei como elas soariam aos ouvidos de um estranho. Maravilha. Então, vamos ter uma conversa sobre transas. Por que eu não mantive a minha boca fechada e não me concentrei em tirar o vestido dela?

Respiro fundo, desconfiado de seu meio sorriso, que pode desaparecer em um minuto.

— Não quer se sentar?

— Preciso?

— Provavelmente — admito, saindo da frente dela.

Ava vai até uma cadeira e senta-se, os olhos jamais deixando os meus.

— Então... a transa de castigo?

— É como uma punição, eu acho. — Encolho os ombros e solto a maldita tesoura.

— Você me castiga? — Ava está horrorizada, e todas as razões pelas quais eu me preocupava em ter essa conversa se confirmam.

— Sim, mas você gosta.

— Eu gosto de ser punida?

Droga. Como posso explicar isso de forma que faça um mínimo de sentido?

— É um jogo — começo, mordiscando o lábio antes de prosseguir. — Um jogo de poder. Você sempre faz pra me agradar. — Inferno, o que isso está parecendo? — As algemas...

Ela faz um movimento com o pescoço que denota a sua indignação e depois sibila, pondo as mãos na cabeça. A culpa me destroça por dentro e faço menção de ajudá-la, mas paro abruptamente quando ela me mostra a mão espalmada, para que eu fique longe.

— Algemas? Outra vez essas algemas. Você não as usou apenas como uma piadinha no nosso casamento?

Porra. Dou de ombros, acanhado.

— Tudo faz parte do jogo.

Ava desvia o olhar, as mãos ainda massageando a cabeça com suavidade.

— Quem tem o poder? — diz ela, em um murmúrio quase imperceptível.

Mas uma centelha de vida se acende dentro de mim e eu me sento em um dos bancos altos de frente para ela, tirando as mãos dela da cabeça e segurando-as com firmeza.

— Eu. — Troco suas mãos pelo seu rosto e dou-lhe um beijo nos lábios. — Sempre eu.

— Mas algo me diz que na verdade sou eu — afirma ela, com os lábios contra os meus, e eu sorrio como um desvairado, porque ela tem razão.

— Pode ficar dizendo isso a si mesma, mocinha. — Acaricio o nariz dela com o meu.

— E então você me castiga. — Ela pega as minhas mãos do próprio rosto e entrelaça nossos dedos. — Por quê?

— Por não fazer o que eu mando. E às vezes eu uso a transa de lembrete, apenas pra te lembrar qual é o seu lugar.

Seus olhos se arregalam mais ainda e ela apenas me encara.

— Castigo. Lembrete. Todas soam adoráveis. — Há muito sarcasmo na voz dela. — Que outras transas nós temos?

— Eu acho que a sua favorita é a transa da verdade.

— Por quê?

— Bem, é *você* quem *me* algema, geralmente enquanto eu durmo. — Olho feio para ela. Não posso evitar. — E usa a sua posição de poder para extrair alguma informação de mim.

Ela ergue uma sobrancelha e seus olhos me avaliam. Está imaginando como seria me algemar. É tão excitante quanto aterrorizante. Especialmente quando ainda há tanto para ela aprender sobre nós. Eu decido aqui e agora, com sinceridade, que detestaria se Ava me aplicasse uma transa da verdade outra vez. Faço uma nota mental de encontrar as algemas e esconder num lugar onde ela não consiga achar.

— E depois há a transa de desculpas — prossigo.

— Quem pede as desculpas? — pergunta Ava, embora eu tenha certeza de que ela sabe bem.

— Você.

— Pelo quê?

— Normalmente por ser rebelde.

Ela ri de novo.

— Como usar um vestido impróprio?

— Exatamente.

— Então, vai me fazer pedir desculpas?

Por Deus, não há o que eu gostaria mais. Meu sexo grita para que eu diga sim.

— Acho que você ainda não está pronta pra isso.

— Por quê? O que você me força a fazer? — Seu rosto se transtorna mais a cada segundo.

Forçá-la? Eu não a forço a coisa alguma. Jamais sonharia com isso. Aperto os lábios. Meu Deus, devo parecer um monstro. Tusso e baixo os olhos para a minha braguilha. Ava salta do banco.

— Você só pode estar de sacanagem comigo, Ward!

Mais centelhas, mais vida. Ela me chamou de *Ward*. Ela só me chama assim quando está muito brava comigo. E o que faço quando ela fala palavrões?

— Olha a boca, porra! — berro, fazendo-a recuar com o volume.

— Vá se foder! — dispara ela, saindo furiosa da cozinha.

Nossa, eu a amo tanto. Corro atrás dela, ouvindo-a vociferar e xingar escada acima.

— Ava! — chamo, subindo três degraus por vez.

— Foda-se! Você é um hipócrita, Ward! Olha a boca? Por que não olha a sua?

Noto um ligeiro mancar nos seus últimos passos.

— Você me chamou de *Ward*! — Apresso-me em explicar e ela para. — Você só me chama de Ward quando está muito brava comigo.

Ela se vira devagar, o rosto pensativo entrando no meu campo de visão.

— Então imagino que devo te chamar de *Ward* o tempo todo.

— Algumas vezes por dia — confesso, dando de ombros, casualmente. — Na maior parte das vezes, você agrada meu lado carente. — Estendo a mão a ela, resignando-me no fato de que, por hoje, o vestidinho pode ficar. Ela só vai ter que me segurar se algum pervertido resolver olhar para ela com segundas intenções. — E a coisa de que eu mais preciso é você.

Seu corpo relaxa com um suspiro sonhador.

— E então você fica todo romântico.

Dou um sorriso tímido.

— Sou conhecido por ter meus momentos.

— Como por exemplo... — O interesse na voz dela me excita. Ela quer mais informações e eu fico mais do que feliz em proporcioná-las.

— Nós temos transas românticas também, sabia? — confesso.

Ela ri.

— Que alívio!

— Temos a transa sonolenta ao cair da tarde. E a transa sonolenta. E a transa de compromisso. Tivemos muitas dessas quando você estava esperando os gêmeos.

— O que significa uma transa de compromisso?

— Ligeiramente rústica e bastante gentil. E, que fique registrado, mocinha, era você quem queria a parte rústica. — Apenas confirmo quando ela sopra uma brisa leve de um riso surpreso, cheio de ar. — E aí temos a transa silenciosa. Normalmente quando ficamos na casa dos seus pais.

A risada leve se transforma em gargalhada.

— Você tapa a minha boca, não é?

— Você não consegue ter prazer em silêncio, Ava. O que quer que eu diga? — Encolho os ombros e faço uma expressão convencida. Ela balança a cabeça, desalentada.

— Continue — insiste ela.

Subo um degrau, o que nos deixa olho a olho.

— A transa de pedido de casamento foi particularmente romântica.

— Você me pediu em casamento durante o sexo?

— Na verdade, você estava algemada à cama e não te libertei até você aceitar.

Ela agora está quase caindo de tanto rir. Eu sei que é muito para processar, mas pelo menos ela está rindo e não furiosa.

— Não acredito no que estou ouvindo.

— Acredite, *baby*. Mas se te faz sentir melhor, eu te pedi em casamento uma segunda vez. De joelhos, na frente dos seus pais.

A satisfação floresce diante dos meus olhos. Ela está enlevada e sua mão pousa sobre o peito. Isso a deixa feliz. Eu sei o quanto a opinião dos pais significa para ela. Tento me comportar na presença deles. Tento mesmo. Nem sempre sou bem-sucedido, mas ainda assim é a intenção que conta.

— Era meu aniversário. Você não podia dizer não.

Um sorrisinho surge no canto de sua boca.

— E quantos anos você estava fazendo?

— Vinte e cinco.

Rindo baixinho, ela desvia o olhar, fazendo as pazes com tudo isso. A vida dela. A minha vida. A nossa vida.

— Espere. — Ela volta a olhar para mim. — Por que você me pediu em casamento duas vezes?

Todo o contentamento que corria em minhas veias se torna ácido e meus lábios formam uma linha fina. Não estou chateado com ela, mas comigo mesmo.

— Nós nos desentendemos.

— É mesmo? Não consigo imaginar o que poderia ter causado um desentendimento entre nós.

Aí está. O sarcasmo.

— Sarcasmo n...

— Não me cai bem. Já sei. Por que me pediu em casamento duas vezes?

— Podemos voltar às transas?

— Conte. — A cabeça de Ava se inclina em sinal de impaciência.

Não vou discutir isso outra vez e não tenho medo de lhe dizer isso.

— Não importa. Saiba apenas que eu me puni e você também me puniu.

As peças se encaixam de novo e ela recua, como se um golpe físico pudesse atingi-la.

— Você me traiu enquanto estávamos noivos?

— Meu Deus, não! — declaro, enojado com a mera sugestão. Dai-me forças. Não vou insultá-la dizendo que mal nos conhecíamos e também não vou me defender de modo algum. Acabou. Não posso mudar o passado. Eu me odeio todos os dias por isso, mas acabou. — Você descobriu quando estávamos noivos. É por isso que eu fiz o pedido uma segunda vez. Da maneira correta. Eu estava tentando te mostrar que eu poderia ser o homem de que você precisava, assim como o homem que você queria.

— Ah. — É sua única reação.

Que bom. Sigamos em frente. Para a transa mais utilizada da nossa vida.

— A transa perigosa é a nossa favorita hoje em dia.

— Qual é essa?

— Quando as crianças estão por perto. — O sorriso dela voltou, assim como o meu. — Podemos ir jantar agora?

— Depende. — Ela empina o nariz e espera que eu peça uma confirmação do que exatamente nosso encontro depende.

Nem preciso perguntar. Com um revirar dramático de olhos, eu a pego no colo, tomando cuidado com a perna ferida, e a carrego escada abaixo.

— Você pode usar essa merda de vestido estúpido.

Ela abre um sorriso vitorioso e enlaça meu pescoço com os braços.

— Não foi tão difícil, foi?

— Ainda não saímos de casa. E você deveria ter calçado sapatilhas em vez de sapatos de salto. Eu vi você mancando.

— Eu não estava mancando.

— Vai discutir comigo?

— Sim.

Roço o nariz no dela.

— Está usando renda por baixo dessa coisinha vermelha?

— Não tive muita escolha. Não há nada *além* de renda na minha gaveta de calcinhas.

— Ótimo. — Eu a levo para fora e a acomodo no meu Aston, passando o cinto de segurança em torno dela. Ela não protesta, deixando que eu faça o meu trabalho de afivelá-la. — Estamos atrasados — divago, olhando meu Rolex enquanto fecho a porta e contorno o carro. Sentado no banco do motorista, dou a partida e acelero algumas vezes.

— A culpa é sua por ter que explicar tantas transas. — Ava abaixa o espelho e aplica um pouco de gloss nos lábios. — A propósito, qual é a sua preferida?

Dou uma gargalhada ao mesmo tempo que ligo o som do carro e "Youth", do Glass Animals, preenche o ambiente.

— Todas, menos a da verdade. — Aumento o volume e saio a mil, lembrando a mim mesmo de encontrar aquelas algemas e escondê-las.

Capítulo 27

Como esperado, o grupo está nos aguardando quando chegamos, todos sentados em torno de uma mesa de canto, com dois assentos reservados para mim e Ava.

Assim que Kate nos vê, ela se levanta da cadeira e acolhe Ava em um abraço, aproximando-se tanto quanto a barriga permite.

— Como é bom te ver.

— Ainda somos tão jovens na minha cabeça. — Ava suspira e Kate começa a rir.

— Como está indo a ioga?

— Ótima. Conheci uma moça, Zara, um amor de pessoa, e ela mencionou que a empresa para a qual trabalha está sempre à procura de novos decoradores. É provável que eu dê uma olhada nisso.

Fecho o rosto. Por cima do meu cadáver.

— Isso é fabuloso! — diz Kate, olhando-me com cautela enquanto minha esposa baixa aquele vestido ridículo, puxando e esticando.

Fecho o rosto mais ainda, mas desta vez para fulminar com os olhos a roupinha vulgar, pensando no que eu tinha na cabeça para deixá-la sair assim, antes de puxar a cadeira para ela.

— Sente-se — ordeno, recebendo vários olhares incrédulos de todos os lados da mesa. — Por favor — completo, entre dentes.

Ava acomoda-se na cadeira, a tensão obviamente palpável, não somente por causa do meu problema com o vestido ou por ela estar falando de um emprego para o qual não vai se candidatar. É a primeira vez que nossos amigos a veem desde o acidente. Sam, Drew e Raya parecem nervosos, nenhum deles sabendo o que dizer para ela.

Ava sente o clima, por isso me lança um olhar preocupado e depois suspira, voltando a atenção para eles, que aguardam em silêncio.

— Prazer em conhecê-los — declara ela.

O grupo todo ri e a tensão diminui como resultado de sua piada.

— Bebidas? — Agito o braço no ar, chamando o garçom.

Todos fazem seus pedidos de bebidas alcoólicas, exceto Kate. Inclusive minha esposa. Acho que não.

— Água, por favor — digo ao garçom, indicando Kate e Ava. — Pra mim também. E uma taça de vinho pra Raya. — Aponto para ela.

— Traga uma garrafa, por favor — pede Drew, em voz baixa.

A mão de Ava toca meu braço e ela se estica, quase sussurrando.

— Eu quero vinho. — Ela pensa que não a ouvi. Eu a ouvi perfeitamente. Mais alto do que todos os que gritaram os pedidos para mim.

Sorrindo constrangido para o garçom, que parou de anotar os pedidos no seu bloquinho e olha para mim, viro-me para a minha esposa.

— Você não vai beber. — Meu tom é de advertência e seria melhor que ela tomasse conhecimento. Enquanto me volto para o garçom, observo o rosto dos meus amigos. Todos em silêncio. Assistindo. Nervosos. — Água — reitero, pegando o guardanapo e colocando-o no colo. Silêncio. Olhos desviando de mim e de Ava. Climão. Começo a morder o lábio, espiando pelo canto dos olhos. O olhar de pura indignação no rosto de minha esposa me faz estremecer. Porra, ela está enfurecida.

— É melhor você pedir o meu vinho, Ward. — Ava se aproxima, o olhar cheio de fogo, fazendo-me recuar devagar. Ouço Sam tossir para disfarçar uma risada e Drew bufar. Canalhas. Eles deveriam estar do meu lado. Ela acabou de sair de um acidente de carro horroroso. Beber álcool seria tolo, além de extremamente irresponsável de minha parte permitir que ela beba.

— Agora — acrescenta ela, com um rosnado que pode competir com o meu.

— Não é seguro — argumento discretamente. — A última coisa de que você precisa é de álcool pra embaçar sua mente já embaralhada.

— Embaralhada? — Ela tosse como reação à minha péssima escolha de vocabulário. — Minha mente não está embaralhada, Jesse. Peça vinho pra mim ou eu juro que...

— Você jura o quê?

— Eu... eu não sei — gagueja ela, antes de encontrar a frase que estava buscando. — Peço o divórcio — dispara, com força. A mesa toda se agita e tem uma reação de susto, a minha a mais forte. Ava olha surpresa para todos.

— O que foi?

Kate balança a cabeça, querendo me dizer algo, e Sam solta o ar que estava prendendo.

— Bandeira vermelha. Touro bravo à solta. É só o que eu digo — avisa Sam, antes de desaparecer atrás do copo, enquanto eu luto para manter a calma e não destruir o restaurante como um tornado. Divórcio? Essa palavra maldita foi banida da nossa vida.

— Bem... — Ava dá de ombros, indiferente, embora eu possa sentir sua cautela latente. — Eu só quero uma taça de vinho.

Posso sentir a pressão na minha cabeça subir, meu corpo querendo sair do lugar.

— Aí vamos nós — diz Drew, segurando o copo como se quisesse protegê-lo da explosão iminente.

Avanço na cadeira.

— Retire o que disse — exijo.

Ela também avança, equiparando a minha ameaça, como a desafiadora que ela é.

— Peça vinho pra mim.

— Não.

Ela segura o meu rosto pela mandíbula, apertando-me com força.

— Peça.

Uma batalha de olhares que supera todas as outras nos mantém imóveis pelo que parece uma eternidade. Estou colérico, absurdamente irado, mas bem lá no fundo, para além da raiva, sinto-me feliz. Ela sempre soube quando me deixar vencer e agora não é uma dessas vezes. Ela está testando as águas. Está conhecendo o que é ser *nós* de novo. É um esforço. Um esforço imenso, mas...

— Está bem. Você pode beber uma taça — eu cedo, pensando que ela me pegou em um bom-dia e é melhor que aprecie.

— Veremos.

— Sim, veremos — concordo, arrancando os dedos dela do meu rosto, mantendo o olhar.

— Terminaram? — Kate suspira, aceitando a garrafa de vinho quando o garçom se aproxima, servindo Raya e depois Ava, rapidamente, antes que eu mude de ideia. Não passa despercebido a ela o fato de que estou de olho na quantidade de líquido que preenche a taça dela. — Embora eu tenha que dizer — prossegue Kate, fazendo um sinal para que Ava beba logo, antes que perca a iguaria para o louco sentado ao lado dela —, é bom ver que você não deixou de ser você. — Erguendo um brinde a todos, ela bebe um gole de sua água.

— E então? Quando é o casamento? — pergunta Ava a Raya, trocando de lugar para conversar com as amigas. Meu olhar endurece quando ela pega a taça e olha para mim por cima da borda com um sorriso secreto, enquanto bebe o primeiro gole. Ela vai pagar caro por isso.

Eu me junto à conversa, mas minha atenção nunca deixa a taça de vinho de Ava. Faz semanas que não bebe e temos que ter bastante cuidado quanto a qualquer reação com os medicamentos que ela está tomando. Uns poucos goles serão como algumas garrafas.

— Com licença — anuncia Ava, levantando-se. — Preciso ir ao banheiro.

Eu me endireito na cadeira, cogitando acompanhá-la enquanto ela se retira. Ela está mancando? Ou está cambaleando porque já está bêbada? Não sei e preciso ter certeza. De qualquer forma, ela precisa de ajuda. Faço menção de levantar.

— Jesse — chama Kate, do outro lado da mesa. — Deixe-a.

— Mas...

— Deixe-a. — Sua ordem é quase um aviso. Como se algum dia eu fosse lhe dar ouvidos. Exceto que, desta vez, decido acatar. Não sei por quê, mas acato. Meus olhos vão da mesa para as costas de Ava algumas vezes e ela se afasta cada vez mais de mim. Estou arrasado.

— Eu a ouviria — diz Sam, apontando para a barriga de sua namorada com o copo de cerveja. — Sinceramente, cara. Eu a ouviria.

— E se ela cair? — pergunto a Kate, um *flashback* vívido de sua cabeça delicada vindo à minha mente. Há sangue. Muito sangue. Eu estremeço.

— Ela bebeu uma taça de vinho. Agora sente-se.

— Vamos, Jesse. — Drew entra no grupo da persuasão. — Saiba os seus limites, meu amigo.

Eu me deixo cair com força na cadeira.

— Eu não sei de mais porra nenhuma — admito, com a cabeça apoiada nas mãos. — Eu não sei se algum dia ela vai se lembrar de mim, das crianças, da nossa vida. Não sei de nada e isso tudo está partindo meu coração. — Seguro o choro, seguro muito, mas uma lágrima traidora cai na mesa, dando-me a impressão de fazer um estrondo ao bater na toalha. Estou perdendo as forças. Estou me desfazendo em pedaços em praça pública. Kate está ao meu lado em um segundo, seguida por Raya do outro lado. Duas mulheres que correm para consolar o bebezão.

— Não se deixe abater pelas suas frustrações — diz Raya, dando-me um empurrãozinho jocoso. — Não há como ela esquecer o que existe entre vocês dois. Não para sempre.

— Será que você não está exagerando? — sugere Kate, arrancando risadas dos meus supostos melhores amigos. — Sufocando-a?

— Não — asseguro. — Meu Deus, estou dormindo no quarto de hóspedes. Permito que ela use esse vestido ridículo. E agora ela está bebendo vinho mesmo que eu ache que ela não deveria estar bebendo. Não se pode dizer que eu a estou sufocando. — Deixo de fora o alvoroço que causei ontem quando ela desapareceu. Eles não precisam saber desta parte. Eu fungo e tomo a minha água, desejando poder substituí-la por algo mais forte. Muito mais forte.

— Ela vai chegar lá. Mantenha esse ritmo. — Sam me oferece um sorriso raro de apoio.

— Sim... — Engulo a minha frustração e me endireito. O que foi que tomou conta de mim? Choramingando como um bebê diante dos meus amigos. — Aí está ela. — Esfrego os olhos rapidamente, ao mesmo tempo que Kate e Raya voltam aos seus lugares.

— Não se preocupe — diz Drew. — Não vamos contar pra ela que você estava chorando.

— Foda-se — vocifero. — Se bem me lembro, você esperneou quando achou que uma certa loira tinha se mandado pra Austrália e largado seu traseiro sádico pra trás.

Drew se encolhe inteiro e Raya ri.

— Que lindinho.

Puxo a cadeira para Ava e ela aceita o gesto com graça, olhando para mim o tempo todo.

— Está tudo bem?

Eu a puxo para mais perto e ela vem, aproximando-se naturalmente até meus lábios tocarem sua face.

— Desculpe — suspiro contra a sua pele. — Eu fico preocupado, é só isso.

Ela me olha e sorri, acariciando o meu rosto de leve.

— Eu tenho você comigo, então ficarei bem, certo?

Essas palavras jamais soaram tão reconfortantes. Se ela as disse porque está aprendendo rápido que eu preciso ouvi-las, não vem ao caso.

— Certo — confirmo. — Precisamos fazer as pazes. Beije-me.

Ela não questiona a minha ordem. E eu sei que é mais por instinto do que por querer ser espertinha ou tentar me acalmar. O beijo é apenas um selinho caprichado, mas mesmo assim sou engolido inteiro, capturado no momento. Até uma tosse interromper minha alegria. Em torno da mesa, vejo que todos nos observam. Esperando. Sorrindo.

Ava começa a brincar com seu guardanapo e eu volto para minha cadeira, sorrindo ao ver que ela está corando.

— Desculpe — murmura ela, olhando para todos os lados, exceto para os nossos amigos.

Ninguém acha estranho. Ninguém a não ser Ava. Eles todos nos conhecem. Podemos não ser *totalmente* nós nesse momento de nossa vida, mas posso notar que nossos amigos estão felizes por ver pequenos sinais do Jesse e da Ava de sempre.

Todos fazem seus pedidos, com a conversa um pouco mais descontraída. Observar Ava enquanto Kate lhe conta histórias dos últimos anos é mais divertido do que pensei que seria. Quando nossos pratos chegam à mesa, fico olhando por meia hora Ava empurrar a comida no prato, bebendo muito mais do que comendo.

— Mais vinho? — oferece Kate por cima de seu prato extra-apimentado, o mais forte do cardápio, sinalizando para a taça de Ava. Sou o único aqui preocupado com a quantidade de álcool descendo pela garganta da minha esposa?

Esbravejando comigo mesmo, eu me aproximo de Ava.

— Vá com calma, *baby*. Você ainda está frágil.

Ela revira os olhos, dando tapinhas na minha mão. É tão condescendente.

— Eu estou bem — garante.

Uma hora mais tarde, ela não está nada bem e eu estou furioso comigo mesmo por ter recuado. Não sou teimoso apenas por diversão. Sempre há razões perfeitamente válidas para eu insistir em algo, e a razão para eu não querer que ela bebesse fica evidente quando ela se levanta cambaleando. É bom que Kate não tente me impedir desta vez. Lançando um olhar fulminante para cada um dos meus amigos, para que fiquem cientes de que os estou culpando por isso, pego Ava pelo cotovelo e a conduzo para o banheiro.

— Eu não estou bêbada. — Ela soluça e dá risadinhas. — Bem, não muito.

— Fique quieta — resmungo, entrando com ela no recinto e abrindo a porta de uma das cabines. — Já pra dentro.

Fico no lugar da porta em vez de fechá-la, segurando uma de suas mãos enquanto ela baixa a calcinha com a outra.

— Está sorrindo por quê? — pergunta ela, sentando-se no vaso e me encarando, com os olhos estreitos e embriagados.

— Só estou surpreso por você não me mandar sair.

Ela fica pensativa por um momento.

— Eu nem pensei nisso. Além do que, tivemos filhos juntos. Suponho que você estava lá na hora do parto.

Minhas bochechas doem com o meu sorriso, lembranças carinhosas do dia em que meus bebês nasceram vêm à minha mente como se tivesse acontecido ontem. O tempo passou voando.

— Foi o dia mais lindo da minha vida. — E o mais estressante. Pego um pedaço de papel higiênico e ofereço a ela, para em seguida ajudá-la quando ela termina. — Acho que é hora de ir pra casa.

— Mas está sendo uma noite deliciosa — choraminga ela, deixando que eu a guie até a pia. — Ouvir todas aquelas histórias.

Sim, foi delicioso, mas nem uma vez ela deu a menor indicação de ter recuperado a memória e eu observei tudo bem de perto. Nadinha. Um lampejo que fosse.

— É tarde. — Abro a torneira e posiciono as mãos dela embaixo do fluxo de água. — E você já bebeu mais do que o suficiente.

— Mandão. — Ela ri. Eu reviro os olhos e levo as mãos dela até as toalhas. — Posso beber mais uma taça antes de irmos?

— Não. — Seguro Ava pelo punho e a levo para fora do banheiro, de volta à mesa. — Vamos embora agora. — Abraço minha mulher com um dos braços enquanto tiro a carteira do bolso com a outra mão e pego algumas notas com os dentes.

Ava as arranca da minha boca antes que eu tenha chance de cuspi-las.

— Ele não vai me deixar beber mais uma — chia ela, jogando o dinheiro sobre a mesa. — Que tédio.

— Só a saideira, Jesse — pede Kate, piscando. — Ela só está alegrinha.

— Alegrinha pra mim é o mesmo que bêbada.

— Eu estou me divertindo — rebate Ava, indignada. — Não há muito que me faça feliz neste momento. Estou casada com um homem que não conheço, não reconheço meus filhos e perdi dezesseis anos da minha vida.

Todos se encolhem na mesa. Eu os ignoro e também ignoro minha esposa, pondo as mãos nos seus ombros enquanto mordo a língua.

— Diga adeus — ordeno.

— Tchau!

Eu a faço dar meia-volta e passo a guiar seus ossos ébrios para fora do restaurante. Preciso reverter isso antes que eu perca a paciência. Estou tão perto.

— Você vai ganhar uma transa de castigo, mocinha. — Abro a porta e olho muito sério para ela quando ela me fita com olhos baixos. Está imaginando a coisa toda: nós dois trepando enquanto ela está algemada à cama. — O que mais você está imaginando? — pergunto, convencido, querendo que ela saiba que estou ciente de onde está a sua mente inebriada.

— Nada — solta ela, passando por mim, o movimento de seus quadris um pouco mais sinuoso que o normal. Está mancando mais. Vou esconder todos os sapatos de salto alto dela quando chegarmos em casa. E é bom comentar o fato com o médico.

Estou a ponto de pegá-la no colo, quando ela para abruptamente, fazendo-me colidir com as costas dela, lançando-a alguns passos à frente. Seguro-a pelo cotovelo e praguejo.

— Porra, Ava! Cuidado!

Ela não dá ouvidos à minha irritação, seu foco diante dela.

— Matt? — diz ela.

Meu pescoço estala com a velocidade com que levanto a cabeça, e minha mão automaticamente sai do cotovelo dela para se instalar em sua cintura. Também dou um passo à frente e diminuo a já mínima distância que nos separava. A raiva sobe à superfície, piorada pelo fato de que Ava reconhece o babaca que ela namorava antes de me conhecer. É um chute na boca. Um taco de beisebol no estômago. Apenas mais combustível para a minha fúria.

O tempo não foi gentil com o ex-namorado de Ava. De maneira alguma, embora eu possa ver, pela forma como ele a devora com os olhos, que ele tem opinião oposta com relação a ela. Puta que pariu, alguém me segure.

— Ava? — Ele dá um passo à frente, ignorando a minha presença. Sou muito mais alto que Ava, cabeça e ombros acima dela, é impossível não me ver, a não ser que algo mais prazeroso roube toda a sua atenção, e minha esposa, especialmente usando esse vestido curto ridículo, é certamente uma visão mais prazerosa que eu. Meu rosto espasma, indeciso entre encará-lo e rosnar para ele. — Uau, você está linda.

Ela se move em frente a mim. Estaria querendo se desvencilhar? Ou estará nervosa? Não sei, mas não gosto de pensar em qualquer das duas possibilidades, então seguro sua cintura com mais firmeza. Ela não vai sair daqui, mas Matt vai, se não sumir logo. Tipo ser lançado para o espaço, catapultado por um soco meu.

— Obrigada, Matt. — Ava olha para mim, mas eu não sei dizer se desconfiada ou em alerta. Meus olhos estão ocupados, fulminando o idiota do ex dela. Ouvi-la dizer o nome dele basta para instigar em mim todo tipo de raiva.

— Li no jornal que você esteve envolvida em um acidente. Pareceu bem grave. — Matt mantém o foco nela. — Mas tenho que dizer que você está ótima.

— Estou melhorando. Você é que está muito bem. Como andam as coisas?

Sério? Eu vou ter que ficar aqui sobrando enquanto a minha esposa e seu ex matam as saudades? De jeito nenhum. Nem por cima do meu cadáver. Ou talvez por cima do cadáver de Matt, porque juro que vou matá-lo.

— Vamos embora. — Puxo Ava, mantendo o olhar mortal em Matt, enquanto a afasto dele. Matt finalmente olha para mim, e eu o faço pensar um pouquinho sobre o que aconteceu da última vez que veio atrás de minha esposa.

— Isso foi rude, Jesse — observa Ava inutilmente, enquanto a levo para o carro. Eu a faço parar e me inclino até ficarmos olho a olho.

— Você não se lembra do que ele fez com você, mas eu me lembro.

Uma amargura instantânea perpassa o rosto dela e eu temo que não seja pelo ex, mas por minha causa.

— O que ele fez? — pergunta ela, de nariz empinado.

— Ele te traiu. Você morava com ele, Ava, e saiu de casa porque descobriu que ele te traiu. É um babaca. — Vejo a surpresa em seus olhos, e definitivamente mágoa. Por ele?

— Então ele me traiu, você me traiu. — Ela dá uma risada perversa. — O que há de errado comigo? E já que parece que te amo loucamente, a sua transgressão machucou mais! Então o único babaca que eu vejo aqui é *você*, Jesse. Só você! E eu te odeio! — Posso ver que ela se arrepende das palavras quase imediatamente após dizê-las, pela linha fina que se tornam seus lábios, além do passo atrás que ela dá para se afastar de mim.

Acho, no entanto, que ela jamais terá a dimensão do quanto aquilo me magoa. Imagino que eu preferiria outra facada no estômago. Ela me odeia?

— Vou atribuir a sua crueldade à quantidade de álcool que você bebeu. Entre no carro. Agora. — Soo possesso e não me importo nem um pouco.

Sem mais uma palavra, Ava se senta no banco do passageiro e afivela o cinto, sem tirar os olhos desconfiados de mim. Fecho a porta e contorno o veículo. Entrando no carro com toda a força, dou a partida e saio cantando os pneus e sem o menor cuidado, lutando para acalmar minha raiva. Já não basta ela tê-lo reconhecido – é péssimo pensar que o último homem de quem ela se lembra na vida foi um cafajeste. Mas as palavras dela?

Olho para as minhas articulações dos dedos pálidas de tanto apertar o volante, a força que imponho não ajuda a deter meu tremor. Estou fora de mim. Seu comentário odioso me deixou psicótico. Meu humor não atingia esse nível há anos. Anos desde que saí do prumo e entrei em uma espiral de destruição. Sinto como se toda essa merda estivesse para transbordar. Estou em ponto de ebulição.

E ela sabe disso.

Capítulo 28

Os dedos de Ava permaneceram agarrados ao couro do banco durante todo o caminho para casa, o que não me fez tirar o pé do acelerador. Era o carro ou ela quem aguentaria a carga da minha ira, e gritar com ela não teria ajudado nenhum de nós.

Fico surpreso que a porta do Aston não tenha caído no chão em um grito de dor depois da força que usei para fechá-la. Ava sai do carro com muito mais agilidade do que eu a imaginaria capaz, caminhando com dificuldade em direção à porta.

Eu me apresso para chegar até ela, o instinto de ajudá-la assume o controle e mantém a raiva domada.

— Eu posso andar. — Ela bate nas minhas mãos quando tento pegá-la no colo. — Deixe-me sozinha.

Nunca a deixarei sozinha. Deixá-la sozinha seria como desistir e, no que diz respeito à minha esposa, eu jamais desisto. Da maneira mais gentil possível, dou o bote e jogo-a sobre o ombro.

— Esqueça, mocinha. — Seus punhos cerrados esmurrando as minhas costas são mais um sinal de que ela está tentando estabelecer um ponto de vista do que uma real vontade de escapar. Nós dois sabemos que ela não vai a lugar algum até eu soltá-la.

— Eu disse pra me deixar em paz! — grita ela, metade frustrada, metade histérica. É exatamente como eu me sinto por dentro. Meu corpo absorve cada golpe e sigo em direção à porta. — Jesse!

— Cale a boca, Ava — advirto, chutando a porta após destrancá-la.

— Você é um animal!

— É a história da minha vida no que diz respeito a você. — Eu a coloco de pé. Os punhos que socavam as minhas costas inutilmente agora começam a atacar o meu peito. E eu fico ali, parado de pé, sem me mover, deixando que ela grite e extravase toda a sua frustração.

Se pelo menos eu tivesse a mesma válvula de escape. Algo em que bater e alguém com quem gritar. Mas não tenho, então saboreio os golpes brutais no meu tronco, esperando que ela esteja extravasando a minha frustração também.

Ela bate sem dó, sua força estimulada pelo desespero.

E para mim, tudo bem. Eu seria o saco de pancadas de Ava pelo resto de meus dias miseráveis, se isso a fizesse se sentir infimamente melhor. Porque, em última instância, enquanto estou em frangalhos tentando navegar por esse território doloroso e desconhecido, o amor da minha vida está em situação pior. Enquanto eu tenho nossas lembranças às quais me apegar, ela não as tem. Enquanto eu tenho o rosto dos nossos filhos para imaginar durante esse pesadelo, cada momento da curta vida deles para lembrar, ela não tem. Enquanto eu tenho esperanças e reconheço o brilho de cada lembrança dela, ela não tem.

Meus pensamentos tomam a frente, e a raiva queima minhas entranhas à medida que ela continua a me bater.

— Continue! — urro e ela se assusta, afastando-se. — Pode me bater, Ava! Não vai ser pior do que o que estou sentindo aqui dentro. — Eu mesmo esmurro meu peito. — Então pode me bater!

Fecho os olhos e ela volta a investir contra mim. Enquanto ela me agride, eu penso no poder que tem o nosso amor. Não é tão poderoso quanto sempre pensei porque, se fosse, transporia qualquer barreira. Mesmo essa.

Levo alguns segundos para me dar conta de que ela parou de me esmurrar e, quando abro os olhos, encontro-a ofegante diante de mim, seus cabelos desgrenhados ao redor do rosto, os olhos selvagens. Nós nos encaramos por um momento, eu sem expressão, ela claramente chocada com a própria explosão. Ou chocada por eu ter ficado aqui e aceitado o ataque. O que mais eu poderia fazer? Revidar? Bater nela também? Imaginar que ela possa pensar nisso como uma possibilidade me deixa enjoado. Faz com que eu queira ferir a mim mesmo para mostrar a ela que eu suportaria tudo antes de fazer qualquer coisa que pudesse lhe causar dor.

Vê-la diante de mim tão perdida e desesperançada, obviamente se perguntando no que estou pensando, e eu *saber* o que se passa na cabeça dela apenas amplifica meu desespero. E minha raiva. Não aguento mais.

Deixo-a recompor-se no hall de entrada e adentro a casa direto para a sala de jogos, a mente fixa em uma coisa. A única coisa que vai me entorpecer. A única coisa que vai me tirar do meu pesadelo. Meus olhos miram a garrafa que fica no bar; o alívio que alguns poucos goles podem me proporcionar é tentador demais para recusar. Eu tiro o paletó e jogo no chão, depois afrouxo a gravata e abro o botão do colarinho.

Com os olhos ainda na garrafa, esfrego os cabelos com a mão. Lembranças há tanto tempo perdidas no entorpecimento causado pelo álcool voltam com força total. Preciso daquele torpor agora. Porque se a minha vida será assim daqui por diante, estou fora. Deu para mim.

Pego a garrafa de vodca e tiro a tampa, arfando. Uma gota de suor desce pela minha testa e a enxugo com a mão, trazendo o gargalo à boca. Apenas um gole. É só do que preciso. Um gole para começar a amortecer a dor.

Com as narinas dilatadas, bebo um gole grande e tusso, o álcool queimando a minha garganta. Ele bate forte no meu estômago e meus pensamentos voltam aos dias em que eu me perdia em uma névoa de álcool e mulheres. Vejo-me nu. Com muitas mulheres, nenhuma delas a minha esposa.

— Jesse! — A voz ferida de Ava corta meu *flashback*, arrancando-me dos dias decadentes do Solar e de volta à realidade. Seus olhos vidrados paralisam-me. Lindos olhos, os olhos cor de chocolate que me enfeitiçam e jamais me abandonam. — Você não deveria estar bebendo — diz ela, ofegante, ainda se recuperando do episódio no hall.

Olho para a garrafa, mas desta vez não vejo uma fuga. Agora vejo veneno. Agora vejo a escolha covarde. Agora vejo dano real. Ela está certa, eu não deveria mesmo estar bebendo. Mas o mais importante é que ela sabe que eu não deveria estar fazendo isso.

— Por quê? — pergunto em voz baixa, olhando para ela. — Por que eu não deveria beber, Ava?

Ela abre e fecha a boca, sua mente se esforça para encontrar a resposta. Eu não quero admitir que a resposta que ela busca não está lá. Não quero aceitar que ela não vai encontrá-la. A afirmação foi apenas mais um daqueles lampejos de esperança.

Sua expressão vazia me atira no abismo e perco a cabeça, frustração e desespero levam minhas últimas forças.

— Por quê, Ava? — grito. — Por que eu não devo beber essa merda dessa vodca?

— Não sei — soluça ela, os ombros sacudindo incontrolavelmente, a emoção enfim tomando lugar do desencanto. — Não sei. — Ela enterra o rosto nas mãos, escondendo-se da nossa realidade.

Vê-la tão arrasada é mais difícil do que lidar com a frustração. Vê-la tão desamparada parte meu coração. Isso é um poço mais fundo que todas as profundezas do inferno que já pensei ter visto. — Caralho! — Enlouqueço, atirando a garrafa ferozmente contra a parede, antes que eu faça algo estúpido como beber tudo. Estilhaços de vidro voam como fragmentos de bomba, e o suco do diabo espirra em todas as paredes. — Eu não deveria beber porque sou um maldito alcoólatra! — explodo. — Antes de te conhecer, tudo o que fazia era beber até esquecer tudo e foder qualquer coisa que tivesse uma pulsação. É por isso! — Cambaleio para trás, minhas costas encontram a parede, a respiração curta. Não consigo controlar meu corpo. Minha boca.

Minhas malditas lágrimas.

Ainda posso vê-la em choque através do líquido que distorce a minha visão.

— Você me deu um motivo para parar, Ava. — Estou imóvel e ofegante, sentindo a minha vida fugindo totalmente ao meu controle. — Você fez meu coração começar a bater de novo. E agora você não está mais aqui e eu não sei se consigo seguir em frente sem você.

Meus joelhos cedem e eu deslizo pela parede como um saco de batatas, chegando ao chão com um ruído. Já não aguento guardar tudo aqui dentro. Não suporto mais tentar ser o mais forte. Porque sem Ava sou o homem mais fraco do mundo e me sinto sem ela neste momento. Meus cotovelos batem nos joelhos e meu rosto se esconde em minhas mãos. A expressão de choque dela é insuportável. Não tolero o fato de que ela está me vendo assim.

— Vá para o quarto. — Imploro que ela me deixe sozinho com o meu tormento. — Só vá.

Sinto-me frio. Só.

E então... não mais.

A mão dela desliza no meu pescoço e eu olho para cima e a vejo ajoelhada à minha frente, olhos chorosos nos meus.

— Eu não vou a lugar algum. — Ava encontra meios de chegar mais perto, segurando meus joelhos e abrindo as minhas pernas para se aconchegar entre elas. — Porque mesmo que eu não saiba onde estou, sinto-me em casa. Mesmo que eu esteja tentando me lembrar de você. — Mais lágrimas rolam e ela acaricia meus joelhos. — Sei que você é meu. Sei que sou a dona do seu coração. Porque mesmo que eu não te *conheça*, sei que quando penso em não ter você, dói demais. — Ela pega a minha mão e a coloca sobre o próprio peito. O coração dela bate descompassado. Como o meu.

— Ava, eu sou um homem destruído. — Sinto-me horrível por ter que admitir. — Pensar que você pode ter perdido toda a memória do que tivemos juntos acaba comigo.

— Eu sei que você é mais forte do que isso. Sei que é mais determinado. Você prometeu que não ia desistir de mim.

Meu coração aperta.

— *Baby*, eu não desisti. — Suspiro e faço um gesto para que ela se aproxime mais ainda, o que ela atende sem hesitar, deixando que eu a coloque no meu colo e a abrace. — Eu só tive uma recaída mínima.

Ela se molda a mim, e meu mundo se equilibra um pouquinho.

— Não tenha mais nenhuma recaída, por favor.

— Então comece a fazer o que lhe é pedido.

— Jamais — discorda ela. — Porque sei que não é o que normalmente faço, é?

Sorrio em meio à tristeza.

— Não.

Ficamos ali no chão abraçados por um tempo, quietos, ambos nos acalmando, os corpos se recuperando do tremor. Então Ava se liberta dos meus braços, me beija e inspira.

— Vem pra cama?

Eu engulo, detestando notar que a pergunta carrega uma incerteza.

— Eu adoraria. — Vou passar a noite inteira abraçado a ela. Bem perto. Nada de sexo, nada de *nada*. Apenas o contato. Eu *preciso* desse contato.

— Obrigada.

— Não me agradeça! — É uma bronquinha carinhosa. — Nunca me agradeça por te amar.

— Porque foi pra isso que eu vim à Terra. — Seu lábio inferior treme em cada palavra e tento engolir o nó do tamanho de um melão na garganta, agarrando-a de volta.

— Isso mesmo. — Sufocando-a com meu abraço, enterro o rosto em seus cabelos e brigo para manter as emoções sob controle. — Esse vestido ainda é ridículo — resmungo.

— Esqueço que tenho trinta e oito anos agora.

— Então estava apenas sendo teimosa, não é? — Eu não preciso de confirmação. Conheço a minha esposa melhor do que ela conhece a si mesma.

Ela confirma com a cabeça no meu peito.

— Não tenho mais o corpo que eu tinha aos vinte e poucos.

Eu bufo ao ouvi-la dizer isso, levantando-me do chão e trazendo-a comigo.

— Você fica mais linda a cada dia. Ponto-final. — Não vamos começar a dizer bobagens.

— Você é obrigado a dizer isso.

— Não sou obrigado a dizer coisa alguma, mocinha. — Subo a escada e entro no nosso quarto. — Você, por outro lado, como bem sabe, é obrigada a fazer o que eu mando. — Eu a coloco no chão e automaticamente viro-a de costas, abrindo o zíper do vestido. — Entendido?

Ela aquiesce com a cabeça e permanece parada enquanto baixo o zíper, acompanhando-o com os olhos. Ao afastar o tecido, prendo a respiração, preparando-me para a visão de suas costas nuas.

— Perfeita — suspiro, deixando a peça cair no chão. A calcinha de renda preta a veste impecavelmente. Meu Deus. Acho que dormir abraçadinho como eu planejava não será o suficiente. Será que ela permitiria?

Minhas mãos tocam o fecho do sutiã. Um movimento e ele está aberto. Percebo que os ombros dela se tensionam. Eu me aproximo e a enlaço pela cintura, pousando o queixo no ombro dela.

— Eu gostaria de fazer amor com você — sussurro e ela se retesa mais um pouco, não de medo, mas de expectativa. — Quero tirar essa renda do seu corpo e explorar sem pressa cada milímetro seu. — Baixo as alças do sutiã pelos braços dela até que ele também caia no chão. — Eu preciso de você, Ava. Mais do que já precisei antes. — Beijando-a com suavidade, deleito-me com a sensação do seu corpo pressionando o meu. — Deixe-me mostrar o quanto eu te amo.

Ela se vira lentamente e ergue o queixo para olhar para mim. Sem uma palavra, começa a desabotoar a minha camisa, botão por botão, devagar e sempre, um milhão de emoções dançando em seus olhos sonhadores. Medo. Esperança. Mas acima de tudo, desejo. Por mim.

Tenho noção de que preciso ser delicado. Lento e paciente, atencioso e carinhoso. Muito mais do que qualquer outra vez. Então, deixo que ela me dispa em seu próprio ritmo, resistindo à vontade de rasgar as minhas roupas e jogá-la na cama.

— Precisa de ajuda? — pergunto, só para ela saber que estou aberto a todas as opções.

Ela me olha e vejo apreensão em seu olhar. E me dou conta de que, mesmo que esteja desesperada por mim, ela não sabe como vai ser. Não sabe como somos explosivos juntos, tanto em momentos fortes e brutos como nos lentos e apaixonados.

— Não fique nervosa. — Tomo seus punhos, sentindo na mesma hora que tremem. — Nós não temos que fazer isso. — Nunca precisei reunir tanta energia para dizer um punhado de palavras.

— Mas eu quero. — Ela olha para o meu peito e morde o lábio. — Eu quero muito.

Forçando-se a tomar alguma distância, Ava tira a minha camisa e põe as mãos no meu peito. Sinto meu corpo em chamas e minhas mãos vibram, desesperadas para agarrá-la. Possuí-la. Beijá-la. Fazer amor com ela. O olhar dela me diz que ela está ciente de tudo isso. Ela sabe.

— Eu quero *muito*. — Ava reforça a afirmativa com um beijo direto nos meus lábios e sou tomado por ele de imediato. Minha mão alcança sua nuca, trazendo-a gentilmente para mais perto, minha boca aberta, convidativa.

As mãos dela estão por toda parte. Nosso beijo é quase desajeitado. Posso sentir meu controle se esvaindo. É isso que o desespero faz comigo. Torna-me urgente, me faz querer possuí-la rápido e com força, torná-la minha, delimitar meu território, mostrar a ela como nós somos incríveis juntos, mas agora não é hora de me precipitar.

Diminuo o ritmo de nosso beijo. Não preciso dar-lhe instruções. As mãos dela encontram o zíper da minha calça e eu chuto meus sapatos para longe. Depois a ajudo a tirar a minha calça sem interromper o beijo e a faço caminhar em marcha à ré até a cama. Eu a deito no colchão, nossos lábios ainda selados, as línguas dançando lentamente, um respirando o ar do outro.

Acho que ela nunca foi tão saborosa, mesmo com toques de álcool misturados ao gosto. Eu me deito por cima dela e coloco os braços acima da sua cabeça, deixando-a livre para correr as mãos pelas minhas costas, meu traseiro e, por fim, meu rosto. Ela está perdida. Consumida. Eu me forço a parar de beijá-la, apenas para provar a mim mesmo que ela vai detestar ficar sem a minha boca.

— Jesse — diz ela, ofegante, suas mãos agarrando meus cabelos, tentando trazer meus lábios para os dela. E então suas pernas me enlaçam pela cintura, em uma demonstração de que ela não vai me deixar ir a lugar nenhum. — Por que está parando? — Ela pisca várias vezes, e o egomaníaco dentro de mim gosta de pensar que é porque ela não suporta a minha magnificência tão próxima.

— Eu quero te olhar por um momento sabendo que estarei dentro de você muito em breve.

Ela aperta os lábios, as mãos seguram no elástico da minha cueca boxer. Ela descobre a curva do meu traseiro.

— Como um homem da sua idade consegue ficar em tão boa forma? — Ela belisca minha nádega e eu dou um sorriso maroto.

— Muito sexo.

Uma risadinha irrompe dela e suas unhas curtas cravam nos meus glúteos. Eu cerro os dentes, absorvendo a dor aguda.

— Vou ter que confiar na sua palavra.

— É bom mesmo você confiar na minha palavra. — Levanto uma sobrancelha em advertência enquanto as mãos dela deslizam até os meus cabelos, seguidas por seus olhos.

— Porque é bom demais?

— O sexo? Sim.

— Temo dizer que necessito de provas, sr. Ward. — Seus olhos castanhos vêm parar nos meus, e o sangue que pulsa até o meu membro corre todo de uma só vez. Ela morde os lábios e flexiona os quadris, pressionando-os contra a minha colossal ereção. — Ai, meu Deus — suspira ela.

— Você ainda não sentiu nada, mocinha. — Lá vou eu, esmagando os lábios dela com os meus, os planos de ir devagar e sempre subitamente esquecidos. Mãos selvagens apalpam as minhas coxas e empurram a minha cueca com urgência. Eu adoro esse seu ímpeto e ataco a calcinha dela, mas em vez de baixá-la, eu a rasgo sem dó.

Ela respira fundo, sobressaltada, mas logo adota o meu método e puxa com força a minha cueca. Posso ouvir o som de tecido rasgando, mas ainda temos uma barreira entre a minha pele e a dela.

— Merda — resmungo, assumindo o controle e dando dois puxões brutais.

E então não há nada além de pele. Nada além da fricção da minha carne contra a dela enquanto nos contorcemos juntos; nossos gemidos famintos se misturam, enchendo o quarto.

— Preciso te penetrar agora — digo, movendo os quadris para acertar o ângulo.

Não preciso da ajuda de Ava para ter meu pau às portas de sua entrada pulsante. Ela inspira fundo e segura a respiração, e eu me afasto para poder vê-la toda. Com os olhos nos dela, eu a penetro em uma fração mínima, resistindo à tentação de enterrar tudo.

— Está pronta?

— Meu Deus, sim... — Ela mal consegue falar, mas pode se mover, então gira os quadris para ter-me mais um pouco dentro dela.

— Meu Deus. — Minha cabeça pende para a frente e estou perdendo o controle mesmo com o pouco que tive até agora. Dou um grito e a penetro completamente, ficando imóvel logo em seguida.

— Você se encaixa perfeitamente em mim. — Ela acaricia a minha nuca e me puxa para os lábios dela. — Perfeito pra caralho.

— Olha a boca, Ava.

— Não.

— Está bem. — Ela pode falar quantos palavrões quiser, até ficar roxa e eu vermelho, e eu não estaria nem aí. Porque agora o que temos é *tudo*.

— Mexa-se. — Ela crava as unhas no meu traseiro outra vez, estimulando-me. — Por favor, mexa-se. Você é tão gostoso.

Não sou do tipo de homem que decepciona, especialmente a minha esposa. Acariciando o rosto de Ava com o meu, tiro as mãos dela das minhas nádegas e as trago para o travesseiro, erguendo-me para olhá-la. Ela está arfando. Querendo. Amando a sensação de eu estar dentro dela. Eu lhe dou uma estocada apenas para instigá-la.

— Você quer o Jesse gentil, *baby*? — Passo a língua pelos meus lábios, saboreando o suor dela. — Ou eu deveria te partir em duas?

Ela respira fundo, em algum lugar entre o choque e o prazer.

— Qual das opções eu prefiro?

— Depende do seu humor. Como está o seu humor hoje, linda esposa? — Mais uma estocada, curta e direta, e ela se retesa, fecha a boca e prende a respiração.

— Apenas tire-me do nosso pesadelo por um momento. Eu não me importo. Apenas mexa-se.

Quase me deixo levar pelo desânimo. Nosso pesadelo. Ela quer fugir. Em seguida, ela move os quadris também e o desânimo desaparece em meio a um prazer como nenhum outro.

— Estou estreando uma nova transa no nosso relacionamento, *baby*. — Eu mergulho em um beijo forte, afastando-me antes que ela tenha chance de entrar no momento e me segurar ali. — Vamos chamar de transa de reencontro.

E essa transa vai ser a minha nova favorita. Começo a ondular os quadris, penetrando-a fundo. Seguro seus punhos com força, mantendo-os onde estão, saindo de dentro do calor de sua xoxota, apenas para deslizar para dentro suavemente logo em seguida. Meu corpo pede um sexo mais vigoroso, mas a minha mente não permite.

— Vou fazer amor com você da maneira mais doce possível.

Ela derrete embaixo de mim e o tremor no seu lábio inferior me diz que ela gosta da ideia.

— Está bem.

Eu baixo o rosto, capturando com carinho a boca de Ava enquanto inicio um movimento constante e delicado de quadris, certificando-me de ser lento e preciso também com a língua. Solto as mãos dela e deixo que ela me sinta. Permito que ela controle o nosso beijo, tendo que tolerar a falta de seus lábios quando ela deixa a cabeça se perder no travesseiro suspirando, gemendo, lutando para manter os olhos abertos. Ela está à deriva, entregue ao momento. Um momento comigo. Eu penso apenas em ter certeza de que o ritmo permanece constante, assegurar que ela se mantenha em perfeito estado de prazer. Jamais vi algo tão impressionante e me pego mais interessado em testemunhar Ava tendo prazer do que no meu próprio. Não estou perdendo nada. Nada poderia superar isto.

Minha pele úmida se separa da dela quando apoio meu peso nos braços para ter uma visão melhor. Os seus olhos seguem os meus e suas mãos vêm ao meu rosto e o tocam. Nossos quadris estão em perfeita sincronia, os dela para cima e os meus para baixo, cada vez penetrando mais fundo.

— Dá pra perceber por que eu me apaixonei por você — sussurra ela, acariciando a minha barba cerrada.

— Porque eu sou um Adônis na cama?

— E fora dela *também*. — Sua voz fica mais aguda e então ela a traz de volta ao tom natural com um gemido, os olhos piscando em câmera lenta. — Você é o homem perfeito. Grande, forte, apaixonado, dedicado. Você ama de corpo inteiro.

— E não sou nada sem você.

— E é tudo comigo. — Ela me puxa para si, enterra o rosto no meu pescoço e assim damos os passos finais em direção ao clímax, abraçados, respirando no mesmo ritmo, movendo-nos como um só.

Atingimos o orgasmo simultaneamente. Eu não grito. Ela também não. Eu não faço movimentos bruscos. Ela também não. Voltamos do ápice com calma e em silêncio, e só o que se move depressa é nosso coração batendo freneticamente. Estou vivo e ela também. Todo o resto pode ser consertado. Tenho certeza.

— Quer que eu me mexa? — pergunto com a boca na pele úmida de seu pescoço, preocupado com o fato de que agora estou relaxado e provavelmente muito pesado.

— Não. — Seus braços me enlaçam pelos ombros, as pernas em torno da minha cintura, e ela me prende em um abraço apertado. — Quero que você fique exatamente onde está, a noite toda. — Ela vira o rosto na direção do meu e encontra meus lábios. — Porque aqui é o seu lugar. Sem espaço algum entre nós.

Grudados.

Com o corpo inteiro, todas as partes se tocando. Os lábios dela nos meus, meus pulmões inalando o ar que vem dela.

— Jesse — sussurra ela ao meu ouvido, sonolenta.
— Hum?
— Acho que estou me apaixonando por você.

Capítulo 29

Pode me chamar de um deus do lar.

Já estou me acostumando com essa estúpida cafeteira. Também já estou me acostumando com o fato de que o café não está pronto quando eu me levanto. Ava tem finalmente dormido bem e acordá-la pela manhã está fora de questão. Então, eu assumi as suas tarefas.

Ligo a máquina e abro o armário, tirando de lá os cereais matinais e deixando-os prontos para as crianças. Somente quando volto para a cafeteira é que me dou conta do que fiz. O vazio na minha existência cresce e, como se eles sentissem que estou com saudade, meu telefone começa a tocar e corro para atendê-lo. Abro um sorriso quando vejo o rosto do meu menino iluminando a tela.

Atendo a chamada e apoio o aparelho no balcão para continuar a preparar o café da manhã de Ava.

— Está preparando ovos, pai? — pergunta Jacob, em vez de me cumprimentar. O mar ao fundo parece maravilhoso, o barulho das ondas alto, porém tranquilizador. Um feriado. Um desses cairia bem para mim.

— Estou sim, amigão. — Toco a beira da frigideira com a espátula, antes de levantá-la para mostrar a ele. — Vou levar o café da manhã pra mamãe na cama. — Sinto-me renascido, cheio de energia. A noite passada foi uma das melhores da minha vida. E o melhor de tudo é que eu sei que a minha esposa sente o mesmo.

— A mamãe gosta da gema mole — lembra Jacob, o que me faz olhar para a panela e para as duas gemas nada moles dentro dela. Acho que ele percebe algo pela minha expressão. — Faça ovos mexidos — sugere ele. — E salmão. Você sabe que é um dos preferidos dela.

— Não tenho salmão — resmungo, pensando que está mais do que na hora de correr para o supermercado. Está faltando tudo, mas fazer compras está longe de ser o encontro romântico que eu tinha planejado para mais tarde. Ouço Jacob suspirar e encolho os ombros, porque é isso que faço. — Como está Maddie?

— Ela fez uma amizade nova. Está na praia agora.

Uma amiga?

— Que bom. Como ela se chama?

— Hugo.

A frigideira cai com força no fogão e minha mão toca o queimador.

— Filho da puta! — grito e começo a pular, apertando a mão para tentar aplacar a dor. — Puta merda! — Inferno. Minhas articulações ainda estão feridas após o soco no espelho e na porta. E agora isso? Balanço a mão, com uma careta de dor. — Caralho, como dói!

— Jesse Ward! — O som da voz de minha sogra penetra os meus sentidos e eu corro até o telefone, a tempo de ver Jacob revirar os olhos quando a mãe de Ava pega o aparelho. O rosto zangado dela surge na tela.

— Hugo é nome de menina — afirmo categoricamente. — Não é?

— Hugo é um menino — diz ela, irreverente. Isso não me agrada em nada. — É apenas o neto de uns amigos. Jantamos com eles ontem à noite.

Aproximo meu rosto o máximo possível do celular e vejo que Elizabeth se afasta. Minha menininha está na praia sem mim para botar para correr pervertidozinhos que tentem chegar perto dela.

— Eu contava com você, Elizabeth.

— Pra quê? Pra usar o seu rolo compressor na sua ausência?

— Sim! — Olho para a minha mão e vejo uma bolha se formando. — Mantenha esse garoto longe da minha filha — advirto, pegando o telefone e indo para a pia. — Não se pode confiar em meninos. Quantos anos tem esse merdinha?

— Treze.

Derrubo o celular na pia.

— Treze? — Meu Deus! — Elizabeth, isso é...

Sou interrompido no meio do meu acesso de raiva quando alguém pega a minha mão. Olho para o lado e vejo Ava inspecionando minha queimadura. Ela balança a cabeça, pega o telefone e o apoia contra a parede.

— Olá, mamãe. — Ava abre a torneira e força a minha mão a ficar sob o jato de água fria. Gemo de dor e ela me olha com o canto dos olhos, sua expressão querendo me dizer que a culpa é toda minha.

— Olá, querida! — Elizabeth, claro, fica encantada ao ver a filha.

Que pena. Agarro o celular enquanto Ava cuida da minha mão, mantendo-a firme embaixo d'água.

— Então... esse tal garoto.

— Que garoto? — Ava se interessa, inclinando-se para pegar uma toalha. Eu a ignoro e pressiono Elizabeth para saber mais detalhes.

— Mantenha-o longe da minha filha.

— Deixe de exagero. — Minha sogra suspira. Ela não consegue evitar diminuir minha autoridade, como a chata que é. — Ela está crescendo, Jesse. Você precisa deixá-la crescer.

Penso que vou explodir. Quanto tempo eu levaria para chegar a Newquay?

— Elizabeth...

O telefone é arrancado da minha mão por Ava, que sai andando com ele. Fico olhando para as costas dela, incrédulo.

— As crianças estão bem, mamãe? — pergunta ela, encarando-me por sobre o ombro, desafiando-me a pegar o celular de volta. É uma maldita conspiração. Todos estão mancomunados contra mim. — Que bom. E sim. — Ava faz um beicinho. — Ele é muito atencioso e cuidadoso. Estou melhorando dia a dia.

Não quero sorrir. Não quando estou tão possesso e estressado, mas, antes que me dê conta, estou sorrindo como um tolo. Ela está se sentindo ótima. Eu também estava, antes de minha sogra pôr tudo a perder. Bufo e me jogo em um dos bancos, olhando feio para a minha mão machucada e enrolada em uma toalha. Perfeito.

— Também estou louca pra ver você. — Ava vem até mim, segurando a toalha de banho que a cobre e sentando-se em outro banco. Não sei o que acontece comigo. Primeiro ela chega envolta no tecido branco e macio e, no minuto seguinte, está... nua. A toalha cai no chão e Ava finge um susto, olhando-me chocada. E eu apenas sorrio. Um sorriso grande, largo e satisfeito, relaxando no meu banco e olhando-a de cima a baixo, de cima a baixo, de cima... a... baixo.

Inspiro e expiro ruidosamente.

— O café da manhã está com uma cara ótima — comento e ganho tapinhas na cabeça. Fico rindo e ela tenta pegar a toalha. Bobinha. Eu a alcanço antes e saio correndo para o outro lado da bancada, de onde a agito como uma bandeira, provocando-a.

— Ava, você está nua! — berra Elizabeth.

— Maldito FaceTime. — Balanço a cabeça, debochado, jogando a toalha no ombro. — Você está nua, *baby*.

Seu olhar de reprovação merece um prêmio. Assim como meu sorrisinho safado.

— Tenho que ir, mamãe. Dê um beijo nas crianças por mim. — Ela desliga e aponta o celular para mim. — Você está encrencado, Ward.

— Ótimo. — Esfrego as mãos uma na outra. — Pode vir, *baby*. Pode vir.

Sua tentativa de esconder o sorriso falha terrivelmente.

— Você é muito mais velho que eu. Acho que velocidade não é o seu forte hoje em dia.

Muito mais velho?

— Você ainda não me viu correr atrás de meninos que tentam se aproximar da nossa filha. Eu sou um guepardo.

Com os olhos semicerrados, ela dá um passo à esquerda. E eu dou um à direita.

— Vou te pegar — provoca.

Que bom. Espero que ela consiga.

— E o que vai fazer comigo quando me pegar?

— Isso cabe a mim saber.

— E vou descobrir. — Saio correndo da cozinha, com a toalha tremulando atrás de mim. Assim que saio de seu campo de visão, deito-me no chão.

Ela vem mancando um pouco, dando um gritinho quando tropeça no meu pé. Eu a pego no ar e a trago sã e salva para cima de mim.

— Parece que você me pegou, sra. Ward.

— Não seja condescendente. — Ela apoia as mãos nos meus músculos peitorais, na intenção de se levantar, mas fica distraída pela vastidão do meu peito nu, com os olhos brilhando de desejo. Os sorrisos estão surgindo em grande escala esta manhã.

— Terra chamando Ava — sussurro, tirando-a de seu estado de hipnose.

— Sabe... — Ela suspira, com os olhos fixos nos meus, baixando os lábios até o meu peito e deixando um beijo ali. — Acho que eu ia querer você, mesmo que fosse ainda mais nova.

Uma gargalhada surge dos meus dedos do pé e vem subindo até fazê-la sacudir em cima de mim. Sinto seu sorriso na minha pele, suas mãos me apalpando. Assim que me recomponho, eu nos viro, prendendo-a sob mim. Ela solta um ruído de dor e eu me afasto na hora, preocupado.

— Está tudo bem. — Ela afunda os dedos nos meus cabelos e brinca com as mechas. — É só o chão que está gelado nas minhas costas. Como está a sua mão?

Estreito os olhos, ciente de que ela está tentando desviar a minha atenção.

— Está ótima. — Faço alguns movimentos, testando a pegada. Um pouco dolorida, mas é só.

Espalmando as mãos no meu traseiro, ela crava as unhas no tecido da minha cueca, ondulando os quadris e gemendo.

Meu membro desperta e ergo os quadris para criar espaço para ele entre nós. O desejo é instantâneo. Dou um gemido, baixando a cabeça. Preciso me controlar.

— Eu já abusei da sua energia nos últimos dias. — Passeios de motocicleta, jantar, discussões... sexo.

— Mas...

— Nada de "mas". — Contra a minha vontade, eu me levanto e ajudo Ava a fazer mesmo. Eu a enrolo na toalha, ignorando seus resmungos. — Você precisa comer. — Seus ombros caem e, apesar de eu ficar para lá de feliz que ela esteja lutando para conter o desejo, tenho total ciência do quanto já a extenuei, mesmo que ela não admita. Eu a levo de volta para a cozinha, colocando-a sentada e servindo-lhe os ovos. Que parecem bem suspeitos. — Coma — ordeno, pondo o garfo na mão dela e pegando meu telefone. Preciso fazer uma chamada. Ligo para John e deixo a cozinha. — Sarah me ligou ontem à noite — digo a ele em voz baixa quando estou fora do radar de Ava.

— Mas que merda é essa? — John não está feliz. Ótimo. Nem eu. — Eu falei pra ela.

— Bem, acho que terá que falar de novo.

Ele grunhe, confirmando.

— Vou falar. Já avisei, mas ela insiste que precisa conversar com você.

— Isso não vai acontecer. Aquela mulher é um veneno.

— Eu sei disso. Você sabe disso. Mas Sarah é a mesma teimosa de sempre. — John suspira. — Vou conversar com ela. Como está Ava?

— Está bem. E a academia?

— Tudo bem — confirma ele. — Apenas concentre-se em sua garota.

— Obrigado, John. — Dou um sorriso e desligo, aproveitando a oportunidade para ligar de volta para Elizabeth, enquanto Ava toma o café da manhã. — Oi.

Ela suspira.

— Jesse Ward, eu não vou...

— Cale a boca, mulher. Eu não liguei por causa do merdinha. Eu quero falar com você sobre Ava e as crianças.

— Ah. Está tudo bem?

— Sim, na verdade. Muito bem. E as crianças? — Eu nem preciso perguntar. Posso ver no rosto delas sempre que conversamos. Elas estão bem.

— Estão ótimas. Cheias de dúvidas, mas precisam apenas que alguém as tranquilize. Falar com Ava tem ajudado.

Abro um sorriso.

— Sei que já faz uma semana, mas nossos primeiros dias aqui foram de puras lágrimas. Agora estou vendo progresso, Elizabeth. — Dói dizer, sinto muita saudade dos gêmeos, mas... — Pode me dar mais um tempinho?

Ela nem sequer hesita:

— Estamos pensando em voltar na segunda-feira.

— Eu te amo, mamãe.

— Cale essa boca, ameaça ambulante. — Ela desliga e eu volto à cozinha. Sento-me ao lado de Ava e noto que ela não tocou na comida.

Bato de leve com o meu ombro no dela quando ela pousa o garfo, lançando-lhe um olhar de reprovação e colocando o celular sobre a mesa, pronto para forçá-la a comer.

— Pare de brincar com a comida e coma.

Ela suspira e pega uma porção mínima.

— Quem era?

— John. — Levanto-me e me sirvo de uma xícara de café. — Eu só queria saber como vai a academia.

— Posso ver? — Ela coloca uma porção na boca e mastiga devagar, observando-me.

— Ver o quê?

— A academia.

— Claro. Coma tudo e posso levá-la depois da sua sessão de terapia.

A exasperação nos olhos dela me faz sorrir.

— Como uma boa esposinha?

Apoio os cotovelos na mesa de frente para ela e lhe dou o sorriso que reservo apenas para Ava.

— Exatamente assim. — Jogo um beijo para ela e começo a arrumar a cozinha. Talvez uma visita à nossa academia mova algo naquela cabecinha confusa.

Capítulo 30

O estacionamento está lotado. Vejo o carro de Drew em uma das vagas reservadas e paro ao lado dele, indo rapidamente para o lado do passageiro para ajudar Ava. Ela me deixa conduzi-la em silêncio pelo edifício moderno. Não poderia ser mais diferente do Solar. A academia é bastante luxuosa, mas nem se compara no quesito ostentação. A recepção está agitadíssima quando entramos.

— Aquilo é um salão de beleza? — pergunta ela, apontando para as quatro fachadas no primeiro andar. — E um centro de estética?

— Sim. E Raya trabalha ali.

— O que ela faz? — Ava deixa que eu pegue a sua mão, parecendo já um pouco afetada pelo lugar.

— É terapeuta esportiva. — Faço um sinal para uma das meninas na recepção, que rapidamente libera a catraca para nós. — E ali fica um mercadinho de produtos naturais.

— É um paraíso da saúde — observa ela, dando um sorriso constrangido quando todas as meninas da recepção a cumprimentam. — E eu trabalho aqui?

— Você parece decepcionada. — Quando chego à vitrine de sucos, vejo Drew pelo vidro que dá para a piscina. Ele está em cima do trampolim, dando instruções a Georgia.

— Bem, eu sempre sonhei em ter a minha empresa de design — diz Ava.

— Você parou de trabalhar pra ter os gêmeos. — Foi bem antes dos gêmeos, mas a forma como Ava efetivamente largou o emprego na Rococo Union não é algo em que quero mexer. Sempre me pergunto se aquele imbecil do Mikael ainda é o dono ou se vendeu a empresa assim que minha esposa pediu demissão. — Quando as crianças começaram a ficar na escola em período integral, você decidiu colaborar aqui.

Um olhar duvidoso pousa em mim.

— Eu decidi ou você me fez decidir?

— Você decidiu — confirmo, antes de pedir seu *powershake* favorito. — Em suas próprias palavras, eu sou péssimo em planejamento financeiro e você não ia deixar outra pessoa qualquer cuidar disso.

— Então você me paga? — Ela aceita o shake, com um olhar um pouco desconfiado.

— Muito bem — respondo, minha voz grave e sugestiva.

Ela me olha feio de brincadeira.

— Engraçadinho.

— Você é diretora, Ava. Como eu disse, o lugar é *nosso*.

Posso ver que ela fica feliz com essa informação, seus lindos lábios pegam o canudo e ela bebe olhando com atenção para o bar, com mesas cheias de laptops e pessoas conversando depois de malhar.

— Uau, isso aqui é bem sofisticado.

— Fico feliz que seu gosto não tenha mudado — digo, conduzindo-a à escada que leva ao andar dos aparelhos de musculação.

O rosto dela assume uma expressão brincalhona e ela bate os quadris nos meus, os lábios ainda colados ao canudo.

— Isso teria sido realmente um choque pra você, não teria?

— Do que está falando?

— Se eu voltasse e não gostasse de você. — Ela ri baixinho enquanto descemos os degraus, divertida.

— Então você gosta de mim? — questiono, soando casual e despretensioso.

— Você dá para o gasto, eu acho.

Audácia. Eu a empurro de leve e ela ri, parando no fim da escada, quando todo o andar entra em seu campo de visão.

— Uau!

Virando-se lentamente, ela olha para o vasto espaço. Isso vai levar um tempinho. Uma aula de BodyPump acontece na arena do lado oposto, um grupo de clientes sérios puxa ferro em um canto, um grupo de mulheres ocupa as bicicletas em uma aula de *spinning* ao fundo. E os estúdios espelhados estão todos ocupados, uma aula ou outra acontecendo em cada um deles. Endorfinas pulsam no ar e penetram a minha pele e tenho vontade de subir em uma esteira. Fazer exercício sempre foi uma bênção para mim, um modo perfeito de aliviar o estresse. E justo agora, no momento de maior estresse da minha vida, eu não tenho tido oportunidade de extravasar.

Muita gente passa por nós, clientes e funcionários, todos nos cumprimentam, sorriem, genuinamente alegres por nos ver ali. Ava não reconhece ninguém. Ela apenas sorri constrangida, ficando a cada minuto mais desconfortável.

— Eu venho todos os dias? — pergunta ela, e seu tom não deixa claro se isso é bom ou ruim. Espero que seja bom, pois assim ela talvez deixe de lado a ideia estúpida de trabalhar em outro lugar.

— Sim, comigo.

Ela busca a minha mão por vontade própria e a segura com força.

— É muito barulhento.

Merda, ela tem razão. É uma batida constante, nada fora do comum, mas a cabeça dela está em situação delicada. Eu a puxo, determinado a nos tirar desta área e ir para um lugar mais quieto.

— Aqui. — Abro a porta do escritório de Ava, faço menção para ela entrar e fecho a porta, deixando o barulho lá fora. Assim é melhor. Ela provavelmente não conseguia ouvir os próprios pensamentos lá fora.

Ela caminha devagar, olhando tudo, assimilando o aspecto do espaço que frequenta todos os dias, e meus olhos ávidos procuram algum sinal de que ela reconhece algo. Ava pega o porta-retratos com uma foto de todos nós e sorri. É apenas mais uma prova de que isso é real, de que ela não vai despertar a qualquer momento e descobrir que esteve presa em um sonho.

— Seu escritório é muito bonito — diz ela, colocando o objeto no lugar.

Meu escritório?

— Esse não é o meu escritório, Ava — digo, sentando-me no meu lugar preferido no sofá, perto da janela. — Este é o *seu* escritório.

Os olhos se arregalam e partem para mais uma jornada em torno do local.

— Meu? — indaga ela, obviamente impressionada.

Eu me reclino, achando graça por ela estar maravilhada.

— Seu.

Observo-a puxar a cadeira e sentar-se à sua mesa, abrindo algumas gavetas. Ela tira algo de uma delas e sorri para mim. Colocando um vidro de esmalte vermelho sobre a mesa, ela relaxa no encosto da cadeira. Dou um sorriso e penso em como ela fica sexy atrás daquela mesa.

— Eu me sinto tão importante.

— Você é. — Cruzo as pernas, apoiando o tornozelo no joelho e o cotovelo no encosto do sofá.

— E onde é o seu escritório?

— Estou sentado nele.

— Você trabalha nesse sofá? — Uma expressão de dúvida precede um sorriso.

— Sim.

— E que tipo de trabalho você faz aí? — Ela põe os pés em cima da mesa e eu jogo os meus para cima do sofá, relaxando, com os braços acima da cabeça, bem confortável. Eu queria que ela pudesse ver o que vejo quando estou aqui. Eu nos vejo sobre todas as superfícies possíveis. Sempre entre as pernas dela. Meu Deus, quantas vezes já a possuí sobre essa mesa?

— O único trabalho que faço aqui é admirar a minha esposa. É uma parte muito importante do meu dia.

— Vagabundeando no serviço? O chefe não está dando um bom exemplo.

Extraio um prazer enorme das palavras dela.

— Ava, todos aqui sabem que a chefe é você, não eu.

— Isso é absurdo. — Ela pega uma caneta e começa a brincar com ela, girando-a entre os dedos, fingindo estar concentrada. — Você é um controlador. Não consigo imaginar que você me deixa tomar as rédeas de sua academia de luxo.

— Não sou um controlador quando não se trata de você. E é a *nossa* academia.

Ela apenas balança a cabeça, pensativa, olhando em volta.

— Então, enquanto eu trabalho como uma escrava, você fica aí, deitado, todo bonitão?

Levanto a cabeça e ergo as sobrancelhas.

— Você me acha bonitão? — Estou querendo parecer casual, mas por dentro quero pular e dançar como Justin Timberlake. Ela está sendo bastante sincera sobre a sua atração por mim hoje. Quase gritante. Quase sugestiva.

Não é à toa que ela está com dor de cabeça: suas reviradas de olhos são constantes e impressionantes.

— Como é que eu me concentro com você vadiando por aqui? — Ela abre outra gaveta e retira alguns papéis, fechando o cenho ao lê-los. E em seguida uma calculadora, que coloca de lado. E, finalmente, uma lixa de unhas. Ela fica feliz com o achado e começa a lixar as unhas.

— Vou deixá-la trabalhar em paz. — Merda, o que eu tinha na cabeça quando nos trouxe aqui? Toda a minha intenção de fazê-la pegar leve foi por água abaixo. Perdida. Ali está ela, com vestido de verão e sandálias, os cabelos ondulados soltos, o rosto sem maquiagem e absolutamente comível. E a mesa parece chamar meu nome. Levanto-me de um salto e parto para cima dela.

O movimento lateral contínuo da lixa diminui à medida que me aproximo e seus olhos se erguem até encontrarem os meus.

— Você não está deitado. — Ela aponta a lixa para mim, como se eu não tivesse percebido que estou de pé. — Isso significa que vai trabalhar?

— Sim... — Sento-me à beira da mesa, com o olhar sempre preso no dela. — Vou trabalhar bastante, sim.

A respiração falha. O corpo se move involuntariamente. Os olhos se enchem de desejo. Os mamilos endurecem e se projetam contra o tecido do vestido. Meus olhos baixam para o meio das pernas dela e inclino a cabeça. Ela está molhada, também. Posso sentir seu cheiro daqui.

— Comporte-se — dispara, voltando a lixar as unhas, fazendo um péssimo trabalho em fingir que não está acontecendo nada.

Ava está pegando fogo. Quase posso ver as chamas na pele dela. E todas as suas reações têm o efeito de sempre em mim. *Ela* me afeta sempre do mesmo jeito. Esta mulher faz minhas veias queimarem. Meus olhos doem só de olhar para ela. Meu coração transborda de adoração.

— Veja bem, isso foi sempre um problema pra mim, Ava. — Toco a madeira brilhante com a ponta do dedo e acaricio a superfície da mesa. — Nunca consigo me comportar quando o assunto é você.

— A qualquer hora, em qualquer lugar — murmura ela e o desejo escorre de cada palavra. — Nós já fizemos sexo neste escritório, não é?

— No sofá, no chão, em cima da mesa, de pé, encostados na porta. — Tiro os pés dela da mesa e uso-os para trazê-la para mais perto com a cadeira, sorrindo ao ver que ela relaxa no encosto. Retiro a lixa de seus dedos, jogo-a sobre a mesa e baixo seus pés para o chão, colocando-me de pernas abertas entre a cadeira e segurando o rosto dela com as mãos. — Tenho muitas doces lembranças deste escritório, Ava. Eu queria que você também tivesse. — Acaricio o nariz dela com o meu, amando a respiração ofegante dela no meu rosto. — Mas vou adorar criar novas memórias. — Coloco a mão entre as suas pernas e parto para o ataque. Estou transtornado demais para resistir. Ontem à noite só serviu para me deixar mais faminto por ela. E, além disso, conheço a minha esposa bem o bastante para saber que ela também quer, e quer agora. — Abra.

As pernas dela se abrem imediatamente e, antes que eu tenha a chance de beijá-la, é ela quem me beija. Sou atacado por uma força brutal, o corpo dela pula da cadeira mais rápido que o normal, mas não estou em posição de detê-la. Eu a coloco sentada na mesa e me posto entre as pernas dela. Enquanto a sua boca devora a minha, suas mãos frenéticas abrem o botão da minha calça, puxando o tecido impacientemente, gemendo frustrada quando seus dedos débeis não conseguem seu intento. Dou um sorriso no meio do nosso beijo e puxo os cabelos dela suavemente, contrapondo a for ça que ela emprega. Arranco meus lábios dos dela e encontro os seus olhos. Ela parece embriagada.

Eu me afasto e tiro a camiseta.

— Quem tem o poder, *baby*?

— Você — murmura ela, puxando-me pelo cós da calça. Sua mão logo encontra meu pênis, libertando-o e apertando-o com carinho. Fico extasiado por ela saber disso. Ela pode sentir. Ela ainda me quer com uma urgência que não pode controlar. Eu sou o deus dela.

Meu Deus. Esta mulher me domina, me controla. Ava faz o sangue correr nas minhas veias, meu coração bater, minha alma pura. E, neste exato momento, ela nem sequer sabe disso. Ela precisa se familiarizar outra vez com os sentimentos que sempre nos arrebataram. Que nos levam a alturas que ninguém jamais compreenderá. Os sentimentos que nos tornam *nós*. Acho que ela já está perto disso. Mesmo antes de agora. Mesmo antes de termos feito amor. Mesmo estando confusa com a nossa conexão e as reações naturais que temos um pelo outro. Eles estão todos ali dentro dela, aguardando para serem redescobertos.

— Eu vou te foder com...

Minha promessa é interrompida quando a porta do escritório se abre. Mais meio segundo e um gritinho penetra na sala.

— Ah, meu Deus! Desculpe!

Só tenho tempo de ver Cherry atordoada antes que a porta se feche novamente, deixando-nos a sós.

— Deus, que vergonha! — Ava pula da mesa com a minha ajuda. — Quem era aquela?

— Cherry. — Coloco minha esposa de pé e afasto os cabelos de seu rosto, sorrindo. Ela está corada e isso é muito sexy.

— Quem é Cherry?

— Ela trabalha aqui. Espere um minuto. — Vou até a porta, amaldiçoando a mim mesmo por não tê-la trancado. Puta merda, estou excitado.

— Jesse? — chama Ava e eu me viro, vendo-a apontar para um ponto abaixo da minha cintura, enquanto recolhe os objetos que derrubamos da mesa. — Talvez seja melhor você se recompor primeiro. E quem sabe vestir a camiseta. — Ela a atira para mim, e eu a pego enquanto olho para a minha calça aberta.

Nossa, estou com tudo de fora. Ouço-a rindo e prossigo para a porta, reacomodando meu pau na cueca e abotoando a calça jeans. Abro a porta e dou de cara com Cherry e suas bochechas vermelhas.

O olhar dela baixa para o meu peito, e seu corpo relaxa visivelmente.

— Ah, aí está ele... — sussurra ela.

— O quê?

Ela sai de seu transe e olha para mim.

— Bom te ver, Jesse. — Sua voz é naturalmente rouca e seus olhos brilham, deleitados. Ela sorri e volta a me olhar de cima a baixo, apertando contra o peito os papéis que traz consigo. A pressão empurra seus seios para cima. Mais uma vez, não que eu esteja olhando para eles. É que eles estão bem na minha cara.

Ignoro seu flerte gritante e olho para o corredor atrás dela ao ouvir o som de passos pesados, que só podem ser de um homem. John vem em nossa direção, com os óculos escuros que são sua marca registrada.

— Cherry — cumprimenta ele, antes de voltar os olhos para mim. — O que está fazendo aqui?

— Não vamos ficar. — Visto a camiseta e volto para dentro do escritório, permitindo que os dois entrem também, ignorando o sorrisinho nos lábios de Cherry.

John vê Ava sentada à própria mesa e franze a sobrancelha de leve.

— Oi, garota.

— Oi — responde ela, olhando para a mulher que está parada à porta. Ela também parece desconfiada. Talvez ligeiramente zangada, e não porque Cherry tenha interrompido o nosso momento.

Dou um passo para o lado quando Cherry entra e seu braço roça no meu.

— É bom ver você, Ava. — Ela chega à mesa e sorri para a minha esposa, que a olha ainda com ar de suspeita.

— Claro que é — solta ela, hostil. — Importa-se de nos dar alguns minutos? — diz Ava a Cherry, e a pergunta soa como qualquer coisa, menos uma pergunta, seu tom seco e seu sorriso forçado.

— Claro. — Cherry se afasta, vira-se e caminha com movimentos sinuosos até a porta. Sua postura é definitivamente calculada e seus lábios fazem um biquinho. Que inferno!

Reviro os olhos e encaro minha esposa irritada. Talvez *irritada* seja pouco. *Irada* parece mais apropriado. Ela não está feliz. E eu estou vibrando. Ela inclina a cabeça, inquisidora, e eu apenas dou de ombros. O que quer que eu diga?

— Dei a Cherry mais responsabilidades na ausência de Ava — diz John, parecendo um pouco cauteloso. — Desculpe se isso te aborrece, garota.

— Não se preocupe — rosna Ava, de mau humor. — Eu não lembro como fazer meu trabalho mesmo. — Ela pega alguns pedaços de papel do chão e os analisa, antes de soltá-los sobre a mesa e largar-se na cadeira.

— As contas precisam ser mantidas em dia, mensalidades recolhidas, fornecedores pagos — continua o meu amigo, demonstrando um raro lado pacificador.

— Você não precisa se preocupar com trabalho nesse momento. — Eu me junto a John na tentativa de fazer Ava se sentir melhor, porque desmotivá-la não seria nada bom quando ela está falando bobagens sobre arrumar outro trabalho. Por cima do meu cadáver. — O nosso foco é ver você melhorar.

Sua carranca está apontada para mim, embora eu saiba que ela está mais aborrecida consigo mesma.

— Eu estou bem — murmura Ava, levantando-se. — E também não preciso me preocupar com uma vadia dando em cima do meu marido.

John tosse e eu sorrio como um louco. Ela não está apenas sendo possessiva comigo, o que por si já é incrível, mas está sendo possessiva com o trabalho dela. Isso é bom. Ela pode parar com essa ideia de arrumar um novo emprego.

— Ninguém vira a minha cabeça a não ser a minha esposa — eu a lembro, indo até ela e pegando em sua mão. — Você sabe disso.

O seu beicinho de um metro é adorável. Ava precisa confiar. Vou dizer isso a ela todo dia, o dia todo. Espero que logo cheguemos novamente ao ponto em que não precisemos mais disso.

— Eu sei. — Ela se instala no meu peito e me abraça, com o rosto colado na minha camiseta. — Para um homem tão velho, você é muito requisitado, Jesse Ward.

Eu me retraio e John dá uma de suas gargalhadas que fazem balançar o prédio.

— Vão para casa. Eu mantenho Cherry a distância — diz John.

— Obrigado, John. — Ava se afasta de mim com alguma resistência, e eu a giro pelos ombros e a conduzo para a porta. — Velho?

Ela dá de ombros embaixo das minhas mãos.

— Sua idade não parece fazer a menor diferença pelo tanto de atenção que você recebe. Essa Cherry deve ser uns dez anos mais jovem que eu.

— Está sendo possessiva? — Beijo-lhe o rosto e voltamos para o térreo da academia, eu atrás dela e ela agora com as mãos sobre as minhas, ainda nos ombros dela. — Pergunto porque estou gostando.

Ela para de repente e seu corpo começa a sacudir de leve. Eu a ultrapasso e fico diante dela, preocupado. Ela está com um enorme sorriso no rosto.

— O que foi? — pergunto.

Erguendo o braço, ela aponta para algo além de mim, convidando-me a seguir seu dedo.

— Simuladores de remo — diz ela, o humor claro em sua voz, embora ela obviamente não saiba muito bem por que, um leve franzido na testa diminui seu sorriso quando volto a minha atenção para ela.

— Qual é a graça? — indago.

— Não sei. — Ela balança a cabeça. — Você gosta de remar?

Dou um sorriso, volto os olhos para os equipamentos, pensando que eles evoluíram ao longo dos anos. Não há meio de executar as manobras perfeitas daquela época em um desses simuladores. Fico feliz por ter guardado o antigo.

— *Nós* amamos remar.

— É mesmo? — Ela parece surpresa com a revelação. — E eu sou boa?

Não consigo segurar o riso e meus olhos faíscam como um fogo sendo reavivado.

— Você é *muito* boa nisso.

— Como assim? Nós remamos naquele estilo romântico, em um riozinho calmo? Sol, paz e palavras melosas? — Seus olhos brilham. Estou prestes a acabar com o seu sonho.

Deslizo minha mão sobre seus ombros, trazendo-a para o meu lado e afastando-a dos simuladores.

— Não exatamente. — Sinto seu olhar inquiridor em mim, demandando que eu prossiga. — Nossa forma de remar é única.

— Por que isso não me surpreende? Está bem, vamos lá. Como é que nós remamos?

Cumprimento alguns clientes que passam por nós, todos enxugando a testa suada.

— A manobra envolve eu estar no assento e você sentada em mim.

— Em uma dessas coisas? — duvida ela, parando e virando-se para avaliar a máquina outra vez. — Como isso é possível?

— Eu acho que não é. — Olho para ela, sorrindo. Pego a mão dela e a puxo. — Venha, vamos tentar.

Ela resiste na hora, a mão dada comigo tenta me impedir, seus pés travam no chão.

— Jesse. — Ela está rindo, mas bastante nervosa. — Estamos no meio da academia.

— E daí? — Minha força sempre irá vencer e eu a tenho onde quero em poucos segundos. Seus olhos escuros estudam a estrutura de metal, a preocupação estampada em seu rosto lindo. Ainda de mãos dadas com ela, eu me sento no aparelho e bato na minha coxa. — Todos a bordo — provoco e ela explode em risadinhas, cujo som satura o espaço em torno de nós.

— Pare.

— Não. — Dou um puxão e ela se senta no meu colo antes que possa voltar a protestar, o tronco grudado no meu peito, nosso rosto um contra o outro. — É mais ou menos assim — digo baixinho no ouvido dela, usando os pés para nos fazer deslizar pelo trilho. — Deslize... — sussurro e em seguida nos lanço de volta, até que o assento bata com força na outra ponta.

— E bata. — Ava termina a frase para mim. O impacto de seu peito batendo contra o meu, seu sexo esfregando no meu, as palavras que surgem de dentro dela. É um coquetel potente, causando uma atividade selvagem dentro da minha calça, atividade essa que não passa despercebida por minha esposa. Ela se afasta, apoiando as mãos nos meus ombros, e inclina a cabeça. — Ah, Deus... — murmura ela, roçando os quadris maliciosamente contra os meus.

— Agora pare *você* — advirto, levantando-nos do assento, antes que seja tarde demais e eu ofereça a todos os clientes da academia um show que eles jamais esquecerão.

Ela ri mais um pouco e se instala no meu colo, com a mão na minha nuca e pressionando meus lábios contra os dela, em um beijo quente. Possessivo. Fico impressionado, mas nem de longe reclamo.

— Por que isso? — pergunto, assim que sua língua exploradora sossega.

— Deu vontade de te beijar. — Ela se afasta, fazendo beicinho. — Eu posso, certo?

— Pergunta idiota. — Faço menção de nos tirar dali e dou de cara com Cherry.

— Ah. — Ava vem para o meu lado, agarrando-se ao meu braço. — Desculpe, eu não te vi aí.

Cherry dá um sorriso forçado e eu dou um suspiro, puxando Ava antes que ela entre em modo rolo compressor. Eu lhe lanço um olhar cansado enquanto descemos os degraus.

— O que foi? — pergunta ela, inocente.

— Nada. — Tento conter o sorriso. É difícil.

Porque ela acabou de demarcar seu território.

Capítulo 31

— Você precisa dormir.

— Eu quero que você termine o que começou no escritório. — Há fogo em seus olhos. Fogo puro e possessivo. Eu sorrio por dentro. Mas, e me dói demais dizer isso, ela precisa descansar. Estou pegando pesado com ela.

— Já pra cama.

Subimos a escada e ela me olha com inúmeras segundas intenções nas profundezas de seus olhos escuros.

— Eu quero tomar um banho de banheira.

— Meu Deus, Ava, está querendo me matar? — Pele molhada e escorregadia não vai ajudar a minha causa.

Ela encosta a cabeça no meu bíceps e noto que seus passos ficam mais pesados a cada degrau.

— Você pode esfregar as minhas costas.

— Você é má. — Entrando no banheiro, olho com raiva para a enorme banheira de mármore. Ela vai se perder ali sozinha. Talvez eu possa me juntar a ela, porque é possível que eu escape sem nem tocar nela, se me sentar do outro lado.

— Como é grande. — Ela me deixa e começa a preparar o banho. Pega um frasco do gel para produzir espuma, leva-o ao nariz, aspira o perfume e derrama uma dose generosa logo abaixo do fluxo de água.

— Nós gostamos de banhos de espuma. — Sento-me na cadeira de veludo creme que fica no canto. — Você escolheu a banheira.

Ela observa a peça colossal e solta um gemido de aprovação.

— É a minha cara.

— É a minha cara também, especialmente quando você está dentro dela. Ela mantém os olhos na água.

— Então você vai ficar aí, só me olhando? — Ela tira vestido e a lingerie devagar. Estou fodido.

Eu me colo no encosto da cadeira, todos os músculos tensos na tentativa de impedir a mim mesmo de pular em cima dela e jogá-la no chão. Ela está brincando comigo.

— Ava, não me provoque.

Com o queixo sobre o ombro, ela me olha com falsa inocência. É maravilhoso ver a minha tentadorazinha dando sinais de estar voltando aos seus dias de glória. E ainda assim uma tortura, porque não poderei me aproveitar da situação da melhor maneira.

— Eu quero que você venha tomar banho comigo.

— Eu não confio em mim mesmo.

— Ontem à noite isso não pareceu te incomodar.

Esfrego o rosto com as mãos, tentando resistir. Ela me quer.

— Você está se esgotando.

— Eu me sinto muito bem. — Os olhos castanhos brilhantes reforçam suas palavras, e a minha euforia é fora do comum, mas... ainda assim.

Nego com a cabeça, já que minha boca se recusa a fazê-lo, e cruzo os braços.

— Faça como quiser. — Ela balança os ombros nus e entra na banheira, com a torneira ainda ligada.

Não estou feliz, mas não posso me privar do prazer de olhar para ela. Admirá-la. Pensar em como a amo loucamente. Demais. Mesmo agora, que ela não tem total mobilidade, seus movimentos são muito graciosos. Ela se move com um poder sutil que me deixa boquiaberto desde o dia em que entrou no meu escritório. Ava é simplesmente a pessoa mais arrebatadora que já encontrei. E é toda minha. Bela e elegante, com uma pitada de insolência. Minha cabeça se inclina em contemplação silenciosa. Uma *pitada* de insolência? Não se considerar a sua boca suja. E então estou sorrindo, porque sei que a boca suja é potencializada por mim. O que é irônico, na verdade. Eu sou o catalisador para os seus palavrões – um linguajar que me leva à loucura.

Minha mente segue vagando enquanto a observo agitar a água com os pés para formar mais bolhas. Ontem à noite foi mais que bonito. Gozamos juntos como se nunca tivéssemos nos separado, e enquanto ela olhava para mim e eu a penetrava sem pressa, sei que ela sentiu a nossa conexão esmagadora. Talvez eu tenha tido esperanças de que fazer amor com ela derrubaria as comportas que seguram a memória dela, mas não quero me ater ao fato de que isso não aconteceu. Eu estava envolvido demais no momento para me preocupar com isso.

— Jesse?

Sou trazido de volta do meu devaneio pelo suave chamado do meu nome e a encontro estendendo a mão para mim.

— Por favor.

Como posso recusar? Eu simplesmente não consigo. Então me levanto e tiro a roupa, atraído por uma força invisível que tem um poder mágico.

Seguro a sua mão, entro na banheira e a trago para mim, antes de me sentar e colocá-la com cuidado aninhada entre as minhas pernas.

— Vamos ter uma conversa de banheira — digo, acariciando os cabelos dela e puxando-os para a frente dos ombros. — Acha que pode resistir a mim?

— Não. — Ela estende os braços para cima e enlaça o meu pescoço, com a cabeça descansando para o lado e os olhos fechados. — O que é "Paraíso"? — pergunta ela, do nada. — Vejo um mar azul e... — Ela faz uma pausa, pensativa. — Acho que é uma *villa*.

Eu me reclino e deslizo as mãos pelo ventre dela.

— É um lugar especial. Nós nos casamos lá.

— Você me disse que nos casamos no seu clube de sexo chique. — Ela permanece de olhos fechados, o que só comprova a exaustão que está tentando esconder.

— E foi o que aconteceu. Nós renovamos nossos votos na praia. — Sorrio, com carinho. — E em seguida, eu te levei para um banho de mar.

— Que romântico! — Suas pernas se entrelaçam com as minhas, pele deslizando com pele. — Diga-me quantos anos você tem.

Antes de mentir de novo, faço uma pausa e penso se realmente significa alguma coisa eu continuar com esse joguinho. Até agora, isso não atiçou coisa alguma na mente dela. Calculo meu próximo passo por um bom tempo e finalmente decido ceder.

— Acabei de completar cinquenta anos.

Não sei o que esperar. Talvez um ruído de choque. Ou horror. Ou... sei lá, mas o silêncio é pior, porque a ausência de choque significa que eu aparento a idade que tenho.

Passam-se longos segundos. Sem reação ainda. Talvez ela tenha adormecido. Talvez não tenha me ouvido. Ou talvez ache que não me ouviu direito.

— Eu disse que tenho cinq...

— Eu escutei. — Ela me corta, abre os olhos e ergue o olhar para mim. — Eu já sabia. Só queria ver por quanto tempo você continuaria com a mentira deslavada.

Ela sabia?

— Como?

— Kate me contou. — Ela volta à posição confortável e suspira, enquanto planejo minha vingança contra Kate. — Isso significa que não precisarei te algemar à cama dessa vez?

Já esqueci Kate. A esperança voltou.

— Você se lembra?

— Não. Kate me contou. — Ela ri e eu murcho, decepcionado. — Não acredito que fiz isso com você.

— Nem eu acreditei — resmungo, desenhando círculos nos quadris dela com a ponta dos dedos e adorando o efeito que isso causa.

Um silêncio confortável se instala, Ava ressonando em paz, eu olhando para o teto, feliz por deixá-la descansar sem perturbações.

Tenho poucos e preciosos dias antes que as crianças voltem para ajudar Ava a encontrar os avanços de que precisa, e a minha confiança de que tenho esse poder diminui a cada hora que passa. Com os gêmeos em casa, teremos que nos reajustar outra vez. Coisas triviais como levá-los à escola serão um problema para nós dois – para Ava, porque ela não tem a menor ideia de que escola eles frequentam e onde fica; para mim, porque eu não quero que dirija nunca mais na vida. Ela não vai mais sair do meu campo de visão. Deixar a minha família, mesmo que por poucas horas, sempre foi um desafio para mim. É estúpido, eu sei. Ou quem sabe não seja, porque veja só onde eu estou agora. O primeiro dia de escola dos gêmeos foi um dos piores dias da minha vida. A professora não aceitou muito bem o fato de que eu não queria deixar a sala de aula, e Ava acabou tendo que me arrancar de lá me puxando pela camisa. E, só para esfregar sal nas minhas feridas, meus filhos nem ligaram quando eu saí. Fiquei de cara fechada o dia todo no trabalho. Mas é claro que a minha esposa não se lembra de nada disso.

Lembre-se, ordeno em silêncio, meus olhos fazendo furos em sua cabeça, comandando as lembranças a vir para a superfície. *Lembre-se de mim, lembre-se de nós.* Essa sensação de desamparo que não passa, não importam quantas novas lembranças eu esteja criando na tentativa de substituir as antigas. As lembranças antigas são as originais. Naquele tempo, ela não precisava me amar. Era uma escolha própria, mesmo que se possa pôr em discussão o fato de que eu não lhe dei muita opção. Hoje, não consigo evitar a preocupação com a possibilidade de que desta vez ela *realmente* ache que não tem opção. Ela acordou com a aliança no dedo. Acordou com uma família pronta. Acordou com pessoas que ela ama e conhece dizendo a ela quem eu sou e quem *ela* é. Minha esposa. A mãe dos meus filhos. Meu mundo todo.

Meu suspiro é profundo e desanimado e meu peito estufa, fazendo Ava rolar sobre ele. Espalmo as mãos nos quadris dela e desço acariciando suas coxas, fazendo grandes círculos em sua pele. Uma ligeira tensão no corpo dela não me passa despercebida, e eu noto que seus mamilos endureceram sob o efeito da água. Seus braços, ainda em torno da minha cabeça, movendo-se de leve, assim como seu traseiro, o que é uma dádiva para meu membro crescente. Eu me retraio e paro de mover as mãos. No que eu estava pensando ao entrar na banheira com ela? Isso é o que eu chamo de masoquismo. Ela se mexe outra vez e geme baixinho, mordendo os lábios para suportar a sensação deliciosa de seu traseiro roçando no meu pau. Está fazendo isso de propósito, tentando me dobrar, me fazer ceder, ficar por cima.

Minhas mãos adquirem vontade própria e escorregam mais para dentro, levando meu toque ao meio das pernas dela. Eu relaxo e deixo meus sentidos me guiarem, e neste momento meus sentidos querem Ava de todas as formas que puderem. Meu rosto mergulha nos cabelos dela e inspiro, com os dedos alcançando o centro dela, as pernas se abrem como se fossem os portais do Paraíso. Ela vira o rosto, que pousa no meu peito, com os olhos fechados e a boca entreaberta.

— Quer que eu te toque, *baby*? — pergunto em um fio de voz, passando os dedos pelos grandes lábios de forma provocante, antes de recolhê-los e voltar a acariciar suas coxas. Ela arqueia o corpo e projeta os seios, criando ondas na água. — Isso é um sim?

Uma de suas mãos sai do lugar e busca a minha, tentando levá-la para onde ela quer que esteja. O fato de que é onde eu também quero que ela vá não vem ao caso. Ela precisa pedir. Com jeitinho.

— Diga-me — peço com um gemido, resistindo às suas tentativas de mover a minha mão. — Você quer os meus dedos onde meu pau esteve ontem? — Livro-me do seu toque e cubro seus seios perfeitos e molhados com as minhas mãos.

Só o que ela parece capaz de fazer é emitir ruídos indecifráveis de prazer, a água lambendo seu corpo enquanto ela se contorce em cima de mim.

— Não estou te ouvindo. — Eu me inclino e mordisco a sua orelha. — Está sem palavras, mocinha?

— Aaaaaah, Deus!

— Bem melhor. — Sorrio. Levo as mãos de volta ao meio das pernas dela e a massageio delicadamente, mantendo os dedos próximos à entrada. Porra, ela é tão gostosa. Tão molhada, tão quente, tão minha. Ela relaxa todinha sobre mim, cada curva derretendo sobre o meu peito e coxas, seu peso distribuído com perfeição, seus braços segurando a minha nuca outra vez. A cabeça pende para o lado, os olhos fechados, e eu apenas a observo, hipnotizada enquanto brinco com ela e a estimulo, ultrapassando a entrada devagar, apenas para recuar em seguida.

— Está gostoso? — sussurro.

Sua resposta é um suspiro longo e cheio de ar. Estou duro como aço, mas não tenho desejo algum de penetrá-la. Quero somente vê-la sentir o prazer que estou lhe proporcionando.

O. Dia. Inteiro.

Sua carne intumescida escorrega divinamente com o meu toque; suas paredes internas sugam meus dedos de maneira insaciável. Os mamilos parecem me chamar. Ela está tão linda. O único sinal de seu caminho para o orgasmo é a tensão crescente em seu corpo, sutil, porém óbvia na forma como ela se espalha sobre mim, com as costas deslizando pelo meu peito. Metade de mim quer mantê-la nesse nível de prazer, à beira do abismo, pronta para se atirar e curtir seu clímax, mas a outra metade de mim quer ouvi-la gritar meu nome.

Meu controle é tomado de mim quando ela de repente se vira e fica com a pélvis em ângulo perfeito com meu membro ereto. Mãos acima da minha cabeça, segurando-se na beira da banheira, seu rosto acaricia meu nariz, minha face, meu queixo e então ela ergue ligeiramente os quadris e faz com que meu pau mergulhe com facilidade para dentro dela. Eu tusso, surpreso, cerro os dentes e de repente cada polegada do meu corpo vibra. É difícil encontrar o fôlego e mais ainda o controle.

— Você foi espertinha. — Ofego com o rosto colado no dela, meu pau pulsando ferozmente, desesperado para ir mais fundo.

— Fique quieto — adverte ela, atacando a minha boca com uma firmeza cuidadosa, gemendo feliz quando não vê resistência de minha parte. Ela me tem onde quer e, em vez de pensar que ela precisa se poupar, aproveito o fato de que ela claramente me acha irresistível. Ela me quer. Cinquenta anos e ela me quer.

Cubro suas nádegas com as mãos e passo a guiá-la em voluptuosos círculos, friccionando-a contra mim enquanto ela geme na minha boca, sua língua travando uma delicada batalha contra a minha. O que eu faria sem isso tudo? Sem ela? Eu me afasto, querendo ver o rosto de Ava, querendo atestar se ela é real.

— Dê-me seus olhos. — Meu coração bate acelerado, forte; eu sei que ela está aqui, mas preciso olhar em seus olhos. Com esforço, ela por fim abre os olhos, suas pálpebras úmidas e pesadas, as íris castanhas encharcadas de desejo. Ou seria amor? — Eu te amo — sussurro, com a cabeça apoiada na margem da banheira, e os músculos do pescoço me traem. — As palavras nunca foram o bastante, Ava. Eu sempre precisei demonstrar.

— Está me mostrando... — A voz entrecortada, a testa colando-se à minha e um gemido. — Agora? — sussurra ela. — Está me mostrando agora?

— Eu te mostro a todo minuto. — Nossos olhos estão tão próximos que os cílios se tocam. — Eu não existo sem você. — Não estou dizendo isso para amedrontá-la ou fazê-la se sentir mal. Não é chantagem emocional. Só estou dizendo isso a ela porque é um fato. — Sou pó sem você. Vazio. — Ondulo os quadris, penetrando-a fundo. Ela perde a capacidade de manter os olhos abertos, suas pálpebras pesam e os dedos dela agarram meus cabelos. — Abra-os — peço e ela obedece. — Você está cravada no meu coração. Ele não bate sem você ali dentro.

— Porque ele só bate por mim — sussurra ela e eu confirmo. Ela entende. Mesmo nessa situação louca em que ela se encontra, ela compreende tudo e é a conexão absurda que nenhum de nós pôde deter quando nos conhecemos que se repete e se confirma. Estou contando a ela o que temos. Guiando-a.

— Eu não sei como sei, mas eu sei. — Seus dedos apertam meus cabelos com mais força, e a pulsação de suas paredes internas pressiona meu sexo, levando-me cada vez mais perto do ápice. — Juntos. — O comando de Ava traz lágrimas aos meus olhos.

— Sempre juntos, *baby* — concordo, abraçando-a para seguirmos rumo ao orgasmo, nossos corpos unidos, nossos lábios em movimentos sincronizados, jamais perdendo o contato dos olhos. E chegamos lá ao mesmo tempo, eu prendendo a respiração para reprimir um rugido, Ava resfolegante no meu rosto, com a mandíbula apertada.

— Meu Deus. — Expiro com força. Estou sensível demais e mal consigo suportar, mas ela ainda está perdida nas ondas do próprio prazer, portanto faço o melhor para aguentar.

E quando ela retorna, desaba pesadamente no meu peito, ofegando.

— Você é o melhor sexo da minha vida.

Não sei se dou risada ou perco a calma.

— Pelo bem de minha saúde, vamos dizer apenas que sou o único sexo que já teve na vida.

— Possessivo?

— Agora você entendeu, não foi? — Estou rindo, mas pulo quando ela morde o meu ombro. — Você é selvagem, sra. Ward.

Ela se acomoda e eu me acomodo, ambos relaxados, saciados, felizes. E é assim que permanecemos até a água esfriar demais para o meu gosto e estar definitivamente gelada para a minha esposa. Ela está arrepiada, não importa o quanto eu passe as mãos pelas suas costas.

— Basta de banheira.

Ela resiste quando tento levantar, tornando-se um peso morto em cima de mim.

— Eu estou confortável.

— Você está gelada. — Eu me levanto com facilidade, com Ava no colo. — E preciso alimentá-la.

— Acha que consegue cozinhar sem se machucar? — Ela aponta para a minha mão, com um olhar de desalento que escurece seu rosto.

— Isso não foi culpa minha. — A careta volta, junto com meu ressentimento. — Sabe, a sua mãe se especializou na arte de me tirar do sério. — Coloco-a no chão, pego uma toalha e a embrulho, enxugando seus cabelos molhados, enquanto ela fica parada diante de mim, deixando que eu faça o que quiser.

— Algo me diz que não é preciso muito pra tirar você do sério.

Eu a ignoro e a faço girar sobre os calcanhares, guiando-a pelos ombros até o closet.

— Eu gosto da calcinha preta. Há um sutiã que combina com ela bem ali — digo, abrindo a gaveta.

— E o que é isso? — pergunta ela, pegando algo debaixo de toneladas de renda. Estou subitamente diante do meu inimigo.

— Não é nada. — Tiro o vibrador da mão dela e o escondo atrás de mim, o rosto contorcido pela raiva que sinto.

— Essa coisa aí é minha? — Ela parece alarmada. Bem-vinda ao meu mundo, querida.

— Não.

— Então o que está fazendo na minha gaveta? — Ela tenta alcançá-lo às minhas costas, fechando o rosto quando eu me afasto, segurando-o firme.

— Não faço ideia. — Eu me viro e saio correndo, determinado a jogá-lo no lixo. A última coisa de que preciso agora é uma máquina que tome o meu lugar. Jamais. Eu preciso de todo o seu prazer. E preciso que ela precise dele, também.

Chego à escada e desço o primeiro degrau, mas paro quando recebo uma pancada no braço e de repente o vibrador não está mais nas minhas mãos. Viro-me e vejo Ava examinando-o, os olhos subindo e descendo pelo mastro brilhante.

— Devolva — aconselho, com o tom mais ameaçador que consigo.

Ela me olha com malícia.

— Mas é meu.

— Não — eu a corrijo, fechando a mão sobre meu pau e projetando os quadris à frente, adorando o fato de que ela agora encara a minha genitália. — *Isto aqui* é seu. Essa coisa não é necessária.

Com os lábios apertados, ela me dá um sorriso maligno. Em seguida, liga o aparelho. Esse zumbido. Esse maldito zumbido que me assombrou pelos últimos doze anos. Quando é que essa porcaria vai quebrar?

— Eu o uso muito?

— Nunca. Dê-me isso. — Eu não vou discutir isso. Tento pegá-lo, mas ela o esconde às costas com rapidez.

Há um olhar zombeteiro no rosto dela, que eu pagaria quantidades infindáveis de dinheiro para ver permanentemente. Não sou o tipo de homem que desperdiça oportunidades e vejo uma agora, diante de mim, que me atiça.

Pigarreio, assumo uma postura bem ereta e ajeito os ombros, com a cabeça inclinada e um sorriso sombrio.

— Três... — digo com calma, grave, dando um passo à frente, encorajando-a a dar um passo atrás.

— Ah, é assim que vai ser, hein? Sua contagenzinha regressiva idiota?

— Idiota? — Dou risada, mas é só para causar efeito, brevemente baixando os olhos para os meus pés descalços, raspando-os no chão casualmente. — Não, não, moça. — Olho para ela por entre os cílios, mordendo o lábio inferior. — Você acha tudo, menos idiota, quando eu te pego. Dois... — Mais um passo à frente para mim e atrás para Ava. Eu não estou preocupado. Ela pode correr um quilômetro antes de mim e eu ainda a alcançaria.

— O que é mesmo que acontece quando você me alcança?

— Um... — conto, avançando ameaçadoramente, sorrindo como um louco quando ela dá um pulo para trás, surpresa, antes de se recompor depressa.

— Acho que terei que descobrir por mim mesma. — Ela dá de ombros, blasé, e desliga o vibrador. — Sou rápida na corrida.

Eu me derreto por dentro. Sua bravata é tão lindinha. E uma total perda de tempo.

— *Baby*, eu sempre venço. Se você se lembra de alguma coisa, deve se lembrar disso.

Ela bufa, desdenhando.

Eu sorrio.

Ela estreita os olhos para mim.

Meu sorriso se abre mais ainda.

— Zero, *baby* — sussurro e ela dispara, ainda que não tão rápido quanto gostaria, mancando. De repente me dou conta da merda que estou fazendo encorajando isso. Ela vai se machucar, e tudo porque quer provar seu ponto de vista. — Ava, pare!

— De jeito nenhum, Ward. — Ela manca escada abaixo e eu me chuto mentalmente várias vezes por ser um idiota descuidado.

Não corro atrás dela, mas caminho, e depressa, pronto para acabar com essa brincadeira.

— Ava, eu não estou brincando. — Vejo-a virar ao final da escada, agitando o vibrador no ar, zumbindo de novo. Ela está rindo. Eu não. Não estou gostando nem um pouco. — Ava, pelo amor de Deus, pare de correr!

— Não, senão você me pega. Eu conheço o seu jogo, Ward.

Aumento a velocidade para passos urgentes.

— Ava! — É um rugido, minha paciência no limite. Ela não tem senso de preservação? — Juro por Deus que se você não parar, eu vou...

— Vai o quê? Contar até três? — Ela gargalha. — Tarde demais, Ward.

Eu me atiro escada abaixo nos últimos degraus, esbravejando, mas também em pânico. Se ela não se matar de descuido, farei o trabalho sozinho. Ouço a porta dos fundos bater. O jardim?

— Ava! — Voando pela casa como um tornado, eu mal abro a porta antes de quase atravessar o vidro. Vejo-a correr pelo gramado, na direção do pula-pula. Estou me aproximando e ela olha por sobre o ombro, um sorriso de orelha a orelha. — Pare! — peço, correndo até ela.

— Eu não me conformo que você fique tão atordoado por causa de uma Arma de Destrui... — Ela se cala e para no lugar, tão abruptamente que eu quase caio por cima dela. Pego-a pelos braços e ela me olha, com a expressão vaga. — Em Massa. — Ava solta a respiração, um pouco incerta, um pouco exausta, e encara o vibrador em sua mão. Ela o derruba como a uma batata quente, como se estivesse pegando fogo, e leva as mãos às têmporas, apertando os olhos fechados.

Meu coração dispara.

— Ava? Ava, *baby*, o que está acontecendo?

Ela grita e inclina o corpo à frente, como se quisesse se fazer pequena para se proteger de algo. Do quê? Dor? Meu coração vai sair pela boca e cair aos pés dela a qualquer momento.

— Ava, pelo amor de Deus. — Eu a seguro pelos ombros e me agacho, tentando ver seu rosto. E, quando consigo, detesto o que vejo.

Sua expressão é de agonia, contorcida de dor. Meu Deus, algo está seriamente errado. O instinto me leva a pegá-la nos braços e correr para dentro de casa, prestes a chamar uma ambulância, um médico, ou talvez levá-la ao hospital eu mesmo.

— Jesse, pare!

Como se ela tivesse apertado um botão para me desligar, meus pés param e ela se remexe nos meus braços, recolocando as mãos na cabeça e fechando os olhos.

— São muitas... — Ela cerra os punhos, obviamente frustrada.

— Muitas o quê?

— Coisas. Coisas acontecendo na minha cabeça.

Meu coração que estava galopando só faz acelerar mais ainda. Lembranças? Ela está falando de lembranças?

Ela berra e bate na própria cabeça. Vou até ela e afasto suas mãos.

— Pare — ordeno, forçando-a a baixar os braços. — Por favor, pare!

Ela olha para mim, estreita os olhos, enruga a testa com o esforço que está sendo para ela pensar.

— Vá devagar, *baby*. — Ajudo-a a sentar na grama e pego as suas mãos, permitindo que ela tenha um momento para organizar tudo na cabeça. — Vá devagar. — Faço o possível para não me animar demais. Tentando desesperadamente não deixar minha esperança se descontrolar. — Diga-me o que você vê.

— Não sei. Está tudo nebuloso. — Suas mãos apertam as minhas e seus olhos estão arregalados e selvagens. — É você.

Meu Deus. Eu olho para o céu, agradecendo por esse estalo.

— Onde eu estou? — Volto a olhar para ela, incentivando-a gentilmente, aproximando-me de joelhos.

— Não sei, mas você está puto. *Muito* puto.

Eu riria, se o momento fosse para isso.

— Ava, há vários momentos na nossa história em que eu estive puto. Você precisa ser um pouco mais específica.

— Você não consegue se mexer.

Minha testa pesa na tentativa de achar uma pista do que ela está falando. Nada me ocorre.

— Trinta. — Ela olha para mim e estuda meu rosto atrás de algo que sugira que eu estou acompanhando seu pensamento. Não só não estou, como me sinto péssimo por não poder ajudar. É um enigma. — Trinta — repete ela, agora mais alto, e há uma excitação crescente em sua voz. E então ela se levanta, me olha de cima, sacudindo-se de contentamento. Não sei por quê. Trinta não significa coisa alguma. Não poder me mover não significa coisa alguma. Juntos, não significam nada. Eu me encolho quando ela começa a bater palmas e as mantém postas diante de seu rosto satisfeito. — Eu tenho trinta e sete anos, inferno! — dispara ela. — Você não consegue se mover porque está algemado à cama. Você tem trinta e sete anos, inferno!

Meu Deus. Eu bufo, enlevado, sentindo como se o céu estivesse baixando-do e me cobrindo de pura e implacável felicidade. É arrebatador e eu me deito na grama, olhando para o céu, agradecido.

— Eu me lembrei de algo! — Ava aterrissa sobre mim, segurando meu rosto e forçando-me a encará-la. — Não apenas palavras, mas eu vi você lá! Puto da vida! — Seus lábios pousam nos meus, beijando-me com força.

De todas as coisas de que ela poderia se lembrar, é justo isso o que lhe ocorre.

— Típico — resmungo, fingindo mau humor quando na verdade estou em êxtase. — E pare de falar palavrões, Ava. — Se bem que ela já falou, nos últimos dois minutos, palavrões o bastante para me matar.

— Não paro. — Seus lábios deixam os meus e seu rosto aparece acima do meu, escondido pelos cabelos molhados. O sorriso em seu rosto é amplo e lindo o suficiente para fazer um homem adulto chorar. — Caralho, caralho, caralho, caralho. Você tem trinta e sete anos, inferno!

Bem que eu gostaria.

— Detesto ter que te dizer, *baby*, mas não tenho mais trinta e sete há um bom tempo.

— Não me importa. — Ela pisca uma, duas vezes e então mais rápido e várias vezes, imóvel sobre mim, perdendo o sorriso. — Você estava louco de raiva. E fiquei louca de raiva. Por que eu estava com raiva?

Aperto os lábios quando ela me olha. Eu sei exatamente por que ela estava com raiva.

— Talvez porque você achasse que foi John quem me soltou, quando na verdade foi Sarah.

— Outra mulher te viu nu e algemado à cama?

Deus, ela está sofrendo um bombardeio. Levanto a mão esquerda dela até nosso campo de visão, apontando para a aliança. Lembrando-a.

— Isto aqui, talvez? — Eu já contei a ela a história do meu pedido de casamento. Ela esqueceu?

— Você não pode me pedir em casamento se eu estiver algemada à cama! — diz ela, encantada.

— Errado — rebato e ela me olha, já refeita do fato de que Sarah me livrou. Está sorrindo. — Eu podia, eu faria e eu fiz.

— Você é caso a ser estudado, Jesse Ward.

— E essa é apenas uma das razões pelas quais você me ama. — Tomo o cuidado de não dizer *amava*. — Conte-me mais. — Eu a faço deitar-se de lado na grama e fico de frente para ela. — O que mais surgiu aí dentro? Do que mais você se lembra? — Estou faminto por mais, qualquer coisa é bem-vinda.

Posso ver o esforço dela em pensar, tentando pescar mais memórias no buraco negro em sua mente, e sou rápido em detê-la, pondo a mão em seu quadril para que ela olhe para mim. Não quero que ela se extenue.

— Não force. Mais lembranças vão vir.

— Eu quero agora. — Sua teimosia e seu corpo largado no chão me fazem sorrir. Eu também adoraria tê-las todas de volta agora, mas paciência é uma virtude e toda aquela balela. O que é uma piada, vindo de mim. Pelo bem de Ava e de minha sanidade, eu não devo forçá-la mais do que ela já está forçando a si mesma. Se muito, devo é ficar feliz pelo fato de que ela quer desesperadamente me encontrar naquela cabecinha confusa dela.

— Venha. — Eu me levanto e ajudo Ava a fazer o mesmo. Depois a abraço, trazendo-a para bem perto. — É esforço demais para um dia só. — Sua mente e seu corpo devem estar acabados.

Eu a conduzo para dentro de casa, seguindo o toque do meu celular. Não consigo disfarçar a tensão quando vejo o número, porque sei bem quem é.

— Você está bem? — pergunta Ava, olhando-me preocupada.

— É um vendedor. — Rejeito a ligação e bloqueio o número.

Pronto. Não posso arriscar a deixar Sarah tirar Ava de sua euforia. Fizemos muito progresso hoje. Excelente progresso.

Estou esperançoso e a sujeira do meu passado não vai manchar essa sensação.

Capítulo 32

Abro os olhos na manhã seguinte e vejo Ava sorrindo para mim, deitada de lado, na mesma posição que eu. Sua mão no meu quadril e a minha em cima da dela.

— O que te faz tão feliz a essa hora da manhã? Porque eu ainda não te comi.

Ela ri, aproximando-se até sua respiração se fazer sentir na pele do meu peito.

— Eu adoro te ver dormir. Você parece tão angelical.

Dou um sorriso sonolento e fecho os olhos de novo, abraçando-a para trazê-la mais perto ainda.

— Angelical? Você quer dizer divino, certo?

— Certo. E estou feliz por ter me lembrado de algo.

Ela ainda está eufórica, tão orgulhosa apenas por ter se lembrado daquele detalhe. Proíbo a mim mesmo de pensar que ela não vai gostar tanto quando todo o resto voltar, o bom, o ruim e o absolutamente terrível. É uma coisa louca. Por um lado, quero muito que as lembranças venham, implorando para que voltem; por outro, estou morrendo de medo. Parte de mim espera que continuem pingando lentamente, dando-lhe a chance de assimilar tudo, em vez de fluírem de uma só vez e criarem o caos.

— É o seu telefone tocando?

Faço uma careta, com os ouvidos ligados.

— Eu devo tê-lo deixado lá embaixo.

Ela solta os meus braços na hora e eu não fico nada feliz com isso.

— Ei!

— Podem ser as crianças. — Suas costas nuas desaparecem porta afora, sua urgência atenuada pelos passos mancos.

Grunhindo, saio da cama, sem me importar em colocar a cueca, e desço. Encontro-a com o telefone ao ouvido.

— O tal FaceTime não está funcionando — diz ela, com a mão nos cabelos.

Não consigo evitar sorrir ao vê-la, nua, pegando café no armário.

— Ponha no viva-voz — peço.

— Oi, pai! — cantarola Jacob, seguido por Maddie.

— Oi! — Pego as xícaras e Ava vai buscar o leite. — Estão com saudade da gente?

— Um pouquinho. — Maddie funga e eu abro um sorriso. — A vovó disse que nós vamos voltar na segunda-feira.

— É isso mesmo. — Olho para Ava, que também sorri. — O que vocês dois têm feito? — *Não pergunte sobre o menino. Não pergunte sobre o menino.*

— Tenho catado conchas com o Hugo — diz Maddie, ousada, quase orgulhosa, porque ela sabe que está fora do alcance do meu rolo compressor. Ranjo os dentes e olho para Ava, um olhar que sugere que ela faça alguma coisa, antes que nossa filha arruíne meu humor.

Ela pega rapidamente o aparelho e sai andando, afastando-se da minha presença ranzinza. Hugo. Maldito Hugo.

— Que gostoso, querida. E você, Jacob? Pegou mais algum peixe?

— Peguei um de quase seis quilos, mamãe! — Ele soa muito animado. Por que Maddie não encontra algo que a empolgue assim – qualquer coisa que não sejam garotos?

Eles conversam alegremente por um tempo, enquanto preparo o café. Em seguida, Ava se despede, com uma pontinha de tristeza na voz. Olho para ela, que desliga o telefone e suspira. O desânimo está tomando conta dela. Preciso distraí-la.

— Ei! Meus olhos estão aqui em cima, *baby*. — O olhar dela imediatamente encontra o meu. — Tenho uma surpresa pra você.

— Ah, é? — Ela me dá um sorriso atrevido, coloca o telefone na mesa e vem até mim, enchendo meu coração de alegria.

— Você só pensa em uma coisa, mocinha. — E por mim tudo bem, mas hoje tenho algo planejado.

Pousando a mão no meu peito, ela abre um sorriso.

— Isso ainda te surpreende? — Suas mãos descem em direção ao meu...

— Ei! — Começo a rir e afasto a sua mão, antes que ela alcance meu membro, já interessado. Estou condenado. De onde vem essa resistência toda? — Pare.

Eu a sento em um banco e o beicinho dela me faz sorrir. Ela encolhe os ombros.

— Não consigo evitar. Basta olhar para você e eu...

— Fica molhada. Eu sei. — Termino a frase de modo muito confiante e absurdamente arrogante. — Você se acostuma. — Lanço-lhe um sorriso maligno.

— Então se essa não é a minha surpresa, o que é?

— Vou te levar pra comprar um vestido novo.

— Por quê?

— A festa de noivado de Drew e Raya, no sábado.

Os olhos dela se iluminam por um momento, mas logo perdem o brilho. E então se estreitam. Eu sei o que vem por aí. Estou preparado para isso.

— Eu vou poder escolher o vestido?

— Não. — Sorrio, presunçoso, e vou buscar mais café.

— Não sei, não — conclui ela, indignada.

— Eu sei.

— De jeito nenhum — completa Ava.

Eu me viro e a encontro deixando a cozinha, com os cabelos longos ondulando sobre as costas nuas.

— Vou encontrar algo no meu armário, muito obrigada.

— É o que você pensa, mocinha — digo, com um sorriso no rosto. E porque sinto que devo reforçar a minha autoridade nesta casa, ainda grito:
— Ponto-final!

Capítulo 33

Observo Ava revirar o closet em busca de um vestido para uma festa de noivado pomposa no Café Royal. Ela tem várias opções, toneladas de vestidos de festa lindos, a maioria de renda... só não consegue vê-los. Porque eu os escondi enquanto ela estava no chuveiro.

— Encontrou alguma coisa? — pergunto casualmente, enquanto visto uma camisa polo Ralph Lauren branca, levantando o colarinho, ligeiramente convencido, analisando meu rosto no espelho.

Ela se vira e me encara, com raiva nos olhos, enquanto borrifo o perfume favorito dela em mim mesmo.

— O que você fez com eles?

— O que foi? — pergunto pelo meu reflexo, inocente. Eu não vou enganá-la. Ela já olhou para o armário vezes o bastante desde que saiu do hospital para perceber que falta muita coisa. Mais especificamente, qualquer coisa que ela possa usar numa festa de noivado.

Apontando para o closet, Ava aperta a mandíbula.

— Todos os meus vestidos sumiram.

Eu me viro e estico o pescoço, fingindo interesse, olhando para o armário, um pouco mais vazio.

— Mas que pena. Parece que teremos que sair e comprar um novo.

— Você é impossível. — Com as narinas dilatas, ela apanha um jeans e veste, antes de literalmente enfiar-se em um top tomara que caia. — Como foi que eu vivi assim por tantos anos?

Taco de beisebol, apresento-lhe meu estômago. Eu quase começo um discurso inflamado para lembrá-la de que ela ama a forma como escolho as suas roupas, mas uma ponta de razão me segura. Porque eu não estou realmente lidando com a minha esposa. Estou vivendo com a mulher que conheci um dia e que ia contra tudo o que eu dizia. Eu era mais jovem, tinha mais energia. E ainda que achasse que teria dificuldade, não era nesse nível. Estou perdendo a razão.

— Não há necessidade disso — vocifero, girando sobre os calcanhares e saindo do quarto antes que derrube ainda mais o nosso humor e perca a cabeça. — Eu quero comprar um vestido novo pra você. Sou mesmo uma pessoa horrível — rosno para o nada, indo para a escada. É só a merda de um vestido. Um simples vestido.

— Jesse — chama Ava, aparecendo à porta do quarto quando estou prestes a descer a escada. Volto o olhar zangado para ela, que suspira. — Eu vou adorar que você compre um vestido para mim. — Ela está querendo me acalmar. Que bom. Estou precisando. — O vestido que você escolher.

— Qualquer um? — Sem discussão nenhuma? Deve haver alguma pegadinha aí.

— Qualquer um — confirma ela, entre dentes.

Meu sorriso não é vitorioso, apenas genuinamente feliz. Ela está sendo flexível. É um passo imenso na direção certa, um passo mais próximo da dinâmica do nosso relacionamento que me mantém calmo.

— Sua transa de castigo está cancelada. — Ofereço a minha mão a ela, que vem até mim, balançando a cabeça. — Está vendo como você me faz feliz quando obedece?

Seu risinho ao descermos a escada juntos só aumenta a minha felicidade.

— Por que não pode aceitar meu gesto numa boa e não se comportar como um babaca arrogante e irracional?

— Porque eu ser um babaca arrogante e irracional faz parte do nosso normal. —Pego as minhas chaves, entrego-lhe sua bolsa e vamos para o carro. — Eu seria uma fraude se tentasse me passar por alguém diferente. — Abro a porta do carro e faço uma mesura. — Minha senhora.

Colocando o braço sobre a porta do automóvel, ela apoia o queixo nele e me olha.

— Então o nosso normal é, basicamente, você dando ordens e eu obedecendo?

— Se a carapuça servir.

— E se não servir?

Eu me curvo e a surpreendo com um beijo.

— Ah, mas serve, mocinha. E sei que, no fundo, você sente isso. Pare de lutar contra. — Ela nunca vai parar de lutar contra. E não quero que pare. Ela me mantém na linha e eu faço o mesmo com ela. Posso ficar louco de raiva, mas cada batida do meu coração quando discutimos é o sinal de que preciso para saber que estou vivo e que ela está comigo.

* * *

A butique que escolho é a mesma para onde segui Ava tantos anos atrás, quando ela comprou aquele vestido desgraçado, que piquei com a tesoura dias depois. Minha decisão não foi acidental. Espero que desperte algo nela, lembranças que me tragam mais uma carga de felicidade.

A loja está repleta de ótimas opções. Mesmo assim, Ava parece estar recusando todas elas.

— Eu gosto deste. — Ela pega um microvestido creme, não muito diferente do arremedo de vestido que comprou da última vez que estivemos aqui. Não era adequado há doze anos e não é adequado agora. E isso nada tem a ver com a idade dela.

— Eu não gosto — rebato, com desdém, tirando-o da mão dela e pendurando de volta à arara.

— E este? — Um vestido salmão de alças aparece diante de mim. Eu balanço a cabeça e Ava revira os olhos. — E este?

— Não.

— Este?

Olho feio para ela, que desaba em um sofá de veludo, exasperada.

— Eu certamente tenho *algum* direito a opinião aqui.

Ela está me mostrando, de propósito, vestidos que sabe que vou negar, só para me deixar nervoso.

— Você adora tudo o que eu escolho. — Passo os olhos pelas araras e encontro algo de renda, que tiro e avalio de cima a baixo. É justo, o que vai destacar suas curvas perfeitas, e a barra fica logo abaixo do joelho. — Perfeito — declaro, entregando-o à atendente. — Ela vai experimentar este aqui.

— Sim, senhor. — A mulher sai para ir colocar o vestido dentro do provador. Eu sorrio, todo feliz comigo mesmo. Até notar que alguém me olha feio.

— O que foi?

— Você nem perguntou se gostei.

— Você disse que eu poderia escolher — digo, rindo, tirando-a do sofá. A resistência de Ava é patética.

— Sim, mas você não me consultou. — Puxando a mão de volta, ela marcha para o provador, levando consigo alguns vestidos aleatórios, que sai pegando na arara a esmo, apenas para provar seu ponto de vista. Respiro profundamente para me munir de paciência e a sigo. Ela está me desafiando apenas por desafiar. — Você gosta do vestido? — pergunto e obtenho como resposta lábios apertados e um rosto insatisfeito por sobre o ombro. Mas sem resposta, o que me faz sorrir. — E então?

— Isso não vem ao caso.

— É claro que vem ao caso, Ava. Eu tenho bom gosto e sei exatamente o que vai ficar lindo na minha esposa. E esse vestido vai ficar lindo. — Aponto para os outros na mão nela, os não aprovados. Sim, eles são bonitos, mas eu serei preso por assassinato se ela vestir algum deles. — Esses não vão. — Tiro-os da mão dela e jogo para o lado.

Torcendo o nariz, ela fecha a cortina, mas assim que a perco de vista, torno a vê-la quando volta a abrir a cabine, com os olhos arregalados e parecendo reconhecer algo.

— Nós já estivemos aqui.

— Sim! — Os dois esquecem o mau humor com a promessa de mais uma lembrança. Eu me aproximo, esperando que ela me dê mais.

Ela inclina a cabeça e olha para o corredor que leva à loja.

— Eu comprei um vestido.

— Sim. Vá em frente.

Ela volta o olhar para mim, leva as mãos ao rosto e seu esforço para tentar se lembrar fica claro.

— Eu o comprei aqui! O vestido que você cortou com a tesoura no meu corpo! Eu o comprei aqui nesta mesma loja!

— Sim! — Porra, funcionou!

— Jesse, eu me lembro de outra coisa! — Ela mergulha em mim e eu a pego no ar e a encaixo no meu abraço apertado. — Aquele vestido custou os olhos da cara. — Ela ri, com o rosto no meu pescoço e os braços apertados em torno de mim.

— E ver você dentro dele me custou vários ataques cardíacos, mocinha. — Estou sorrindo apesar da bronca, absolutamente transtornado de felicidade.

— Tem mais uma coisa. — Ava se liberta de mim, deslizando pelas minhas pernas, com as mãos apoiadas no meu peito, os olhos queimando a minha camisa para ver o que há além dela.

— O que é, *baby*? Sem pressa. — Eu a levo até uma *chaise* e ela se senta, segurando a minha mão enquanto pensa. Estou acocorado, tentando capturar os olhos dela, que subitamente quase saltam das órbitas.

— Você está de cueca.

— O que não é incomum. — Dou de ombros.

— Mas você está ao ar livre. — Ela me olha e os cantos da boca dela se curvam para cima. — Você está me perseguindo. — Agora ela sorri de verdade. — Estou usando o vestido e você me persegue pela rua.

Foi em um estacionamento, na verdade, mas tanto faz. Ela está quase lá.

— E então...

O sorriso morre e ela fecha o rosto. Em seguida, fica boquiaberta e pula da *chaise*, olhando para a minha braguilha.

— Estou presa na cama? Você... — Sua boca se escancara mais ainda. — Você se masturbou e ejaculou em mim?

Eu estou tão feliz que meu rosto vai se partir ao meio.

— Sim, sim, fiz isso. — Exceto que isso foi antes que ela fugisse naquele vestido. Não que isso importe. Está tudo misturado na cabeça dela, mas ainda está tudo lá.

Há mais um ruído de espanto, exceto que desta vez ele não parte de Ava. Nós dois olhamos para o lado e vemos que a atendente nos olha horrorizada, antes de descobrir que nós a vimos e então sai correndo para a loja, com as bochechas em chamas. Eu olho para Ava com cara de bobo. Ava me olha com os olhos brilhantes de alegria. E nós dois rimos. Gargalhamos tão forte e tão alto que a loja deve estar tremendo. Ela desaba sobre mim, pegando-me de surpresa, e ambos caímos no chão do provador, onde rolamos e seguimos rindo como duas crianças, sem preocupação alguma. Ava não fica escandalizada com a nova informação. Apenas alegre e muito contente por ter se lembrado de algo. Eu estou delirando de felicidade.

O som de alguém limpando a garganta nos tira de nossa histeria, e eu me apoio nos cotovelos, encontrando outra mulher que nos olha de cima. Ela é mais velha que a primeira e está de braços cruzados.

— Eu sou a dona da loja. Posso ajudar? — O que ela quer dizer é se pode ajudar a nos despachar de sua adorável butique.

— Vamos levar todos os vestidos — declaro, o que varre imediatamente o olhar de reprovação do rosto dela. Ela não sabe o que fazer para nos ajudar.

— Temos um par de sapatos lindo, que combinaria maravilhosamente com esse vestido creme, senhor — oferece ela, pegando os vestidos do provador, passando por cima de nossos corpos espalhados no chão para alcançar todos.

— Vamos levá-los.

— E uma bolsa deslumbrante pra combinar. — Ela está encantada.

— Pode embrulhar.

— A senhora vai precisar de acessórios? — pergunta ela, com um sorriso amplo para Ava.

Eu me levanto e trago comigo minha radiante esposa, a quem preciso segurar, pois continua rindo. Aproximo-a de mim e a cubro de beijos molhados por algum tempo, antes de me afastar e sorrir.

— O único acessório de que minha esposa precisa sou eu.

— Sim, senhor. — A proprietária desaparece com as nossas compras e Ava amolece nos meus braços, vindo beijar-me no rosto.

— Você é muito romântico quando quer.

— Eu sou sempre romântico — rebato, levando-a para o caixa. — Do meu jeito.

O rosto da vendedora mais nova ainda está vermelho como um pimentão, a coitadinha não consegue sequer olhar para nós. E quando consegue, eu olho para ela e dou uma piscadinha atrevida. Ela desintegra ali mesmo, empurrando a máquina de cartão de crédito na minha direção, o que me faz rir. Faço o pagamento e pego a sacola com os vestidos, que foram embrulhados em papel de seda.

— Eu não experimentei nenhum desses vestidos — observa Ava, deixando que eu a conduza para fora da loja.

— Conheço esse corpo como a palma da minha mão. — Belisco o quadril dela, e ela dá um pulinho e um gritinho. — Eles vão servir, confie em mim.

Olhando para a sacola, ela morde o lábio, pensativa.

— Todos eles?

Eu sei aonde ela quer chegar. O vestido de renda que eu escolhi não é o único pelo qual paguei.

— Estou apenas demonstrando um pouco de clemência porque estou vibrando por você ter se lembrado de mais alguma coisa. Considere-se uma mulher de sorte.

— Eu me sinto sortuda mesmo. — Ava vai para trás de mim em um segundo e escala as minhas costas, apertando o rosto contra o meu. — Obrigada pelos vestidos.

— Obrigado por me deixar te mimar. — Saímos da loja e caminho pela rua com Ava agarrada às minhas costas, meu coração transbordando no peito. Ela pode achar difícil processar algumas coisas, mas está aceitando muito bem o nosso normal. É mais progresso. Mais luz na nossa escuridão.

Capítulo 34

AVA

Quando Jesse insistiu em me levar à ioga hoje, não discuti. Pude ver que ele estava aturdido, mas sei o motivo. Tiro as chaves da mão dele e abro o carro.

— Eu dirijo.

Ele debocha, obviamente achando minha declaração divertida.

— De jeito nenhum. — Tomando as chaves de volta, ele me leva para o lado do passageiro.

— Por que não? — Minha resistência não faz nem cócegas na obstinação dele.

— Você jamais vai dirigir outra vez.

Jamais? Nunca mais?

— O quê? Por quê?

— Porque você não precisa. — Ele tilinta as chaves bem debaixo do meu nariz, me põe sentada no banco do passageiro e afivela o cinto de segurança. — Estou procurando um motorista pra você. — Ele planta um beijo casto no meu rosto e fecha a porta, antes que eu possa protestar. E quando se senta no banco do motorista, ele mantém a atenção à frente, ignorando meu olhar fulminante. Não haverá discussão sobre isso. Eu vou dirigir de novo.

Colocando um pouco de música, em um plano óbvio para quebrar o silêncio, ele sai em alta velocidade ao som de "Sweater Weather", marcando o tempo da canção com os dedos no volante.

Até que não há mais música. Ele nota pelo canto dos olhos que eu me viro no assento, com o rosto contorcido de desprezo.

— Está me dizendo que nunca mais vai me deixar dirigir?

— Sim. — Jesse liga o som de novo e eu corro para desligá-lo. Ele está louco?

— De jeito nenhum, Jesse. Você não pode me impedir.

Ele meio tosse, meio ri.

— Espere pra ver. — Ele aperta um botão ali mesmo no volante e enche o carro com The Neighbourhood outra vez.

— Espere *você* pra ver — grito por cima da música, sentando-me pesadamente. — Se não vai permitir que eu dirija para lugar algum, vou dar um jeito de sair por aí, a começar por hoje. Vou pegar o metrô pra casa. Você está sendo irracional. Foi um acidente. Uma chance em um milhão. Você está sendo estúpido.

— Estúpido? — Ele se espanta. — Bem, essa uma chance em um milhão foi a minha esposa, portanto me perdoe se meu instinto protetor subiu às alturas. — Ele esmaga o botão no volante, silencia a música e então para o carro no acostamento, tenso dos pés à cabeça. *Tão* irracional. Ele segura meu rosto irado e o vira para si. Meus olhos são duas linhas finas, de tão furiosa que estou. Os deles mais ainda.

— Escute aqui, mocinha — ordena ele, com as narinas dilatando e tudo. — É meu trabalho te proteger. Não há nada de irracional em querer te manter segura, Ava. — A voz dele está mais suave e agora é um mero sussurro, seus olhos ficam sombrios e sei que é porque ele está pensando no que poderia ter acontecido. — O meu maior medo neste mundo quase se tornou realidade. Eu quase te perdi. Então não diga que estou sendo irracional ou exagerado ou estúpido, está me ouvindo? Você tem que me deixar ser como sou ou vou ficar louco de raiva.

— E eu vou ficar louca de raiva se você me sufocar. Preciso de espaço, Jesse. Se quer que eu me apaixone por você outra vez, precisa permitir que eu faça isso sem me reprimir. — Detesto a mágoa que vejo naqueles olhos verdes. Odeio.

Seu rosto lindo é tomado pela agonia e ele engole em seco, a raiva misturando-se à sua expressão.

— Você pode usar o metrô.

Eu *posso* usar o metrô? Como se eu precisasse de permissão? Puta merda, ele é mesmo louco. Mas ainda assim eu balanço a cabeça afirmativamente, apesar de estar desconcertada por dentro.

— Que bom.

Eu me recosto no banco, olho pela janela, e Jesse segue com o carro. E eu me pergunto...

Como foi que me apaixonei por tanta loucura?

Eu não sei, mas está acontecendo de novo e não conseguiria impedir, nem que quisesse.

* * *

A paz habitual me envolve quando chego ao estúdio de Elsie. Zara já está me esperando, sentada em seu tapete. Ela parece uma profissional, vestida no que imagino que seja roupa de ioga assinada por algum designer famoso.

— Estou me sentindo meio simplória — digo, desenrolando meu tapete ao lado dela.

Ela ri, suave e baixinho.

— Você parece qualquer coisa, menos simplória, Ava. — Ela revira os olhos. — Estava passando pelo shopping e vi a liquidação. Ah! — Zara pula e procura algo na bolsa. — Eu trouxe uma pra você também. — Ela me mostra uma blusinha preta. — Acho que você é do mesmo tamanho que eu.

— Zara, não precisava — digo, pegando a blusa da mão dela e dando-lhe um beijo na bochecha.

— Uma pechincha — minimiza. — Cinco libras na promoção.

— Eu adorei. — Algo me vem à mente. — Ei! Nós precisamos sair pra fazer compras uma hora dessas. — Eu *vou* escolher as minhas próprias roupas. Minha mais recente aventura nesse campo pode ter acabado de forma maravilhosa, mas apenas porque meu cérebro decidiu me permitir lembrar alguma coisa. Tenho noção de que poderia ter sido bem diferente.

Os olhos dela brilham.

— Meu Deus, sim!

— Vamos lá, matracas. — Elsie flutua pela sala, com um olhar de reprovação brincalhão para nós duas. — Este lugar hoje já não está tão calmo.

Olho para Zara com cara de "Oops!" e logo ambas sentamos cada uma em seu próprio tapete e fechamos os olhos.

Paz. Aqui estou eu de novo, e deixo que ela me invada.

Mais para o final da sessão, estou deitada de costas, relaxadíssima, com o corpo leve. Estou absorta, muito calma, quando imagens começam a surgir uma após a outra na minha mente, não entro em pânico ou choque. Em vez disso, permaneço imóvel, absorvendo as visões distorcidas e nebulosas, como se viessem de um projetor antigo. Visões de Jesse e, pela primeira vez, de Maddie e Jacob. Sinto-me apertando os olhos, tentando guardar a imagem dos dois deitados no peito do pai, pequenos pacotinhos, o rosto do meu marido enfiado entre a cabeça deles. Sinto uma lágrima correr pelo meu rosto e se perder na minha orelha. E então as imagens desaparecem. Mas não para sempre. Elas jamais sumirão para sempre.

— Ava? — Um toque suave no meu ombro me desperta e pisco ao abrir os olhos, dando de cara com Zara, que me olha de cima.

Levo um tempo para entender onde estou, até ver Elsie saindo da sala.

— Acho que peguei no sono. — Minha voz soa grave e não sei se é pela emoção ou pela sonolência.

Zara sorri, seu rosto simpático parece muito feliz.

— Você tem razão. Elsie é incrível! — Ela fica de pé e faz um biquinho, com uma expressão desapontada. — Eu esperava que pudéssemos sair pra um café, mas acabei de receber um e-mail do trabalho. Tenho que resolver um problema idiota com um projeto.

— Tudo bem. Eu também não posso sair pra um café hoje. — Não posso? Por que não poderia? Posso sim e acho que devo, embora hoje eu vá sozinha. Posso sair para tomar um café sozinha, sem problemas. Deveria fazer algo sozinha.

— Não?

— Meu marido... — Decido não dizer algo que daria uma impressão completamente errada. — Nós passamos por uns maus momentos ultimamente. Ele anda um pouco protetor demais. Ele se preocupa comigo. — Encolho os ombros.

— Puxa... — lamenta ela. — Eu vou te ligar. Vamos marcar de sair e você poderá me contar tudo sobre isso.

Dou um sorriso, embora não tenha ficado lá muito entusiasmada com a sugestão. O que eu mais gosto nos meus cafés com Zara é o fato de que não tenho que falar das minhas desventuras, porque ela não sabe delas.

— Acho que vai ser bom.

— Obrigada por me deixar invadir a sua sessão, Ava. Significa muito para mim. — Ela me beija e sai correndo, deixando-me sozinha na sala. Talvez seja uma tolice, mas fecho os olhos novamente, torcendo para que as lembranças voltem. Depois de uns bons cinco minutos, desisto, dizendo a mim mesma para ficar feliz com o que consegui.

Deixo Elsie com um beijo agradecido, pronta para processar a sessão com um café, mas quando saio para o ar fresco, encontro Jesse esperando por mim.

Ele faz uma carinha triste para mim ao lado do carro, os olhos de filhote de cachorro implorando para eu não ficar zangada com ele. Paro no ato e inclino a cabeça, apertando os lábios em uma falsa desaprovação.

— Eu te amo. — Jesse me dá um sorriso bobo, como se aquelas três simples palavras fossem a resposta para tudo. Verdade seja dita, são mesmo.

Não consigo ficar brava com esse molenga. Estou leve demais com o efeito da hora passada com Elsie e com a lembrança que tive. Então, em vez de esfolá-lo vivo, vou até aquele corpanzil e o abraço apertado. Dá para sentir que ele ficou surpreso com a falta de resistência, porque há alguns segundos de atraso na retribuição do carinho.

— Onde diabos está a minha esposa?

Dou um sorriso e me afasto para olhar para ele.

— Eu vi você! — Tenho que reprimir o desejo de sair pulando pela rua. — Estava tão relaxada que vi você na minha mente. Foi tão claro. Eu te vi com os gêmeos no colo quando eles nasceram.

— Mesmo? — Seu rosto se ilumina de felicidade e ele me pega e me gira no ar no meio da rua. Dou risada e não sinto um mínimo de tontura. Porque meus olhos estão colados nos dele.

Capítulo 35

É sábado, dia da festa de noivado de Raya e Drew. Enquanto agito a água para criar mais bolhas, repasso meu plano na mente, do início ao fim. Cada segundo dele tem o propósito de paparicar a minha esposa. Cobri-la de afeto e atenção. Fazê-la sentir-se como a rainha que é para mim.

Quando a banheira atinge a quantidade ideal de água e bolhas, fecho a torneira e tiro a roupa. Então, chego em silêncio ao quarto e a observo cochilar em paz por cima da colcha. Dói ter que acordá-la, mas preciso colocar meu plano em prática ou chegaremos atrasados à festa de Raya e Drew. Ajoelhando-me ao lado da cama, tiro um copo-de-leite do vaso que fica na mesinha de cabeceira e pouso meus lábios nos dela. Ava espreguiça e geme, buscando meus ombros nus. O toque dela gera um calor instantâneo na minha pele. Ela abre os olhos sonolentos, sorri ao ver a flor, pega-a, aspira seu perfume preguiçosamente e a coloca ao lado.

— Hora do banho, *baby* — sussurro, passando meus braços por debaixo dela e erguendo-a da cama. Ava se aninha a mim e eu a levo até a banheira, quentinha nos meus braços. Ela parece mais leve e, pensando bem, desde que eu a trouxe do hospital, ela não comeu uma refeição inteira. Na verdade, praticamente só empurrou a comida no prato. Merda, precisamos resolver isso. Eu deveria ter sido mais rígido.

Eu a coloco de pé e começo a despi-la lentamente para lhe dar tempo de despertar antes de mergulhá-la na água. Meus olhos examinam cada polegada de pele que se revela, à procura de ossos protuberantes. Ali. Bem ali. Ergo o braço e acaricio seu quadril, fechando o cenho.

— O que houve?

— Você perdeu peso demais. — Ela ainda é linda, a coisa mais linda que já vi, mas está definitivamente mais magra. Como foi que deixei isso acontecer? — Preciso alimentá-la. — Saio para pegar seu robe, que abro para ela vestir.

Ela ignora a peça nas minhas mãos e olha para mim.

— Mas eu não estou com fome.

— Não importa. Você precisa comer. — Coloco o robe sobre seus ombros, mas ela se desvencilha, advertindo-me com o olhar.

— Pare.

— Parar o quê?

— De se preocupar. Se eu tiver fome, vou comer. — Ela tira o robe e joga para o lado, jamais tirando o olhar firme dela do meu, afrontado. — E não faça essa cara pra mim, Jesse Ward. — Um dedo vem e aponta para a minha boca. Eu me retraio, tentando controlar o bico. Não consigo.

Pego a mão dela e a coloco para trás, substituindo-a por um dedo *meu* no rosto *dela*. Ela não vai vencer essa. De jeito nenhum.

— Você vai comer. Ponto-final. — Eu me curvo e a agarro, dane-se o robe. Ela vai comer nua. Eu é que não vou reclamar.

— Jesse! — A pele nua dela roçando na minha pele nua não ajuda em nada a minha concentração. A comida é o meu foco. Muita comida. Embora meu pau não concorde, ele mesmo faminto. Eu olho feio para ele, exigindo que se comporte, enquanto carrego Ava para fora do banheiro.

— Ponha-me no chão! — Suas unhas encontram meu traseiro e se cravam nele.

— Sua selvagem! — grito, ouvindo-a rir e repetir o gesto, desta vez mais forte. — Ava! — Sou forçado a soltá-la e esfregar a bunda por causa da dor, enquanto ela ri diante de mim, ajeitando os cabelos para trás dos ombros.

— Eu não estou com fome — afirma ela, passando por mim, indo de volta para o banheiro.

— Ava!

— Foda-se, Jesse! Não tenho um pingo de fome.

Paro de me massagear, meu pau agora totalmente flácido. Indo atrás dela, fumegando de raiva com seu descuido com a própria saúde, assim como com a boca suja, corro para o banheiro e encontro Ava com um pé dentro da banheira e os olhos em mim, parado à porta. Minha testa franze mais um pouco e o sorrisinho malicioso dela aumenta. É adorável e irritante ao mesmo tempo.

— Olha essa boca, porra.

Ela sorri ainda mais e a minha fúria se dilui um pouco ante a visão.

— Vá se foder — sussurra. Ela está jogando o jogo, testando-me. Bobinha.

— Três... — A palavra simplesmente sai e meu sorriso agora compete com o dela.

— Foda-se. — Outro sussurro.

Dou um passo à frente, excitado demais com a brincadeira para deixar os palavrões me incomodarem.

— Dois...

Tirando o pé da água, ela cruza os braços, o que faz com que seus seios se unam, criando um decote que mais parece um ímã. Meus olhos vão direto para lá, estou salivando e meu membro cresce.

— E depois?

— Um — respondo, com o olhar firme em seus seios.

— E depois? — Ela descruza os braços e segura os seios.

Ergo uma sobrancelha e olho para Ava por entre os cílios. Meu sorriso, aquele reservado somente para ela, espalha-se pelo meu rosto. Ela se encanta e seus olhos se iluminam. Puta que pariu, como amo essa mulher. Ela tem a habilidade de me distrair com um simples sorriso. Agora eu só quero saber de comê-la inteira.

Ela reina suprema. Ela é o meu mundo. Minha vida. Meu dia, minha noite, meu ar, água e fogo. Porra, o que eu faria sem Ava? Eu morreria vítima de um coração partido, sei disso. Viraria pó. Definharia. Meu coração quase para só de pensar e, em um breve momento de pânico, os sentimentos muito vivos, eu me atiro à frente e roubo um beijo, apenas para assegurar a mim mesmo que ainda a tenho. E mantenho os olhos abertos, assim como ela, que olha bem dentro dos meus. É um beijo cheio de paz. Um beijo suave, gostoso, preguiçoso. É a junção de duas pessoas que falam a mesma língua. E então ela fala e confirma que é verdade.

— Eu estou aqui — garante ela, de braços abertos, ainda nesse beijo que nos consome inteiros.

— Deixe-me cuidar de você — imploro, diminuindo a intensidade até que haja apenas um toque de lábios, com o calor crescente. — Deixe-me te mimar e te amar com toda a força que eu tenho.

— Mas eu não estou com fome. — Ava suspira, acariciando as minhas costas ao ver o biquinho que faço para ela, mostrando minha decepção. — Não tenho fome de comida, pelo menos. E quando tiver, vou comer, prometo.

— Ava...

Seu dedo toca meus lábios, silenciando-me.

— Mas tenho fome constante de você. Da sua voz, das suas palavras, da sua necessidade de cuidar de mim. — Ela me dá um sorriso quase tímido. Eu fico de boca fechada, desesperado por mais. Por essa fome. — Eu sei muito bem por que me apaixonei por você, mesmo que não me lembre de ter me apaixonado. Porque está acontecendo de novo.

Sua voz estremece e tenho certeza de que o mesmo aconteceria com a minha se eu tentasse falar. Ela está se apaixonando por mim. Tento engolir a emoção de alívio que sobe pela minha garganta.

— Você é o homem mais passional que já conheci e guarda tudo para mim e para as crianças. Eu posso ver isso. Tudo o que você faz é feito com muita intensidade. Seja quando você está furioso ou quando está brincando. Ou quando faz amor comigo. Ou simplesmente quando me ama. É tudo tão intenso e eu amo isso demais. Amo como as crianças e eu somos o centro do seu mundo. Que você nos ame com uma força que às vezes pode ser um pouco arrebatadora. Que mulher não quer ser amada com tanta intensidade?

Suas mãos estão no meu rosto, seu polegar enxuga uma única lágrima que rola. Sinto-me sufocado pela minha própria felicidade porque, pela primeira vez, vejo esperança real além da possibilidade de Ava jamais recuperar a memória. Ela *pode* se apaixonar por mim outra vez. Nosso amor floresceu porque era para acontecer. Isso não mudou.

— Você é o homem dos meus sonhos, Jesse Ward. — Ela beija o cantinho da minha boca. — E imagino que seja o homem dos sonhos de muitas outras mulheres também.

— Bem, elas jamais terão algo comigo — juro, como se Ava precisasse mesmo se preocupar com isso. — Eu pertenço a você, assim como você pertence a mim. É assim que as coisas são.

Ela crava os dentes na minha bochecha e trava os braços em torno do meu pescoço.

— Agora que esclarecemos isso, você vai me mimar como prometeu?

— Sim — afirmo, afastando o rosto. — Logo depois de você relaxar nessa banheira. — Eu a coloco gentilmente na banheira, beijando a testa dela em seguida e deixando-a ali para se arrumar. Não posso tomar banho com ela ou jamais chegaremos a tempo na festa. — Use o vestido de renda e me encontre no hall de entrada às sete e meia. — Fecho a porta atrás de mim, satisfeito, porque sei que ela não vai me decepcionar.

Capítulo 36

Estou otimista, com o coração cheio de esperança. Minha barba cerrada está aparada no ponto certo, meu rosto fresco. O terno grafite me veste com perfeição e meu corpo está ótimo. Ela também não vai se decepcionar.

Enquanto espero por ela no hall, ajeitando os cabelos no espelho, ouço a porta do quarto se fechar.

Vou até o pé da escada e coloco as mãos nos bolsos. Não a vejo.

— Ava?

— Eu não sei se você vai aprovar. — Ouço-a, mas ainda não posso vê-la. E agora estou preocupado. Será que ela não está usando o vestido de renda?

— Deixe-me vê-la — peço, contendo o aborrecimento que ameaça invadir meu tom. Esta noite tem que ser perfeita. Ava não usar o vestido que pedi não é um bom começo.

— Tem certeza? — pergunta ela. Ava parece nervosa.

— Traga esse traseiro pra onde eu possa vê-lo, mocinha.

Ela aparece, cautelosa. E fico estarrecido.

— Meu Deus. — Solto o ar, maravilhado, meus olhos a seguem até o topo da escada. Se existe um exemplo de perfeição, estou olhando para ele.

O vestido. Meu Deus, o vestido. Renda por toda parte e o tom suave de creme me trazem lembranças do lindíssimo vestido de noiva. A barra logo abaixo do joelho é perfeita e o tecido abraça suavemente cada curva sensacional de Ava. Ignoro o fato de que as curvas diminuíram um pouco nas últimas semanas e volto os olhos para o rosto dela. O rosa nos lábios é o único toque sutil de cor. É só do que esse vestido precisa. O decote ombro a ombro revela as clavículas, os cabelos estão presos em um nó impecável à altura da nuca. Elegância discreta. Minha esposa sempre a teve e jamais falha em deixar-me estupefato.

Os olhos esfumados absorvem a minha presença, de cima a baixo, os dentes agarrados ao lábio inferior.

— Gosta do que vê? — pergunto, certo da resposta. Cada centímetro dela brilha de excitação, especialmente os olhos.

— Você é o homem mais lindo que já vi. — Ela engole a saliva e olha para mim. — Estou bem?

— Bem — devolvo, indo até ela na escada, assimilando a sua beleza. — Você é a beleza personificada, *baby*. E você é minha. — Eu a alcanço e tomo a sua mão, beijando a sua aliança de casamento. Em seguida, volto os olhos para os dela. — A quem você pertence?

— A você. — Ela não hesita, não protesta, apenas sorri para mim. — Sempre.

— Venha. — Conduzo-a lentamente escada abaixo, jamais tirando os olhos dela. Ava desce com cuidado. — Tenho algo pra você. — Paro ao pé da escada e enfio a mão no bolso, girando-a com a outra. Minha mão no seu quadril faz com que ela endireite a coluna e olhe por cima do próprio ombro.

— O que tem aí?

— Isto. — Passo o colar de diamantes por cima da cabeça dela e deixo que se acomode em sua pele. Ela olha para baixo, os dedos rapidamente chegando para sentir as pedras, enquanto eu o fecho. — Você o usa somente em ocasiões especiais.

— Meu Deus — sussurra ela, saindo do meu lado e indo até o espelho. Olhando para o próprio reflexo, ela toca a joia preciosa, perdida em pensamentos. Será que ela o reconhece?

— É tão bonito. — Ava olha para mim através do espelho. — Obrigada.

Abro um sorriso, incapaz de me chatear porque ela não se lembra dele.

— Ele é seu há doze anos, *baby*. — Vou para trás dela e enlaço a sua cintura, curvando-me para apoiar o queixo em seu ombro. Nossos olhares se encontram no espelho. — É bonito, sim, mas não é nada perto da mulher que o está usando. — A mulher que o usa resplandece ainda mais. É mais preciosa. Mais valiosa que qualquer coisa nesse mundo.

Ela vira o rosto para encontrar os meus lábios e me presenteia com um beijo delicado e avassalador.

Amor. Está irradiando entre nós, enchendo-me de felicidade. Nós vamos conseguir. Vamos passar por isso. Porque somos *nós*. Jesse e Ava.

— Vamos dançar. — Eu a faço girar em meus braços e pego o telefone, ligando o Sonos em seguida.

Ela ri, alegre.

— Sem Justin Timberlake, por favor.

Meus dedos param sobre a tela do celular e olho para Ava. É só mais um daqueles momentos em que ela diz algo sem a menor ideia de por que está dizendo aquilo. Não vou deixar que isso estrague o meu plano de tornar essa noite perfeita.

— Algo um pouco mais romântico. — Encontro a faixa que buscava e aumento o volume. — Assim. "Nights in White Satin" preenche o ambiente ao nosso redor e ela a escuta comigo por um tempo. — Reconhece? — Eu soo esperançoso, apesar de tentar ao máximo não parecer.

— Claro. — Ava se aproxima de mim e apoia a face no meu peito, enlaçando a minha cintura com um braço e pegando a minha mão. — Nós já dançamos ao som dela uma vez.

Trago nossas mãos unidas para o meu peito ao lado do seu rosto e começo a nos mover em círculos lentos, deitando a cabeça sobre a dela.

— Você não se lembra, não é? — indago, ciente de que ela entendeu o meu plano. Um ligeiro movimento com a cabeça é esperado, mas as lágrimas que molham a minha camisa, não. — Não chore — peço, gentil, mas fecho os olhos antes que eu mesmo contrarie meu próprio pedido. — Criaremos novas memórias, se não conseguirmos resgatar as antigas.

— Eu quero ambas. — Ela me segue em nosso giro totalmente sem pressa no lugar, dançando tão devagar que parece que nós não estamos nos movendo. Mas estamos nos tocando. Estamos nos tocando inteiros, e a parte mais significante onde estamos nos tocando neste momento é no coração. Os batimentos cardíacos dela ressoam no meu peito, servindo como uma fonte de força, que aumenta as batidas do meu coração. — Mas tenho você e as crianças — diz ela, voz quase inaudível ao som da música. — E é só o que importa.

Respiro fundo com o rosto em seus cabelos. Ela está certa, apesar de isso não tornar a perda mais fácil de aceitar.

— Sempre — afirmo, com a voz evidentemente trêmula.

O volume da música vai baixando ao final e nós continuamos girando no lugar, nossas mãos dadas sobre o meu peito, o corpo dela colado ao meu.

— Hora de ir, *baby* — murmuro, sentindo uma leve tensão partindo dela. Coloco-a ao meu lado e vamos juntos para o carro.

— Tenho permissão pra uma bebida essa noite? — A pergunta é entremeada com um pouquinho de travessura e definitivamente um tanto de esperança. Percebo que ela talvez precise de um pouco de coragem etílica. Não posso negar isso a ela, mas vou ficar de olho vivo.

— Uma ou duas — concordo, abrindo a porta do carro para ela. Ela se senta e eu afivelo o cinto dela. Quando faço menção de sair, paro com o corpo curvado e meu rosto de frente para o dela, nariz com nariz. Ela sorri. Eu sorrio. — Espero que tenha uma noite adorável, sra. Ward.

— Meu acompanhante é um deus. É claro que terei.

Dou-lhe um beijo doce.

— Eu te amo pra caralho.

Capítulo 37

O *foyer* do Café Royal está reluzente, sua grandiosidade impressionante.

Entramos no pequeno elevador ornamentado, ambos em silêncio enquanto subimos. Ava me olha de vez em quando, jamais soltando a minha mão. Quando as portas se abrem, uma rajada de som nos atinge – música, vozes, risos. Dou um passo, mas sinto a relutância de Ava atrás de mim.

— Todos estão ansiosos pra te ver — digo, tentando lhe transmitir confiança. — E não vou sair do seu lado.

— E se eu precisar ir ao banheiro?

— Vou junto — digo, seguro, porque é um fato. Ava sorri, porque sabe que vou mesmo, e então deixa o elevador. — Se o som estiver alto demais, você precisa me dizer. — Não quero que ela tenha dor de cabeça.

— E o que você vai fazer? Exigir que todos se calem e mandar Drew desligar a música?

Eu lhe dou mais um sorriso e nem preciso responder. Ela sabe que eu faria isso também.

— Que pergunta boba — diz ela, balançando a cabeça. — É claro que você faria isso.

Cruzamos a porta do salão, sua outra mão agarrando meu bíceps.

— Relaxe — digo-lhe gentilmente, pegando uma taça de champanhe de uma bandeja e tirando a mão dela do meu braço. Ofereço-lhe a taça. — Goles pequenos.

— Certo. — Ava vira a taça inteira e dá um passo ágil para trás quando tento tirá-la da mão dela. — Muito lerdo, Ward — murmura ela, colocando a taça vazia em outra bandeja.

Esta mulher está impossível.

— Você vai pagar por isso.

— Mal posso esperar. — Ava levanta a mão e acena, e logo Raya se junta a nós. — Parabéns, Raya. Você está linda — diz ela, segurando as duas mãos da amiga para admirar o vestido de Raya em toda a sua glória.

— Essa coisa velha? — Ela revira os olhos e beija Ava no rosto. — Obrigada por virem. Significa muito pra mim e Drew.

— Nós não perderíamos por nada. — Ava me dá uma olhadela e aponta com a cabeça para Raya, seu jeito de me dizer para dar um pouco de atenção à mulher do momento.

— Realmente deslumbrante — digo, tirando os olhos de minha esposa traiçoeira no instante em que Drew se aproxima. Seu terno está perfeito, como esperado. Ele beija a noiva com carinho no rosto, antes de ir cumprimentar Ava. Peço a ele que não faça alarde da presença dela. Todos comentando o fato de ela estar aqui não vai ajudá-la.

— Ava, você está sublime. — Drew a beija, antes de ficar ao lado de Raya. — Obrigado por virem. Agora, se não se importam que eu roube a noiva por um instante.

— Claro que não, podem ir. — Ava faz um gesto como se os estivesse espantando e aproveita um garçom passando para pegar outra bebida, enquanto aperto a mão de Drew.

— Calma — advirto quando ela leva a taça à boca.

A borda pousa no seu lábio por um momento, enquanto ela observa o crescimento da minha inquietação. E então exagera para me mostrar que está bebendo o menor gole, da maneira mais lenta possível.

— Não me provoque, mocinha. — Pego a mão dela e seguimos em meio aos convidados, certificando-me de primeiro abrir caminho e depois trazer Ava comigo.

— Olha o John ali — diz Ava, apontando para o bar. — E Elsie.

Ele trouxe companhia? Mudo de rota, indo na direção deles. O grandalhão está sorrindo, provavelmente o sorriso mais largo que já o vi dar. O terno preto é certamente novo, a camisa, branquíssima e sua careca, extremamente brilhante, sem dúvida recém-polida. Assim que ele me vê, o sorriso se torna um olhar homicida, que pode atrofiar cada músculo meu, e olha que tenho muitos. Eu, é claro, ignoro por completo sua atitude ameaçadora e assumo eu mesmo uma postura mais ereta.

— Não o provoque — pede Ava.

Eu bufo. Esperei uma eternidade por isso.

— John. — Minha mão desce com força em seu ombro sólido. Ele não se move um centímetro. — Você se arrumou pra impressionar. — Os olhos dele escurecem, o que só faz aumentar meu sorriso, que imediatamente dirijo a Elsie, cegando-a. — E você está fantástica. Espero que John tenha lhe dito. — Não consigo imaginá-lo fazendo um elogio.

— Ah, ele disse. — A mão de Elsie busca a de John. — Várias vezes, na verdade. John ainda me olha de modo ameaçador e eu ainda o ignoro.

— Que romântico. — O olhar dele me diz para sumir dali antes que ele esmague meu rosto com o punho, mas ele jamais dirá isso ao lado de sua amiga. — Então vocês são oficialmente um casal?

— Jesse... — Ava suspira, soando farta do meu jogo. Farta? Eu mal comecei. — Vamos encontrar Kate e Sam.

— Boa ideia — concorda John, e Ava me puxa para longe. Eu não consigo tirar o sorriso do rosto. — Tenha uma boa noite. — Ele é qualquer coisa, menos sincero.

— Vocês também — diz Ava, os puxões no meu braço cada vez mais firmes. — Jesse, pelo amor de Deus, pode se comportar?

— Isso é um fato monumental, *baby*. — Desisto e me viro, deixando que ela me conduza em meio à multidão. — A única coisa que o deixa doce são seus bonsais.

— Ele tem bonsais? — Sua surpresa se confirma quando ela volta os olhos para o colossal homem com cara de mau, que eu adoro de todo o coração.

— Se ele der a mesma atenção a ela que dispensa àquelas árvores, ela vai se sentir muito especial. — Vejo Sam com Kate, que enfia um canapé na boca. — Está com fome, Kate? — pergunto, alarmado por vê-la enfiar outro logo em seguida.

— Meu Deus — diz ela, com a boca cheia, fechando os olhos como se estivesse saboreando um manjar dos deuses. — Eu não consigo parar de comer. — Kate pega mais um e o segura para abraçar Ava. — Comida. Dê-me comida e serei feliz.

Ava ri por sobre o ombro enquanto Sam balança a cabeça, divertido.

— Vamos nos sentar? — pergunto, preocupado com o barrigão de Kate e com a perna machucada da minha esposa.

— Não. — Sam balança a cabeça, apontando para um garçom com o copo de cerveja. — Ela descobriu a rota para a cozinha. Aqui é o melhor lugar pra conseguir a coisa boa antes que todo mundo seja servido. Nós vamos ficar aqui a noite toda.

— Você precisa se sentar, Kate — diz Ava, acariciando a barriga da amiga. — Como está se sentindo?

— Faminta — responde ela, servindo-se de mais um canapé e enchendo a boca com ele.

Sam parece exasperado e pega um para si mesmo.

— E como por compaixão. Esse bebê precisa nascer logo, antes que mamãe e papai fiquem sem comida e comam um ao outro.

Ava ri, parecendo relaxada enquanto observa nossos amigos comendo um canapé atrás do outro. Eu não vou ficar aqui de pé a noite toda. Além disso, Ava precisa se sentar. Vejo uma garçonete entrar no salão, vindo em nossa direção, e assim que ela se aproxima de nós, tiro a bandeja da mão dela.

— É uma emergência — digo, ante a sua expressão de surpresa.

— Meu Deus! — Kate me ataca como se precisasse de mim para respirar, enfiando comida na boca.

— Venham. — Direciono todos para o terraço, seguindo-os com a bandeja. O tráfego na Regent Street está sossegado, as luzes brilhando, o alvoroço de Londres é um pano de fundo perfeito. Colunas de pedra nos cercam, prismas de fogo aquecem o ar noturno. É belamente idílico, esse refúgio particular sobre as ruas movimentadas de Londres.

Assim que Kate se senta, coloco a bandeja diante dela, sorrindo para Sam, que revira os olhos.

— Golinhos — sussurro ao ouvido de Ava, que também se senta, pegando uma água para mim. — Está com fome?

— Mesmo que estivesse, duvido que ousaria tirar um dos dela — brinca ela, fazendo Kate diminuir o ritmo da mastigação até parar completamente.

— Humm... Áooo. O-ôo. — As mãos se agitam sobre a bandeja e Kate balbucia algo incompreensível para nós. Ava decide pegar um canapé, e a amiga geme feliz. — Não sei o que há nessas coisinhas, mas não consigo parar.

Fico exultante por ver Ava comer sem pressão alguma de minha parte, mas a alegria não dura muito. Ela tosse, pega um guardanapo e leva à boca.

— Puta merda! — Ela cospe e esvazia o conteúdo da boca no tecido.

— Ava! — O chamado a faz ter um sobressalto, mas ela não se desculpa pela boca suja.

— Não é mesmo? — Kate pega mais um e se delicia. — Fão mefmo... as oifas maf goftofas!

— Eu preciso de água! — Ava começa a abanar a boca, procurando freneticamente em volta de nós. — Rápido! Meu Deus, a minha boca está queimando!

Eu cedo meu copo e Sam gargalha do outro lado da mesa; Ava pega a água e bebe de um só gole.

— Apimentado? — arrisco, sorrindo quando ela concorda com a cabeça.

— Delicioso — corrige Kate.

— Você detesta comida apimentada. — O rosto de Ava está vermelho, uma fina camada de suor umedece a sua pele. Ela olha para o prato com aversão.

— Ela está com desejo. — Sam pega um dos canapés e oferece a Kate, cuja boca se abre como se implorasse por um presente. — Ela está esgotando o estoque do restaurante indiano perto de casa. — Ele alimenta a esposa e limpa uma gota de molho que fica no canto da boca da mulher, com um sorriso carinhoso. — Não terei saudade do desejo por comida cheia de curry à meia-noite, mas sentirei saudade deles. — Ele apalpa um dos seios inchados dela, sorrindo. Ava não sabe para onde olhar e mergulha em seu champanhe, enquanto eu dou risada. Ela havia se acostumado com a natureza sem-vergonha de Sam ao longo dos anos. Agora vai ter que começar tudo de novo. — Alguém quer beber algo? — pergunta Sam, soltando o seio da esposa e se levantando.

— Eu quero um suco de grapefruit — Kate fala com a boca sempre cheia. — Com um pouco de suco de tomate e molho Worcester.

— Caramba, Kate — exclama Ava, com uma careta. — A gravidez está deixando o seu apetite muito estranho.

— Nem me fale — diz Sam. — Jesse?

— Só água pra mim.

— Vá você — sugere Ava, confirmando quando olho para ela, curioso. O que aconteceu com o trato de eu não sair do lado dela? — Tudo bem. Kate está aqui.

Tenho a sensação de que ela quer uns minutos a sós com a amiga e sinceramente não sei como me sentir a esse respeito. O que elas dirão? Eu não sei e é isso que me mata. Mas sufocá-la quando ela pede um pouco de espaço não vai me ajudar em nada.

— Cinco minutos — concordo, relutante, inclinando-me para lhe dar um beijo. — Vocês vão falar sobre mim, não vão?

— Não seja tão convencido. — Ava sorri com carinho. Isso não me faz sentir melhor, de modo algum. Eu a estudo por um momento, tentando ler sua mente. — Vá — ordena ela, puxando a minha manga. — E na volta traga-me canapés que não vão fazer a minha cabeça explodir.

É como se ela soubesse que a promessa de que irá comer vai me incentivar a deixá-las. E detesto o fato de que ela está certa.

— Está bem.

— E mais alguns desses aqui — acrescenta Kate, colocando mais um canapé na boca. — Estou na reserva.

Eu me levanto, rindo e me afastando da mesa junto com Sam, que gargalha.

— Ei! Olhe aquilo ali. — Cutuco o ombro dele e ele olha para o outro lado do bar, onde John está cortejando Elsie.

— Ele vai meter aquele punho ossudo no seu nariz se você não parar. — Sam continua rindo e chama o *bartender*.

— Valeria a pena. — Eu peço água. — E suco de grapefruit com... — Paro, tentando lembrar os ingredientes da bebida nojenta que Kate pediu. Olho para Sam, que assume o comando e faz o pedido.

— Olá, rapazes. — Drew se junta a nós, com uma mão no ombro de cada um, enfiando a cabeça entre nós. — Que porra é essa? — Ele olha para o copo de sabe-deus-o-quê.

— Nem pergunte. — Dou as costas para o bar e me apoio na madeira.

— Então, não demora muito pra você também se amarrar. Animado?

— Na verdade estou, sim. Sei que isso surpreende vocês.

Não. Desde o momento em que conheceu a adorável Raya, ele ficou gamado. Pode ter sido uma surpresa na época, mas bastava vê-los juntos para entender. Quem diria, nos velhos tempos, que hoje estaríamos aqui? Sam se prepara para o nascimento do seu primeiro filho, Drew pronto para subir ao altar. E eu com gêmeos e uma esposa que não me reconhece. Eu me encolho de leve, mandando embora meus pensamentos depressivos, o que não passa despercebido aos meus amigos. Espanto a melancolia.

— Ei, como estão as coisas? — pergunta Sam. Olho para além dos dois e vejo que Ava foi se sentar do outro lado da mesa, ao lado de Kate. Ela deve ter sentido meu olhar vigilante, porque me vê quando olha para frente ao pegar a taça e então bebe um gole mínimo, com uma expressão atrevida. Entretanto, o volume de álcool que ela está bebendo não é a minha principal preocupação, mas sim o que ela está contando a Kate.

Capítulo 38
AVA

— Como está se sentindo? — pergunto, tocando a barriga de Kate com a haste da taça.

— Estou grávida, gorda e comendo como um cavalo. — Ela enche as bochechas de ar e depois as aperta. — Diga como *você* está. Como vai a ioga?

— Ótima. — Sorrio, lembrando-me da imagem que resgatei. — Vale muito mais que a terapia. Na minha última sessão, estava tão relaxada que vi Jesse e os gêmeos quando eles eram bebês.

— Que maravilha!

Confirmo, bebendo mais um gole.

— E como vão as coisas entre você e Jesse?

Inspiro e dou uma olhadinha para o bar, onde meu marido está de pé, conversando com seus amigos, embora sua atenção esteja bem longe deles.

— Bem.

— E? — incita ela.

Dou de ombros.

— Ele está sendo muito atencioso. Quando não esbraveja sobre vestidos, bebida e tudo aquilo que o irrita. O que é muita coisa.

Kate ri, segurando a barriga, e então se retesa.

— Ai!

Eu imediatamente coloco as mãos nela.

— O que foi? Você está bem?

Ela se mexe na cadeira, fazendo uma careta.

— Não é nada. Só o bebê deitado em uma posição esquisita. — Tirando as minhas mãos de si, Kate se acomoda e volta a me dar total atenção. — É...

Eu levanto a mão, impedindo-a de prosseguir.

— Já sei o que você vai dizer. Descobri bem depressa que ele é um pouquinho controlador.

— Um pouquinho?

— Bastante — concordo, levando a taça à boca, pensativa. — É um pouco... bizarro, não é?

— O quê?

Faço um gesto grande no ar com a taça na mão, indicando tudo ao meu redor.

— Aqui. — Toco o lado da minha cabeça. — Ainda tenho vinte e poucos anos, sou jovem e estou batalhando pela minha carreira. — Olho para meu corpo, envelopado em renda. — Mas aqui tenho trinta e oito, sou casada com alguém que só posso descrever como um ogro e tenho gêmeos de onze anos. Onze! — Eu me largo na cadeira, mais uma vez chocada com o que é a minha vida.

Após um longo silêncio, bebo um gole e olho para Kate. Ela está sorrindo.

— Sabe, eu já vi essas mesmas emoções em você antes. — Ela aguarda um momento para eu perguntar quando, mas não o faço. Não preciso. — Ava. — Colocando a mão sobre a minha e a outra em sua barriga gigante, Kate se aproxima. Eu olho bem nos olhos de um azul vívido, perguntando a mim mesma onde ela escondeu os últimos dezesseis anos porque, francamente, ela não mudou nada. Fora a barriga de grávida. — Que fique registrado que você está fabulosa — diz ela. Erguendo o braço, Kate coloca uma mecha de cabelo atrás da minha orelha, com um sorriso sábio. Ela leu minha mente, mas ainda faço um bico, ainda contrariada por ser muito mais velha do que gostaria. — O que sente por ele?

— Jesse?

— Não, Deus Todo-Poderoso — diz ela, com uma revirada dramática de olhos.

— Ele é um deus todo-poderoso. — Dou uma risadinha, dando mais uma olhadela para ele no bar. Ele ainda me observa, embora algo me diga que a taça de espumante na minha mão não seja a razão. Vejo a curiosidade estampada em seu rosto, nas linhas de expressão na testa que são sua marca registrada e com as quais já me familiarizei. Respiro fundo, incapaz de evitar admirar a bela forma do homem que é o meu marido. Ele tem um *sex appeal* magnético, que demanda atenção e ele sabe disso, na maior parte do tempo. Ele é um deus, não dá para negar, e sou casada com ele. Por baixo da arrogância, há uma vulnerabilidade. Uma fraqueza. Eu sou a causa dessa fraqueza. Seu amor por mim.

Eu o observo enquanto ele me observa, seu corpo enorme relaxado na madeira do bar. Meus olhos saem por uma tangente e percorrem a vastidão que é ele, da cabeça aos belos sapatos e de volta até chegar ao seu rosto. Aquele rosto. Dou um suspiro, relaxo e um sorriso surge nos meus lábios quando seus olhos verdes brilham, faíscam e cintilam freneticamente, seu sorrisinho malicioso discreto, porém presente. Ele tem consciência da inspeção a que está sendo submetido e, como sempre, ele está sentindo um prazer imenso com a minha inabilidade de manter meus malditos olhos sob controle. Eu também sorrio e balanço a cabeça de leve, e ele pisca e manda um beijo pelo ar.

— Porco arrogante. — Articulo bem as palavras para que ele as compreenda de longe.

— Eu também te amo. — Ele faz o mesmo, fazendo-me gargalhar e voltar o foco para Kate, antes que eu infle ainda mais seu ego descomunal. Este homem é completamente louco. Quando me volto para a minha amiga, encontro também um sorriso bobo que deixa mostrar outro desses terríveis canapés.

— Diga-me que não idolatra aquele homem — desafia ela. — Diga-me que ele não está entranhado em você como se fosse um de seus órgãos internos. Diga-me que não precisa dele pra sobreviver.

— Não posso — admito, mesmo que seja uma loucura, embora real.

Olho para Jesse e sinto uma eletricidade atravessar o meu corpo. Ele me toca e minhas veias recebem uma descarga de calor. Nos braços dele eu me sinto em casa. Como se nada pudesse me ferir. E sei que não pode mesmo.

— Não sabia o que sentia de início — admito. — Atração, sem dúvida, mas tentar assimilar a ideia de que esse homem é meu marido foi aterrorizante. — Sorrio quando Kate segura a minha mão em sinal de apoio. — Eu vi algo nele, algo que deveria me deixar desconfiada, e ainda assim estava mais atraída por ele. Ele me contou coisas inacreditáveis e ainda assim acredito nelas. — Kate não pergunta que coisas e suspeito que ela saiba. — Sinto que me apoio nele de todas as formas e sei que é a coisa certa a ser feita. Não consigo explicar. Sinto que devo protegê-lo, mesmo sabendo que ele é mais do que capaz de cuidar de si mesmo. É mais proteger seu modo de ser, como se eu precisasse defender quem ele é. Porque sei por que ele é assim. O Solar, o tio, o irmão. As cicatrizes no abdômen, só de pensar nele ferido, não importa de que jeito. — Quando menciono as cicatrizes, Kate se crispa e respira fundo. — Eu sei, eu concordo. Fiquei tão enfurecida quando ele me contou como se feriu. Eu sei que ele diz que não era nada antes de me conhecer, vazio e perdido, mas mesmo assim. Ele não deveria ser tão descuidado com a própria vida.

— Descuidado?

— Não usar a roupa de couro quando sai naquela moto — respondo, de pronto, e Kate balança a cabeça devagar, olhando para Jesse com a mesma decepção que eu sinto.

— Ele é um tolo — divaga ela, levantando-se com esforço, mesmo com a minha ajuda. — Preciso fazer xixi pela milésima vez em uma hora.

— Quer que eu vá junto?

— Acredite, você não vai querer me ouvir fazer xixi. Eu pareço um cavalo.

— Você está comendo como um cavalo, fazendo xixi como um cavalo. Vai começar a galopar? — Ela gargalha e eu sorrio.

— Sam vai ter que me tirar rolando deste lugar. — Kate se espreguiça, fica bem ereta e espalma as mãos na altura da lombar, empurrando os quadris à frente. — Ai, meu Deus. — Ela geme e o som é de puro prazer. — Estarei de volta em um minuto. Quer algo pra beber?

— Sim, mas não deixe que Jesse veja.

— Vou trazer de contrabando dentro da minha calcinha gigante. — Kate sai andando e eu me perco em meus pensamentos outra vez, ao mesmo tempo que admiro Jesse. Apaixonar-me por ele tão depressa parece uma possibilidade remota.

Mas já aconteceu uma vez.

E está acontecendo de novo.

Capítulo 39

Observo Kate vir até mim meio cambaleando, meio marchando, embora esteja claro que ela está tentando executar a tarefa com determinação. Não importa que não esteja dando resultado. A expressão no rosto dela é feroz e eu me pergunto por que seria.

— Ah, merda, quem contrariou a endiabrada? — murmura Sam, ao ver a namorada fumegando na nossa direção. — Olá, gata!

— Que porra é essa, Jesse? — Kate vem com tudo. — As suas cicatrizes. Você disse a ela que foi um acidente de moto?

— Ah — digo, o motivo da raiva dela subitamente cristalino como a água.

— *Ah? É isso, ah?* Você não pode esconder esse tipo de podridão dela!

O quê? Eu não posso esconder meus podres dela? Fique olhando, então. Eu só não digo tudo o que penso na cara de Kate por respeito à sua condição. Também não gosto da ideia de brigar com o meu amigo, não que Kate precisasse dele. Ela já é bastante espevitada por si só, o que só aumentou desde que Sam colocou um pão para assar naquele forninho.

— Eu sei o que estou fazendo. — Respiro fundo durante a minha afirmação, com a calma que consigo reunir, ainda que esteja possesso por dentro. *Eu* sei o que é melhor para a minha esposa. *Eu*.

É ela quem recua agora, e Sam intervém na hora, com uma mão pacificadora nas costas dela. E Kate é rápida também em se desvencilhar dele.

— Você está mentindo, é isso que está fazendo.

— Estou protegendo-a. — Posso sentir meus dentes rangendo, minha mandíbula doendo instantaneamente.

— Com mentiras? — Ela dá uma risada sarcástica. — Você não aprendeu nada? Lembre-se do que aconteceu da última vez que você escondeu algo dela. — O rosto de Kate fica mais vermelho a cada segundo, sua fúria é provavelmente páreo para a minha, apesar de eu estar sendo muito mais bem-sucedido em conter a minha raiva que ela.

— Kate, acalme-se. — Sam tenta fazer com que a esposa se afaste. Ela não aceita.

— Não pode mentir pra Ava. Não é certo.

Engulo em seco e seguro firme a mão de Kate, olhando-a bem nos olhos. Espero que ela possa ver o quanto estou sendo sincero. Determinado.

— Kate, mentiras são necessárias quando você sabe que a pessoa pra quem se mente não conseguirá suportar a verdade. — Respiro fundo outra vez e Kate fecha a boca, do que me aproveito para prosseguir enquanto ela está em silêncio. — Ava não conseguiria lidar com a verdade, Kate. Não agora. Talvez nunca. Eu não sei, mas neste momento não vou lhe contar nada daquela merda toda. Logo será insignificante, de qualquer forma. O que importa pra mim, pra Ava, somos *nós*. Nossa família. As crianças. Eu quero toda a energia dela em mim e nos gêmeos. Não em uma qualquer, que não significa mais nada na nossa vida.

Ela está com os olhos fixos em mim, assimilando meu discurso.

— Acho que você está louco.

— Eu sinto isso — digo. — Mas ela está se apaixonando por mim outra vez e agora, mais do que nunca, não quero que qualquer coisa ponha isso a perder. — Volto meus olhos para Sam. Ele ainda segura Kate, mas olha para mim. Vejo a solidariedade estampada no rosto dele. E uma mínima anuência com a cabeça me diz que ele me compreende. Sou grato por isso.

— Merda! — dispara Kate, seus olhos transbordam as lágrimas quando ela pisca.

— Ei, não fique chateada. — Faço menção de confortá-la e certificar-me de que ela está bem.

— Não estou chateada. — Ela olha para baixo, assim como eu, encontrando uma poça aos pés dela. — Minha bolsa rompeu.

— Ah, porra! — Dou um passo para trás, crispando, sentindo-me imensamente culpado por ter, de certa forma, induzido o parto.

— O quê? — Sam olha feio para a namorada. — É isso que acontece quando você se estressa! — Ele segura o rosto dela e a beija com vontade nos lábios. — Se você não estivesse em trabalho de parto, eu te espancaria.

— Deixe isso pra mais tarde, Samuel. — Kate e Sam se encaram. — Nós vamos ter um bebê.

E como se ele só tivesse processado a notícia agora, entra em pânico:

— Caralho! Eu vou ter um bebê! — Ele olha para mim e em seguida para Drew. — Chamem uma ambulância!

— Alguém acalme esse homem — pede Kate e então começa a gemer, curvando o corpo à frente na altura da cintura. — Ai, merda, lá vem ele.

— O que está acontecendo? — Ava chega apressada, olhando para todos e então para os próprios pés. — Ah.

— Ah, seus sapatos tão bonitos — choraminga Kate, apertando o braço de Sam. — Estão arruinados.

— Deixe disso, mulher — adverte Sam, e Kate me agarra com a outra mão. Eu a apoio e ela geme, seu rosto agora vermelho por diferentes razões. *Flashbacks*, toneladas deles, vêm à tona e inundam meu cérebro – visões de Ava nas últimas semanas de gravidez, fingindo estar em trabalho de parto só para me provocar e depois o momento em que ela não estava mais brincando, quando realmente aconteceu. Olho para a minha esposa enquanto ajudo Sam a segurar Kate e a multidão em torno de nós cresce. Observo minha mulher dar instruções, antes de tirar a mão de Kate de mim. Estou em um mundo só meu, imobilizado pelas minhas lembranças, um homem inútil em meio ao pandemônio.

— Jesse! — O grito de Ava chamando o meu nome me traz de volta ao salão. Ela me olha, intrigada. — Você é o único que não bebeu. — Ela deve ter notado a minha confusão, porque me explica, com urgência: — Você precisa nos levar para o hospital.

— Certo.

— Uma ambulância! — grita Sam, olhando em volta freneticamente, como se fosse encontrar uma ali dentro do Café Royal.

— Alguém pode, por favor, calar a boca desse homem — exclama Kate, recusando a ajuda do namorado e preferindo confiar em Ava, agarrando-se à amiga. — Aaaaaaah, meu Deus! — Lá vai ela outra vez, curvando-se à frente. — Merda, merda, merda.

Ava conduz Kate até a porta, e Sam e eu seguimos as duas como inúteis que somos.

— Sam, preciso que você cronometre as contrações — Ava ordena por sobre o ombro, ajudando Kate a caminhar. — Jesse, traga o carro.

Kate dá passos curtos e cautelosos, com Ava ao lado dela.

— Vai doer muito? — pergunta Kate, buscando conforto.

— Demais — responde Ava automaticamente. Eu me pego respirando fundo, um tanto maravilhado. — E quando o bebê estiver pronto pra sair, você vai sentir como se estivesse tentando expelir uma melancia em chamas da sua xoxota.

Kate ri e logo para, gritando para as portas do elevador:

— Puta que pariu!

— É bem isso — brinca Ava, aceitando um pano úmido que Raya lhe oferece e colocando-o na testa de Kate.

— Você está roubando o meu momento — brinca Raya, nada além de carinho na voz, indo para o outro lado de Kate, o trio de mulheres à nossa frente assumindo o controle, deixando-nos para trás.

Só o que me resta é abraçar Sam e caminhar com ele logo atrás, observando Ava explicar o processo todo a Kate. Como se já tivesse feito isso. Porque já o fez.

* * *

Somos cinco pessoas sentadas na sala de espera – eu, Ava, Drew, Raya e Georgia. Nós insistimos para que eles ficassem no Café Royal e curtissem a própria festa. Eles insistiram em vir. Já passa da meia-noite e Georgia está dormindo no colo de Drew. Raya apoia a cabeça no ombro dele. Os gemidos e gritos de mulheres vazam através das portas da maternidade. Faz poucas horas que chegamos e eu sei, mais que qualquer um, que pode ser uma longa noite, mas ninguém está disposto a ir embora. Este é um momento monumental para a vida dos nossos amigos. Todos nós queremos estar aqui para presenciá-lo.

Dirijo meu olhar a Ava, sentada ao meu lado, com os olhos fixos nas nossas mãos dadas no colo dela.

— Você está bem? — questiono, perguntando a mim mesmo se ela estaria pensando em quando teve nossos bebês. Erguendo os olhos para mim, ela suspira e deixa a cabeça cair no meu ombro. Levo a minha outra mão ao seu rosto e o acaricio. — Parece mesmo que você está expelindo uma melancia em chamas da xoxota?

Seu corpo sacudindo ao lado do meu me faz sorrir, sua risada suave.

— Sim.

— Ai! — brinco, estremecendo para acentuar o efeito. A mão dela encontra a minha em seu rosto e a mantém ali.

— Não sei de onde isso tudo veio — diz ela, quase triste. — É a história da minha vida nesse momento.

Solto a respiração e afundo um pouco mais na cadeira. Não sei mais se gosto dos lampejos de memória. Eles não me empolgam mais, só me deixam triste. Triste porque os instintos estão lá, mas a memória mesmo e a essência da lembrança não. Fecho os olhos, sentindo-me muito cansado.

Meus olhos permanecem fechados por dois segundos e então ouço as portas se abrindo. Quando abro os olhos, vejo Sam do lado de fora da maternidade, abatido, com o rosto pálido, os olhos vermelhos. Por um momento, fico aterrorizado que algo possa ter dado errado. Logo um sorriso calmo surge em seu rosto exausto, e meu coração volta a bater em um ritmo seguro.

— É uma menina — anuncia ele, com a voz rouca. — Nós temos uma menininha.

Levanto-me de pronto, vendo que ele vai desabar em um misto de felicidade e cansaço se eu não chegar a ele depressa. Ele praticamente cai nos meus braços.

— Puta merda, nunca mais quero fazer isso de novo.

Dou um sorriso, sabendo exatamente como é a sensação.

— Parabéns, meu amigo. — Dou-lhe um abraço apertado, suportando a maior parte do seu peso. Uma menina. Eu rio baixinho. É isso. Sam se juntou a Drew e a mim no inferno das menininhas. Estou amando isso.

Eu o solto apenas quando Ava nos alcança e assume o meu lugar no abraço, mas fico por perto para segurá-lo se suas pernas falharem.

— Bom trabalho! Como está Kate?

— Esgotada.

Todos se reúnem, abraços e beijos para todos os lados. E é muito bonito. Um bonito momento em nossa vida. Meu único desejo é de que os gêmeos estivessem aqui e, quando olho para Georgia, esfregando os olhinhos sonolentos, o desejo se torna uma dor. Só mais um dia, é o que digo para mim mesmo. E verei meus bebês.

Assim que nos despedimos, conduzo uma Ava exausta para o carro, praticamente tendo que carregá-la. Afivelo seu cinto, beijo seu pescoço e fico ali por um tempo, apenas sentindo-a na minha pele. Ela está quase dormindo.

— Eu te amo. — Ava sussurra a sua confissão de maneira meio embriagada, mas o carinho que ela me faz com o rosto diz que sabe muito bem o que está dizendo. Meu coração poderia explodir.

— Eu sei — sussurro de volta, beijando seus cabelos e deixando meus lábios lá para sempre.

Neste momento, um momento tão perfeito, decido o que preciso fazer pela manhã.

Capítulo 40

"Give Me Love", de Ed Sheeran, toca baixinho, um fundo musical no nosso quarto, os tons calmos e relaxantes. As pálpebras de Ava se abrem aos poucos, piscando várias vezes, as pupilas encolhendo diante dos meus olhos enquanto ela se acostuma à luz da manhã. Noto o momento em que ela me vê sentado sobre a cintura dela, com uma perna de cada lado, porque ela sorri. E o sorriso desaparece assim que ela tenta me tocar.

Porque ela não consegue mover as mãos.

O olhar dela corre para a cabeceira da cama, onde seus punhos estão algemados. Alguns puxões mais tarde, ela volta os olhos para mim. Ergo as sobrancelhas. A boca dela se abre.

— Bom dia, *baby* — cantarolo, colocando as mãos na parte de dentro de seus braços, na intenção de pousá-los na cama.

— Ah, não! Você não fez isso — vocifera ela, inutilmente tentando se libertar de baixo de mim.

— Ah, sim, eu fiz. — Chego o meu rosto mais perto do dela, aproximando-me mais e mais dos seus lábios. Ava congela. — Lembra-se das suas últimas palavras ontem à noite?

Ela arregala os olhos e sei, *sei* que ela vai negar. Ela balança a cabeça devagar, um sorrisinho querendo surgir no seu rosto. Ah, ela sabe muito bem.

— Faça como quiser. — Suspiro alto, deixando a cabeça pender para a frente até meu queixo tocar o peito. — Vou começar no três — aviso, com a voz carregada do desejo que me consome. — E quando chegar ao zero, *baby*...

— O que vai acontecer? Vai me forçar a casar com você outra vez? — A ousadia no seu tom é excitante.

— Três... — começo, sem lhe dar uma resposta, sentando-me mais ereto sobre ela.

— Jesse... — diz ela, a ousadia sumindo e dando lugar à preocupação.

— Dois... — Mostro-lhe meus dedos e vou baixando-os sem pressa até a sua barriga.

Ava fica imóvel, dura como pedra.

— Não.

Vou baixando os dedos, lento no meu propósito, prolongando sua ansiedade.

— Lembra-se do que disse?

Ela aperta os lábios firmemente, minha tentadorazinha teimosa.

— Não? — As pontas dos meus dedos atingem seu ponto de mais cócegas e param. — Por mim, tudo bem. Um.

— Jesse — Ava chama meu nome e logo inspira e prende a respiração, preparando-se.

— Zero, *baby* — sussurro, afastando as mãos dos seus quadris e caindo sobre ela, tomando a sua boca e surpreendendo-a com um beijo quente e vertiginoso. A despeito da surpresa que vejo em seus olhos, ela corresponde quase imediatamente, com a mesma profundidade, usando a língua à vontade. Não há canto da minha boca que ela não encontre.

— Case-se comigo — digo suavemente contra os seus lábios.

Sinto-a sorrir.

— Você já se casou comigo duas vezes.

Eu me afasto, com um olhar severo, que me escapa.

— Isso é um não?

— Eu não disse não. — Ela olha para as algemas, puxando um pouquinho. — Pode me soltar?

Não tenho ideia do motivo que me faz aceitar tão rápido seu pedido, especialmente porque Ava, de fato, não disse sim, mas é exatamente o que faço, abrindo as algemas. Ela se senta e me empurra deitado de costas, agora sentando-se por cima de mim. E então pega os meus braços e me algema à cama. E eu permito.

É oficial. Estou louco.

— O que está fazendo? — pergunto enquanto a observo espalhar o corpo sobre o meu, olhando para mim e beijando com suavidade todo o meu tórax. Deixo a cabeça cair no travesseiro e dou um gemido rouco, com os olhos se fechando em êxtase. Isso pode ser um truque. Ela pode estar me levando a uma falsa sensação de segurança. Mas agora, com a boca roçando na minha pele, o calor de suas lambidas e mordidas deixando-me em brasa, eu não poderia me importar menos.

Não luto contra a imobilidade. Não perco a cabeça por não poder tocá-la. Não me preocupo com o fato de ela estar potencialmente querendo extrair informações de mim. Estou perdido. Um escravo de sua boca veneradora. Cada terminação nervosa está viva, cada veia bombeando sangue quente.

— Essa é a transa da verdade, certo? — pergunta ela, a voz rouca e grave, ainda salpicando meu corpo com beijos, chegando ao meu queixo e logo depois à minha boca. Uma onda de pânico toma conta de mim. Não há expressão no rosto dela, apenas puro e potente desejo.

— Sim... Oh... — Dou um gemido até quase sufocar quando os quadris dela roçam meu púbis. — Porra, Ava.

Erguendo-se um pouco, ela liberta meu membro e ele sobe imediatamente, a glande pincelando a entrada de sua vagina. Eu estremeço. Ava estremece. E então ela baixa de uma vez sobre mim, engolindo-me dentro de si de uma só vez. Eu ranjo os dentes, respirando pelo nariz, e ela inicia um movimento de vaivém em um ritmo enlouquecedor. Encaro os olhos dela, olhos castanhos que derramam desejo sobre mim. Ava está me matando mil vezes em cada ir e vir daqueles quadris, as mãos pousadas no meu peito. Reúno forças para quebrar o contato visual, e meu olhar recai sobre os seios e o leve movimento que fazem, e em seguida para o ventre, de onde as provas de sua gravidez dos gêmeos me olham de volta.

Linda. Cada centímetro dela é lindo.

Desabando para a frente, ela envolve a minha cabeça com os braços, seu rosto a milímetros do meu. O ritmo jamais falha. Meu prazer nunca diminui, permanecendo consistente, levando embora mais e mais do meu fôlego a cada estocada.

— Quer algumas verdades, Jesse Ward? — murmura ela, passando as mãos pelos meus cabelos.

Eu apenas aquiesço com a cabeça, ignorando a dor que acomete meus braços e concentrando-me em acalmar a ânsia no meu sexo, friccionado pelas quentes paredes internas dela.

— Eu te amo, *sim*. — Ava me beija e altera a forma como me cavalga, transformando o movimento em um embalo mais suave. Esse ritmo, essas palavras. É o meu fim, assim como o de Ava. — Juntos — ordena ela, com um fio de voz, a boca colada à minha. Uma palavra e eu me atiro no abismo com ela, mantendo o beijo por todo o tempo em que curtimos as ondas de prazer, unidos. Nosso beijo vai acalmando, assim como nossos corpos, embora seu sexo continue pulsando em torno do meu pau por muito mais tempo. Sinto o momento em que ela relaxa quando dá um suspiro e deixa o corpo derreter sobre o meu. — Case-se comigo — pede ela, beijando-me no rosto.

Se houvesse, algum dia, um jeito de engarrafar um momento da minha vida para guardar para sempre, seria agora. Porque ela acaba de me dizer que está dentro com tudo a que tem direito.

— Você não pode me perguntar isso enquanto estou algemado à cama — sussurro, e Ava imediatamente me solta. No instante em que as minhas mãos voltam a ser minhas, eu a viro e fico por cima dela outra vez.

— Quer se casar comigo? — repete ela.

— Que pergunta idiota.

E eu a beijo.

Capítulo 41

Parece o Dia D. As crianças chegarão mais tarde, nós vamos conhecer a filhinha de Sam e Kate, e Ava tem consulta com seu médico. Estou animado com duas das coisas na lista de tarefas de hoje. A última, nem tanto.

Estou com medo de que o dr. Peters diga que está feliz com o progresso dela, porque definitivamente não estou feliz. Com o progresso que tivemos no tocante ao nosso relacionamento, sim, estou encantado. Mas no tocante à sua memória, estou decepcionado. Sei que posso soar ingrato. Provavelmente sou. Como minha mãe disse mais cedo esta manhã, devo ser grato por ainda tê-la ao meu lado. Sinto meu sangue gelar cada vez que esse pensamento invade a minha mente.

À medida que caminhamos pelo corredor em direção à área da maternidade para ver Kate antes de ir ao consultório do dr. Peters, sinto que Ava fica mais nervosa. Pergunto a mim mesmo se ela pode sentir que também estou. Eu oscilo entre perguntar se ela está bem ou manter minha boca fechada.

— Eu estou bem — diz ela, olhando para mim. — Ao menos algumas coisas estão voltando. Você não estaria mais preocupado se nada retornasse? Uma cabeça vazia?

— Eu só queria que você se lemb... — Interrompo a mim mesmo no último segundo, mentalmente querendo me bater. Por que eu sequer sonharia dizer isso?

Estou andando em um segundo e no momento seguinte estou parado, já que Ava me detém. Virando-se para mim, ela termina a frase:

— Das crianças?

Caramba, ela é boa. Depois do parto de Kate no sábado à noite, no entanto, não é surpresa que a mente dela esteja nos próprios filhos. Ava contou à amiga como seria a dor que ela deveria esperar sentir. Como uma profissional. E acho que a ideia a confortou. Isso a fez sentir-se muito mais maternal.

Ela chega perto de mim, fica na ponta dos pés e beija o meu rosto barbado, e eu me inclino ante o contato, pressionando o rosto contra o dela, abraçando-a e trazendo-a mais ainda para mim.

— Mal posso esperar pra ver as crianças — murmura ela no meu ombro, provavelmente prendendo a respiração. — Precisamos seguir com a nossa vida e não conseguiremos fazer isso enquanto estivermos incompletos.

Ela está me dando um banho de sabedoria, mas uma coisa que sei é que esse tempo separado dos gêmeos, a época mais dolorosa da minha vida por mais de uma razão, não foi totalmente desperdiçado. Fiz minha esposa se apaixonar por mim outra vez. Missão cumprida.

— Eu te amo. — Eu me recuso a soltá-la e as pessoas têm que desviar de nós no meio do corredor para poder passar. Não me importo. Em qualquer lugar, a qualquer hora. Sempre.

— Eu sei — responde ela, papariconando-me com beijinhos como se eu precisasse de paparicos. — Venha. Temos um bebê pra conhecer. — Nesse momento, as portas da maternidade se abrem e Sam surge com um pacotinho de cobertores nos braços. E debaixo das pilhas de algodão macio, sua garotinha.

Deus do céu, meus olhos começam a marejar e minha garganta fecha. Eu tusso para limpá-la e Ava me olha como quem entende a minha situação. Fecho a cara para manter a minha fama, antes que minha esposa ache que eu me transformei em um bobão sentimental.

Sam tem um sorriso enorme.

— Pessoal, conheçam Betty.

— Oh, meu Deus! — Ava se derrete aos pés dele, toda melosa com o bebê. Eu fico alarmado e dou um passo para olhar a menina. Sim, ela é lindinha mesmo. Minha esposa se emociona e suspira para o bebê nos braços de Sam, fazendo gracinhas e sorrindo.

— Não comece a ter ideias. — O pensamento sai antes que eu possa contê-lo e ela me olha, com os dedos brincando com a mãozinha de Betty. Sam morre de rir na hora e Ava me põe no meu lugar.

— Estou feliz com os dois que tenho, obrigada.

Relaxo diante dela, não posso evitar. Imaginar passar pelo inferno da gravidez de novo me faz suar. A preocupação. A ansiedade. O medo constante de que uma pontada ou algo assim pudesse significar algo muito grave. E depois o parto.

— Que bom — confirmo, endireitando os ombros, fazendo Sam rir mais ainda.

— Você está velho demais, cara. — Sam enfia a faca e gira várias vezes.

— Vá se foder — devolvo, mudando de assunto, determinado a sair desse papo. — E como você está, afinal? — Meu amigo parece exausto.

— Eu achava que tinha visto todas as partes íntimas da minha mulher. — Ele estremece. — Estava tão enganado!

Rio e olho para a porta, de onde Kate surge, cambaleando.

Ela está surpreendentemente bem, considerando o momento.

— Fugi porque não é horário de visita e eles não iam deixar vocês entrarem. — Kate alcança Ava, que rapidamente abraça a amiga.

— Estou tão feliz por você.

— Não fique. — Kate se queixa. — Estou andando como John Wayne por todas as piores razões. — A piada, dita de forma seca e sem expressão, nos faz gargalhar.

Sam coloca Betty nos braços da mãe.

— É... Daqui a quanto tempo poderemos... sabe? — Sam aponta com a cabeça os quadris de Kate.

O olhar dela é obsceno.

— Eu só tenho energia suficiente pra te esfaquear. — Ela dá um beijinho suave na cabeça de Betty, sem deixar de fuzilar Sam com os olhos. Ele sorri como um bobo.

— Vai levar um mês, pelo menos — digo ao meu amigo incauto, tirando algum prazer de seu olhar de horror. Entendo a dor dele. O mês seguinte ao nascimento dos gêmeos foi o mais longo da minha vida. Dando-lhe um tapinha no ombro, suspiro e faço o famoso gesto de vaivém com a mão. — Apresento-lhe a sua nova melhor amiga.

Ele geme e abraça Kate.

— Ainda bem que eu amo essa louca. Vamos pegar um café antes que eu caia no sono aqui e agora.

Começamos a caminhar em direção à pequena lanchonete no final do corredor, Kate cambaleando com a ajuda de um Sam extremamente atencioso, seguidos por mim e Ava. Olho para minha esposa e a vejo pensativa. Abro minha boca antes que o cérebro se dê conta:

— Sabe, se você quiser outro...

Eu não tenho a menor ideia de onde isso veio. Que merda é essa? Quem colocou essas palavras na minha boca? Eu sei quem foi. Essa maldição chamada decência. Ou foi a culpa? O desespero? Não sei, só sei que, se ela quisesse *mesmo* outro bebê, eu daria um jeito de lidar com isso. Pelo menos para ela ter a experiência da gravidez e do parto para se lembrar. Ser mãe de um bebê e ver seus primeiros passos. Ver o primeiro dentinho e o primeiro dia de aula. Uma dor revira minhas entranhas. Só agora me ocorre o quanto ela perdeu da vida dos nossos filhos e, mesmo que não haja nada que eu queira mais do que vê-la recuperar essas lembranças, tenho que aceitar o fato de que ela talvez jamais as tenha de volta. Talvez possa proporcionar outras de uma maneira diferente. Estou sendo nobre? Ou perdi completamente a cabeça? Concluo que só pode ser a segunda opção. Que diabos estou pensando? Começo a suar na mesma hora.

— Não se preocupe. — Ava ri, com certeza notando meu constrangimento repentino. — Eu não quero.

— Porra, graças a Deus. — Solto a respiração, aliviado. Acho que nunca sugeri algo tão idiota. Eu já tenho cinquenta anos, pelo amor de Deus. Já passei da fase de fazer bebês.

Capítulo 42

Estamos em silêncio na sala de espera do consultório do médico de Ava, meu pé bate nervosamente no carpete até minha mulher ser forçada a colocar a mão firme no meu joelho para me fazer parar.

— Desculpe. — Suspiro, beijando a mão dela. Meu joelho começa a balançar de novo, a adrenalina tomando conta de mim. Não consigo parar.

É a vez de Ava suspirar, exasperada, vindo sentar-se no meu colo, na tentativa de controlar meus tremores. É um plano ridículo. O peso dela. A minha força. Ela começa a sacudir no meu colo como se estivesse vibrando.

— Puta merda, Jesse.

Paro de tremer na hora.

— Dá pra parar de falar tanto palavrão, porra? — A boca suja dela não me ajuda em nada, assim como a sua insolência na forma de revirar de olhos.

— Ava Ward — alguém chama antes que eu continue a expressar meu descontentamento com ela. Olho na direção da voz e vejo o dr. Peters parado na porta do seu consultório. Ele sorri ao ver Ava no meu colo. — Entrem, por favor.

Nós dois entramos e nos sentamos de frente para a mesa dele. Eu olho para Ava e tento avaliar seu humor mais uma vez. Ela parece perfeitamente tranquila. Contente, até.

— Como vai, Ava? — pergunta o médico, colocando os óculos e passando os olhos pelo prontuário dela sobre a mesa.

— Estou bem — responde ela, pegando e apertando a minha mão.

— E as dores de cabeça? — O dr. Peters a olha por cima dos óculos e dá um sorrisinho ao nos ver de mãos dadas.

— Diminuíram.

Ele começa a tomar nota.

— E quanto aos movimentos físicos? Sua coordenação, por exemplo?

Tudo o que vejo na minha mente é a mão perfeitamente estável de Ava encontrando o meu sexo. Sua coordenação está ótima, mas não posso dizer isso ao médico.

— Ela ainda manca um pouquinho — digo, ciente de que Ava não o fará. — E a cabeça dela ainda está frágil em torno do ferimento.

— É o esperado. — Ele se levanta e contorna a mesa, trazendo uma lanterna clínica e curvando-se para examinar os olhos de Ava. — E quanto às funções sensoriais?

Ergo as sobrancelhas e Ava me lança um olhar recatado:

— Meu tato, paladar, olfato, audição e visão estão bem.

Eu lhe dou um sorriso, embora seja impróprio.

— Eu posso confirmar. — Pisco para ela, deixando os músculos relaxarem pela primeira vez desde que entramos no consultório.

— Que bom. — O médico guarda a lanterna no bolso do jaleco e examina o corte na cabeça dela, satisfeito com o que vê, antes de verificar a perna dela também. Ele volta para a sua cadeira. — Algum avanço na memória? — O dr. Peters se acomoda no assento e bate com a caneta na palma da outra mão.

Ava dá de ombros e olha para mim.

— Uma coisinha aqui e outra ali.

— Não importa quão insignificantes elas pareçam, são todas muito importantes. — Mais um sorriso. — Seus sintomas são clássicos de amnésia traumática, Ava. Tenho muita esperança de que, com tempo e paciência, suas lembranças vão retornar. O cérebro é um órgão imensamente complexo e nossa memória utiliza muitas partes diferentes dele. No seu caso, o golpe na cabeça causou dano na estrutura do cérebro e no sistema límbico, que controla nossas emoções e a memória.

Paciência. Algo que veio faltando em mim.

— Nós estamos obviamente concentrados em recuperar a sua memória, Ava, mas posso perguntar como você vê o seu futuro?

Sinto a minha testa franzir e olho para Ava. Ela está encarando o médico, tão confusa com a pergunta quanto eu.

— Desculpe, mas não entendi — diz ela.

Ótimo. Nem eu. Dirijo a minha atenção para o outro lado da mesa e encontro o doutor sorrindo outra vez. Esses sorrisos todos estão começando a me irritar. Qual é o motivo de tanta satisfação?

— Pode ser difícil aos pacientes com amnésia imaginarem seu futuro quando tanto do passado está perdido. O passado e o futuro estão profundamente ligados na nossa memória e às pessoas que fazem parte da nossa vida, então é comum o paciente ter alguma dificuldade em relação às expectativas para o futuro.

— Ava não está tendo dificuldade com as expectativas do seu futuro — palpito, incapaz de me conter. O que ele está sugerindo?

Pela primeira vez, o médico parece desconfiado de mim. Bom mesmo.

— Ava? — diz ele, com os olhos fixos em mim.

— Eu não vejo o meu futuro — responde ela, em voz baixa, e olho para ela, profundamente magoado e muito preocupado. *O quê?* — Eu sinto mais do que vejo — completa ela. — Com Jesse e com os gêmeos. É difícil explicar. — Ela balança a cabeça, frustrada. — No início, estava amedrontada e confusa. Eu não o conhecia. — Eu me encolho na cadeira e começo a esfregar a testa. — Mas não demorou pra eu perceber que o conheço, sim. Todos os meus sentidos o reconhecem, mesmo que meu cérebro estúpido não. E quanto aos meus filhos, sinto que falta uma parte enorme de mim agora e não são as lembranças. São eles. É a presença deles.

Fecho os olhos e engulo, sentindo os olhos do médico em mim, julgando-me. Juro por Deus que se ele fizer um comentário que seja sobre a forma como estou lidando com isso, vai voar daqui para o outro lado do hospital.

— Eu compreendo — responde o dr. Peters, voltando às suas anotações.

— Quando as crianças voltam para casa?

Pigarreio e me recomponho, reprimindo a raiva.

— Estão a caminho nesse momento.

— Isso é muito bom. Quanto mais rápido Ava voltar à vida normal, melhor. A rotina é fundamental. — Virando-se para o computador, ele começa a digitar. — Tente inserir algum tempo para o relaxamento na sua rotina. Existem algumas formas pra seguir em frente. Eu recomendaria um terapeuta ocupacional, que pode trabalhar com você pra adquirir novas informações que substituam algumas perdidas. Um assistente pessoal digital pode ser útil também, para ajudá-la no dia a dia.

— Um assistente pessoal? — pergunto, tentando com afinco não soar afrontado. Sei que não consegui quando Ava aperta a minha mão, seu modo de pedir que eu mantenha o controle. Não está fácil. — Ela não precisa de um assistente pessoal. Ela tem a mim.

— Sr. Ward, o senhor não está me entendendo. Estou falando de algum tipo de equipamento. Um telefone ou tablet. Há alguns aplicativos muito úteis que seriam ótimos pra Ava. — O médico deixa o teclado e me entrega uma pilha de panfletos, que pego sem pressa. — Ava certamente vai querer recuperar sua independência. — Ele olha para Ava, mas eu não. Ela só precisa de mim. — Ela pode esquecer coisas pequenas, coisinhas que aconteceram no dia anterior ou mesmo uma hora antes. É comum. — O dr. Peters sorri de modo tranquilizador, mas eu estou longe da tranquilidade.

Houve poucos momentos em que ela esqueceu coisas. Pequenos detalhes. Coisas que comentei e que desapareceram da mente dela e tive que contar outra vez.

— Com a ajuda de um smartphone ou coisa do tipo, Ava pode adicionar lembretes de compromissos importantes, fazer anotações que podem ajudá-la com as tarefas diárias. Estou certo de que ela não quer ter que contar com você para tudo e é importante para ela ter um senso de autoconsciência e valor. Ela tem que voltar para a vida normal, com ou sem as memórias.

Estou desconcertado.

— Está sugerindo que eu simplesmente a deixe processar isso tudo sozinha? — O homem é um imbecil.

O dr. Peters sorri e eu estou muito perto de arrancar esse sorriso do rosto dele a tapa.

— Sr. Ward, se há uma coisa de que eu tenho certeza, é que você nunca vai deixá-la processar isso tudo sozinha, mas é necessário dar a ela espaço para respirar. — Com isso ele se levanta e é preciso muita força de vontade da minha parte para não pular para o outro lado da mesa e nocauteá-lo. Ele está fazendo graça? — Quero vê-la de novo em algumas semanas, Ava. Dê uma olhada no material que passei para o seu marido. Existem grupos de apoio disponíveis, pessoas com quem pode conversar que estão no mesmo barco. Discutiremos isso na sua próxima consulta, depois que você tiver tido a chance de ler todas as informações.

Grupo de apoio? Conhecer gente nova que a entenda? Estou detestando isso tudo mais e mais a cada minuto. Ela não precisa de gente nova, ela tem a mim. Eu sou seu apoio.

Ava se levanta antes de mim, encorajando-me a fazer o mesmo.

— Obrigada.

— Não há de quê.

Eu não agradeço e saio em silêncio, com a cabeça girando. Espaço para respirar? Isso nunca foi meu forte e é algo com que Ava já se acostumou. Eu sou como sou, e mudar se provou algo complicado desde o momento em que ela surgiu. Já tentei lutar contra isso, mas tinha esperança de que seria algo temporário. De que nós retornaríamos ao nosso normal em breve. A perspectiva de ter que me adaptar e mudar permanentemente o meu jeito é assombrosa. E eu me pergunto se sou capaz. Em que pé isso nos deixa?

Capítulo 43

A volta para casa é silenciosa. Desconfortável. Respiro fundo mil vezes na intenção de perguntar a Ava no que ela está pensando, mas recuo todas as vezes. Talvez porque esteja preocupado com o que ela vai dizer. Ela quer mais espaço? Acha que eu a estou sufocando? Ela me odeia por eu ter mandado as crianças para longe para poder me concentrar em recuperar o que tínhamos como casal? As perguntas se acumulam até a minha cabeça latejar.

— Ava... — Sou interrompido pelo toque do seu telefone, que ela prefere atender a deixar tocar e me dar atenção. Minhas mãos apertam o volante, meu sangue esquenta de irritação.

— Oi! — Ela parece feliz de repente. — Sim, claro. — Ava ri e eu fecho a cara, perguntando-me quem estaria do outro lado da linha. Kate está no hospital. — Eu te vejo lá. — Ela desliga e olha para mim. — O que você ia dizer?

Minha mente está em branco.

— Quem era?

— Ah. A Zara. — Ela guarda o celular na bolsa. Zara. A amiga da ioga. A mulher que anda pondo ideias estúpidas na cabeça da minha esposa sobre arrumar outro trabalho. — Você precisa conhecê-la. Ela é incrível.

Mordo a língua antes que acabemos discutindo. Talvez seja melhor eu nunca conhecer a Zara. Não posso garantir que vá me segurar e não deixar algumas coisas claras com ela.

— Claro.

Quando paramos em frente de casa, estou a ponto de fazer algumas das perguntas que me assolam, mas Ava fala primeiro, impedindo-me de prosseguir.

— De quem é aquele carro?

O Land Rover dos pais de Ava está estacionado e a porta da frente de casa escancarada.

— As crianças estão em casa. — A excitação se mistura a apreensão dentro de mim e paro no lugar. Não tenho ideia do que vai ser a partir de agora. Como será para Ava? Como será para as crianças? — Você está bem?

— Sim — responde ela, saindo do carro. Ava para ao lado da porta por um momento após fechá-la. Eu permaneço no carro, preparando-me para o reencontro. Não posso ficar emocionado. Não posso dar às crianças razões para se preocupar. Saio do carro respirando profundamente e vou ao encontro de Ava, que sorri para mim quando pego a sua mão.

— Está pronta?

A respiração dela é ainda mais profunda que a minha.

— Pronta — confirma ela, deixando que eu a conduza até a porta da frente. Cada passo dela é cuidadoso, sua respiração, audível. Ela está fazendo exatamente o mesmo que eu. Preparando-se. A entrada está uma bagunça de malas e sapatos, a casa viva com o barulho dos gêmeos na cozinha. É o normal. Olho para Ava enquanto seguimos em direção ao som e a vejo sorrindo, uma nova chama de vida em seus olhos. Essa vida me enche de vida também e aperto a mão dela, como que pedindo para que ela retribua o olhar. — Apenas me avise se tudo passar do limite — digo. — Se você precisar de espaço pra respirar.

— De você ou das crianças? — pergunta ela, levantando as sobrancelhas de maneira atrevida.

Fecho o rosto também de brincadeira, soltando sua mão e abraçando-a.

— Sarcasmo não lhe cai bem, mocinha.

— É o que você sempre diz.

Entramos na cozinha e encontramos as crianças sentadas à bancada, enquanto a mãe de Ava ajeita algumas coisas, seguida por Joseph, que faz o que lhe é pedido. Maddie está em seu tablet. Jacob está com um dedo enfiado em um pote de manteiga de amendoim. É como se nunca tivessem partido. Nós dois permanecemos na porta por um momento em silêncio, absorvendo a cena. Porque é o caos e é normal e é lindo.

— As crianças estão em casa — eu brinco e Ava ri de leve, olhando para mim com os olhos cheios de amor.

— Obrigada pelo tempo que passamos juntos. — Ela fica na ponta dos pés e me beija a bochecha. — Foi realmente um dos melhores momentos da minha vida.

Não sei se a pontada que sinto no coração é mágoa ou felicidade. Nós já tivemos momentos maravilhosos na vida juntos. E ela não se lembra de nenhum deles.

— Mamãe! Papai! — Maddie pula do banco e corre até nós. Vejo-a abraçar Ava com força, seguida de perto por Jacob.

— Estou encantado — resmungo, afagando a cabeça dos dois. — Vocês também sentiram saudade de mim, certo? — Nenhum dos dois solta Ava, e não guardo rancor de ninguém. Além disso, estou muito feliz por ver que a mãe dos meus filhos aceita o ataque, de olhos fechados, os braços em torno das crianças, a face enterrada nos cabelos delas. Ela está cheirando os dois, assimilando a presença dos gêmeos. Acho que nunca vi algo tão lindo. Subindo o olhar até mim, ela dá um sorriso discreto e vejo um pouquinho de apreensão em seus olhos castanhos. Eu pisco, um jeito silencioso de dizer que ela está se saindo muito bem.

Soltando-se de Maddie, Ava me chama para ir até eles. Assim que estou ao seu alcance, ela me puxa para o abraço e eu os envolvo com os meus braços. Minha esposa e meus filhos. Meu mundo, todos na segurança do meu abraço. Tenho que engolir a vontade de chorar várias vezes.

Os gêmeos, normalmente alérgicos a qualquer sinal de afeto meu, a não ser que queiram algo, não se movem e não reclamam, até que Ava e eu estejamos prontos para liberá-los. É um esforço sobre-humano, mas finalmente encontro forças para me afastar e deixá-los respirar de novo, embora eu ainda esteja ofegando e meu coração ainda esteja acelerado. Emocionado. Estou absolutamente emocionado.

Os pais de Ava somente se aproximam quando o nosso grupinho se desfaz, e Elizabeth acena para mim com a cabeça enquanto abraça Ava.

— Como está, querida?

— O médico está muito feliz com o meu progresso — responde ela, porque é só o que há para contar. — Estou feliz que as crianças estejam de volta para podermos tentar seguir com as coisas.

Joseph vem até mim e aperta a minha mão. As crianças ainda olham tudo de perto, os rostos ávidos por mais informação. Minha mente se contorce sobre o que dizer a eles.

— É bom te ver, Jesse — diz Joseph, o aperto de mão seguido por um tapinha no meu ombro.

— Como as crianças se comportaram?

— Foram terríveis — murmura ele, mas seu tom é brincalhão. — Desobedientes, sem modos e reclamonas.

— Ah, Joseph. — Elizabeth ri, alisando meu braço quando passa por mim. — Notei que não havia nada nos armários, então demos uma passada no supermercado. — Ela começa a esvaziar sacolas, colocando as compras na geladeira. — Leite, pão.

— Obrigado, mamãe. — Aponto um banco para Ava. — Sente-se.

Ela se senta enquanto ajudo Elizabeth a guardar as coisas e ouço Ava explicar para as crianças tudo o que o médico nos disse agora há pouco. Ela sorri o tempo todo, dizendo a eles que está feliz e que eles também deveriam ficar.

— E agora que tenho vocês dois de volta, podemos fazer exatamente isto: voltar ao normal.

— E as suas lembranças? — pergunta Jacob, pegando a pasta de amendoim outra vez. — Não vão voltar mais?

— O dr. Peters está bastante animado — responde Ava, olhando para mim. — E se elas não voltarem, vamos criar lembranças novas.

Dou um sorriso sem perceber e sinto a mão de Elizabeth no meu braço. Olho para a minha sogra e vejo encorajamento refletindo de volta para mim.

— Obrigado por cuidar deles — agradeço, com sinceridade.

Ela me bate no mesmo braço, antes de tirar o saco de compras da minha mão.

— Cale a boca — ordena ela.

Reviro os olhos e vou até a minha esposa e filhos para acompanhar a conversa animada. Fico de pé atrás de Ava e a enlaço pela cintura, pousando o queixo no ombro da minha esposa. As mãos dela cobrem as minhas e ela estica o pescoço para me incluir no seu campo de visão.

— Ai, pai, por favor. — Maddie suspira, perdendo totalmente o interesse na conversa e voltando a atenção para o tablet. Jacob, por sua vez, fica totalmente extasiado com a minha demonstração pública de afeto. É claro que sim. É normal papai estar fazendo carinho na mamãe. Ele sorri com o dedo cheio de pasta de amendoim na boca, a atenção voltada para nós.

Ava também suspira, relaxada.

— Tudo já parece tão certo — diz ela, soando um pouco triste, como se só agora se desse conta do quanto sentiu saudade deles.

— Porque é o certo. — Beijo seus cabelos antes de me afastar. — O que devo fazer para o jantar?

Ouço três opções diferentes de cardápio ao mesmo tempo. E abro um sorriso. Porque nós somos isso.

Capítulo 44

Demoro um segundo para descobrir o que não está certo assim que meu cérebro desperta na manhã seguinte. Ava não está na cama comigo. E mais um segundo para entrar em pânico. Onde ela está? E outro segundo ainda para sair da cama e do quarto. Corro escada abaixo como um louco, derrapando para a cozinha.

Encontro Maddie à mesa tomando café da manhã.

— Ai, meu Deus! — diz minha filha.

O grito de horror fura meus ouvidos, sua colher parada no meio do caminho para a boca. Seus olhos se arregalam durante o mísero segundo em que consigo vê-los, já que em seguida se vira no banco para o lado oposto.

— Sério, pai!

Por um minuto, fico confuso. Então registro a razão para o alarde. Fico tenso e olho para baixo. Estou nu. *Merda!*

— Onde está a sua mãe? — pergunto, me cobrindo com as mãos. Morro um pouquinho por dentro, mas não bato em retirada tão depressa. Estou preocupado demais.

Maddie aponta com o dedo para a lavanderia, bem na hora em que Ava aparece com um cesto cheio de roupas nas mãos. Recebo de minha esposa a mesma reação que recebi de minha filha: o cesto cai no chão, seguido de um grito.

— Jesse, o que diabos é isso? — Ava pega um pano de prato no balcão da cozinha e corre para me cobrir.

— Você não estava na cama — disparo, fechando o rosto. — Eu fiquei preocupado.

Mechas de cabelos cor de chocolate emolduram o seu rosto e ela me lança um olhar cansado.

— As crianças voltam pra escola hoje. Eu precisava levantar cedo.

— Você deveria ter me acordado. Eu tive vinte ataques cardíacos entre o nosso quarto e aqui, Ava.

— Você estava cansado.

— Não estou cansado — respondo, enquanto ela continua tentando cobrir minha região mais ao sul com o modesto quadrado de tecido. — Nunca saia da cama sem me avisar. Você vai me matar.

— Deixe de ser tão dramático. — Enquanto Ava está determinada a manter minha dignidade, a mão dela roça meu pênis, despertando o espertinho. Respiro fundo, assim como Ava, vendo a toalha subir com a ajuda de minha ereção crescente. Ela morde furiosamente o lábio e balança a cabeça. E cá estamos nós, de volta àquela coisinha abençoada chamada autocontrole.

— Pelo amor de qualquer porra — murmuro. — Há algum calção naquele cesto?

Acordando para a vida, Ava anda até o cesto abandonado e procura.

— Aqui! — Ela puxa de lá de dentro um short preto e joga para mim. Certificando-me de que Maddie continua olhando para o outro lado, substituo a toalha pelo calção.

— Já estou decente, bebezinha — informo.

— Você me faz passar taaaaanta vergonha.

Eu me sento no banco ao lado do dela e atiro o pano de prato para Ava. O objeto a acerta no peito e cai no chão. Ela nem sequer tentou pegá-lo, porque está ocupada demais olhando para o meu tórax. Faço um biquinho e olho para mim mesmo e depois para ela, por debaixo dos cílios.

— Café da manhã? — pergunto, e a questão faz Ava me encarar.

Ela revira os olhos ao pegar o cesto, antes de lançar um olhar para nossa filha, cautelosa. "Comporte-se", articula com a boca, desaparecendo para a lavanderia.

Eu rio baixinho. Eu, me comportar? Jamais.

— Que horas você levantou? — pergunto em voz alta, procurando o café. Não tem.

— Seis e meia — responde Ava. Vou para a cafeteira e a ligo, sem permitir que o fato de ela não o ter preparado me preocupe. — Mas Maddie já estava aqui antes de mim.

Estava? Olho para a minha menina com a sobrancelha erguida e ela encolhe os ombros, com a boca cheia de cereal. Minha filha normalmente precisa de um foguete enfiado no traseiro para sair da cama.

— Pensei que eu mesma poderia fazer meu café da manhã hoje.

Dou um sorriso carinhoso e pisco para ela.

— Boa menina. — Maddie está tentando ajudar, qualquer coisa que tire a pressão dos ombros de Ava. Estou pronto para acionar a cafeteira quando ouço palavrões vindos da lavanderia. Dou um suspiro e olho para cima. Senhor, dai-me forças. — Ava — advirto. Meu dia não está começando lá muito bem. Infartos. Palavrões.

— Que merda, não pode ser tão difícil — ouço-a resmungar quando vou até ela e a encontro encarando a máquina de lavar roupas.

— Não vou repetir, olha essa maldita boca — sibilo, encostado no batente da porta e observando-a estudar os botões que enfeitam o painel, ignorando-me por completo. — O que houve?

Ela suspira.

— Eu não sei usar a máquina de lavar. — Ava passa a apertar e girar botões aleatoriamente, ficando cada vez mais zangada. — Não pode ser tão difícil.

Eu me posto ao lado dela e afasto a sua mão com gentileza, antes que ela quebre a pobre máquina.

— Calma — digo suavemente. — Vamos descobrir. — Eu me curvo e passo os olhos pelos milhões de botões no painel, junto com Ava. Meu Deus, o que todos eles fazem? O que é esse negócio todo de enxaguar e centrifugar? Mordo o canto da boca, perguntando-me onde estaria o manual.

— Você não sabe como usá-la, sabe? — pergunta ela, provocando-me. Não sei mesmo.

— Não tenho a menor noção — admito sem vergonha, levantando os olhos lentamente. — A lavadora sempre esteve na sua área de expertise.

— Seu filho da mãe atrevido! — reage ela, ultrajada, dando-me um tapa no braço.

— Olha a boca!

— Cale a sua. E qual é a sua área de expertise?

Minha irritação se dissipa e rio, puxando-a para mim. Beijo o pescoço dela por alguns segundos preciosos, roçando meus quadris nos dela.

— Qual você acha que é a minha especialidade?

Ela ri e tenta me empurrar, mas sem sucesso. Eu a seguro com firmeza e não vou soltar.

— Então você só presta pra uma coisa?

Pegando-a no colo, eu a sento no balcão e seguro seus quadris. O sorriso dela é um sonho. Lindo. E seus olhos estão brilhando, considerando a hora do dia.

— Sou um especialista na maioria das coisas que faço. — Não estou me vangloriando. Sou mesmo. Eu a trago para a beira, até seu púbis encontrar o meu, fazendo meu pau despertar outra vez. Olho para baixo e dou um suspiro. — Ah, Deus...

— Ah, Deus... — concorda ela, levantando o meu rosto e cobrindo meus lábios com os dela, enlaçando meus ombros nus em seus braços. Bom dia. E bem-vinda de volta à sua casa. — Preciso aprontar as crianças pra escola — murmura, mordiscando a ponta da minha língua.

Como se tivesse sido ensaiado, ouvimos Jacob sonolento chamando da cozinha.

— Eles estão se pegando na lavanderia — informa Maddie, cansada. — Parece que estamos de volta ao normal.

De volta ao normal. Não exatamente. Mas saber que nossos filhos se conformam em ver os pais de volta aos antigos truques me enternece. Será que a situação toda é assim simples para eles? Basta ter a mãe e o pai aqui juntos, se amando, agindo normalmente, mesmo que para nós não seja o normal? Eu estava começando a me sentir culpado por tê-los afastado. Agora, estou mais certo do que nunca de que tomei a decisão correta. Aqueles primeiros dias depois que trouxe Ava para casa foram um inferno. As emoções, os gritos, a angústia. Eu não iria gostar que eles vissem a mãe tão perdida e o pai tão sem esperanças. Aquele tempo que passamos sozinhos foi precioso. Foi necessário. Para Ava descobrir quem sou e como é meu jeito, e para aceitá-lo. E ela aceita. Graças a Deus, ela aceita.

Sou trazido de volta dos meus pensamentos por um toque no ombro e respiro fundo, olhando nesses olhos que me guiam desde o primeiro dia. Passo um momento arrumando as ondas escuras de seus cabelos sobre os ombros, antes de pegá-la de cima do balcão e colocá-la de pé.

— Você está liberada de suas funções. — Bato de leve no traseiro dela e ela vai embora, com uma expressão tímida que nada faz para melhorar a situação dentro do meu calção. Meu olhar é de advertência, mas ela apenas sorri daquele jeitinho só dela. Assim que ela se vai, dou uma bela pancada na máquina de lavar e balanço a cabeça, satisfeito, quando escuto a água começar a cair no tambor.

— Bom dia, mamãe — ouço Jacob dizer quando Ava chega à cozinha, comigo logo atrás. Ele está fuçando as caixas de cereal sobre a mesa, todas as seis. Ava deve ter pegado todas as que havia no armário, cobrindo todas as bases, creio eu. — Onde está o meu favorito? — indaga ele.

Todas as bases, exceto o favorito de Jacob. O rosto de Ava desaba, junto com o meu coração, e Maddie chuta a canela do irmão.

— Estúpido — xinga ela.

Eu morro um pouquinho quando Ava olha para mim do outro lado da cozinha, com olhos marejados.

— Não é nada. — Corro até o armário, pego as tortinhas de Jacob e enfio duas rapidamente na torradeira. — Viu? Pronto.

— Desculpe, mamãe. — A expressão do meu filho é de tanto remorso que fico perdido entre confortar Jacob ou Ava. Torna-se desnecessário decidir quando ela foge da cozinha. Meus ombros caem e olho os gêmeos assistirem à mãe sair correndo, enxugando o rosto com as mãos. Inferno. Depois de um afago tranquilizador na cabeça deles, vou atrás de Ava, encontrando-a no banheiro, puxando papel higiênico do rolo.

— Ava, *baby*. — Entro e fecho a porta atrás de mim. — Não foi nada. — Meu coração se parte em dois quando ela se vira e olha para mim, com o lábio inferior tremendo e lágrimas escorrendo pela face.

— Eu nem sei qual é o café da manhã favorito do meu filho. — Sua voz falha e o queixo cai. — Que tipo de mãe eu sou?

A tal frase me deixa enfurecido e, antes que eu possa evitar, arranco o pedaço de papel que estava a caminho do rosto dela.

— Pare já com isso — ordeno, com mais força do que gostaria. Seus olhos arregalados me fitam com cautela, as lágrimas ainda descendo pelas bochechas. Encurralando-a, seguro seu rosto e colo a minha testa na dela, fuzilando-a com olhos raivosos. — Nunca, jamais, duvide de suas habilidades como mãe, você está me ouvindo? — Ava assente com a cabeça. — Muito bem. — Pressiono meus lábios contra os dela, em um beijo forte. — Agora enxugue essas lágrimas e volte para a cozinha.

— Está bem. — Ela não discute nem protesta, engolindo suas emoções e recompondo-se. — Pode me devolver meu lenço?

— Não. — Passo meus polegares nas bochechas dela, apagando as provas de seu choro. — Já pra fora. — Fazendo-a girar no eixo, eu a levo de volta para a cozinha, liberando-a somente depois de apertar suas mãos para lhe dar força extra.

Ela demonstra sua compreensão com um gesto de cabeça e vai até o armário pegar um prato para Jacob, tirando as tortinhas da torradeira e servindo-as para ele.

— Obrigado, mamãe.

Ele morde o lábio e olha para mim, nervoso.

— O que foi? — pergunta Ava, olhando para mim também.

— Nada. — Vou até a geladeira, pego a pasta de amendoim e entrego para Jacob, que começa a passá-la nas tortinhas.

— Ah. — Os ombros de Ava caem e uma careta surge em seu rosto. — É claro que ele come com manteiga de amendoim.

— Você é nojento — Maddie caçoa, deixando a cozinha. — Vou tomar banho.

— E eu vou preparar as lancheiras. — Ava se vira e busca algo nos armários.

— Prateleira de cima, lado esquerdo — eu a lembro, indo terminar de preparar o café. Quando termino, sento-me ao lado do meu garoto e abro a boca, pedindo um pedaço e sorrindo quando ele coloca a última porção do seu café da manhã na minha boca. — Vá tomar banho — digo a ele, que sai rapidamente, deixando os pais sozinhos na cozinha.

Olho para a minha esposa com ar pensativo, devorando a pasta de amendoim. Estive tão preocupado com as coisas importantes que ela precisa aprender que as coisas simples, como a comida favorita das crianças no café da manhã, nunca passaram pela minha cabeça como algo em que eu deveria me concentrar. Tão trivial e ainda assim um incrível abrir de olhos. Estou cheio de esperança, sentindo o amor e todas as emoções transbordando da minha esposa em um minuto e, no minuto seguinte, sou trazido de volta à realidade por algo tão estúpido quanto tortinhas. Mas, como tenho que me lembrar a cada momento, isso é uma maratona, não cem metros rasos.

Bebo um gole de café observando Ava parada com a porta da geladeira aberta. Imóvel. Olhando para dentro. Faço uma careta e coloco a xícara na mesa, de olho no discreto movimento de vaivém dos ombros dela, para cima e para baixo. Agoniado, eu me levanto, vou até ela e a viro até ver seu rosto. Lágrimas jorram dos olhos dela, rolam por seu rosto e pingam na camiseta.

— Eu também não sei o que eles gostam de levar pra escola — ela soluça, cada palavra um gemido desamparado.

— Ei... — Eu me curvo até ficar cara a cara com ela e acaricio o rosto dela com o meu, cobrindo a minha face com as lágrimas dela. Estamos nessa juntos, estresse, amor, desespero... e lágrimas. Mesmo que não seja eu quem as chore, elas são minhas lágrimas também. Não tenho a chance de pegá-la no colo; ela me abraça primeiro, segurando o meu pescoço e praticamente me escalando. O que eu posso fazer? Não há como remendar a nossa situação. É uma questão de tempo e daquela merda chamada paciência.

Eu a levo para o banco e a sento confortavelmente no meu colo, uma perna de cada lado e o rosto escondido no meu peito, com lágrimas umedecendo a minha pele. Com o rosto em seus cabelos, dou um suspiro e a abraço mais forte, dando a ela o tempo de que precisa para extravasar. É apenas mais uma parte deste processo excruciante. Mais um buraco nessa estrada acidentada. A quantidade de buracos, lombadas e lágrimas que ainda temos pela frente é assombrosa, mas tenho que ser forte.

O homem com quem ela se casou.

— Maddie gosta de geleia no sanduíche — digo, ainda com a boca nos cabelos dela. — E Jacob gosta de...

— Pasta de amendoim — soluça ela, levantando a cabeça pesada até olhar-me nos olhos.

Dou um sorriso, segurando as mãos dela entre nós.

— Estou com você em todas as horas, *baby*. Nos altos e baixos, bons e maus momentos, estou aqui ao seu lado. Pra te ajudar, pra enxugar suas lágrimas, pra te amar. Eu te amo pra caralho, mocinha. — Beijo o rosto de

Ava e fico ali, encostado nela por um momento, apenas respirando seu perfume. — Jamais desista, entendeu? Nós temos muito pelo que lutar.

Seu soluço baixinho vem cheio de emoção *e* alívio.

— Apaixonar-me por você outra vez foi fácil — murmura ela, de forma quase inaudível. — Mas isso... As crianças. Eu amo os dois. Não precisei me apaixonar, só olhei para eles e já sabia. Mas parte de ser uma boa mãe não é apenas amá-los incondicionalmente. É conhecê-los por inteiro. Do que eles gostam, o que detestam. — Ava fecha os olhos, a realidade dura demais para suportar, e espalmo a mão na parte de trás da cabeça dela para trazê-la ao meu abraço. — Sinto-me mais perdida agora do que jamais estive. Só de me lembrar do olhar deles quando faço algo errado...

— Pare — ordeno. — Neste minuto.

— Eu detesto decepcioná-los.

— Você não vai decepcioná-los se não souber que merda eles gostam de passar no pão ou o que comem no café da manhã. A única coisa que os decepcionaria seria se você não os amasse. Se desistisse. Vou ter que te levar lá pra cima e te submeter a uma transa de lembrete? — Estou falando muito sério e é melhor para ela não duvidar da minha ameaça.

— Lembrete? — Ava me olha e funga, ainda que rindo.

— Sim, lembrete. — Fico de pé e ela desliza até ficar de pé também. Lentamente. Suas mãos no meu peito nu. Seu olhar ali também. Cheio de desejo. Sorrio por dentro, porque não importa que o momento seja péssimo, eu a distraí de sua tristeza e por isso eu jamais pediria desculpas. Distraí-la sempre foi a minha área de expertise. Sou muito grato por isso não ter se perdido. Coloco a mão entre as pernas dela e a toco, forçando-a a respirar fundo.

— Jesse... — Sua voz é entrecortada pela paixão ardente estampada em seus olhos castanhos, e ela não tenta escapar de mim. Levo a mão para seu quadril e belisco de leve seu ponto vulnerável para cócegas. A respiração que ela prendia se solta de uma vez, mas ela não move um músculo.

— Diga que jamais vai duvidar novamente de sua capacidade como mãe — ordeno, apertando só o bastante para lhe dar uma dica da tortura que irá sofrer se desobedecer ao meu comando. — Vamos, *baby*.

— Eu nunca mais vou duvidar. — As palavras escorrem da boca dela rápido demais, difíceis de entender.

Eu a belisco de novo e ela se dobra, dando um gritinho.

— O que foi que você disse? — Meu rosto sorridente está próximo ao rosto fechado dela. — Repita. E devagar desta vez, pra que eu possa ouvir.

— Eu. Nunca. Mais. Vou. Duvidar. De. Mim. Mesma. — No segundo em que obedece ao meu comando, ela prende a respiração outra vez e espera, preparando-se para o ataque.

Eu a mantenho na expectativa por alguns segundos, antes de levar a mão de volta ao meio das pernas dela e atacar com tudo, pressionando a minha boca contra a dela e levando-nos para a parede mais próxima. Esta arma, minha habilidade de devolver o seu bom humor, de distraí-la de sua tristeza, é tudo o que tenho e vou usá-la sem remorso ou hesitação. A sensação de seus seios macios pressionados contra o meu peito sólido, cada curva dela moldando-se a cada músculo meu, só faz amplificar ainda mais minha vontade.

Não é tão incrível quando as crianças estão à distância de um berro. Nada incrível. O que não me impede de atacar os lábios dela com ímpeto, explorando a sua boca com a determinação com que ela explora a minha, as unhas dela rasgando meus ombros e costas, seus gemidos de prazer penetrando meu cérebro e fazendo minha cabeça girar de desejo e não de frustração.

— Mais tarde. — Mordo o lábio dela e puxo até ele se soltar dos meus dentes. — Você está sob meu poder, mocinha.

— E não estou sempre? — Punhos firmes se agarram aos meus cabelos e puxam-me de volta para sua boca.

— E não se esqueça disso. — Nossos lábios e dentes se chocam, apressados e desastrados. Ela ainda roça os quadris na tenda que se forma no meu calção.

— Pai! — O grito agudo de Maddie chega à cozinha tão forte, que faz meu pau latejante murchar. Na mesma hora. — Pai!

Eu me dobro, nada impressionado, mas Ava ri, acalmando a minha indignação. Tê-la só para mim, mesmo de modo traumático em alguns momentos, foi um prazer raro. Poder aproveitá-la quando eu quisesse foi uma bênção, especialmente dadas as circunstâncias. Aquela conexão foi fundamental. Não ter que me preocupar com a possibilidade de ser pego pelas crianças foi um peso a menos nos meus ombros. Uma onda de culpa passa por mim por ser tão egoísta.

Rosnando, eu me afasto de Ava e retiro os seus cabelos da face úmida.

— Chega de lágrimas — demando, indo até a porta da cozinha. — O que é? — grito para Maddie.

— Não consigo achar meu uniforme.

— Nem eu — acrescenta Jacob, aparecendo no topo da escada só de cueca.

Não tenho a mínima ideia de por onde começar a procurar uniformes escolares. E sei que agora Ava não saberá também. Quando ela vem ao meu encontro no pé da escada, eu meio que espero que ela caia no choro outra vez, e que seja seguida pelos gêmeos, a julgar pela expressão receosa dos dois. Em vez disso, porém, Ava respira fundo e começa a subir os degraus até eles.

— Se não os encontrarmos, vocês terão que ir pra escola pelados.

— Eeeeeeecaaaa, que nojo! — Maddie ri, vendo Ava passar por ela, os olhos cintilando de alegria.

— Eu não ligo. — Jacob encolhe os ombros e olha para mim lá de cima, com cara de *Qual é o problema?*.

— Ele obviamente herdou a autoconfiança de você — brada Ava, olhando-me com intensidade.

Dou um sorriso, orgulhoso demais da minha esposa. E dos meus filhos. De todos eles. Nós somos um time. Podemos superar qualquer coisa.

Capítulo 45

AVA

Acordo esta manhã como em todas as outras nas últimas seis semanas, desde que as crianças voltaram para casa: com Jesse colado às minhas costas, seus lábios beijando a minha coluna lenta e preguiçosamente. É um êxtase, o nirvana. E, como sempre, derreto sob o calor da boca dele trazendo-me de volta dos meus sonhos. Volto a fechar os olhos e deixo que ele me leve ao paraíso, deixo meu corpo relaxar e meus sentidos assumirem o controle. A fricção de nossa pele roçando uma na outra me leva da tepidez às labaredas. A sensação de sua ereção matinal nas minhas coxas e no meu traseiro me faz ir do simples querer ao implorar sem palavras. A sensação do hálito dele arrepiando todas as partes da minha pele em que toca me leva de faminta a voraz. Jogo os braços para trás e passo as mãos pelos cabelos dele, despenteados pela cama, suspirando de contentamento, arqueando o corpo contra o dele.

— Bom dia, *baby* — murmura ele, entre mordiscadas no meu ombro, roçando a pélvis no meu traseiro. — Está pronta pra mim?

— Sempre. — É a verdade. Meu corpo responde a ele instintivamente. Minha necessidade dele é incessante.

Uma estocada firme o coloca dentro de mim, fundo, meus dedos agarram-se mais aos cabelos dele quando grito, seus dentes cravam-se na minha carne quando ele grunhe. Estou flutuando. Sinto-me no sétimo céu, meros segundos após acordar e sei que essa é a intenção de Jesse todas as manhãs. Que eu comece o dia sendo lembrada do quanto somos maravilhosos juntos. O que não é mesmo necessário.

Olho para este homem e fervo por dentro. Eu o ouço, não importa o que esteja dizendo, e me conforta imensamente o profundo barítono de sua voz rouca. Eu o sinto me tocar e simplesmente sei que nós seremos sempre incompletos um sem o outro. Nós somos um.

Nossos corpos se movem em sincronia perfeita, fluindo juntos suave e carinhosamente, tão familiares entre si. Porque são. Eu jamais questionaria o senso de certeza que tenho quando estamos na intimidade como agora, mesmo nos meus dias ruins, quando a frustração me domina, quando um dia inteiro se passa sem um traço de memória para me encorajar.

Aqueles dias se tornaram semanas. São seis semanas sem nada, nenhuma lembrança, nenhum *flashback*, deixando-me apenas com os vestígios do que ainda tenho, do que construí antes que meu cérebro decidisse parar no que diz respeito ao meu passado. Como se uma rolha tivesse sido enfiada no buraco por onde passa o fluxo, detendo-o. O que não escapou aos olhos de Jesse, sempre a me observar, seus ouvidos sempre na escuta. Não tenho novidades há semanas. Posso ver a decepção no rosto dele mesmo que ele tente disfarçá-la com amor.

Sinto-me sob pressão. Os únicos momentos de alívio que tenho são quando estamos fazendo amor, quando ele consegue tirar tudo da minha mente ou quando vou à ioga com Zara. Ela ainda não sabe do meu acidente e da amnésia, o que é ótimo, porque ela também é uma válvula de escape. Nunca me sinto uma decepção para ela. Nunca sinto que ela me olha como se eu devesse saber algo. Minha nova amiga é a folga de que tanto preciso.

Sei que Jesse e eu estamos construindo novas lembranças, lindas memórias, mas eu olho todos os dias para o imenso mural de fotografias da família na sala de estar e me pergunto onde foi parar tudo aquilo.

— Pare — sussurra ele, saindo de mim em um só movimento e deitando-me de costas. Meu olhar pesado se ergue para seus olhos verdes, olhos que gritam mil emoções cada vez que olho dentro deles, mas que nesta manhã refletem preocupação. — Nós ainda somos nós. Ainda temos as crianças. Eu ainda te amo e você ainda me ama. É só o que importa. — Em um jogo de quadris, ele me penetra novamente, apoiando-se nos braços. Seu peso me acalma, lembrando-me de que posso ter perdido muitas lembranças deste homem, mas pelo menos ainda o tenho em carne e osso. A dor inexorável que me invade quando penso no que é ficar sem ele é o bastante para me dizer que onde estou é realmente o meu lugar, é onde devo estar. Não que eu precise de um lembrete. Não quando cada fibra dentro de mim diz o mesmo.

Minhas mãos buscam as costas dele e deslizam pela superfície rija, sentindo-o.

— Isso é tudo de que eu preciso — afirmo, engolindo a saliva quando ele sai de mim lentamente, de propósito, seus olhos nos meus quando ele volta para dentro, preciso e delicado.

— Nada pode nos destruir. — Jesse toma a minha boca com carinho, e minhas pernas o enlaçam pela cintura, para segurá-lo de todas as formas possíveis. — Isso mesmo, *baby*, segure firme. — A mudança no ritmo, de forte e rápido para suave e profundo, faz com que eu tenha dificuldade em manter o nosso beijo, minha língua se torna errática, quase alucinada.

— Está quase lá? — Ele se afasta, sem precisar de resposta, mas interessado em ver meu rosto quando eu me entregar ao clímax. Apoiado agora nos punhos, ele dá o seu melhor, misturando profundidade e movimentos lentos e depois rápidos. Estou perdida nele, maravilhada em meu prazer, nas alturas a que ele me leva. Para o lugar onde posso esquecer tudo isso. Onde nada existe exceto ele e eu e a paixão que vivemos.

O suor na testa de Jesse brilha na luz difusa, seu rosto começando a se contorcer quando meu orgasmo se aproxima e explode, fazendo-me tremer com sua força, as sensações fortes demais, meu corpo todo sensível. E ele sabe, porque faz uma pausa nos movimentos e fricciona onde eu mais preciso, aumentando a sensibilidade, e goza com fúria, com um urro reprimido, o rosto vermelho pela pressão do sangue que vai para a cabeça. Minhas paredes internas se agarram a ele, sugando-o até não sobrar nada, e o calor de sua essência derrama-se dentro de mim.

Jesse desmorona sobre mim como um macho exausto, cobrindo-me, ainda enterrado em mim, onde vai permanecer pelos próximos dez minutos, enquanto cochila, beijando e acariciando esporadicamente meu pescoço úmido, falando bobagens ao meu ouvido. E eu me agarro a ele e aproveito o momento que tenho todas as manhãs antes de ter que levantar e encarar o dia.

Respiro no ombro dele enquanto nos acomodamos, apertando-o, trazendo-o para o mais perto possível. No meu modo sem palavras, digo a ele que estou feliz por permanecer onde estou. Não que eu tenha muito o que fazer. Trabalhar ainda não é uma possibilidade.

Tentei algumas semanas atrás, depois de convencer Jesse, ainda relutante, a me deixar voltar para o escritório. Demorei dez minutos para perceber que não conseguiria – dez minutos olhando para a papelada sobre a minha mesa, dez minutos com Jesse me olhando do sofá, enquanto eu comandava meu cérebro a me dizer o que fazer, e dez tentativas frustradas de inserir a minha senha no computador, antes de finalmente desistir e ceder ao fato de que eu era inútil na academia.

Não gostei, nem um pouquinho, e não só por me sentir inútil. Aquela mulher que trabalha para nós não tira os olhos de Jesse e pude ver claramente que minha presença não era bem-vinda. Fecho os olhos bem apertados e tento lembrar o nome dela. Há coisinhas, pequenas coisas que aprendo que fogem à minha memória na mesma velocidade com que entraram lá. Como nomes. *Cherry*. Solto a respiração, agradecendo ao meu cérebro por me dar a informação que eu procurava. Só gostaria que ele me devolvesse a minha memória também.

Será que sou útil de alguma forma? Repreendo-me no mesmo segundo em que duvido do meu valor, porque há uma função muito valiosa que estou executando. Ser a melhor mãe possível, embora às vezes questione minha habilidade como tal. Como quando Jacob me trouxe seu dever de casa, com problemas simples de matemática. Equações simples que sei solucionar dos tempos de escola, muito antes da lacuna na minha memória. E mesmo assim, eu não consegui resolvê-las. Meu cérebro simplesmente não funcionava.

E como quando Maddie e eu saímos para comprar um vestido para o casamento de Raya e Drew. Escolhi várias opções, cada uma delas rejeitada. Eu não conhecia o estilo da minha filha. Aquele foi um dia que gostaria de esquecer, só piorado pelo fato de que, quando chamamos um táxi para ir para casa, eu não conseguia me lembrar do maldito endereço. Sumiu, fugiu da minha cabeça como se Jesse não o tivesse repetido mil vezes nas últimas semanas. Felizmente, minha filha me salvou.

Mas ela não pôde me salvar da ira de seu pai quando chegamos em casa de táxi. Eu deveria ter ligado para ele ir nos buscar, mas esperava poder aproveitar a viagem para casa para deixar a melancolia de lado. Estava tudo indo bem, até Jesse perder a cabeça. E então comecei a chorar, enquanto Maddie despejava a ira *dela* em cima dele. Estamos todos fartos. É como se estivéssemos à beira de um colapso total e a minha memória idiota é a causa, a recusa do meu cérebro em me dar o que preciso, o que todos precisamos, para prosseguirmos com a nossa vida com algum senso de normalidade.

E aí há momentos como esse agora. Momentos em que meu cérebro fica limpo de toda a merda que o embaça. Momentos em que Jesse me ajuda a escapar. E há momentos com Maddie e Jacob. Momentos em que olho para aquelas crianças lindas e tento aceitar o fato de que elas são minhas. Da sorte que tenho. Do quanto elas são maravilhosas, como elas conseguem me fazer sorrir mesmo nos meus piores dias. Das piadinhas que fazem sobre o pai, como elas recontam as histórias do nosso relacionamento. Eu poderia ouvi-las por horas.

— Chega de ficar pra baixo por hoje. — A voz dele, abafada pelo meu pescoço, ainda é severa. — Hoje é a despedida de solteira de Raya.

Fico surpresa que ele tenha me lembrado. Eu sei que ele está lutando contra seu instinto de me segurar em casa. De não me deixar ir. E sei que ele já fez sua lista de exigências a Kate. Tolo. Aquela mulher não bebe há quase um ano. Ela estará mais sedenta por álcool e uma festinha de meninas que eu.

— Você quer dizer que vai me liberar hoje à noite? — provoco. Eu não deveria cutucá-lo. Estou muito ansiosa por essa noite, só para poder passar um tempo com Kate. Se ele retirar o consentimento, será uma guerra.

Saindo de seu esconderijo, Jesse ergue uma sobrancelha e seus lábios formam uma linha fina, reta e contrariada.

— Está me testando?

Fico tensa quando a mão dele vai até o meu quadril.

— Jamais — respondo, prendendo a respiração em seguida. Ele sempre vence. Não tenho esperança de conseguir tirá-lo de cima de mim, seu corpo forte ri de minha compleição miúda.

— Você vai maneirar, não vai? — Um dedo me cutuca e me faz pular. Eu confirmo, freneticamente. — E vai ficar em contato comigo, não vai? — Mais um cutucão e outra vez eu me contorço e confirmo. — E antes de sair, vai me deixar te prender e gozar nos seus seios, não vai?

Eu não consigo concordar. Não que ele deseje minha anuência. Ele faz o que quer e quando bem entende.

— Você quer me marcar?

— Na verdade, é você quem gosta de me marcar. — Ele aponta para o próprio peito. — Estou com saudade.

Fecho o rosto sem perceber.

— Saudade do quê?

— Do chupão no meu peito, que tem me feito companhia ao longo dos últimos doze anos. Sinto-me um pouco incompleto sem ele. — A inclinação da cabeça dele descreve o seu desejo. — Pode chupar, *baby*. — Ele rola na cama e mostra onde ele me quer.

Fico confusa, mas já estou me acostumando com algumas coisas bizarras que aprendo sobre o nosso casamento. E para ser honesta, não vou me negar mais alguns minutos com ele na cama. Sento-me de pernas abertas na cintura dele e mordo a carne firme, sugando a pele e olhando por entre os cílios para o seu rosto satisfeito. O homem é louco. E eu também sou, já que aceito toda a loucura que ele me apresenta.

— Está feliz? — pergunto, examinando o perfeito círculo roxo.

— Delirante. — Ele se levanta da cama e me cobre. — Eu arrumo as crianças para a escola.

Observo-o vestir a cueca antes de deixar o quarto, com meus olhos grudados nas suas costas até ele desaparecer.

Relaxo e penso em como será hoje à noite. Preciso de um bom drinque. Para entorpecer os sentimentos. E é exatamente o que planejo fazer.

Capítulo 46

Estou sentado na cozinha, tentando não pensar em Ava no andar de cima se arrumando para a noitada. Várias mulheres juntas, abastecidas por muito álcool. E uma delas deu à luz há um mês e meio e, de acordo com Sam, está subindo pelas paredes por uma noite de liberdade depois de seis semanas de amamentação. Eu me forcei a concordar. E agora me arrependo. Sacando o celular, ligo para a mãe de Ava.

— O que houve? — diz ela, em vez de me cumprimentar.

— Nada. — Faço uma careta. — O que vai fazer hoje à noite? — pergunto, casual, recebendo olhares dos meus filhos, sentados diante de mim, terminando de jantar. Eles já entenderam meu jogo. Coloco um dedo em riste na frente da boca, em um sinal para guardarem meu segredo.

— Estou saindo — declara Elizabeth. — Pra jogar bridge e beber.

Que se foda.

— Está bem, divirta-se. — Desligo e começo a tamborilar o mármore do balcão com a ponta dos dedos, pensando. — Ah! — Ligo para John rapidamente. — E aí, grandão.

— Não. — A resposta seca e grosseira me faz franzir o rosto.

— O quê?

— É a despedida de solteira de Raya. Não, eu não vou ficar com as crianças pra você ir atrás da sua esposa.

— Belo amigo, você é — digo entre dentes.

— Vá se foder. Sabe de Sarah?

Meu humor piora.

— Não, por quê? Deveria saber?

— Estou só checando. Estou torcendo pra ela sumir logo, porque, francamente, estou cansado de aturar aquela cara infeliz.

Eu me encolho ao pensar em Sarah.

— Mande-a embora, John.

— Não posso. Já tentei, porra, mas seu maldito tio Carmichael fica na minha orelha como um pernilongo, dizendo que devo cuidar dela ou vai vir assombrar meu rabo.

Dou um sorrisinho, mas estou puto também.

— Você não deve nada a ela. O tio Carmichael também não.

— Diga isso a um homem morto — diz ele antes de desligar.

Eu me perco em pensamento, voltando brevemente ao meu passado. Então pego meus filhos me olhando, desconfiados.

— O que foi?

— Não faça isso, pai — aconselha Maddie. — Ela vai arrancar a sua cabeça e usar como bola de futebol.

— Você vai se arrepender — adverte Jacob.

Olho feio para ele e saio da cozinha, marchando em direção ao andar de cima, onde Ava se arruma. O que eu devo fazer? Ficar sentado em casa, morrendo de aflição?

Encontro-a de lingerie, de frente para o espelho. Dou um gemido. O que ela está tentando fazer comigo?

— Você está linda — resmungo, indo me sentar na cama.

Ela me olha pelo reflexo, um sorriso surgindo em seus lábios nude, enquanto ajeita o cabelo.

— Eu ainda não estou vestida.

Encolho os ombros, fazendo um bico, como um menininho irritado.

— Ainda assim, você está linda.

— Veio me marcar?

Olho para a porta e ouço as crianças na cozinha, lá embaixo. Minha janela para marcá-la é limitada.

— O que acha desse?

Volto o olhar a Ava e a vejo segurando um vestidinho preto. Balanço a cabeça. Negativo.

— E quanto a esse? — Uma coisinha verde aparece e eu a rejeito também. Ela suspira, fazendo um gesto grande com o braço, varrendo o armário. — Escolha um vestido. Qualquer um.

Que bom. Ela está pegando o jeito. Levo cinco segundos para encontrar algo apropriado: um vestido de jérsei de gola alta, mangas longas, que vai até o chão.

— Perfeito — declaro.

— Eu não vou usar isso. — O vestido é arrancado da minha mão e recolocado no armário. Ela logo pega outro e volta para o quarto. — E deixe de mau humor.

— Você também não vai vestir esse aí — brado, arrastando-me atrás dela. Ava já está vestindo a estúpida peça dourada quando chego ao quarto, com um sorriso lascivo no rosto. — Por que você tem que ser tão bonita?

Minha esposa é uma deusa e sei que todos os outros homens no planeta devem pensar o mesmo. E nesse vestidinho dourado, ela é uma deusa brilhante. Sua face também brilha e seus olhos estão esfumados, tornando-os um tesão. São olhos de "leve-me para a cama".

— Não olhe nos olhos de homem algum — digo a ela, jogando-me em uma cadeira no canto do quarto. Estou derrotado. Mal-humorado. Não consigo evitar.

Ela vem até mim e vira-se devagar, olhando-me por cima do ombro. Com o queixo ainda caído, ergo os olhos, subindo pelas suas costas expostas, até chegar aos seus olhos.

— Pode subir o zíper pra mim?

— Não — rosno, extraindo um sorrisinho dela.

— Por favor? — ronrona ela, um som que atinge meu pau e o leva de semiereto a duro como pedra.

— Por que você faz isso comigo? — É uma pergunta séria. Olhe para ela. Essa beleza, ainda no seu apogeu, brilhando diante de mim como uma criatura de outro mundo. Tentei ser racional comigo mesmo o dia todo. Eu disse a mim mesmo que ela precisa relaxar e se divertir com as amigas.

Ainda assim, esse meu lado primal e possessivo só cresceu a cada hora e agora estou pensando se me safaria se a jogasse na cama. Pondero por um segundo, pensativo, a cabeça inclinando enquanto peso a opção. Acho que me safaria. Não há nada que ela possa fazer para me deter.

— Nem pense nisso, Ward. — Seu tom é de advertência. E é ignorado. Eu amo como ela lê a minha mente.

— E o que você vai fazer a respeito?

— Divórcio. — Ava aponta para as próprias costas de novo, enquanto meu queixo cai. — Feche o zíper.

— Não.

— Tudo bem, peço pra Kate quando ela chegar aqui. — Ela se afasta, rebolando. Saio da cadeira como um raio e a capturo antes que passe pela porta. — Jesse! — ela grita quando a jogo sobre meu ombro e a levo de volta para a cama. Não deixo de notar que o gritinho do meu nome saiu mais como uma risada do que uma bronca. Ela já estava preparada para mim.

Jogando-a na cama, tiro a camiseta e pego seus punhos, prendendo-a e sentando-me sobre ela. Ava sopra mechas de cabelo do rosto e pisca para mim. E sorri. Ela sabe o que vai acontecer agora. Coloco as mãos dela embaixo dos meus joelhos para ficarem bem presas e baixo meu calção.

— Diga que você me ama — ordeno, minha voz já denota a fome que me toma.

— Eu te amo. — Ava obedece de pronto e eu sorrio.

— Diga que só tem olhos para mim. — Começo a me masturbar, observando como ela olha para mim.

— Eu só tenho olhos pra você. — Ela lambe os lábios, erguendo os olhos para os meus. — Porra, você fica fatalmente sexy quando goza.

— Olha essa boca. — Coloco uma das mãos no colchão, começando a aumentar o ritmo do meu punho, sentindo a energia que queima minha pele toda. E me inclino, beijando-a com ganância. Não demoro para encontrar o melhor ritmo, com o corpo teso de prazer.

— Pai! Mamãe! Está todo mundo aqui! — O grito de Maddie atinge meus ouvidos como uma buzina, seguido pelos sons de seus pés correndo escada acima. *Não! Não, não, não!*

— Merda! — Solto meu pau e faço uma careta quando ele volta à posição anterior e bate no meu púbis. — Você só pode estar brincando!

— Rápido! — Ava salta da cama e eu ajeito meu calção, sentando-me na beira da cama para tentar esconder minha monumental ereção atrás do fino tecido. Estou suando e não é de preocupação. Sinto-me como uma bomba que não explodiu. *Puta que pariu!*

Minha garotinha chega ao quarto, cheia de excitação.

— Betty está aqui também! — Ela muda de expressão quando me vê na beira da cama. — Por que está zangado?

— Nada — respondo. Ava ri e se recompõe diante de mim, indicando o zíper novamente.

— Nós vamos descer em um minutinho. — Ela olha por cima do ombro e ergue as sobrancelhas perfeitas. — Depois que o papai subir meu zíper.

Faço um bico, pego o zíper e o subo devagar.

— Não estou feliz — declaro, assegurando-me de que o meu desgosto esteja evidente, não importa a falta de expressão no meu rosto. — Você vai pagar por isso mais tarde.

— Está bem, está bem... — Ava sai do quarto, deixando-me a sós para vestir minha camiseta e convencer meu membro a sossegar. Tortura. Uma senhora tortura.

Desço apenas quando estou decente, indo direto para a cozinha e encontrando a turma toda ali. Sam está com Betty pendurada em seu braço na cadeirinha do carro e Maddie brinca com ela. Drew pegou uma cerveja e as meninas estão papeando, elogiando o vestido uma da outra.

— Que bicho te mordeu? — pergunta Drew, que me passa uma cerveja quando eu me largo em um dos bancos.

Nem preciso responder. Sam ri, seguido por Drew. Todos os meus amigos sabem o quanto eu sofro. Levo a garrafa aos lábios e quase cuspo a cerveja quando Kate aparece diante de mim.

— Puta merda, Kate! — Engasgo, enxugando a boca com a mão. Seu vestido tomara que caia tem um comprimento decente, à altura dos joelhos, mas seus seios estão quase no queixo. Pisco várias vezes e desvio o olhar, que vai para Sam. Ele concorda com isso? Inclino a cabeça em vez de perguntar em voz alta, mas ele apenas sorri, estudando o decote épico de Kate.

— Se conseguirmos que eles fiquem assim pra sempre, por mim tudo bem. — Ele coloca Betty sobre a bancada e senta-se no banco ao meu lado.

— Demais? — pergunta Kate, deixando cair as madeixas ruivas sobre o peito.

Raya ri, servindo vinho em três taças. Raya, sim, está perfeitamente apresentável. Seu vestido de mangas longas tem um decote que emoldura o seu pescoço em uma altura aceitável, o tecido preto criando um contraste com seus cabelos loiros claros. Minha aprovação dura pouco. Ela se vira, revelando as costas do vestido. Ou a falta delas. Suas costas estão totalmente expostas, até quase o traseiro. Dou um suspiro, perguntando-me se é o lado irracional que todos dizem que tenho ou se é simplesmente a minha idade.

— Devagar com o vinho — resmungo, apontando com a garrafa para Raya, que distribui as taças.

Ela sorri e bebe o primeiro gole.

— Você não vai invadir a minha despedida de solteira, vai?

Fecho a cara e olho para os meus supostos amigos. Nenhum deles olha para mim.

— Não. — Eu iria, se tivesse alguém que ficasse com as crianças durante a minha invasão.

— Ótimo. — Kate brinda com as demais garotas. — Amamentei por seis semanas. Meus mamilos não aguentam mais. Vou ficar tão travada. — Ela olha para Sam, que revira os olhos, mas não refuta a intenção dela. — Se eu ainda conseguir ficar de pé quando chegar em casa, quero que me bata até eu cair. — Ela bebe um bom gole de vinho. — Porque vou me sentir um fracasso se eu não cair de cara no chão.

Eu tusso de novo, esperando que meu amigo a coloque em seu lugar. Mas, novamente, tudo o que vejo é uma revirada de olhos. Isto é ridículo. O vinho, os vestidos, esse papo de ficar bêbada. Quebro a cabeça para tentar me lembrar de alguém, qualquer um, para quem eu pudesse ligar para ficar com as crianças. Ninguém me vem à mente. Talvez eu possa levá-las comigo. Uma aventura em Londres.

Drew me cutuca nas costelas, com os lábios apertados.

— Elas vão ficar bem.

Fácil para ele dizer. Eu sou o único preocupado?

— Alguém precisa impedir esse circo.

— Eu dou muito valor à vida. — Drew me dá um tapa no ombro com força, fazendo-me bater com os dentes no gargalo da garrafa. — Vamos lá, garotas. — Batendo palmas, ele reúne as garotas, levando-as para a porta.

— Ela vai ficar bem, papai. — Jacob surge ao meu lado, oferecendo-me o pote de manteiga de amendoim.

Forço um sorriso para o merdinha e meto o dedo no pote.

— Eu sei, amigão — digo, pelo menos para tranquilizá-lo. Ela vai ficar bem. Quantas vezes eu disse isso a mim mesmo ao longo dos anos? E veja só o que aconteceu.

— Eu queria poder ir. — A afirmação de Maddie me faz parar de lamber o dedo e olhar para ela de modo alarmado. Meu Deus, essa é uma forma totalmente nova de estresse. Só de pensar, já fico gelado. Ou mais gelado do que já estou. Eu não pensaria duas vezes antes de trancar minha menininha em um armário.

— Só depois que fizer cinquenta anos — digo a ela, seguindo Sam para fora da cozinha, acalmando-me somente quando vejo Betty dormindo tranquilamente na cadeirinha. Parece que foi ontem que os meus dois eram desse tamanho. Como o tempo passou tão rápido?

As crianças correm para seus quartos, enquanto vou para a porta. Vejo Ava antes que ela saia e a puxo de volta. O olhar em seu rosto bonito é um sinal claro de que ela está pronta para mim. Ela parece entediada. Eu a abraço e a beijo no rosto.

— Não fale com estranhos.

— Não vou falar.

— Use o cinto de segurança.

— Vou usar. — Ela fica na ponta dos pés e beija meu rosto.

— Beba com moderação.

— Sim, senhor.

— Sente-se se ficar tonta.

— Está bem.

— Ligue se precisar de mim.

Afastando-se, ela sorri e acaricia meu rosto.

— Eu vou ficar bem.

Por que todo mundo fica dizendo isso?

— Responda quando eu te mandar mensagem. — Agora já estou enchendo o saco dela, embora ela continue respondendo o que sabe que vai me agradar.

— Pode deixar.

— Boa menina. — Eu a beijo com vontade e meus braços se recusam a soltá-la. — Divirta-se. — Dou um suspiro e me forço a deixá-la ir. A ansiedade dentro de mim jamais cessa, mas agora parece estar pior que nunca.

— Eu te amo.

— Eu sei. — Ava sai dançando até o carro de Drew.

— Eu vou levá-las e buscá-las — diz Drew. Ele sabe que eu preciso ouvir isso. — Telefono quando estivermos a caminho de casa.

Aceno com a cabeça e fecho rapidamente a porta, antes de ceder à tentação e sair correndo atrás dela para trazê-la de volta para casa. A dor dentro de mim pode ser irracional e meu humor, exagerado, mas depois de termos passado pelo que passamos, acho que essa sensação jamais me deixará. É uma maldição. Um peso em torno do meu pescoço.

Mas eu não posso deixá-la me abater.

Capítulo 47

Não tenho a menor esperança de dormir até que Ava volte para casa. Então, eu me sento diante da TV e fico trocando de canal, agitado e olhando para o relógio o tempo todo. A chamada pela qual esperei finalmente chega à uma da manhã. Atendo depressa e ouço Drew contar que estão todas bêbadas, mas bem, e que ele está a caminho, trazendo Ava para casa.

Um peso enorme sai dos meus ombros e, pela primeira vez nesta noite, relaxo. E faço algo extremamente estúpido. Corro para o quarto e pulo na cama, desligando a luminária. Porque é claro que ela vai acreditar que eu estive dormindo com os anjos, enquanto ela estava na farra.

Quase meia hora mais tarde, ouço a porta da frente se fechar. E segundos depois, o som dos sapatos dela caindo no chão. E então... silêncio. Resisto à vontade de descer e ir ao encontro dela. Ela está em casa. Está a salvo. Nada pode acontecer agora.

Então ouço um barulho e saio como uma bala da cama, enfiando o calção e voando escada abaixo. Chego à cozinha e a encontro vazia.

— Ava? — chamo, retornando. Nada. Meu coração acelera. — Ava? — Minha ideia de não parecer tão aflito não está funcionando. — Ava, onde diabos vocês está? — Sigo pelo corredor depressa, olhando em cada sala, encontrando todas vazias.

Até que chego à sala de estar. Solto a respiração quando a vejo de pé, olhando para o nosso mural.

— *Baby*?

Ela não se vira, apenas ergue um dedo e toca uma das imagens, uma foto de nós dois no dia do nosso casamento, e acaricia meu rosto nela.

— Eu me lembrei de algo, agora há pouco. — Ela está com a voz mole. Definitivamente mole. Bêbada? Altinha, talvez. Mas teve um *flashback*?

Voltando os olhos para mim, olhos pesados, olhos embriagados, ela aponta para o meu peito nu. — Você roubou minhas pílulas anticoncepcionais.

— Ah.

Culpado.

Levanto um dedo e o seguro diante do nariz, tentando pensar em um modo de sair dessa. De todas as coisas que ela poderia ter se lembrado?

— "Roubar" é uma palavra muito forte. — Não há como sair dessa.

— Que palavra você usaria, então? — Seus pés descalços se alternam no carpete.

— Precisa ir ao banheiro? — Ou ela está começando a mancar?

— Não mude de assunto. — Suas palavras murmuradas estão ficando mais difíceis de decifrar. — Por que você as roubaria?

Isso de novo? Tento esconder a revirada de olhos e vou segurá-la, antes que caia de cara no chão. Pegando-a no colo, eu a levo para a cama.

— Porque eu estava loucamente apaixonado por você e pensei que você me deixaria quando descobrisse meus segredinhos sórdidos.

Ela debocha, com algum esforço.

— Você quer dizer seu clube de sexo. E o fato de que é um alcoólatra. E de que transava com todas?

— Sim, tudo isso — digo, subindo a escada. E toda uma pilha de mais merda, também. — Terminou?

— Tive uma noite maravilhosa! — declara ela, jogando a cabeça para trás e os braços para cima, forçando-me a mudar a forma de segurá-la ou ela cairia dos meus braços. Acho que é um sim. — E quer saber de uma coisa? — Ava me encara, séria.

Será que quero saber?

— O quê?

— Eu gosto tanto de você — balbucia ela, a cabeça caindo no meu ombro.

— Espero que sim.

— Por quê? Porque você é meu marido?

— Não. Porque eu sou muito gostoso.

Um riso histérico irrompe dela e eu sou forçado e fazê-la baixar o volume antes que acorde as crianças. Tarde demais. Encontramos um par com rostinho sonolento quando chegamos ao alto da escada.

— Voltem pra cama — digo a eles, que se olham e esfregam os olhos. — Mamãe só está um pouquinho bêbada.

— Um pouquinho? — Jacob a olha com a mesma desaprovação que eu sinto, enquanto Maddie parece divertir-se.

— Estou muito bêbada — declara Ava, contorcendo-se no meu colo. Eu resmungo quando a coloco de pé, segurando firme no braço dela. — E amo vocês dois!

— Ai, meu Deus! — Maddie recua quando Ava a cobre de carinhos. — Mamãe, por favor!

— Vocês são as melhores coisas que já me aconteceram. — Ava volta a sua atenção para um alarmado Jacob.

— Não diga isso ao papai — dispara meu menino, seco, deixando que Ava faça o que quiser fazer. — Eu acho que é hora de ir para a cama, mamãe.

— Eu também acho. — Ela puxa Jacob para um abraço e o aperta com força, seu rosto esmagado contra o peito dela. — Você é tão bonito quanto o seu pai.

— Eu sei — diz ele, baixinho, revirando os olhos para mim. Maddie acha tudo muito engraçado.

— Venha. — Puxo minha esposa embriagada, antes que ela faça um show ainda maior, acenando para as crianças para que voltem para a cama. Eles sorriem com carinho quando me veem levando Ava para o quarto, com passos desastrados. — Entre já. — Baixo o zíper do vestido dela e a deito sobre os lençóis. Ela começa a contorcer-se na cama. — Fique quieta.

— Você vai me foder, Jesse Ward? Vou gritar bem alto.

— Comporte-se, mocinha. — Dou uma risadinha, tirando o vestido dourado dela e atirando para o lado. — Lingerie.

Ava levanta os braços e depois os deixa cair nos travesseiros.

— Deixe-me nua.

— Já fiz isso anos atrás. Até expor a sua alma.

Ela sossega um pouco, estreitando os olhos para mim.

— Senti saudade de você esta noite.

— Ótimo. — Após despi-la, tiro o meu calção e deito-me ao lado dela, ignorando o odor de álcool que sai de seus poros. Fico imóvel até ela encontrar seu lugar favorito no meu peito, soltando-se pesadamente com um suspiro profundo. Eu a envolvo em meus braços e sorrio quando a respiração dela se acalma.

— E agora vou sentir saudade de você enquanto durmo. — Suas palavras sussurradas são exatamente o que eu precisava ouvir. Ela está feliz por voltar. Para mim.

Capítulo 48

Ava teve uma ressaca terrível no dia seguinte. Eu tive que rir. Não consegui evitar. Mas dias depois, ela ainda parecia um pouco fora do normal. Eu, claro, liguei para o médico dela para verificar se não estava deixando algo passar, e ele me garantiu que estava tudo bem. Apenas algo que estava no ar, aparentemente. Ela não está bem há quase uma semana, embora tenha conseguido ir à ioga ontem. Eu estava em dúvida, mas ela insistiu. Até permiti que ela fosse tomar um café com aquela nova amiga dela. Está vendo? Sei ser sensato.

Olho para as crianças, que estão tomando café da manhã. Estou achando-as um pouco pálidas também. Ou estou sendo paranoico?

— Vocês dois estão se sentindo bem? — indago.

Os dois fazem que sim com a cabeça, mas nem sequer olham para mim, com os olhos grudados em seus tablets. Vou até eles e tiro os aparelhos das mãos deles, recebendo como resposta dois choramingos.

— Banho. Vamos ao casamento do tio Drew hoje.

Eles resmungam e saem arrastando os pés.

— Crianças boazinhas. — Dou um sorriso sem-vergonha e ambos me fuzilam antes de desaparecerem. O telefone de Ava toca e eu o pego da mesa, olhando para a tela ao subir a escada para ver como está a minha esposa.

— Zara — digo em voz alta e atendo o telefone. Hora de me apresentar à nova amiga. — Olá. — Ouço um farfalhar e então o celular fica mudo. Olho para a tela com a testa franzida e vejo o momento em que chega uma mensagem.

Ligue pra mim quando estiver livre. Só queria saber como você está.

Tomo a liberdade de responder por Ava.

É o Jesse. Marido da Ava. Estamos a caminho de um casamento. Direi a ela pra te ligar amanhã.

Ah! O famoso marido. Ouvi falar demais de você. ;-)

Ela piscou para mim? Olho desconfiado para o celular, perguntando-me o que exatamente Ava anda contando para ela que mereça uma piscadela. Não sei, mas preciso me lembrar de perguntar.

Fico surpreso quando encontro Ava sentada diante do espelho, alisando os cabelos.

— Você parece mais animada. — Jogo o celular de Ava na cama e me sento atrás dela, com um joelho de cada lado, aproximando-me até ficar com a pélvis colada ao seu cóccix. — Sua amiga da ioga te mandou uma mensagem de texto. Eu disse a ela que você ligaria amanhã.

— Você leu e respondeu uma mensagem minha? — pergunta ela, chocada.

— Sim. — Não demonstro arrependimento algum, porque não o sinto. — Então, o que tem dito à tal Zara sobre mim?

Os olhos de Ava se estreitam no espelho e ela varre as maçãs do rosto com um pincel de maquiagem, adicionando um brilho extra à face.

— Disse que você é um deus. Que é possessivo, irracional e controlador, mas é tudo porque você me ama com cada osso do seu corpo.

— E cada gota de sangue nas minhas veias — acrescento, olhando para ela com malícia, olhar que esmaece quando noto que ela não o retribui. Ela parece pensativa. — Ei! O que houve? — Ava está preocupada com o casamento? Por estar em público, na presença de tanta gente? Eu acho que não é isso. Ela parecia bem na semana passada, fora o *bug* na sua cabeça. Às vezes, ela fica um pouco calada, mas é de se esperar. Eu já me acostumei a vê-la perdida em pensamentos de vez em quando e concluo que está tentando lembrar alguma coisa. Não houve nenhum grande avanço na memória dela. Nós meio que voltamos à rotina. E está tudo bem. Relativamente normal, sem contar uma coisinha ou outra que ela esquece aqui e ali. De acordo com o médico, isso também é normal.

Não posso negar, no entanto, que ainda fico em dúvida sobre muitas coisas. Ainda que tenha certeza do nosso belo e incansável amor. Mas o amor não é sempre belo. Ele às vezes é trágico. Na *maioria* das vezes. Ele te corta, dilacera, sufoca, mas é a única coisa que pode te curar novamente. É um idiota sádico, assim como é a coisa mais enriquecedora e reconfortante desse mundo. E é assim que eu tenho sobrevivido – do meu amor, nosso amor, porque se há uma coisa que aprendi, é que o tempo não para para ninguém. A vida continua, sem se importar se você está feliz com o rumo que ela tomou ou está tomando. Você não consegue detê-la. Deve ajustar o curso e fazer o melhor possível. Mudar a direção para onde quiser ir.

E foi exatamente o que fiz. E achei que tinha feito um bom trabalho. Então por que ela parece tão insegura de repente?

Colocando o pincel no chão, ela olha para mim no espelho e morde o lábio, pensando.

— É a sua cabeça? — pergunto. — Ainda está se sentindo mal? — Merda, será que ela teve um lampejo e não me contou por que está em choque? Horrorizada? Ou ainda pior, questionando por que ainda está casada comigo? Pilhas e pilhas de razões para o seu desânimo caem sobre mim de uma vez e filtro as informações, tentando reduzi-las a algo óbvio.

— Estou grávida.

Tudo menos isso.

Há uma espécie de bloqueio entre meu cérebro e minha boca, que me deixa incapaz de falar. Grávida? Como? O bloqueio subitamente se desaloja e começo a tremer como um infeliz, com o corpo frio.

— Desculpe, o quê?

Os olhos dela, espertos porém cautelosos, estudam-me pelo reflexo.

— Eu... estou... grávida. — Desta vez ela enuncia bem as palavras, como se eu não tivesse pegado a ogiva da primeira vez.

Grávida. Grávida. Grávida.

— Grávida — finalmente consigo dizer, engolindo um nó. — Como?

Ela dá de ombros, parecendo um pouco tímida.

— Os antibióticos, eu acho. Às vezes, eles interferem na eficácia da pílula.

— Puta merda. — Respiro fundo, batendo com o punho fechado na testa. A ironia não me passa despercebida. Nem a Ava, a julgar pela retorcer de lábios. Quando nos conhecemos e ela virou meu mundo de cabeça para baixo, passei semanas roubando suas pílulas sorrateiramente, em uma missão selvagem e ousada de engravidá-la, para certificar-me de que a teria para sempre. Não foi uma gravidez acidental, ao menos não de minha parte. E não mudaria coisa alguma. Adoro meus filhos, jamais ficaria sem eles, mas isso não significa que eu queira mais.

— Sabia que você não aceitaria bem. — O murmúrio suave de Ava invade a balbúrdia que são meus pensamentos.

Estou impressionado com a calma dela. Por que ela não está surtando comigo?

— Estou com cinquenta anos, Ava. — Eu me levanto e começo a andar de um lado para o outro no quarto. — Estou velho demais para ser pai outra vez.

— Não está, não. — Minha esposa parece aborrecida, e olho para ela e descubro que está, seu rosto fechado, irritado. — Os pais estão a cada dia mais velhos. — Ela encolhe os ombros. — Pelo menos foi o que a médica disse.

— Você consultou uma médica? Sem mim? Quando?

— Peguei um táxi para o consultório dela depois que você me deixou na ioga ontem. Eu precisava ter certeza antes de te dar a notícia, que sabia que te colocaria em órbita.

Órbita? Que tal outra galáxia?

— Grávida! — grito, só por gritar. — Eu não acredito. — Estou assimilando a notícia agora, e visões do rosto exausto de Kate e Sam desde que Betty nasceu pipocam na minha mente.

Eu já cumpri a minha parte. Meus dias de fraldas sujas e noites em claro ficaram para trás.

— Ai, meu Deus — lamento, indo para o banheiro, ligando o chuveiro e balbuciando toda sorte de bobagens enquanto tiro a roupa. Entro debaixo do fluxo de água e espero que o jato frio me desperte deste pesadelo.

— Você está aceitando muito bem — brinca ela, aparecendo através da porta do box, observando-me esfregar cada centímetro do meu corpo.

— Ava, vamos colocar isso em perspectiva. — Chego perto do vidro para que ela possa ver o quanto estou em pânico. — Quando essa criança tiver dez anos, eu terei quase sessenta e um. — Estremeço. Vá se foder, acabei de me acostumar com o fato de que tenho cinquenta. Mentira. Não me acostumei porra nenhuma e, para ser sincero, na minha mente ainda tenho quarenta. Sessenta? Estarei lá em um piscar de olhos. — Os gêmeos estarão na faculdade e eu estarei levando nosso caçula à escola em uma cadeira de rodas motorizada.

Quero chorar, ao passo que Ava apenas suspira, deixando que eu tagarele. Bom mesmo, porque tenho muito a dizer.

— E terei que fazer três paradas no caminho para mijar, porque minha bexiga sexagenária não será capaz de segurar uma xícara de café por mais que dez minutos. — Começo a cambalear para trás, sem ar, parte por causa do pânico e parte porque estou vomitando palavras sem respirar. Isso é péssimo!

— Você está sendo ridículo. — Ela sai andando e me deixa ofegando como um cavalo de corrida ao final da prova, sozinho no banho frio. — Vou fazer o ultrassom na terça-feira. Venha se quiser, e se não quiser, tudo bem. Não pense que não posso fazer isso sozinha.

E é assim que sou tirado do meu colapso nervoso. Ela vai fazer isso sozinha? Sem mim? Eu me encolho, o pensamento fazendo muito mais do que me magoar. Então, estranho a minha própria atitude, questionando o que deu em mim. E penso com carinho. Penso qual é a real questão, e não é a chegada de outro bebê. Sou eu. Meu problema. A porra da minha idade. Isso é o problema. O que me deixa desesperado. Não tem nada a ver com ser pai outra vez. Mas tudo a ver com o meu complexo imbecil.

Talvez outro fator seja ter mais alguém com quem me preocupar. Mais ansiedade. Porra, mais uma pessoa por quem ser obcecado será o esforço que pode me matar. Meu coração dispara só de pensar.

Inspiro e expiro profundamente, tentando me acalmar. E penso no rosto de Ava agora há pouco. Como ela parecia serena e calma, mesmo quando eu bati o recorde dos surtos.

— Porra — murmuro. Será que consigo fazer isso? Olho para a porta do banheiro. Conseguirei fazer isso por Ava? Meu bom Deus, tenho que fazer. Superar todos os meus medos, porque quero que minha esposa seja feliz. Especialmente agora. Especialmente depois de tudo o que aconteceu. Ela precisa disso. Talvez eu também precise. E as crianças. Algo novo e especial em que nos concentrarmos.

Passo as mãos pelo meu rosto barbado.

— Ward, seu desgraçado — digo a mim mesmo, saindo do chuveiro e pegando uma toalha. Tenho que me desculpar. Sinto-me um idiota.

— Ava? — chamo timidamente, entrando no closet. Ela veste as pantalonas de seu terninho Ralph Lauren azul-marinho, uma camisa creme de seda nas mãos. E me observa. Estou prestes a me lançar em um pedido de desculpas, mas ela chega primeiro.

— Nós rimos da ideia quando visitamos Betty, mas quer saber de uma coisa? Estou feliz que isso aconteceu. Estou vibrando, na verdade. Talvez isso seja exatamente o que precisamos. Todos nós. Eu, você e as crianças. Uma nova vida para canalizar nossas energias e atenções. Algo pelo que esperar. Algo que nos distraia da tempestade de merda que foram os últimos meses. — Ava respira e veste a camisa, enquanto eu fico parado na porta, sentindo muita vergonha. Ela pensa como eu, mas chegou a essa conclusão muito antes, claro. Ela sabe da notícia desde ontem. Teve medo de me contar e eu acabo de provar que ela estava certa. — Mas não preocupe a sua cabeça cinquentona, Ward. — Ela arranca o blazer do terninho do cabide e o veste com certa violência, ajeitando a gola da camisa. — Ficaremos bem sem você.

— Meu Deus, chega de facadas no meu coração, mulher. A primeira já causou dano suficiente. — Mas todo homem, em algum momento, precisa ser colocado no seu devido lugar. E, para mim, nenhuma mulher nesse planeta poderia fazê-lo melhor que a minha esposa.

— Você pediu por isso. — Ela passa como ventania por mim, mas eu a agarro pelo punho, fazendo-a parar. Ambos em silêncio, eu a pego pela cintura e a coloco sentada em uma das cômodas, enfiando-me entre as pernas dela. Seu rosto tem uma expressão triste. Pego as mãos dela e as posto sobre meus ombros.

— Chega de mau humor.

— Isso é até irônico, vindo de você — debocha ela, apertando os dedos nos meus ombros úmidos, com olhos ali também. Eu sorrio por dentro.

— Imagine viver sem mim — digo a ela, que reage fisicamente, com um solavanco. — Não é legal, é?

— O que quer dizer com isso?

— Quero dizer que você não deve falar que vai ficar bem sem mim, porque não vai. E nem eu vou ficar bem sem você.

Ela solta a respiração, exasperada.

— Qualquer um pensaria que eu acabei de te contar que tenho um mês de vida. — Sua reação é imediata, assim como o meu rosnado. — Desculpe. — Ava morde os lábios, provavelmente em uma manobra para impedir a si mesma de dizer mais alguma estupidez.

— Não pense que, por você estar grávida, eu não possa te dar uns bons tapas no traseiro.

— Não seria a primeira vez — grunhe ela, caindo em si logo em seguida. — Ai, meu Deus!

Minha cabeça pende para trás e eu fecho os olhos.

— Sim, eu fiz isso — confirmo. Não fico muito excitado com esse lampejo de memória e não tento extrair mais. É assim que acontece agora. Como será para sempre. Fragmentos aqui e ali, e talvez algum dia, em algumas centenas de anos, ela tenha a história toda. Espero que subtraindo algumas partes não tão bonitas. Como Lauren. E o acidente. E... Deixo meus pensamentos vagarem e espanto a culpa crescente. Tenho coisas mais importantes em que pensar. Especialmente agora.

— Seu animal — provoca Ava e eu dou risada. Ela nunca brigou comigo. — E agora, então?

— Agora — digo, curvando-me à frente, mantendo o contato visual e baixando a cabeça. — Agora nós vamos ter outro bebê. — É simples assim. Eu beijo o ventre dela e sinto prazer em seu sorriso feliz. Como eu poderia negar isso a ela? Não poderia, ponto-final. E não vou.

— Quando devemos contar para os gêmeos? — pergunta ela, caindo das nuvens por um segundo. Ela está preocupada. Sem necessidade. Eu vi Maddie com Betty outro dia. Ela estava encantada. E Jacob é tão sossegado que nem vai se dar conta. Eles vão ficar bem.

— Vamos nos concentrar em Drew e Raya por hoje. — Eu a coloco no chão e beijo sua testa com delicadeza. — Não vamos roubar o momento deles.

Ela sorri e seus olhos cintilam. É o brilho que esteve ausente por tanto tempo. Então, eu vou ser pai outra vez? Alinho meus ombros nus e penteio os cabelos no espelho. Devo ser o pai cinquentão mais bonito que já existiu.

Capítulo 49

A cerimônia foi linda, a igrejinha em uma aldeia na periferia da cidade lotada de orquídeas brancas e alguns poucos convidados. Kate e Ava choraram como dois bebês. E Raya parecia um ser de outro mundo em um vestido longo de cetim. Acho que nunca vi Drew sorrir tanto. O homem parecia estar caminhando nas nuvens durante toda a cerimônia, e a pequena Georgia sorria de orelha a orelha.

Finalmente chegamos à tenda bem ornamentada em um campo na aldeia exótica, após termos sido encurralados pelos fotógrafos e organizados em vários grupos aqui e ali. Não fico surpreso quando, ao passarmos pelas cortinas de tule esvoaçante à entrada, encontramos Sam com uma cerveja em uma das mãos e Betty na outra. Maddie desaparece como um foguete, assim que avista Georgia ajudando a servir ponche em taças para os convidados, sempre querendo ser útil, e Jacob sai na frente para procurar nossos nomes nas mesas.

Ava se dirige ao banheiro e eu me aproximo de Sam, com os olhos vidrados no pacotinho em seu braço esquerdo. Em um segundo, tenho um bebê nos braços. Olho para Sam, assustado.

— O que está fazendo?

— Só me dê um minuto, eu me esqueci de pegar a malinha de Betty no carro. — Ele se vai antes que eu consiga protestar, deixando-me à própria sorte.

Como um grande pateta, eu a acomodo com todo o cuidado do mundo no meu colo. Com *muito* cuidado. Estou tão nervoso. Fiz isso um milhão de vezes com os meus, mas foi há muito, *muito* tempo. Olho para o seu rostinho adorável. Os cabelos são de Kate, ruivos e vibrantes, mesmo agora, mas ela tem o nariz bonitinho de Sam. Ela está acordada, com as mãos na boca. Eu me lembro dos sinais. Ela está com fome. E os flocos de pele espalhados entre as mechas de cabelo vermelho são sinais de crosta láctea. Eu me lembro disso também. Dou um sorriso e faço um carinho na pele macia da bochecha dela com o dedo.

Um milhão de lembranças me vêm à mente, momentos que eu havia esquecido recentemente em meio ao caos de nossa vida. Os momentos em que os gêmeos se deitavam no meu peito e cochilavam, com Ava deitada ao meu lado, me abraçando. Os momentos em que eu fiz malabarismos para alimentar os dois, até dominar a façanha como uma arte. Não demorou muito para que eu percebesse que Jacob era mais paciente que Maddie, então eu trocava a fralda dela primeiro. A alegria que eu sentia na hora do banho, observando os bracinhos e perninhas se agitando na água rasa. E o cheirinho. O cheirinho que eu adorava. Cheirinho de bebê, puro e perfeito. Era como um sedativo, podia me fazer dormir. E não raro fazia.

— Ei, cara, você está bem? — A pergunta de Sam me desperta do transe das minhas reflexões e tiro o dedo do rostinho de Betty, pigarreando enquanto a devolvo para o pai. Ele aproxima a boca da cabecinha da filha: — Acho que o tio Jesse está com vontade de ser papai de novo.

Eu debocho por princípio, para mascarar nosso segredo:

— Meus dias de pai de bebê já se foram. — Mentira deslavada. — Onde está Kate?

— Está usando o banheiro, antes de procurar um lugar sossegado para dar de mamar a Betty.

Um aplauso desenfreado eclode quando o casal de noivos entra na tenda, todas as atenções voltadas para eles. E quando Drew inclina Raya nos braços e a beija com paixão, o barulho cresce alguns milhares de decibéis.

Betty começa a gritar, o ruído superando os aplausos.

— Ah, porra, é hora do jantar e ela não gostou do barulho. — Sam sai correndo atrás de Kate e eu vou até Drew, afastando-o de Raya, que faz cara feia de brincadeira.

— Vou devolvê-lo em um minuto — tranquilizo-a, divertido, dando um beijo na bochecha do meu amigo. — Parabéns, seu cuzão.

— Vá se foder. — Drew ri e seus olhos azuis brilham de felicidade. — Como está Ava?

Grávida! Minha cabeça grita o anúncio, mas minha boca se recusa a dizê-lo. Não porque não queira, eu meio que quero, talvez até para ter um pouco de apoio dos meus amigos, mas porque é o dia de Drew e Raya e não se deve tirar o brilho deles.

— Ela está bem. Preocupe-se apenas em dar à sua esposa o dia que ela merece.

Meu amigo sorri, olhando para a bela Raya, do outro lado do recinto, parte de seus cabelos loiros platinados trançados e presos, formando uma tiara, com flores entrelaçadas.

— Ela não está maravilhosa? — Drew delira quando ela se aproxima de nós, aninhando-se ao lado dele.

— Linda — concordo, beijando o rosto dela, antes de voltar a minha atenção para Drew. — Ei! Você se lembra daquela vez que você apareceu na minha casa atordoado porque tinha feito amor com uma mulher? — Eu quase tenho que me abaixar para desviar das adagas que voam em minha direção, vindas dos olhos dele.

— Do que você está falando? — pergunta Raya, interessada.

— Nada — responde Drew, com olhos furiosos em mim.

Ele me conhece. Bem demais.

— Que fique claro que a mulher com quem ele fez amor era você.

— Espero que sim! — Raya ri. — Já que antes de mim, ele só transava com aquelas correntes dele.

Drew geme, pegando um copo d'água de uma bandeja e colocando na mão da esposa.

— Sim, eu só transava antes de te conhecer, e agora faço amor. — Ele a beija nos lábios. — Você me transformou.

— Quem transformou quem? — pergunta Ava, unindo-se a nós.

Quando o garçom passa de novo, eu pego um copo d'água da bandeja e ponho na mão dela.

— Raya transformou Drew de comedor em um mestre na arte de fazer amor. Não muito diferente da gente. — Dou um sorriso brilhante e atrevido.

— Você ainda sabe comer, Ward — diz ela, seca, sorrindo para Raya quando ela ri, ambas bebendo um gole de sua ág...

Espere aí.

Meus olhos encontram os de Drew e sei que estamos pensando a mesma coisa.

— Por que a sua esposa não está bebendo champanhe no dia do seu casamento? — questiono.

— E por que a sua não está? — revida ele.

— Ela está com sede.

— Raya também.

Sinto meus lábios tremendo, o que faz Drew querer sorrir também.

— Ai, meu Deus! — diz Raya, sem fôlego. — Eu e Drew estamos grávidos!

— Nós também! — grito, alto demais, e recebo um cutucão de Ava no braço.

— Que porra é essa? — Drew não acredita.

— Ai, meu Deus! — solta Raya.

— O que foi? — pergunta Sam, analisando a todos, quando se junta ao grupo. Eu olho para Drew, para Raya e então para Ava. E encolho os ombros. Essa notícia não sou eu quem deve dar.

Drew suspira, mas não consegue conter o sorriso.

— Nós estávamos esperando pra contar depois do casamento, mas parece que não será possível. — Ele abraça Raya. — Estamos esperando um bebê.

— Não creio! — Sam vai para cima deles com entusiasmo, batendo no copo de Raya e jogando água para todo lado. — Parabéns para os dois!

— Obrigada! — Raya cora e aponta com o copo vazio para nós dois, enquanto seca o vestido. — E parabéns para Jesse e Ava também.

— Há? — Sam se vira, olhando para um e para o outro. — O que é que vocês dois estão celebrando?

Eu olho para Ava. Ela olha para mim.

— A medicação que ela está tomando cortou o efeito da pílula.

Sam fica imóvel por alguns segundos constrangedores, olhando para nós. Então, começa a gargalhar, com as mãos nos joelhos e tudo.

— Porra, Jesse! Diga oi para o karma.

Viro o motivo de piada do grupo todo, incluindo a minha esposa, que toca o meu rosto com um tapinha sarcástico.

— Coitadinho.

— Fique quieta. Eu já aceitei a coisa agora.

— Aceitou o quê? — pergunta Kate, entregando Betty para Sam, que ainda gargalha.

Ele não consegue se conter, balançando sua menininha no colo, enquanto enxuga os olhos.

— Raya está grávida — responde Sam.

— Meu Deus, vocês dois! — festeja Kate.

— E Ava também.

— Que porra é essa? — Ela se vira, os olhos selvagens, os cabelos vermelhos chicoteando o rosto.

— Viu só? — Ava faz um gesto grande com a mão no ar. — Era exatamente por isso que eu não queria contar a ninguém hoje. Agora acho que roubei dois momentos.

Raya me tira do caminho e pega Ava pela cintura.

— Está brincando? Eu mal posso esperar para estar grávida junto com você. Você é profissional. Eu vou precisar de toda a ajuda possível.

Eu poderia beijar essa mulher. Ela não poderia ter dito nada melhor, em momento mais propício.

— Nós seremos o clube dos bebês! — conclui Kate, animada.

— Ainda não contamos para os gêmeos. — A expressão de preocupação de que não gosto passa pelo rosto de Ava. Todos se viram e olham para a mesa das bebidas, onde Jacob está abrindo garrafas de cerveja para os homens e Georgia e Maddie servem ponche, felizes.

— Georgia já sabe? — pergunto.

— Sim. — Raya sorri. — Ela está mais empolgada que o Drew.

— Aos nossos bebês — sussurra Sam, erguendo um brinde entre nós.

— Aos nossos bebês! — brindamos em voz baixa, fechando o círculo e rindo.

* * *

Boa comida, boa companhia, um lugar sensacional, uma ocasião esplêndida. Está sendo um dia maravilhoso, todos juntos, e depois que Drew e Raya dançaram ao som de "Wonderful Tonight", de Eric Clapton, os presentes são convidados a unirem-se a eles na pista. Olho para Ava do outro lado da mesa, dividindo sua atenção entre o casal feliz e Betty dormindo no colo de Kate. É como ela passou o dia todo, distraída. E está imaginando a nossa família com mais uma pessoa. Eu também estou.

O volume da música diminui e outra começa a tocar. Meu coração acelera quando Ava volta o olhar para mim e me pergunto se foi uma manobra proposital de Drew. Olho para ele na pista e a expressão do meu amigo diz tudo o que preciso saber. Agradeço a ele com um olhar e, em seguida, olho novamente para minha esposa, com o coração batendo ansiosamente.

Dou um sorriso quando vejo que Ava ainda está me olhando e faço um gesto com a cabeça, dizendo que ela está correta em reconhecer a música.

Eu me levanto e contorno a mesa lentamente. Estendo a mão para Ava, ao som de "Chasing Cars".

— Se não tiver uma opção melhor... — Ergo uma sobrancelha e ela me cega com seu sorriso tímido quando fica de pé.

— Nunca terei.

Eu a conduzo à pista de dança e aceno para Drew pelo trabalho bem-feito no dia de hoje. Trago Ava para o meu peito, com um braço nos seus ombros e a outra mão na cintura dela.

— Oi, mamãe — sussurro, começando a nos mover.

— Oi, papai.

Uma sensação de alegria arrebatadora nasce dentro de mim. Ela me diz que isso é o certo. Eu jamais vou discutir com o destino, e ele quer nos dar mais um bebê.

— Eu te amo, mulher — digo, puxando-a para mais perto e aninhando a cabeça dela no meu peito. Eu pouso a minha cabeça sobre a dela e seguimos nos movendo lentamente, levando uma vida para terminar a volta completa.

— Então você vai estar lá na terça-feira? Para o exame?

— Tente me impedir. — Sorrio nos cabelos dela. — E quando quer contar para as crianças?

— Não quero que eles pensem que estou querendo substituí-los. Ou substituindo as lembranças da infância deles com novas.

— Não seja tola. Eles nunca pensariam isso.

Sinto-a pressionar o tórax contra o meu e ela inspira longa e profundamente, ao mesmo tempo que vejo os gêmeos nos observando. Ambos sorrindo. Jacob está com um braço sobre os ombros da irmã. Ava e eu os fazemos felizes. Apenas estando juntos. Faço um movimento com a cabeça, mandando-os vir até nós. Espero por um protesto que não chega. Na verdade, eles vêm correndo pela pista de dança.

— Temos companhia — digo a Ava, afastando-a do abraço com delicadeza. Ela olha em volta e os encontra, sorrindo e abrindo um dos braços, com o outro firme em mim, convidando-os a entrar. Maddie e Jacob se unem a nós e nosso grupinho continua embalado, girando no lugar devagar, minha cabeça e a de Ava acima das deles, os olhos dela nos meus. Amor. Ele explode dentro de mim incessantemente, iluminando as minhas veias, aquecendo a minha alma. Este é um momento perfeito. E então Ava beija a minha boca, um beijo suave, um beijo duradouro. E admito que estava errado. Este, *agora*, é um momento perfeito. E é o momento perfeito para compartilhar a novidade.

— Maddie, Jacob — digo, erguendo os rostinhos dos meus filhos de onde estavam escondidos. — A mamãe e eu temos algo para contar.

Ava arregala os olhos, mas eu mostro apenas certeza nos meus.

— O que foi? — O rosto de Jacob se contorce. — A mamãe está bem? Você está bem, mamãe?

— Estou ótima, querido. — Ela beija a cabeça dele, e Jacob se acalma imediatamente. — Confie em mim, eu estou muito bem.

— Então o que houve?

Respiro fundo e anuncio:

— Vai chegar mais uma pessoa pra me enlouquecer.

Rostos franzidos. Dois rostos bem franzidos. E Ava ri, mas não me corrige.

— O que o seu pai quer dizer é que — ela assume o controle, certamente achando que pode dar a notícia melhor que eu — estou esperando um bebê.

Ela prende a respiração, aguardando a reação dos dois. *Por favor, meninos, não fiquem muito bravos.*

— Um bebê? — pergunta Jacob, olhando-me com a cara fechada. — Tipo um irmãozinho ou irmãzinha?

Não menciono o fato de que estou rezando, de verdade, *rezando* para que seja um menino, porque ter mais mulheres na minha vida vai me matar.

— Isso mesmo.

Eles ficam quietos, obviando processando a bomba. E então "Chasing Cars" termina e tudo fica em silêncio, exceto pelas conversas ao nosso redor. Meu bom Deus, eles precisam dizer algo urgentemente, antes que Ava tenha um colapso nervoso.

— Um bebê... — repete Maddie.

— Um bebê. — Jacob inclina a cabeça, sempre sendo aquele que realmente pondera sobre as coisas.

Então eles se olham e sorriem. E depois começam a rir. Gargalham bem alto. Ava e eu nos olhamos intrigados, nos perguntando se alguém teria uma pista do que seria tão engraçado. Não temos. Então, pergunto:

— O que há de tão engraçado?

— Meu Deus, pai, você é tão velho! — Maddie ainda ri. Eu nunca falei um palavrão diretamente para os meus filhos. Jamais e estou reunindo todas as minhas forças e mais algumas para não quebrar essa regra agora. Ava não ajuda quando dá uma gargalhada pouco atraente, levando a mão ao nariz. Mas Jacob, que Deus abençoe meu garoto, estende a mão para mim e me cumprimenta.

— Parabéns, pai.

Preciso engolir antes de conseguir falar.

— Obrigado, amigão. — Fico em êxtase ao vê-lo abraçar a mãe com força.

— Eu te amo, mamãe.

Puta merda. Eu tento piscar para manter as lágrimas sob controle, mas Ava não consegue. Ela está chorando quando traz Maddie para o abraço, seu rosto entre os dois.

— Eu amo vocês. Muito.

Eu estou um caos. Estou fodido e não me importa quem me veja puxando a minha família para mim. Minha vida toda está nas minhas mãos neste momento.

Minha esposa, meus filhos.

E uma nova vida.

Capítulo 50

Durante a viagem para levar Ava à sua consulta na terça-feira, minha mente divaga com perguntas constantes. Será que devemos contar ao dr. Peters sobre a gravidez? Os riscos são mais altos, dada a sua condição? Ela continua esquecendo coisas aqui e ali. Coisas pequenas, mas mesmo assim. Será que ela precisará de outra tomografia e será que o exame pode colocar o bebê em risco? Isso sem contar a idade dela, não que eu vá comentar isso com Ava. Ela não tem mais vinte e poucos anos.

Minha cabeça começa a doer.

— Pare — diz Ava, olhando-me do banco do passageiro como se soubesse no que estou pensando. Sem dúvida que sabe. Minha esposa me lê como a um livro. Agora, devido às lembranças represadas, estou ainda mais impressionado com essa habilidade dela. Ela toca a minha coxa. Eu solto a respiração ruidosamente e seguro a mão dela. — Por que não me conta como foi o primeiro ultrassom na gravidez dos gêmeos? — sugere ela, claramente tentando me distrair da preocupação. Funciona.

Minha gargalhada enche o carro. Aquele momento. A perda de sensibilidade nas minhas pernas quando o médico apontou para dois corações. Não sabia se ria ou chorava. Mas a graça acaba quando eu me lembro de como fomos parar no hospital para fazer um exame não agendado. Um ultrassom para verificar se meus bebês continuavam vivos. Meu estômago revira, *flashbacks* sem fim tomam minha mente de assalto – o acidente de Ava, meu carro roubado... a visão do sangue descendo por sua perna nua. Estremeço e sei que Ava sente o tremor, porque ela se mexe e olha para mim, averiguando meu estado com um mapa de linhas de expressão em sua testa.

— O que é, Jesse? Você está branco como cera.

— Nada. — Merda, preciso me recompor. Forço um sorriso para tranquilizá-la. Não haverá um pio sobre meu carro roubado ou como o motorista tirou Ava da rua. Foi o começo do que poderiam vir a ser os piores momentos da nossa vida. Ela não precisa dessa informação. Não agora. Talvez nunca. — No dia do nosso primeiro ultrassom — reflito, voltando a minha concentração para o caminho —, você não sabia que eu era gêmeo também.

— Não sabia? — Ava soa surpresa e isso não deveria ser surpreendente. — Por quê?

Encolho os ombros, casual.

— Você hoje sabe que eu tive um passado complicado. Esta foi uma das partes mais dolorosas, e falar sobre isso não estava entre as minhas prioridades. — Eu sorrio quando ela aperta a minha mão. — Quando o médico disse que estava ouvindo dois corações batendo dentro da sua barriga, entrei em choque.

Ela dá uma risadinha, o som tão doce e puro, e sua mão acaricia o próprio ventre.

— Eu nunca imaginei que teríamos gêmeos, e quando descobri que era o que você estava esperando, fui atirado de volta a um período que sempre mantive enterrado. — Agora, o sorriso dela é triste, assim como o meu. Então, trato de elevar a atmosfera lúgubre, porque, em última instância, foi um momento maravilhoso. Depois que eu me recuperei do choque. — O médico nos contou que podia ouvir dois batimentos perfeitos. Foi isso. Dois. A informação veio do nada. — Rio, lembrando-me com nitidez da leveza que tomou conta do meu corpo naquela hora, porque havia um coração para se ouvir, o que em si já foi um alívio como nenhum outro após o acidente, mas houve também a confusão que se seguiu. — Meu cérebro deve ter parado de funcionar por um instante, porque tudo o que me lembro foi de ter pensado: *meu filho tem dois corações?* Acho que até disse isso.

Ava começa a rir. O som e a graça de tudo me fazem rir também. É isso que conta. As coisas boas, as memórias felizes. Fico questionando a minha decisão de não trazer à tona a porcaria toda, mas quando a vejo assim, tão alegre e de espírito leve, o questionamento é mascarado pela visão de minha esposa tão contente.

— Você também riu muito na hora. — Lanço-lhe um sorrisinho maligno. — Sua descontrolada.

— Então foi naquele momento que você me contou sobre o seu irmão?

Aquiesço com a cabeça, enquanto entro no estacionamento do hospital.

— Pareceu-me a hora certa. Nós tomamos um banho, você ficou deitada um tempão em mim e contei a minha história com Jacob. — Pisco para ela. — E depois nós gozamos juntos na banheira.

— Parece um excelente modo de terminar um dia emocionalmente estressante.

Mal sabe ela.

— Quando estou dentro de você, não há espaço na minha mente para qualquer outra coisa. Você é o melhor alívio, Ava. Sempre foi e sempre será. — Entro em uma vaga e desligo o motor, virando-me em seguida para olhar para ela. — Desde que você sempre se lembre disso, nós estaremos bem.

Ela não protesta e nem sequer me olha feio. Em vez disso, passa por cima do câmbio e se senta no meu colo. Seus olhos escuros estão brilhando, pura alegria me olhando. Tocando a minha testa com a dela, Ava suspira. Minhas mãos a seguram pela cintura.

— Sempre vou me lembrar disso — promete ela, e eu me retraio, esperando que ela não tenha entendido mal o que eu disse.

— Eu não sugeri que você deva desistir de todas as suas lembranças, se apenas se lembrar disso.

— Sei que não. — Ava posta as mãos no meu rosto e me olha bem dentro dos olhos. — Mas você tem razão. Talvez eu tenha que aceitar que já encontrei todas as memórias que irei encontrar. Você também deveria, Jesse. — As palavras dela são doces, pacificadoras, e o fato de que ela está certa me machuca demais. É a realidade das coisas. — Tenho as coisas mais importantes. Você e os gêmeos. E a minha vida.

Eu desvio o olhar, uma dor muito intensa me atravessa, fazendo-me crispar.

— Ava, não faça isso.

— Mas tenho razão. — Ela me força a voltar o rosto para ela. — Eu não penso em outra coisa. Sei que estou onde devo estar. Com você e aquelas duas crianças lindas. O amor que tenho dentro de mim é indestrutível e me diz, acima de qualquer coisa, que estou em casa. Posso sacrificar algumas lembranças por esse sentimento. Você precisa estar comigo nessa. Continue a me contar as coisas que importam, mas não se martirize se elas não desencadearem nada. Você vai acabar se matando de estresse. Eu preciso de você. Agora mais que nunca.

Porra, meu lábio está tremendo. Como ela pode estar tão lúcida? Eu assimilo cada palavra, mas há algumas que calam mais fundo. *Continue a me contar as coisas que importam.*

— Eu vou contar. — Minha voz está embargada de emoção e minha cabeça está pesada com uma mistura amarga de vergonha e determinação. Pode parecer covarde, mas ignoro o primeiro dos sentimentos e a beijo com paixão, absorvendo o alívio que sinto quando estamos na intimidade. — Vamos nos atrasar. — Mordisco o canto da boca dela e me afasto, abrindo a porta do carro. — Vamos lá conhecer nosso bebê. — O brilho nos olhos de Ava me traz de volta da beira do abismo de algumas confissões. É meu trabalho protegê-la e é exatamente o que estou fazendo.

* * *

Ela está virando as páginas de sua revista a uma velocidade épica, o que me diz que não está lendo, apenas passando os olhos. É algo para mantê-la ocupada enquanto esperamos ser chamados. Algo para ter o que fazer com as mãos inquietas. No momento em que nos sentamos, qualquer resquício de calma se foi. O que também me deixa nervoso. Coloco a mão na revista dela, impedindo a próxima virada de página. Ela olha para mim.

— O que foi? — pergunto. Ela coloca a revista na mesa diante de nós, fecha os olhos e começa a respirar longa e controladamente. — Ava, querida, qual é o problema?

— Olhe em volta, Jesse — ela praticamente sussurra, correndo os olhos pela sala de espera. — Todos esses casais.

Somos um de seis casais aqui. Qualquer um pensaria que, dada a condição dessas mulheres, eles disponibilizariam assentos mais confortáveis que as cadeiras plásticas para sentar. Pensando nisso, recolho Ava da cadeira dura ao meu lado e a coloco no meu colo, muito mais confortável.

— Não estou entendendo — admito, ignorando o olhar interessado dos outros homens presentes. Eles deveriam seguir o meu exemplo. O traseiro das esposas deles deve estar dormente. O meu não está muito longe disso.

— Eles são todos tão jovens.

Ai. Daria na mesma se ela tivesse me chutado o saco. Eu olho em volta e ela tem razão. Com essa descoberta, vem uma nova onda de dúvida. Dúvida. É uma merda, que pode se infiltrar no homem mais confiante e devorá-lo vivo por dentro. Bem, não vou permitir. Inflo o peito e levanto o queixo. E encaro os futuros papais de vinte e trinta e poucos, incapaz de deter a mim mesmo. Posso ter cinquenta anos, mas sou muito mais homem do que qualquer um deles.

— Eles podem ser mais novos, *baby*, mas nós temos experiência — afirmo, categórico.

— Você talvez tenha. — A resposta vem em um fio de voz, vacilante, e percebo meu erro na hora. Porra. *Cale a boca, Ward.* — Eu não me lembro de coisa alguma.

Meu rosto suaviza.

— Pare já com isso — ordeno, ríspido, detestando o som de dúvida vindo dela também. — Quando Kate entrou em trabalho de parto, você sabia exatamente o que fazer. Como todo o resto, isso está aí dentro de você. — Faço um carinho no nariz dela com a ponta do meu dedo. — Engula o choro.

Relaxando no meu colo, ela concorda com a cabeça, agarrando-se à minha certeza com todas as forças. Eu me dou um tapa mental, dizendo a mim mesmo para nunca mais deixá-la ver minha inquietação. Agora é seguir em frente.

— Ava Ward.

Nós dois olhamos para o outro lado da sala e vemos uma mulher de avental branco, cabelos roxos e piercings demais nas orelhas. Ela parece rude, mas seu sorriso é simpático.

— Vamos. — Coloco Ava de pé e toco o meu bolso quando o celular toca. — É da escola. — Duvido que haja um pai que não sinta o coração pular quando telefonam da escola. O meu salta no peito. Atendo o telefone, tentando manter a voz estável e meu nível de estresse fora do território do infarto. — Alô?

— Sr. Ward, é a sra. Chilton.

— Está tudo bem? As crianças?

— Está tudo bem, sr. Ward. Não se preocupe. — Essas palavras são incríveis e faço um sinal para acalmar a expressão aflita no rosto de Ava, silenciosamente pedindo para ela não se torturar.

Tenho ciência de que o exame nos aguarda e faço um gesto para indicar que só vai levar um minuto.

— Então por que o telefonema?

— Maddie parece estar com dor de cabeça.

Eu fico imóvel e olho para o telefone, estreitando os olhos. Ava inclina a cabeça, curiosa, então cubro o bocal do aparelho para explicar a situação a ela.

— Maddie está com dor de cabeça.

— Mas ela estava bem agora de manhã.

— Sim, estava. E também estava bem chateada por não poder vir acompanhar o exame. — Ergo as sobrancelhas, incitando minha adorável esposa a captar a mensagem.

— Ah, aquela espertinha.

Ela entendeu.

— Sra. Chilton, pode colocar Maddie na linha?

— Claro. Um segundo. — Ouvem-se ruídos e, enquanto espero minha menina fraudulenta se preparar para conversar com o pai, aceno para Ava.

— Vá na frente. Vou em dois segundos, assim que tiver resolvido o problema com a nossa garotinha.

Ava balança a cabeça, contrariada, mas com um sorriso carinhoso quando desaparece para dentro da sala.

— A-alô? — diz Maddie, soando como quem engoliu ácido e uma pilha de pregos enferrujados.

Minha menina precisa lembrar que não há muito que me passe despercebido.

— Oi, meu amor — paparico.

— O-oi, papai.

Papai? Nossa, ela está trabalhando melhor que qualquer ganhador do Oscar que já conheci. Vou para um canto da sala e apoio o ombro na parede.

— O que foi, meu bebê? — Entro na brincadeira, sorrindo. — Conte para o papai.

— Estou com dor de barriga.

Minhas sobrancelhas saltam.

— Engraçado, a sra. Chilton disse que era dor de cabeça.

— Os... os... os dois — explica ela, com a voz rouca.

— E dor de cabeça e dor de barriga também afetam a sua voz, é isso?

Silêncio.

— E então?

— Também estou com dor de garganta! — dispara ela, indignada, a voz agora perfeitamente clara.

— Meu Deus, você está mal mesmo. — Desencostando da parede, sigo na direção da sala onde Ava espera por mim. — Escute aqui, madame. Você já ouviu a história do menino que gritava "lobo"?

— Não.

— Procure no Google. Não pense que não conheço o seu jogo, senhorita. Eu tenho que ir. Sua mãe está esperando por mim.

— Eu quero ver o bebê — Maddie choraminga na linha, fingindo o choro. — Não é justo.

— Eu vou tirar fotos — tranquilizo-a. — Prometo. — Falando sério, sou grato que ambos tenham aceitado a notícia sem muito drama. Exceto, é claro, fingirem estar doentes. — Garotinha, não há muito o que ver no momento. É um amendoim. Você poderá vir no exame da vigésima semana, está bem?

— Verdade? — O prazer na voz dela acalenta meu coração. — Você promete?

Sorrindo, seguro a maçaneta e dou a ela o que ela quer.

— Prometo. — Entro na sala e encontro Ava já deitada e com a camiseta em volta do sutiã. — Agora volte para a aula, sua malandrinha. — Desligo depois de ouvi-la se despedir cantando e vou até Ava, ficando de pé ao lado da cama. — Desculpe por isso.

— Sem problemas, sr. Ward. Estávamos só nos preparando para o exame. — A técnica em ultrassonografia aperta alguns botões e aplica uma quantidade generosa de gel no abdômen de Ava. — Estamos prontos?

Boa pergunta, penso quando olho para o monitor vazio, sentindo Ava apertar a minha mão. Dou um sorriso e retribuo o gesto.

— Pronto — digo, ao mesmo tempo que um som preenche o recinto. Ava deixa a cabeça cair para o lado para ver a tela, e minha outra mão também segura a mão dela.

Por um bom tempo, a técnica trabalha em silêncio, movendo o escâner pelo ventre de Ava, enquanto gira e aperta botões, com a atenção concentrada na tela. Eu não me lembro de ter demorado tanto antes. Há algo errado? Começo a ficar ansioso, pensamentos bobos surgindo na minha cabeça. E se o teste tiver dado um falso positivo? Pode ter havido um erro? Ela vai ficar arrasada. Esta gravidez deu-lhe uma nova esperança. Não posso ver isso ser arrancado dela. Medo da pior espécie corre nas minhas veias à medida que olho da tela para a técnica e dela para Ava, repetindo o processo em seguida.

— Pronto. — Mais alguns botões são apertados e os movimentos param em cima do baixo ventre de Ava. Meus músculos relaxam ligeiramente e Ava aperta mais a minha mão. A moça aponta para a tela, sorrindo. Ou ela está triste? É difícil dizer pelo perfil.

— O que é? O que foi? — Meu corpo fica rígido. *Por favor, Deus, diga-me que está tudo bem.*

— O bebê está bem? — ouço Ava perguntar, através da minha névoa de pânico.

— Sim, o bebê está bem. — Ela olha para nós, com um meio sorriso e um tanto de choque. — Assim como os outros dois.

Alguém deve ter me dado um choque de alta voltagem, porque pulo para trás, emaranhando os pés em uma cadeira próxima. Eu jogo as mãos para os lados quando vejo que a parede se aproxima, salvando-me por pouco de atingi-la.

— O quê?! — Mal consigo dizer as palavras, de tão assustado. Os outros dois? O que ela quer dizer com os outros *dois*? Dois mais um. — Três? — A pergunta de uma palavra sai rouca e entrecortada.

— Tr-trê-ês?

— Sim, sr. Ward. Três batimentos cardíacos perfeitos.

Como assim? Estou tonto. Preciso me sentar, mas erro a cadeira e caio no chão, fazendo um barulho que parece me despertar do meu pesadelo. Levanto-me depressa, mas me seguro na parede para buscar estabilidade, as pernas bambas.

— Três?

— Meu bebê tem três corações? — pergunta Ava e eu olho para ela na cama, encontrando um sorrisinho malicioso em seu rosto feliz. Meu cérebro está obviamente lento, porque tudo o que consigo pensar é que essa é a pergunta mais estúpida que alguém já fez. Meus olhos correm da minha esposa para a técnica, o rosto delas é retrato da diversão. O que foi? O que é tão engraçado?

— Eu não ent... — Paro de falar quando me dou conta da verdade, e meu rosto se retorce de indignação.

Elas me pegaram. Estavam brincando comigo. Se eu não estivesse tão aliviado, estaria furioso. Com a mandíbula tensa, sinto meus olhos se estreitarem de raiva.

— Essa é a brincadeira mais sem graça já feita até hoje. — Finalmente consigo soltar-me da parede à qual ainda me agarrava, batendo os pés até o lado da cama, onde Ava gargalha como a bruxa louca que é. — Cruel demais — acrescento, apossando-me do corpo dela, que ainda chacoalha de tanto rir, e a beijo com força. Isso a faz calar a boca rapidinho. Estou com raiva, mas muito aliviado também. Mais aliviado que zangado. Ao final, olho para seu rosto feliz com o cenho fechado. A satisfação com que ela me olha diminui minha cólera de tal forma que logo eu me pego retribuindo o sorriso. — Você se acha engraçada, não é, sra. Ward?

Ela assente, ainda divertida, ainda rindo de vez em quando, tentando acalmar o corpo, que vibra.

— Eu não pude resistir. — Ava ainda ri quando olha para sua cúmplice. — Obrigada.

— É, obrigado. — Lanço um falso olhar de desprezo para a técnica tratante, do outro lado da cama. — Onde se pode fazer uma reclamação neste lugar?

Ela fica visivelmente apavorada, e Ava me bate no braço.

— Não seja malvado. Ela só fez o que eu pedi.

— Sr. Ward, desculpe se eu...

Levanto a mão para interromper o discurso dela *e* o pânico.

— Não se preocupe. Minha esposa tem um senso de humor perverso. — Cutuco Ava no local onde ela mais sente cócegas, fazendo-a pular na cama e dar um gritinho quase infantil. — Você vai pagar por isso, mocinha.

— Eu sei. — Sua resposta simples me faz sorrir e ela aperta a minha mão. — Mas agora você se sente muito melhor por ter apenas um, não?

Não posso negar. É a pura verdade, e agora estou me culpando por ter que fazê-la recorrer a esse tipo de tática para eu me sentir melhor sobre essa gravidez inesperada.

— Eu me acostumaria com a ideia de mais três — digo, blasé. É uma mentira deslavada e estremeço só de pensar. Mais três? — Há apenas um aí dentro, certo? — pergunto para a humorista de cabelos roxos diante de mim.

— Apenas um, sr. Ward. — Ela se volta para a tela. — Sinto muito, sr. Ward, mas quando a sua esposa mencionou o primeiro exame com os seus gêmeos, eu ri muito. — Sorrindo para o pontinho branco, ela começa a rolar a esfera na máquina, clicando aqui e ali. — O bebê, no singular, parece perfeitamente saudável. A senhora está na sexta semana de gestação, sra. Ward.

— Já se pode dizer o sexo? — pergunto, sabendo muito bem que ainda é muito cedo.

— No exame da vigésima semana, talvez. Dependendo da posição em que o bebê estiver. — A impressora ao lado entra em funcionamento e começa a cuspir imagens do meu bebê.

— Você não quer saber, quer? — questiona Ava, um tanto desapontada.
— Por quê?
— Porque se for uma menina, preciso de todo o tempo possível pra me preparar. Comprar armamento. Pra ela e pra mim.
— Jesse! — Ava me bate no braço, exasperada, e dou risada, atacando-a. Eu sorrio, ela fecha o rosto.
— Hoje ainda não disse o quanto você está linda.
— E eu não disse o quanto você está bonito hoje.
Dou de ombros.
— Um deus entre os homens. — Eu a beijo delicadamente. — E agora vou te levar pra casa e te submeter à rainha das transas de castigo.
Ela arregala os olhos, olhando para o lado em seguida, para onde a técnica recolhe as imagens da impressora, disfarçando muito mal não escutar a nossa conversa. Ela está sorrindo.
— Onde eu quiser, na hora que eu quiser, *baby*. — Eu a ajudo a enxugar a barriga e a se levantar da cama, pegando as imagens com a srta. Cabelo Roxo antes de levar Ava para a porta. — Espero que esteja pronta.
— Talvez mais tarde.
Oi? Eu quase tropeço atrás dela. O que ela quer dizer com *talvez mais tarde*? Eu não preciso perguntar. Ela me olha sobre o ombro, com um sorrisinho malicioso se formando.
— Vou pra a ioga e depois vou tomar um café com Zara.
— Acho que não. — A frase sai antes que eu possa impedir, uma declaração hostil, meu ego ferido.
Ela revira os olhos e continua caminhando para a saída. É extremamente condescendente, o que serve apenas para me irritar mais.
— Você não vai pra ioga. — Preciso me segurar antes que eu apanhe. Eu já deveria ter aprendido que exigir que ela não faça algo só a deixa mais determinada a fazê-lo, nem que seja só para provar que pode, o que quer que seja. Acabamos de compartilhar um momento encantador. Eu planejava levá-la para casa e cumprir a transa de castigo e depois pegarmos as crianças na escola juntos. Ela está arruinando os meus planos. E, acima de tudo, ela está grávida. Mais frágil ainda. Mais delicada. Ioga é uma ideia estúpida. Além disso, não vou tirar meus olhos dela. — De jeito nenhum, Ava.
— Vá se ferrar, Jesse. — Ela abre a porta e sai para o dia ensolarado, deixando-me resfolegando e crispado, parado de pé como um idiota na entrada do hospital.

— Você não vai! — berro, atraindo olhares assustados dos transeuntes. Rosno para cada um deles antes de sair às pressas, resmungando. — Ava!

— Não vou discutir com você — diz ela por cima do ombro. — Então pode parar. Eu vou. Ponto-final.

Ponto-final?

— Essa frase é minha — disparo, pueril, alcançando-a e bloqueando a sua entrada no lado do passageiro. Encosto no carro e ela me olha, farta. — Acho que ioga não é uma boa ideia na sua condição.

— Eu já falei com o médico. É uma ótima ideia, na verdade.

Droga. Está bem, então.

— Eu acho que você não tem que ficar saindo por aí.

— Não vou estar sozinha. Estarei com a Zara.

Aperto os lábios. Ela pode estar com qualquer um, mas não vai estar comigo.

— Eu vou com você. Vou assistir à sua aula. Você vive dizendo que quer que eu conheça essa sua nova amiga mesmo.

— Não. — Ava tenta alcançar a maçaneta da porta, mas eu a cubro com as duas mãos. — Jesse, pare de ser tão irracional, porra!

— Olha essa maldita boca! Não me faça começar uma contagem regressiva, Ava. Não me custa nada.

— E o que você vai fazer comigo no meio do estacionamento do hospital? — Ela ri, achando que tem alguma vantagem. Não tem.

— Você já me desafiou uma vez nesse mesmo estacionamento — informo. — Eu fiz o que fiz naquele dia e faria de novo agora.

— Fez o quê? — pergunta ela, cruzando os braços sobre os seios lindos.

Aproximo meu rosto do dela e por dentro sorrio ao vê-la tão contrariada. Ela não cede um milímetro, mas estreita os ombros e me encara.

— Eu vou te jogar sobre o ombro, dar uns tapas nessa sua bunda linda, enfiar os dedos na sua xoxota quente e te estimular até você gozar diante de todas essas pessoas adoráveis. — Dou-lhe um sorriso forçado e satisfeito e ela tem uma reação de extrema surpresa. Espere aí. Ela se lembrou?

— Você não ousaria! — Não foi uma lembrança. A reação foi mesmo de choque, não por ter recordado.

Isso não me desanima. Não está longe de mim lembrá-la.

— Não só ousaria, como já ousei. Está me desafiando? — Eu quero que ela me desafie. Quero que me desafie em dobro. Triplamente.

— Eu vou encontrar Zara. — As narinas dela se dilatam perigosamente.

— Você não pode me prender ao seu lado pra sempre.

— Errado. — Quase dou risada. Achei que tínhamos superado esse joguinho bobo de poder. — Você vai voltar pra casa comigo e aquela transa de castigo acaba de se transformar em transa de desculpas. — Aí está.

Mais um sobressalto.

— Você é um gorila!

Eu coço as axilas, em uma confirmação patética.

— Notícia velha, minha cara.

— Argh! — Ava se vira e sai batendo os pés. Só que não vai muito longe. Eu a tiro do chão e a coloco sobre meu ombro com cuidado e a levo de volta para o carro, enfiando a mão por dentro da saia, acariciando a parte interna da coxa. — Jesse!

— O que é, querida? — Meus dedos atravessam a barreira da calcinha e deslizam com facilidade para dentro dela. Ela está encharcada. Mesmo fervendo de raiva de mim, ela está molhadinha. Dou um sorriso satisfeito. Nada mudou. Ela amolece no meu ombro, gemendo discretamente, como se estivesse tentando reprimir o som, tentando esconder o quanto está excitada. Isso para mim é apenas mais combustível.

— Não lute contra mim, Ava. — Paro ao lado do carro e abro a porta. — Você está desperdiçando energia valiosa. — Mantendo os dedos submersos no calor dela, eu a coloco sentada no banco do passageiro, ajoelhando-me do lado de fora. — Relaxe, *baby*. — Aproximo-me dela e retiro meus dedos lentamente, observando-a estufar o peito e arregalar os olhos. Então, introduzo os dedos outra vez, colocando mais peso no movimento, buscando profundidade máxima. Ela pode estar me repelindo mentalmente, mas sua xoxota tem outras ideias, puxando-me para dentro com avidez, os músculos internos massageando meus dedos. — Gosta disso, Ava?

— Você joga sujo, Ward.

— Você. Gosta. Disso? — Saio e mergulho outra vez, os meus ruídos de prazer misturando-se aos dela. — Diga-me.

A cabeça dela pende para trás, os olhos vidrados de desejo. Sacrifico a minha necessidade de uma resposta verbal quando ela coloca a própria mão por cima da minha entre as pernas e me ajuda a levá-la ao orgasmo. Suas costas arquejam no assento e ela enrijece, seu clitóris pulsando sob a digital do meu polegar. Ela goza em silêncio, mas de maneira poderosa, estremecendo logo após o clímax, as pálpebras se fechando. Estou tão enfeitiçado com essa visão que esqueço o fato que nos trouxe a este momento. Até ela abrir a boca.

— Ainda vou à aula de ioga — Ava ofega, relaxando no banco do carro.

Dou uma risadinha, tirando os dedos do meio das coxas contraídas dela e me demorando em lamber seu líquido deles, enquanto ela assiste.

— Você não vai.

Ela contorce os lábios e eu vejo malícia em seus olhos. Então, engulo em seco quando ela me masturba por cima da calça jeans, deixando-me ainda mais excitado. Ela sorri mais ainda quando fico imóvel da cabeça aos pés e respiro fundo.

— Mais tarde, vou passar pasta de amendoim nos seios e você vai lamber tudo.

— Eu te levo e vou te buscar — respondo com a voz alterada, colocando a mão sobre a dela antes que meu pau rasgue a calça. Como ela sabe que esse é o trunfo dela? Eu não sei, mas não vou discutir. Posso matar o tempo na academia. Seria bom dar as caras por lá, de qualquer forma.

Seu rosto se ilumina, satisfeito, e ela me solta.

— Depressa, então. Você me atrasou. — Baixando a saia, ela me empurra para poder fechar a porta. Sinto-me manipulado. Como se ela tivesse reaprendido que, para conseguir o que quer, ela tem que me pegar nos momentos de fraqueza, por exemplo me subornando com pasta de amendoim e os seios dela. Meu plano saiu pela culatra e, quando a vejo tentando disfarçar o sorriso enquanto dou a volta no carro, meus olhos queimando o para-brisa, tenho a certeza de que fui manipulado.

Ainda assim, aquela pequena fagulha de razão dentro de mim diz que devo deixar passar. Ela está certa. Por mais que eu queira – e sinta que devo –, não conseguiria mantê-la grudada a mim eternamente. Ela precisa reconstruir outras partes da vida dela. Eu só terei que me acostumar a ter colapsos nervosos enquanto ela faz isso.

Capítulo 51

AVA

Quando Jesse para na calçada, ele solta meu cinto de segurança e se vira para olhar para mim.

— Tenha cuidado — adverte ele. — E eu te pego aqui, nesse exato local, daqui a duas horas.

— Está bem. — Eu mal contenho o revirar de olhos ao beijá-lo na bochecha. — Te vejo mais tarde. — Fecho a porta e dou uma corridinha para atravessar a rua.

— Não corra! — grita ele e eu me viro, olhando para ele, já do outro lado. — Vai agitar o bebê.

Dou risada. Este homem é maluco. Avisto Zara mais à frente, perto do estúdio de Elsie, e aceno, indo na direção dela. Ela me dá um abraço forte.

— Seu marido vai te esperar?

Olho por cima do ombro, depois de abraçá-la, e vejo Jesse ainda parado na calçada.

— Ele provavelmente está verificando se eu consigo entrar no prédio sem me machucar — brinco, voltando a atenção para Zara, quando Jesse por fim vai embora. — Ele só se preocupa comigo, e agora vai se preocupar mais ainda.

— Por quê?

— Acabamos de voltar do hospital. — Eu tiro a imagem do ultrassom da bolsa e mostro a ela. Os olhos azuis de Zara se dirigem imediatamente para a fotografia. Não obtenho a reação que esperava, já que ela parece triste. Meu sorriso orgulhoso desaparece. — Zara. — Merda.

Ela ergue os olhos para mim, meio distante.

— Desculpe. — Ela balança a cabeça e retoma a vida.

— O que houve? — Rapidamente me livro da foto, preocupada.

— Estou sendo boba. É só que não posso ter filhos.

— Ah, meu Deus! — Quero me bater. Vou até ela e dou-lhe um abraço. — Sinto muito.

— Não é culpa sua. Nem minha, na verdade. É uma coisa genética rara que ninguém consegue explicar. — Ela retribui o abraço. — Meu ex me culpava, daí os punhos em ação.

Eu me encolho.

— Que babaca! — Eu me afasto do abraço e tiro uma mecha de cabelos úmida do rosto dela. Zara dá um sorriso triste. — Você está muito mais feliz sem ele, certo?

— Claro. Meu trabalho está excelente e já se fala em promoção. As coisas realmente não poderiam estar melhores.

— Isso é fabuloso.

— Ei, e mais tarde tenho um encontro, aliás — Zara me conta, com uma centelha de empolgação nos olhos. — Preciso de um vestido. O que acha de uma corridinha até uma loja após a ioga pra me ajudar a escolher?

— Claro. — Não hesito. Ela precisa de mim. Vou telefonar para Jesse e avisar. Ele vai ficar bem.

— Parabéns pelo bebê, Ava. — Zara cutuca meu ombro com o dela, sorrindo genuinamente. — Está na cara que você está feliz.

— Estou no Sétimo Céu de Jesse — digo sem pensar, e logo faço uma expressão de dúvida.

— Parece um lugar incrível.

— Você não faz ideia.

Capítulo 52

Para uma terça-feira à tarde, a academia está lotada. Passo pela recepção cumprimentando a todos. Eles parecem surpresos por me ver. Ou estariam se perguntando onde está Ava?

Estou a caminho do andar superior quando Sam me liga.

— Ei — atendo.

— Soníferos. Onde eu consigo? — Parece ser urgente.

Dou um sorriso, captando a exaustão na voz dele.

— Tenho cara de traficante? — John me vê no meio da escada e também fica surpreso, dando meia-volta e vindo até mim. Aponto o telefone e articulo "É o Sam", fazendo John dar aquele seu sorriso sacana. — Ir a nocaute não é uma boa ideia quando você precisa cuidar de um bebê.

— Puta merda, nunca estive tão cansado. Sou um zumbi. E Kate se transformou em um demônio.

Eu me lembro desses dias sem muito carinho, até porque nós tínhamos que cuidar de dois. Eu não menciono isso. Sam não iria gostar. Em vez disso, faço o que qualquer bom amigo faria. Afinal, um pouco de treino para refrescar minhas habilidades faria bem para mim, sem contar que Ava adoraria, tenho certeza.

— Acha que Kate aceitaria bem se vocês nos deixassem cuidar de Betty por uma noite, para vocês conseguirem dormir um pouco?

— Cara, você faria isso? — Sam até parece mais animado de repente, apenas pela promessa de um tempinho de descanso. — Ela vai adorar.

— Não acha melhor perguntar pra ela primeiro? — sugiro, lembrando a primeira noite que deixamos os gêmeos para sair. Ava estava bem, imagine. Eu é que estava fora de mim. Alcanço o topo da escada com John e chego à área dos aparelhos de musculação. Aponto para o escritório de Ava e ele confirma, erguendo um dedo para dizer que estará lá em um minuto.

— Acredite, ela vai ficar bem — assegura Sam. — E se não ficar, vou para a sua casa e fico com você.

Gargalho, entrando no escritório de Ava. Encontro Cherry sentada à mesa e meu riso morre. Ela parece fora de lugar. Só uma mulher pertence a essa cadeira.

— Fale com a Kate e me ligue.

— Chegaremos às sete em ponto — responde ele, desligando.

— Ah, olá! — Cherry sorri para mim, olhando além do meu ombro. — Ava não veio?

— Não — confirmo, indo até a mesa da minha esposa. Inspeciono a superfície e reparo que várias coisas estão fora do lugar. O porta-lápis está do lado errado, o *mouse pad* é outro e as bandejas organizadoras estão tortas. Perfeitamente organizadas, mas ainda assim fora do lugar. Ava não as usava desse jeito, enfiadas no canto do fundo. Não que ela lembraria.

— Posso pegar algo pra você beber? — Cherry se levanta, batendo com alguns papéis na mesa para alinhá-los.

— Água, por favor. — Sento-me na cadeira recém-desocupada e olho em volta, enquanto Cherry sai em silêncio. A sensação é de vazio. Falta vida. Eu me recosto e apoio o cotovelo no braço da cadeira, tamborilando os dedos na minha bochecha, pensativo. E sorrio. Um bebê.

— Sorrindo por quê? — pergunta John, vindo até a mesa. Só então me ocorre que um de meus amigos mais antigos desconhece as mais recentes revelações.

— Eu vou ser pai. — Pareço tranquilo e me orgulho de mim mesmo por isso.

— Você já é pai, seu filho da puta estúpido. — Ele se larga na cadeira à minha frente. — Achei que fosse Ava quem tivesse perdido a memória.

Se fosse outra pessoa que dissesse isso, eu lhe daria uma surra. Mas é John. Ele *me* daria uma surra.

— Outra vez — acrescento. — Vou ser pai outra vez.

Seus olhos se arregalam.

— O quê?

— Ava está grávida.

Posso ver que as gargalhadas sobem desde seus dedos dos pés e espero que façam o trajeto até a sua boca e chacoalhem toda essa maldita academia. Mas ele não ri. De alguma forma, contém o riso, mas vejo muito bem que ele se diverte com a notícia.

— Foi planejado?

Atiro uma caneta nele do outro lado da mesa.

— Pergunta estúpida, John. Que cinquentão com a cabeça no lugar faria isso por vontade própria, pelo amor de Deus?

Seus ombros se elevam casualmente.

— Eu, se a oportunidade aparecesse.

Isso me cala. E me faz encolher. Nunca perguntei a John sobre seu passado e ele nunca me contou nada. Algo dentro de mim, talvez cautela, simplesmente me dizia para não me intrometer. Eu já me perguntei algumas vezes se ele gostaria de ter filhos, caso tivesse encontrado a mulher certa. E foi isso que ele acabou de me responder. Eu não me surpreenderia. Ele é ótimo com os gêmeos, sempre foi. Como um pai adotivo, de certa forma.

— Já existiu uma sra. John? — indago.

Ele sorri e me mostra todos aqueles dentes brancos e o toque de ouro que é sua marca registrada.

— Por que demorou tanto pra perguntar, moleque?

Eu dou risada por dentro.

— Talvez pelas vibrações hostis que senti todas as vezes que pensei em invadir a sua privacidade.

— Houve uma mulher um dia. — John encolhe os ombros, como se não fosse nada. Com certeza é muito mais do que nada.

Eu me aproximo da mesa, intrigado.

— Verdade? Quem?

Ele me olha por um momento, avaliando se deve ou não contar.

— Não importa mais. É passado. História. — Meu amigo obviamente decidiu por não contar.

Dou um suspiro, armando minha estratégia para extrair essa informação dele.

— Antes de eu te conhecer?

Seu olhar é homicida.

— Esqueça.

— E se eu não esquecer?

— Encare as consequências.

— Que são...

— Guarde pra você, seu filho da puta insistente — adverte ele, a ameaça em seu tom não é brincadeira, mas algo me diz que ele realmente quer compartilhar algo. Mas faço o que me foi dito, mesmo com a cabeça girando, lembrando-me de tantos anos, quando meu tio me colocou debaixo das próprias asas. John já estava lá, o melhor amigo do meu tio. Na verdade, ele sempre esteve lá. Quebro a cabeça e descubro que eu a conheço. É por isso que ele está fazendo rodeios e relutando.

Enumero na mente as mulheres que costumavam frequentar O Solar regularmente enquanto nos encaramos por uma eternidade, os olhos dele sombrios, os meus curiosos. Então, ele respira fundo e fala:

— Apaixonar-se pela garota do seu melhor amigo não é o ideal. — John não desvia olhar.

A garota do seu melhor amigo? O tio Carmichael era o seu melhor...

A história toda faz sentido na minha cabeça como uma bola de demolição no meu estômago.

— Sarah? — Meu coração levando o segundo choque do dia, exceto que desta vez não é uma pegadinha idiota. Ele simplesmente confirma com a cabeça. Porra. Sarah?

Como ele escondeu isso por tanto tempo?

— John, não sei o que dizer. — Ele viu tudo de perto, Sarah, eu e o tio Carmichael, o desgraçado triângulo amoroso e toda a tragédia que aconteceu. E, pelos anos que se seguiram, Sarah apaixonada por mim, fazendo absurdos para me conquistar. Como ele conseguiu encarar e suportar?

— Não diga nada e siga em frente. — É seu conselho, obviamente vendo minha mente entrar em curto-circuito.

Todo esse tempo ele esteve apaixonado por Sarah? E eu nunca soube? Nunca vi?

— Como pode amar uma pessoa tão destrutiva? — pergunto, abismado.

Ele me olha como se eu fosse a pessoa mais estúpida da face da Terra.

— Pergunte pra sua esposa.

Eu murcho na poltrona, repassando os anos, buscando pistas que eu possa ter perdido. Agora, percebo que foram milhões. A calma dele com ela. As ocasionais tentativas de defender as ações dela. A raiva quando ela perdeu a cabeça tantas vezes. Ele não ficava totalmente pasmo com as coisas que ela fazia comigo, mas com as coisas que fazia consigo mesma.

— Você não pode ajudar alguém que não quer ser ajudado — diz ele, estranhamente reminiscente. — *Você* queria ser ajudado.

— Porra, John — suspiro, jogando as mãos para cima. Então, algo me ocorre. Ela está hospedada na casa dele há semanas. — Por que fazer isso consigo mesmo, e o que Elsie acha disso? Espere aí: o que Sarah acha disso? Ela sabe o que você sente por ela?

— O que eu *sentia*. E não, nunca soube e não vai saber. Nem seu tio. Acha que eu queria foder ainda mais o que já era fodido entre ela, você e o seu tio? E deixei de amá-la quando ela deixou de amar a si mesma. E ela está na minha casa porque pode causar menos danos a mim do que a você.

— Eu...

— Guarde isso pra você. — O tom de John é ameaçador. Ele se levanta. — Já passou.

— Claro. — Não precisa me dizer duas vezes. — E quanto a Sarah? Quanto tempo ela vai ficar com você?

— Até se reestabelecer.

O cara é um santo disfarçado.

— E Elsie?

— Ela tem umas merdas de terapia holística que quer experimentar em Sarah. Ele me olha e revira os olhos.

— Quem sabe? Pode ser que isso dê um jeito nela.

A porta fecha atrás dele e eu fico ali sentado, sozinho no silêncio por um bom tempo, tentando assimilar a notícia. A verdade é que não consigo. Não importa de quanto tempo precise para compreender tudo isso. Tantos anos para recordar, tantas ocasiões na história para analisar e encontrar o que procuro. Não vou encontrar nada. John fez um trabalho perfeito ao esconder seus sentimentos por Sarah, não só dela, como do resto do mundo. Ele se coloca em último lugar sempre. Isso não está certo. Pegando meu celular, encontro o número que bloqueei, desbloqueio e ligo para ele, com a pele arrepiada. Já estou de pé, andando pela sala.

— Você precisa ir embora, Sarah — digo, sem rodeios.

— Jesse?

— Sim. Você precisa ir.

Ela faz uma pausa e depois suspira.

— Como vai Ava?

— Não te liguei para papear sobre a minha esposa. Eu te liguei para te mandar embora dessa cidade.

— Não posso ir a lugar algum, Jesse. Estou falida.

Meus pés param e eu me lembro de John ter dito a mesma coisa. Ela não tem para onde ir. Lugar nenhum para ficar. Ela está se aproveitando de John e ele jamais vai lhe dizer não.

— Mande pra mim os dados da sua conta — ordeno. — Eu vou transferir algum dinheiro e quero que você suma. Está me ouvindo? — John esperou décadas para conhecer uma mulher. Agora que ele finalmente conseguiu, não vou deixar essa vagabunda venenosa arruinar o que pode ser o "felizes para sempre" dele. — Você me ouviu?

— Estou ouvindo — sussurra ela, e o fato de não haver discussão me enfurece. Porque ela é egoísta assim. Ela não se importa com John. Ou comigo. Ela só quer saber dela mesma.

— Vou fazer isso agora. Envie os dados. — Desligo. Nos dois passos necessários para chegar à mesa de Ava para entrar no aplicativo do banco, os dados chegam ao meu celular. Dou uma risada de descrença. Sarah não perde tempo. Alguns cliques e ela tem cem mil na conta. Não tratamos de números, mas quero que ela tenha o bastante para garantir que nunca mais volte. Relaxando na poltrona, olho para a tela e dou adeus ao melhor investimento que já fiz.

Meu telefone vibra na mesa e vejo duas ligações perdidas de Ava. Com o coração na boca, ligo para ela e ouço o recado da caixa postal.

Toco no ícone e trago o aparelho para a orelha para ouvir a mensagem:

Tentei te ligar duas vezes e você está me ignorando. Ainda estou com Zara. Estou me divertindo muito! Fomos a uma loja e ela comprou um vestido para o encontro que tem esta noite. Como não achamos sapatos, e eu tenho o par perfeito, estamos indo pegar as crianças e já voltamos. Ela está dirigindo, então nada de pânico. Eu te encontro em casa.

Minha primeira reação é ligar para ela e dar-lhe um sermão. Mas, de alguma forma, eu me seguro. Respiro profundamente e relaxo na poltrona, fechando os olhos. Ela me deu notícias. Ela está bem e está indo buscar as crianças. Posso deixá-la fazer isso. Eu *devo* deixá-la fazer isso. Ela *precisa* fazer isso. Estou me forçando a soltar o telefone na mesa quando alguém entra – Cherry, com a minha água. Demorou.

Ela sorri, brilhante e disposta, caminhando até mim, com um claro e deliberado rebolado extra. E, se eu não estou enganado, ela abriu um botão a mais na camisa desde que saiu para ir buscar a água. Meus olhos desconfiados a seguem até a beira da mesa de Ava, onde ela se senta, cruzando as pernas.

— Mais alguma coisa? — ela praticamente ronrona.

Dou um suspiro profundo. Hora de colocá-la em seu devido lugar.

— Cherry — começo, e ela sorri ainda mais, com os olhos no meu tórax. — Deixe-me explicar algo a você.

— Aham... — ela geme e mordisca o lábio inferior.

— Se a minha esposa te pegar olhando pra mim assim, vai te matar com os seus saltos altos.

Minhas palavras têm impacto zero e ela continua a me comer com os olhos, subindo do meu peito até meus olhos.

— E se você me pegar olhando assim pra você?

Fico impressionado com a ousadia dela.

— Acabei de fazê-lo.

— E?

Apoio os cotovelos na mesa. Os olhos dela brilham ao me verem mais próximo.

— *E* eu acho que você é muito corajosa — respondo lentamente. — E muito estúpida também.

Ela dá de ombros.

— Ninguém consegue o que quer sendo recatada.

— Você está despedida.

Ela arregala os olhos.

— O quê?

— Eu disse que você está despedida. — Dou um sorriso que ilumina a sala, um daqueles sorrisos que a derrubariam, se ela já não estivesse no chão, em choque.

— Você não pode me despedir — diz ela, indignada.

Dou risada, sentando-me outra vez.

— Você acabou de desrespeitar a minha esposa, que por acaso é a *sua* chefe. Acha que eu preferiria você? — Gargalho, o som perverso. — Deixe-me lhe dar um conselho pra levar pra vida.

Ela desce da mesa, a rejeição fazendo-a corar, não de raiva, mas de constrangimento.

— O que é?

— Se você quisesse aprender como ser sexy e sedutora, deveria ter passado mais tempo admirando a minha esposa em vez de a mim. Adeus.

Ultraje. Está estampado em seu rosto.

— Mas você era o dono do Solar.

Eu a olho como se estivesse diante de uma idiota, porque é o que ela é.

— Vá embora — rosno, antes de perder a cabeça. Ela sabiamente nota a minha fúria e vai em direção à porta. Deixa como recordação um olhar venenoso por cima do ombro, antes de bater a porta com toda a força.

Mulherzinha imbecil.

O celular toca novamente e o atendo depressa, ficando de pé e indo para a porta.

— Oi, querida. — Fico esperando elogios por tê-la deixado fazer seu passeio de menina e não ter ligado na hora.

— Que diabos está fazendo, Ward?

Eu paro no meio do escritório, tentando me lembrar do que posso ter feito de errado. Acho melhor perguntar, porque não tenho ideia.

— O que foi que eu fiz?

— Você não me ligou! Eu caio sempre na caixa postal! — Ava está louca, frenética, e estou sorrindo como um bobo.

— Ooooh, *baby*, está preocupada comigo? Bem-vinda ao meu mundo, mocinha.

— Só um pouquinho — ela debocha do outro lado da linha. Não consigo deter a satisfação.

— Devo ter ficado sem sinal — digo, seguindo meu caminho. Acho que não é prudente dizer a ela que estive falando com Sarah.

— Onde você está?

— Na academia. — Posso ouvir sua reação à menção de que estou aqui, sozinho, sem ela. Decido tranquilizá-la. — Acabei de despedir Cherry.

— O quê? Por quê? Ai, meu Deus, ela deu em cima de você? Aquela vagabundinha dissimulada!

— Bem, você sabe. Seu marido é um deus entre os homens. Não posso culpá-la.

— Você é insuportável.

— E eu também te amo. Onde você está?

— Em casa agora. Zara acabou de ir embora e as crianças estão no pula-pula.

— Estou a caminho. — Desligo e corro para o carro, sentindo-me como se não os visse há anos, em vez de poucas horas.

Capítulo 53

Estaciono o carro na frente de casa e ouço as crianças antes de vê-las, seus gritos de alegria me alcançam vindos do jardim, as molas do pula-pula rangendo. Corro para dentro à procura de Ava, para me deleitar com os elogios que ela está me devendo. Encontro-a na cozinha, olhando atenta para alguma coisa. A minha aproximação não a distrai. Ela está realmente concentrada. Descubro o que toma toda a sua atenção: a imagem do nosso bebê. Ela acaricia as bordas do papel com a ponta dos dedos. Seus olhos estão no mundo dos sonhos. Eu detesto ter que perturbá-la.

— Bu! — sussurro ao ouvido dela, e Ava espalma a mão no peito, assustada.

Ela se vira no banco e me olha feio, agarrando a minha camiseta e puxando-me para a frente.

— Da próxima vez que eu te ligar, ligue de volta, Ward.

— Você fica tão sexy quando está zangada.

Seu cenho fechado se transforma em um sorriso maligno.

— Então me beije.

— O que você tem que dizer, *baby*?

Ela não hesita.

— Por favor.

Vou para cima dela, erguendo-a do banco e atacando-a. Meu Deus, há algum outro lugar onde eu queira estar? Não. Cole a minha boca na dela e nos deixe em paz. Ela é o melhor vinho e eu sou um expert nessa cepa.

— Abra as pernas. — Elas se abrem e chego mais perto, nossas bocas selvagens uma na outra. É isso que acontece quando nos afastamos por muito tempo. Inanição. Eu não me farto dela.

— Jesse — ofega ela, a voz cheia de ameaça, mesmo que sua língua não pare. — As crianças...

Estou prestes a dizer "que se fodam", envolvido demais pelo momento. Em vez disso, e muito relutantemente, eu me afasto dela antes de nos comprometer mais ainda e a coloco de volta no banco.

— Já mostrou a foto pra elas?

— Não, claro que não. Eu quis esperar por você.

— Durante o jantar ou agora? — Verdade seja dita, quero fazer isso já. Estou empolgado.

— Agora.

Dou um sorriso, ciente de que ela leu minha intenção nos meus olhos, e a ajudo a descer.

— Encontrou os sapatos pra sua amiga?

— Sim, um par perfeito para o vestido. Ela esperou o tempo que pôde para te conhecer, mas iria se atrasar para o encontro, se esperasse mais.

— Fica pra outro dia. — Tento não parecer tão indiferente. Sei o quanto essa nova amiga significa para ela. Preciso pelo menos fingir me importar. — Talvez quando eu te deixar na ioga?

— Vocês vão se adorar.

— Claro que sim. Eu sou o Senhor do Solar. — Dou-lhe uma piscadela atrevida e vamos juntos para o jardim. O rangido do pula-pula a cada salto fica mais alto à medida que nos aproximamos, meu sorriso crescendo também, até que o brinquedo entra no meu campo de visão e eu avisto meu menino e minha menina pulando e rindo. E há também outra pessoa. — Quem é aquela? — pergunto, com os olhos fixos na mulher de cabelos escuros voando em torno do rosto.

— Ah. — Ava parece surpresa, mas não preocupada. — É Zara. Ela disse que vinha aqui se despedir das crianças. Achei que ela já tivesse ido embora.

Sorrio para as costas da mulher. Ela está bem vestida demais para brincar em um pula-pula.

— Haja energia.

— Por que ela está usando o vestido novo? — pergunta Ava, confusa.

Olho para o vestido preto de renda e uma apreensão toma conta de mim, um peso nos ombros do qual não consigo me livrar. Vou perdendo velocidade ao me aproximar. Assim como meu coração.

Então, ele para completamente quando a mulher fica de frente para nós. É um daqueles momentos na vida em que eu sei o que estou vendo, mas é tudo tão fora da minha compreensão que meu cérebro leva alguns instantes para captar a mensagem. Mas assim que vejo seus olhos azuis, não resta dúvida. Eles parecem tão perturbados quanto eu me lembro e, quando ela olha para mim, estão cheios de ódio.

— Ai, merda.

Ela mudou a cor do cabelo. O loiro deu lugar a uma cor de mogno que não combina de maneira alguma com seu tom de pele. Ela sempre foi clara, mas agora parece pálida. Sem coração. Sem emoções.

— Lauren. — Choque e medo me paralisam.

Por que eu não fiquei sabendo que ela saiu do hospital de custódia? Deveriam ter me avisado, porra! Preciso tirar meus filhos desse brinquedo, para longe dela e de suas garras assassinas e insanas, mas não consigo me mover.

— Que surpresa. — Ela caminha para a rede ao redor do pula-pula e enfia os dedos nos buracos da trama para se segurar, um pouco arfante, mas suas palavras são claras como o dia. — Prazer em vê-lo, Jesse.

— Lauren? — pergunta Ava, confusa. — Esta é Zara. Vocês se conhecem? — Minha esposa me solta e dá alguns passos para trás. Eu não ouso tirar os olhos da mulher que já quase me matou duas vezes. Meus filhos estão a poucos metros dela, os saltos dos dois agora diminuem também, o instinto lhes dizendo que algo não está certo. Puta merda, como isso aconteceu? A nova amiga de Ava, aquela com quem ela vem fazendo aulas de ioga há semanas, tomando café e indo às compras é minha ex-mulher assassina? Engulo em seco e começo a tremer. É o resultado de um pouco de raiva, mas mais do que tudo, muito medo.

Preciso parecer tranquilo. Não posso dar às crianças motivo para se preocuparem. O que é impossível estando diante desta mulher. Conheço o que ela é capaz de fazer para me arruinar.

Lauren olha para Ava, com um sorrisinho lascivo nos lábios.

— Ah, de tantas coisas que ele te contou pra ajudá-la a se lembrar, ele esqueceu de mencionar a ex-mulher? — Seus olhos frios recaem sobre mim, e permaneço imóvel. Minhas veias congelam. — Ah, Jesse, você tem o péssimo hábito de deixar a sua ex fora da sua lista de prioridades. Além de sua filha morta.

Ava tem um sobressalto e eu me forço a olhar para ela, que está com as mãos na cabeça e o rosto contorcido de dor. E então ela grita. E eu me dou conta do que está acontecendo. Ela está se lembrando.

— Ava, meu amor. — Vou até ela, sustendo-a antes que caia de joelhos.

— Não! — Ela chora. — Não, não, não! — Ava puxa os cabelos, enlouquecida e inconsolável. — Faça isso parar! Eu não quero saber!

— Ai, meu Deus! — Luto contra as lágrimas, urrando para o céu, implorando para que alguém lá em cima impeça essa insanidade. Estou dividido entre confortar minha esposa, atacada de uma vez só por cada detalhe da nossa história, a represa se abrindo e inundando seu cérebro frágil, e encarar a psicopata a poucos metros dos meus filhos, no pula-pula.

Eu sei do que ela é capaz. Sei do ódio que ela alimenta por mim. Gritando, eu deixo Ava para enfrentar a minha inimiga. O sorriso de Lauren é mais amplo. Mais cruel. Mais feio. As crianças olham para a mãe, atônitas e perplexas com a crise nervosa dela.

Abrindo os braços, engulo o medo e forço uma expressão determinada e forte. Eles precisam me ver forte.

— Crianças, venham com o papai.

Ambos dão um passo à frente, mas antes que possam seguir, Lauren segura um com cada braço, puxando-os para perto dela. Eles se encolhem, de olhos arregalados, mas não se debatem. Fico orgulhoso por saber que são espertos o bastante para permanecerem tranquilos.

— Eles estão felizes aqui com a titia Lauren, não é, meninos? — Ela beija a cabeça de cada um, com os olhos fixos em mim. — Adoráveis, Jesse. Adoráveis mesmo. E agora você tem outro a caminho! Que excitante! Mais um para completar a sua família perfeita. Já se perguntou como a nossa Rosie seria se tivesse chegado a essa idade? Se você não a tivesse matado?

A dor que me invade é excruciante. Faz-me querer vomitar, meu estômago se contorce terrivelmente. As crianças ficam em silêncio, imóveis, mas o espanto no rosto delas é inegável. Eu só preciso tirá-las de perto dela.

— Lauren. — Mantenho o tom calmo e assertivo, caminhando lenta e cuidadosamente até o pula-pula. — Você não quer machucar os meus filhos. Você não é má. Pense no que está fazendo.

— É claro que não quero machucá-los. — Ela ri, quase histérica. O que quer que tenham feito a ela naquele hospital de custódia esse tempo todo não ajudou merda nenhuma.

— Então, me leve — digo. — Pra onde quer que você queira ir. Vamos conversar. Vejamos se damos um jeito nisso.

— Pode trazer Rosie de volta?

— Ninguém pode trazer Rosie de volta, Lauren. — Chego à beira do brinquedo, também enfiando os dedos na trama da rede, aproximando o rosto. Vejo que o ódio no rosto dela aumenta. — Leve-me. É a mim que você quer machucar. Eles não merecem sofrer pelos meus erros.

Dolorosamente, chego à conclusão de que meus filhos vão sofrer de qualquer maneira. Não há como escapar. Ou essa lunática vai machucá-los – e eu vou até o fim do mundo para impedir que isso aconteça –, ou ela vai me machucar, o que também vai fazê-los sofrer. Não há vitória para mim aqui. Mas é o menor de dois males. Estou entre a cruz e a espada.

— Não, Jesse. — A voz de Ava surge do nada, atraindo meu olhar para ela, que encara Lauren com olhos quase alucinados, e sei que é porque toda a loucura que se despejou na mente dela a está deixando assim. Fui eu quem a deixou assim. — Ela já tentou te matar duas vezes.

— Será que na terceira eu dou sorte? — debocha Lauren, antes de dar uma risada medonha.

— Você jamais terá essa oportunidade outra vez. — Ava balança a cabeça e olha para mim. — Eu não vou passar por esse inferno de novo. Não vou rezar por semanas pra você acordar. Não vou deixá-la machucar você de novo. Você vai ter que me matar primeiro.

— Oh, que lindo. — Lauren ri outra vez. — Mas vocês esquecem que eu tenho algo que ambos prezam bem aqui. — Ela se abraça mais às crianças. — Não se precipite, *Ava*. — Ela dirige a mim seus olhos gélidos. — Parece que seu marido *quer* vir comigo. — Libertando as crianças, ela pega uma bolsa abandonada na borda do pula-pula e mete a mão dentro dela.

Vejo um lampejo da coronha de uma arma e respiro tão fundo que preciso dar um passo atrás.

— Eu vou com você.

— Não! — Ava me olha, furiosa. Eu a ignoro e vou para a entrada do pula-pula, abrindo o zíper. — Jesse! — Minha esposa está perdendo a cabeça e eu lhe lanço um olhar mortal, perguntando silenciosamente que escolha eu tenho. Ela está com os nossos filhos, pelo amor de Deus. Ava está em pânico, tão arrebatada com tudo o que está acontecendo que não está pensando direito. Ela cala a boca e volta toda a sua atenção para Jacob e Maddie. E então cai em si. Sua obrigação. Posso ver a leoa dentro dela vir à superfície, acompanhada de um ódio renovado pela mulher que agora desce os degraus do pula-pula, com a arma apontada diretamente para o meu peito.

— Pai? — A voz de Jacob soa entrecortada e forçada, enquanto ele pega a irmã e vai com ela para o lado oposto do brinquedo, o mais longe possível de Lauren. — Pai, não.

— Está tudo bem, amigão. — Dou-lhe um sorriso forçado. — Vai ficar tudo bem, prometo. — Eu não faço promessas que não posso cumprir e agora estou ignorando a voz dentro de mim, que está me dizendo que acabei de quebrar essa regra.

Lauren chega ao pé da escada e olha para mim, enquanto calça sapatos de salto que eu reconheço. São de Ava. Os cabelos, o vestido, os sapatos. Foi tudo planejado. Eu sou o encontro dela.

— Você pode dirigir — diz ela, enfiando a mão no meu bolso. Todos os meus músculos congelam enquanto ela mexe lá dentro. Emito um ruído de nojo quando ela roça o meu membro flácido. — Vamos resolver esse problema, tenho certeza.

— Tira as mãos dele! — Ava berra e seus olhos selvagens atingem um novo nível de periculosidade.

— Cale a boca, *queridinha*. — Lauren pega as chaves do meu Aston e as atira no meu peito. — Vamos.

Pego o chaveiro com a mão insegura, o olhar indo direto para Ava. Ela alcançou as crianças e eles estão todos juntos no meio do pula-pula, os rostos enterrados no peito da mãe, que os esconde dessa cena de horror.

— Eu dirijo — pronuncio as palavras da maneira mais clara que consigo, rezando para que Ava entenda a mensagem que estou tentando lhe passar. — No *meu* carro.

— Sim, no seu carro. — Lauren me cutuca na costela com o cano do revólver. — Vamos.

Sou forçado a me virar antes de ter a chance de ver se Ava compreendeu. Temo que ela esteja perdida demais em suas novas lembranças para se dar conta do que eu quis dizer.

Lauren me guia até o carro com a arma apontada para as minhas costas. Eu resisto à tentação de lutar para arrancá-la das mãos dela. Sou grande o bastante para dominá-la. Mas aquela arma. Um movimento de seu dedo, independentemente do quão rápido eu seja, e estarei morto. E então Ava e meus filhos ficarão desamparados. Não vou arriscar a vida deles de jeito algum. Foda-se a minha. Foda-se tudo. Eu mereço tudo. Se eu tivesse contado a história toda para Ava, se tivesse tido coragem de lhe dizer tudo, ela estaria ciente do perigo que é Lauren. Talvez tivesse notado algum sinal. Em vez disso, fui o covarde que já havia sido anos atrás, e acabei colocando as pessoas mais preciosas da minha vida às portas do perigo. Meus pés estão pesados, meu coração mais lento a cada passo dado. Ela não vai precisar me matar. Estou morrendo aos poucos a cada centímetro que me afasto da minha família.

Capítulo 54

Minha atenção está dividida entre a estrada e o colo de Lauren, onde está a arma, com o dedo dela no gatilho. Eu não entendo porra nenhuma de armas. Não saberia dizer se está carregada ou pronta para atirar. Pode até ser falsa. Não estou nem um pouco inclinado a descobrir. Tudo o que sei é que essa mulher quer me fazer sofrer. Não sei para onde estamos indo. Sigo as instruções que ela me dá, seguindo pela estrada que leva para fora da cidade.

Não sei se devo falar com ela. Tentar acalmá-la. Não tenho a menor ideia de como lidar com essa situação.

Estou extremamente grato por Ava e as crianças estarem fora de perigo. Mesmo assim, Ava deve estar aterrorizada — pelo que está acontecendo agora e pela inundação de memórias. Minhas articulações ficam pálidas de tanto apertar o volante, meu coração pulsando com dor. Eu poderia ter um ataque de fúria. Destruir tudo à minha frente, a começar por *Lauren*, mas tenho que permanecer calmo e sensato se quiser escapar.

Com meu telefone vibrando sem parar no bolso, tento conversar mentalmente com Ava, dizendo para ela pensar no que eu disse antes de sair. Imploro para a ficha cair, mesmo em meio ao seu medo e desespero.

— À direita na rotatória. — Lauren interrompe meus pensamentos com a ordem seca, e sigo as suas instruções, pegando a estrada para o interior, saindo da cidade. Sinto náuseas sempre que olho para ela.

— Gosta? — pergunta ela, mexendo nos cabelos quando intercepta o meu olhar. — Você gosta de morenas, não é?

— Eu gosto da minha esposa, e só dela. — O veneno na minha voz é feroz, mas incontrolável.

Ela ignora minha resposta mordaz e ajeita o vestido de renda preta.

— Foi ela quem escolheu esse vestido pra mim. — Lauren ergue um dos pés e apoia no painel. — E os sapatos são dela. Você deve estar gostando do meu visual.

O que vejo me dá vontade de vomitar.

— Você está muito bem, Lauren — comento com cuidado, enquanto penso em todas as minhas opções. São três, pelo que vejo: lutar ou correr

são as duas mais óbvias, embora a arma – que ela segura como se fosse parte vital de sua roupa – torne ambas desmedidas. E há uma terceira opção, a que vou usar. Tentar acalmá-la. Levá-la a uma falsa sensação de segurança.
— Como nos encontrou?
— Bem, estava eu curtindo o meu café da manhã, lendo o jornal, quando de repente dei de cara com *ela*. Ela havia perdido a memória, dizia ali. Que pena. Fizeram o favor de mencionar que ela e o marido eram proprietários de uma academia. Não foi difícil encontrá-los — explica Lauren, apontando a arma para uma placa à nossa frente, enquanto eu fervo de raiva e amaldiçoo os jornalistas. — Vire à esquerda ali.

É a área onde crescemos.

— Por que estamos aqui? — Faço a curva e mantenho a velocidade em trinta milhas por hora ao passarmos por uma estradinha vicinal, em direção à aldeia.

— Uma viagem pela estrada da memória. — Lauren se vira no assento. — Você se lembra do celeiro onde foi o nosso primeiro beijo?

— Sim. — Eu me lembro do celeiro, mas não tenho a mínima recordação do beijo. Ela pode estar inventando tudo. Ou não. Ao longo dos anos, me desfiz com sucesso da maior parte das lembranças de Lauren em minha vida. Limpei a mente e abri espaço para as coisas que tinham significado para mim. Como Rosie. Como meu irmão. Quero perguntar quando ela foi liberada do sanatório. Também quero perguntar quem foi o imbecil que achou que era seguro liberá-la para o mundo. Sei, no entanto, que trazer esse assunto à tona não seria muito sábio.

Além disso, sei que ela é inofensiva para a maioria das pessoas. A sua vingança é apenas contra mim e a minha família. Ela é volátil. Eu não devo dizer nada que a provoque. Houve a garantia de que, se ela um dia tivesse alta do tratamento e fosse libertada, nós seríamos informados. E foi um imenso *se*. Como diabos isso aconteceu? Por que não fomos avisados? Mais perguntas se acumulam, estraçalhando a minha mente enquanto seguimos adiante.

As nuvens no horizonte estão baixas e densas, dando a ilusão de ser uma cordilheira impressionante. Mesmo com o céu nublado, o lugar é muito bonito. Campos que se estendem por quilômetros, um *patchwork* de amarelos e verdes, embora o meu prazer pela vista esteja tolhido por lembranças de minha infância e adolescência.

Chegamos à igreja idílica da aldeia, onde me casei com a lunática que agora está sentada ao meu lado. Lembranças me atacam de todas as direções, minhas mãos pálidas, minha mandíbula dolorida pela força que faço para afastar os *flashbacks*. Vejo a mim mesmo, um menino ainda, parado à porta da igreja, e os pais de Lauren tentando me convencer a entrar. Há um mar de rostos, todos sorrindo. Vejo o padre mais adiante, com a Bíblia nas mãos. Ouço a minha voz pedindo para que ore por mim. Para me ajudar.

Ele não poderia ter ouvido meus pedidos silenciosos. Ou isso, ou ele e o Todo-Poderoso haviam decidido que eu estava recebendo o que merecia. Que eu ia pagar pelo resto da vida por ter sido tão leviano com a vida do meu irmão.

E paguei. Paguei dez vezes. Quando isso vai parar? Quando os castigos vão acabar?

— Lembranças lindas. Nós poderíamos ter sido tão felizes. — Lauren suspira, sonhadora, enquanto passamos pelo templo antigo, o carro pulando a cada trecho irregular da estrada velha. — Até você estragar tudo. Desça a próxima via à esquerda.

Eu não abro a boca, por medo de dizer a coisa errada, e pego a próxima via, como instruído. Vejo o celeiro logo à frente, o prédio em ruínas mal se sustenta.

— O que estamos fazendo aqui, Lauren?

— Cale a boca, Jesse — vocifera ela quando paro ao lado da construção deserta. — Estou surpresa que não tenha perguntado pelo maravilhoso tempo em que fui hóspede em um local por cortesia de Sua Majestade, a rainha.

— O que importa? — Viro-me para olhar para ela, sustentando o seu olhar de pura maldade. — Você está aqui agora.

— Eu fui uma boa menina. — Lauren sorri, como quem guarda lembranças agradáveis. — Os médicos sabiam que eu não era realmente má. Apenas terrivelmente magoada. Os exames provaram. Eles me colocaram em um programa. Eu fui uma estudante modelo, o exemplo perfeito de disciplina. Então eles me deram alta. — Ela sorri, orgulhosa, enquanto tento esconder minha contrariedade. Ela os enganou? Ela os fez acreditar que era estável, apenas para poder sair e terminar o trabalho que começou há mais de uma década? — Foi quando eu me tornei Zara Cross.

— Eles te deram uma nova identidade?

— O velho e bom sistema judiciário. Eu estava vulnerável, Jesse. Veja bem, eu não sou louca. Tenho plena ciência do que estou fazendo e sei que, assim que eu livrar o mundo de sua vidinha miserável, serei levada de volta a uma sala acolchoada, pra viver ali pelo resto dos meus dias. — Ela me cutuca o braço com o cano da arma. — Só que eu não quero viver mais. Estou farta desta vida.

Meus olhos vão do revólver para os olhos azuis, desbotados e entorpecidos, e compreendo imediatamente que ela fala com veemência.

— Lauren, as coisas não têm que ser assim. — Tento apelar para a razão. — Você pode ser feliz de novo.

Ela dá uma risada fria e falsa.

— Quer dizer feliz como você? Acha que eu deveria substituir Rosie e fingir que ela nunca existiu? Não, Jesse. Nunca. E acha mesmo que eu vou ficar aqui parada e ver você apagá-la da memória com mais alguns filhos e aquela sua mulherzinha? A nossa filha merece justiça. — Mais um cutucão no meu braço. — Saia.

Procuro a maçaneta às cegas, saindo do carro com os olhos fixos em Lauren, que sai pelo outro lado. O plano dela está agora muito claro na minha cabeça. Ela vai me matar e depois se suicidar. Ela não será presa novamente.

Enquanto ela dá a volta no carro, os sapatos de salto de Ava tornam difícil caminhar no chão pedregoso e ela tem que se apoiar no capô do carro. No fim, Lauren chuta os sapatos longe, sinalizando para o celeiro com o revólver. Eu sigo na frente, em silêncio, olhando para as placas de madeira imundas que compõem a estrutura abandonada, reparando em várias tábuas quebradas penduradas, a ponto de cair.

Assim que entramos no imenso espaço vazio, olho para o chão de concreto repleto de fios de feno de décadas atrás, meus passos ecoando em torno de nós.

— Suba os degraus.

Há uma escada frágil, com um dos degraus faltando. Eu sinceramente duvido que a madeira podre conseguirá suportar o meu peso.

— Lauren, essa escada não parece segura.

— Oooh — ironiza ela, pressionando a arma na minha lombar. — Está preocupado que eu me machuque?

Eu paro e penso por um momento, considerando outras formas de sair desse pesadelo. Quanto tempo faz que ninguém demonstra compaixão ou amor por ela? Quanto tempo faz que ninguém realmente se preocupa com ela? Os pais a deserdaram. Ela não tinha ninguém, a não ser os profissionais que a tornaram objeto de pesquisa. Eu me crispo ao pé da escada, enjoado só de pensar. Será que consigo? Conseguirei enganá-la a ponto de achar que eu realmente me importo? Meu estômago embrulha e minha mente titubeia. As palavras que tenho que dizer pesam na minha língua.

Ela me amou um dia. E algo profundo e perturbador dentro de mim diz que ela ainda me ama. É por isso que ela é tão louca. É por isso que ela está em uma missão para me destruir. Se ela não pode ser feliz, eu também não posso. Se ela não pode ficar comigo, ninguém pode. Há uma linha tênue entre amor e ódio e acho que Lauren está tentando se equilibrar nessa linha. A pergunta é: conseguirei fazê-la pender a meu favor? Eu não quero. O que eu quero é destroçá-la até ela ser nada além de partes de um corpo aos meus pés. Mas não importa o que aconteça ou o que eu faça para chegar ao final disto, preciso voltar para a minha esposa. De preferência inteiro. Não posso submeter Ava à agonia de achar que me perdeu outra vez. Eu mesmo acabei de passar por isso. É pior que o inferno.

Eu me viro devagar para Lauren e conjuro as palavras que meu coração me proíbe de dizer.

— Sim. Na verdade, eu me preocupo. — Mantenho os olhos nela, buscando qualquer pista de que esse plano possa funcionar. É minha única esperança. — É muito difícil de acreditar?

Tudo acontece tão rápido que eu quase não percebo. Um lampejo de surpresa, seguido por uma expressão de dúvida.

— Você se preocupa comigo? — Lauren parece prestes a rir, embora eu veja esperança, uma esperança verdadeira, e ela me guia e confirma que meu pensamento está correto. Sinto como se estivesse vendendo a alma ao diabo, mas vou seguir em frente. De um jeito ou de outro, vou voltar para casa.

— Jamais deixei de gostar de você, Lauren. Veja só a minha vida antes de você. Eu perdi a pessoa mais ligada a mim no mundo todo. Aquilo me deixou perturbado. Eu fiz coisas das quais me arrependo. Disse coisas que não queria ter dito. Não foi nada pessoal. Você foi mais um infortúnio na minha estrada para a autodestruição. — Só agora me dou conta de que a maior parte do que estou dizendo é verdade. Apenas uma mínima coisa não é: a parte do gostar, mas a verdade é que só deixei de gostar dela, só parei de me sentir culpado, quando ela se virou contra Ava tantos anos atrás. Naquele momento, Lauren morreu para mim.

Vejo dúvida nos olhos dela, mas também vejo a necessidade de acreditar em mim. E agora eu acredito nela. Não acho que ela seja louca de maneira alguma. Acho que ela é uma pessoa destroçada. Acho que ela precisa encerrar esse capítulo em sua vida. Penso que a única forma que ela consegue achar de fazer isso é destruindo a mim e a si mesma. Posso fazê-la ver a situação de outra forma. Eu *tenho* que fazer isso. Dou um passo cuidadoso em direção a ela, e ela baixa ligeiramente a arma.

— Por que você fez isso? — pergunto, apontando para ela. — O vestido. Os cabelos. Por quê, Lauren? — Só há uma explicação. Ela quer ser Ava. Ela quer ser minha.

Seu lábio treme.

— Ver o quanto você a ama me machuca. Ouvir dela o quanto você é devotado me matava. Por que você não era assim comigo? Por que não podia me amar com tanta paixão? — A voz dela finalmente falha. — Quando estive doente, como Ava ficou, por que você também não fez todo o possível pra eu melhorar? — As lágrimas correm como rios por sua face. — Você faz qualquer coisa por aquela mulher. O que ela tem?

E aí está.

— Eu vou te ajudar, Lauren. Eu prometo que vou te ajudar. — Fico surpreso por realmente acreditar no que digo. Não sei como poderei ajudá-la, mas, honestamente, se significar que voltarei para a minha família, estou preparado para fazer qualquer coisa.

— Você vai me amar como a ama?

As palavras que ela quer ouvir não saem. Não consigo dizê-las. Vou ajudá-la, mas não posso amá-la como ela quer ser amada.

— Eu...

Lauren sorri, mas desta vez o sorriso não tem malícia. É triste.

— Você não é capaz. Eu sei. — Ela aponta para a escada.

Respiro fundo e aperto a ponte do nariz entre os dedos.

— Lauren...

— Você já falou demais. Vá.

Fecho os olhos e me viro, olhando para cima enquanto subo os degraus velhos e instáveis, em direção ao depósito de feno no andar de cima.

— Não faça isso, Lauren, eu imploro. — É só o que me restam. Súplicas.

Não obtenho resposta. O que ouço em vez disso é o ruído da trava de segurança sendo desativada. O celeiro está vazio. Não há onde eu possa me proteger, se ela tiver vontade de atirar. Olho por cima do ombro quando chego ao topo da escada e a vejo logo atrás de mim. Não muito longe, mas o bastante para estar em vantagem, o bastante para atirar se eu decidir lutar contra ela. Estou encurralado.

Ela engole em seco quando aponta para uma abertura enorme na madeira que dá para uma vista do campo. Já ouvi que coisas estranhas passam pela cabeça quando você vê a morte de frente e, neste momento, o que me passa pela mente é como essa vista é bela. Como a terra é exuberante e verde. Como isto pode ser a última coisa que verei.

Eu me aproximo e abro as pernas, de costas para Lauren. Minha mente sossega, mas a determinação vence. Aqui, sou um alvo fácil. Um homem morto. Não há dúvida, a mira é clara. Se eu for para cima dela, ela vai atirar com pressa. Vai ser descuidada. Ela pode até me atingir, mas as chances de acertar o alvo certo sob pressão diminuem.

Eu me viro, preparando cada músculo do meu corpo. Ela inclina a cabeça e deve ver a determinação nos meus olhos, porque suas mãos titubeiam no revólver.

— Não faça nenhuma estupidez — adverte ela.

— Então atire, Lauren — incentivo. Por que ela está enrolando? Qualquer um pensaria que sua mente doentia está curtindo a proximidade de minha morte. Ou estaria buscando forças para matar o homem que ama? Eu não tenho a chance de pensar em uma resposta. Ouço um barulho no andar de baixo, o som de madeira se quebrando.

Meu olhar vai direto para o buraco no chão, onde começa a escada. Mais madeira se partindo e o som ecoa pelo celeiro, ricocheteando nas paredes. Vejo algo emergir da abertura e levo dois segundos para descobrir quem é. Não há como confundir a cabeça negra, careca e brilhante. Meu coração salta quando Lauren aponta a arma para ele. E ele está totalmente desavisado.

— John! — grito, fazendo Lauren se virar de novo e apontar para mim. Ergo as mãos no ar e me afasto até ser forçado a parar ou despencar uns quinze metros, da abertura até o concreto lá embaixo.

— Filha da puta — exclama John, assim que chega a salvo ao topo da escada. Ele retira os óculos escuros lentamente. Suas narinas se dilatam. Ele estufa o peito vasto. — Baixe a arma, Lauren. — A maioria das pessoas se acautelaria ante a ameaça de sua voz reverberante. Lauren não é a maioria. Ela dá alguns passos para a direita, ficando exatamente no meio, a arma apontando para um e depois para o outro. Minha cabeça gira e dispara, o pânico crescendo. Será que Ava entendeu? Será que se deu conta do que eu estava dizendo? Então por que não ligou para a polícia? Não para John, para a polícia!

— É melhor você ir embora, John — aconselha Lauren. — Isto é entre mim e Jesse.

— Não vou a lugar algum. — Ele está resoluto e sei que é sincero.

— Então pode ficar e assistir.

Antes que eu registre qualquer coisa, a arma está apontada para mim, o corpo dela se vira como se estivesse em câmera lenta. Ela não perde tempo e puxa o gatilho. Um estampido corta o ar e meu corpo sente o coice ao mesmo tempo que John se atira para cima de Lauren. Minha vista embaça, mas consigo vê-la apontando a arma para si mesma, na altura da têmpora. John urra e Lauren cai no chão. Ouço outro som de tiro quando os dois rolam pelo chão sujo. Apenas os gritos de Lauren me dizem que ela errou.

Entorpecido, imóvel, olho para o meu tórax, em busca da mancha vermelha que empapa a minha camiseta. Não há nada. E então há algo. Dor, porra, dor. Solto um som de dor e seguro o topo do meu braço, onde encontro sangue, que escorre pela minha manga. A dor mantém a minha atenção por um microssegundo, porque um gemido de John realinha meu foco. Lauren conseguiu se levantar e ainda segura a arma. Ela caminha para trás, tentando controlar a respiração e com os olhos insanos. Ela parece desorientada, cambaleando, o buraco no chão cada vez mais perto, a madeira caindo aos pedaços nas bordas. Eu vejo o que está prestes a acontecer e, juro pela minha vida, não sei dizer por que tento alertá-la.

— Lauren, não!

É tarde demais. O piso racha e ela perde o equilíbrio. Ela grita. É um grito de gelar o sangue – um grito que vai me assombrar pelo resto dos meus dias. Um grito que me diz que ela não quer mesmo morrer. O instinto me faz ir até ela, que balança os braços e mergulha de costas, a arma disparando mais uma vez antes de o chão ceder de vez. Eu me encolho e desvio o olhar quando a cabeça dela se choca contra a extremidade de um pedaço de madeira e ultrapassa o piso, silenciada pelo impacto. Sei que ela está morta antes de atingir o concreto lá embaixo. Mas ainda me crispo e tenho um sobressalto de tristeza quando o ruído do corpo dela batendo no chão penetra o ar, o som de ossos se quebrando é torturante.

Minha respiração desacelera e meu sangue gela nas veias, enquanto tento pôr ar nos meus pulmões, a dor agora voltando com força. Meu braço começa a latejar e parece chumbo pendurado no meu ombro. Forçando os olhos além do buraco no chão, vou com cuidado até a borda e arrisco um olhar. Não sei por quê. Estou em conflito, aliviado, triste, furioso. O corpo desmantelado de Lauren jaz em uma posição impensável, os olhos mortos olham para mim. Emito um ruído de dor e me afasto da beirada, e um som grave, um gemido de dor penetra minha mente embotada.

Mas o gemido não parte de mim.

Dou meia-volta rapidamente e encontro John deitado, uma piscina de sangue cresce ao lado do corpo colossal. Sua mão ensanguentada segura o abdômen. A comoção me paralisa. Sou uma massa de músculos inúteis. Minha mente não raciocina, minha cabeça está oca.

— Me ajuda, seu filho da puta estúpido. — Suas palavras são entrecortadas pela dor, os olhos revirando nas cavidades oculares.

Sua ordem frágil me desperta da inércia e saio correndo pelo celeiro, caindo de joelhos ao lado dele. Sua respiração é superficial. Sua pele negra está empalidecendo. Agarro meus cabelos e puxo, em pânico.

— Porra! — berro, finalmente encontrando o bom senso de pegar meu celular. Ligo para o número de emergência, peço uma ambulância, repassando sem pensar muito onde estamos. — John. — Seguro o rosto dele, apertando com força. — John, mantenha os olhos abertos, meu amigo. Mantenha os olhos abertos.

— Vá se foder — diz ele, tentando manter o foco em mim — Você tem dez vidas, seu desgraçado.

— Vai haver mil de mim se você não ficar de olhos abertos, grandão, e cada um de nós vai estar te dando uma surra. — Minha voz falha, minha esperança morre a cada segundo que passa, os olhos dele se fechando por mais tempo a cada piscada. Um nó do tamanho de um planeta se instala na minha garganta. — John. — Agarro-o pelos ombros, tremendo, e os olhos dele se abrem com esforço. As córneas, normalmente brancas e brilhantes, estão vermelhas. — Que porra é essa, John? — Perco o controle das emoções e minhas lágrimas caem no rosto dele. — Por que você fez isso?

Ele sorri. É um sorriso cansado e seu corpo relaxa nos meus braços.

— Eu... Eu... — John tosse, inspirando com dificuldade. — Eu disse... Eu disse a Carmichael... — Puxando o ar, ele fica tenso. — Filho da puta. — Ele respira, fazendo um esforço sobre-humano para manter os olhos abertos. — Eu disse a ele que sempre cuidaria de... você. — A confissão parte meu coração em dois.

— John... — Eu engasgo, com dificuldade de enxergá-lo através dos olhos inundados.

— É hora de você seguir sozinho, menino. — Os olhos dele se fecham e solto um soluço doído, chacoalhando-o mais forte, desesperado para mantê-lo comigo.

— John, seu desgraçado, abra esses olhos!

Mas ele não obedece.

Porque ele já se foi.

— Não! — Solto os ombros dele, caindo sentado e chorando como nunca chorei antes, uma dor implacável dilacerando meu corpo arrasado.

— John... — murmuro, apertando os olhos fechados, incapaz de vê-lo assim. Sem vida. Caído.

Este homem sacrificou tudo por mim. Amor, felicidade, liberdade. Esteve lá o tempo todo, nos momentos bons e nos ruins, e agora se foi. Morto por minha causa. Ele se deu em sacrifício máximo. A vida dele pela minha.

Começo a soluçar, mais forte e mais depressa. Meu anjo guardião. Ele esteve ao meu lado em todas as horas, sua lealdade jamais esmoreceu. Ele já me pôs no meu lugar e me ajudou quando eu estava no fundo do poço. E esse espaço dentro de mim, o lugar especial na minha alma reservado para John, é agora uma ferida aberta.

Ele é o meu herói.

E agora está morto.

Capítulo 55

Sirenes. Luzes. Gritos. O caos enfeia a bela paisagem interiorana. Vozes falam comigo, mas não ouço uma palavra. O arrependimento e a culpa não deixam espaço para qualquer outra coisa.

— Como é que ela foi solta? — pergunto ao policial que está tentando conversar comigo, enquanto um paramédico examina o buraco no meu braço. — Tudo isso aconteceu porque algum babaca espertão foi ludibriado por uma louca. — Agito o braço para afastar as mãos da paramédica.

— Sr. Ward, eu não tenho conhecimento das circunstâncias da liberação de sua ex-esposa do hospital.

— Hospital? — Eu o encaro, incrédulo. — Não, hospital é o lugar pra onde você vai quando está ferido ou doente. Não quando você é uma maldita psicopata, uma mulher impiedosa, com sede de vingança. — Sinto mãos em mim outra vez. — Tire as mãos de mim, porra! — grito, fazendo-a dar um passo atrás, cautelosa.

— Sr. Ward, por favor, acalme-se.

— Acalmar? — Eu não encontraria calma nem que ela caísse aos meus pés. A cólera está me consumindo. Eu me sinto perigoso. — Minha esposa e meus filhos foram ameaçados. Eu tive uma arma apontada pra mim por mais de uma hora. — Faço um gesto amplo para mostrar o celeiro. — Meu melhor amigo acabou de ser assassinado! — Cambaleio para trás com a força do meu urro sentindo que o controle me foge. — É melhor você me deixar sozinho — advirto. — Deixe-me a sós até que possa me dar respostas.

Caminho de costas até a parede do celeiro e encosto na madeira, sentando-me no chão empoeirado antes que caia. Fico sentado, tentando me controlar. Se Lauren já não estivesse morta, eu seria capaz de matá-la com as minhas próprias mãos. E não seria rápido. Seria de uma forma longa e torturante. E deveria ter feito antes. E deveria ter ouvido meu instinto e agido antes que John chegasse.

Ergo os olhos quando ouço vozes pedindo que se abra espaço e vejo um corpo sendo levado em um saco de transporte para fora do celeiro. O tamanho e a forma como as duas mulheres que o carregam se movem com facilidade me dizem que é Lauren ali dentro. E então outro o segue, agora carregado por dois homens. Meu lábio inferior treme e cubro o rosto com as mãos. Não consigo assistir. É de uma finitude insuportável.

— Jesse!

Sigo o chamado e vejo Ava saindo de um carro, aterrorizada. Eu engasgo, trazendo os punhos fechados para as têmporas e apertando o meu crânio. Quero ir até ela, encurtar o tempo necessário para ela chegar a mim, mas meu corpo se recusa a funcionar. Então fico sentado, acompanhando o percurso que ela faz correndo pelo chão acidentado até mim. Vejo o momento em que ela vê os sacos de transporte com os cadáveres. Vejo como ela se detém. E quando chega até mim, ela para aos meus pés, observando como estou destruído. Tenho dificuldade em manter a cabeça erguida, mas agora ela está perto de mim, agora eu posso vê-la, cada detalhe perfeito do seu rosto, meu corpo ganha algum ânimo e consigo me erguer, até ficar de pé. Ela morde os lábios, os olhos marejados. Eu não tenho o que lhe dizer, apenas as péssimas notícias.

— Ela matou o John.

Ela reage com um soluço sobressaltado, as lágrimas instantâneas.

— Não... — sussurra Ava, voltando o olhar para a maca. — Eu tentei impedi-lo de vir. — A voz dela falha. — Ai, meu Deus, Jesse. — As palavras saem estranguladas. — Desculpe. — Ela cobre o rosto com as mãos, como se estivesse se escondendo, envergonhada.

Eu as arranco de onde estão.

— Não peça desculpas — suplico, sob risco de perder o controle novamente. — Não ouse fazer isso, Ava.

— O aplicativo. Os rastreadores nos carros. Eu entendi o que você tentou me dizer e então John apareceu e contei a ele. Ele pegou o meu celular. Eu não pude detê-lo. Liguei para a polícia do telefone de casa. — O impacto do corpo dela, quando se atira nos meus braços, quase me faz perder o equilíbrio. — Eu sinto muito! — Ava soluça e chora e eu balanço a cabeça e dou-lhe o abraço mais apertado que o meu ombro machucado permite. — Achei que nunca mais te veria de novo. Achei que era o fim da nossa história.

Eu a abraço mais forte. Foda-se a dor. Ela não é nada comparada à agonia no meu coração.

— A nossa história nunca termina, querida. — Fecho os olhos e enterro o rosto em seu pescoço macio, buscando o conforto que sei que vou encontrar. — Jamais.

— Eu me lembrei. — Ava soluça alto entre as palavras. E não se incomoda de tentar segurar as emoções. Ótimo, porque eu não vou conseguir também. Minhas lágrimas são contínuas, e encharcam o meu rosto e o pescoço dela. — Eu me lembrei de tudo.

— Eu sei. — Estou destruído até a alma por sua avalanche de memórias ter sido desencadeada por um momento tão sombrio e angustiante de nossa história. Completamente destruído. Existem milhões de momentos maravilhosos e apoteóticos na nossa vida juntos. Por que teve que ser Lauren? — Apenas sinto muito que tenha sido da forma como foi.

Ela se afasta o suficiente para olhar para mim, balançando a cabeça de leve.

— Não foi ela o gatilho, de maneira alguma. — Tocando o meu rosto, ela acaricia a minha pele úmida. — Foi o puro terror nos seus olhos. Eu já tinha visto aquilo antes.

Sufoco com as minhas emoções, baixando os olhos até ele forçar meu queixo para cima.

— John está morto — engasgo. Mal posso ver Ava através da visão embaçada.

Com os lábios trêmulos, ela me toma nos braços e me abraça com a força e o amor que sabe que eu preciso.

— Ele jamais deixaria qualquer coisa te machucar — diz ela, com a voz embargada. — O cara era um guerreiro e um teimoso filho da puta também. — Não consigo encontrar forças para chamar a atenção dela pelo palavrão. — Ele morreu porque sabe o quanto eu preciso de você. O quanto as crianças precisam de você. — Ava pega a minha mão e coloca sobre o ventre dela. Não sei quem chora mais, se sou eu ou ela. Enxugo o rosto com violência, tentando espantar a tristeza. — Ele também é o meu herói. — Ava toca o meu braço e massageia, fechando o cenho quando tenho uma reação de dor. — O que é isso?

— Um arranhão — minimizo, sem querer preocupá-la. Não que adiante. Ela levanta a manga curta coberta de sangue e revela um buraco perfeito no meu braço.

— Ai, meu Deus!

— Está tudo bem. — Mais uma vez eu tento afastá-la e mais uma vez ela vence, batendo nas minhas mãos. — Ava, pelo amor de Deus, estou bem. Pare de me bater.

— Alguém já examinou isso?

— Eu não estou com humor pra ser cutucado e repuxado.

Ela aponta para um paramédico ali perto.

— Agora, Ward, ou eu não respondo pelos meus atos. — Ava esfrega o rosto molhado, com a expressão dura, e eu me encolho, sem a menor intenção de discutir. Não abro a boca e não me movo, o que a faz agarrar a minha mão e me levar até a ambulância. — Não me faça te machucar, Ward.

De olhos arregalados, eu a deixo me empurrar para dentro do veículo e sentar-me em uma maca. Ela está irredutível. E em meio à mágoa, à raiva e à culpa, posso encontrar espaço para a gratidão.

Minha esposa está de volta. Ela voltou inteira, e voltou com a corda toda.

Capítulo 56

Oito meses depois

Nada pode te preparar para a perda de alguém que você ama com cada fibra do seu ser. Nem o luto e a dor que acompanham essa perda. Um buraco enorme se abriu na minha existência com a perda de John, e mesmo assim o meu coração está repleto de lembranças felizes. Ele nunca se afastou, sempre esteve próximo para me apoiar quando eu caía. Sua vida foi dedicada a mim. A olhar por mim, a cumprir a promessa que fez ao melhor amigo. John era um homem bom, o melhor, e não importa o ângulo que meus pensamentos possam querer tomar, ele não merecia morrer. Não era a hora dele.

Lauren, no entanto, precisava morrer. Isso pode soar sádico. Talvez seja. Mas o que eu me pergunto é o quão exaustivo e prejudicial deve ser viver com tantos demônios. A realidade é que não consigo. Já tive momentos extremamente sombrios na minha vida. Tentei desistir. Mas a vítima na minha jornada pela autodestruição fui sempre eu e somente eu. Nunca quis ferir ninguém. Nunca quis vingança.

Tudo o que eu queria era a paz interior.

Estou sentado nos degraus que levam ao jardim, observando Ava driblar sua barriga para agachar e pegar a mangueira. Penso que, pela primeira vez na minha existência, alcancei a paz. É como um cobertor em torno de mim, quentinho e seguro. Ele desafia a razão, na verdade. Mais trauma e estresse foram adicionados ao nosso já transbordante pote de merda, e mesmo assim agora eu me sinto quase tranquilo. De início, após sairmos daquele celeiro, eu perguntei a mim mesmo como superaríamos o que aconteceu. A euforia da recuperação da memória de Ava foi ofuscada pela perda de John. Eu fiquei obcecado pelos gêmeos, o que viram, o que ouviram.

Foi somente quando nos sentamos com um terapeuta familiar, por sugestão de um profissional ligado à polícia, que eu me dei conta de que meus bebês não são mais bebês. Não com aquela lucidez e abordagem prática deles. Eu os subestimei o tempo todo. Tentei mantê-los em um castelo de vidro, protegidos do mundo. Falhei. Meu passado me alcançou de novo, mas os gêmeos me olharam bem nos olhos naquele dia e disseram que tinham orgulho de mim. Não vergonha, como eu temia que teriam. Eles têm *orgulho* de mim.

Cheguei ao fundo do poço, nem tentei evitar. Sou humano. Sou pai. Marido. Minha família é tanto minha maior fraqueza quanto minha maior força. Vivo e respiro por eles, e isso jamais irá mudar. Até o dia da minha morte, eles sempre serão o centro da minha vida.

Olho por cima do ombro quando ouço Maddie falando e a vejo voltar para dentro de casa, com o telefone colado ao ouvido. Ela está falando com um menino. Meu instinto diz para ir atrás dela e confiscar aquele maldito celular, mas decido sabiamente permanecer sentado para ficar longe da ira de minha esposa. Minha filha está com doze anos. Não pode ser nada sério. Rosno na direção dela e balanço a cabeça, voltando a minha atenção para o jardim, antes que mude de ideia e vá lá com meu rolo compressor.

Jacob está mais adiante treinando tênis, batendo as bolas para o outro lado da rede, praticando o seu serviço.

Eu? Eu tenho uma cerveja na mão e estou ouvindo os sons terapêuticos de minha esposa e filhos andando pela casa. Isso é o paraíso. É o Sétimo Céu de Ava. Aqui é o meu lugar e, mais uma vez, o destino me trouxe para cá. Quero dar uma palavrinha com ele, no entanto. Perguntar por que não posso ter John aqui comigo também. Seria um desperdício de fôlego. E meu amigo diria algo como "sai dessa, filho da puta estúpido".

Dou um sorriso, engolindo a tristeza incessante. Tristeza que o deixaria furioso se soubesse ter me derrubado por tanto tempo. John pode ir se foder. Eu gargalho com a minha própria bravura por sequer ter pensado nisso. Eu jamais diria isso a ele, se estivesse aqui na minha frente. Mas gostaria de poder fazê-lo. Gostaria de poder xingá-lo pessoalmente, e o soco no queixo que viria daquele punho enorme seria bem-vindo.

— O que há de tão engraçado? — Ava aponta o jato da mangueira para os arbustos floridos, olhando-me com um sorriso curioso.

— Só estava pensando. — Eu me levanto e vou até ela, com os olhos vagando de cima para baixo e de baixo para cima por seu belo corpo. Meu Deus, ela está prestes a explodir. O bebê já está duas semanas atrasado, sem o menor sinal de querer vir ao mundo. Abraço-a por trás, meu peito encostado nas costas dela, enlaçando sua barriga com os braços. Minhas mãos se encontram na frente do seu ventre com facilidade, mas eu ainda assim a provoco: — Quase não consigo mais. — Sorrio com o rosto no pescoço dela, e Ava roça o traseiro no meu púbis. — Não faça isso... — Estar perto desta mulher sempre atrai a atenção do meu pau, mas o contato direto o torna duro como concreto. Isso jamais vai mudar.

— Ora, ora, sr. Ward, tem algo espetando as minhas costas... — Ela ri e continua regando as flores.

— Talvez consiga arrancar o bebê daí de dentro com uma boa transa — elaboro, pensativo. — Ele está muito confortável aí dentro.

— Nós fizemos sexo duas vezes por dia, todos os dias, nas duas últimas semanas. Nem mesmo o seu pênis lhe dando cabeçadas diretas está fazendo a criatura querer sair do esconderijo. — Ava solta a mangueira enquanto eu rio, e depois vira-se nos meus braços, a barriga agora encaixada entre nós. Olho para baixo com carinho. Sim, ela está bem grande, mas nada comparado à gravidez dos gêmeos. Posto as mãos no alto da barriga dela, acaricio um pouco, atento às sensações, e meu coração transborda de felicidade quando o bebê chuta a minha mão direita.

— Ele está dando uma festa aí dentro. Tem claramente o talento do pai para a dança.

As mãos de Ava aterrissam sobre as minhas e tateamos juntos.

— Você fica dizendo "ele". Nós ainda não sabemos o sexo do Amendoinzinho Júnior.

— É um menino — afirmo, com segurança. Tem que ser. Eu consegui ainda ter cabelos até hoje. Uma menina mudaria isso. — Jacob e eu não podemos perder em número.

— Mas Maddie e eu podemos?

— Vocês duas têm energia o bastante para termos mais dez meninos e ainda faltar gás para o nosso time. — Mudo a posição das mãos e seguro as dela, trazendo-as aos meus lábios e beijando as articulações uma a uma. Ela sorri para mim, um sorriso tão repleto de felicidade que parece iluminar o meu rosto. — É um menino — afirmo.

— Como quiser, meu Senhor. — Ava se vira de costas para mim novamente e recoloca as minhas mãos na própria barriga, segurando-as ali e começando a passear pelo gramado. Sigo seus passos, com o queixo apoiado na cabeça dela. — Vamos caminhar.

— Vamos — respondo, deixando que ela me leve ao final do gramado, onde seguimos pelo caminho de pedregulhos das floreiras que leva ao balanço escondido no fundo do jardim. O ar está fresco, não exatamente frio ainda, mas o sol poderia estar queimando tudo de lá do céu. Estou quentinho, contente, calmo e sereno. E todas essas sensações estão sendo absorvidas pela minha esposa.

Uma bela aura de paz a cercou durante toda a gravidez. Eu a admirei diariamente, observando de perto, em casa ou na academia. Ela voltou ao trabalho e eu garanti que ela desse continuidade às suas funções, mas nunca me afastei de verdade. Apenas distante o suficiente para ela não se sentir sufocada, mas perto o bastante para satisfazer minha necessidade de contato constante, mesmo que esse contato fosse apenas ficar olhando para ela.

Esta gestação tem sido uma experiência inteiramente diferente para mim. Não estou tenso, não atrapalhei, não a fiz subir pelas paredes com a minha preocupação neurótica. E ela não tentou me enganar ou usou a neurose como ferramenta para me tirar do sério. Não houve trabalho de parto falso para me fazer ter um colapso. Provavelmente, porque ela sabe que desta vez não haveria colapso. Afinal, agora sou um profissional. Dominei a arte.

Enquanto caminhamos, noto que ela se apoia mais e mais, o corpo cansado.

— Quer descansar?

Ela dá um suspiro pesado. Já está exausta, mas é como eu disse a ela, essas coisas não podem ser apressadas. Ele virá quando estiver pronto. Ajudando-a a acomodar-se sobre a almofada do balanço, sento-me ao lado dela e finco os pés no chão para nos empurrar para trás e solto. Conseguimos um embalo suave, a cabeça de Ava pousada no meu ombro.

— Kate vai trazer *vindaloo* mais tarde.

— Outro? — Eu relaxo no encosto. — Esse bebê vai vir ao mundo querendo curry em vez do seu peito.

Ela ri e sente algo que a faz se retesar, a mão indo ao ventre e massageando-o.

— Tudo bem? — pergunto, colocando a mão por cima da dela.

— Só uma pontada. — Tirando a cabeça do meu ombro, ela olha para mim. Seus lábios querem sorrir, seus olhos brilham.

Eu sei o que vai naquela mente linda dela, mas embarco na brincadeira, só para agradá-la.

— O que há de tão engraçado?

— Doze anos atrás, você teria se cagado só de eu falar em pontada.

Dou de ombros, indiferente.

— Nós somos especialistas agora. Depois dos gêmeos, esta gravidez está sendo moleza, certo?

A gargalhada dela atinge o meu rosto.

— Moleza? Fale por si mesmo, Jesse. Não é você quem vai expelir o que parece ser...

— Uma melancia em chamas pela xoxota. — Ouvi essa analogia bonitinha algumas centenas de vezes. — Eu sei. — Virando-me para ela, faço um beicinho e apalpo seus seios, circulando os mamilos com os polegares até que enrijeçam. — Hoje à noite você vai me deixar meter meu pau carente nessa sua xoxota e aumentar a dilatação.

O sorriso dela é excitante. E excitado. E cheio de desejo. Esta é uma das coisas que não mudaram desta vez. Sua fome irrefreável por tudo que envolve a minha presença. Graças a Deus, porque seria uma perda trágica.

— Você é tão altruísta.

— Tudo por você, *baby*. — Eu me inclino e toco meus lábios nos dela. As faíscas mágicas de sempre surgem dentro de mim, meu coração pulsando forte.

— Pau carente?

— Sim, carente. Um minuto após deixar o calor confortável do seu lugarzinho especial, meu pau já se sente solitário. — Não é mentira. — Vai querer me desafiar?

— Eu nem sonharia. — Ava sorri com os lábios colados nos meus, enquanto as minhas mãos sentem o peso delicioso de seus seios fenomenais.

— Além disso, preciso fazer todo o sexo que conseguir, já que você vai ficar fora de serviço por algum tempo.

— Pobrezinho...

Um movimento detrás dos arbustos me faz soltá-la rapidamente e olhar em volta. Ergo uma sobrancelha para Ava, que indica o lado esquerdo dela com um meneio de cabeça.

— Estou vendo vocês... — cantarolo, acomodando-me e voltando a balançar quando percebo que o movimento parou. Duas cabeças pipocam diante de nós, sorrindo. — Nenhum dos dois tem vocação pra ser ninja.

— Nós íamos pular de uma vez e assustar vocês — declara Jacob, saindo do meio das plantas e tirando gravetos e folhas dos cabelos loiros. — Já estamos cansados de esperar pelo Amendoim Júnior. — Ele estende a mão para ajudar Maddie, quando a blusa dela fica presa.

— *Vocês* estão cansados? — Ava ri. — Experimentem carregá-lo por nove meses.

— Não seja dramática — brinco, apontando o balanço para convidar Maddie a se sentar conosco. — A barriga não esteve tão grande assim o tempo todo.

Maddie dá risadinhas e pula no balanço, aninhando-se ao meu lado, Jacob indo sentar-se ao lado de Ava.

— Pai, sério... Você quer mesmo que a mamãe te machuque, não é?

— Ela teria que me alcançar primeiro, e isso não vai acontecer enquanto ela estiver nesse estado. — Abraço cada uma das minhas garotas e olho para Jacob. A cabeça dele está na barriga de Ava, o ouvido colado a ela.

Ava acaricia os cabelos loiros dele enquanto ele tenta ouvir algo. Nós apenas ficamos ali sendo embalados por algum tempo, todos quietos e relaxados, as pernas balançando livremente, cabeça de uns apoiada nos ombros dos outros. Eu poderia ficar aqui a noite toda, mas está esfriando e Sam logo chegará com suas garotas, assim como Drew com as dele. Abro um sorriso. Raya deu à luz uma menininha na semana passada, Imogen, no tempo previsto. Todas essas meninas... pela regra da probabilidade, Ava deve ter um menino ali dentro. Rezo para que ela tenha um menino ali dentro.

— Vamos, está esfriando. — Aponto com os olhos para os mamilos de Ava e dou um sorrisinho malicioso. Ela revira os olhos. — A turma logo estará aqui.

Jacob é o primeiro a se levantar, para ajudar uma Ava ofegante a ficar de pé.

— Obrigada, querido. — Ela o abraça pelos ombros e eles caminham para dentro de casa juntos. Meu garoto. Meu belo, doce e atencioso garoto. Ele já ultrapassou Maddie em termos de altura, deixando-a para trás alguns bons centímetros. E não está muito longe da altura de Ava.

Sinto a manga da minha camiseta ser erguida e vejo, pelo canto dos olhos, Maddie inspecionar a cicatriz deixada pela bala. Ela não tem mais a expressão triste de antes quando alimenta a sua necessidade de ver o ferimento pelo menos uma vez ao dia. Agora, ela sorri.

— Você viu a sua vida passar diante dos seus olhos, pai?

Dou risada e me abaixo, jogando-a sobre o ombro e seguindo Jacob e Ava. O som doce dos gritinhos da minha menina enche meus ouvidos.

— Sim, e sabe o que eu pensei?

— O que você pensou? — pergunta ela, quicando no meu ombro no ritmo dos meus passos.

— Pensei na saudade que sentiria da sua insolência.

— Pensou, nada. — Maddie ri, batendo nas minhas costas. — Ei, pai, posso ir ao cinema com o Robbie na sexta-feira?

Robbie. Então essa é a paixão da vez.

— Claro que pode. — Coloco-a de pé quando entramos em casa, deixando-a para trás e seguindo Ava e Jacob. — O que vamos assistir?

— Você é tão engraçado. — Sua irritação me faz rir enquanto abro a geladeira e pego o pote de manteiga de amendoim, mas a risada cessa assim que o pote é arrancado da minha mão.

— Ei!

Ava sorri e sai rebolando até um banco, mergulhando o dedo no pote enquanto senta com dificuldade.

— O que é seu é meu — declara ela, enfiando na boca um dedo com aparência apetitosa e usando de todo o seu poder para limpá-lo com a língua.

Ouço as crianças rindo, mas faço um beicinho para a minha esposa, perguntando a mim mesmo por que, de tantas coisas que poderiam ser seu objeto de desejo de grávida, tinha que ser o meu manjar dos deuses. Compartilhar um vício não é brincadeira. Eu mal havia feito as pazes com o fato de Jacob dividir a minha paixão.

— Compartilhe — ordeno, atravessando a cozinha para sentar-me ao lado dela e abrindo a boca. Talvez eu esteja até babando.

Ava colhe uma boa porção e me oferece o dedo. Esta é uma parte do compartilhamento que adoro. Salivando, eu me estico para abocanhar o dedo dela, mas ela em vez disso o coloca na própria boca e o limpa em uma só lambida, sorrindo satisfeita, com os olhos brilhando. Eu me retraio, nem um pouco feliz com seu joguinho, embora as crianças achem tudo muito engraçado.

Uma só palavra me vem à mente.

— Três — eu praticamente rosno, fazendo apenas aumentar o tamanho do sorriso dela.

— Lá vem. — Jacob suspira, indo buscar suco na geladeira. — Mamãe, você nunca vai aprender?

— Não brinque com a manteiga de amendoim — acrescenta Maddie, apoiando os cotovelos no balcão e acomodando-se para acompanhar o show. — Você vai pagar por isso e a sua bexiga não anda lá muito forte esses dias.

Eu rio por dentro quando Ava olha feio para Maddie, com o dedo a meio caminho da boca.

— Fique fora disso, espertinha.

Maddie encolhe os ombros, com o queixo pousado nas mãos.

— Eu puxei à minha mãe. Pode perguntar para o papai.

Ela não está errada.

— Dois... — digo, voltando a Ava, com as sobrancelhas erguidas.

— Não há nada de errado com a minha bexiga. — Ela se serve de mais uma dose generosa da gostosura, de nariz empinado. — E se houver, a culpa é de vocês. — Ava aponta para cada um dos filhos.

— Um... — começo a tamborilar os dedos, todo casual e sossegado, parecendo cansado da briguinha. Não estou cansado coisa nenhuma. Esses momentos, os mais simples, são os meus momentos em família favoritos.

— É meu — sussurra Ava, mergulhando o dedo novamente e mostrando-o para mim antes de começar a lambê-lo. — Pegue um pra você, Ward.

— Zero, *baby*. — Pulo do banco com agilidade, com os dedos apontados para os pontos fracos de Ava.

— Não! — Ela solta o pote para se proteger de mim.

— Você pediu por isso — observa Maddie, indo embora e nos deixando a sós. — Não vá fazer xixi nas calças.

— De quem é a pasta de amendoim? — pergunto ao ouvido dela, acariciando-a gentil mas firmemente. — Apenas responda, e eu paro.

— Nunca! — Ava ri, empurrando as minhas mãos sem muito sucesso. — Ahhhhh!

Meus dedos torturadores param de imediato. Esse não foi um som normal, dos que ouço quando estou lhe fazendo cócegas. Paro na hora, olhando para ela de cima a baixo.

— Uma pontada?

Jacob está ao meu lado em um segundo, Maddie não muito atrás. Ava para enquanto todos nós aguardamos a conclusão dos fatos, prendendo a respiração, os olhos dela fixos na barriga à medida que ela desce do banco.

— É, eu acho que... PUTA QUE PARIU! — Ava se dobra e grita, forçando-nos a tapar os ouvidos ou os tímpanos estourariam. — Desculpem-me, crianças.

— Puta merda! — Maddie começa a correr em círculos pela cozinha, em pânico. — O Amendoim Júnior está chegando!

— Merda! — berra Jacob.

Minha cabeça quase explode. Por que tantos palavrões?

— Todo mundo pare de falar palavrões! — grito, apoiando Ava pelo cotovelo.

— Mas o bebê está chegando! — brada Maddie, ainda correndo em pânico pela cozinha. — Chame uma ambulância! O médico! Qualquer um!

— Está nascendo! — Jacob cobre o rosto com as mãos. — Foi porque você fez cócegas nela!

Meu Deus, todos precisam se acalmar. Eu respiro fundo.

— Não se preocupem, crianças — digo calmamente. — O papai sabe o que fazer. — Estou dizendo isso para eles ou para mim mesmo? — Maddie, você pega a mala da mamãe. Jacob, você pega o meu celular pra que eu possa ligar para o hospital e dizer que estamos a caminho.

Todos nos eriçamos quando Ava dá mais um grito de congelar o sangue nas veias, agarrando-se a mim com as duas mãos, suas unhas perfurando meus braços.

— Porra, Ava — eu gemo de dor, retirando as garras dela da minha pele uma a uma. — Desculpem-me, crianças.

— Isso dói, Ward? — ela arfa, dobrando-se e começando a suar.

— Só um pouquinho — minimizo. Não deveria. Ela crava as unhas em mim novamente, com um olhar maligno.

— Ótimo.

Meu Deus, ela está se transformando em uma psicopata. Vejo os gêmeos voarem para fora da cozinha para cumprir as ordens e concentro meu foco em Ava.

— É melhor se sentar.

— Não!

— Quer ficar de pé, então?

— Não!

— Está bem. — Reviro os olhos e pego o celular que Jacob trouxe.

— Você está bem, mamãe?

— Sim, querido. — Ela procura a cabeça dele às cegas e faz um carinho para tranquilizá-lo. — Eu te amo.

Balanço a cabeça, maravilhado. Ela só está puta da vida comigo? Ligando para o hospital, mantenho Ava amparada. Ela continua me xingando e pedindo desculpas para as crianças.

— Alô! Minha esposa entrou em trabalho de parto. Ava Ward. — Vejo seu rosto ficar vermelho-vivo. — Levaremos em torno de meia hora. — Suas narinas começam a dilatar. — Sim, ótimo. Obrigado. — Desligo e entrego o telefone a Jacob. — Ligue para a vovó e diga a ela pra correr pra cá.

— Nós não podemos ir? — Jacob parece totalmente transtornado.

— Confie em mim, amigão. Você não vai querer estar perto da mamãe enquanto ela estiver pondo o Amendoim Júnior pra fora.

— Prefiro ele a você — dispara Ava, gritando de novo, grudada nos meus braços.

— Não há necessidade disso agora, há? — Sei que soo condescendente, mas em vez de reivindicar uma transa de castigo, que está fora de cogitação neste momento, não tenho outra opção senão jogar o jogo dela. — Foi o *seu* corpo que rejeitou a pílula. — Ava não vai me culpar por isso. De jeito nenhum.

— Sério mesmo, pai? — Maddie me dá um tapa no braço. — Vai dizer isso a ela enquanto ela está em trabalho de parto?

Então hoje é o dia de "vamos atacar o papai"? Foge à percepção de todos que eu sou o único calmo aqui?

— Jacob, ligue pra vovó — ordeno, desta vez menos calmo. As contrações vieram com tudo e estão cada vez menos espaçadas. Afasto os cabelos de Ava de seu rosto suado e peço a Maddie que os prenda em um rabo de cavalo com o elástico que ela tem no punho, ao mesmo tempo que Jacob liga para Elizabeth.

— Vovó, é o Jacob. — Ele dança no lugar, com os olhos fixos na mãe. — A mamãe está em trabalho de parto. O papai está dizendo pra você correr para cá.

Ouço o grito de felicidade de minha sogra.

— Diga a ela pra se apressar! — exclamo.

— Depressa, vovó! — grita ele, desligando e enfiando o telefone no meu bolso.

— Eu te amo — Ava diz a Maddie, que arruma os cabelos dela, tocando seu rosto assustado. — Você é linda, inteligente e atrevida e eu te amo.

— Eu também te amo, mamãe.

Se ela não estivesse em trabalho de parto, eu diria que Ava está bêbada. O que deu nela? É uma pergunta idiota. Eu sei o que é. É aquela bobagem de substituição.

— Venha, mocinha — digo, estragando o momento delas. — Vamos para o carro.

A resposta dela é um urro épico, seu corpo imóvel, solidificando-se em uma tentativa natural de controlar a dor.

— Ai, meu Deus, puta que pariu! — Ava está ofegando. — Desculpem-me, crianças. — Ela segura a minha camiseta e me puxa para si com uma força que faria inveja à Mulher Maravilha. Seus olhos estão bestiais. — O bebê está vindo agora, Ward. — Mais um grito corta o ar imediatamente após a frase.

Em seguida, quem entra em pânico sou eu.

— O quê? Não, não, não. Ava, nós só precisamos entrar naquele carro e eu vou te levar ao hospital rapidinho.

Ela vai se dobrando até chegar ao chão. Não tenho escolha a não ser pegá-la no colo e carregá-la para a sala, onde é mais confortável.

— Não dá tempo — choraminga ela, enquanto a coloco no sofá. — Não aqui! Vai estragar o sofá.

— Pelo amor de Deus, porra! — Não consigo evitar. — Desculpem-me, crianças. — Deito-a no carpete e acomodo sua cabeça em uma almofada. — *Baby*, preciso te levar para o hospital.

Ela balança a cabeça.

— Está nascendo.

— Jacob, Maddie, segurem as mãos da mamãe — peço. Assim que eles assumem suas posições, ergo a saia longa de Ava e baixo a sua calcinha; o tecido está encharcado. — Vou só checar o que está acontecendo aqui embaixo — digo, mais para acalmá-la do que a mim mesmo. — E depois nós vamos para o hospital. — Ajudo-a a dobrar as pernas, certificando-me de mantê-la coberta da melhor forma dos olhos dos gêmeos, que tentam ver algo.

— Eu preciso fazer força — geme ela.

— Não precisa, não — asseguro-lhe, olhando entre as pernas dela. É cedo demais. — Puta merda! — disparo, vendo o topo de uma cabeça abrindo caminho em sua vagina. — Merda, Ava!

— Eu te falei que precisava fazer força!

— Pai? — A voz insegura de Jacob me faz levantar a cabeça e dou de cara com dois pares de olhos preocupados. Isto não fazia parte do plano. Eles estão entrando em pânico. Preciso retomar o controle.

— Maddie, vai buscar toalhas e uma manta macia. Jacob, quero que pegue o edredom da sua cama e abra a porta da frente. — Pego meu telefone quando eles saem em disparada como dois obedientes projéteis. — Ava, *baby*, não force ainda, está bem? — Ligo para o número de emergência quando sua respiração fica entrecortada. — Preciso de uma ambulância. Minha esposa está em trabalho de parto e definitivamente não vai conseguir esperar até que eu a leve para o hospital.

— Qual é o nome da sua esposa, senhor?

— Ava. Ava Ward.

— E seu endereço?

Dou as informações e os gêmeos voltam juntos, ambos trazendo o que pedi.

— O bebê está coroando — digo à operadora, tentando dominar a urgência que sinto e permanecer calmo por Ava. Ela está ofegando, as bochechas se inflando e os olhos apertados.

— Está bem, sr. Ward. Antes de qualquer coisa, não entre em pânico.

Dou risada. Se ela tivesse me dito isso quando a bolsa de Ava rompeu na época do parto dos gêmeos, eu teria arrancado a cabeça dela verbalmente.

— Não estou nervoso — respondo, calmo. — Mas vou precisar que alguém me guie aqui. — Dou mais uma espiada embaixo da saia de Ava. — Esse mocinho está com pressa. — Cacete, ele demora a aparecer e agora decidiu que tem hélices nos pés. Observo Jacob afofando almofadas e Maddie desdobrando o edredom.

— Uma ambulância já foi enviada e já chamamos a parteira.

— Obrigado. — É melhor que se apressem.

— OK. Quem está aí, sr. Ward? — pergunta a operadora.

— Eu, meu filho e minha filha.

— Quantos anos eles têm?

— Doze. São gêmeos. — Os olhos de Ava se abrem e ela balança a cabeça furiosamente de um lado para outro. O suor escorre dela. — Aguarde um minuto enquanto eu a deixo mais confortável.

— Sem problemas.

Solto o telefone e passo os braços por baixo de Ava, levantando-a do chão.

— Coloque o edredom embaixo dela — digo a Maddie. — E as almofadas ali. — Os dois trabalham calma e eficientemente, e sei que a razão é a minha tranquilidade. Eu só preciso mantê-la. Mas, caralho, isso não fazia parte do plano quando repassei o parto de Ava dezenas de vezes na mente.

— Pessoal, preciso da ajuda de vocês — digo a eles, baixando Ava sobre o edredom macio. — Podem fazer isso?

Ambos confirmam com a cabeça, os olhos indo de mim para Ava.

— Ela está bem, pai? — pergunta Jacob, a aflição na voz não tão bem disfarçada quanto no rosto dele.

— Ela está muito bem — garanto, afagando os cabelos de Ava, afastando fiozinhos de seu rosto úmido e beijando a testa dela. — Não está, *baby*?

Ela geme, tenta anuir, mas sua cabeça se move de maneira errática e descontrolada. Eu sorrio, segurando firme a mão dela.

— Está pronta?

Soprando forte, com os lábios constritos, ela aperta a minha mão.

— Não me deixe.

— Nenhum de nós vai sair daqui.

Ela olha para os filhos, cada um a um lado dela, e força um sorriso.

— Isso não é nada comparado a quando tive vocês — diz ela.

Eu dou risada quando vejo os olhos deles se arregalarem, entreolhando-se.

— Maddie, ponha aquela toalha úmida na testa da mamãe — oriento, voltando para a parte de baixo de Ava. — Jacob, segure a mão dela. Ela vai apertar bem forte, cara, então use os músculos.

— Eu não quero machucá-lo — Ava geme, arqueando as costas violentamente quando outra contração se aproxima.

Jacob pega a mão dela com as duas dele, aproximando-se da cabeça dela, de joelhos.

— Está tudo bem, mãe. Aperte com toda a força que precisar.

Meu coração derrete. Pego o telefone, coloco no viva-voz e o deixo no chão ao meu lado.

— Está bem. Estamos prontos.

— Vamos lá, sr. Ward. Qual é a frequência das contrações?

— Um minuto, talvez dois. — Encorajo Ava a dobrar os joelhos e abrir mais as pernas, usando uma toalha para cobri-las.

— Na próxima contração, quero que Ava faça força e que o senhor pressione a vagina dela.

Eu arregalo os olhos e olho para as crianças, que, como imaginei, estão com o rosto contorcido. Eu não, porém estou confuso.

— Quer que eu empurre o bebê de volta pra dentro? — Certamente que não. Ava berra enquanto faço a pergunta, com o rosto vermelho.

— Você não vai empurrar ninguém pra dentro, Jesse! Eu o quero fora já! Agora!

Puta merda, que pressão.

— Está bem, *baby*. Calma.

— Sr. Ward. — A operadora não está rindo, mas não está muito longe disso. — Quero que aplique pressão na parte de cima da vagina. — Essa palavra de novo, e as crianças fazendo mais caretas. — O ângulo vai ajudar a cabeça do bebê a passar com mais facilidade.

Eu pisco rápido diversas vezes, tentando me concentrar na parte da minha esposa que mais amo, uma parte que, neste momento, não se parece em nada com o que me lembro.

— Certo. — Respiro fundo, estendendo as mãos. — Quão forte?

— Com firmeza, sr. Ward.

— Está vindo! — Ava ofega mais ainda, com as bochechas inflando. — Já!

— Vamos, empurre, querida! — Ajo como fui instruído, fazendo tanta pressão quanto considero confortável.

— Vamos, mamãe! — Os gêmeos a incentivam juntos. — Você consegue!

Ela grunhe, geme, chora. É tudo tão familiar, mas não mais fácil de ouvir.

— Jesse! — Ava estica meu nome, em um uivo agudo, a cabeça jogada para trás, as costas arqueadas. — Ah, meu Deus! Como dói!

Eu estremeço, mantendo os olhos fixos entre as pernas dela. Uma cabeça cheia de sangue e meleca emerge lenta, mas determinada, e posto a mão livre sob ela.

— Vamos, Ava! — grito, estimulando-a. — Ele está nascendo.

Ela se solta, hiperventilando, e a cabeça do bebê retorna devagar. Passo a mão pela testa para enxugar o suor.

— A cabeça saiu ligeiramente, mas voltou lá pra dentro — explico à atendente.

— Isso é perfeitamente normal, sr. Ward. Vamos aguardar a próxima contração e encorajar que ela faça bastante força.

— Faça bastante força, Ava. Você ouviu?

— Eu não sou surda, porra! — vocifera ela, entre respirações rápidas e superficiais, fulminando-me com os olhos. Eu me encolho, mas as crianças riem, Jacob sacudindo a mão, coitado. — Desculpe, meu querido — diz Ava, erguendo uma mão desastrada até a cabeça dele e fazendo-lhe um carinho nos cabelos. — Eu te machuquei?

— De jeito nenhum. — Jacob levanta os braços e flexiona os bíceps inexistentes. — Eu sou feito de aço.

— Desde quando? — Maddie gargalha.

— Concentre-se — ordena Jacob, dando a mão outra vez para Ava.

— Ah, não... — Os olhos assustados de Ava atingem-me como um raio.

— Lá vem mais uma!

Eu me recomponho e chego mais perto.

— Desta vez, com bastante força, está bem? A maior que você conseguir.

— Estou tentando. — Ava está quase chorando, as lágrimas simplesmente escorrem.

— Vamos lá! — eu a incentivo, colocando a mão onde devo colocar. — Você deu à luz dois bebês, um após o outro. Isto aqui é um passeio no parque.

— Vá se foder, Ward. Este aí deve ser maior que Jacob e Maddie juntos. Vou me rasgar ao meio. Ah, ah, ah! — Ela range os dentes, cerra os punhos e sua cabeça vem para a frente. — Aaaaaaaaaargh!

— Isso mesmo! — encorajo-a, vendo que a cabeça começa a sair, gradualmente esticando seus lábios vaginais. — Vamos lá, *baby*! Ele está quase aqui. — O som agonizante dos gritos dela me apunhala. — Mais um pouco! Sim, sim! Isso mesmo, Ava!

O ponto mais largo da cabeça passa e se livra de suas paredes internas, um perfilzinho lindo já à mostra. Minha voz estanca na garganta, minha mão acaricia o topo de sua cabecinha úmida. Meu Deus, mesmo coberto de meleca, ele é lindo.

— A cabeça já saiu — digo para a operadora, pegando outra toalha.

— Isso é ótimo. — Ela está muito calma. — Mais um empurrão na próxima contração, sr. Ward. Quando o bebê sair, deite-o no peito de Ava e enrole-o em uma toalha. Certifique-se de que o cordão umbilical não está preso.

— Está bem. — Eu me preparo e olho para Ava. Ela está chorando, afagando os cabelos de Maddie, que passa a toalha úmida na testa dela. — Ava — chamo a sua atenção, o que faz a cabeça dela despencar, mole. — Só mais uma vez, querida.

Ela faz que sim com um meneio de cabeça, fechando os olhos.

— Só mais uma, mamãe. — Maddie afasta mechas de cabelo da testa da mãe e Jacob agita a mão de novo, preparando-se, dirigindo a mim um olhar que diz *Meu Deus*. Quando Ava parece perder o controle da respiração novamente, sei que o empurrão final se aproxima. Ela me olha nos olhos, aperta os dentes e balança a cabeça afirmativamente, seu rosto voltando a ficar vermelho como uma beterraba. Não há som vindo dela desta vez. Apenas olhos arregalados fixos nos meus e ela pronta para encarar a reta final.

Ele sai tão rápido que eu quase o perco, o olhar fechado em minha bela esposa, ajudada pelos meus belos filhos.

— Ai, porra! — Seu corpinho molhado e escorregadio cai nas minhas mãos e seus gritos começam imediatamente. O som é ouro puro. Ele é perfeito. Estou em frangalhos, meus olhos cheios de lágrimas. Eu o coloco cuidadosamente em uma das mãos, atento ao cordão umbilical, e levanto a camiseta de Ava, deitando-o no peito dela e cobrindo-o com a toalha.

Eu esperava que os gêmeos fariam caretas e desviariam o rosto, mas eles estão embevecidos com o que veem, de boca aberta.

— Ele chegou. — Minha voz mal sai, e eu me dou conta de que a operadora está aguardando notícias. — Ele chegou e é perfeito.

— Parabéns, sr. Ward.

— Obrigado. — As emoções me traem ao ver Ava aninhar nosso bebê no peito, seus lábios na cabecinha dele, seus olhos fechados.

— Eu não fiz quase nada. — A atendente ri. — Você foi um aluno perfeito. Acabo de receber a confirmação de que os paramédicos e a parteira estão a poucos minutos daí. Vou ficar na linha até que eles cheguem.

Eu apenas balanço a cabeça e enxugo o nariz com as costas da mão, indo para o lado de Ava, juntando-me a eles. O rosto dela está vermelho e inchado, seus cabelos uma bagunça, mas ela está estonteante. Dou um sorriso e pego a mão do bebê, maravilhado com seus dedinhos.

— Ele é perfeito — sussurro, com um amor imediato surgindo dentro de mim.

— Você continua dizendo *ele*. — Ava olha para a cabecinha dele. — Está confirmado?

Fecho o cenho. Não, não está. Eu estava tão enfeitiçado que não olhei para as suas ferramentas, ou para a falta delas.

— Espere. — Puxo a toalha que cobre o bebê, antes de erguer uma perninha só o bastante para poder enxergar.

— O que é, pai? — Jacob corre para o meu lado, assim como Maddie. — Menino ou menina?

Dou um sorriso, olhando para dois rostos impacientes, antes de inclinar a cabeça e convidá-los a olhar também. Ambos baixam bem a cabeça para inspecionar a área.

— E então? — Ava pergunta, aflita. — Digam!

Maddie tosse.

— É definitivamente *ele*. — Olhando para Ava, ela dá um sorrisinho malicioso. — E ele já tem um pênis maior do que o do Jacob agora!

Caio na gargalhada, despenteando os cabelos do meu garoto, que olha indignado para a irmã.

— Cai fora, Maddie.

Vou me deitar ao lado de Ava, meu corpo esticado ao longo do dela. Beijo a cabeça do meu menininho, sentindo o seu cheirinho. Meu Deus, senti tanta saudade desse cheiro.

— Você se saiu muito bem. — Viro-me para a minha esposa e beijo sua testa suada, aproveitando a oportunidade para sentir o cheiro dela também. — Muito, muito bem.

Suspirando profundamente, ela fecha os olhos e se aninha a mim.

— Você é o meu superastro.

— Eu nunca fui chamado disso antes — brinco. — O que aconteceu com *deus*?

Um risinho cansado invade meus ouvidos e chego mais perto, com um dedo afagando o rostinho dele.

— É um moleque bonito — sussurro. — Claramente parecido com o pai.

— Seu ego não tem limites.

— Ei, que nome vamos dar a ele? — Maddie já está apaixonada e tem a atenção voltada exclusivamente para o bebê.

Resolvo não emitir a minha preferência. Não sei se é uma boa ideia nem o que Ava iria achar.

— Eu não sei. — Dou de ombros, de leve. — O que vocês acham? Ele tem cara de quê?

Ambos chegam mais perto, com a cabeça inclinada, em contemplação.

— Ele não tem cara de nada. — Jacob toca a ponta do nariz dele. — Ele é tão pequenininho.

— Eu acho que ele tem cara de Joseph — declara Maddie. — Ele tem a mesma quantidade de cabelo que o vovô.

Ava e eu rimos.

— O que você acha, mamãe?

Ava inspira e baixa o queixo para olhar para a expressão pacífica dele. Ela pensa por um momento e depois olha para os gêmeos.

— Maddie, Jacob, conheçam seu novo irmão. — Olhando para mim, minha esposa dá um sorriso tranquilo. — O bebê John.

Ai, puta merda. Meu coração explode.

— Sério? — pergunto, tentando engolir o nó que se forma na minha garganta.

Ela encolhe os ombros, como se não fosse nada, quando é absolutamente *tudo*.

— Pra mim, ele tem cara de John. — Olhando outra vez para ele, ela confirma. — Sim, ele é definitivamente um John. E, se tivermos sorte, ele será tão leal, corajoso e amoroso quanto o original.

Fodeu. Estou vencido. Enterro meu rosto no pescoço dela e deixo meus olhos libertarem as lágrimas. Minhas emoções estão por toda parte, uma imensa mistura de felicidade arrebatadora e tristeza irrefreável.

Vou garantir que o meu John seja tudo isso. Nem que seja a última coisa que eu faça, ele será tudo o que o seu tio John foi. Sinto a mão de Ava nos meus cabelos, confortando-me. Guardei tudo por tempo demais. Tudo está vindo à tona agora.

Mas logo o bebê John decide que é sua vez de chorar, puxando o freio na minha tentativa de catarse. Eu levanto a cabeça, com o rosto molhado, e vejo que ele está com o punho na boca.

— Alguém está com fome. — Olho para as crianças e faço um gesto com a cabeça. — A mamãe vai mostrar os seios.

— Eu vou ver se a ambulância chegou! — Jacob fica de pé e sai da sala como um relâmpago, deixando um rastro de fumaça. Eu dou risada. Ele acaba de testemunhar a mãe dando à luz, não que tenha visto a parte mais impactante, mas mesmo assim. Foi uma experiência e tanto. E agora está com medo de ver um peitinho?

— Posso ficar? — pede Maddie, um tanto insegura. Ela está muito curiosa, completamente encantada com seu novo irmão.

— É claro que pode, querida. — Ava dá a mão para ela. — Mas antes, se importa de pegar um copo d'água pra mim?

— Gelada?

— Perfeito.

Maddie sai correndo, ansiosa para ajudar. É um excelente começo para a nova dinâmica da nossa família.

— Vamos lá? — pergunto, ajudando-a a levar o bebê ao peito. Ele se agarra ao mamilo de Ava como uma ventosa, as bochechas fundas e sugando longamente. — Caramba, ele é do tipo que gosta de peitos.

— Pare! — Ela ri, batendo na minha mão, antes de baixar a cabeça. Se há uma imagem mais linda que essa, eu ainda estou para ver.

— Você é um homem de sorte, John — sussurro, baixando o rosto até o dele. Os olhinhos se abrem ligeiramente. — Estou disposto a dividi-los com você por um tempo — digo a ele, beijando sua testa. Ava ri de leve. — Mas esteja avisado: estou só emprestando-os a você. Eu os quero de volta. Entendido? — Acaricio a cabeça macia, sorrindo para o meu menininho.

Engulo o nó que fecha a minha garganta e ergo o olhar para os olhos que me mantêm vivo. E olhando para mim, com suavidade e lágrimas, está a beleza que é a minha esposa.

Epílogo

Dezoito meses mais tarde
AVA

O sol está quente, o céu, limpo. Nossa casa cheira a bolo no forno e batatas assando. Tudo misturado do churrasco vindo do jardim. Tem cheiro de lar, do nosso lar, assim como os sons, que também são a cara do nosso lar. A música de Maddie alta lá em cima, Jacob dando suas raquetadas sobre a rede lá na quadra. John rindo no jardim. Eu sorrio e espio pela janela da cozinha, enquanto aplico hidratante nas mãos. Vejo Jesse de quatro perseguindo o menino. Eu disse *perseguindo*. Ele faz ruídos ameaçadores e rasteja atrás de nosso bebê pelo gramado. Ele acabou de começar a andar. Literalmente. Eu estava começando a me preocupar; os gêmeos andaram aos doze meses, mas John... ah, não. Mas também, quando tinha quatro pessoas para carregá-lo para onde quisesse, por que ele se incomodaria em usar os próprios pés?

Tirando o avental e soltando os cabelos do rabo de cavalo, eu vou para o jardim para entrar na brincadeira, agora que toda a comida está pronta.

Vou para a porta dos fundos e os encontro rolando na grama. Não consigo interromper a luta divertida dos dois. Além disso, não estou vestida para brincar de luta. Então eu apenas fico ali, com o ombro apoiado no batente da porta, e faço algo de que jamais vou me cansar. Fico assistindo. Jesse e John. Fico apenas observando-os rir, rolar no chão, gritar. Meu marido está deitado e neste momento segura o bebê acima dele, brincando de movê-lo de um lado para o outro, como um avião caça mergulhando no ar. E fazendo os sons para combinar. John acha tudo hilário. Eu também acho. Todo o medo que Jesse tentou esconder no início da minha gravidez foi esforço desperdiçado. Eu compreendi seu pânico. Cinquenta já é uma idade avançada para ter um filho. Mas a verdade é que lhe deu um novo fôlego. Depois de tudo o que aconteceu, John, Lauren, meu acidente, o nosso caçula é pura bênção disfarçada.

Respiro fundo e me sento nos degraus tão silenciosamente que eles não notam que têm uma espectadora. Jesse rola no chão e coloca John sobre os próprios pezinhos instáveis, afastando-se rapidamente.

— Consegue pegar o papai? — pergunta ele, despenteando os cabelinhos loiros de John. Seus cabelos são fortes e lindos, assim como os do irmão e iguaizinhos aos do pai.

— Papa, nãããão! — John se dobra pela cintura e coloca as mãos sobre os joelhos, como se estivesse dando uma bronca em Jesse. Eu seguro o riso, sorrindo como uma boba quando John bate os pés e anda, com os braços esticados, enquanto Jesse se move ajoelhado para trás, mantendo a distância. — Papa mau! — Ele está ficando bravo, seu rostinho lindo se contorcendo, contrariado. — Aqui, aqui, aqui! — grita John. — Aqui, papa!

— Você pode andar mais rápido — diz Jesse, ficando de pé. — Corra para o papai.

— John corre. — Ele cambaleia ainda, mas sua velocidade aumenta. — John corre, corre, corre!

— Isso mesmo! — Jesse ainda anda em marcha à ré, devagar, embora as perninhas fofas de John estejam agora praticamente correndo. Eu perco a respiração quando o vejo tropeçar, as mãos erguendo-se em um movimento instintivo para se proteger da queda. Ele não precisa daquelas mãos.

— Opa! Lá vai ele. — Jesse ri, pegando John no colo em um gesto rápido. E então ele é um avião no ar mais uma vez. Jesse está sempre lá para salvá-lo e John pode sempre contar com ele. Todos podemos contar sempre com ele.

Eu bato palmas, atraindo a atenção dos dois. Não sei que par de olhos verdes brilha mais.

— Bela corrida, John! — exclamo, esticando as mãos para pegá-lo.

— Mamã! — Ele esperneia no colo de Jesse e fica de pé. Meu Deus, aquele rostinho sorridente dá vontade de morder. Vindo a passos trôpegos, ele estende os braços. Jesse vem logo atrás, atento para pegá-lo quando ele cair. Porque ele vai cair.

Após uns dois passos, o tropeço inevitável acontece. E mais uma vez ele é salvo pelo papai, que o balança no ar, direto para os meus braços.

— Aqui está ele! — digo, pegando-o das mãos de Jesse e beijando-o na bochecha, o que o faz dar risadinhas, um som tão doce.

Jesse se senta no degrau ao meu lado, sua atenção agora em mim. Quando o olhar dele encontra o meu, ele me oferece um sorrisinho sedutor.

— Eu gosto do seu vestido.

— É claro que gosta. Foi você quem o escolheu. — Reviro os olhos e me estico para oferecer-lhe meus lábios. Não tenho a chance de sequer preparar os lábios antes do ataque dele. Ele me toma no ato, beijando-me com força.

— Hummm, você está com um cheiro delicioso — elogio, sentindo John puxar o decote do meu vestido envelope. Aquele cheiro de água fresca do meu marido ainda é o meu melhor tranquilizante, meu corpo se dobra sob a essência dele, seu hálito sempre tão mentolado.

Afastando-se ligeiramente, Jesse acaricia o meu nariz com o dele.

— Alguém está pedindo acesso — brinca ele, apontando para o bebê, que luta com o tecido do meu vestido preto. — Gulosinho.

— Alguém precisa se acostumar com o fato de que os seios da mamãe não estão mais disponíveis. — Afasto as mãos de John, o que o faz choramingar e me dar tapinhas em protesto.

— Eu sei, amigão. — Jesse suspira, beliscando de leve a bochecha de John. — Ela só sabe provocar, não é?

Dou uma gargalhada, ajeitando John no meu colo, longe do meu peito. Ele não aceita e tenta se virar outra vez. Dou um gemido. Esse negócio de desmame é exaustivo, mas agora que estou me preparando para abrir minha própria empresa de decoração, será essencial. Além disso, ele já está grande demais para ficar pendurado no meu peito.

— A mamãe vai te dar uma mamadeira.

— Tetê, tetê, tetê!

Jesse cai na risada, gargalhando incontrolavelmente ao meu lado, enquanto eu tenho me livrar do bebê insistente.

— Dê logo o que ele quer. — Jesse faz carinho na cabeça de John.

Eu me recuso a ceder e parte de mim se pergunta se meu marido trapaceiro tem um plano para essa loucura dele, porque ele sempre tem. Desta vez, suspeito que ele se ampara no fato de que, se o filho dele estiver preso às minhas mamas, não há meio de eu voltar a trabalhar o dia todo. Bem, ele que pense direito. Ele ficou de cara fechada por semanas quando contei a ele o meu plano de abrir minha própria empresa. Até me submeteu a algumas de suas transas. Não fizeram a menor diferença. Eu me mantive irredutível e ele finalmente cedeu. Ele está aprendendo.

— Jesse... — gemo, pedindo o socorro de que preciso. Meu Deus, desse jeito ele ainda vai estar mamando no peito quando eu tiver cinquenta anos, e eu planejo fazer a cirurgia bem antes disso. Assim que esses balões desincharem e voltarem à sua forma normal, o que basicamente significa que logo serão orelhas de cocker spaniel outra vez.

— Desculpe. — Meu marido teimoso debocha e tenta se recompor.

— Por que acha isso tudo tão engraçado, afinal? — resmungo, passando John para o colo dele. — Eu pensei que você quisesse ter exclusividade sobre eles novamente.

Ele põe John de pé sobre os próprios joelhos e sorri para o rapazinho.

— É que as necessidades dele são maiores que as minhas, não é, amigão?

Estou boquiaberta. Jamais, em um milhão de anos, eu esperaria ouvir essas palavras da boca do meu marido.

— Você mudou — murmuro, totalmente pasma, enquanto ele distrai John, fazendo ruídos com a boca na barriguinha dele. As risadas estouram os tímpanos e transbordam o coração ao mesmo tempo. John puxa os cabelos loiros de Jesse. — Se está se sentindo assim tão blasé a respeitos dos meus seios, não vai se importar se eu quiser vê-los voltarem à antiga glória.

— Noto só agora que cutuquei a onça com vara curta. Mas ainda assim... diabos, depois dessa abordagem tão casual do meu patrimônio? Ou patrimônio dele, o que seria mais apropriado.

A brincadeira acaba para Jesse, o rosto enfiado na barriguinha de John. Eu dou um sorriso e espero pela bronca que deve vir a seguir. Lentamente, ele vira o rosto em direção ao meu, estreita os olhos verdes, as engrenagens em sua mente girando tão rápido que vão soltar fumaça.

— Retire o que disse, agora mesmo.

Faço um beicinho, toda inocente, e balanço a cabeça. Estou com vontade de uma transa de castigo.

— Eu vou fazer uma plástica nos seios.

— Sobre o meu cadáver, mocinha.

Eu suspiro e me levanto.

— Vá se ferrar, Ward. Três crianças já se fartaram nesses peitos, sem contar você. Eles estão destruídos. — Eu me viro e vou para dentro de casa, com Jesse atrás de mim, John carregado debaixo do braço dele, rindo. O papai, no entanto, não está rindo nem um pouco.

— Ava!

— Mamã!

Vou à geladeira e sirvo leite para John, virando-me com um sorriso recatado, enquanto agito a bebida.

— De quem são os seios?

— Meus! — rosna Jesse, com as narinas dilatadas e tudo. — Eu só os emprestei.

— Meus! — repete John, fazendo um gesto com a mão como quem quer pegar o leite. Os olhos zangados de Jesse me seguem o tempo todo. O menino enfia a mamadeira na boca imediatamente e começa a sugar.

— Eu acredito que eles são meus, na verdade — declaro, de modo arrogante, saindo da cozinha, perfeitamente ciente do que estou fazendo. *Esses meninos*, penso, indo até a porta para ver quem está batendo.

A turma toda entra em casa. Drew e Raya vão direto para a sala deitar Imogen, que dorme, no sofá, enquanto Georgia sobe a escada para ir ao quarto de Maddie. Sam e Kate vão para a cozinha discutindo sobre de quem é a vez de trocar a fralda de Betty. Meus pais, seguidos de perto pelos pais de Jesse, vão à cozinha para assumir o controle.

Eu sigo a tropa, encontrando Jacob na entrada da cozinha.

— Olhe o seu estado. — Suspiro, apontando para as manchas verdes da grama nos joelhos dele, e Jacob gira a raquete na mão.

— O tio Sam e o tio Drew chegaram? — Jacob tenta se livrar das minhas mãos intrometidas e guarda uma bola de tênis no bolso do calção. — Nós vamos jogar em duplas, e o papai e eu vamos vencer.

Dou risada.

— É claro que vão, querido. O papai sempre vence. — Eu o giro pelos ombros na direção da cozinha. — Venha cumprimentar a todos, antes de desaparecer no jardim de novo.

— Ei, mãe? — Ele para no caminho e olha para mim. Franze a testa do mesmo jeito adorável do pai. É assustador como os nossos meninos se parecem com Jesse. Parecem dois pequenos clones. É ao mesmo tempo um prazer ver que eles herdaram os traços absurdamente bonitos do pai, mas muito preocupante também. Quantas garotas eu terei que afastar nos próximos anos?

O que me lembra que Jacob tem uma convidada hoje – uma menina por quem está interessado. Jesse e eu concordamos em permitir que eles trouxessem alguém para o churrasco em honra à memória de John. Nenhum de nós esperava que eles fossem chamar alguém do sexo oposto.

— O que foi, querido? — Eu sei o que é.

— Quando a Clarita chegar, não me envergonhe, está bem?

Finjo estar chocada e coloco a mão no peito.

— Eu?

— É, você. E, por favor, mantenha o papai sob controle.

— Você não precisa se preocupar com o seu pai. A atenção dele vai estar totalmente voltada para Maddie e o convidado *dela*. — Eu dou risada.

— Mesmo assim, peguem leve, está bem?

— Sim, vou pegar leve — garanto. — Apenas lembre-se de uma coisa.

— O quê?

Sorrio para ele e beijo seus cabelos.

— Você só precisa de uma mulher na vida. E quem é ela?

— A minha mãe. — Jacob suspira e revira os olhos como um profissional, de um jeito que eu sei que aprendeu comigo.

— Bom menino. — Deixo que ele vá cumprimentar a turma toda e vou atender à campainha novamente.

Quando abro a porta, vejo Elsie com um buquê enorme de flores nas mãos. Sua cabeça surge por trás do ramalhete, seus cabelos cor-de-rosa combinando com o arranjo colorido.

— John sempre me trazia buquês grandes e lindos. Ele dizia que quanto mais vibrantes, mais ele se lembrava de mim.

Abro um sorriso e sinto um pouco de tristeza.

— Elas são maravilhosas. — Eu as aceito e trocamos um abraço apertado. — Você está tão bonita! Obrigada por vir.

— Não vamos ficar sentimentais ou eu vou começar a chorar e John não ficaria nada feliz com isso. — Elsie me dispensa gentil mas firmemente, erguendo o queixo. — Onde estão aquelas crianças adoráveis?

Dou risada mais uma vez e abro caminho, levando-a às crianças.

— Elsie chegou — declaro, sorrindo quando todos vêm recebê-la. Eu vou à geladeira e pego uma jarra de sangria.

— O que há com o ranzinza? — pergunta Kate, pegando os copos para mim.

Ela tem razão. A testa de Jesse parece um mapa de linhas esculpidas pela raiva, sua carranca apontada para mim. Eu lhe dou um sorrisinho doce, enquanto sirvo a mim e Kate.

— Eu toquei no assunto seios.

— Ah, isso explica tudo. — Ela ri e bebe um gole do drinque. Raya e Elsie vêm até nós.

— Explica o quê? — pergunta Raya, pegando um copo vazio e segurando no ar para que eu encha.

— Meu marido está zangado por causa do assunto seios.

Raya geme baixinho.

— Ah, meu Deus, meus seios parecem ter sido usados até a exaustão, e não no bom sentido. — Ela olha para baixo, com uma expressão de desaprovação.

— Ah, vocês, mocinhas! — Elsie ri. — Aprendam a envelhecer com graça.

Eu debocho.

— Para você é fácil falar, com esse corpo incrível. — Eu ainda faço ioga com Elsie, embora não com tanta frequência, e posso garantir que não terei a silhueta dela quando chegar aos sessenta.

— O que está acontecendo? — indaga Jesse, olhando desconfiado como só eu sei enquanto se aproxima, com John quietinho ainda mamando no colo dele.

— Nada — respondo, pegando a jarra e completando os copos das meninas.

— Ei! — Kate traz Sam para perto. — Se a Ava fizer uma plástica nos seios, eu também farei.

— Ava não vai fazer plástica nos seios porque não se conserta o que não está estragado — declara Jesse, fulminando Kate com o olhar.

— O cirurgião é um especialista, Jesse — argumento, ciente de que estou perdendo meu tempo. — Eu estarei em mãos perfeitamente seguras.

— Eu sou o único especialista nos seios da minha esposa e as únicas mãos seguras que eles verão serão as minhas. Ponto-final.

Drew sorri e abre uma garrafa de cerveja.

— Eu acho que o John está mais especialista ultimamente, certo? — Ele dá uma risadinha com a boca no gargalo e eu peço com o olhar que ele pare de provocar. Isso só atiça mais o troglodita.

Neste momento, John bate com a mamadeira vazia na cabeça de Jesse, como que concordando. Todos fogem, menos meu marido. Ele está ocupado demais me fuzilando com os olhos.

Elsie ri e pega John dos braços de Jesse.

— Venham, crianças — diz ela quando Maddie e Georgia entram dançando na cozinha. — Maddie, você pega Betty, e Georgia, você pega Imogen. Vamos brincar. — Elsie leva todas as crianças para o jardim, e eu sorrio atrás dela. Ela vai fazê-los praticar ioga logo, logo.

— Então, quando vocês vão viajar? — pergunta Raya quando os homens se separam de nós e vão conversar próximos à ilha da cozinha.

— Amanhã. — Isso me lembra que eu ainda tenho uma tonelada de coisas a fazer antes de irmos para o aeroporto. Nem sequer terminei de fazer as malas.

— Não acredito que não fomos convidados. — Kate me olha com falsa mágoa e eu dou de ombros. Ela entende.

— Somos apenas Jesse, as crianças e eu. — Ninguém vai me fazer sentir culpada. São as nossas primeiras férias em mais de dois anos. — E eu mal posso esperar para tê-los todos só para mim. — Eu troco olhares com Jesse. Puta merda, ele é tão bonito, mesmo quando está de mau humor. Meu marido. O homem que me deu três filhos lindos. Eu olho para eles todos os dias e agradeço a tudo o que há de mais sagrado por ter encontrado o enigma que era Jesse Ward. Agradeço à minha estrela da sorte por ter entrado naquele elegante clube de sexo dele e por ter o fôlego arrancado de mim apenas com o som da sua voz. Isso, é claro, até vê-lo. E ele me ver. Naquele exato momento, quando eu estava diante dele lutando para conseguir respirar e ele olhando para mim com aquela testa franzida dele, o jogo já tinha terminado. Para nós dois. Simples assim.

A estrada foi acidentada, cheia de segredos obscuros de um homem desafiador. E a parte mais cruel é que eu tive que descobrir todos os segredos dele não uma, mas duas vezes. Mas cada gota de dor e sofrimento em cada uma das vezes valeu a pena. Ele não é mais um enigma para mim. Já não é há muito tempo. Ele é o meu marido, o mais devotado, apaixonado e belo exemplo de um homem que toda mulher poderia desejar ter. Exceto que todas as outras mulheres podem continuar desejando, porque este aqui, este homem, é só meu. Ofereço a ele o sorriso que só ele consegue obter de mim. É repleto do amor mais perfeito. Porque ele é o meu amor perfeito.

Eu sempre estarei com este homem.

* * *

JESSE

"Eu te amo", articulo com a boca, sem emitir som, quando ela me olha do outro lado da cozinha, fitando-me da mesma forma que me olhou quando me viu pela primeira vez. Com desejo. Com admiração. Ela tem me olhado assim a cada dia de nossa vida juntos. Bem, quase todo dia. O acidente, a perda temporária da memória, foi um ponto no horizonte da minha felicidade. Ainda que naquele momento tenha parecido o fim do meu mundo. Eu deveria ter sabido que o nosso amor prevaleceria no final. E agora eu tenho a mais absoluta certeza de que somos invencíveis.

Sorrindo para mim com o sorriso que me aquece por dentro, ela me manda um beijo no ar, antes de retornar a atenção para as meninas.

— E então? E os seios? — pergunta Sam, batendo com a garrafa dele na minha para chamar a minha atenção.

— Sam! — Drew lhe dá um soco no braço. — Por que fez isso, hein?

— Só estou perguntando. — Ele dá uma risadinha com a boca no gargalo e seus olhos sempre sorridentes não decepcionam.

— Está só perguntando se eu quero te castrar também? — brinco, porém com um fundo de verdade, e ele sabe que sim. — Não há seios além dos que já estão ali. — Ava pode tirar essa ideia estúpida da cabeça. — E o que está ali já é perfeito. — Brindamos. — Ao filho da puta do John.

— Ao filho da puta do John. — Eles riem e repetem, enquanto eu vou para o jardim, parando à porta dos fundos e olhando para o gramado. — Parece uma creche — murmuro, soando exasperado ante a visão de tantas crianças, embora eu realmente não esteja. Elsie os colocou todos deitados no chão, com as pernas para o ar.

— Vou bater umas bolas com Jacob. — Drew pega a raquete da mão do meu garoto e corre para a quadra com Jacob logo atrás, gritando que aquela é sua raquete mágica e que a quer de volta.

— Acho que é melhor eu ir também, para mostrar a eles como se faz — diz Sam, revirando os olhos, como se fosse o maior sacrifício. — Você vem?

— Não, vou esperar por mais convidados. — Assim que digo isso a campainha toca. Saio correndo pela casa, antes que Ava chegue primeiro. Encontro-a no hall. Ela está adiantada, mas um puxão em seu punho me coloca à frente. Ela sabia que eu estaria à espreita, esperando para atacar.

— Jesse, não vá chatear Maddie — adverte Ava, sabendo do que sou capaz.

Dou o meu melhor sorriso à minha esposa antes de abrir a porta. O sorriso morre quando veja uma menina. Oh. Não tenho um discurso pronto para a amiga de Jacob. Não um discurso que não vá fazê-la chorar, pelo menos.

— Olá, sr. Ward. — Clarita me encanta com um sorriso cheio de personalidade.

— Oi. — Abro mais a porta e ela entra. Vou deixar essa para a minha esposa. Sorrindo para Ava, faço um sinal com a cabeça às costas de Clarita quando ela se aproxima. Vejamos como ela recebe esta nova mulher na vida de seu queridinho. — É toda sua — brinco.

Ela mal disfarça a careta.

— Olá, Clarita. Jacob está na quadra de tênis. Quer algo pra beber antes de irmos lá pra fora?

— Estou bem, obrigada. Foi muito gentil da sua parte me convidar.

Estou vendo coisas, ou Ava está maravilhada? Sim, ela está maravilhada. O que aconteceu com a leoa?

— De nada, querida. Fique à vontade, está bem? Bebida, comida, o que quiser.

— Por que não perguntou se ela quer passar a noite aqui também? — resmungo baixinho ao fechar a porta, arrastando-me de volta ao jardim.

— Papa! — John me vê e deixa o grupo de crianças, certamente farto de fazer ioga.

— Ei! — Pego-o nos braços e deixo que puxe as minhas bochechas.

— Maddie! — Ava chama de trás de mim. — Seu convidado chegou!

Eu me viro tão rápido que John começa a rir sem parar, obviamente achando que o papai está brincando com ele. Não estou. Droga, por que eu saí do lado da porta? Um olhar de Ava me diz que ela sabe que estou me batendo por dentro. Eu precisava de alguns minutos com esse pervertidozinho por quem minha filha está aparentemente apaixonada. E, enquanto penso nisso, o pervertido em questão entra no meu campo de visão, parando ao lado de Ava. Meus olhos pulam do crânio. Porra, quantos anos ele tem? Em pânico, olho para Ava, em busca de socorro. Consigo apenas um balançar de cabeça. Que merda é essa? Ele deve ter mais de um metro e oitenta.

Quando Maddie passa por mim, recebo um olhar que me sugere que eu mantenha a boca fechada. É o que ela pensa! Observo-a ficar na ponta dos pés e beijá-lo no rosto. Meu bom Deus, alguém me segure.

— Ela tem quase catorze anos, Jesse — diz Ava, em voz baixa. — Não exagere.

— Por que todo mundo insiste em dizer que ela tem *quase catorze* anos? Isso não faz com que ela tenha catorze e, mesmo que fizesse, ela ainda é menor de idade.

— Menor de idade não pode namorar? — Ava ri.

— É ilegal para fazer qualquer coisa — confirmo.

— Ela está crescendo, Jesse. Acostume-se. Ela e eu já tivemos *aquela* conversa. Ela é uma menina sensata.

Meu corpo começa a tremer de modo incontrolável e eu olho horrorizado para minha esposa.

— *Aquela* conversa? — Por favor, meu Deus, diga-me que Ava não vai dizer o que eu acho que ela vai dizer.

— Claro. Tivemos aquela conversa há pelo menos um ano.

John está tremendo de tal forma no meu colo que Ava deve achar que eu vou derrubá-lo, porque o tira de mim.

— Você precisa se acalmar — recomenda ela.

Foda-se!

— Se você e Maddie já tiveram a tal conversa, eu não faço mais que a minha obrigação se chamar o... como é o nome dele?

— Lonny.

— Lonny? — questiono. — Que porra de nome é esse? Os pais dele também devem ser uns idiotas. — Viro o restante de minha cerveja, olhando o babaquinha de cima a baixo. — Quantos anos ele tem?

— Catorze.

— Pare com isso. — Gargalho. — Ele deve estar mentindo. Ele tem pelo menos vinte anos.

— Ah, pelo amor de Deus. — Ava me dá um tapa no braço. — Pare de ser tão dramático.

Vejo, pelo canto dos olhos, Ava indo para o outro lado do jardim. Dramático? Eu não acho que sou. Lonny e eu precisamos bater um papo.

Alinho os ombros e caminho até Maddie e Lonny, vendo com perfeita clareza o olhar de advertência que ela me lança. E também a preocupação, porque ela sabe que eu não estou interessado em respeitar o seu pedido.

— Olá. — Minha voz é grave e baixa, como eu quero. Máscula.

Lonny sorri para mim.

— Sr. Ward, é um prazer conhecê-lo.

Eu recuo. Não consigo evitar. Alguém está apertando as bolas dele? Essa voz aguda não combina com a altura dele. Talvez o merdinha tenha mesmo catorze anos. Olho para a mão que ele me oferece e ergo as sobrancelhas. Vejamos se seu aperto de mãos é mais másculo. Eu o cumprimento com força e me decepciono prontamente quando ele se encolhe de dor. Sorrio por dentro.

— Vamos dar uma volta, Lonny.

— Não, pai. — Maddie entra na minha frente, como se seu corpinho de menina fosse me impedir. Uma escavadeira não me deteria.

— Eu só quero conversar com ele — tranquilizo-a, certo de que estou perdendo meu tempo. — Você quer conversar, não quer, Lonny?

— S-Sim, senhor. — O garoto parece amedrontado. É bom mesmo. Tenha muito medo, Lonny.

— Viu só? — Faço um gesto grandioso para que ele vá na frente, cegando-o com o sorriso que eu normalmente reservo para os meus bebês. Ele murcha no momento em que Ava coloca John nos meus braços. Ah, ela é astuta. Meu rolo compressor não funciona quando estou segurando o bebê. Não ajuda o fato de que não consigo parecer ameaçador quando ele agarra meu rosto e aperta as minhas bochechas. Lonny ri. Eu não.

— Vamos dar um passeio — digo a ele, apontando o caminho para o balanço, a parte mais isolada do jardim.

Enfiando as mãos nos bolsos da calça jeans, ele anda e eu o sigo, medindo-o o caminho todo.

— Você tem uma casa linda, Jesse. — Ele sorri para mim, mas eu ergo as sobrancelhas. — Sr. Ward — corrige ele, muito sabiamente. O puxa-saco. Então ele vai me elogiar o tempo todo, é isso? Meus olhos se estreitam para ele enquanto caminhamos, e ele rapidamente passa a olhar para os próprios pés, passando uma mão pelos cabelos, em um gesto nervoso. Eu jamais admitirei em voz alta, mas ele é um merdinha bem bonito. Posso ver por que minha filha está apaixonadinha por ele.

— Fale-me sobre as suas notas. — Ele pode ter a beleza e, aparentemente, a lábia, mas é tudo um desperdício se o moleque não quiser nada da vida. Minha menina é brilhante. Ela precisa de alguém que se equipare a ela.

— Minhas notas? — pergunta ele, um tanto hesitante, e eu confirmo. Meu estímulo não o incita a elaborar sobre o assunto e ele enrubesce. É como eu pensei. É um largado. — Eu sou o melhor da sala em algumas matérias, sr. Ward.

— Quais delas? — Será que tenho um mentiroso compulsivo ao meu lado? Ele sorri, sem jeito.

— Todas elas.

Ah.

— A minha favorita é matemática. E ciências. Eu quero ser médico um dia. — Ele suspira. — Mas a mensalidade da universidade é exorbitante. — Ele dá um sopro frustrado, e eu concluo imediatamente que os pais dele devem ser pobres. — Quem sabe? Talvez eu ganhe a bolsa que quero tanto. Seria bem legal se eu ganhasse pra Oxford.

Oxford? O garoto sonha alto, e enquanto olho para ele, raspando os pés no chão ao meu lado, não consigo não pensar no meu irmão. Ele também era ambicioso, cheio de sonhos e determinado a torná-los realidade. O pensamento inesperado me pega desprevenido.

— Sente-se aqui — digo, apontando para a almofada no balanço ao mesmo tempo que me sento com John no colo. Nem preciso balançar o banco. As pernas longas de Lonny fazem isso por mim.

— Como conheceu Maddie? — pergunto, provavelmente rápido demais.

— Jacob e eu somos amigos.

Ah, já vi tudo. Foi chegando e ganhando o afeto da irmã do amigo. Que merdinha trapaceiro.

— Sua mãe deve ter lhe dito que é ilegal beijar até os trinta anos, certo?

Ele me olha, alarmado.

— É?

— Ah, sim. É sim. — O pobre menino está aterrorizado. Ótimo. Coloco John de pé sobre os meus joelhos quando ele começa a ficar inquieto e gritar com Lonny. — E seu pai deve ter conversado com você sobre os pássaros e as abelhas, certo? — Estou totalmente despreparado para a onda de tristeza que passa pelo rosto dele, e seus olhos baixam para os próprios pés, que balançam no ar. Ai, caramba, o que foi que eu disse?

— Eu não tenho pai, senhor.

— Claro que tem. — Dou risada. — Todo mundo tem pai.

— O meu abandonou a mim e à minha mãe quando eu tinha dezoito meses. Nunca mais o vi. — Ele encolhe os ombros, como se não fosse grande coisa, e eu morro por dentro. Morro de verdade. Sou um imbecil. — Eu o procurei ano passado, mas ele não se interessou. Então somos só eu e a minha mãe.

Quero esmurrar a minha cara estúpida, e tenho certeza de que Ava faria o mesmo se soubesse o mico que paguei agora. Eu olho para John, que dança no meu colo, falando um monte de palavras sem sentido, batendo palmas e gritando com Lonny. Dezoito meses. A idade de John. Uma raiva repentina sobe desde os meus dedos dos pés e me queima por dentro. Ele abandonou esse menino? Então quem o guiou a vida toda? Quem o levou para o treino de futebol e para a primeira partida no estádio?

— Você não precisa de um homem assim na sua vida — digo, maravilhado com o respeito que tenho por esse menino agora. — Você está se dando muito bem sem ele, de qualquer forma. — O garoto sonha com Oxford, e algo lá no fundo, cheio de um estranho orgulho, me diz que ele vai chegar lá.

— Sonhe alto, lute muito — diz Lonny, com o olhar perdido ao longe, e eu o encaro, embevecido com a sua postura. — Faça as coisas acontecerem. — Ele olha para mim e sorri. — A gente deve ir até o que quer e tomar para si.

— Concordo totalmente — murmuro, perguntando-me se essa filosofia se aplica à minha filha também. E me pergunto para onde foi minha rixa, meu desejo de botar esse menino para correr. Desapareceu.

— Ele é tão bonitinho. — Lonny pega a mão de John e o deixa puxá-la, enquanto os dois riem.

— É claro que é. É meu filho. — Dou uma piscada para Lonny quando ele olha para mim. O interrogatório acabou. — Vá procurar Maddie.

— Na verdade, eu não me importaria de jogar uma partida de tênis com o Jacob. — O garoto franze o rosto e olha para a casa, onde, sem dúvida, Maddie está enchendo o saco da mãe sobre a minha abordagem. Ela não precisa se preocupar. Parece que o garoto passou com o rolo compressor por cima de *mim*. Voltando a olhar para mim, Lonny aperta os lábios. — Mas acho que Maddie não vai ficar muito feliz.

Dou risada e me levanto, colocando John de pé para voltarmos para dentro, acenando para que Lonny me siga.

— Deixe que eu lhe dê um conselho sobre as mulheres da minha vida, especialmente Maddie. — Lonny faz uma expressão de quem implora por um conselho e nós percorremos o caminho de volta lentamente, John batendo os pezinhos ao meu lado e eu com o ombro caído para que minha mão alcance a dele sem que ele tenha que esticar muito os músculos. — Minha filha é teimosa.

Lonny suspira, confirmando.

— Nem me fale.

— Não volte atrás. Ela é como a mãe. Desafiadora e difícil sem motivos. Ela vai te fazer correr em círculos se você permitir. — Algo me diz que Lonny já está tonto. — Seja firme. Finque o pé. — Dou-lhe um tapinha no ombro, confirmando o que acabei de dizer.

— Sim, senhor. — Ele dá um sorriso brilhante e vai para a quadra de tênis encontrar o amigo. — Obrigado, sr. Ward.

Eu sorrio e me agacho para amarrar o cadarço dos tênis de John.

— Lonny — chamo. Ele para e olha para trás.

— Sim, sr. Ward?

— Pode me chamar de Jesse.

Mais um sorriso, mas desta vez nenhuma palavra. Ele sai correndo e desaparece no caminho, e John e eu continuamos no caminho para casa. No momento em que nos vê, Maddie vem correndo, com o olhar frenético em busca de Lonny.

— Onde ele está? Ah, meu Deus, você o matou e o enterrou debaixo do depósito? Mãe!

— Calma, mocinha. — Eu passo por ela e os olhos arregalados dela me seguem. — Ele está na quadra com o seu irmão.

— Está?

Já posso ver nela. Indignação. Ela fica a cara da mãe quando bufa e sai batendo os pés. Eu gargalho e dou meus parabéns a Lonny mentalmente. Ela vai ter uma surpresa desagradável.

— Ei, Maddie!

Ela se vira, com os olhos em brasas.

— O que é?

— Ele é um bom menino. Não seja uma menina birrenta ou ele vai te largar.

Ela fica boquiaberta, o rosto ultrajado. Eu apenas sorrio e sigo em frente com John.

— Quem é você e o que fez com o meu pai? — diz ela, atrás de mim.

Eu não respondo, mas sorrio para Ava, que se aproxima com a curiosidade estampada no rosto. Eu balanço a cabeça e passo meu braço em torno do seu pescoço.

— Mal posso esperar por amanhã — digo, trazendo-a para mim e beijando-lhe a têmpora.

— Eu também. — As mãos dela somem por baixo da minha camiseta e deslizam pela minha pele, vindo pousar sobre o meu coração. Ele pulsa forte, batendo feliz.

Ele agora bate por quatro pessoas.

* * *

No dia seguinte...

O cheiro familiar do oceano enche as minhas narinas, à beira do mar, de calção, o Mediterrâneo, um infindável cobertor de águas reluzentes sob o sol escaldante. É a primeira visita do pequeno John ao Paraíso, e ele está encantado com a areia sob os pezinhos descalços, os dedinhos como garrinhas o tempo todo.

— Olha, papai! — diz ele, para isso e para aquilo, maravilhado, apontando para a imensidão do mar azul diante dele e a areia branca abaixo dele. — Uau! — suspira ele, enfeitiçado pelo oceano. — Uau, papai!

Meu coração infla e toma proporções épicas quando eu seguro uma das mãos dele e Jacob a outra, nossos pés perigosamente próximos da água. Maddie dança no rasinho.

— Veja, John! — Ela chuta a água e ele dá risadinhas, um som delicioso. — Você vem brincar dentro d'água? — Maddie se ajoelha e estende as mãos.

— Noooom, Addie! — Ele balança a cabecinha e se vira para Jacob, erguendo os braços para que o irmão o pegue no colo. Eu me sento na areia, e Jacob o pega e o acomoda sobre o quadril. Os olhinhos de John não deixam o mar. — Oh, uau! — Ele aponta além de Maddie. — Um baco!

— Sim, é um barco! — digo, batendo palmas para ele, fazendo-o se agitar nos braços de Jacob, excitado.

— Oh, lá vem a mamãe. — Maddie pula e começa a limpar a areia molhada do corpo. — Rápido, papai! — Ela agita as mãos para mim, exortando-me a ficar de pé.

— Estão prontos, turma? — pergunto, tirando os óculos escuros e olhando para ela pela primeira vez. — Puta que pariu! — Suspiro quando a vejo descendo os degraus que levam à *villa*, seu biquíni branco de renda perfeito sobre a sua pele morena, os cabelos penteados sobre um dos ombros. E ela traz um copo-de-leite na mão, apenas um único copo-de-leite. Eu sorrio e enfio a mão no bolso assim que ela se aproxima. — Sra. Ward, você parece de outro mundo.

— Você também. — Ava me mostra o punho, com as sobrancelhas erguidas, e eu lhe dou um sorriso, tirando as algemas do bolso. — Pode me algemar, Ward.

Faço o que me é pedido, fechando um lado no punho dela, antes de fechar o outro no meu. Não sei como ela sabia que eu as tinha comigo. Mas, pensando bem, essa mulher sempre soube me ler como a um livro. Eu me inclino e pressiono meus lábios contra os dela. As crianças não dizem uma palavra. Até John está em silêncio, provavelmente com os olhos fixos na água, em vez de ver mamãe e papai algemados um ao outro.

— Preparada? — pergunto.

— Sempre — responde ela, virando-nos para as crianças. Dou uma risadinha quando vejo Jacob com uma postura formal, porém usando calção de banho, com um livro na mão.

— O que é isso? — questiono, confuso.

— Uma Bíblia. É preciso parecer que eu sei o que estou fazendo. Isto é importante. — Jacob pigarreia e olha para as páginas, respirando fundo para começar. — É...

— Espere! — grita Maddie, saindo correndo atrás de John, que havia decidido que agora era hora de entrar na água pela primeira vez. — John, não! — Ela o pega no colo e volta ao seu lugar. — Desculpe. Pode continuar.

Eu olho para Ava, sério, e ela ri.

— Prossiga — autorizo, dando as mãos para a minha esposa.

— Você, Jesse Ward, aceita Ava Ward como sua legítima esposa? — pergunta Jacob, com um tom pomposo na voz. — Para amá-la e respeitá-la por todos os dias de sua vida. Na alegria e na...

— Achei que não iríamos fazer a coisa oficial — interrompe Maddie, olhando feio para Jacob.

Ele se inclina até ela, aborrecido.

— Você está estragando o dia especial deles.

— Sério? Eles já fizeram isso, tipo, duas vezes. Quem se casa três vezes? — Ela revira os olhos e começa a balançar John, que já está gritando, impaciente, querendo ir ao encontro de seu novo melhor amigo, o Mediterrâneo.

— Sua mãe e eu — disparo, meu olhar desafiando-a. — Vai querer discutir comigo? E antes que responda, pense bem sobre quem vai pagar pelo seu casamento quando você encontrar *o homem ideal*.

Ela fecha a boca, assustada, e talvez agradavelmente surpresa. Ava ergue a sobrancelha, interessada.

— Continue, Jacob — digo, antes que alguém tenha a chance de perguntar para onde foi o verdadeiro Jesse Ward. Voltando-me para Ava, eu respiro profundamente o ar salgado e pisco para ela.

— Pai, aceita a mamãe como sua esposa? — Jacob cospe as palavras, cansado.

— Aceito.

— Mamãe, aceita o papai como seu marido?

— Aceito. — Ava sorri para mim e puxa as minhas mãos quando meus olhos baixam para os seus seios, que preenchem o tecido branco de seu biquíni. — Olhos aqui em cima, Ward.

— Desculpe. — Dou-lhe meu sorriso mais lascivo, retribuindo o gesto de puxar a mão dela quando seu olhar recai casualmente no meu peito. — Ei!

— Eu não vou pedir desculpas. — Ela gargalha, pulando sobre mim, suas coxas se agarrando aos meus quadris e seu braço livre em torno do meu pescoço. E seus lindos lábios nos meus. — Jamais me diga que eu não posso admirar o que é meu. — Mordendo a minha boca, ela se afasta só um pouquinho para tocar a minha testa com a dela. — Eu te amo, Jesse Ward.

— É claro que ama. — Selando nossos lábios novamente, eu me viro e corro para dentro d'água, com Ava pendurada em mim.

— E eu vos declaro marido e mulher! — grita Jacob, sua declaração ligeiramente acima das risadas e do barulho da água. — Ei, esperem por mim!

Assim que tenho água pela cintura, eu mergulho e giro com ela, nossos corpos e membros entrelaçados, o momento reminiscente. Exceto que, desta vez, não somos apenas nós. Não somos somente Jesse e Ava. Não somos só marido e mulher.

Somos mamãe e papai.

Apenas quando não consigo mais prender a respiração é que volto à superfície com ela, ofegante. Ava logo se agarra a mim outra vez, respirando pesadamente no meu rosto e piscando várias vezes antes de abrir os olhos.

— Porra, está fria! — Ela treme nos meus braços e Jacob vem nadando até nós.

— Olha essa boca — advirto, beijando-a, antes de tirar a algema do meu punho e empurrando-a para longe de mim. Sou atacado por Jacob, que escala as minhas costas até ficar de pé sobre os meus ombros. — Fora daqui, moleque. — Seguro os calcanhares dele e o levanto no ar, bem a tempo de Maddie me abordar. — Amadores — murmuro, pegando-a por baixo dos braços e atirando-a longe. Ela grita e eu gargalho, olhando em seguida para a areia e vendo o pequeno John parado fora do alcance do mar.

— Papa! — grita ele, furioso por estar de fora da diversão. — Papa!

Tiro meus cabelos do rosto e saio da água.

— Toque o mar — digo, rindo quando ele balança a cabecinha furiosamente, agitando os cachinhos loiros. — Quer que o papai vá te pegar?

— Papa! — grita ele novamente, batendo os pés na areia, com as mãozinhas abrindo e fechando para mim.

Eu o alcanço e o pego nos braços, sua fralda de banho seca como um osso.

— Você sempre nada na piscina de casa — digo, beijando seus cabelos, enquanto volto com ele para o mar, os outros logo à frente, mergulhando e jogando água uns nos outros. — Ei! Mais devagar, pessoal.

Eles todos param com as brincadeiras e começam a incentivar o irmãozinho a entrar, batendo palmas e cantando animados, quando ele começa a se contorcer no meu colo. Assim que seus pés tocam a água ele dá um gritinho, e eu decido que é agora ou nunca. Então afundo até estarmos com água pelo pescoço.

— Aaaaai, fiiiiio, papa! — John me abraça, agarrando-se ao meu pescoço e olhando para os demais, claramente desesperado para juntar-se a eles. Nado até eles e vejo Jacob pendurado no pescoço de Ava. Assim que me aproximo, Maddie faz o mesmo comigo, fazendo gracinhas sobre o meu ombro para o pequeno John, que já adotou o abraço estilo chimpanzé, incrivelmente similar ao da mãe dele. Com Maddie às minhas costas e John agarrado à minha frente, vou nadando na direção de Ava até colocar nosso bebê entre nós, aninhado entre o meu peito e o dela, e os gêmeos firmemente atracados a nós. A felicidade que irradia de minha esposa é arrebatadora e eu sei que a minha felicidade também reflete nela. Este momento, este momento precioso, é algo que qualquer homem deveria viver para ter.

E eu o faço. Eu vivo para eles. Meu coração bate para me manter vivo para eles.

— Beije-me — digo a Ava sobre a cabeça de John, levando a mão livre à nuca de minha esposa, mas segurando o corpinho do bebê com a outra. — E feche os olhos.

Sorrindo, ela fecha os olhos ao mesmo tempo que eu, e nossos lábios se encontram. O sabor do beijo dela é puro amor. O único som que ouço é o amor, nas risadas dos gêmeos. Só o que sinto é amor na pele de John, que toca o meu peito. E o único cheiro que sinto é amor, no Paraíso.

O único sentido que não tenho neste momento perfeito é a visão. Para ver essa família linda em volta de mim.

Não preciso da visão. Eu os sinto. Com cada fibra do meu ser, eu os sinto.

Sua presença, seus rostos, seu amor estão esculpidos na minha alma. Eles me tornam quem eu sou.

Minha esposa. Meus filhos. O amor deles.

Êxtase puro, mocinhas. Satisfação total. Um amor absoluto, completo, de fazer a Terra tremer e o Universo vibrar.

Não me digam que há algo mais perfeito que isso.

Eu não acreditaria em vocês.

Ponto-final.

Agradecimentos

Como sempre, meu amor e gratidão a cada membro do time JEM, mas um agradecimento especial vai para vocês. Meus leitores. Até hoje, eu ainda estou aterrada pelas reações que obtive com relação ao meu louco, neurótico, piradinho Senhor do Solar. Obrigada por amarem Jesse tanto quanto eu amo. Escrever esta história realmente mudou a minha vida. Beijos, JEM

Sobre a autora

Jodi Ellen Malpas nasceu e cresceu na cidade de Northampton, nas Midlands inglesas, onde vive com seus dois filhos e um beagle. Ela se autodenomina uma sonhadora, viciada em tênis Converse e em mojitos, e tem machos-alfa como ponto fraco. Escrever histórias de amor poderosas e criar personagens cativantes tornaram-se sua paixão – uma paixão que ela agora compartilha com seus leitores fiéis. Tem orgulho de ter chegado ao primeiro lugar entre os autores mais vendidos na lista do *The New York Times*, além de ter sete de seus romances publicados na lista dos mais vendidos do mesmo jornal, sem contar a lista internacional dos mais vendidos do *Sunday Times*. Seu trabalho já foi publicado em mais de vinte idiomas no mundo todo.

Conheça mais em:
JodiEllenMalpas.co.uk
Twitter @JodiEllenMalpas
Facebook.com/JodiEllenMalpas

Leia também:

O Amante
Eu, submissa
Desculpa, eu te amo

Este livro foi composto em Garamond Pro e impresso pela RRD para a Editora Planeta do Brasil em janeiro de 2019.